BASTEI
LÜBBE
TASCHENBUCH

Nina Serova

Das Mädchen aus St. Petersburg

Russland-Saga

Aus dem australischen Englisch von
Britta Evert

BASTEI
LÜBBE
TASCHENBUCH

BASTEI LÜBBE TASCHENBUCH
Band 17315

MIX
Papier aus verantwortungsvollen Quellen
FSC® C014496
FSC
www.fsc.org

Dieser Titel ist auch als E-Book erschienen.

Vollständige Taschenbuchausgabe

Deutsche Erstausgabe

Titel der australischen Originalausgabe: »The Russian Tapestry«
Originalverlag: Hachette Australia
Published by Arrangement with Hachette Australia PTY LTD, Sydney NSW.
Dieses Werk wurde vermittelt durch die
Literarische Agentur Thomas Schlück GmbH, 30827 Garbsen.

Textredaktion: Wolfgang Neuhaus, Oberhausen
Titelillustrationen © Trevillion Images: Maja Topcagic,
© shutterstock: Romanova Ekaterina | TADDEUS | Roberto Castillo,
© istockphoto: schus
Umschlaggestaltung: Jeannine Schmelzer
Satz: hanseatenSatz-bremen, Bremen
Gesetzt aus der Adobe Garamond Pro
Druck und Verarbeitung: GGP Media GmbH, Pößneck
Printed in Germany
ISBN 978-3-404-17315-0

2 4 5 3 1

Für Mark

»Und erst jetzt, da sein Kopf schon grau war, liebte er heiß und wahr – zum ersten Mal in seinem Leben.«

Anton Tschechow, *Die Dame mit dem Hündchen*

I.

St. Petersburg

September 1913

Die Kutsche rollte gemächlich über das Kopfsteinpflaster der Straßen von St. Petersburg in Richtung Mariinski-Theater. Marie Kulbas zog den Vorhang zurück, um den sternklaren Himmel und den Mond zu betrachten, der wie eine makellose Perle über den Barockgebäuden schwebte.

»Zieh den Vorhang zu, Marie«, gebot Pauline Kulbas. »Nichts ist so unziemlich wie eine junge Dame, die wie benommen aus dem Fenster starrt.«

»Das ist ungerecht, Mama!« Marie rückte ein Stück vom Fenster ab, spähte aber nach wie vor aus der Ecke hervor nach draußen. »Schließlich bin ich zum ersten Mal in St. Petersburg.«

»Mutter hat recht.« Nikolai beugte sich vor und zog den Vorhang zu. »Wenn deine erste Saison ein Erfolg werden soll, musst du einen guten Eindruck machen«, neckte er seine Schwester.

»Keine Sorge, mein Kind.« Hermann Kulbas, der sich in seinem Abendanzug nicht unbedingt wohlzufühlen schien, tätschelte Maries Knie. »Du wirst schnell genug lernen, dich in der feinen Gesellschaft zu bewegen.«

Jedes Jahr Anfang September fuhren Maries Eltern von Narva, wo sie zu Hause waren, zum Beginn der Saison nach St. Petersburg. Dieses Jahr durfte Marie, die eben erst die

Schule abgeschlossen hatte, sie begleiten. Vor ihr lag ein Monat voller Einladungen zu Tanzveranstaltungen, Festen und Maskenbällen. Marie hatte die letzten Wochen mit Anproben bei den besten Schneiderinnen und dem Auswählen modischer Kopfbedeckungen aus den elegantesten Hutsalons ihrer Heimatstadt verbracht, und heute Abend gab sie in einem bodenlangen, mit bernsteinfarbenen Perlen bestickten Abendkleid und einem edelsteinbesetzten römischen Kopfputz ihr Debüt. Nikolai hatte zur Feier des Tages im Mariinski-Theater, in dem das Kaiserliche Russische Ballett auftrat, eine Loge gebucht.

Die Kutsche blieb vor dem Eingang stehen. Der Kutscher öffnete die Tür und hielt Pauline Kulbas die Hand hin. Marie, die nach ihrer Mutter ausstieg, betrachtete staunend das hellgrüne Gebäude mit den weißen Verzierungen, bevor ihr Blick sich der Menge elegant gekleideter Besucher zuwandte, die sich vor der klassizistischen Fassade eingefunden hatte.

»Schau mal, Kolja, da ist die ehemalige Primaballerina Mathilde Kschessinskaja«, wisperte Marie ihrem Bruder zu. »Ich habe schon so viel über sie gehört!«

»Ich auch.« Nikolai beugte sich zu seiner Schwester vor. »Man munkelt, dass die Primaballerina die Mätresse des Kaisers war, bevor er geheiratet hat.«

»Das glaube ich nicht!«, rief Marie empört.

Nikolai zuckte die Achseln. »Glaub, was du willst, aber er hat ihr eine Villa geschenkt.«

Sie näherten sich dem roten Teppich, der ins Vestibül führte. Nikolai bot Marie seinen Arm an. »Darf ich?«

»Ach, Kolja, ich hätte mir nie träumen lassen, dass es so wunderschön ist«, schwärmte Marie, als sie hineingingen.

Von den stuckverzierten Decken hingen funkelnde Kristallkandelaber, und in riesigen Vasen standen üppige Blumenbouquets. Frauen in hoch taillierten Kleidern und mit langen

Federn im Haar schritten Arm in Arm mit eleganten Männern im Abendanzug dahin.

»Meine Güte, Mascha, ich glaube fast, du fällst gleich in Ohnmacht«, stellte Nikolai lachend fest.

Die Geschwister folgten ihren Eltern ins Obergeschoss, wo die Familie in eine Loge rechts von der Bühne geführt wurde.

Marie hielt den Atem an und kniff ihren Bruder in den Arm, während sie mit großen Augen auf die prachtvoll geschmückten Wände und die langen Reihen der Sitze blickte, die mit dunklem Samt bezogen waren.

»Siehst du das?« Nikolai zeigte auf die große vergoldete Mittelloge. »Das ist die kaiserliche Hofloge.«

»Warum ist sie leer?«

»Anscheinend macht sich die Kaiserin nichts aus geselligen Anlässen. Bei ihrem letzten Theaterbesuch hat sie mitten in der Vorstellung ihre Loge verlassen. Das hat ganz schön Aufsehen erregt!«

Die Lichter erloschen allmählich, als der Dirigent den Taktstock hob und das Orchester die Ouvertüre anstimmte. Verspätete Besucher eilten zu ihren Plätzen; dann senkte sich Stille über den Saal.

Maries Herz schlug schneller, als sie zur Bühne schaute.

Tänzerinnen in weiten weißen Röcken und juwelenbesetzten Miedern schwebten mit scheinbar müheloser Grazie über die Bühne. Jeder Sprung, jede Drehung rief in Marie Bewunderung hervor. Sie war dermaßen gebannt, dass sie bald jede Befürchtung vergaß, sie könnte keinen guten Eindruck machen. Sie ließ sich völlig von dem Liebesdrama mitreißen, das sich auf der Bühne entfaltete.

Am Ende des letzten Akts, als die Seelen von Prinz Siegfried und Odette über dem Schwanensee zum Himmel emporstiegen, fiel Marie in den begeisterten Beifall der Zuschauer ein.

Als sie wenig später vor dem Theater mit ihren Eltern auf

die Kutsche wartete, war ihr ein bisschen schwindlig, als wäre sie gerade eben aus einem Traum erwacht. Vor ihnen staute sich eine lange Reihe von Kutschen und Automobilen, die darauf warteten, Fahrgäste aufzunehmen.

»Wo bleibt nur der vermaledeite Kutscher?« Hermann Kulbas ging unruhig auf und ab, wobei er immer wieder stehen blieb, um nach dem Gefährt Ausschau zu halten. »Zum Teufel mit dem Kerl! Wir werden uns noch verspäten!«

»Hermann, bitte.« Pauline Kulbas schaute sich verstohlen um, ob jemand die Flüche ihres Mannes mitbekommen hatte. »Wenn du schon fluchen musst, dann bitte leise!«

Monsieur Kulbas zückte seine Taschenuhr. »Wir hätten schon vor zehn Minuten im Haus meines Cousins sein sollen.«

»Es macht ihm bestimmt nichts aus, wenn wir ein bisschen später kommen. Er weiß, dass man nach den Ballettvorstellungen immer lange auf die Kutschen warten muss«, meinte Nikolai.

Ein Auto hupte, und Pauline Kulbas erschrak. »Diese abscheulichen, lärmenden Ungetüme!« Sie wandte sich an Marie. »Du weißt ja, dass Nikolai deinen Vater überredet hat, eins von diesen Dingern zu bestellen. Also, ich verstehe diese Begeisterung für Automobile nicht! Ich habe deinem Vater bereits gesagt, dass ich mich nie und nimmer in so ein Ding setzen werde.«

Marie lächelte. »Du wirst dich schnell daran gewöhnen, Mama.« Sie betrachtete die Menge, die sich vor dem Theater drängte. Der ganze Abend war wie ein Märchen, und sie wollte nicht, dass es aufhörte.

Sie zuckte zusammen, als Nikolai ihr auf die Schulter tippte. »Marie, ich möchte dir einen Freund von mir vorstellen, Pjotr Arkadjitsch.«

Marie wandte sich um und sah sich einem jungen Mann

mit gewelltem flachsblondem Haar und einer Brille mit runden Gläsern gegenüber.

»*Enchanté*, Mademoiselle.« Pjotr schlug die Hacken zusammen und beugte sich über Maries Hand. Als er sich wieder aufrichtete, öffnete er den Mund, um noch etwas zu sagen, wurde aber von Kulbas' Kutsche, die in diesem Moment vorfuhr, daran gehindert.

»Möchtest du mit uns zu Mostowskis fahren?«, fragte Nikolai seinen Freund.

Pjotrs Blick huschte zu Marie, dann zurück zu Nikolai. »Danke, aber der Wagen meiner Mutter müsste jeden Moment hier sein.« Er drehte sich zu Marie um und schlug noch einmal die Hacken zusammen. »Ich freue mich darauf, Sie in Kürze wiederzusehen, Mademoiselle.«

*

Im Haus der Familie Mostowski standen die Gastgeber in der Eingangshalle, um ihre Besucher zu begrüßen.

»Wie gefällt dir deine erste Saison, Mascha?«, erkundigte Madame Mostowski sich und bedachte Marie mit einem freundlichen Lächeln.

»Es ist überwältigend, Madame.«

»Wir freuen uns schon sehr darauf, dich während deines Studiums in St. Petersburg unter unserem Dach zu haben, allen voran Darja.«

»Zu gütig, Madame.« Marie machte einen Knicks.

Sie folgte ihren Eltern und ihrem Bruder eine weit geschwungene Treppe hinauf und vorbei an hohen Spiegeln und bunten Blumenarrangements. Sie gelangten in den großen rechteckigen Ballsaal, der von Kronleuchtern in gleißendes Licht getaucht wurde. Das Feuer in den Marmorkaminen sorgte für eine angenehme Temperatur, und in einer Ecke spielte ein kleines Orchester leise Musik. Hochmodisch gekleidete Damen nippten an Champagnergläsern und begutachteten unverhohlen das Erscheinungsbild der anderen weiblichen Gäste.

Als Marie sich durch die Menge zu ihrer Cousine Darja schob, sah sie Pjotr mit einer Gruppe junger Männer plaudern.

»Du scheinst Pjotrs Interesse geweckt zu haben.« Darja fächelte sich träge mit einem großen Fächer aus Straußenfedern Luft zu.

Marie warf einen Blick über die Schulter und stellte fest, dass Pjotr sie beobachtete. »Sei nicht albern, Darja. Er schaut dich an, nicht mich!« Darja mit ihren grünen Augen und der schlanken, anmutigen Gestalt hatte nie über einen Mangel an Bewunderern zu klagen.

Darja lachte. »Ich kenne Pjotr schon eine Ewigkeit, Mascha, und so hat er mich noch nie angeschaut.«

Wieder wandte Marie sich um und sah, wie Pjotr sich zu Nikolai neigte und ihm etwas zuflüsterte, worauf die beiden jungen Männer sich von der Gruppe trennten und auf die beiden Mädchen zugingen. Rasch drehte Marie sich wieder zu ihrer Cousine um.

»Guten Abend, meine Herren«, sagte Darja und bewegte kokett ihren Fächer.

»Liebste Cousine.« Nikolai küsste Darjas Hand. »Du siehst heute Abend hinreißend aus.«

Marie verdrehte die Augen über Nikolais schmachtenden Ton, bemerkte dann aber, dass Pjotr sie mit einem belustigten Lächeln anschaute, und senkte verlegen den Blick.

Sie plauderten über dies und das, wobei Darja und Nikolai den größten Teil der Unterhaltung bestritten. Ringsum waren Kellner damit beschäftigt, mit Speisen beladene Tabletts zu den langen Tafeln im angrenzenden Speisesaal zu tragen.

»Ich bin am Verhungern«, gestand Nikolai schließlich mit einem sehnsüchtigen Blick auf die Gerichte, die an ihnen vorbeigetragen wurden. »Wollen wir nicht einen Happen essen?« Er bot Darja seinen Arm, die sich sittsam bei ihm einhakte.

Pjotr hielt seinen Arm Marie hin. »Mademoiselle?«

Indem Marie die Bewegungen ihrer Cousine nachahmte, nahm sie Pjotrs Arm; dann folgten sie beide Nikolai und Darja in den Speisesaal, wo sich bereits andere Gäste eingefunden hatten.

Lange Tische, auf denen köstliche exotische Speisen angerichtet waren, standen für die Gäste bereit. Jedes Tischende war mit Blumenvasen geschmückt, während ein Paar ausgestopfter weißer Schwäne den prunkvollen Tafelaufsatz in der Mitte bildete.

»Hat Ihnen das Ballett gefallen?«, fragte Pjotr, als sie zu einem der Tische gingen.

»Ja, sehr.« Marie hielt ihren Teller einem Kellner in weißer Jacke und weißen Handschuhen hin, der ihr eine Scheibe Lammfleisch auflegte. »Tschaikowski ist ein Genie.«

»War es das erste Ballett, das Sie gesehen haben?«

Marie spürte, wie ihre Wangen zu glühen begannen. Bestimmt wusste Pjotr, dass es ihre erste Saison war. »Ja«, antwortete sie mit aller Würde, die sie aufbringen konnte.

»Und was sagen Sie zu unseren Ballerinen?«

»Ich finde sie wundervoll, besonders die Karsawina. Aber es ist meine erste Saison, deshalb habe ich kaum Vergleichsmöglichkeiten. Wie hat denn Ihnen die Aufführung gefallen?«

»Ich muss gestehen, ich weiß zu wenig über das Ballett, um ein Urteil abgeben zu können. Ich ziehe das geschriebene Wort jeder Aufführung vor.«

Er wartete, während ein anderer Kellner weitere Speisen auf ihre Teller legte. »Nikolai hat mir erzählt, dass Sie Jura studieren wollen«, fuhr er dann fort.

Die beiden hatten also über sie gesprochen! »Nächsten Mai fange ich an. Mein Onkel war so freundlich, mich für die Dauer meines Aufenthalts in St. Petersburg in sein Haus einzuladen.«

»Jura ist eine ungewöhnliche Wahl für eine Frau.«

»Nicht wenn man den Befürworterinnen der Emanzipation glauben darf. Sie vertreten die Meinung, dass Frauen das aktive und passive Wahlrecht haben sollten. In Finnland gibt es bereits weibliche Parlamentsabgeordnete, und …«

»Geht es schon wieder um die Gleichberechtigung der Frau?«, fiel Nikolai ihr ins Wort, als er mit Darja zu ihnen trat. »Hoffentlich langweilt meine Schwester dich nicht, Pjotr.«

Darja zog einen Schmollmund. »Wir werden doch nicht den Rest des Abends über Politik reden, oder?«

Nikolai hielt einen Kellner auf, der mit einem Tablett voller Champagnerkelche an ihnen vorbeiging. »Keine Politik mehr!« Er stellte seinen Teller auf einem Tisch ab und reichte jedem ein Glas. »Lasst uns anstoßen.«

»Worauf?«, wollte Darja wissen.

»Auf ein langes und glückliches Leben!«

Das fünfköpfige englische Orchester stimmte einen Walzer an. Leises Gemurmel erhob sich im Raum, und etliche Paare, allen voran Gastgeber und Gastgeberin, strömten in den Ballsaal zurück.

Marie fiel auf, wie Darjas Blick auf Nikolai fiel.

Nikolai fing den Blick auf und verbeugte sich. »Dürfte ich um die Ehre dieses Tanzes bitten?«

Die beiden ließen ihre Teller und Gläser stehen und traten zu den anderen Tänzern. Nikolai legte eine Hand fest um Darjas Taille und glitt mit ihr elegant über die Tanzfläche.

»Ein hübsches Paar«, stellte Pjotr fest, als er den beiden nachschaute.

»Ja«, erwiderte Marie abwesend. Sie sehnte sich nach einem

Tanz, aber Pjotr schien nicht zu bemerken, dass sich ringsum Paare bildeten und auf die Tanzfläche strömten.

»Tanzen Sie gerne?« Marie bereute die Frage, kaum dass sie über ihre Lippen gekommen war. Erst hielt sie ihm Vorträge über die Gleichberechtigung der Frau, und jetzt dachte er womöglich, sie wollte ihn zum Tanzen auffordern. Bestimmt fand er sie furchtbar aufdringlich.

Pjotr wandte sich zu ihr um und verbeugte sich steif. »Wenn Sie mich bitte entschuldigen.« Ohne ihre Antwort abzuwarten, verschwand er in Richtung Salon.

Tränen der Scham brannten in Maries Augen. Sie eilte aus dem Ballsaal, ohne nach links oder rechts zu schauen, aus Angst, ein bekanntes Gesicht zu sehen.

»Marie!« Das war Nikolai. »Was ist los? Ich habe gesehen, dass Pjotr gegangen ist, und dann bist du losgestürzt …«

»Ich habe mich noch nie im Leben so gedemütigt gefühlt!«, stieß Marie hervor.

Nikolai schüttelte mitfühlend den Kopf. »Arme Mascha.« Er reichte ihr ein Taschentuch. »Das sieht Pjotr gar nicht ähnlich. Ich kenne ihn schon sehr lange und habe noch nie erlebt, dass er sich so benimmt wie gerade eben.«

»Er ist überheblich und eingebildet«, gab Marie zurück. »Ich will ihn nie wieder sehen!«

»Sei nicht so vorschnell mit deinem Urteil«, riet Nikolai. »Und bitte keine Tränen! Wie willst du auf deinem ersten Ball Eindruck machen, wenn du rot geweinte Augen hast?«

»Ich glaube, ich will nach Hause.«

»Unsinn. Komm, trockne deine Augen, und dann darf ich zum ersten Mal meine Schwester aufs Tanzparkett führen.«

Marie gab nach. Wenige Minuten nachdem sie sich die Nase gepudert und Lippenrot aufgetragen hatte, betrat sie an der Seite ihres Bruders den Ballsaal und ging mit ihm auf die Tanzfläche.

Nach ihrem Tanz mit Nikolai traten andere junge Männer an Marie heran. Während sie durch den Saal wirbelte, entdeckte sie Pjotr. Er stand an der Seite und blickte mit gequälter Miene auf die Tanzfläche. Als ihr Blick auf seinen traf, wandte sie rasch das Gesicht ab. Mit diesem Mann wollte sie nichts mehr zu tun haben!

Doch ein paar Stunden später, als sie mit ihrer Familie auf den Wagen wartete, sah Marie sich wieder Pjotr gegenüber.

»Ich hoffe, Sie haben den Abend genossen«, sagte er höflich.

»Sehr, danke«, erwiderte Marie knapp.

»Sie scheinen gerne zu tanzen«, fuhr Pjotr fort.

Marie, die seinem Blick bis zu diesem Moment ausgewichen war, starrte ihn an. Was für ein komischer Kauz dieser Pjotr doch war! Erst demütigte er sie vor der gesamten besseren Gesellschaft von St. Petersburg, und jetzt hatte er die Unverfrorenheit, mit ihr Konversation zu machen.

»Es ist Maries erste Saison«, warf Pauline Kulbas ein, als offenkundig war, dass Marie nicht antworten würde.

Pjotr öffnete den Mund, schloss ihn aber gleich wieder, als wüsste er nicht, was er sagen sollte. Schließlich räusperte er sich und fragte: »Darf ich … dürfte ich Sie während Ihres Aufenthalts besuchen?«

»Ich fürchte, unser Terminkalender ist schrecklich voll. Ich werde kaum Zeit haben«, antwortete Marie frostig.

»Vielleicht später«, beharrte Pjotr, »wenn Sie bei Ihrer Cousine wohnen.«

Zu Maries Erstaunen spiegelte sich eine Mischung aus Verzweiflung und Reue auf Pjotrs Gesicht. Sie fühlte, wie ihre Entschlossenheit ins Wanken geriet.

»Meine Schwester würde sich freuen, dich zu sehen«, schaltete Nikolai sich ein, als ihr Wagen vorfuhr.

»Gewiss.« Marie durchbohrte ihren Bruder mit einem vernichtenden Blick.

Als die Kutsche sich in Bewegung setzte, wollte sie wissen: »Warum hast du das gesagt? Du hast doch gesehen, wie er mich behandelt hat. Warum hast du mich in die Lage gebracht, ihn empfangen zu müssen?«

Nikolai nahm ihre Hand. »Pjotr wollte dich nicht kränken, Mascha. Er ist in Gegenwart von Frauen furchtbar schüchtern, das macht ihn unbeholfen. Gib ihm noch eine Chance.«

»Ich wüsste nicht, warum«, entgegnete Marie.

Ihr Bruder lächelte. »Tu es mir zuliebe.«

*

Im Mai zog Marie gemeinsam mit ihrer Zofe Anna Radzinski in das Haus ihres Onkels. Ihre Räumlichkeiten – zwei Schlafzimmer, ein Bad und ein Salon – gingen auf den eleganten Newski-Prospekt, und das Wohnzimmer verfügte über einen kleinen Balkon mit Ausblick auf den Winterpalast und die goldene Kuppel der Isaakskathedrale.

»Wie findest du deine Zimmer, Marie?«, fragte Darja sie am ersten Abend in ihrem neuen Zuhause beim Diner.

»Bezaubernd. Ich werde mich hier bestimmt sehr wohlfühlen.«

»Ich habe heute Pjotr getroffen«, berichtete Darja mit einem verschmitzten Lächeln. »Er hat nach dir gefragt.«

»Wirklich? Das überrascht mich.« Marie hatte die Kränkung nicht vergessen, auch nach all den Monaten nicht.

»Pjotr ist ziemlich ungewöhnlich«, fuhr Darja fort, als wäre ihr Maries unfreundlicher Tonfall gar nicht aufgefallen. »Er ist nicht wie die anderen jungen Männer in St. Petersburg. Ich habe ihn noch nie auf einem Ball tanzen sehen. Meistens verzieht er sich in einen stillen Winkel und steckt seine Nase in ein Buch.«

»Dascha hat recht.« Monsieur Mostowski blickte von seinem Essen auf. »Ihr habt viel gemeinsam, du«, er deutete mit seiner Gabel auf Marie, »und Pjotr. Ich erinnere mich noch gut, dass du als kleines Mädchen auch ständig ein Buch in der Hand hattest.« Er lachte kehlig. »Während Darja und deine Brüder Fangen spielten, hast du lieber in der Bibliothek gesessen und gelesen.«

Marie wollte ihrem Onkel widersprechen, aber Darja fiel ihr ins Wort. »Das wäre also geregelt.« Sie schlug entzückt die Hände zusammen. »Ich rufe ihn nachher gleich an, um ein Treffen zu vereinbaren.«

Marie stöhnte innerlich auf.

»Eine großartige Erfindung, das Telefon.« Monsieur Mostowski strahlte. »Hermann sollte sich auch einen Apparat anschaffen.«

»Papa war bei seinem letzten Besuch in St. Petersburg sehr angetan von dieser Neuheit.« Marie war froh, dass das Thema gewechselt wurde. »Mama ist weniger begeistert, aber ich denke, Papa wird sie zu dieser Anschaffung überreden können.«

*

Zwei Tage später hatte Marie die Absicht Darjas, Pjotr anzurufen, längst vergessen. Sie saß in ihrem Zimmer und las, als der Lakai einen Besucher meldete: Pjotr Arkadjitsch.

»Führen Sie den Herrn in den Salon«, gebot Marie. Wie ärgerlich, dass Darja gerade nicht im Haus war!

Sie rief nach Anna und tauschte das hellblaue Kleid, das sie getragen hatte, gegen ein Seidenkleid mit hohem Spitzenkragen.

Anna schloss den letzten Perlmuttknopf am Rückenteil und trat einen Schritt zurück, um das Ergebnis im Spiegel zu bewundern. »Findet du nicht, dass dieses Kleid ein bisschen zu steif für den Besuch eines jungen Herrn ist?«

»Nein, ganz und gar nicht«, gab Marie zurück. »Und jetzt hilf mir, die Locken zu bändigen!«

Als Anna sie frisiert hatte, eilte Marie hinunter, um ihren Gast zu begrüßen.

»Ich habe mir erlaubt, Ihnen eine Kleinigkeit mitzubringen«, sagte Pjotr, kaum dass Marie den Salon betreten hatte.

Überrascht packte Marie das Geschenk aus und schnappte nach Luft, als sie sah, dass es sich um eine Ausgabe von Tschechows *Die Dame mit dem Hündchen* handelte. Sie schlug das Buch auf und las ein paar Zeilen auf der ersten Seite.

> *Es hieß, auf der Strandpromenade sei ein neuer Kurgast aufgetaucht – eine Dame mit einem Hündchen. Dmitri Dmitritsch Gurow, der schon seit vierzehn Tagen in Jalta war und sich an das Badeleben gewöhnt hatte, interessierte sich bereits wie die anderen für jeden neuen Menschen.*

»Nikolai hat mir erzählt, wie gerne Sie lesen.« Pjotr wirkte nervös. »Ich dachte, Tschechow könnte Ihnen gefallen.«

»Vielen Dank, sehr nett von Ihnen.« Marie lächelte ihn an und sah, dass seine Miene sich entspannte.

»Tee?« Sie läutete nach dem Hausmädchen.

»Ich weiß, dass Sie beschäftigt sind, und möchte Ihre Zeit nicht über Gebühr beanspruchen«, erwiderte Pjotr. »Ich bin nur gekommen, um Sie willkommen zu heißen und Ihnen das Buch zu geben.«

»Wollen Sie nicht ein bisschen bleiben?« Die Worte waren über ihre Lippen, ehe sie es verhindern konnte.

Auch Pjotr schien überrascht. »Wollen Sie das wirklich, Mademoiselle?«

»Darja wird bald zurück sein. Sie wäre enttäuscht, Sie verpasst zu haben. Und nennen Sie mich bitte Marie.« Sie bedeutete ihm, Platz zu nehmen. »Ich würde gerne mehr über Ihre Lieblingsbücher hören.«

*

Pjotr wurde im Laufe des Sommers zu einem regelmäßigen Besucher im Haus und brachte stets einen Arm voller Bücher mit. Er las Marie seine Lieblingsstellen laut vor, und sie ertappte sich dabei, sich von Mal zu Mal mehr auf seine Besuche zu freuen. In einem Brief an Nikolai schrieb sie:

Ich habe Pjotr sehr lieb gewonnen. Er ist ein wirklich guter Freund. Wir können unsere Meinungen und Ansichten offen diskutieren, ohne befürchten zu müssen, den anderen vor den Kopf zu stoßen. Bisher sind wir nur uneins, wem das größere Verdienst gebührt, Victor Hugo oder Leo Tolstoi …

»Findest du wirklich, dass Hugo ein besserer Schriftsteller ist als Tolstoi?«, wollte Marie wissen.

Pjotr hatte vorgeschlagen, die Helligkeit der Weißen Nächte, in denen die Sonne nur für kurze Zeit unterging, für einen Spaziergang im Sommergarten zu nutzen. Eine leichte Brise raschelte in den Ästen und wehte Blätter auf den Weg.

»Tolstoi ist ein Genie, und ich bewundere Lewins philosophische Ideale in *Anna Karenina* sehr«, erwiderte Pjotr, »aber *Les Misérables* ist in meinen Augen ein Meisterwerk. Die Geschichte des Jean Valjean ist ergreifend.« Er ließ den Blick über die Statuen schweifen, die den Fußweg auf beiden Seiten flankierten. »Aber das ist nur meine persönliche Ansicht.«

»Dann widersprichst du also der Behauptung Tschechows und Dostojewskis, dass Tolstoi der bedeutendste Schriftsteller überhaupt ist?«

»Wie gesagt, dass Tolstoi ein Genie ist, stelle ich nicht in

Abrede.« Pjotr lachte. »Niemand zeichnet ein so wahrheitsgetreues Bild der russischen Gesellschaft wie er.« Er zuckte die Achseln. »Aber mir gefällt Hugo einfach besser.«

»Jetzt bist du albern.« Marie tat, als wäre sie entrüstet.

»Ich werde unsere Diskussionen vermissen, wenn du nach Narva zurückkehrst.« Pjotrs Stimme klang mit einem Mal ernst. »Unsere Gespräche sind mir sehr lieb geworden.« Abrupt blieb er stehen und nahm Maries Hand. »Nicht nur unsere Gespräche. Auch du bist mir sehr lieb geworden.« Er schluckte.

Maries Herz schlug schneller, als sie den Blick zu ihm hob. »Ja«, sagte sie ermunternd.

Er öffnete den Mund, als wollte er noch etwas sagen, überlegte es sich dann aber anders. »Verzeih«, murmelte er. »Ich möchte lieber nicht …«

»Bitte sprich, Pjotr«, wisperte sie.

Er wandte das Gesicht ab und ließ ihre Hand los. »Es ist nichts.« Nach einem Blick zum Himmel fügte er hinzu: »Es wird spät. Wir sollten zurückgehen.«

Marie spürte, wie ihre Hand der seinen entglitt, und ihre Freude wich tiefer Enttäuschung. Einen Moment lang betrachtete sie verstohlen sein Gesicht und sah die Sorgenfalten um seine Augenwinkel. Da war noch etwas anderes, das er ihr sagen wollte …

Sie nickte. »Ja, du hast recht. Gehen wir, sonst komme ich zu spät zum Abendessen.«

2.

St. Petersburg

30. Juli 1914

»Euer Exzellenz.« Der Maître d'Hotel, ein untersetzter, stämmiger Mann mit sorgfältig gewachstem Schnurrbart, verneigte sich tief. »Wie schön, Sie wieder bei uns zu sehen.« Er bedeutete einem Pagen, dem Gast Hut und Mantel abzunehmen. »Gräfin Volkonski ist bereits hier«, fügte er mit gesenkter Stimme hinzu.

»Danke, Mikhail.« Der Oberst überprüfte im Spiegel den Sitz seiner dunkelblauen Uniform. Alexei Basilewitsch Serov war siebenunddreißig Jahre alt. Sein Haar lichtete sich an den Schläfen bereits ein wenig, und ein Anflug von Grau zog sich durch das helle Blond und verlieh ihm eine distinguierte Note. Er sprach fließend Deutsch und ein bisschen Französisch, war ein hervorragender Reiter, ein vorzüglicher Tänzer und ein exzellenter Schütze. Obwohl nur mittelgroß und von normaler Statur, war Alexei aufgrund seiner Haltung und seines Auftretens eine eindrucksvolle Erscheinung. Nun nickte er seinem Spiegelbild zufrieden zu und wandte sich wieder an den Maître d'Hotel.

»Ist alles wie üblich arrangiert?«

»Gewiss, Exzellenz«, antwortete Mikhail. »Hier entlang, bitte.«

Alexei folgte ihm durch den überfüllten Raum, wobei er gelegentlich ein vertrautes Gesicht mit einem kurzen Gruß oder einem Lächeln bedachte. Das Donon war das eleganteste Restaurant in St. Petersburg, berühmt für sein exquisites Essen und seine vornehme Klientel.

Im hinteren Bereich des Restaurants zog Mikhail einen schweren roten Samtvorhang auf, hinter dem ein schmaler, matt erleuchteter Gang zu den Extrazimmern führte. Ein Ober trat zur Seite, als die beiden Männer näher kamen. Mikhail klopfte leise an eine der Türen und wartete auf die Erlaubnis einzutreten. Dann öffnete er und ließ Alexei hindurch.

»Ich wünsche einen angenehmen Abend, Exzellenz«, murmelte er, bevor er sich diskret zurückzog.

»Alexei Basilewitsch! Ich habe gute Lust, dich deiner Wege zu schicken!«

Gräfin Natalja stand in einem eng anliegenden weißen Abendkleid, das ihre schmale Taille und die vollen Brüste betonte, mitten im Zimmer. »Was glaubst du, wie spät es ist? Der Champagner ist warm geworden.«

»Verzeih, Natalja.« Er nahm ihre Hand und zog sie an seine Lippen, drehte aber im letzten Moment die Handfläche nach oben und küsste die zarte Haut über ihrem Puls. »Du siehst bezaubernd aus.«

»Du bist ein Schuft, Alexei.« Natalja verzog schmollend den Mund, lächelte dann aber. »Was hat dich aufgehalten? Deine Frau?«

»Eine Angelegenheit, die meine Aufmerksamkeit erfordert hat.« Er läutete nach dem Kellner, der draußen vor der Tür stand. »Eine neue Flasche Champagner«, befahl er.

Als sie wieder allein waren, legte er einen Arm um Nataljas Taille und zog sie an sich. »Du hast mir gefehlt.« Er küsste sie auf den Nacken.

»Nicht so hastig.« Sie stieß ihn weg. »Du hast mir noch nicht erklärt, welche Angelegenheit wichtig genug war, mich fast eine Stunde warten zu lassen.«

»Du kannst dir ja wohl denken, welche Auswirkungen das Attentat auf die Beziehungen zwischen Serbien und Österreich-Ungarn haben wird«, gab er zurück.

»Pah! Das Attentat!« Natalja drehte sich zum Tisch um, auf dem ein kalter Imbiss bereitstand. »Ich bin es leid, vom Erzherzog und seinem grauen Mäuschen von Frau zu hören. Anscheinend kann ganz Petersburg an nichts anderes denken.«

»Immerhin war der Erzherzog der Thronfolger von Österreich-Ungarn.«

»Und wenn schon. Was gehen uns die Serben und Österreicher an?«

»Österreich hat mit Unterstützung Deutschlands Serbien den Krieg erklärt. Jetzt muss Russland eingreifen, um die orthodoxen Serben zu schützen.«

Die Gräfin zuckte die Achseln. »Das alles langweilt mich unendlich.« Sie löffelte einen Klacks Kaviar auf ein Stückchen Brot und schob es sich in den Mund.

»Wenn das so ist, sollten wir das Thema fallen lassen.« Alexei packte sie am Handgelenk und zog sie zu einem Sofa, das in einer Ecke des Zimmers stand.

»Nein.« Sie riss sich los. »Ich habe dir noch nicht verziehen.« Sie setzte sich auf einen Stuhl am Esstisch und beugte sich vor, sodass Alexei ein tiefer Einblick in ihr Dekolleté gewährt wurde.

Der Kellner brachte ein Tablett mit einer Flasche Champagner und zwei Gläsern. »Darf es sonst noch etwas sein, Exzellenz?«, erkundigte er sich.

»Nein, danke.« Alexei gab dem Mann ein Trinkgeld und raunte ihm zu: »Sorgen Sie dafür, dass wir nicht gestört werden.«

»Ja, Exzellenz.«

Alexei füllte die Gläser und reichte eines der Gräfin.

»Ich warte immer noch auf eine Erklärung.« Sie bedachte

ihn mit einem strengen Blick und fügte gekränkt hinzu: »Ich dachte schon, du hättest mich vergessen.«

»Dich vergessen? Meine teuerste Natalja, du bist das hinreißendste Geschöpf von ganz Petersburg! Wie könnte ich dich vergessen?«

Seine Bemerkung schien Natalja zu gefallen, denn sie schenkte ihm ein strahlendes Lächeln. Der strenge Ausdruck in ihren Augen verschwand, als sie Alexeis Hand nahm und ihn auf den Platz an ihrer Seite zog.

»Bleibst du über Nacht?«

Sein Gesicht wurde ernst. »Ich fürchte, das ist nicht möglich.«

Sie versteifte sich. »Ist es deine Frau?« Sie sprang auf und entfernte sich ein paar Schritte von ihm. »Früher warst du ihr gegenüber nicht so rücksichtsvoll.«

»Mit Emily hat es nichts zu tun. Ich muss wissen, ob Russland in den Krieg eintreten wird. Mein Regiment könnte jeden Tag an die Front befohlen werden.« Alexei ging zu ihr und nahm sie in die Arme. Zuerst schüttelte sie ihn ab, gab dann aber nach und ließ sich an seine Brust ziehen. »Ich bin Berufssoldat«, flüsterte er ihr ins Ohr. »Dafür wurde ich mein Leben lang ausgebildet.«

»Ach, Aljoscha, wird es wirklich Krieg geben?« Sie schaute ihn voller Besorgnis an. »Was ist, wenn du verletzt wirst oder Schlimmeres …« Ihre Worte endeten in einem Schluchzen.

Alexei spürte, wie ihn eine Woge von Zärtlichkeit überkam. Er küsste sie, ließ die Lippen über ihre Wange bis zur weichen Kinnpartie gleiten. Es erregte ihn, wie ihr Atem mit jedem Kuss stockender ging. Seine Lippen bewegten sich nach unten, fanden ihren Hals, entlockten ihr ein leises Stöhnen, und kehrten zurück zu ihrem Mund. Nataljas Lippen teilten sich. Alexei küsste sie fest und leidenschaftlich. Als er innehielt, um Atem zu holen, schaute er ihr in die Augen.

Zufrieden mit der Antwort auf seine unausgesprochene Frage nahm er ihre Hand und zog sie zum Sofa.

*

Zwei Stunden später eilte Alexei zum Offiziersclub hinauf. Am Ende der Treppe kam ihm ein Diener entgegen, um ihm Hut und Mantel abzunehmen.

»Ist General Tatischtschew noch hier?«, erkundigte sich Alexei.

»Ja, Exzellenz. Der General hält sich im Rauchsalon auf.«

»Und Außenminister Sasonow?«

»Ich fürchte, der Herr Außenminister ist bereits gegangen.« Der Diener trat lautlos hinter Alexei und zupfte einen Fussel von seiner Jacke. »Wünschen Eure Exzellenzen zu soupieren?«

Alexei winkte ab. »Danke, das wäre alles.«

Während er mit forschen Schritten über den Korridor ging, konnte er hinter den schweren Doppeltüren erhobene Stimmen hören.

»Guten Abend, Exzellenz.« Der Lakai, der ihm die Tür aufhielt, verbeugte sich kurz.

Graublauer Rauch hing in dichten Schwaden über den Offizieren. Ein Kellner bot Alexei ein Tablett mit Getränken an. Er entschied sich für Brandy, nahm einen großen Schluck und schaute sich suchend um. Schließlich entdeckte er den General beim Fenster, umringt von einigen Offizieren.

»Es war einiges an Überredungskunst erforderlich, um den Zaren zu überzeugen«, teilte Tatischtschew den Herren gerade mit. »Immer wieder wandte er ein, er brauche Zeit zum Nachdenken.«

»Es ist die *Nemka*, diese Deutsche, die ihm alles Mögliche ins Ohr flüstert«, sagte ein Leutnant hitzig. »Ich fand ihr Verhalten immer schon merkwürdig, aber jetzt …« Er breitete theatralisch die Arme aus. »Jetzt, da sie diesen Heiligen an den Hof gebracht hat, diesen Rasputin ... Nun, es scheint, als wäre der Zar nicht imstande, eine Entscheidung zu treffen, ohne mit ihr Rücksprache zu halten.«

»Urteilen Sie nicht vorschnell über den Zaren, Leutnant«, ermahnte Tatischtschew ihn. »Immerhin lastet das Gewicht der Nation auf ihm, ganz zu schweigen davon, dass der Kaiser sein Cousin ist.«

»Der Zar ist das Gegenteil seines verstorbenen Vaters«, murmelte ein Hauptmann, der nicht weit von Alexei entfernt stand. »Er taugt eher dazu, Gedichte zu schreiben, als uns in den Kampf zu führen.«

»Ich darf Sie daran erinnern«, sagte ein ältlicher Major und blickte den Hauptmann unter buschigen Augenbrauen an, »dass Sie vom Zaren sprechen.«

Der Hauptmann verbeugte sich. »Ich bitte um Entschuldigung.« Er lächelte zerknirscht. »War nicht abfällig gemeint.«

Alexei wandte seine Aufmerksamkeit wieder Tatischtschew zu, wobei er vom Brandy nippte und genussvoll die Wirkung des Alkohols auskostete, der wie flüssiges Feuer durch seine Kehle rann.

Der Leutnant brannte darauf, mehr zu erfahren. »Ist der Zar zu einem Entschluss gekommen?«

»Nun ...« Tatischtschew zog bedächtig an seiner Zigarre. »Der Außenminister empfahl dringend, unsere Truppen zu mobilisieren, während der Zar tobte, er könne die furchtbare Verantwortung, Tausende in den Tod zu schicken, nicht übernehmen.« Tatischtschew machte eine Pause, als der Kellner mit frischen Getränken kam. »Als ich sah, wie verstört der Zar war, trat ich vor, um ihm mein Mitgefühl für diese schwere Entscheidung auszusprechen. Ich dachte mir nichts dabei, aber der Zar geriet in Zorn. ›Ich entscheide!‹, verkündete er und unterzeichnete umgehend den Befehl.« Tatischtschew hielt sein Glas hin, um sich nachschenken zu lassen. »Noch während wir hier stehen, meine Herren, werden Telegramme in alle Winkel Russlands geschickt, um unsere Truppen zu den Waffen zu rufen.«

Die Runde verstummte, als alle die Nachricht verarbeiteten. Nach längerem Schweigen hob der Leutnant sein Glas: »Auf das Vaterland!«

Und dann wurde getrunken, als würde am nächsten Tag die Welt untergehen.

*

Ein paar Stunden später stolperte Alexei aus der Kutsche, so unsicher auf den Beinen, dass er beinahe das Gleichgewicht verloren hätte.

»Schon gut!«, sagte er schroff, als der Kutscher Anstalten machte, vom Bock zu klettern, um ihm zu helfen. Er griff in seine Brusttasche und holte ein paar Münzen heraus.

»Danke, Herr!« Der Kutscher strahlte. »Gott segne Sie!«

Alexei entließ ihn mit einer nachlässigen Handbewegung, bevor er unsicher die Treppenstufen erklomm, die zur Haustür führten. Die Gaslampen tauchten den Eingang in ein Dreieck aus Licht. Alexei blickte auf die Uhr. Vier Uhr morgens. Das Personal würde erst in einer Stunde aufstehen. Er klopfte seine Taschen nach dem Hausschlüssel ab.

»*Chert Poberi!* Verdammt!«

Im Geiste ging er die Schritte des vergangenen Abends noch einmal durch und versuchte sich zu erinnern, wo er den Schlüssel verlegt haben könnte. Aber seine Erinnerungen an alles, was auf Tatischtschews Eröffnung gefolgt war, blieben verschwommen.

»*Chert Poberi!*«, fluchte er noch einmal.

Er hob den schweren Türklopfer aus Messing und pochte

an die Eichentür. Nach ein paar Minuten hörte er schlurfende Schritte näher kommen.

»Wer ist da?«

»Mach die Tür auf, Anton.«

Die Tür wurde einen Spalt weit geöffnet. Als der Diener Alexei erkannte, zog er die Tür weit auf und straffte die Schultern.

»Verzeihen Sie meine Nachlässigkeit, Exzellenz. Ich dachte, Sie hätten Ihren Schlüssel dabei, sonst hätte ich einen der Diener angewiesen aufzubleiben, um Sie hereinzulassen.«

Alexei ignorierte die Entschuldigung. Er ging zur Treppe und hielt sich am Geländer fest. »Sag Grigori, ich möchte ihn gleich heute Morgen sehen.«

Der Diener zögerte einen Moment, ehe er fragte: »Wünschen Sie angesichts der späten Stunde Ihrer Heimkehr denn nicht auszuschlafen, Exzellenz?«

»Heute früh«, wiederholte Alexei, während er seinen Hut abnahm und seinen Mantel über das Geländer warf.

»Wie Sie wünschen, Herr. Ich komme sofort, um Ihnen beim Ablegen der Uniform zu helfen.«

»Ja, ja, schon gut«, gab Alexei gereizt zurück.

Wenige Minuten später trat der Diener, der rasch in Hose, Weste und Jackett geschlüpft war, in Alexeis Zimmer, um seinem Herrn beim Auskleiden behilflich zu sein. Anschließend versuchte Alexei, dessen Lust durch den Alkohol wieder entfacht worden war, sein Glück an der Schlafzimmertür seiner Frau, musste aber zu seinem Ärger feststellen, dass abgeschlossen war. Er klopfte und rief mehrmals ihren Namen, bekam aber keine Antwort. Schließlich gab er verdrossen auf und ging zu Bett.

Trotz seiner Bemühungen, diskret vorzugehen, waren Emily vermutlich Gerüchte über seine heimlichen Treffen mit Natalja zu Ohren gekommen, die er im Jahr zuvor auf einem

Ball der Zarin für ihre beiden ältesten Töchter kennengelernt hatte. Alexeis Blick schweifte zu dem Atelierfoto seiner eigenen Töchter, das auf seinem Nachttisch stand. Liebevoll betrachtete er die drei Gesichter mit den großen, strahlenden Augen, die direkt in die Linse schauten. Irinas rabenschwarzes, von einem Seidenband gehaltenes Haar erinnerte Alexei an Emily zu der Zeit, als sie einander zum ersten Mal begegnet waren. Damals war er ein junger Leutnant gewesen und in Narva stationiert.

Obwohl Emily charmant war und aus einer guten Familie stammte, ließen ihre intellektuellen Fähigkeiten zu wünschen übrig, sodass Alexei sich bald schon langweilte. Seine erste Affäre hatte er, als Emily mit Irina schwanger war. Falls Emily Verdacht geschöpft hatte, ließ sie sich nichts anmerken, sondern beschäftigte sich mit ihrem Neugeborenen.

Zwei Jahre später kam ihre zweite Tochter, Vera, zur Welt. Alexei, der auf einen Erben gehofft hatte, war enttäuscht. Eine kurze Affäre mit der Tochter eines rangniedrigeren Offiziers hatte fatale Folgen, als die junge Frau schwanger wurde. Die Familie hielt die Schwangerschaft verborgen, forderte aber Wiedergutmachung von Alexei. Emily bewies erstaunliche Haltung, indem sie anbot, das uneheliche Kind aufzunehmen, und Tonja, die jetzt zehn war, wie eine leibliche Tochter aufzog. Sie erwähnte die Affäre nie, doch sie verbrachte immer mehr Zeit hinter verschlossenen Türen in ihren privaten Gemächern.

Alexei seufzte. Es war seine eigene Schuld, wenn sie nichts mehr von ihm wissen wollte, gestand er sich schläfrig ein.

Als er die Augen aufschlug, war es Morgen, und das Zimmer war in helles Sonnenlicht getaucht. Das Stubenmädchen musste hier gewesen sein und die Vorhänge aufgezogen haben, als er geschlafen hatte. Er stand auf, stieß das Fenster auf und atmete tief ein, um seine Lunge mit der Morgenluft zu füllen. Auf der anderen Straßenseite drängte sich eine Menschenmenge vor einem roten Wandplakat. Alexei beobachtete, wie ein Mann mit Stock und Zylinder einem aus der Menge auf die Schulter klopfte.

»Was ist los? Was steht da?«, wollte er wissen.

»Haben Sie es noch nicht gehört?«, gab der Mann zurück. »Wir sind im Krieg! Was da steht, ist der Aufruf zur Mobilmachung.«

Hinter Alexei wurde die Tür geöffnet, und Grigori betrat mit einem Frühstückstablett und der Morgenzeitung das Zimmer.

»Guten Morgen, Exzellenz. Hatten Sie einen angenehmen Abend?«

»Hast du die Plakate gesehen?«, fragte Alexei.

»Ja, Herr. Seit sieben Uhr früh sind sie überall in der Stadt aufgehängt worden.«

Grigori Alexandrewitsch, seit der Militärakademie Alexeis Bursche, hatte sich im Lauf der Zeit als ebenso tüchtig wie getreu erwiesen. Mit seinen dunklen Locken und den braunen Augen mangelte es ihm nie an weiblichen Bewunderern, aber trotz des Überangebots an willigen jungen Frauen hatte Grigori bisher nicht ans Heiraten gedacht.

Alexei griff nach der Zeitung. Die Titelseite verkündete in dicken Blockbuchstaben die Mobilisierung der Truppen.

»Soll ich Ihre Stiefel putzen?«, fragte Grigori.

»Ja«, antwortete Alexei geistesabwesend.

»Kann ich sonst noch etwas tun, Exzellenz?«

»Ist Madame Serova schon wach?«

»Madame und die jungen Damen haben vor einer Stunde das Haus verlassen, um die Schneiderin aufzusuchen.«

Alexei rieb sich die Augen, hinter denen ein dumpfer Schmerz pulsierte. »Sieh zu, dass meine Sachen gepackt werden. Jeden Moment kann ein Telegramm mit der Aufforderung kommen, zu unserem Regiment zu stoßen.«

Als Grigori gegangen war, setzte sich Alexei an einen kleinen Tisch, trank seinen Tee und überflog die Zeitung. Auf den Innenseiten las er, dass in Sarajewo der Prozess gegen die sechs Männer fortgesetzt wurde, die das Attentat auf den Thronfolger verübt hatten.

Er legte die Zeitung zusammen und schob sein Frühstückstablett beiseite. Russland war im Krieg … Im Gegensatz zu den anderen Männern im Offiziersclub empfand er weder Begeisterung noch freudige Erregung, wenn er daran dachte, was ihnen allen bevorstand. Er wusste, dass Russland auf einen Krieg nicht ausreichend vorbereitet war. Die Militärs mochten sich für ihren Mut und ihre Ritterlichkeit rühmen, aber Tatsache war, dass die Deutschen besser ausgerüstet waren und mehr Truppen ausheben konnten, als die Russen jemals hoffen durften.

*

Zar Nikolaus II war ein in sich gekehrter Mann, der nie den Wunsch verspürt hatte, Herrscher über ein Reich zu werden. Als er jetzt in seiner Bibliothek auf und ab schritt, gingen ihm düstere Gedanken durch den Kopf. Draußen war der Himmel grau und verhangen, und es sah nach Regen aus.

Gestern hatte der Zar den Befehl zur Mobilmachung von Millionen Russen unterzeichnet. Vor einer Stunde dann hatte sein Außenminister ihm telefonisch mitgeteilt, die Deutschen hätten ihnen nach ihrer Weigerung, die Mobilmachung rückgängig zu machen, den Krieg erklärt.

Es gab keinen Zweifel mehr. Der Krieg stand unmittelbar bevor. In der vergangenen Woche hatte Zar Nikolaus seinem Cousin Wilhelm in Berlin etliche Telegramme geschickt und ihn beschworen, zwischen Österreichern und Serben zu vermitteln, leider ohne Erfolg.

Nikolaus wünschte sich sehnlichst, er könnte mit seiner Familie in Zarskoje Selo sein statt hier im Winterpalais, umringt von Männern, die danach gierten, Krieg zu führen. Etwas früher am Tag hatte er mit Alexandra auf dem Balkon gestanden und den Massen zugewinkt, die russische Fahnen schwenkten und »Lang lebe der Zar!« riefen. Hier, in der Einsamkeit seines Studierzimmers, sehnte er sich nach der Nähe seiner Frau.

Alexandra hatte das Winterpalais noch nie gemocht. Sie bevorzugte die märchenhafte Residenz in Zarskoje Selo, fünfundzwanzig Kilometer südlich von St. Petersburg. Nikolaus lächelte bei der Erinnerung an Alexandras Russlandbesuch im Winter 1889 und ihren ersten Tanz. Sein Lächeln verblasste, als er an das Verhalten der russischen Gesellschaft dachte, vor allem das der Frauen, die Alexandra nach wie vor ablehnten und bösartige Gerüchte über sie in die Welt setzten.

Er seufzte. Alexandra wurde ebenso missverstanden wie er selbst.

Er wünschte, seine Untertanen würden ihm dieselbe Achtung entgegenbringen wie seinem Vater. Aber trotz der Härte und Entschlossenheit, die er bewiesen hatte, als er 1895 die Forderung nach Reformen ablehnte, spürte er, dass viele am Hof ihn als schwach und unsicher einschätzten.

In Wahrheit interessierte Nikolaus sich kaum für Angelegenheiten des Staates. Wäre da nicht das Versprechen, das er seinem Vater gegeben hatte, als dieser auf dem Sterbebett lag, hätte er freudig all seine Pflichten abgegeben, um sich ganz seiner Familie widmen zu können.

Nikolaus setzte sich an seinen Schreibtisch, nahm sein Tagebuch aus der obersten Schublade und schlug eine neue Seite auf.

31. Juli 1914
Ein grauer Tag, grau und düster wie meine Stimmung …

3.

Narva, Estland

August 1914

Auf der einen Seite des zweistöckigen Landhauses der Familie Marinski erstreckten sich Felder, so weit das Auge reichte. Unter den Strahlen der aufgehenden Sonne lösten sich die Nebelschwaden über den grünen Wiesen allmählich auf und ließen sie wie Smaragde leuchten.

Narva, das über hundert Kilometer südwestlich von St. Petersburg lag, war die östlichste Stadt Estlands. Die Estländer, die zum russischen Reich gehörten, nahmen den Aufruf zur allgemeinen Mobilmachung mit ähnlichem Enthusiasmus auf wie ihre russischen Landsleute.

Marie stand vor dem schweren Tor aus Schmiedeeisen, das das Haus von der Landstraße trennte, die zur Stadt führte, und winkte dem Strom von Wagen, Karren und Menschen zu. Das Licht der Scheinwerfer zahlloser Automobile zerfloss im Morgendunst. Marie konnte keines der Gesichter erkennen, und bestimmt konnte auch niemand sie selbst sehen. Trotzdem winkte sie weiter. Die Leute waren in Hochstimmung. Sogar über das dumpfe Dröhnen der Motoren hinweg hörte sie die Männer singen, deren Stimmen sich zu patriotischen Weisen vereint hoben und senkten.

Marie blieb noch eine Zeit lang stehen, um die Straße zu betrachten, bevor sie zurück zum Haus ging.

Nikolai hatte sich zum Militär gemeldet, kaum dass der

Krieg erklärt worden war. Maries jüngerer Bruder Valentin, der mit seinen fünfzehn Jahren noch zu jung war, schlich mürrisch durchs Haus und maulte über diese Ungerechtigkeit. Als Pauline Kulbas von der Entscheidung ihres älteren Sohnes erfuhr, war sie zuerst sehr still, ließ aber schon am nächsten Tag den Schneider kommen, um Nikolai eine Uniform anmessen zu lassen.

In ihrem Schlafzimmer fragte Marie sich, welche Auswirkungen der Krieg auf ihr Leben haben mochte. Würde ihr Unterricht ausfallen? Konnte er ungestört fortgesetzt werden? Pjotr hatte ihr in einem Telegramm mitgeteilt, dass er eingerückt war, und sich erkundigt, ob er sie in Narva besuchen könne, bevor er sich seinem Regiment anschloss. Lächelnd malte Marie sich aus, wie Pjotr in Uniform aussah.

Es klopfte an ihre Tür, und Anna trat ein.

»Das ist mit der Nachmittagspost für dich gekommen.«

Marie erkannte die Handschrift auf dem Umschlag. »Danke, Anna«, sagte sie und griff hastig nach dem Brief. »Ich rufe dich, wenn es Zeit wird, mich zum Diner umzuziehen.«

Marie wartete, bis Anna die Tür hinter sich geschlossen hatte, ehe sie den Briefumschlag aufriss.

Meine liebste Marie!

Dich zu kennen, bei Dir zu sein, erhellt meine Welt. Nie habe ich so viel Glück empfunden wie in den Augenblicken, die wir zusammen verbringen. An dem Nachmittag, als Dein Zug anfuhr, glaubte ich, mein Herz würde stehen bleiben. Ich fühlte mich leer, und als ich zum Himmel blickte, hatte auch er seine Helligkeit verloren und wirkte kalt und abweisend. Du bist mein Licht. Ohne Dich bin ich verloren. Zu wissen, dass Du auch nur einen Bruchteil der Zuneigung, die ich Dir entgegenbringe, für mich empfindest, würde mich zu einem glücklichen Mann machen. Erbarme Dich meiner armen Seele und sag mir, dass Du meine Gefühle teilst.

Auf ewig Dein
P.

Marie drückte den Brief an ihre Brust. Die heimliche Trauer, die sie seit ihrer Trennung verspürt hatte, wich einer Freude, die ihren ganzen Körper erfüllte. Sie las den Brief noch zweimal und empfand jedes Mal dieselbe Seligkeit.

»Er liebt mich«, flüsterte sie. »Petja liebt mich.«

»Mascha!«

Sie hörte Nikolai die Treppe hinaufrennen.

»Marie, du Faulpelz, schläfst du?«

Marie sprang auf, lief zur Tür und riss sie auf. Als sie ihren Bruder in Uniform sah, blieb sie wie angewurzelt stehen.

»Du siehst … so anders aus«, sagte sie und trat einen Schritt zurück. Dann warf sie die Arme um ihn. »Großartig siehst du aus!«

»Ich bin bei den Husaren eingetreten. Wir waren den ganzen Morgen damit beschäftigt, den Transport unserer Pferde mit der Bahn zu organisieren.«

»Wann brichst du auf?«, fragte Marie, der plötzlich schwer ums Herz wurde.

»In einer Woche, dann geht es zur Offiziersausbildung.« Nikolai runzelte die Stirn. »Warum machst du so ein trauriges Gesicht, Marie?«

Sie sah ihn ernst an. »Versprichst du mir, dass du zurückkommst?«

»Sei kein Miesepeter, du albernes Ding«, sagte er lachend. »Die Deutschen sind unserer Übermacht und Tapferkeit nicht gewachsen. Es würde mich nicht wundern, wenn der Krieg in ein paar Wochen zu Ende wäre.«

Marie lächelte, konnte die bangen Vorahnungen, die sie beim Anblick ihres Bruders in Uniform befallen hatten, aber nicht abschütteln. »Hoffentlich. Ich könnte es nicht ertragen, dich zu verlieren.«

»Nur Mut.« Nikolai drückte ihre Schultern. »Ich will mir die Erinnerungen an die letzten paar Tage daheim nicht von einer Schwester verderben lassen, die Trübsal bläst wie eine alte *Babuschka*. Hast du was von Pjotr gehört?«

»Ja, er trifft heute Nachmittag hier ein.« Sogar in ihren eigenen Ohren klang ihre Stimme sorgenvoll. »Er kann nur eine Nacht bleiben, bevor er zu seinem Regiment stößt.«

*

Marie wartete den ganzen Tag voller Ungeduld auf Pjotrs Ankunft. Nikolai war schon vor einiger Zeit mit dem Auto zum Bahnhof gefahren, um seinen Freund abzuholen. Hin und wieder glaubte Marie, das Knirschen von Reifen auf Kies zu hören; dann stürzte sie zum Fenster, nur um jedes Mal enttäuscht zu werden.

Pjotrs Brief trug sie bei sich. Immer wieder legte sie eine Hand auf den Umschlag; immer wieder erfasste sie überschäumende Freude über das, was er geschrieben hatte. Vor Nervosität und Aufregung hatte sie sich gleich mehrmals umgezogen.

Endlich hörte sie den Wagen in der Auffahrt.

»Sie sind da!«, rief sie über das Treppengeländer nach unten. »Schnell, Anna, mein Kleid!«

Anna kam mit einem weiteren von Maries Kleidern die Treppe hinaufgeeilt.

»Rasch, Anna, sie müssen jeden Moment hier sein!«

Ein wenig atemlos erreichte Anna ihre Herrin. »Kein Kleiderwechsel mehr, das musst du mir versprechen! Das ist jetzt schon das dritte Kleid, das Zoya heute für dich gebügelt hat. Das arme Ding ist zu Tode erschöpft. Schließlich hat sie noch etwas anderes zu tun.«

»Sei nicht böse, Anna. Wenn du wüsstest, was ich durchmache …« Marie brach hastig ab, um nicht zu viel zu verraten.

»Das mag ja sein, aber umziehen wirst du dich heute nicht mehr.«

»Versprochen!«

Marie schloss Anna in die Arme und küsste sie impulsiv auf die Wange.

Anna hob das Kleid über Maries Kopf und ließ es behutsam über Schultern und Hüften gleiten. Marie zappelte hin und her, wobei sie sich im Spiegel betrachtete.

»Willst du wohl still halten!« Anna zog die winzigen Knöpfe durch die schmalen Schlaufen.

Beide Frauen hörten, wie die Haustür aufging und Nikolai zu seinem Diener sagte: »Bring uns eine Flasche Wodka in den Salon.«

»Meine Locken haben sich gelöst«, jammerte Marie.

Anna steckte die losen Strähnchen mit Klammern zurück, befestigte als letzten Höhepunkt einen griechischen Kopfputz in Maries Haar und trat zurück, um ihr Werk zu begutachten.

»Wie sehe ich aus?« Marie drehte sich im Kreis.

»Hinreißend!« Anna trat näher und lächelte warm. »Pjotr Arkadjitsch müsste ein Dummkopf sein, wenn er sich nicht rettungslos in dich verliebt.«

Marie wurde rot. »Du weißt es also, das mit Pjotr und mir?«

Anna nahm die abgelegten Kleidungsstücke von der Sessellehne. »Ich habe mir so was gedacht.« Sie richtete sich auf und lächelte. »Dein heutiges Verhalten hat nur bestätigt, was ich seit einiger Zeit vermute.«

*

Marie stand kerzengerade vor der Salontür. Als der Lakai die Tür öffnete, holte sie tief Luft, die gleich darauf in einem langen Seufzer entwich, als ihr Blick auf Pjotr fiel.

»Hallo, Mascha.« Nikolai begrüßte seine Schwester mit einem Kuss.

Sie sah verstohlen zu Pjotr, der ein paar Schritte von ihnen entfernt stand. »Hallo, Pjotr.« Sie hielt ihm ihre Hand hin. »In Uniform siehst du ganz anders aus.«

»Ich fühle mich auch anders«, erwiderte er steif. »Es geht dir gut, hoffe ich.«

Marie, von seiner förmlichen Begrüßung ein wenig verwirrt, antwortete nicht sofort.

»Ja, danke«, sagte sie schließlich. Die mangelnde Herzlichkeit in seiner Stimme traf sie bis ins Innerste.

In diesem Augenblick kamen ihre Eltern in den Salon. Pjotr ging zu ihnen, um sie zu begrüßen. Marie beobachtete ihn und fragte sich, welche Gründe hinter seinem Stimmungswandel steckten. Hatte sie seinen Brief missverstanden? War er nicht mehr verliebt in sie? Konnte er seine Meinung so kurz nach seiner Liebeserklärung ändern?

Nichts davon erschien ihr wahrscheinlich. Es musste eine andere Erklärung für sein Verhalten geben. Während sie darüber nachdachte, wühlte der Schmerz immer tiefer in ihr.

»Setzen wir uns«, schlug Hermann Kulbas vor und deutete auf die Sofas.

Marie nahm auf einer zweisitzigen Bank Platz. Zu ihrer Enttäuschung ging Pjotr zu dem Sessel, der am weitesten von ihr entfernt stand. Wieder spürte sie, wie Kummer und Ratlosigkeit ihr das Herz schwer machten. Die anderen redeten mittlerweile über die Mobilmachung, Marie aber bekam kaum etwas von dem Gespräch mit.

»Du bist ja so still, Marie«, stellte ihr Vater fest. »Fehlt dir etwas?«

»Nein, Papa.« Sie zwang sich zu einem Lächeln. Ihre Augen suchten und fanden Pjotr, der ihren Blick kurz erwiderte, bevor er sich von ihr wegdrehte.

*

Auch beim Diner kreiste das Gespräch hauptsächlich um die Ermordung des Erzherzogs und den bevorstehenden Krieg. Marie hörte kaum hin. Lustlos stocherte sie in ihrem Essen, brachte aber keinen Bissen herunter.

Pjotr, der neben Hermann Kulbas saß, schaute mehrmals verstohlen zu ihr, wandte sich aber sofort ab, wenn ihre Blicke sich begegneten. Marie fühlte sich immer elender und wünschte sich inständig, der Abend möge bald zu Ende gehen.

Nach dem Essen zogen sich die Herren in den Salon zurück, um Zigarren zu rauchen und Brandy zu trinken.

»Darf ich mich entschuldigen, Mama?«, fragte Marie.

»Fühlst du dich nicht wohl? Du hast dein Essen kaum angerührt.«

»Nichts Ernstes«, wich Marie aus. »Ich habe nur ein bisschen Kopfweh und würde mich gerne hinlegen.«

Im Vestibül erhaschte sie einen Blick auf ihren Vater, der Pjotr soeben in die Bibliothek bat. Kurz bevor die beiden hinter der Tür verschwanden, drehte ihr Vater sich um, erblickte Marie und warf ihr über die Schulter ein Lächeln zu. Überrascht, dass Nikolai nicht bei den beiden Männern war, machte Marie sich auf die Suche nach ihm und fand ihn im Salon, wo er Zeitung las und eine Zigarette rauchte.

»Warum bist du nicht bei Papa und Pjotr?«, wollte sie wissen.

Nikolai wandte sich zu ihr um. »Komm rein«, sagte er. »Und mach die Tür hinter dir zu.«

Marie gehorchte und trat zu ihm.

»Papa wollte unter vier Augen mit Pjotr sprechen.«

Sie sah ihn fragend an. »Warum?«

Nikolai zuckte die Achseln, aber sein Lächeln verriet, dass er mehr wusste, als er preisgab.

»Veralbere mich nicht, Kolja«, sagte Marie. »Du musst mir sagen, was Papa mit Pjotr zu besprechen hat.«

»Warum sollte ich? Du hast den ganzen Abend reichlich teilnahmslos gewirkt.« Nikolai tat so, als würde er weiter in der Zeitung lesen.

Sie kniff ihn in den Arm. »Sag's mir!«

»Schon gut, schon gut!« Er lachte, drückte seine Zigarette aus und führte Marie zu einem Sofa. »Ich bin mir nicht ganz sicher, aber ich weiß, dass Papa heute ein Telegramm aus St. Petersburg erhalten hat. Kurz darauf hat er mich in die Bibliothek kommen lassen.«

»Von wem war das Telegramm?«

»Von Pjotr.«

Maries Herz machte einen Satz. »Und was stand drin?«

»Das hat er mir nicht gesagt. Aber er hat mich gefragt, was ich über Pjotr weiß.«

Marie packte seine Hand. »Und was hast du geantwortet?«

»Die Wahrheit. Ich habe ihm gesagt, dass Pjotr der Sohn einer Fürstin aus einer unbedeutenden Adelslinie und eines Spielers ist, dem es im Lauf der Jahre gelungen ist, das Familienvermögen praktisch auf null schrumpfen zu lassen.«

Marie ließ die Hände sinken. »Kolja, wie konntest du? Pjotr ist nicht wie sein Vater, ganz und gar nicht!«

Nikolai hob eine Hand. »Lass mich ausreden …«

»Soll das heißen, du hattest noch mehr zu sagen? Nach allem, was du Papa erzählt hast, wundert es mich, dass er Pjotr noch nicht vor die Tür gesetzt hat.« Marie, die mit den Tränen kämpfte, kehrte ihrem Bruder den Rücken zu.

Er fasste sie an den Schultern und drehte sie zu sich um.

»Es ist auch für dich wichtig, das zu hören, Mascha. Alles, was Pjotrs Familie geblieben ist, ist das Stadthaus, das seiner Mutter gehört, und die Ländereien im Ural, die bis zu Pjotrs Volljährigkeit von seinem Vater und einem Verwalter bewirtschaftet wurden.«

»Seine finanzielle Situation interessiert mich nicht. Ich liebe ihn, egal ob er reich ist oder arm!« Marie wandte sich zum Gehen, aber Nikolai legte eine Hand auf ihren Arm.

»Ich habe außerdem gesagt, dass ich keinen anständigeren Mann als Pjotr kenne und dass er die Verwaltung der Güter übernommen hat, sodass sie allmählich wieder Gewinne abwerfen. Und was dich angeht … ich habe Papa gesagt, ich zweifle keine Sekunde dran, dass Pjotr dich glücklich machen wird.«

Marie blickte ihren Bruder überrascht an. Ihr Gesicht wurde weich. »Das alles hast du gesagt?«

Er lächelte. »Ihr zwei seid wie füreinander geschaffen.«

*

Später am Abend spazierten Pjotr und Marie Arm in Arm durch den Obstgarten. Eine milde Brise raschelte in den Ästen, die sich unter der Last der Früchte neigten. Schatten tanzten um sie her. Doch auch wenn sie jetzt endlich allein waren, wirkte Pjotr immer noch unruhig und zerstreut. Marie suchte verzweifelt nach einem passenden Gesprächsthema, aber ihre Bemühungen brachten ihr nur einsilbige Antworten ein.

»Ich halte das nicht aus, Petja«, sagte sie schließlich. »Morgen verlässt du uns, und ich werde dich vielleicht lange Zeit nicht mehr sehen. In deinem Brief schreibst du, dass du mich liebst, aber du hast seit deiner Ankunft kaum ein Wort mit mir gewechselt.«

»Mach mir keine Vorwürfe.« Pjotr nahm Maries Gesicht

zwischen beide Hände. »Ich würde lieber sterben, als dir Kummer zu bereiten.«

Seine Hände lagen glatt und warm auf Maries Haut und riefen bei ihr ein Prickeln hervor. Sie und Pjotr waren vor einem der Rosensträucher am hinteren Ende des Gartens stehen geblieben, und die Luft war schwer vom Duft der Blumen. Marie wusste nicht, ob es an diesem Duft oder an Pjotrs Berührung lag, dass ihr auf einmal schwindlig wurde.

Ihre Verwirrung schien sich auf ihrem Gesicht zu spiegeln, denn Pjotr ließ die Hände sinken.

»Entschuldige bitte.«

»Petja.« Marie lächelte. In seiner Uniform sah er ganz anders aus als der belesene junge Mann, der sie in St. Petersburg jeden Sonntag besucht hatte. Sie nahm seine Hände in ihre. »Sag mir bitte, warum du so reserviert bist.«

»Offen gestanden«, begann er unsicher, »bin ich mit der Absicht nach Narva gekommen, um deine Hand anzuhalten. Ich … ich bin verliebt in dich«, stammelte er. »Aber ich habe Angst, dass ich deiner nicht würdig bin.«

»Das ist doch Unsinn, Petja.« Marie war auf einmal außer Atem. Sie sah ihm in die Augen, bemüht, ihn von ihrer Liebe zu überzeugen. »Ganz und gar!«

Pjotr zog sie an sich und drückte seine Lippen auf ihre. Marie schmiegte sich in seine Arme und wünschte sich, es könnte ewig so bleiben.

Nach dem Kuss brachten beide einige Zeit kein Wort hervor. Hand in Hand schlenderten sie durch den Garten und warfen einander gelegentlich verstohlene Blicke zu. Wenn sie sich dabei ertappten, lachten sie und senkten verlegen den Kopf.

»Es gibt da etwas, was ich dir sagen muss«, begann Pjotr schließlich, »und ich weiß nicht, ob es dir gefallen wird.«

»Psst.« Marie legte ihm einen Finger auf die Lippen. »Falls

du mir deine alten Affären beichten willst … mir wäre es lieber, du könntest sie für alle Zeiten begraben.«

»Darum geht es nicht.« Er küsste ihre Hand. »Ich kann nicht fassen, dass ich das Glück gehabt habe, einen so wundervollen Menschen wie dich zu finden.«

Marie lächelte über die Worte und die Bescheidenheit, die daraus sprach. »Worum geht es dann, Liebster?« Plötzlich fiel ihr etwas ein, und sie fragte erschrocken: »Hat Papa seine Zustimmung verweigert?«

Pjotr schüttelte den Kopf. »Nein, nein.« Wieder schloss er sie sanft in die Arme. »Dein Vater hat seine Zustimmung unter der Bedingung gegeben, dass du dir über meine Umstände im Klaren bist, bevor du meinen Antrag annimmst.«

Er führte Marie zu einer Bank, holte tief Luft und erzählte ihr von seinem Vater, von dem Glücksspiel, dem er verfallen war, von seinen Mätressen und von der Schande, dass er, Pjotr, die beweglichen Güter seiner Familie und den Schmuck seiner Mutter verkaufen musste, um die Schulden seines Vaters zu begleichen.

»Ich habe den guten Namen meiner Mutter, aber sonst kaum etwas. Mein Großvater, der sich der Schwächen meines Vaters bewusst war, hat einen Treuhandfonds eingerichtet, der mir siebenhundert Rubel im Jahr einbringt. Verglichen mit dem, was andere Männer zu bieten haben, ist das keine große Summe, aber ich konnte in den letzten Jahren genug beiseitelegen, um ein kleines Stück Land zu kaufen. Ich hoffe, ich kann nach dem Krieg noch mehr Grundbesitz erwerben. Mit der Zeit werde ich dir einen Lebensstil bieten können, wie du ihn gewöhnt bist.«

Marie, die aufmerksam zuhörte, küsste sein Gesicht, als er von seiner demütigenden Lage sprach, und malte sich aus, zusammen mit ihm seine Träume zu verwirklichen. Als er fertig war, blieben sie noch eine Zeit lang sitzen, während allmählich die Dämmerung hereinbrach. Schließlich sagte Marie: »Ich liebe dich und werde dich immer lieben. Geld und Land bedeuten mir nichts, wenn du nur meine Liebe erwiderst. Ich verspreche dir, auf dich zu warten, Petja, und du musst mir versprechen, zu mir zurückzukommen.«

Sie küssten sich zum zweiten Mal an diesem Abend – mit all der Leidenschaft von Liebenden, die einander gerade erst ihre Gefühle gestanden haben und schon bald wieder getrennt werden.

4.

An der deutschen Front

27. August 1914

Würziger Tabakgeruch und beißender Rauch schlugen Alexei entgegen, als er den fensterlosen Raum betrat. General Alexander Samsonow, Kommandeur der Zweiten Armee, hatte in der Offiziersbaracke eine Sitzung einberufen, um strategische Fragen zu erörtern. Auf der großflächigen Militärkarte, die ausgebreitet auf dem Mahagonitisch lag, waren die Positionen der russischen und deutschen Armeen markiert.

»Meine Herren«, dröhnte Samsonows sonore Stimme, »wir haben soeben die Information erhalten, dass unsere Erste Armee die Deutschen bei Gumbinnen geschlagen hat.« Er zeigte auf einen Punkt in der rechten oberen Ecke der Landkarte, nahe an der russischen Grenze. »Sie flitzen wie die Ratten in den Schutz der umliegenden Wälder.«

Die Männer brachen in lauten Jubel aus.

»Sieht so aus, als wären wir noch vor Wintereinbruch wieder im Geschäft«, bemerkte ein Oberst und zwirbelte die Enden seines Schnurrbarts.

»Wir werden die Deutschen das Fürchten lehren«, rief eine Stimme aus dem Hintergrund. »Kein Heer der Welt kann sich mit der Stärke der Imperialen Russischen Armee messen!«

»Was meinen Sie, mein Freund?« Ein vergnügter Generalmajor klopfte Alexei auf die Schulter. »Wir werden den Deutschen einiges zeigen, bis wir mit ihnen fertig sind.«

»Lang lebe Zar Nikolaus!«, ertönte es.

Alexei sagte nichts. Stattdessen trat er näher an den Tisch heran und studierte auf der Karte die Aufstellungen beider Armeen.

Samsonow gebot mit einer Handbewegung Schweigen. »Gumbinnen ist ein entscheidender Sieg für unser Land. Jetzt sollte auch unser Regiment einen entscheidenden Sieg erringen, um unseren Mut unter Beweis zu stellen.« Die Offiziere nickten zustimmend. »Wir bewegen uns von hier und hier«, Samsonow zeigte auf der Landkarte die entsprechenden Stellen, »auf die deutsche Armee zu, um ihr den Rückweg abzuschneiden.«

Alexei beugte sich vor. Die Deutschen würden den Vorteil haben, in ihrem eigenen Land zu kämpfen, stellte er fest.

»Wie groß ist die Armee, mit der wir es aufnehmen müssen?«, fragte er.

»Die Deutschen mussten empfindliche Verluste an Soldaten und Artillerie hinnehmen. Sie stellen keine Bedrohung für uns dar.«

»Dann sollten unsere Männer einen Tag Pause bekommen.«

Samsonow blickte sich um. »Wer hat das gesagt?«

Alle Köpfe wandten sich einem jungen Leutnant mit eckigem Gesicht und hellblauen Augen zu, der sich erhoben hatte.

»Viele von ihnen kämpfen schon seit Tagen«, erklärte der Offizier, der unter dem bohrenden Blick Samsonows unsicher zu werden schien. »Unsere Versorgungslinien sind überlastet. Die Männer bekommen kaum genug Brot oder Suppe, um sich auf den Beinen zu halten. Wir brauchen mindestens einen Tag, damit unsere Leute sich ausruhen und auf frische Vorräte warten können.«

»Sie können ausruhen, sobald sie die Deutschen geschlagen

haben«, gab Samsonow knapp zurück. »Was das Essen angeht, hat man mir versichert, dass für jede Division ausreichende Mengen vorhanden sind.«

Der junge Leutnant nahm die unausgesprochene Rüge hin und verbeugte sich kurz. »Jawohl, General.«

Damit war die Besprechung beendet.

*

Nach dem Souper setzten sich einige Offiziere zu einem Kartenspiel zusammen. Die Augen des Leutnants funkelten im fahlgelben Licht vor Zorn. »Es ist Wahnsinn, unsere Leute Welle auf Welle rauszuschicken und abschlachten zu lassen«, erklärte er. »Wir müssen uns zurückziehen, umformieren und einen neuen Angriffsplan entwickeln.«

Alexei teilte die Meinung des jungen Mannes, auch wenn dessen Vorschlag, dass die Soldaten sich zurückziehen sollten wie Feiglinge, unannehmbar war.

»Wir haben in den letzten Tagen zahlreiche Siege errungen«, sagte er. »Ich bin überzeugt, die Deutschen können zurückgedrängt werden, wenn die Kavallerie Gelegenheit bekommt, ihr Geschick unter Beweis zu stellen. Gleichzeitig muss die Infanterie tiefer in feindliches Territorium vordringen, um es der Kavallerie zu ermöglichen, die Sache zu einem Ende zu bringen.«

Der Leutnant schnaubte. »Bei allem Respekt, aber die Kavalleristen stellen vor allem den meisterhaften Umgang mit Pferden und Säbeln zur Schau. Das ist ja alles sehr romantisch, aber das Pferd, das eine Kugel aufhalten kann und dabei nicht getötet wird, möchte ich sehen.«

Grigori stand abrupt auf. »Muss ich Sie daran erinnern, dass Sie mit einem ranghöheren Offizier sprechen, Mann?«

Der Leutnant senkte beschämt den Kopf. »Ich war unhöflich«, entschuldigte er sich bei Alexei. »Das war nicht meine Absicht. Ich wollte nur klarstellen, wie unsinnig es ist, mit Pferden gegen deutsche Gewehre anzutreten.«

Alexei deutete mit einer Handbewegung an, dass er die Entschuldigung annahm. »Ich versichere Ihnen, dass wir alle genauso erpicht darauf sind wie Sie, den Kaiser zu schlagen. Aber es ist undenkbar, dass General Samsonow gerade jetzt, nachdem sein alter Rivale von der Ersten Armee einen Sieg errungen hat, den Befehl zum Rückzug gibt. Um einen guten Eindruck auf das russische Volk zu machen, braucht der General einen Triumph.«

»Aber zu welchem Preis? Unsere Männer sind hungrig und erschöpft.«

»Wir haben erfahren, dass die neuen Einheiten nur noch einen Tagesmarsch entfernt sind. Und eine Verstärkung der ersten Angriffslinie bedeutet, dass unsere Flanken geschützt sind, sodass wir im Zentrum Druck machen können.« Alexei ließ den Blick über die Gesichter der anderen schweifen, um festzustellen, ob sie mit ihm übereinstimmten. »Meine Herren«, sagte er dann und bedeutete Grigori, ihm seinen Mantel zu bringen, »es war ein langer Tag. Ich schlage vor, wir ziehen uns zurück.«

*

Leutnant Sergej Bogolew trat hinaus in die kühle Nachtluft. Er ärgerte sich über sich selbst. Der Meinung seiner Vorgesetzten zu widersprechen konnte seine Karriere gefährden.

Bogolew war der Sohn eines Lehrers. In der Hoffnung, seine bescheidene Herkunft hinter sich zu lassen und in den inneren Kreis der Männer mit Macht und Einfluss zu gelangen, war er bei der Infanterie eingetreten. Er war ehrgeizig und hatte sein Augenmerk auf weit höhere Ziele gerichtet, als seine wohlhabenden Kollegen ihm zubilligen wollten. Seit er sich zur Armee gemeldet hatte, war er bei Beförderungen mehr als einmal übersehen worden, während weniger befähigte Männer aus der Oberschicht in den Rängen aufgerückt waren.

Jede Zurücksetzung war Öl ins Feuer, das in seinem Inneren brannte. Und davon hatte Bogolew mehr als genug. Die Überheblichkeit seiner Kommandeure machte ihn rasend. Die Armee hatte genug Männer und Artillerie, um die Deutschen zu schlagen, aber die Kommandierenden hielten stur an veralteten Strategien fest. Auf ihren sicheren Positionen hinter den Linien hielten Samsonow und Konsorten endlose Einsatzbesprechungen, verschickten verschlüsselte Meldungen, die niemand verstand, und stritten darüber, wer schuld sei, wenn etwas schiefging.

Geduld, ermahnte Bogolew sich. Er musste Geduld haben und abwarten. Eines Tages würde seine Chance kommen, und dann würde er eine Machtposition haben. Eines Tages würde ihm der Respekt zuteilwerden, den er verdiente.

Bogolew ging mit raschen Schritten an den grauen Zelten vorbei, die von der untergehenden Sonne in Rosa- und Bronzetöne getaucht wurden. Die Soldaten, die sich von den Grabenkämpfen ausruhten, saßen vor ihren Zelten. Wohin er auch blickte, sah Bogolew die angespannten Mienen von Männern, deren Kräfte bis an die Grenzen strapaziert waren. Es verbitterte den Leutnant, die stumpfen Augen in den erschöpften Gesichtern zu sehen. Wie konnte Samsonow von diesen Männern erwarten, Schlachten zu gewinnen, wenn sie sich kaum noch auf den Beinen halten konnten?

Er ging zu einer Gruppe, die um ein Lagerfeuer hockte, und setzte sich dazu. Männer, die Wassereimer schleppten, füllten Feldflaschen und legten immer wieder tröstend eine Hand auf die Schulter eines Soldaten, der einen Bruder oder guten Freund verloren hatte.

»Zum Teufel mit ihnen!« Einer der Soldaten spuckte ins Feuer. Als er sah, dass Bogolew sie beobachtete, entschuldigte er sich. »Nichts für ungut, Herr Leutnant. Ich habe mich vergessen.«

»Sie können offen sprechen«, versicherte Bogolew ihm.

»Ich bin ein einfacher Mann. Ich weiß wenig über Taktik und Kriegsführung. Ich weiß nur, dass die deutschen Kanonen unablässig auf uns feuern und dass bei jedem Treffer Männer sterben und die Leichen in sämtliche Richtungen fliegen. Trotzdem befehlen unsere Kommandeure, noch mehr Männer gegen sie ins Feld zu schicken, in dichten Reihen, damit wir ein noch leichteres Ziel für deutsche Maschinengewehre abgeben.« Er schüttelte den Kopf. »Es ist so sinnlos!«

Bogolew nickte. Sein Blick wanderte zu der Stelle, wo in langen Reihen die Verwundeten lagen, die Uniformen durchtränkt von Blut, sodass sie an den Körpern klebten. Verrußte Gesichter verzerrten sich vor Schmerz.

Bogolew stand auf. Er wusste, dass er irgendetwas sagen musste, um den Kampfgeist der Männer zu stärken. »Ich verstehe eure Qualen und teile eure Erbitterung«, begann er, »aber wir müssen kämpfen, um unsere Frauen und Kinder zu schützen. Um Mütterchen Russland zu schützen. Es ist unsere Pflicht, diese Tyrannen von unseren Grenzen zu vertreiben.«

Als er sich umblickte, wusste er, dass seine Worte nicht die erwünschte Wirkung hatten. Einige Männer nickten zwar, aber die meisten blickten unverwandt ins Feuer. Bogolew wusste, er hätte niemals die richtigen Worte finden können, um den Soldaten Mut zu machen. Die meisten seiner Männer gingen nicht voller Mut, sondern mit Furcht in den Kampf.

*

Als Bogolew am nächsten Morgen erwachte, lag dichter Nebel über dem Land. Kurz darauf ließ er die zweihundert Männer, die er befehligte, Aufstellung nehmen. Er inspizierte seine Leute und machte die deprimierende Feststellung, dass die Truppe nach nur einem Monat Krieg einer Armee alter Männer glich.

Die Deutschen warteten nicht, bis der Nebel sich hob, um ihre erste Angriffswelle zu starten. Die russischen Gewehre erwiderten das Feuer, und bald hingen silbrige Rauchstreifen in der Luft. Granaten zischten, heulten und zerbarsten mit lautem Krachen, das die Schreie übertönte.

Bogolew dachte nicht an Heldentum. Stattdessen betete er, die Schlachten zu überstehen, um das Ende des Krieges zu erleben.

5.

Tannenberg

28. August 1914

Alexei verfolgte das Kampfgeschehen durch sein Fernglas. Die schattenhaften Umrisse russischer Soldaten rannten über das zerbombte Erdreich – nur um von Maschinengewehrfeuer, das aus dem dicht bewaldeten Gelände kam, niedergemäht zu werden.

Die Pferde, die sich in dem Dickicht aus umgestürzten Bäumen und Leichen nicht bewegen konnten, stampften mit den Hufen und bäumten sich auf. Ein deutsches Maschinengewehr fällte drei Tiere. Ein Mann, der mit einem Fuß noch im Steigbügel hing, wurde ein paar Hundert Meter über den Boden geschleift, ehe er von einem Schrapnell getroffen wurde und starb.

Alexeis Pferd wieherte und schüttelte seine Mähne. Alexei beugte sich im Sattel vor und tätschelte den Hals des Tieres.

Nach einer Stunde ununterbrochenem Bombardement senkte sich beklemmende Stille über das Schlachtfeld. Die Gewehre schwiegen, und eine leichte Brise verwehte die Wolken aus Staub und Rauch.

Beim Klang von Hufschlag drehte Alexei sich um. Er sah, dass Grigori auf ihn zugaloppiert kam.

»Neuigkeiten?« Die Worte waren kaum über Alexeis Lippen, als er die Männer schreien hörte: »Ein Flugzeug!«

Das dumpfe Brummen des Motors war schwach, aber unverkennbar.

»Exzellenz! Dort, über der Baumlinie!«

Alexeis Blick folgte der Richtung, in die Grigoris ausgestreckter Finger wies, bis zum dunklen Umriss eines deutschen Aufklärungsflugzeugs.

»An die Gewehre, Männer!«, brüllte er. »Wo sind unsere Schützen? Warum feuert niemand auf den Bastard?« Er entsicherte sein Gewehr und gab zwei Schüsse auf die schwarze Silhouette ab.

Männer rannten aufgeschreckt in alle Richtungen. Einige, die Alexei gehört hatten, ließen sich auf ein Knie nieder und feuerten, doch das deutsche Flugzeug zog weiter unbeirrt seine Kreise.

»Schießt es ab!«

Endlich brachten zwei Schützen ein Pulemjot Maxim, ein russisches Maschinengewehr, in Stellung. Kostbare Zeit ging verloren, als die Männer sich abmühten, die Lafette zu sichern und die Waffe mit Munition zu bestücken.

Alexei saß ab und eilte zu der Gruppe.

»Eure Exzellenz ...«

»Nicht jetzt, Grigori.« Mit wenigen langen Schritten war er bei den Männern. »He«, rief er den Schützen zu. »Warum dauert das so lange?«

»Die Waffe ist überhitzt, Exzellenz. Sie muss erst noch abkühlen.«

Alexei warf einen besorgten Blick zum Himmel. Das Flugzeug flog einen weiteren Bogen über ihr Territorium. Sporadisches Artilleriefeuer folgte der Maschine auf ihrem Weg.

»Du bist ein Dummkopf, Leschew«, schimpfte einer der beiden MG-Schützen. »Und noch dazu faul. Du hast dein Gewehr vernachlässigt, deshalb ist es jetzt überhitzt.«

»Hüte deine Zunge, du Hund!« Leschew griff nach seinem Messer. »Sonst schneide ich sie dir ab.«

»Genug!«, fuhr Alexei die Männer an. »Wie lange dauert es noch, bis wir das MG einsetzen können?«

Leschew sah den anderen Schützen an, worauf dieser nickte. »Jetzt sollte es kühl genug sein.«

»Zu spät, Leschew. Das Flugzeug zieht sich zurück.«

Alexei schirmte die Augen mit einer Hand gegen die Sonne ab und beobachtete, wie der Aufklärer am Horizont verschwand.

»Idiot!«, brüllte ein Unterleutnant Leschew an. »Jetzt kennt der Feind trotz der Bäume unsere Position!« Er wandte sich an Alexei. »Mit Eurer Erlaubnis, Exzellenz, sorge ich persönlich dafür, dass der Schütze für sein Versagen bestraft wird.«

»Aber … das ist nicht meine Schuld!«, protestierte Leschew. »Seine Exzellenz hat selbst gesehen, dass das MG überhitzt war.«

»Halt den Mund, du …«

»Lassen Sie den Mann in Ruhe«, unterbrach Alexei.

»Aber Exzellenz«, protestierte der Unterleutnant. »Der Mann hat seine Ausrüstung nicht in Schuss gehalten! Wir müssen ein Exempel statuieren.«

Alexei schüttelte den Kopf. »Sie wissen so gut wie ich, dass die MGs regelmäßig überhitzen. Ich habe persönlich erlebt, wie Männer mitten im Kampf auf ihre Gewehre uriniert haben, damit sie nicht zu heiß wurden.«

Vereinzeltes Lachen ertönte.

»Ich muss protestieren, Exzellenz!«

»Wogegen? Gegen Maschinengewehre, die heiß laufen, oder Männer, die darauf pinkeln?«

Das Gelächter wurde lauter. Der Unterleutnant lief rot an.

»Das ist äußerst … unorthodox. Der Schütze muss bestraft werden.«

»Sie da.« Alexei zeigte auf einen Korporal.

Der Mann trat vor. »Ja, Exzellenz!«

»Überprüfen Sie, ob das MG gut gepflegt ist.«

In der Ferne erwachten deutsche Schützen aus ihrem vorübergehenden Schlummer, um den Beschuss fortzusetzen.

Der Unterleutnant stand zähneknirschend neben Alexei, während der Korporal das MG untersuchte. Schließlich meldete er: »Alles in bester Ordnung, Exzellenz.«

Alexei drehte sich zu dem Unterleutnant um. »Wie es scheint, ist Ihnen bei der Einschätzung der Sachlage ein Irrtum unterlaufen.«

Der Unterleutnant, der vor Wut beinahe platzte, schlug die Hacken zusammen und salutierte steif vor Alexei. Eine Hand fest auf seinen Säbel gelegt, machte er kehrt und drängte sich durch die Menge.

Die Männer zerstreuten sich, um erneut ins Glied zu treten und sich für die nächste Angriffswelle zu rüsten. Alexei, der sie beobachtete, erkannte den jungen Leutnant vom Vorabend wieder. Wie war noch sein Name? Bogolew? Der Mann wirkte ein wenig benommen.

Die Blicke beider Männer kreuzten sich. Bogolew straffte lächelnd die Schultern und salutierte.

Tannenberg

29. August 1914

»Die Zweite Armee wird auf beiden Flanken angegriffen.« Grigori reichte Alexei einen Umschlag. »Dieses Telegramm kommt direkt aus dem Hauptquartier.«

Alexei beugte sich auf seinem Pferd vor, griff nach dem Umschlag und riss ihn auf. Stirnrunzelnd überflog er die verschlüsselte Nachricht.

»Was soll das sein?«

»Eine kodierte Meldung von General Samsonow, glaube ich.«

»Sie ist immer noch kodiert«, stellte Alexei verärgert fest. »Wie soll ich wissen, in welche Richtung meine Männer angreifen müssen, wenn ich das Schreiben nicht lesen kann?«

»Ich fürchte, der Mann am Fernschreiber ist mit diesem Code nicht vertraut, Herr.«

Alexei drückte Grigori wütend das Blatt Papier in die Hand. »Bring das zurück und verlange die entschlüsselte Nachricht! Und wenn du schon dort bist, kannst du gleich per Telegramm die Reservetruppen für die Front anfordern.«

»Aber Exzellenz, wenn die Deutschen das Signal abfangen, können sie unsere Taktik vorhersehen.«

»Falls dir etwas Besseres einfällt«, gab Alexei spöttisch zurück, »höre ich mir deinen Vorschlag gerne an. Und jetzt ab mit dir!«

Alexei hoffte, dass man im Hauptquartier seiner Forderung nach Verstärkung nachkommen würde. Zwar mangelte es der Reserve, die sich hauptsächlich aus Rekruten zusammensetzte, an der Erfahrung und den Kenntnissen von Berufssoldaten, aber die Armee brauchte dringend zusätzliche Leute.

Alexei hob sein Fernglas und wandte seine Aufmerksamkeit erneut dem Kampfgeschehen zu. Durch dünne Rauchschwaden hindurch sah er hilflos mit an, wie Männer schreiend vornüberkippten und zusammenbrachen.

Entlang der Frontlinie kündete schrilles Pfeifen eine neuerliche Angriffswelle an.

»Lanzen und Säbel bereit!«, rief Alexei und zog seine Klinge. Hinter sich hörte er das metallische Klirren von Stahl, als seine Männer seinem Beispiel folgten. Er wartete auf das Signal.

Pfiffe gellten.

»Angriff!«

Tausende Männer zu Pferd und zu Fuß stürmten den Hügel hinunter in den Wald. Die erste Welle fiel rasch dem Sperrfeuer der Maschinengewehre zum Opfer. Alexei, der sein Pferd um die Leichen herum lenken musste, beugte sich über den Nacken des Tieres und trieb es zu einer schnelleren Gangart an.

Durch den Dunstschleier aus Feuer und Rauch sah er, wie ein deutscher Soldat aufsprang und seine Waffe anlegte. Alexei löste den Riemen seines eigenen Gewehrs, legte seinen Säbel quer über seinen Schoß, richtete sich im Sattel auf und zielte.

Jäher Schmerz durchbohrte scharf wie eine Rasierklinge seine rechte Schulter, und eine klebrige dunkle Flüssigkeit spritzte ihm ins Gesicht. Eine zweite Kugel erwischte ihn im linken Oberschenkel und schleuderte ihn vom Pferd.

Er landete hart auf dem Boden und überschlug sich mehrmals. Einen Moment, bevor er das Bewusstsein verlor, nahm er verschwommen wahr, wie ein Paar Hände ihn hochhoben.

6.

Südlich von Tannenberg, Ostpreußen

30. August 1914

Dorfbewohner, denen befohlen worden war, ihre Häuser und Ansiedlungen zu verlassen, krochen mit ihren Fuhrwerken in einer endlosen Prozession über die Landstraße. Nach tagelangem Regen war der Himmel wieder hell und klar, und weiße Wolken spannten sich über die tiefblaue Weite.

Die russische Armee war nach der Niederlage bei Tannenberg auf dem Rückzug. Die Truppen hatten Befehl, alles zu vernichten, was dem Feind als Nahrung oder Unterschlupf dienen könnte. Die meisten Dorfbewohner hatten sich aus Angst vor Übergriffen der anrückenden deutschen Truppen ohne Protest dem Elendszug angeschlossen. Diejenigen, die nicht gehen wollten, wurden dazu gezwungen.

Nikolai, der neben seinem Burschen marschierte, beobachtete erschrocken eine alte Frau, die sich schreiend an den Türrahmen klammerte und in dem kläglichen Versuch, ihr Haus zu retten, auf die Soldaten einschlug. Schließlich zerrten die Männer sie weg. Als ihr Zuhause in Flammen aufging, stieß sie einen gellenden Schrei aus, der Nikolai durch Mark und Bein ging. Die Frau sank im Schlamm kraftlos auf die Knie und blickte auf die brennende Ruine.

Nikolai hob das Tuch auf, das von ihren Schultern gerutscht war, und hielt es ihr hin. Die alte Frau hob den Kopf. Als ihr Blick auf seine Uniform fiel, funkelten ihre Augen vor

Zorn, und sie schlug nach seiner Hand. Nikolai ließ das Tuch fallen und zog sich zurück.

Sein Bursche, außer sich vor Empörung über diesen Angriff, stapfte drohend auf die Frau zu, aber Nikolai hielt ihn auf.

»Sie hat alles verloren. Sie hat ein Recht, wütend zu sein.«

»Was ist das da?«, fragte sein Bursche plötzlich.

Nikolai blickte zum Himmel und entdeckte ein deutsches Flugzeug. Beim ersten Klang der Motoren rannten die Leute auf der Straße panisch auseinander. Binnen Sekunden hagelte es Geschosse. Nikolai entdeckte einen umgestürzten Karren und rannte dorthin. Hinter dem Karren kauerten dicht aneinandergeschmiegt eine junge Frau und ein Kind. Das Kind, ein Junge von neun oder zehn, blickte Nikolai aus weit aufgerissenen Augen an.

Ganz in der Nähe explodierte eine Granate und überschüttete sie mit Schutt. Nikolai machte instinktiv einen Satz nach vorn, um die beiden abzuschirmen. In dieser Haltung verharrten sie stundenlang, wie es Nikolai vorkam, obwohl es wahrscheinlich nur Minuten waren.

Als er sicher war, dass der Beschuss geendet hatte, wich er zurück, ein wenig verlegen über die beinahe intime Nähe zu der fremden Frau. Ihm dröhnten noch immer die Ohren vom Donner der Detonationen, als er sich aufrichtete, um Staub und Schmutz von seiner Uniform zu wischen. Dann streckte er die Hand aus, um der Frau hochzuhelfen. Dabei fielen ihm ihre grobe Haut und die schwieligen Handflächen auf, Zeugnisse zahlloser Stunden harter Feldarbeit.

Die drei kamen langsam hinter dem Karren hervor und schauten sich um. Nikolai stockte der Atem, als er sah, dass die Stadt dem Erdboden gleichgemacht war. Wo man hinschaute, lagen Leichen, und über allem hing dichter Rauch.

Dann entdeckte Nikolai den blutigen Leichnam seines Burschen, der an eine verkohlte Wand geschleudert worden war. Er kniete sich neben den Toten und schloss die Lider über den glasigen Augen. Ein Klumpen, schwer wie ein Stein, schien in seiner Brust zu liegen.

Dann fiel ihm die alte Frau ein, und er drehte sich zu der Stelle um, wo sie gesessen hatte.

Nichts war geblieben außer einem tiefen Krater.

Er kehrte zu der Frau und dem Jungen zurück und half ihnen, den Karren aufzustellen. Als das geschafft war, kletterte der Junge hinein, und Nikolai legte die dürftigen Habseligkeiten der beiden dazu.

»Danke.« Die Frau warf einen kurzen Blick in Nikolais Richtung. Sie hatte klare grüne Augen, die tiefen Eindruck auf ihn machten. Sie zögerte einen Moment, als wollte sie noch etwas sagen, schien es sich dann aber anders zu überlegen.

Ohne Nikolai oder dem Dorf noch einen Blick zu gönnen, griff sie nach der Deichsel des Karrens und zog mit ihm davon.

*

Nikolai blieb zurück und half den wenigen Überlebenden, ihre Toten zu begraben. Der Priester, dessen Kirche nur noch aus geschwärzten Mauern bestand, schritt an den frischen Gräbern vorbei, wobei er stumm die Lippen bewegte, als würde er ein persönliches Gespräch mit den Verstorbenen führen.

Als es nichts mehr für ihn zu tun gab, verließ Nikolai mit dem, was von seinem Regiment geblieben war, das Dorf. Während sie zusammen mit den Flüchtlingen Richtung Osten zogen, ballten sich tief hängende Wolken zu einer düsteren Gewitterfront und schoben sich vor die Sonne. Nikolai, der sich an der Spitze des Zuges befand, hörte, wie die Soldaten ein Marschlied anstimmten, doch ihre Stimmen klangen matt und ausdruckslos.

Nicht lange, und ein erstes Donnergrollen war zu vernehmen. Nikolai zog sich seine Kappe tief ins Gesicht, als die ersten Tropfen fielen. Schon bald gab es kein Entrinnen mehr vor dem Wolkenbruch, der die Erde tränkte.

Es dämmerte bereits, als das Regiment das nächste Dorf erreichte. Nikolai folgte einem Hauptmann zu einer Scheune, in der er sich ermattet ins warme Heu fallen ließ. Obwohl er den ganzen Tag noch nichts gegessen hatte, schlief er sofort ein, ohne auch nur seine nassen Stiefel oder die Jacke auszuziehen.

Erst wenige Minuten schienen vergangen zu sein, als er von einer Explosion aus dem Schlaf gerissen wurde, der sofort eine weitere Detonation folgte. Verwirrt und ein wenig benommen vom Schlaf rappelte Nikolai sich hoch.

»Feuer!«, schrie jemand.

Nikolai fuhr herum. Er sah, dass Flammen einen Teil der Scheune verschlangen. Sofort schnappte er sich seinen Tornister und rannte hinter den anderen Männern her ins Freie.

Der Nachthimmel war hell vom Licht der Flammen. Dunkle Gestalten mit Wassereimern liefen unablässig zwischen dem Dorfbrunnen und der brennenden Scheune hin und her. Ein Soldat, dessen Uniform brannte, lief schreiend hinaus und versuchte mit beiden Händen, die Flammen auszuschlagen. Zwei andere warfen ihn auf den Boden und wälzten ihn im Schlamm. Der Soldat ruderte weiter mit Armen und Beinen, bis er schließlich das Bewusstsein verlor. Einer seiner beiden Helfer nahm ihm die Jacke ab; dann hob er gemeinsam mit einem anderen Soldaten den Verwundeten hoch.

Als sie an Nikolai vorbeikamen, blickte er auf die reglose Gestalt. Irgendetwas an dem Mann kam ihm bekannt vor. Er trug eine Offiziersuniform der Infanterie, und sein blondes Haar war schwarz versengt … Nikolai schnappte nach Luft.

Pjotr!

Aufgeregt wollte er den beiden Soldaten folgen, doch sie

waren bereits außer Sicht. Vermutlich waren sie mit Pjotr bereits im Lazarett.

Das Feldlazarett befand sich in einer Hütte, die bei dem feindlichen Luftangriff verschont geblieben war.

»Haben Sie einen Infanterieoffizier gesehen, der eben mit schweren Verbrennungen eingeliefert wurde?«, fragte Nikolai eine Zivilistin, die einem Soldaten den Arm bandagierte. Neben ihr stand ein Kind und leuchtete ihr mit einer Gaslampe; gelegentlich schob sie die Hand des Kinds dorthin, wo sie Licht brauchte.

»Suchen Sie sich einen aus.« Die Frau zeigte auf die Menge der Verwundeten, ohne den Kopf zu heben.

Nikolai packte sie am Arm. »Der Mann, den ich meine, ist eben erst gekommen. Er wurde von zwei Soldaten getragen.«

Die Frau schien es ihm nicht übel zu nehmen, dass er sie so grob anfasste.

»Ich habe mehr verwundete Soldaten gesehen und verbunden, als ich zählen könnte«, sagte sie müde. »Ihr Freund ist nur einer von vielen. Es tut mir leid.«

Sie wand ihren Arm aus Nikolais Griff und machte sich daran, bei ihrem nächsten Patienten Salbe aufzutragen und einen Verband anzulegen.

Nikolai suchte sich eine Gaslampe und schritt langsam die Reihen der Verwundeten ab, wobei er gelegentlich näher trat und die Lampe an das Gesicht des jeweiligen Mannes hielt.

Ein Soldat klammerte sich an Nikolais Stiefel. »Wasser«, stöhnte er.

Nikolai kniete sich neben ihn und befeuchtete seine Lippen mit Wasser aus seiner Feldflasche. Fast im selben Moment fingen alle anderen in der Nähe an, um Wasser zu betteln. Wo er auch hinsah, flehten ihn fiebrige Augen um Hilfe an. Nikolai half den Verwundeten, so gut er konnte, bis seine Feldflasche fast leer war. Dann setzte er seine Suche fort.

Endlich entdeckte er den Infanterieoffizier. Er lag ausgestreckt auf einem Strohsack, die Uniform zerfetzt und verbrannt.

»Pjotr!«, rief Nikolai und kniete sich neben ihn.

Pjotrs Wimpern hoben sich leicht, als er seinen Namen hörte. Das Weiß seiner Augen stach erschreckend grell von seiner verbrannten Haut ab. Wo sie sich gelöst hatte, schimmerte rohes, hellrotes Fleisch. Er bewegte die Lippen, aber kein Laut kam heraus. Nikolai barg den Kopf seines Freundes in seinem Schoß und träufelte die letzten Tropfen Wasser auf seine gesprungenen Lippen.

»Keine Sorge, Pjotr.« Tränen brannten unter seinen Lidern. »Ich pass auf dich auf.« Er schaute sich Hilfe suchend um, konnte im schwachen Licht aber niemanden sehen.

Pjotr stöhnte und bewegte erneut die Lippen.

»Versuch nicht zu sprechen, Pjotr. Schone deine Kräfte.«

»Marie …«, keuchte Pjotr.

»Du wirst bald wieder bei ihr sein. Man wird dich nach St. Petersburg bringen, und sie wird dir im Krankenhaus aus den albernen Romanen vorlesen, die ihr beide so sehr liebt.«

Ein schwaches Lächeln huschte über Pjotrs Lippen. Sein Körper entspannte sich, und er schloss die Augen.

Plötzlich erfasste ihn ein heftiges Zittern.

»Was ist, Pjotr? Ist dir kalt?« Nikolai zog seine Jacke aus und legte sie über den geschundenen Körper seines Freundes. Wieder sah er sich nach Hilfe um.

Eine Gruppe Soldaten schritt unter der Führung eines Offiziers die Reihen der Verwundeten ab und blieb immer wieder stehen, um kurz mit den Leuten zu reden.

»Wir haben Befehl, unverzüglich abzurücken«, teilte der Offizier Nikolai mit, als sie bei ihm und Pjotr waren.

Nikolai spähte ins Dunkel der Hütte. Ihm fiel auf, dass nur diejenigen, die noch gehen konnten, mitgenommen wurden.

»Was wird aus den Schwerverletzten?«, wollte er wissen.

Der Blick des Offiziers richtete sich auf Pjotr, der zitternd auf dem Boden lag. »Sämtliche Lastwagen sind bereits mit Artillerie beladen. Alle Männer, die nicht gehen können, bleiben zurück.« Er sprach in die Dunkelheit, da es ihm zu widerstreben schien, Nikolai in die Augen zu schauen.

»Er ist wie ein Bruder für mich«, sagte Nikolai verzweifelt. »Ich kann ihn nicht zurücklassen. Bitte, ich flehe Sie an, helfen Sie mir, auf einem der Wagen Platz für ihn zu finden.«

»Die Fahrzeuge werden für Kanonen und Telegrafen gebraucht.« Der Offizier wandte sich zum Gehen. »Ich kann nichts für ihn tun.«

»Was ist mit Kutschen oder Karren?«

Der Offizier schüttelte den Kopf. »Es gibt weder Pferde noch Ochsen, die man vorspannen könnte.«

»Irgendetwas muss es doch geben!«

»Tut mir leid.«

»Aber die Deutschen …«

»Unsere Reserve rückt vor, um sie aufzuhalten. Wir hoffen, dass wir auf andere Einheiten stoßen und eine Offensive beginnen können.«

Nikolai schüttelte den Kopf. »Was wird aus all den Verwundeten?«

Aber die Männer eilten schon weiter, und seine Frage blieb unbeantwortet.

Nikolai zögerte. Sollte er, wie befohlen, mit den anderen gehen oder bei Pjotr bleiben?

In diesem Moment spürte er, dass jemand ihn am Hemd zupfte. Als er nach unten schaute, blickte er in Pjotrs fiebrige Augen.

»Du musst … gehen …«

»Aber ich kann dich nicht allein lassen«, protestierte Nikolai.

Pjotr schüttelte unter Schmerzen den Kopf. »Du musst.«

Tränen stiegen Nikolai in die Augen. »Ich lass dich nicht hier zurück!«

Er spürte eine Bewegung an seiner Seite, wandte sich um und stellte fest, dass die Frau, die den Soldaten die Verbände angelegt hatte, und ihr Kind neben ihm standen.

»Sie müssen sich beeilen, Ihr Regiment marschiert gleich los.« Sie legte eine Hand auf Nikolais Schulter.

Nikolai schüttelte stumm den Kopf.

Die Frau hielt ihre Lampe näher an das Lager, um Pjotr besser sehen zu können.

»Ist das der Mann, den Sie gesucht haben?«

Nikolai nickte. Tränen liefen ihm übers Gesicht.

»Ich passe auf ihn auf.« Sie sprach Russisch mit starkem Akzent. »Ich verspreche, bei ihm zu bleiben.«

Nikolai blickte auf und sah im Licht der Gaslampe das Funkeln grüner Augen. »Ich erinnere mich an Sie!«, rief er. »Ich habe Sie schon einmal gesehen, in dem Dorf ein Stück die Straße hinunter, als die Deutschen angegriffen haben. Sie sind die Frau mit dem Karren.«

»Ja. Ich habe Sie gleich wiedererkannt.«

»Haben Sie den Karren noch?«, fragte er hoffnungsvoll.

Sie schüttelte den Kopf. »Er ist verbrannt.«

Nikolai schaute auf das Kind, das sich an die Röcke der Frau schmiegte.

»Wollen Sie sich und Ihren Jungen denn nicht retten?«

Sie lächelte traurig. »Das ist nicht mein Kind. Ich habe ihn vor ein paar Tagen allein und verlassen unter einer Ulme gefunden.« Sie betrachtete den Jungen, dessen Gesicht im Halbdunkel lag, außerhalb des Lichtkreises der Lampe. »Ich habe versucht, aus ihm herauszubekommen, wo seine Eltern sind, aber er spricht nicht, obwohl er alles zu hören und zu verstehen scheint.« Sie sah wieder Nikolai an. »Ich habe ihm zu essen gegeben, und seither folgt er mir auf Schritt und Tritt.« Sie deutete auf die Männer, die im Aufbruch begriffen waren. »Sie müssen sich beeilen.« Sie drückte seinen Arm. »Ihre Kameraden sind mit der Evakuierung fast fertig.«

Nikolai schloss die Augen. Er wusste, dass er gehen musste, brachte es aber nicht über sich, Pjotr zu verlassen.

Draußen hatte wieder Regen eingesetzt. Schwere Tropfen prasselten auf das Strohdach der Hütte und übertönten das Stöhnen der Verwundeten.

»Kolja!« Pjotrs flehende Augen suchten Nikolai.

Nikolai beugte sich zu ihm vor. »Ich bin noch da.«

»Versprich mir etwas.«

»Was du willst.« Er legte seine Hand leicht auf Pjotrs Schulter. Pjotr zuckte vor Schmerzen zusammen. Zu spät erkannte Nikolai seinen Fehler und zog die Hand hastig zurück. »Vielleicht solltest du lieber nicht sprechen, Pjotr.«

Pjotr schüttelte den Kopf. »Du musst mir versprechen, Marie zu sagen, dass ich sie … immer geliebt habe.«

»Sag nicht so etwas, Pjotr. Ihr beide werdet bald wieder vereint sein.«

Pjotr schloss ermattet die Augen. »Sie muss es wissen. Sag ihr bitte, dass ich mir … gewünscht habe, den Rest meines Lebens … nur sie zu lieben.«

»Das werde ich«, sagte Nikolai mit erstickter Stimme. »Ich verspreche es.«

7.

An den Ufern des Don, Südwestrussland

Juli 1914

Leo Nikolajewitsch Iwanow blinzelte in das warme Sonnenlicht, das durch die offenen Vorhänge fiel, gähnte und rieb sich die Augen. Er konnte hören, wie Marina draußen die Mädchen anwies, die Hühner zu füttern. Sein Schädel fühlte sich schwer wie ein Sack Weizen an.

»Zum Teufel mit diesem Michail Andrejawitsch! Noch nie im Leben habe ich so einen Kater gehabt.«

»Guten Morgen, Schlafmütze.« Marina, in einem schlichten bedruckten Kleid und Schürze, betrat das Zimmer, setzte sich auf die Bettkante und machte sich daran, ihre Haare zu flechten.

»Ich hab verschlafen.«

Marina lächelte. »Schon gut. Die Mädchen und ich sind zurechtgekommen.« Sie schlang den Zopf zu einem Dutt und befestigte ihn mit Haarnadeln. »Hast du dich gestern Abend gut amüsiert?«

»Michail hat für die Hochzeit Apfelwodka ansetzen lassen. Nach der dritten Runde lief alles ein bisschen aus dem Ruder.«

»Da fällt mir ein …« Marina ging zu ihrer Truhe. »Wo ist es nur?« Sie schaute unter sorgsam zusammengelegten Tüchern, Hemden und Schals nach. »Aha!« Sie zog ein hellblaues Hemd heraus, das mit Blumenranken in einer dunkleren Blauschattierung verziert war. »Das hier habe ich Tanja genäht, damit sie es auf der Hochzeit tragen kann.« Sie hielt sich das Hemd an. »Ich wollte sie überraschen, deshalb musste ich mir immer wieder etwas einfallen lassen, um sie aus dem Haus zu bekommen, damit ich in Ruhe nähen konnte. Na, wie gefällt es dir?«

»Die Farben werden das Blau ihrer Augen betonen«, meinte Iwanow. »Heute muss ich wohl doppelt wachsam sein. All die jungen Kosaken werden mit unseren Töchtern tanzen wollen.«

»Apropos, die Heiratsvermittlerin hat mich gestern vor dem Laden angesprochen. Sie hat mir Komplimente zu Tanja gemacht. Sie könne eine gute Partie für Tanja arrangieren, hat sie gesagt.«

»Tanja ist noch zu jung.« Iwanow schlug die Decke zurück und setzte sich auf. »Woher will die alte Ziege wissen, wann für unsere Tochter ein guter Zeitpunkt zum Heiraten ist?«

»Reg dich nicht auf! Sie wollte uns doch nur daran erinnern, dass es durch den Krieg weniger junge Burschen gibt.«

»Der Krieg ist in ein paar Monaten vorbei.«

»So Gott will.« Marina beugte das Knie vor der Ikone an der Wand und bekreuzigte sich.

Iwanow zog sie hoch und schloss sie in die Arme. »Reden wir nicht mehr davon.« Er drückte sie an sich. »Ich wüsste was Besseres, womit wir uns die Zeit vertreiben könnten.« Er legte seine Hand auf ihren gewölbten Bauch. »Hoffentlich ist es diesmal ein Junge.«

»Vielleicht gibst du dann endlich Ruhe.« Lachend versuchte sie, sich aus seinen Armen zu winden, aber er verstärkte seinen Griff. »Nein … Ich muss Tamara bei ihrem Hochzeitskleid helfen und dann noch den Mädchen die Haare flechten …«

»Die können warten.« Iwanow drängte sie zum Bett. »Ich bin dein Mann. Und ich brauche dich jetzt.« Er küsste ihren Nacken und knabberte sanft an ihrem Ohrläppchen.

»Ljova, bitte!« Aber trotz ihres Protests merkte er, wie ihr Körper unter seinen Küssen nachgab.

Er zog sie zu sich aufs Bett. Marina raffte ihren Rock, setzte sich rittlings auf ihn, ließ sich behutsam hinuntergleiten und umhüllte sein Glied mit ihrer Wärme. Sie bewegten sich in einem perfekten Rhythmus, mit der Vertrautheit von Liebenden, die einander schon lange kennen. Iwanow ließ seine Hände über ihre Beine gleiten, langsam, immer höher, und umfasste ihre Pobacken, um sie noch fester an sich zu ziehen. Als er zum Höhepunkt kam, erschauerte er so heftig, dass ihrer beider Körper zitterten, ehe sie erschlafften.

Als sie nebeneinanderlagen, drückte Iwanow Marina an seine Brust. »Wie ich höre, ziehen Dimitri und Tamara nach Moskau, sobald sie geheiratet haben.«

»Ja, gleich morgen früh. Dimitri hat in einer Munitionsfabrik Arbeit als Maschinist gefunden.«

»Dieser Feigling. Die Arbeit in einer Munitionsfabrik befreit ihn vom Wehrdienst an der Front. Dimitri ist eine Beleidigung für jeden Kosaken.«

»Du hast es nötig.«

»Soll ich etwa in den Krieg ziehen?« Er versuchte, sie wieder an sich zu ziehen.

Sie gab ihm lächelnd einen Klaps auf die Hand und setzte sich auf. »Russland braucht Männer wie Dimitri und dich. Männer, die zu Hause bleiben und dafür sorgen, dass hier alles gut weiterläuft.« Sie knöpfte ihre Bluse zu und nahm ihr weißes Spitzentuch vom Wandhaken.

»Marischka.« Iwanow stützte sich auf einen Ellbogen. »Ich habe dir etwas zu sagen.«

»Das muss warten. Ich bin jetzt schon spät dran.« Sie schlang sich das Tuch um den Kopf. »Ach ja, und vergiss nicht, das Stroh auf dem Scheunendach muss ausgebessert werden.«

»Mache ich gleich nach dem Frühstück.«

»Sieh zu, dass du es schaffst, bevor du ein Bad nimmst. Ich will nicht, dass du schmutzig zur Hochzeit meiner Schwester kommst.« Sie winkte ihm noch einmal zu und eilte hinaus.

Als Iwanow aus dem Schlafzimmer kam, fand er Tanja am Herd vor, wo sie einen Topf mit Kascha rührte.

»Dein Frühstück ist fertig, Papa.« Sie griff nach einer hölzernen Schale, löffelte eine großzügig bemessene Portion von dem Buchweizenbrei hinein, stellte die Schale vor ihm auf den Tisch und legte eine dicke Scheibe Brot daneben.

»*Spasibo*, Taneschka.« Von ihrer Mutter hatte Tanja die hohen Wangenknochen und die makellose Haut geerbt, die so zart war, dass sie beinahe durchsichtig schien. »Du bist zu einer hübschen jungen Frau herangewachsen, die jeder Kosake voller Stolz zur Ehefrau nehmen würde.«

»Danke, Papa.« Röte stieg ihr in die Wangen.

»Wo ist deine Schwester?«

»Olga ist zum Fluss gegangen, um Wasser zu holen.«

»Kommt sie allein zurecht?«

»Es ist ein bisschen schwer für sie, aber sie sollte es schaffen.« Tanja stellte ihm eine Tasse heißen Tee hin.

»Freust du dich schon auf die Hochzeit?« Iwanow pustete in seine Tasse und wollte gerade einen Schluck nehmen, als ihm Tanjas gerötete Wangen und Hals auffielen. »Du hoffst, dort jemanden zu sehen – vielleicht einen Jungen?«, fragte er lächelnd.

»Stepan Sergejewitsch hat mich gefragt, ob ich heute mit ihm tanzen will.«

»Ach ja?« Iwanow lehnte sich zurück und legte einen Arm auf die Stuhllehne. »Und was hast du geantwortet?«

»Mach dich nicht über mich lustig, Papa.« Sie gab ihm einen Kuss auf den Scheitel, nahm ihm die leere Holzschale ab und wusch sie aus.

*

Sie trafen noch vor dem Bräutigam und seinen Freunden bei Marinas Eltern ein. Iwanow konnte den Gesang vom Dorf her hören.

»Jetzt erst, Marischka?«, begrüßte seine Schwiegermutter sie in der Tür. »Dima wird jeden Moment hier sein, um Toma zur Kirche zu bringen. Hast du an Brot und Salz gedacht?«

»Alles dabei.« Marina küsste ihre Mutter dreimal auf die Wangen. »Ist Toma fertig?«

»Deine Schwester sieht aus wie ein Engel.« Seine Schwiegermutter strahlte. »Beeilt euch, geht rein! Ich kann sie hören. Sie sind schon fast da.«

Tamara, ganz in Weiß, saß auf einem Stuhl mitten im Zimmer. Ihr Gesicht hellte sich auf, als sie ihre Schwester sah.

»Gott sei Dank! Ich dachte schon, ihr schafft es nicht rechtzeitig.«

»Als ich nach Hause kam, saß Tanja noch in der Wanne und Olgas Füße starrten vor Schmutz. Als ich die beiden endlich fertig hatte, blieb mir kaum noch Zeit für mich selbst.«

»Hauptsache, du bist jetzt da.« Tamara streckte beide Arme aus und winkte ihre Schwester zu sich. »Ich bin schrecklich aufgeregt, Marischka. Fühl mal meine Hände, sie sind eiskalt, und ich zittere wie Espenlaub.«

»Das vergeht von selbst.« Marina drückte die Hände ihrer Schwester an ihr Gesicht. »Alles wird gut.«

»Und was mache ich nachher in Moskau? Ich weiß nichts vom Leben in der Stadt.«

»Keine Angst, Tamara, du bist ein kluges Mädchen. Das schaffst du schon.«

»Wenigstens muss Dima nicht an die Front. Ich weiß nicht, was ich ohne ihn tun würde. Wie kommst du ohne Ljova zurecht, wo doch in ein paar Monaten das Baby kommt?«

»Was meinst du damit?« Marina blickte ihre Schwester an.

»Nun ja, wie du ohne deinen Mann fertigwerden willst. Wer wird die Felder pflügen?«

»Das macht Ljova.«

Tamara blickte von ihrer Schwester zu Iwanow.

»Dima hat mir erzählt, dass die Kosaken morgen mit einem Sonderzug an die Front gebracht werden.« Sie schaute Iwanow fragend an, der angestrengt auf seine Füße blickte. »Sie sind Teil mehrerer Kavallerieregimenter. Was ist denn los, Marischka? Warum schaust du mich so an? Du bist ja weiß wie die Wand! Ljova, schnell! Hilf mir, sie ins Schlafzimmer zu bringen.«

Draußen war der Bräutigam eingetroffen und wartete mit den Gästen vor dem Tor.

»O Gott, wir haben keine Zeit mehr. Sie sind da!«, rief Tamara.

In diesem Moment betrat ihre Mutter das Zimmer. »Wo bleibst du denn, Tamara?« Dann sah sie Marinas Gesicht und hielt inne. »Was ist mit meiner Tochter?«, fragte sie anklagend. »Was ist mit ihr?«

»Marina war gerade ein bisschen schwindelig.« Iwanow stellte sich zwischen Marina und seine Schwiegermutter. »Bei all der Aufregung wegen der Hochzeit und dem Baby ist sie völlig erschöpft. Geh du mit Tamara.« Er führte Mutter und Tochter zur Tür. »Ihr könnt die Leute nicht warten lassen, sonst halten sie euch noch für unhöflich. Ich kümmere mich um Marina.«

»Macht euch keine Gedanken wegen der Kirche«, wisperte Tamara. »Marina soll sich ausruhen.«

Durch die offenen Fenster hörte Iwanow die lauten Jubelrufe der Menge, als Tamara aus dem Haus trat.

»Welche Schönheit! Welcher Liebreiz!«, riefen sie.

Iwanow stand am Fenster und schaute zu, wie die Hochzeitsprozession durch die Straßen zur Kirche zog. Er hörte, wie seine Schwiegermutter ihren Gästen erklärte, Marina fühle sich nicht wohl und Iwanow wolle bei ihr bleiben.

»Wann?«, fragte Marina mit erstickter Stimme. »Wann wolltest du es mir sagen?«

Iwanow drehte sich langsam zu ihr um. »Heute Morgen hab ich's versucht.«

»Wann?«, schrie sie ihn an.

»Marischka, bitte.« Er kniete sich neben sie. »Wir sind Kosaken. Unsere Vorfahren haben unsere Grenzen jahrhundertelang verteidigt.« Er nahm ihre kalte Hand. »Ich werde nur ein paar kurze Monate weg sein, und die Mädchen sind groß genug, um dir bei der Feldarbeit zu helfen.«

Marina wandte das Gesicht ab und wischte sich mit ihrem Tuch die Tränen weg. »Und wenn du nie wieder zurückkommst? Wenn du getötet wirst? Was wird dann aus uns? Hast du auch nur einmal daran gedacht, wie wir ohne dich zurechtkommen sollen?«

»Marischka, Liebes, was redest du denn da? Bitte schau mich an.«

»Ich kann nicht. Du hast mir das Herz gebrochen.«

»Das ist unsere letzte gemeinsame Nacht, Marischka. Und die Hochzeit deiner Schwester. Habe ich so furchtbar gesündigt, dass du mich in meiner letzten Nacht mit dir im Stich lassen willst?«

Als Marina sich zu ihm umdrehte, sah er, dass ihre Augen in Tränen schwammen. Dann warf sie ihm die Arme um den Hals und küsste ihn. »Ljova! Ich habe schreckliche Angst!«

»Das musst du nicht. Alle sagen, dass der Krieg bald vorbei ist. Und ich werde dir schreiben. Jeden Tag werde ich dir schreiben.«

*

Es war eine bedrückte Schar, die am nächsten Morgen die Kosaken zum Bahnhof begleitete. Die Männer, die heute ihre Uniformen mitsamt Säbeln trugen, umarmten und küssten ihre Angehörigen. Im Zug drängten sie sich an die Fenster, um ihre geliebten Familienmitglieder ein letztes Mal sehen zu können, bevor der Zug sie in eine ungewisse Zukunft brachte.

»Hast du alles, was du brauchst?«, fragte Marischka.

Iwanow nickte. »Tanja hat mir für die Reise Brot und Käse eingepackt.«

Tiefes Schweigen senkte sich über sie. Beide zuckten zusammen, als die Lok plötzlich zischte und dampfte. Der Schaffner gab mit seiner Trillerpfeife den letzten Passagieren das Zeichen zum Einsteigen.

»Ich muss gehen.« Iwanow hob Marinas Kinn und küsste sie auf die Lippen.

»Ljova.« Das Wort schien zitternd in der Luft zu hängen. »Denk immer daran, dass ich dich liebe.«

8.

Petrograd

September 1914

Die Glocke am vorderen Teil der Straßenbahn bimmelte energisch. Marie ließ erst zwei Frauen einsteigen – Mutter und Tochter, beide in dicke Mäntel gehüllt –, bevor sie selbst ausstieg. Ein kalter Wind, der eine Vorahnung von frühem Schneefall mit sich brachte, wehte ihr ins Gesicht und an den Hals. Sie klappte den Kragen hoch und beschleunigte ihre Schritte. Unter einem Arm trug sie ihre Bücher, in der anderen Hand hielt sie einen Brief von ihrer Mutter, der an diesem Morgen eingetroffen war.

Marie betrat ein Café und setzte sich an einen kleinen Tisch. Nachdem sie das Siegel erbrochen hatte, zog sie den Brief aus dem Umschlag. Er war von Ende August datiert.

Liebste Mascha!

Ich hoffe, Du bist bei guter Gesundheit und widmest Dich fleißig Deinem Studium. Dein Vater und Valentin sind beide gesund und munter und lassen Dir liebe Grüße ausrichten. Nach einem Monat ohne jede Nachricht haben wir letzte Woche endlich einen Brief von Nikolai erhalten. Er war guter Stimmung, aber der Brief war natürlich vor der Schlacht von Tannenberg datiert. Gott allein weiß, wie sehr es ihn mitgenommen hat, so viel Tod und Verwüstung zu sehen. Ich bete,

dass dieser Krieg bald zu Ende sein möge und Dein Bruder und Pjotr unversehrt nach Hause kommen.
Sehr viele von unseren Freunden und Nachbarn haben bereits Söhne und andere Angehörige verloren. Die Listen der Toten, Verwundeten und Vermissten füllen täglich mehrere Seiten in der Zeitung. Andrej, der jüngste Sohn meiner guten Freundin Ekaterina Antonowa, gehört zu denen, die bei Tannenberg gefallen sind. Seit ich diese traurige Neuigkeit erfahren habe, bin ich jeden Tag bei ihr. Arme Kitty! Mir fällt beim besten Willen nichts ein, wie ich sie trösten soll. Sie ist nur noch ein Schatten ihrer selbst, als wäre jedes Leben von ihr gewichen. Sie isst und trinkt kaum noch, sitzt den ganzen Tag mit leeren Augen in ihrem Sessel. Es bricht mir das Herz. Dein Vater und ich werden in Kürze aufbrechen, um Kerzen für die Toten zu entzünden.
Du musst mir bald schreiben und berichten, was es in Petrograd Neues gibt.
Du fehlst uns schrecklich.

Deine Dich liebende Mutter P.

PS: Hast Du immer noch die Absicht, in diesem Herbst zu Besuch zu kommen?

Mit schwerem Herzen faltete Marie den Brief zusammen, steckte ihn zurück in den Umschlag und bestellte sich ein Glas Wein. Während sie es langsam leerte, fühlte sie, wie allmählich Wärme ihren Körper durchdrang. Als sie auf einem der Nebentische eine Zeitung liegen sah, fragte sie den Besitzer höflich, ob er sie kurz ausleihen könne. Mit angehaltenem Atem überflog sie die Liste der Toten, Vermissten und Kriegsgefangenen. Wie gewöhnlich füllte diese Liste mehrere Seiten. Reihe auf Reihe verschmolzen die Namen miteinander.

Mit einem tiefen Seufzer ließ Marie den Atem entweichen, als sie das Ende erreichte, ohne einen bekannten Namen gelesen zu haben. Zugleich versuchte sie, nicht daran zu denken, dass jeder Name für den Verlust eines Bruders, Ehemannes, Sohnes oder Vaters stand, einem Menschen mit Träumen und Hoffnungen.

Die Nachricht von der Niederlage der russischen Armee bei Tannenberg und den masurischen Seen war ein Schock gewesen. Überall wurde darüber gesprochen, genauso wie über die Flut der Verwundeten, die täglich in die Hospitäler eingeliefert wurden. Einige gaben dem Oberkommando, andere der Überlegenheit der deutschen Artillerie die Schuld. Marie war sogar das Gerücht zu Ohren gekommen, die Zarin hätte militärische Geheimnisse an ihr ehemaliges Heimatland weitergegeben. Der Zar hatte in einer patriotischen Anwandlung den deutsch klingenden Namen St. Petersburg in Petrograd umgeändert.

Marie brachte die Zeitung zurück und ließ den Blick unruhig durchs Café schweifen. Mit einem Mal befiel sie ein überwältigendes Gefühl von Schuld und Machtlosigkeit. Sie saß hier behaglich im Warmen, während Abertausende von Männern hungerten und froren und bereit waren, ihr Leben für ihr Vaterland zu geben.

Ihr Blick fiel auf ein Plakat, das für den Frauenhilfsdienst warb. Sie kannte einige Frauen, die dem Hilfskorps beigetreten waren. Maries Gedanken wandten sich Nikolai und Pjotr und den Gräueln zu, denen sie ausgesetzt waren, und sie sagte sich, dass auch sie ihre patriotische Pflicht erfüllen müsse.

Sie bezahlte ihren Wein und beschloss, direkt zum Krankenhaus zu gehen.

*

»Und was sage ich deinen Eltern, wenn sie dahinterkommen?«, fragte Anna, während sie sich vor dem Spiegel mit Maries dicken Locken abplagte.

»Sag ihnen, dass ich Nikolai und Pjotr nicht mehr in die Augen schauen könnte, wenn sie kämpfen, während ich nichts tue«, erwiderte Marie, die Annas Bemühungen mit wachsender Ungeduld beobachtete.

»Und was wird aus deinem Studium?« Anna befestigte einen breitrandigen, mit einer Feder geschmückten Hut mit einer Hutnadel im Haar.

Marie betrachtete die Uniform des Frauenhilfsdienstes, die man ihr gegeben hatte, ein graues Kleid aus grobem Stoff mit weißer Schürze und dazu passendem Häubchen. »Ich kann meine Schichten so legen, dass ich nebenbei studieren kann. Außerdem muss man im Krieg die Pflicht gegenüber dem Vaterland über alles andere stellen.«

»Ach, Marie.« Im Spiegel blickten Annas mitfühlende Augen sie an. »Ich kenne dich viel zu gut. Du willst Nikolai und Pjotr pflegen, falls sie ins Krankenhaus kommen, stimmt's?«

»Ich kann den Gedanken nicht ertragen, dass einer von ihnen verwundet wird und Schmerzen leidet, während ich herumsitze und Däumchen drehe. Ich …«

Maries Stimme brach.

*

Als Marie sich an diesem Abend im Krankenhaus zum Dienst meldete, um mit ihrer Ausbildung zu beginnen, wurde sie einem jungen Arzt zugewiesen, der sich als Michail Leskow vorstellte.

»Die meisten Patienten, die zu uns kommen, sind traumatisiert und leiden obendrein an Kopfläusen und Influenza«, informierte er Marie, als sie mit ihm durch die Krankensäle ging.

Dr. Leskow war die Müdigkeit eines Mannes anzumerken, der seit Tagen ohne Unterbrechung gearbeitet hatte. Bei mehreren Patienten blieb er stehen und ließ den Blick aus seinen müden Augen über die Gesichter schweifen. »Diese Männer wurden an den Masurischen Seen in der Nähe der Sümpfe vom Feind eingekesselt.« Dr. Leskow senkte die Stimme. »Diejenigen, die Glück hatten, konnten entkommen, indem sie in die Wälder flüchteten. Doch sie mussten das Schreien und Flehen Tausender Männer hören, die ertrunken sind.« Er schüttelte den Kopf. »Einige von ihnen haben dabei den Verstand verloren.«

Marie gewöhnte sich bald an ihren neuen Tagesablauf: früh aufstehen, dann eine Schicht im Krankenhaus vor dem Unterricht, dann eine zweite am Spätnachmittag. Anna packte ihr einen Mittagsimbiss ein und brachte ihr abends das Essen ins Hospital, wo sie es gemeinsam in der kleinen Küche verzehrten. Wenn Anna sich wieder auf den Heimweg machte, ging Marie durch die Krankenstation, sah nach den Patienten und machte es ihnen so bequem wie möglich. Sie las ihnen aus der Zeitung vor oder ließ sich von ihnen Briefe an ihre Lieben diktieren. Manchmal saß sie bei einem Soldaten einfach nur am Bett und leistete ihm Gesellschaft.

Da Marie in einem Haushalt voller Dienstboten aufgewachsen war, bereiteten ihr anfangs die einfachsten häuslichen Arbeiten Probleme. Doch nach ein paar Wochen stellte sie zu ihrem Erstaunen fest, dass sie geschickte Hände hatte; deshalb forderten die Ärzte sie häufig auf, sie bei der Visite zu begleiten. Als ihr Wirkungskreis im Krankenhaus wuchs, lehnte sie immer mehr Einladungen ins Theater und zu Abendgesellschaften ab und übernahm stattdessen lange Nachtschichten.

Um beim Studium nicht hinterherzuhinken, las sie dösenden Patienten laut aus ihren Lehrbüchern vor. An den Abenden, an denen sie sich nicht konzentrieren konnte, griff sie auf ihre Ausgabe von *Die Dame mit dem Hündchen* zurück, die sie wie einen Talisman stets bei sich trug. Wenn sie sich dann vorstellte, Pjotr vorzulesen, wurde ihre Stimme weich und warm.

Insgeheim hoffte sie, dass irgendwo jemand dasselbe für Pjotr tat.

9.

Ostpreußen

September 1914

Alexei schlug die Augen auf. Über ihm ragten hohe Ulmen auf, und der Duft von Tee stieg ihm in die Nase.

»Willkommen zurück, Exzellenz.« Ein Soldat lächelte ihn an. »Wir waren nicht sicher, ob Sie es schaffen. Ich gebe dem Leutnant sofort Bescheid, dass Sie zu sich gekommen sind.«

Wenig später war Leutnant Bogolew mit einem Kanten Brot und einem Becher Tee bei Alexei. Sein Gesicht war unrasiert und wirkte älter. Während Alexei an seinem Brot kaute, wobei er es gelegentlich in den Tee tauchte, um es weicher zu machen, klärte Bogolew ihn über die Situation auf.

»Wir sind vom Rest des Regiments abgeschnitten. Ich habe mich in das nächste Dorf geschlichen, um Neuigkeiten einzuholen, aber bis jetzt ist es mir nicht gelungen, an handfeste Informationen zu kommen.«

»Sie sprechen Polnisch?«

»Meine polnische Großmutter stammte aus dieser Gegend. Sie hat mir beigebracht, mich in ihrer Muttersprache auszudrücken.« Bogolew zuckte mit den Schultern. »Wir waren arme Leute. Manchmal schickten meine Eltern mich den Sommer über zu meiner Großmutter, sodass sie ein Maul weniger füttern mussten.« Er lächelte. »Mir hat es nichts ausgemacht. Ich habe meine Großmutter geliebt.« Sein Gesicht verdüsterte sich. »Die Erste Armee wurde bei den masurischen

Seen vernichtend geschlagen. Tausende sind in den Sümpfen ertrunken.« Er senkte einen Moment den Kopf, ehe er den Blick wieder auf Alexei richtete.

»Hier können wir nicht mehr lange bleiben. Die deutsche Armee rückt zügig vor. Wenn wir der Gefangennahme entgehen wollen, müssen wir zu unseren Verbänden hinter den Linien.« Er trat näher und fragte knapp: »Sind Sie reisefähig, Exzellenz?«

Alexei nickte.

Bogolew schob eine Hand unter Alexeis unverletzten Arm und half ihm beim Aufstehen.

Ein stechender Schmerz schoss durch Alexeis verwundeten Oberschenkel, und er stützte sich auf Bogolew, um das Gewicht auf dem Bein zu verringern.

»Sie nehmen besser mein Pferd«, bot Bogolew an. »Ich gehe mit den anderen zu Fuß.«

Die nächsten Tage marschierten sie nachts durch die Wälder. Tagsüber ruhten sie in verlassenen Scheunen oder im Gehölz. Manchmal, wenn er keinen Schlaf finden konnte, beobachtete Alexei, wie die rotbraunen Blätter im Wind tanzten, bis sie flatternd zu Boden segelten. Besorgt dachte er an den Wetterumschwung. Bald würden die Temperaturen sinken und der Boden frieren. Unter diesen erschwerten Bedingungen würde die Versorgung der Truppen noch mehr leiden.

Er schloss die Augen und stieß einen Seufzer aus. Wie in aller Welt sollte die Armee den Winter überstehen?

*

»Wir haben die Verbände bei einer Festung ausgemacht, einen Tagesmarsch von hier«, berichtete Bogolew, während er sein Brot in seinen Tee tauchte. »Ihr Adjutant ist auch dort. Ich habe ihm von einem meiner Männer eine Nachricht überbringen lassen. Er hat gesehen, wie Sie im Kampf angeschossen wurden, und war erleichtert, als er hörte, dass Sie am Leben sind.« Der Leutnant füllte Alexeis Becher mit dampfendem Tee auf. »Ich soll Ihnen ausrichten, dass er für Sie den Transport im Lazarettzug nach Petrograd arrangiert hat.«

»Ich bin Ihnen dankbar für Ihre Hilfe, Leutnant. In meinem Bericht werde ich ausdrücklich auf Ihren mutigen Einsatz hinweisen und Sie für eine Auszeichnung empfehlen.«

Bogolew schnaubte. »Ich habe das nicht getan, um eine Auszeichnung zu bekommen. Ich wäre Ihnen allerdings zu Dank verpflichtet, wenn Sie beim Kommando des Obersten Befehlshabers ein Wort für mich einlegen könnten, sodass man dort meine bescheidene Herkunft übersieht und mich zum Hauptmann befördert.«

Alexei bemerkte den sarkastischen Unterton in Bogolews Stimme, aber er ging nicht näher darauf ein. »Ich werde mein Bestes tun.«

Bogolew warf Alexei einen Seitenblick zu. »Es gibt nicht viele Kommandeure wie Sie in der russischen Armee. Wie Sie den jungen Kanonier verteidigt haben, war ungewöhnlich für einen Mann, wie Sie es sind.« Er hob leicht die Schultern. »Jeder andere Offizier, den ich kenne, hätte, ohne zu überlegen, ein Exempel an ihm statuiert.«

»Wir alle müssen tun, was wir für richtig halten.«

Bogolew nickte. »Vermutlich. Übrigens, da wäre noch etwas, das Sie wissen sollten.« Er sammelte ihre leeren Becher ein. »General Samsonow ist tot.«

»Was? Wie ist das passiert?«

Bogolew hielt sich zwei Finger an die Schläfe. »Er hat sich erschossen.«

Alexei war sich nicht sicher, aber er glaubte, den Hauch eines Lächelns auf den Lippen des Leutnants zu sehen.

Bogolew schaute ihn an. Seine Augen waren kalt und fahl

wie der Winterhimmel, als er sagte: »Offenbar konnte unser General die Niederlage bei Tannenberg nicht verwinden.«

*

Am Bahnhof von Petrograd säumten Bahren mit Verwundeten den Bahnsteig. Vom Fenster seines Abteils aus sah Alexei Krankenschwestern des Freiwilligenkorps, die den Ärzten zur Hand gingen, als diese die verletzten Soldaten untersuchten.

»Warum bringt man die Männer nicht ins Krankenhaus?«, fragte Alexei die Krankenschwester, die in sein Abteil kam, begleitet von einem Krankenwärter.

Die Schwester blickte kurz durch das kleine Fenster nach draußen. »Es gibt nicht genug Betten, Exzellenz.« Sie senkte den Blick, als schämte sie sich für dieses Eingeständnis. »In ein paar Tagen kommt ein weiterer Lazarettzug, der die Männer nach Moskau transportiert.«

»Kein Grund zur Sorge, Herr«, versicherte der Krankenwärter Alexei. »Wir bringen Sie ins Offizierslazarett, wo Sie gut versorgt werden.«

Grigori und der Krankenwärter halfen Alexei aus dem Zug und führten ihn zu einem Rollstuhl, der auf dem Bahnsteig bereitstand. Soldaten und rangniedere Offiziere traten beiseite, um ihn durchzulassen. Alexei fiel der hasserfüllte Blick eines Soldaten mit einer schweren Gesichtsverletzung auf, als dieser aufgefordert wurde, aus dem Weg zu gehen. Vor ihnen warf ein Unteroffizier seine Zigarettenkippe auf den Boden. Sofort stürzten sich zwei Soldaten auf den Stummel und kämpften erbittert darum. Die Wärter in ihrer Nähe trennten sie grob.

»Tut mir leid, dass Sie das mit ansehen mussten, Exzellenz«, entschuldigte sich einer von ihnen. »Der Krieg macht aus den Männern wilde Tiere.«

Alexei sagte nichts. Stattdessen winkte er Grigori zu sich und flüsterte ihm etwas ins Ohr. Grigori nickte, griff in seine Schultertasche und zog Alexeis Zigarettenetui hervor. Dann ging er zu einer der Krankenschwestern und reichte ihr die Zigaretten.

»Sorgen Sie bitte dafür, dass sie unter den Männern verteilt werden«, sagte er und warf einen Blick auf die zahlreichen Soldaten. »Ich fürchte, es wird nicht für alle reichen, aber vielleicht kann es einige von ihnen trösten.«

Anschließend nahm Grigori den Platz des Krankenwärters ein. Er schob Alexeis Rollstuhl ans Ende des Bahnsteigs, wo Emily und die Mädchen in zwei offenen Wagen warteten. Sowie die Mädchen ihren Vater sahen, sprangen sie heraus und rannten mit flatternden blonden Haaren auf ihn zu.

»Papa!«, riefen sie.

Irina erreichte ihn als Erste und warf beide Arme um ihn. Alexei zuckte zusammen, als das Mädchen ihm bei dieser stürmischen Begrüßung die Schulter quetschte.

»Vorsicht, meine Damen, vergesst nicht, dass euer Papa verwundet wurde«, mahnte Grigori die Mädchen.

»Bist du sehr schwer verletzt, Papa?«, fragte Irina. »Mama sagt, du hast zwei Schusswunden abbekommen.«

»Stimmt.« Alexei lachte, winkte die beiden jüngeren Mädchen zu sich, nahm ihre Gesichter zwischen beide Hände und küsste jede dreimal. »Und bis es mir gut genug geht, um am Stock zu gehen, ist es eure Aufgabe, mich im Rollstuhl herumzuschieben.«

»Ich als Älteste«, rief Irina, »bin als Erste dran.« Sie trat hinter den Rollstuhl. Grigori machte ihr mit einem belustigten Lächeln Platz und verbeugte sich leicht.

»Mit Mademoiselles Erlaubnis«, sagte er, »kümmere ich mich um das Gepäck.«

Irina schob den Rollstuhl zu den wartenden Wagen. Ihre

jüngeren Schwestern hatten ihre Scheu abgelegt und gingen links und rechts von Alexei, wobei Tonja, die Jüngste, sich fest an die Hand ihres Vaters klammerte.

»Haben die russischen Männer tapfer gekämpft?«, fragte sie.

»Was für eine dumme Frage, Tonja«, gab Irina zurück. »Hörst du denn nicht zu, wenn uns unsere Gouvernante morgens aus der Zeitung vorliest?«

Alexei drückte die Hand seiner Tochter. »Ja, wir haben tapfer gekämpft, meine Kleine, aber zeitweise waren die deutschen Waffen den unseren weit überlegen.«

Tonja blickte verstohlen zu den Männern auf dem Bahnsteig hinüber. »Sind das alles Männer, von denen Namen in der Zeitung stehen?«

»Einige von ihnen.« Alexei seufzte. »Andere hatten nicht so viel Glück.«

»Wie war es, in einer Schlacht zu kämpfen, Papa?« Vera schaute ihn aus ernsten Augen an.

Alexei wusste nicht, wie er die Frage beantworten sollte, und war froh, dass sie mittlerweile die Wagen erreicht hatten, sodass er nichts erwidern musste.

Der Fahrer öffnete die Tür. Emily, in ein elegantes Wollkostüm gekleidet, stieg aus, um Alexei zu begrüßen. Die Mädchen halfen ihm hoch. Als er sich zu voller Größe aufgerichtet hatte, nahm er Emilys behandschuhte Hand und zog sie an seine Lippen.

»Sie sehen blendend aus, Madame«, sagte er.

Emily schenkte ihm ein erleichtertes Lächeln. »Wir haben uns schreckliche Sorgen gemacht, Aljoscha.« Dann verrutschte ihr Lächeln, und ihre Lippen zitterten. Sie suchte in ihrem Täschchen nach einem Taschentuch, drückte es an ihre Nase und wandte das Gesicht ab, als sie das Schluchzen nicht zurückhalten konnte.

»Madame, bitte …« Alexei machte einen Schritt auf sie zu, aber ein stechender Schmerz ließ ihn erstarren.

»Steigen Sie lieber gleich ein«, sagte Grigori und trat rasch an Alexeis Seite. »Es ist noch zu früh, um Ihr Bein zu belasten.«

Alexei, der vor Schmerzen nicht sprechen konnte, ließ sich von Grigori in den Wagen helfen. Emily nahm neben ihm Platz, während Grigori sich vorn neben den Chauffeur setzte. Die Mädchen stiegen in den zweiten Wagen, und gemeinsam fuhren sie zum Hospital.

*

Auf Anweisung der Zarin waren mehrere Stadtpaläste in provisorische Krankenstationen umgewandelt worden. Ein Krankenwärter schob Alexeis Rollstuhl durch eine Halle mit hohen Decken, Kronleuchtern und Säulen mit Goldprägung. In den aufgereihten Betten lagen die Verwundeten; sie trugen Bettwäsche aus frischem weißem Leinen. Alexeis Bett befand sich in einem durch einen Vorhang abgetrennten Bereich am hinteren Ende der Halle. Auf einem zierlichen Schreibtisch standen neben einer Waschschüssel und einem Wasserkrug mehrere Ikonen.

Die Zarin und ihre zwei ältesten Töchter, beide in Schwesterntracht, besuchten ihn gleich am ersten Tag. Die Großherzoginnen – so lautete der Titel der beiden Töchter –, die eine reguläre Ausbildung in Krankenpflege absolvierten, reinigten und sterilisierten Alexeis Wunden, während ihre Mutter ihnen zuschaute. Alexei war der Zarin früher schon begegnet, aber jedes Mal bei offiziellen Anlässen, wo sie oft kühl und abweisend wirkte und kaum jemals lächelte. Heute, neben ihren Töchtern, zeigte ihr Gesicht nichts von der üblichen Strenge. Sie plauderte freundlich mit Alexei und erkundigte sich nach seiner Familie und seinem Befinden.

Nachdem Tatjana seine Verbände erneuert hatte, betrachtete die Zarin wohlwollend deren Werk. Dann tätschelte sie ihrer Tochter leicht den Arm, was die Großherzogin vor Stolz strahlen ließ.

»Vielen Dank, Hoheit.« Alexei neigte den Kopf. Es war eine unangenehme Erfahrung gewesen, sich von der Großherzogin entkleiden und seine Wunden versorgen zu lassen. Noch unangenehmer jedoch war ihm, dass er nicht aufstehen und den Damen den Respekt erweisen konnte, wie er der Zarenfamilie zustand.

Deshalb war Alexei erleichtert, als am nächsten Tag nicht die Kaiserin mit ihren Töchtern, sondern ein junger Arzt zu ihm kam. Der Arzt legte ihm ein Stethoskop an den Rücken und bat ihn, tiefe Atemzüge zu machen. Nachdem er Alexei abgehorcht hatte, richtete der Arzt sich auf.

»Ihre Lunge arbeitet einwandfrei«, erklärte er. »Ihre Beinwunde ist immer noch leicht entzündet. Sowie die Entzündung abgeklungen ist, können Sie den Rest Ihrer Genesung zu Hause verbringen.«

Eine Krankenschwester trat hinter dem Vorhang hervor. Als sie sah, dass es sich bei dem Patienten um einen hochrangigen Offizier handelte, der noch dazu spärlich bekleidet war, zog sie sich mit einer gemurmelten Entschuldigung hastig zurück.

»Kommen Sie, Schwester!«, rief der Arzt ihr nach, während Alexei sich anzog. »Wir sind hier fertig.«

»Bitte entschuldigen Sie die Störung.« Der Blick aus den grauen Augen der Krankenschwester wanderte vom Arzt zu Alexei. »Ich soll die Temperatur des Patienten messen.«

»Nur zu, ich bin mit der Untersuchung fertig.« Der Arzt verabschiedete sich mit einem Nicken von Alexei. »Wir sehen uns morgen wieder, Exzellenz.«

»Danke, Doktor«, erwiderte Alexei zerstreut, ohne den

Blick von der Krankenschwester zu wenden. Ihre Augen hatten eine ungewöhnliche Farbe, und ihr herzförmiges slawisches Gesicht war weich und anziehend. Obendrein war ihr Auftreten selbstsicher, und sie bewegte sich voller Anmut. Aus gutem Hause, dachte Alexei bei sich.

Sie fühlte seinen Puls und runzelte leicht die Stirn, während sie die Herzschläge zählte. Alexei blickte währenddessen auf die kleine steile Falte zwischen ihren schön geschwungenen Augenbrauen, die er sehr reizvoll fand. Zu gern hätte er erfahren, wer sie war. Außerdem wollte er endlich das Thermometer loswerden.

»Jetzt dauert es nicht mehr lange.« Sie blickte von ihrer Uhr auf und lächelte, als hätte sie seine Gedanken erraten. »Ihr Puls ist normal.« Sie nahm das Thermometer und las die Temperatur ab. »Ihre Temperatur ist leicht erhöht, aber das ist kein Grund zur Beunruhigung.«

»Sie sind sehr gründlich«, sagte Alexei anerkennend. »Arbeiten Sie schon länger als freiwillige Pflegerin?«

Sie neigte anmutig den Kopf. »Sie sind zu gütig. Ich arbeite erst seit wenigen Wochen hier und muss noch viel lernen.«

»Mademoiselle ist verlobt?«

»Ja.« Ihr Blick wirkte mit einem Mal nervös und ließ ihre grauen Augen eine Nuance dunkler werden. »Wir wollen nach dem Krieg heiraten.« Sie wandte sich ab und packte ihre Instrumente ein.

Alexeis Blick verweilte auf ihr, folgte jeder ihrer Bewegungen. »Ist Ihr Verlobter an der Front?«

»Ja«, antwortete sie mit rauer Stimme. »Nun, ich glaube, ich bin hier fertig. Kann ich noch etwas für Eure Exzellenz tun, bevor ich gehe?«

»Wären Sie so nett, mir meinen Stock zu reichen? Ich möchte ein bisschen frische Luft schnappen.«

Die Schwester fand den Stock, der am Bettende lehnte, und hielt ihn Alexei hin.

»Könnten Sie mir helfen?«, fragte er. Auf ihre Schulter gestützt hievte er sich hoch. Als er den Stock nahm, streiften seine Finger ihren Handrücken. Errötend zog sie die Hand zurück.

»Sonst noch etwas?«

»Möchten Sie mich nicht auf einen kurzen Spaziergang begleiten?«

»Ich werde anderweitig gebraucht. Vielleicht ein andermal.«

»Dann will ich Sie nicht länger aufhalten«, sagte Alexei. Die Schwester wandte sich zum Gehen, als er hinzufügte: »Nur eins noch …«

Sie sah ihn fragend an.

»Dürfte ich Ihren Namen erfahren?«

»Kulbas.« Ein kleines Lächeln spielte um ihre Lippen. »Marie Kulbas.«

»Ein schöner Name.« Alexei neigte leicht den Kopf. »Es war mir ein Vergnügen, Sie kennenzulernen, Mademoiselle. Ihr Verlobter kann sich glücklich schätzen, dass Sie auf ihn warten.«

»Danke.« Mit gesenktem Kopf huschte sie hinaus.

*

Alexei erwachte schwer atmend mitten in der Nacht. Verwirrt und unsicher, wo er sich befand, blickte er sich um, bis seine Augen sich an die Dunkelheit gewöhnt hatten, sodass er sein Krankenzimmer wiedererkannte. Er musste im Traum geschrien haben, denn eine Schwester kam mit einer Kerze herbeigeeilt, um nach ihm zu sehen. Alexei schüttelte den Kopf, als sie ihn fragte, ob er etwas brauche, und sie zog sich wieder zurück.

Er stieg aus dem Bett, humpelte zu dem kleinen Tisch, goss Wasser in die Waschschüssel und bespritzte sich das Gesicht.

Sein Traum fiel ihm wieder ein: Bogolew kniete neben ihm, die Hände mit Blut und Schlamm beschmiert, und riss fieberhaft sein Hemd in Streifen, die er dann um Alexeis Wunden schlang.

Ein schwacher Lichtschimmer fiel ihm auf, und er hob den Kopf. Am Ende der Halle sah er ein Licht, und er konnte leise Schritte hören. Durch einen Spalt in den Vorhängen beobachtete er, wie die Flamme näher kam, kurz an den Fußenden der Betten verharrte und sich dann weiterbewegte. Als die Schritte lauter wurden, erkannte Alexei, dass es die junge Krankenschwester namens Marie war. Ihr Gesicht, das nur zum Teil sichtbar war, schimmerte golden im Kerzenlicht. Ihre Bewegungen waren federleicht und vermittelten den Eindruck, sie würde über den Parkettboden schweben.

Als könnte sie Alexeis Blick spüren, wandte sie sich zu ihm um.

»Euer Exzellenz, warum sind Sie nicht im Bett?« Sie trat zu ihm und sah ihn aus Augen an, die im Schein der Kerzenflamme hell strahlten. »Brauchen Sie etwas? Meine Schicht ist zu Ende, aber ich bringe Ihnen gerne, was immer Sie wünschen, bevor ich gehe.«

»Nein, danke, nicht nötig. Mir fiel das Licht auf und … nun ja, ich fürchte, ich war neugierig, zu wem es gehört.« Er lächelte, um seine Nervosität zu überspielen.

Maria legte einen Finger an die Lippen. »Gehen wir lieber ein Stück von den anderen Betten weg. Wir könnten die Patienten wecken.«

»Sie haben einiges an Lesestoff mitgenommen, wie ich sehe«, bemerkte er mit einem Blick auf die Bücher, die sie in der Armbeuge trug.

»Ach, das sind meine Lehrbücher. Manchmal komme ich

direkt nach den Vorlesungen hierher. Ich studiere am Smolny-Institut.«

»Und wie kommen Sie zu dieser nachtschlafenden Zeit nach Hause?«

»Mein Onkel schickt mir einen Wagen.« Sie schaute auf ihre Uhr. »Er müsste schon da sein.«

»Darf ich?« Alexei griff nach den Büchern, um die Titel zu lesen. »Sie studieren Jura?«

»Im ersten Jahr.«

»Und wie finden Sie es?« Er gab ihr die Bücher zurück.

»Sehr interessant. Ich hoffe, eine Anstellung bei der Bezirksstaatsanwaltschaft in Tallinn zu bekommen, wenn ich fertig bin.«

Alexei legte den Kopf zur Seite und betrachtete die junge Krankenschwester mit neu erwachtem Interesse. Sie fiel zweifellos aus dem Rahmen. Die Frauen, die er aus der Gesellschaft kannte oder bei Hof kennengelernt hatte, schienen sich kaum jemals für etwas zu interessieren, was über ihre Salons und Putzmacherinnen hinausging.

»Eine Beamtenlaufbahn ist eine ungewöhnliche Wahl für eine Frau«, sagte er. »Was hat Sie auf die Idee gebracht, sich für dieses Gebiet zu entscheiden?«

»Ich möchte Menschen helfen, unserer Gesellschaft zu helfen«, antwortete sie schlicht.

»Wirklich?«

Sie zuckte die Achseln. »In Schweden, Finnland und Großbritannien nehmen Frauen bereits aktiv am öffentlichen Leben teil. Ich sehe keinen Grund, warum das in Russland nicht auch möglich sein sollte.«

Alexei lächelte. Es war erfrischend, eine Frau kennenzulernen, die nicht nur fundierte Überzeugungen hatte, sondern auch nicht davor zurückscheute, sie laut auszusprechen. »Dieses Thema scheint Ihnen sehr am Herzen zu liegen.« Er wollte noch mehr sagen, aber ein schmerzhaftes Pochen in seinem Bein hinderte ihn daran, obwohl er sofort versuchte, sein Gewicht zu verlagern.

»Wie gedankenlos von mir, Sie so lange stehen zu lassen!« Marie legte ihre Bücher auf den Boden und ergriff Alexeis Arm. »Warten Sie, ich helfe Ihnen ins Bett.«

»Es war mir eine Freude, mich mit Ihnen zu unterhalten«, sagte er, als er unter die Decke schlüpfte. »Ich hoffe, wir haben Gelegenheit, unser Gespräch fortzusetzen.«

Sie lächelte. »Das hoffe ich auch, aber jetzt brauchen Sie erst einmal Ruhe. Gute Nacht, Exzellenz.« Sie ging und zog den Vorhang hinter sich zu.

Während er dem Klang ihrer Schritte lauschte, der allmählich leiser wurde, dachte Alexei über ihr Gespräch nach. Trotz ihrer Jugend sprach sie voller Überzeugung und Leidenschaft. Seine Gedanken schweiften zu Natalja, die nur an Klatsch und Tratsch in den besseren Kreisen interessiert war. Die junge Krankenschwester mochte nicht Nataljas viel gerühmte Schönheit haben, aber sie besaß eine Grazie und Intelligenz, die jene anderer Frauen, die er kannte, in den Schatten stellte.

Alexei schloss die Augen und schlief bald ein, wobei ein leichtes Lächeln um seine Lippen spielte.

*

Im Wagen lehnte Marie den Kopf an die weiche Rückenpolsterung. Sie dachte über den vergangenen Tag und den faszinierenden neuen Patienten nach, den sie kennengelernt hatte. Er war bestimmt um einiges älter als sie, aber wie viel älter, hätte sie nicht sagen können. Seine bräunliche Haut und das helle Haar ließen ihn jugendlich wirken, aber sein Rang und das Selbstbewusstsein, mit dem er auftrat, zeugten von einer Reife, die man sich nur im Laufe von Jahren erwarb. Eben im dunklen Krankensaal hatte er sie überrascht. Sein Verhalten am Vormittag hatte erkennen lassen, dass er einem kleinen Flirt nicht abgeneigt wäre, und bei ihrer nächtlichen Begegnung schien er aufrichtig interessiert an ihren Studien gewesen zu sein …

Marie gähnte. Sie war so müde, dass sie kaum noch die Augen aufhalten konnte.

Ihr letzter Gedanke, bevor sie einschlief, galt dem Lächeln auf dem Gesicht des Offiziers, als sie ihm eine gute Nacht gewünscht hatte.

10.

Petrograd

September 1914

Alexei durchlebte den Tag in nervöser Anspannung. In der Hoffnung, Marie würde kommen, hatte er mehrmals nach einer Krankenschwester gerufen, aber zu seiner Enttäuschung war jedes Mal eine andere Schwester erschienen.

Er war mit seinen Gedanken immer noch bei der Frage, wie er ein Treffen mit ihr herbeiführen könnte, als Grigori die Ankunft von Gräfin Natalja ankündigte.

»Liebling!« Natalja beugte sich vor und hauchte einen Kuss auf Alexeis Schläfe. »Ich bin ja so froh, dass die Entzündung an deinem Bein abgeklungen ist!«

Grigori schob einen Stuhl für sie heran und zog sich diskret zurück.

»Wann lassen sie dich nach Hause?« Natalja streifte ihre Spitzenhandschuhe ab.

»Man überlässt mich ab morgen in die Obhut Emilys und ihres Arztes.«

»Die beiden werden bestimmt sehr gut auf dich aufpassen.« Der Sarkasmus in ihrer Stimme war nicht zu überhören.

»Emilys Arzt ist eine Nervensäge«, stöhnte Alexei. »Auf Ihre Gesundheit!«, ahmte er den Lieblingssatz des Doktors nach.

Natalja löste die Spange ihrer Fuchsstola und legte sie sorgsam gefaltet auf ihren Schoß. »Es überrascht mich, dass Emily nicht auch einen Priester in euer Haus gebeten hat.«

Alexei lachte auf. »Ich bin ja nicht tot.«

»Priester sind nicht nur für Tote zuständig.« Natalja zog eine Augenbraue hoch. »Wann warst du zum letzten Mal bei der Kommunion?«

»Wir hatten in unserem Regiment einen Geistlichen, der jeden Morgen die Messe gelesen hat.«

Natalja beugte sich vor. Er konnte ihr blumiges, exquisites Parfum riechen. »Und wurden dir all deine Sünden vergeben?« Sie lachte selbstgefällig. »Aber, aber, Exzellenz, mir scheint, Sie werden rot.«

Sie lehnte sich zurück und wechselte das Thema. »Haben die Zarin und ihre Töchter dir schon einen Besuch abgestattet?«

»Nur einmal. Sie verbringen die meiste Zeit in Zarskoje Selo.«

»Wenn du mich fragst, ist das Verhalten der Kaiserin würdelos. Ich weiß aus zuverlässiger Quelle, dass sie und ihre beiden ältesten Töchter bei chirurgischen Eingriffen und Amputationen assistieren.« Sie schürzte missbilligend die Lippen.

»Vielleicht wollen auch sie ihren Beitrag in diesem Krieg leisten«, sagte Alexei milde. Er blickte auf, als er bemerkte, dass sich der Vorhang bewegte. Dahinter kam Marie zum Vorschein.

»Guten Morgen, Exzellenz. Ich bin hier, um Ihre Verbände zu wechseln.« Marie neigte leicht den Kopf. »Aber wenn es Ihnen lieber ist, kann ich gerne später wiederkommen.«

»Nein«, sagte Alexei ein bisschen zu schnell. »Jetzt passt es bestens.« Ihm fiel auf, dass die Gräfin ihm einen seltsamen Blick zuwarf. Er schenkte ihr ein Lächeln. »Es macht dir doch nichts aus?«

»Natürlich nicht«, sagte sie steif. »Ich warte draußen.« Sie stand auf und bedachte Marie mit einem prüfenden Blick, bevor sie hinter den Vorhang trat.

»Ich dachte schon, Sie hätten Ihr Versprechen vergessen, dass Sie mich besuchen kommen«, sagte Alexei leise, als Marie neben ihm stand.

Marie senkte den Blick, aber er konnte sehen, dass ein Lächeln um ihre Lippen spielte. »Ich hatte viel zu tun.«

Ermutigt durch ihr Lächeln, wandte er ihr sein Gesicht zu, als sie den Verband von seiner Schulter nahm.

»Morgen gehe ich nach Hause«, sagte er leise und berührte impulsiv ihre Hand.

Marie wich erschrocken zurück und stieß den Nachttisch mitsamt einer Flasche Jodtinktur um.

»Warten Sie, ich helfe Ihnen.« Er zückte sein Taschentuch, aber sie machte eine abwehrende Handbewegung.

»Das schaffe ich schon«, sagte sie mit bebender Stimme.

Als Alexei aufblickte, sah er, dass Natalja den Vorfall aus schmalen Augen beobachtet hatte.

»Wie schön, dass man sich so gut um dich kümmert«, bemerkte sie spitz.

Marie versteifte sich. »Ich werde dem Arzt Bescheid sagen, dass ich Ihnen frische Verbände angelegt habe, Exzellenz.« Sie eilte davon, ohne ihn noch einmal anzuschauen.

»Du scheinst keine Zeit verschwendet zu haben, die Krankenschwestern um den Finger zu wickeln«, stellte Natalja fest, als Marie gegangen war.

»Du irrst dich, Natalja«, sagte Alexei gereizt und wünschte sich mit einem Mal, sie würde ihn in Ruhe lassen.

Sie griff nach ihrer Stola und legte sie um ihre Schultern. »Ich bin nicht blind, Aljoscha.« Sie hob ihr Seidentäschchen auf und wandte sich zum Gehen. »Jeder Dummkopf kann sehen, wie gut sie dir gefällt.«

*

Marie, die sich zutiefst gedemütigt fühlte, lief ans andere Ende der Halle und floh in den Garten. Draußen atmete sie mehrmals tief durch, bevor sie sich auf eine verschwiegene Bank setzte. Sie umklammerte mit einer Hand das kleine Kreuz, das sie um den Hals trug, und versuchte sich zu beruhigen.

Natürlich war es ihre eigene Schuld. Sie hätte es besser wissen müssen, hätte die Anziehungskraft, die dieser Mann auf sie ausübte, sofort im Keim ersticken müssen. Stattdessen hatte sie ihm offen ins Gesicht gelächelt – wie ein dummes Schulmädchen.

Doch als er sich an sie gelehnt hatte, war in ihrer Magengrube ein Feuer aufgelodert, das ihr den Atem nahm …

Marie schloss die Augen und stieß einen tiefen Seufzer aus. Morgen würde er das Krankenhaus verlassen, und sie würde ihr albernes Benehmen vergessen. Schließlich war sie verlobt …

»Marie.«

Sie öffnete die Augen, sah den Oberst und setzte sich kerzengerade auf.

»Tut mir leid, wenn ich Sie aus der Fassung gebracht haben«, sagte Alexei.

Sie spürte seinen Blick und hörte die Bitte in seiner Stimme, wagte es aber nicht, ihm in die Augen zu schauen.

»Ich war ungehörig. Verzeihen Sie mir. Darf ich mich zu Ihnen setzen?«

Sie rückte ein Stück zur Seite, um ihm Platz zu machen. Lange Zeit saßen sie nebeneinander, ohne etwas zu sagen. Dann brach Alexei das Schweigen. »Ich weiß, dass mein Verhalten unüberlegt war …«

Marie wollte etwas erwidern, aber er hielt sie zurück. »Lassen Sie mich bitte ausreden. Sie haben jedes Recht, gekränkt zu sein. Ich …« Er geriet ins Stocken. »Ich wollte Ihnen nicht zu nahe treten.«

Marie blickte in die Ferne.

»Ich wünschte, ich könnte es ungeschehen machen«, fuhr Alexei fort. »Ich weiß, dass Sie verlobt sind.«

»Und Sie sind verheiratet«, gab sie bissig zurück.

»Ja, natürlich.« Sein Kinn sank nach unten. »Können Sie mir verzeihen?«

Sie wandte ihm ihr Gesicht zu. »Was genau wollen Sie von mir?«

Er zögerte. »Ich habe noch nie eine Frau wie Sie kennengelernt. Ich glaube, ich habe mich …«

»Nein, hören Sie auf, bitte!« Sie hob eine Hand. »Ich will es nicht wissen.«

Er wollte gerade weitersprechen, als jemand »Marie!« rief. Es war Anna. Sie schwenkte einen Briefumschlag in der Hand.

Marie sprang auf. »Was ist los, Anna? Ist etwas passiert?«

Anna atmete schwer. »Ich bin sofort hergekommen.« Sie gab Marie den Umschlag. »Es ist ein Brief von Pjotrs Mutter.«

Marie riss den Umschlag auf. »Vielleicht gibt es Neuigkeiten von der Front.«

Doch als sie das Schreiben überflog, erstarrte sie. »Pjotr! Er ist … er ist …« Auf einmal begannen die Bäume ringsum zu schwanken. Sie streckte eine Hand aus, um das Gleichgewicht zu halten, doch alle Kraft hatte sie verlassen. Ihr wurde schwarz vor Augen, und sie fiel zu Boden.

*

Der Zug rumpelte und ruckelte, wobei er immer wieder lang gezogene, traurige Pfiffe ausstieß. Marie saß ans Fenster gelehnt da und blickte hinaus auf die Felder. Draußen rackerten sich Frauen in farbenfrohen Umschlagtüchern auf kleinen Parzellen ab und schleppten Wasser vom Fluss heran. Kinder liefen barfuß am Bahndamm entlang. Nur die Männer, die Seite an Seite mit den Frauen arbeiteten, fehlten in dieser ländlichen, malerischen Szenerie.

Marie faltete den Brief von Prinzessin Sonja auseinander, den sie in der Hand hielt, und las ihn erneut, als würden die Worte diesmal eine andere Bedeutung haben. Aber der Inhalt blieb unverändert: Pjotr galt als vermisst und war vermutlich tot.

Valentin holte Marie und Anna am Bahnhof ab. Hochgewachsen und blass, wie er jetzt war, und mit dem leichten Flaum auf der Oberlippe ähnelte er kaum noch dem Jungen, der seiner großen Schwester früher auf Schritt und Tritt gefolgt war.

Marie umarmte ihn und drückte ihn fest an sich. Als sie sich voneinander lösten, schimmerten ihre Augen feucht.

»Du bist aber ein fescher junger Bursche geworden«, sagte sie und lächelte mit Tränen in den Augen.

Valentin wurde rot, erwiderte aber nichts. Als sie beim Wagen waren, half er erst Marie, dann Anna hinein. Nachdem er sich vergewissert hatte, dass das Gepäck sicher verstaut war, gab er dem Träger ein Trinkgeld und stieg ebenfalls ein.

»Wie geht es Mama?«, fragte Marie.

»Sie ist völlig verzweifelt. Sehr viele Söhne von Freunden, die in den Krieg gezogen sind, werden vermisst oder sind gefallen. Wir haben viele, viele Männer verloren.« Valentins Stimme war ernst. »Gibt es Neuigkeiten von Pjotr?«

Marie biss sich auf die Lippe und reichte ihm den Brief von Prinzessin Sonja. »Noch nicht.«

Den Rest der Fahrt legten sie schweigend zurück.

Maries Eltern kamen ihr auf der Vordertreppe entgegen. Sie warf sich in die Arme ihrer Mutter und vergrub ihr Gesicht an deren Halsbeuge.

»Der Herr erlegt uns so manche Prüfung auf. Du musst stark sein.« Pauline Kulbas küsste Maries Gesicht. »Du bist bestimmt müde von der Reise. Geh nach oben. Ich habe dein Zimmer herrichten lassen.«

Ein Diener brachte Maries Koffer in ihr Zimmer, wo Anna sich sofort daranmachte, die Sachen auszupacken.

»Könntest du das vielleicht später erledigen, Anna?«, bat Marie. »Ich würde mich gerne ein bisschen hinlegen.«

Sowie Anna verschwunden war, ging Marie zu ihrem Koffer. Zwischen Seidenkleidern und Wolltüchern lag das kleine Tagebuch, das von der Armee zusammen mit Pjotrs anderen Habseligkeiten zurückgeschickt worden war. Marie hatte die Mutter ihres Verlobten besucht, bevor sie nach Narva aufgebrochen war. Die Prinzessin hatte ihr das Tagebuch in die Hand gedrückt und erklärt: »Er hat über Sie geschrieben.«

Nun strich Marie mit den Fingern über den glatten Ledereinband. Einige Seiten waren an den Kanten versengt und fielen bei der Berührung auseinander. Sie schlug den ersten Eintrag auf und las von Jagdgesellschaften auf dem Land und Picknicks am See. Pjotr schrieb offen darüber, wie sehr es ihn beschämte, dass er sich Geld leihen musste, um für die Spielschulden seines Vaters aufzukommen und seine Gläubiger zu bezahlen.

Er schrieb auch über seine erste Begegnung mit Marie und darüber, wie er sich spontan zu ihr hingezogen gefühlt und sich später in sie verliebt hatte. Er war genauso aufgeregt über die Bekanntgabe ihrer Verlobung wie Marie und träumte davon, sie nach dem Krieg zu heiraten und eine Familie zu gründen.

Später schrieb er über seine Erfahrungen an der Front und seine wachsende Verbitterung wegen des endlosen Blutvergießens. An der Ecke seines letzten Eintrags war ein verschmierter Abdruck von Pjotrs Daumen zu sehen, dort, wo er das Blatt festgehalten hatte. Marie zog die Linien des Abdrucks mit ihrem eigenen Daumen nach. Eine Träne lief über ihr Gesicht, fiel auf die Seite und vermischte sich mit der Tinte.

Dem kurzen Triumphgefühl beim Erschießen eines feindlichen Soldaten folgt augenblicklich die Erkenntnis, dass ich einem Menschen das Leben genommen habe. Wir leben und atmen inmitten von Leichen. Abgestumpft gegen den Tod steigen wir über die Gefallenen, um ihre Waffen an uns zu nehmen, und reiben die blutverschmierten Gewehre an unseren Hosen ab.
Am Krieg ist nichts großartig oder erhebend. Auf jedem Gesicht in meiner Umgebung zeigt sich dieselbe Niedergeschlagenheit, die ich in meinem Inneren fühle. Ich wage es nicht, meinen Gefährten in die Augen zu schauen, aus Angst, ich könnte erkennen, dass ihre Seelen bereits tot sind.
Ich empfinde keinen Schmerz außer dem, dass ich nicht bei Marie sein kann. Ich habe keine Furcht außer der, nie wieder ihr liebes Gesicht zu sehen. Ich habe keinen Wunsch außer dem, sie noch einmal in den Armen zu halten.
O Gott, ein neuerlicher Rückzugsbefehl! Ich muss sofort aufbrechen.
Wird dieser Wahnsinn je ein Ende nehmen?

Weitere Einträge gab es nicht. Zwischen den Seiten verborgen fand sie einen Brief, der an sie adressiert, aber nie abgeschickt worden war. Mit bebenden Fingern breitete sie ihn aus und las die wenigen Zeilen.

Mein geliebtes Herz!

Während ich Dir schreibe, senkt sich nach den Kämpfen des Tages eine unheimliche Stille über die Felder. Ich beobachte einen Schwarm Vögel, der in V-förmiger Formation über einen blutroten Himmel fliegt, und kann nicht umhin, die Vögel um die Freiheit zu beneiden, dass sie fliegen können, wohin sie wollen. Hätte auch ich diese Freiheit, würde ich sie

nicht damit verschwenden, ferne Länder zu erforschen. Stattdessen würde ich direkt zu Dir fliegen. Und wenn ich bei Dir wäre, würde ich mich auf Dein Fensterbrett setzen und unermüdlich singen, bis Du endlich zu mir kämst.
Wir wären wieder vereint und würden uns nie mehr trennen. Ich bitte Dich, warte auf mich.

Auf ewig Dein
Pjotr

Wie das Tagebuch und der Brief das Feuer überlebt hatten, blieb ein Rätsel. Anscheinend hatte jemand in der Hoffnung, etwas zu essen zu finden, Pjotrs Sachen aus dem Schutt geborgen und unter den verbrannten Decken und Konservendosen das Tagebuch entdeckt. Marie fragte sich, ob der Betreffende darin geblättert und gelesen hatte. Vielleicht hatte er anschließend so viel Mitleid mit Pjotr gehabt, dass er das Tagebuch den Behörden übergab.

Was immer der Grund sein mochte, Marie war dankbar für diese Tat, für diesen Akt der Güte, durch den ein Teil von Pjotr zu ihr zurückgekehrt war.

Am folgenden Sonntag nahm sie mit ihrer Familie an einem Gedenkgottesdienst in der evangelischen Kirche in Narva teil. Als sie in der Kirchenbank saß, betrachtete sie die vertrauten Wände, die sie seit frühester Kindheit kannte. Zwei Buntglasfenster und ein schlichtes Bild von Mutter und Sohn waren die einzigen Dekorationen in der ansonsten eher kargen Steinkirche. Der evangelische Pastor, der jetzt vor der Gemeinde stand, erinnerte die Gläubigen daran, dass in Zeiten des Krieges Opfer gebracht werden mussten.

»*Gott, höre mein Flehen, achte auf mein Beten*«, las der Pastor aus dem Buch der Psalmen. »*Vom Ende der Erde rufe ich zu dir, denn mein Herz ist verzagt.*«

Voller Schwermut lauschte Marie seinen Worten. Hatte Gott sie vergessen, dass Er sie in der Stunde der Not verließ? Warum erhörte Er ihre Gebete nicht und brachte ihr Pjotr zurück?

»Führe mich auf den Felsen, der mir zu hoch ist. Du bist meine Zuflucht, ein fester Turm gegen die Feinde. In deinem Zelt möchte ich Gast sein auf ewig, mich bergen im Schutz deiner Flügel.«

Nach der Lesung sprach der Pastor mit den Gläubigen ein Gebet für die Verstorbenen und Gefallenen und bat Gott um die sichere Rückkehr jener, die immer noch kämpften.

Nach dem Gottesdienst stand Familie Kulbas mit dem Pastor vor der Kirche und sprach anderen Familien, die Angehörige verloren hatten, ihr Beileid aus.

»Danke, dass Sie Pjotr in Ihre Gebete eingeschlossen haben«, sagte Marie mit einer Stimme, die rau war vom Weinen.

Der Pastor tätschelte ihre Hand und lächelte traurig. »Du musst auf den Herrn vertrauen, mein Kind. In so schweren Zeiten ist unser Glaube an Gott unser einziger Halt.«

II.

Ostpreußen

Oktober 1914

Es war fünf Uhr morgens und noch dunkel. Nikolai stand auf und streckte sich. Die Muskeln im Rücken und in den Schultern schmerzten von dem schweren Tornister, den er trug. Trotz seiner Erschöpfung hatte er schlecht geschlafen. Er beschloss, hinauszugehen und ein warmes Feuer zu suchen.

Unzählige Sterne funkelten am Himmel. In der Nähe glühten die letzten Scheite eines Lagerfeuers. Ein paar Männer sammelten abgebrochene Äste und Zweige, um die erlöschenden Flammen zu schüren. Als das Feuer stärker wurde und Wärme verbreitete, kauerten sich die Männer auf den Boden und unterhielten sich.

Als Nikolai näher kam, standen sie auf und salutierten.

»Rühren«, sagte Nikolai.

Die Soldaten nahmen ihre Plätze wieder ein, doch war nicht zu übersehen, dass die Anwesenheit eines Offiziers sie nervös machte.

Nikolai holte sein silbernes Etui hervor und nahm eine Zigarette heraus. Nachdem er sie angezündet und einen ersten tiefen Zug getan hatte, ließ er den Atem langsam entweichen und beobachtete, wie sich die Rauchwölkchen in der Dunkelheit auflösten. Als er spürte, dass die anderen ihn beobachteten, bot er den Männern, die in seiner Nähe saßen, Zigaretten an.

»Nehmt ruhig«, ermunterte er sie, als sie den Kopf schüttelten. »Hier draußen sind wir Brüder.«

»Für unsereins gehört es sich nicht, Zigaretten von Offizieren anzunehmen«, erwiderte ein stämmiger Kosake.

»Aber ich bestehe darauf.« Nikolai hielt unbeirrt das offene Zigarettenetui hin. Einen Moment lang rührte sich niemand; dann stand der Kosake auf, trat vor und bediente sich. Er zündete sich die Zigarette mit einem brennenden Span aus dem Feuer an und nickte Nikolai zu. »Darf ich offen sprechen, Herr?«, fragte er.

»Nur zu.«

»Sie sind nicht wie die anderen Offiziere. Die meisten von denen«, der Kosake deutete mit dem Kinn auf das Offiziersquartier, »gönnen uns nicht mal einen Blick.«

Nikolai, der sich insgeheim über das Kompliment freute, zuckte die Achseln. »Mir ist bekannt, wie man unter meinesgleichen im Allgemeinen über die Arbeiterklasse denkt«, sagte er, ohne den Blick vom Feuer zu wenden. »In der Bibel steht allerdings etwas anderes.« Er hob den Kopf und blickte den Kosaken fest an. »Da heißt es, dass wir vor Gott alle gleich sind.«

Der Kosake hielt Nikolais Blick stand und lächelte leicht.

Allmählich graute der Morgen, und bald zeichneten sich die Konturen der umliegenden Hügel vor dem aufhellenden Himmel ab. Eine Schneeflocke wirbelte durch die Luft und landete auf Nikolais Schulter, wo sie rasch schmolz. Bald fielen größere Flocken, und die Männer am Lagerfeuer pusteten sich in die Hände und rückten näher an die Flammen heran. Nikolai rauchte seine Zigarette zu Ende und schleuderte den Stummel ins Feuer.

»Leutnant Kulbas.«

Nikolai fuhr zusammen. Als er sich umdrehte, sah er den Hauptmann in Begleitung eines Regimentsschreibers näher kommen. Die Soldaten salutierten.

»Das Schatzamt braucht jemanden, der europäische Sprachen spricht. Wie viele Sprachen außer Russisch beherrschen Sie?«

»Ich spreche fließend Französisch, Estnisch, Litauisch und Deutsch, Herr«, antwortete Nikolai.

Der Hauptmann warf dem Schreiber einen Blick zu. Der nickte zustimmend.

»Das dürfte reichen. Holen Sie Ihre Sachen und folgen Sie mir«, befahl der Hauptmann.

»Wo soll ich hin?«

»Sie begeben sich zum militärischen Hauptquartier nördlich von Warschau. Zwölf Kilometer von hier ist ein Bahnhof. Ein Zug wird Sie zur Festung bringen.«

Nikolai traute seinen Ohren nicht. Die Abkommandierung in eine Schreibstube würde ihn nicht nur vor der Front bewahren, sie ermöglichte ihm vielleicht auch, etwas über Pjotrs Verbleib herauszufinden. Er unterdrückte den Impuls, sich überschwänglich bei seinem Vorgesetzten zu bedanken, und salutierte nur.

Der Hauptmann wandte sich an die Männer, die um das Lagerfeuer standen. »Wer von euch kann lesen und schreiben?«

Mehrere Köpfe wandten sich dem Kosaken zu.

»Ich, Herr.«

Der Hauptmann musterte den Kosaken skeptisch. »Wie viele Jahre Schulbildung?«

»Sechs, Herr. Mein Vater hat darauf bestanden, dass wir Kinder alle lesen lernen, damit wir ihm aus der Bibel vorlesen können.«

»Holen Sie Ihren Tornister«, wies der Hauptmann ihn an. »In einer Stunde brechen wir auf.«

*

Nikolai, der mit den anderen in Reih und Glied stand, stampfte mit den Füßen, um sich warm zu halten. Aus tiefen Wolken rieselte unablässig dichter Schnee.

Abgesehen von Nikolai und dem Kosaken waren die anderen Männer durchwegs ältere Soldaten, die leicht gekrümmt unter dem Gewicht ihrer Tornister gingen. Der Regimentsschreiber überprüfte die Liste, die er bei sich hatte, bevor er die Gruppe auf ihrem Marsch weg von der Front anführte. Der Schnee rieselte sanft und bestäubte ihre hohen Fellmützen mit weißen Flocken. Aus der Ferne, überlegte Nikolai, hätte man die Gruppe für eine Schar alter Männer halten können, die durch die Wälder wanderten.

»Was für ein Glück, dass wir für Schreibstubenarbeit ausgewählt wurden.« Der Kosake grinste breit.

Nikolai nickte und zog sich seine Fellmütze tiefer in die Stirn.

»Ob die dort *Kasha* für uns haben?« Die dunklen Augen des Mannes funkelten im matten Tageslicht.

»Hoffentlich«, sagte Nikolai.

»Ich habe seit Wochen nichts anderes als trockenen Zwieback und dünnen Tee bekommen. Gegen eine warme Mahlzeit hätte ich nichts einzuwenden.«

Nikolai nickte. Er hatte ein schlechtes Gewissen, weil sein Einkommen – hinzu kam die finanzielle Unterstützung durch seine Eltern –, es ihm erlaubte, Nahrungsmittel von den Einheimischen zu kaufen. Er hatte mit angesehen, wie Soldaten, die wenig oder gar kein Geld hatten, die Häuser der Dorfbewohner plünderten und mit vorgehaltenem Bajonett Essen forderten.

»Leo Nikolajewitsch Iwanow.« Der Kosake streckte seine große gerötete Hand aus.

»Nikolai Hermanowitsch Kulbas.« Sie schüttelten einander die Hand und verfielen wieder in Marschschritt.

Ein Mann vor ihnen stimmte ein altes Volkslied an, das die

langen russischen Winter zum Inhalt hatte. Nach und nach fielen die anderen Männer ein, wobei ihre Schritte sich dem Takt des Gesangs anpassten.

Kutscher, peitsche nicht die Pferde.
Es war alles Lug und Trug.
Lebe wohl, du Traum vom Frieden.
Schmerz verschließet nicht die Wunden,
Wird für immer bei uns sein.
Kutscher, peitsche nicht die Pferde …

Nikolai, der das Lied oft mit seiner Familie gesungen hatte, kannte die Verse gut. Sie jetzt zu hören erfüllte ihn mit schmerzhaftem Heimweh.

*

Iwanow spähte verstohlen zu dem Leutnant, der jetzt direkt vor ihm ging. Er war nicht besonders kräftig gebaut und trug seinen Tornister auf herabhängenden Schultern, wobei seine Gestalt unter dem Gewicht leicht zu schwanken schien.

Iwanow verzog höhnisch das Gesicht. Typisch Offizier, dachte er. Hat wahrscheinlich noch nicht einen Tag im Leben hart gearbeitet. Dennoch schien dieser hier anders zu sein, räumte er ein. Als der Leutnant sich zu ihnen ans Feuer gesellt hatte, war Iwanow zunächst misstrauisch gewesen, und bei den Worten *Hier sind wir alle Brüder* hatte er nur mit Mühe ein Lachen unterdrücken können. Brüder! Pah!

Kein anderer Offizier würde so etwas je sagen. Sie behandelten die Männer wie Vieh. Aber dieser Offizier, dieser Nikolai Kulbas, machte einen ehrlichen, aufrichtigen Eindruck. In seinen Augen hatte kein Spott gelegen, als er erklärt hatte, sie alle wären vor Gott gleich. Er hatte es ehrlich gemeint.

Iwanow betrachtete Nikolai eingehender. Ihm schien, dass auf den abfallenden Schultern mehr lastete als das Gewicht des Tornisters.

Na und, sagte er sich dann. Was geht es mich an?

Was den Leutnant auch belasten mochte, es war nicht seine Sache. Wichtig war nur, dass er hinter die Linien verlegt wurde, weg von den Schützengräben und dem unerbittlichen Beschuss durch die Deutschen. Trotz aller großen Worte und Versprechung war abzusehen, dass dieser Krieg nicht so bald zu Ende sein würde. Die russische Armee errang keine Siege, und Iwanow musste alles tun, was in seiner Macht stand, um seine Haut zu retten.

Für Marina.

Er war einmal zu Hause gewesen, seit er bei der Armee diente. Marina hatte ihn freudestrahlend am Bahnhof abgeholt. Sie war im siebten Monat schwanger, und ihr Bauch wölbte sich wie eine Halbkugel. Als sie ihm das erste Mal von der Schwangerschaft erzählt hatte, war sein erster Gedanke gewesen, dass es diesmal ein Junge werden würde. Was würde er jetzt dafür geben, Marina in den Armen zu halten, sein Gesicht in ihrem Haar zu vergraben und ihren Duft zu atmen!

»Ach, Marina«, flüsterte er in die eisige Luft. »Ich werde alles tun, um zu dir zurückzukommen.«

In diesem Moment wusste Iwanow mit absoluter Gewissheit, dass er vor nichts zurückschrecken würde, um heimzukehren.

Nach Hause.

Zu seiner Familie.

Zu Marina.

12.

Petrograd

Oktober 1914

Alexei ging nach dem Frühstück in sein Studierzimmer und läutete nach Grigori, um sich die Tageskorrespondenz bringen zu lassen.

»Guten Morgen, Exzellenz«, grüßte Grigori, als er eintrat.

»Guten Morgen. Was hast du heute für mich?«

»Die üblichen Einladungen zu Abendgesellschaften und Kartenpartien. Außerdem eine von der Gräfin. Sie würde sich freuen, wenn Sie ihr in ihrer Theaterloge Gesellschaft leisten.« Grigori reichte Alexei den Stapel Briefumschläge. »Und dann noch ein Telegramm vom Kriegsministerium«, fügte er hinzu und zeigte auf einen großen Umschlag. »Es wurde vor wenigen Minuten an der Tür abgegeben.«

Alexei riss das Kuvert auf und las den Inhalt.

»Ich bin zum Generalmajor befördert worden«, teilte er seinem Adjutanten mit. »Ich soll das Kommando über ein Regiment an der Grenze zu Österreich-Ungarn übernehmen.«

»Meinen Glückwunsch, Exzellenz«, sagte Grigori. »Das ist eine große Ehre.«

»Danke«, sagte Alexei. Einen Moment lang fragte er sich, ob seine Beförderung Eindruck auf Marie machen würde. Er warf einen verstohlenen Blick auf sein Spiegelbild im Glas der Vitrine und stellte sich vor, sich selbst mit ihren Augen zu sehen – in Uniform, die Brust voller Orden. Er setzte sich ein bisschen aufrechter hin und straffte die Schultern.

Was war nur an diesem Mädchen, dass sie ihm nicht mehr aus dem Kopf ging? Sie hatte ihn angelächelt. Ein Lächeln, das von ihren warmen grauen Augen direkt den Weg in sein Herz gefunden hatte.

Wieder warf er einen Blick auf das Telegramm und legte es ganz oben auf seine anderen Papiere. Im Grunde war er froh, von Petrograd wegzukommen. Die endlosen Zerstreuungen ödeten ihn an, die frivolen Kartenpartien, Soupers und Theaterbesuche. Er wollte zu seinem Regiment zurück, wollte unter Soldaten sein, wo er hingehörte.

Er musste zurück an die Front und für sein Vaterland kämpfen.

*

Emilys Hausarzt, ein bebrillter Mann um die sechzig, beugte sich über Alexeis Bein, um die Wunde zu untersuchen. Sein junger Assistent stand hinter ihm und hielt mit ausdrucksloser Miene das Arztköfferchen.

»Auf Ihre Gesundheit, Herr! Ihr Bein heilt sehr gut.« Der Arzt richtete sich auf, strahlte und zeigte dabei mehrere Goldzähne. »Sie werden im Handumdrehen wieder auf Ihrem Pferd sitzen. Und jetzt schauen wir uns mal Ihre Schulter an.« Er schlurfte auf die andere Seite des Bettes.

Emily, die kerzengerade auf einem Stuhl am Fußende saß, beobachtete die Untersuchung gespannt und wartete nur darauf, so schien es Alexei, eine Bemerkung beizusteuern oder auf die Fragen des Doktors nach seinem Befinden zu antworten.

»Macht er körperliche Bewegung?«, fragte der Arzt sie.

»Er geht jeden Tag spazieren. Ich sage ihm ständig, dass er sich nicht überanstrengen soll, aber er hört nicht auf mich.«

»Auf Ihre Gesundheit, Madame.« Der Doktor schmunzelte. »Seit Adam und Eva hören Männer und Frauen nicht aufeinander. Was meinen Sie, Iwan?«

Der junge Assistent zuckte zusammen. »Ich … ich fürchte, ich habe auf diesem Gebiet zu wenig Erfahrung, um eine Meinung äußern zu können«, stammelte er.

Der alte Arzt lachte in sich hinein. »Auf Ihre Gesundheit, junger Mann. Irgendwann kommt die Zeit, in der Sie mit nostalgischer Wehmut auf Ihre Anfänge und Ihre Unerfahrenheit zurückblicken werden.«

Alexei verdrehte die Augen und bemerkte, dass Emily ihm einen scharfen Blick zuwarf.

Der Arzt bewegte Alexeis Arm hin und her und beobachtete bei jeder Bewegung die Reaktion des Patienten. Alexei biss die Zähne zusammen und tat so, als hätte er keine Schmerzen, aber der Arzt ließ sich nichts vormachen.

»Ich fürchte, Ihrer Schulter geht es nicht ganz so gut wie Ihrem Bein, Exzellenz.«

»Beide Wunden heilen gut«, widersprach Alexei, während er sich vom Bett erhob und sein Hemd über die Schulter zog. »Ich habe vor, in den nächsten Wochen wieder zu meinem Regiment zu stoßen.«

»Sagen Sie ihm bitte, dass er die medizinische Untersuchung nicht bestehen wird«, bat Emily den Arzt.

»Deine Sorge um mich ist ausgesprochen rührend.« Alexei nahm Emilys Hand. »Aber ich fürchte, unser Vaterland braucht mich, und als Kommandeur ist es meine Pflicht, an die Front zurückzukehren.«

»Auf Ihre Gesundheit, Generalmajor.« Der Arzt wandte sich zur Tür, gefolgt von seinem Assistenten. »Meiner Meinung nach wird Ihnen Ihre Schulter noch eine ganze Weile Probleme machen, wenn die Wunde nicht ordentlich verheilt. Aber wie Sie selbst sagen, wir sind im Krieg, und unser Land braucht jeden seiner tapferen Söhne, um unsere Grenzen zu schützen.«

Emily begleitete die beiden Männer hinaus und kehrte dann in Alexeis Schlafzimmer zurück. »Ich würde gern unter vier Augen mit meinem Mann sprechen«, sagte sie zu Grigori.

»Gewiss, Madame.« Grigori verbeugte sich tief und verließ das Zimmer.

Als die Tür sich hinter ihm schloss, wandte Emily sich zu Alexei um. »Ich finde nicht, dass du es so eilig haben solltest, an die Front zurückzukehren.«

Alexei, der mit dem Rücken zu ihr stand, knöpfte sein Hemd zu. Er war nicht in der Stimmung für eine Szene. »Ich bin Berufssoldat. Das wusstest du schon, als wir geheiratet haben.«

»Bist du mich leid geworden?«, brach es aus ihr heraus. »Willst du deshalb so schnell wieder fort?«

Alexei stieß einen gereizten Seufzer aus. »Ich trage die Verantwortung für meine Leute.«

»Sieh mich an.«

Alexei stand auf und drehte sich abrupt zu ihr um. Bei der plötzlichen Bewegung schoss stechender Schmerz durch sein Bein. Er zuckte zusammen, umklammerte seinen Oberschenkel und ließ sich aufs Bett fallen.

»Siehst du?«, rief Emily. »Es geht dir noch längst nicht gut genug.« Sie schluchzte. »Warum willst du unbedingt fort?«

Alexei überlegte, ob er zu ihr gehen, sie in die Arme nehmen und trösten sollte. Er stand auf und zögerte einen Moment, beschloss dann aber, das Zimmer ohne ein Wort des Trostes zu verlassen.

*

Drei Wochen später saß Alexei hinter seinem großen Schreibtisch in der Bibliothek. Sein Bein war fast vollständig geheilt, und seine Schulter war beweglicher geworden, schmerzte hin und wieder aber noch. Er war bereit, sein neues Kommando zu übernehmen. Die entsprechenden Schreiben waren diktiert und an die zuständigen Behörden geschickt worden. Die letzten zwei Briefe wollte er eigenhändig schreiben.

Meine liebe Komtesse!

Zu meinem Bedauern werde ich in Kürze zu meinem Regiment nach Polen aufbrechen. In der Zeit unserer engen Freundschaft habe ich stets Ihren Charme und Ihre Schönheit bewundert. Ich werde immer mit großer Zärtlichkeit an diese Zeit zurückdenken.

Ihr ergebener Diener
Alexei

So kurz und formell, wie der Brief war, würde er bei Natalja keinerlei Zweifel hinterlassen, dass ihre Affäre beendet war. Seit ihrem Besuch im Krankenhaus hatten sie sich nur zweimal getroffen, und Alexei hatte jedes Mal einen Vorwand gefunden, sich früh zu verabschieden. Nataljas überschäumendes Temperament, das er einmal so bezaubernd gefunden hatte, war ermüdend geworden, und ihr Charme und ihre Schönheit, in ganz Petrograd bejubelt, hatten in seinen Augen aus irgendeinem Grund ihren Reiz verloren. Er redete sich ein, dass ihre Affäre von allein an einem toten Punkt angelangt war und dass die Komtesse sich ohnehin bald einen neuen Verehrer gesucht hätte. Aber tief in seinem Inneren kannte Alexei die Wahrheit. Etwas in ihm hatte sich verändert, und obwohl er sich über die Folgen im Unklaren war, kannte er die Ursache genau: Marie.

Er rief sich in Erinnerung, wie ihr Gesicht ausgesehen hatte, kurz bevor sie in Ohnmacht gefallen war. Sie hatte irgendeinen Namen mit solcher Sehnsucht, solchem Schmerz ausgesprochen, dass es Alexei einen Stich versetzte.

Damals hatte er sie zum letzten Mal gesehen. Ein paar Tage nach seiner Entlassung war er in der Hoffnung, sie dort anzutreffen, ins Krankenhaus gegangen, nur um zu erfahren, dass sie zu ihrer Familie nach Narva zurückgekehrt war.

»Der Mann war ihr Verlobter«, teilte ihm die Krankenschwester am Empfang mit. »Er wurde als vermisst gemeldet. Vermutlich ist er gefallen.«

Alexei griff nach einem frischen Bogen Papier und schrieb seinen zweiten Brief.

Liebste Marie!

Ich kann nicht in Worte fassen, wie sehr es mich getroffen hat, Sie so unglücklich zu sehen. Das Wissen, wie sehr Sie leiden, schmerzt mich zutiefst. Wie sehr ich mir wünsche, Sie trösten zu können, Sie in die Arme zu nehmen und Ihren Kummer zu vertreiben. Aber ich weiß, das ist unmöglich, der unerfüllbare Traum eines verliebten Mannes.
Es war richtig von Ihnen, meine Annäherungsversuche zurückzuweisen. Ich bin viel zu alt für Sie. Und Sie lieben einen anderen. Wäre ich doch zehn Jahre jünger! Dann hätte ich darum gekämpft, Ihre Zuneigung zu gewinnen. Aber leider ist es nicht so.
Ich kehre zurück an die Front, um das Kommando über ein neues Regiment zu übernehmen. Falls es Gottes Wille ist, dass wir einander nie mehr wiedersehen, möchte ich Ihnen noch sagen, dass Sie großen Eindruck auf mich gemacht haben.

A.

Er blickte abwesend aus dem Fenster und fragte sich, wie es Marie wohl gehen mochte. Im Geiste malte er sich aus, wie er während eines Urlaubs ins Krankenhaus ging und sie mit einem großen Blumenstrauß überraschte, sie vielleicht zu einem Essen ins Donon ausführte – nicht in einem Séparée, sondern im Speisesaal, wo ganz Petrograd sie sehen konnte.

Alexei seufzte. Es war nur ein Traum, ein dummer, hoffnungsloser Traum. Einen Moment spielte er mit dem Gedanken, den Brief an Marie zu zerreißen, änderte dann aber seine Meinung und läutete nach dem Diener.

»Diese Briefe müssen zur Post«, teilte Alexei ihm mit. »Und Grigori soll meine Koffer packen. Ich fahre morgen früh an die Front.«

13.

Russisches Hauptquartier, Warschau

Dezember 1914

»Post.«

Ein Dutzend Augenpaare blickte hoffnungsvoll auf. Inmitten der Gräuel des Kriegs bestand die einzige Ablenkung dieser Männer im Trinken, Kartenspielen und dem Lesen der Briefe von daheim.

»Leutnant Kulbas.«

Nikolais Stuhl schrammte laut über den nackten Boden. Mit schnellen Schritten ging er zu dem Soldaten, den Blick unverwandt auf das Bündel Briefe gerichtet, das er ihm hinhielt.

Nikolai setzte sich wieder an seinen Schreibtisch und sortierte die Umschläge. Drei Briefe waren von Marie, zwei von seinem Vater, einer von Valentin. Da er darauf brannte, Neuigkeiten von daheim zu hören, riss er einen von Maries Briefen auf und überflog ihn schnell. Er war vor drei Monaten datiert; seine Schwester berichtete darin von ihrer ehrenamtlichen Tätigkeit und wie schwierig es sei, Arbeit und Studium zu vereinbaren.

Nikolai runzelte die Stirn. Sie hatte noch nichts von Pjotr gehört …

»Gute Nachrichten von daheim?«

Nikolai hob den Kopf und sah Iwanow, der mit einem Briefumschlag an seine Finger klopfte. »Ich habe auch einen.« Er strahlte. »Von meiner Frau!«

»Was schreibt sie?«, fragte Nikolai.

»Ich habe ihn noch nicht gelesen.« Der Kosake faltete den Umschlag zusammen, steckte ihn in seine Brusttasche und strich leicht darüber. »Den hebe ich mir für später auf.«

Ein Oberstabsfeldwebel ließ einen Stapel Akten mit einem dumpfen Laut auf Nikolais Schreibtisch fallen und fixierte Iwanow scharf. »Haben Sie nichts zu tun?«

Iwanow trat zurück und salutierte, wobei er übertrieben die Brust hervorstreckte. »Jawoll, Exzellenz. Bin schon unterwegs.« Er machte eine Kehrtwendung und stiefelte steifbeinig davon.

Die Männer im Raum mussten ein Lachen unterdrücken. Der Oberstabsfeldwebel runzelte die Stirn, ging hinaus und knallte die Tür hinter sich zu.

Nikolai legte Maries Brief zu den anderen in die Schublade und wandte sich den Aktenordnern zu.

Die Stunden bis zum Ende seiner Schicht schienen sich endlos hinzuziehen. Es dämmerte schon, als er endlich voller Ungeduld, seine Briefe zu lesen, zur Kaserne eilte. Ohne die Männer zu beachten, die in einer Ecke saßen und Karten spielten, warf er sich auf seine Pritsche. Er hielt sich jeden Brief an die Nase, atmete tief ein und glaubte, einen schwachen Duft von daheim wahrzunehmen.

Nachdem er Maries Schreiben noch einmal gelesen hatte, öffnete er einen der Briefe seines Vaters.

Ein scharfer Schmerz durchzuckte ihn bei der Nachricht, dass mehrere seiner Freunde gefallen waren. Er setzte sich auf, beugte sich näher zum Licht und las die traurigen Worte noch einmal. Dann drückte er sich das Blatt Papier an die Brust und ließ sich mit einem Aufschrei auf die Matratze zurückfallen.

Augenblicke später spürte er eine Hand auf der Schulter.

»Was ist?« Iwanows Stimme klang besorgt.

»Meine Freunde …« Nikolai hielt ihm das Papier hin.

Iwanow zog den Brief behutsam aus Nikolais Fingern und

las ihn. Er bekreuzigte sich und gab ihn zurück. »Mögen sie in Frieden ruhen«, sagte er schlicht.

Nikolai blickte auf. »In Frieden, sagen Sie? Ja, vielleicht haben Sie recht. Vielleicht ist der Frieden des Todes der Hölle des Lebens vorzuziehen.«

Nikolai griff nach seinen Briefen, schob sich an Iwanow vorbei und rannte hinaus. Die eisige Luft traf ihn wie ein Schlag ins Gesicht. Vor den Zelten brannten kleine Lagerfeuer, um die sich Soldaten drängten, die sich an den Flammen wärmen wollten.

Nikolai ging zu dem Feuer, das am nächsten war. Die Männer, die sich darum geschart hatten, rückten beiseite, um ihm Platz zu machen.

Er riss die übrigen Briefe auf und las sie. Jeder von ihnen machte ihm das Herz noch schwerer.

Der letzte Brief war von Marie und vor zweieinhalb Monaten datiert. Ihre Handschrift war verwischt und krakelig, als wäre der Brief nicht mit der gewohnten Sorgfalt geschrieben worden.

Liebster Kolja,

ich habe von Fürstin Sonja die schlimmste aller Nachrichten erhalten: Pjotr wurde als vermisst, vermutlich tot, gemeldet. Bitte, liebster Bruder, sag mir, dass Du weißt, wo Pjotr ist. Sag mir, dass er verwundet ist und gut versorgt wird, bis er transportfähig ist und in eines unserer Krankenhäuser gebracht werden kann. Sag mir, dass Du ihn finden und zu mir zurückbringen wirst.

In Liebe
M.

Ein eisiger Windstoß ließ ihn frösteln, und er rückte näher an die Flammen heran. Zwei kräftige Hände legten ihm seinen Mantel über die Schultern. Er brauchte nicht den Kopf zu heben, um zu wissen, dass es Iwanows Hände waren. Wortlos trat er ein Stück zur Seite, um dem Kosaken Platz zu machen.

Die beiden Männer standen schweigend Seite an Seite. Einer der Soldaten legte ein Scheit nach, und die Flammen züngelten um das Holz herum.

»Ich bin zum dritten Mal Vater geworden«, sagte Iwanow schließlich. »Meine Frau hat mir geschrieben, dass ich meinen ersten Sohn bekommen habe. Sie hat ihm den Namen Leo Leonowitsch gegeben.«

Nikolai holte sein Zigarettenetui heraus und hielt es Iwanow hin. Iwanow nahm eine Zigarette, glättete sie zwischen den Fingern, bevor er sie anzündete, und machte einen tiefen Zug.

Nikolai wusste, dass er Iwanow gratulieren, vielleicht Wodka auftreiben und auf seinen Freund anstoßen sollte, aber seine Kehle war wie zugeschnürt, und er brachte kein Wort heraus.

Ich habe meine Schwester enttäuscht, dachte er. Ich hätte Pjotr nie zurücklassen dürfen!

Nikolai ließ den Kopf auf die Brust sinken, vergrub das Gesicht in den Händen und weinte.

14.

Petrograd

Dezember 1914

Marie rieb das kleine goldene Kreuz, das sie zwischen Daumen und Zeigefinger hielt, und blickte an die Wand. Auf dem Tisch lag der Brief von Nikolai – dort, wo sie ihn gelesen hatte. Hin und wieder hob sie ihn auf, las ihn noch einmal und legte ihn an dieselbe Stelle zurück. Nikolai beschrieb, wann und wo er Pjotr zum letzten Mal gesehen hatte.

Pjotr und die Frau, die ich bei ihm gelassen habe, sind spurlos verschwunden. Ich zerbreche mir immer wieder den Kopf darüber. Vielleicht habe ich das falsche Dorf in Erinnerung. Aber in welchem Dorf ich auch bin, wen ich auch frage, ständig begegnet man mir mit dem gleichen Achselzucken, dem gleichen verständnislosen Blick …

Seit sie Nikolais Brief bekommen hatte, fehlte Marie jeder Wille, ihr Bett zu verlassen. Sie verbrachte Tage und einen Großteil der Nächte damit, auf der Seite zu liegen und mit trockenen Augen auf die Schatten zu starren, die über die Wand huschten.

Ich bin in der Hölle, dachte sie, und werde für meine Sünden bestraft.

Denn sie hatte gesündigt, das wusste sie, nicht mit ihrem Körper, aber im Geist. Und immer noch klang in ihrem Inneren der Widerhall eines Namens nach, vermischt mit Scham, Freude und Reue.

Alexei.

Seine Aufmerksamkeiten hatten sie mit Entzücken und Sehnsucht erfüllt und an einem Teil von ihr gerührt, von dem sie geglaubt hatte, er würde allein Pjotr gehören. Sie hatte Alexeis Brief bei ihrer Rückkehr nach Petrograd erhalten; als sie ihn las, war ihr vor Freude heiß und kalt geworden. Jetzt quälte sie sich mit Schuldgefühlen, weil sie überzeugt war, dass Gott sie für ihre Schwäche bestrafen wollte. Pjotrs Schicksal war *ihre* Schuld.

Es klopfte leise an die Tür, die gleich darauf geöffnet wurde.

»Mascha?« Es war Anna. »Ich habe Tee gekocht.«

Marie starrte weiter an die Wand und drehte sich nicht um.

»Bitte, Marie. Du hast seit zwei Tagen nichts gegessen oder getrunken.«

Annas Kleid raschelte, als sie ans Bett trat. Marie nahm das leise Klirren des Tabletts und den Geruch von starkem Tee wahr.

»Marie?« Annas Stimme schwankte. »Marie, schau mich bitte an.«

Marie spürte, wie die Matratze nachgab, als Anna sich aufs Bett setzte, und wie eine Hand sanft ihre Schulter berührte. Sie brachte kein Wort heraus, schüttelte nur den Kopf und vergrub das Gesicht im Kissen.

»Liebes.« Annas Finger strichen über Maries wirre Locken. »Ich wünschte, ich könnte dir den Schmerz abnehmen.«

»Aber das kannst du nicht.« Maries Stimme klang gepresst. »Das kann niemand.«

»Du musst weitermachen wie wir alle, Nikolai und Pjotr zuliebe.«

Als Pjotrs Name fiel, zuckte Marie zusammen, als wäre sie geschlagen worden. Sie drehte sich um und sah Anna an.

»Ich weiß, dass du dir Sorgen um Pjotr machst«, fuhr Anna fort, während sie Tee in ein hohes Kristallglas goss. »Aber niemand kann wissen, was mit ihm passiert ist. Vielleicht ist er gut aufgehoben und in Sicherheit.« Anna stellte das zarte Glas auf einen Unterteller.

»Warum schreibt er dann nicht?«, wollte Marie wissen, ohne den angebotenen Tee zu beachten. »Warum weiß niemand, wo er ist?« Sie hörte selbst, wie sich ihre Stimme hysterisch in die Höhe schraubte.

»Trink ein bisschen Tee«, drängte Anna. »Das wird dich beruhigen.«

Marie wollte keinen Tee. Sie wollte sich nicht beruhigen. Sie wollte schreien und strampeln und heulen, weil das alles so furchtbar ungerecht war. Sie kniff die Augen fest zusammen und stieß einen Schrei aus, so schrill und laut, dass ihr die Kehle wehtat. Ein Krachen war zu hören, als Anna das Tablett mit dem Teeglas fallen ließ, dann das Splittern von Glas. Marie schien es gar nicht wahrzunehmen. Sie hieb mit den Fäusten auf die Matratze und schrie und schrie, bis sie kaum noch Luft bekam.

»Hab Erbarmen, Herr!«, brachte sie heiser heraus. »Lass Pjotr am Leben sein!«

15.

Ostpreußen

März 1915

Auf den Landstraßen stauten sich Menschenmassen und schwer beladene Karren. Immer wieder war die Menge gezwungen, zur Seite auszuweichen, um Lastwagen und Busse mit Reservekräften für die Front durchzulassen.

Auf einem der Wagen kauerte, eng an eine junge Frau geschmiegt, ein schweigsames Kind in einer Jacke, die ihm viel zu groß war. Seine Finger, von der Kälte gerötet, lagen fest ineinander verschlungen im Schoß, damit sie nicht zitterten. Die Frau trug einen verschlissenen, an mehreren Stellen geflickten Mantel. Früher am selben Tag hatte sie ihre letzten zwei Äpfel für eine Decke eingetauscht, die sie sich jetzt über Kopf und Schultern legte. Auf der Ladefläche des Wagens lag, ebenfalls in eine Decke gehüllt, ein dritter Fahrgast zwischen den spärlichen Habseligkeiten der Frau, und stöhnte leise.

*

Als die Armee sich aus dem niedergebrannten Dorf zurückzog, hatten sich auch die Frau und der Junge davongestohlen und dabei den verwundeten Soldaten zwischen sich in einer Decke mitgeschleppt. Aber der Junge war zu klein, um eine so schwere Last auch nur eine kurze Strecke zu tragen, und die Frau schaute sich verzweifelt nach Hilfe um.

»Bitte«, flehte sie die Männer an, die vorbeieilten. »Helft uns!« Sie packte die Männer an den Mantelaufschlägen, aber sie schüttelten ihre Hände ab, ohne ihr auch nur einen Blick zu gönnen. Als die junge Frau spürte, dass jemand sie am Rock zupfte, blickte sie nach unten. Es war der kleine Junge. Er zeigte auf eine Schubkarre, die halb verborgen unter dem Schutt einer eingestürzten Mauer lag. »Gut gemacht!«, rief die junge Frau, lief hin, schaufelte die Karre frei, packte sie an den Deichseln und zog sie zu der Stelle, wo der Junge neben dem Soldaten kniete.

»Hilf mir, ihn hochzuheben.«

Mit vereinten Kräften hievten sie den Soldaten auf den Schubkarren und verließen auf einem schmalen Weg, der in den Wald führte, das Dorf.

Im Schutz der Dunkelheit zogen sie durch die Nacht, indem sich die Frau auf ihren Instinkt und ihr Gedächtnis verließ, um zu der Hütte zu finden, die ihrer Großmutter gehört hatte. Die Hütte lag in der Nähe eines sandigen Moores und wurde von kräftigen Kiefern und Buchen umstanden. Als sie ihr Ziel erreichten, stellte die Frau zu ihrer Erleichterung fest, dass es vom Krieg verschont geblieben war. Hier konnten sie sich tagelang unentdeckt und einigermaßen sicher aufhalten. Nur wenige Menschen lebten in dieser Gegend, die nur über schmale, schlecht erhaltene Straßen zu erreichen war.

In der Hütte zündete sie eine Kerze an und legte mithilfe des Jungen den Soldaten in das Bett, das in einer Ecke der Stube stand.

Sie konnte die Entzündung riechen, noch bevor sie seine Uniform aufschnitt. Das flackernde Kerzenlicht warf verzerrte Schatten auf die verbrannte Haut. Obwohl sie schon einige schlimme Verletzungen gesehen hatte, drehte sich ihr beim Anblick dieser Wunden der Magen um. Sie holte ein paar Holzscheite von einem Stoß in der Ecke und machte ein Feuer, um Wasser aufzusetzen. Getrocknete Kräuter hingen in duftenden Bündeln am Fenster, wo die Frau sie bei ihrem letzten Besuch vor einem Monat aufgehängt hatte. Sie zupfte eine Handvoll Kamillenblätter ab und ließ sie im kochenden Wasser ziehen. Als Nächstes holte sie den kleinen Topf mit Sanddornöl, das sie aus den Beeren der Sträucher bereitet hatte, die hinter der Hütte wuchsen. Schon als junges Mädchen hatte sie die orangefarbenen Beeren für ihre Großmutter gepflückt und zugeschaut, wie sie daraus Öl presste.

Sie riss die Uniform des Soldaten auseinander und schmierte ein großzügig bemessenes Quantum Öl auf seine Verbrennungen, um die Entzündung zu lindern und die Wunden zu schließen.

Der Soldat stöhnte und rief irgendetwas.

Die junge Frau beugte sich vor und hielt ein Ohr dicht an seine Lippen.

»Marie«, flüsterte er.

»Ich bin Katja«, sagte sie zu ihm. »Ich werde mich um Sie kümmern.«

Eine kleine Falte bildete sich auf der Stirn des Soldaten. »Marie«, wiederholte er. »Marie!« Er klang immer aufgeregter.

»Psst, nicht so laut. Ich bin hier.« Wem schadet es schon, wenn er mich für diese Marie hält, sagte sich Katja.

Sie tauchte Stoffstreifen in den abgekühlten Kamillenabsud und legte sie auf die Wunden. Die Uniform, die nur noch aus versengten Fetzen bestand, verbrannte sie im Feuer, sodass die Flammen ein bisschen heller brannten und den Raum wärmten.

Der Junge, der vor Erschöpfung und Aufregung zitterte, kauerte sich auf einen Hocker und starrte ins Feuer. Katja gab ihm einen Becher mit Honig gesüßtem Tee und eine Handvoll getrockneter Sanddornbeeren zur Stärkung seiner Abwehrkräfte. Dann legte sie ein paar alte Decken zusammen und errichtete ein Nachtlager für sie beide.

»Das ist nicht sehr behaglich, fürchte ich«, sagte Katja zu dem Jungen. »Aber wir haben nicht mehr Decken, und wenn das Feuer erst einmal erlischt, wird es kalt.«

Der Junge zog seine Stiefel aus, legte sich scheu zu ihr und rollte sich zusammen wie ein Fötus.

Sie verbrachten eine unruhige Nacht, der Soldat hustend und keuchend auf dem Bett, Katja und das Kind eng aneinandergekuschelt.

Als Katja am nächsten Morgen die Wunden des Soldaten untersuchte, stellte sie zu ihrer Erleichterung fest, dass sie nicht so schlimm waren, wie sie befürchtet hatte. Die gerötete, mit Blasen überzogene Haut würde verheilen. Sie trug noch etwas Öl auf und legte frische, in kalten Kamillentee getunkte Stoffstreifen auf die Verletzungen.

Jetzt brauchten sie etwas zu essen. Katja verließ die Hütte. Sie musste sich auf die Suche nach Beeren machen und Fallen für Tiere auslegen.

Zu ihrer Überraschung fand sie den Jungen am Waldrand vor, wo er an einem Grab stand und unverwandt auf die Inschrift blickte. Er wandte den Kopf, als er Katja näher kommen hörte.

»Sie war meine Großmutter.« Katja legte eine Hand auf seine Schulter. »Die Hütte hat ihr gehört.«

Der Junge nickte und legte eine Hand auf seine Brust.

»Ja, ich habe sie sehr lieb gehabt. Und ich war sehr traurig, als sie starb. Seit ihrem Tod komme ich regelmäßig hierher. Im Frühling pflanze ich kleine Blumen um ihr Grab, kehre die Spinnweben aus der Hütte und pflege ihren kleinen Kräutergarten. Im Winter trockne und konserviere ich die Kräuter, wie meine Großmutter es mir beigebracht hat, und verwahre sie.« Katja holte tief Luft und bückte sich, um die dürren

Zweige vom Grab zu fegen. »Trotzdem bin ich froh, dass sie diesen grauenhaften Krieg nicht mehr erleben muss. Es hätte ihr das Herz gebrochen.«

Der Junge blickte aus klaren blauen Augen zu ihr auf und schob zu ihrer Überraschung seine Hand in ihre. Da sie nie Kinder gehabt hatte, war sie unsicher, wie sie reagieren sollte.

»Sollen wir Beeren suchen?«

Der Junge nickte, und sie gingen zusammen in den Wald, um Beeren zu pflücken, die Katja in ihrer Schürze barg. Auf dem Rückweg blieb der Junge plötzlich stehen, griff nach einem Stock und schrieb etwas in den sandigen Boden. Katja blickte auf die Buchstaben. Sie hatte nur einige wenige Jahre die Schule besucht und las die einzelnen Buchstaben erst laut vor. »F-j-o-d-o-r«, buchstabierte sie. Sie sah den Jungen an, und er lächelte. »Fjodor. Ist das dein Name?«

Der Junge nickte.

Katja kauerte sich vor ihn, sodass sie auf Augenhöhe mit ihm war. »Weißt du, wo deine Eltern sind, Fjodor?«

Der Junge schüttelte den Kopf. Eine Träne lief ihm übers Gesicht.

Ein Jahr nach dem Tod ihrer Großmutter hatte Katja ihre Eltern bei einer Seuche verloren, die wie ein Wirbelsturm durchs Land getobt war. Ihr Bruder war in die Armee eingetreten und kämpfte irgendwo in Galizien. Sie selbst hatte gehofft, bei ihrer Schwester in Warschau unterzukommen, als der Krieg auch ihr Dorf erreichte und jedes Fortkommen verhinderte.

»Auch ich habe meine Eltern verloren.« Katjas Kehle schnürte sich beim Sprechen schmerzhaft zusammen. »Im Augenblick seid ihr die einzige Familie, die ich habe, du und der Soldat.«

Der Junge hob den Kopf und schaute sie an. Seine Augen schwammen in Tränen. Impulsiv nahm Katja ihn in die Arme und drückte seine schmächtige Gestalt an sich.

Ding.

Sie erstarrten.

Dong.

Das Geräusch schien von einer Gruppe Buchen zu kommen. Rasch packte Katja den Jungen an der Hand und zog ihn auf den Boden. Sie sah, dass sich hinter den Bäumen irgendetwas bewegte. Da sie befürchtete, es könnten Deutsche sein, bedeutete sie Fjodor, ihr zu folgen, und kroch hinter den Stamm einer der alten Buchen. Sie hielt den Atem an, voller Angst, dass jede noch so kleine Bewegung ihr Versteck verraten könnte.

Dingdong.

Das Geräusch kam näher. Katja lugte vorsichtig hinter dem Baum hervor und brach in Gelächter aus. Das Geräusch, das sie so sehr erschreckt hatte, stammte von einer kleinen Glocke, die um den Hals einer Ziege hing.

»Schon gut, Fjodor, es ist nur eine Ziege.«

Fjodor trat hervor und lächelte, als er die Ziege sah. Das Tier schien völlig erschöpft und halb verhungert zu sein und leistete keinen Widerstand, als Katja sich mit einer Handvoll Blätter näherte und es am Strick packte, um es zur Hütte zu führen.

Sie gab sich große Mühe, die Ziege zu melken, aber das Tier war zu dünn, um Milch zu geben. Letzten Endes blieb Katja nichts anderes übrig, als sie zu schlachten. Sie kochte einen Teil des Fleisches, servierte es mit den Kartoffeln, die sie in der Hütte gelagert hatte, und fütterte den Soldaten mit der Brühe.

Katja und Fjodor gingen jeden Tag in den Wald, um die Fallen zu überprüfen, die sie ausgelegt hatten, und Beeren zu sammeln. Bei diesen Spaziergängen erzählte Katja dem Jungen von ihrer Kindheit, indem sie sich die häufigen Besuche bei ihrer Großmutter und die schönen Erinnerungen an diesen Ort ins Gedächtnis rief. Sie erzählte ihm, wie sie alles über die Heilpflanzen gelernt hatte, die hier im Unterholz wuchsen, beschrieb die heilenden Eigenschaften der Kräuter, die sie sammelten, und zeigte ihm, wie man die Blätter trocknete und Öl gewann.

»Manche sind zum Essen, andere zum Heilen«, sagte sie und wiederholte damit die Worte ihrer Großmutter.

Fjodor blieb zwar weiterhin stumm, half ihr aber bei der Hausarbeit. Morgens machte er ein Feuer und holte Wasser. Er half ihr, die Verbände des Soldaten zu wechseln, wusch sie aus und hängte sie zum Trocknen ans Feuer, während sie das Frühstück bereitete.

Abgesehen von einigen wenigen Wörtern, die er gelegentlich in den Sand kratzte, teilte Fjodor sich nicht mit. In der Hoffnung, er würde etwas aus seiner Vergangenheit preisgeben, stellte Katja ihm Fragen, aber Fjodor blickte sie bloß aus seinen klaren blauen Augen an.

Nachts wachte sie manchmal von seinen Schreien auf. »Mama! Mama …«

Dann nahm sie ihn in die Arme und streichelte sein Gesicht, wiegte ihn zärtlich und murmelte ihm liebevolle Worte zu, bis er sich beruhigte.

Herbst und Winter verbrachten sie unbehelligt im Haus der Großmutter, aber mit dem Frühling rückte auch der Krieg näher. In der Ferne waren Kanonendonner und Gewehrschüsse zu hören.

Katja erkannte, dass ihnen keine Wahl blieb, als die Hütte zu verlassen und gen Osten zu ziehen.

*

Die Räder des Karrens versanken im Schlamm. Als Katja einige ihrer kostbaren Kräuteressenzen gegen den Ochsen eintauschte, hatte sie gehofft, er würde sie bis nach Warschau bringen. Aber jetzt war das alte, schwache Tier mitten auf der Straße stehen geblieben und weigerte sich, auch nur einen Schritt weiterzugehen.

»*Tso!*« Katja ließ die Peitsche auf den Rücken des Ochsen schnalzen. Hinter ihnen wurden Schreie und Flüche laut, als die anderen Flüchtlinge sie lautstark aufforderten, sich in Bewegung zu setzen. Katja wollte gerade erneut mit der Peitsche ausholen, als Fjodor ihre Hand festhielt. Er sprang vom Wagen und fischte ein Stück Brot, das er sich vom Frühstück aufgespart hatte, aus der Jackentasche. Der Ochse nahm das ganze Stück ins Maul und zermahlte es gemächlich zwischen den Kiefern. Fjodor schnalzte mit der Zunge und zog sanft an den Zügeln. Der Ochse schüttelte den Kopf und blähte die Nüstern, und Katja war sicher, dass er stur stehen bleiben würde. Der Junge zog mit demselben Schnalzen fester an. Diesmal ruckte der Wagen nach vorn.

Katja lächelte und streckte eine Hand aus, um Fjodor auf den Karren zu helfen. Fjodor, der dem Ochsen den Rücken tätschelte, schüttelte den Kopf und lächelte zurück. Die Innigkeit seines Lächelns entfachte in Katja ein warmes mütterliches Gefühl, das sie ebenso überraschte wie erfreute.

Sie drehte sich auf dem Sitz um und warf einen Blick auf den Soldaten. Seine Haut verheilte immer besser. Um seine Lunge zu stärken, hatte Katja ihm Kamillentee mit Minze und Gänseblümchen gegeben. Trotzdem rasselte es bei jedem Atemzug in seiner Brust. Außerdem hatte er abgenommen, und seine Rippen traten über dem eingesunkenen Bauch hervor.

Er stöhnte und bewegte die Lippen, aber Katja konnte nicht verstehen, was er sagte. Wahrscheinlich hatte er wieder Sehnsucht nach der Frau, deren Namen er ständig wiederholte: Marie.

Sie waren erst wenige Meter weitergekommen, als die Luft

plötzlich vom Krachen der Mörsergranaten zerrissen wurde, die im nahen Wald explodierten und die Erde beben ließen. Frauen kreischten; Kinder schrien nach ihren Müttern. Eine weitere Granate, diesmal noch näher, zerbarst zu einer Feuerkugel. Katja war zu schockiert, um sofort zu reagieren. Sie schaute zu der Stelle, wo eben noch Fjodor gestanden hatte. Er war nicht mehr da.

»Fjodor!«, schrie sie und blickte sich panisch um.

Plötzlich sah sie ihn. Er stand neben der Straße, der Blick glasig vor Schreck. Vor ihm stieß ein Mann, der Schutz suchen wollte, einen Schmerzensschrei aus, hielt sich das Knie und sank zu Boden. Blut tropfte durch seine Finger. Fjodor blickte auf den Verletzten, die Lippen zu einem stummen Schrei geöffnet.

»Fjodor!«

Der Junge blickte Katja aus leeren Augen an.

»Lauf zu den Bäumen, Fjodor!«

Neuerliches Artilleriefeuer übertönte Katjas Worte.

Als sie vom Wagen sprang, knickte ihr Fußgelenk unter ihrem Gewicht um, und sie prallte hart auf den Boden. Schmerzen schossen wie ein Pfeil durch eine Seite ihres Körpers. Mühsam rappelte sie sich hoch und rief Fjodor noch einmal zu, unter den Bäumen in Deckung zu gehen, aber der Junge stand noch immer wie festgefroren da und blickte ins Nichts. Sie humpelte zu ihm und packte seine Hand, aber er sträubte sich und zeigte auf den Wagen.

»Keine Zeit.« Katja hastete auf den Wald zu und zerrte Fjodor mit sich. Sie konnte nichts für den verwundeten Soldaten tun. Zivilisten stürmten in dem verzweifelten Versuch, Schutz zu finden, an ihnen vorbei. Katja stieß Fjodor hinter einen umgestürzten Baum und warf sich über ihn, um ihn mit dem Körper zu schützen. Ringsum dröhnten Geschosse und bohrten sich in Baumstämme.

Wumm. Wumm. Wumm.

Eine Frau stürzte auf Katja und bespritzte eine Seite ihres Gesichts und ihren Rücken mit warmem, klebrigem Blut.

»Wir sind unbewaffnet!«, rief ein Mann. »Um Gottes willen, wir haben Frauen und Kinder bei uns!«

Fjodor lag zitternd unter Katja. Sie vergrub ihr Gesicht an seinem Nacken.

Als die letzten Schüsse verstummt waren, wagte niemand sich zu rühren oder etwas zu sagen. Schließlich kamen ein paar Leute langsam und vorsichtig aus ihren Verstecken und gingen zur Straße zurück. Katja stieß das tote Gewicht von ihrem Rücken. Die Frau rollte zur Seite, die Augen gen Himmel gerichtet. Katja rappelte sich mühsam hoch. Ihr Knöchel schmerzte. Als sie nach unten schaute, sah sie, dass er bereits anschwoll.

Sie half Fjodor auf die Beine und wischte ihm mit dem Rocksaum Schmutz und Tränen aus dem Gesicht. »Bist du verletzt?«, fragte sie, während sie ihn rasch begutachtete.

Fjodor schüttelte den Kopf. Dann schaute er zu der Stelle, wo ihr Wagen gestanden hatte, und zeigte darauf.

»Schauen wir lieber nach«, stimmte Katja zu. Sie machte einen Schritt, stolperte und wäre beinahe hingefallen. Fjodor war sofort bei ihr, um ihr zu helfen.

»Ist nur eine Verstauchung«, beruhigte Katja ihn. »In ein paar Tagen ist alles wieder in Ordnung.«

Fjodor schob einen Arm unter ihre Schulter und half ihr, zum Wagen zu hinken. Dort angekommen kletterte er auf die Ladefläche, um nach dem Soldaten zu sehen. Als er den Kopf hob, war sein Gesicht totenblass.

»Was ist? Wie geht es ihm?«

Fjodor hielt die Handfläche hoch. Sie war blutrot.

16.

Im Hause Mostowski, Petrograd

März 1915

Mädchenhaftes Kichern ertönte, dann hörte Marie aus dem Nebenzimmer das perlende Gelächter ihrer Cousine Darja. Marie saß dicht am Fenster auf einem samtbezogenen Sofa und spielte geistesabwesend mit den Fransen des Vorhangs.

Auf einmal war die Stimme ihrer Cousine ganz nah. »Schau dich doch an!«, rief Darja, während sie mit ausgestreckten Armen auf Marie zulief. »Was für ein kleiner Langweiler du in letzter Zeit geworden bist! Ständig bleibst du für dich allein!« Darja beugte sich vor und gab Marie einen Kuss. »Du siehst elend aus. *Pas du tout jolie.*« Sie kniff Marie in die Wange. »Was du brauchst, ist Farbe auf deiner blassen Haut.« Sie zückte einen Lippenstift und versuchte, ein wenig Rot auf Maries Lippen aufzutragen.

»Darja, bitte! Ich bin nicht in der Stimmung.« Marie wandte das Gesicht ab.

Darja ließ sich in einen Sessel fallen und rückte näher an Marie heran.

»Liebling, du tust niemandem einen Gefallen, wenn du wie ein Häufchen Elend aussiehst. Wann legst du endlich diese grässlichen schwarzen Sachen ab und gehst wieder unter Menschen?« Darja lehnte sich im Sessel zurück und streifte ihre Handschuhe ab, einen Finger nach dem anderen. »Es laufen auch ohne dich weiß Gott schon genug Frauen in Schwarz herum.«

»Wie kannst du nur so herzlos sein, wenn so viele Familien um ihre gefallenen Söhne trauern!«, fuhr Marie sie an.

Darjas grüne Augen wurden ernst. »So siehst du mich also? Als herzlose Person? Kein Tag vergeht, ohne dass ich an all die Toten und Vermissten denke. Ich bin nicht kaltschnäuzig, Marie. Mir ist durchaus bewusst, wie viele Männer in diesem grauenhaften Krieg ihr Leben oder ihre Gliedmaßen lassen.« Sie sah ihre Cousine an und schürzte die Lippen. »Ich kann mir vorstellen, was du denkst: Eines von vielen oberflächlichen Mädchen aus reichem Hause, die nichts anderes im Kopf haben, als ihre Kalender mit möglichst vielen Einladungen zu Abendgesellschaften und Bällen zu füllen.« Darja setzte sich auf. »Wenn ich vergnügt wirke, dann nicht, weil ich blind für das bin, was passiert, sondern weil mein Herz nur ein bestimmtes Maß an Schmerz ertragen kann, bis es endgültig bricht. Worauf sollen unsere Männer sich denn freuen, wenn sie auf Heimaturlaub sind, wenn nicht auf dieses fröhliche Beisammensein?«

Marie schüttelte den Kopf. »Ich bin noch nicht so weit, mich in Gesellschaft zu begeben.« Sie umklammerte das kleine goldene Kreuz, das um ihren Hals hing. »Ich hätte das Gefühl, ich würde ihn verraten ...«

»Pjotr«, sagte Darja. Sie drückte liebevoll Maries Hand. »Lass nicht den Mut sinken, *chérie*, es ist gut möglich, dass Pjotr doch wieder nach Hause kommt.« Sie warf einen Blick auf die Uhr und erhob sich. »Ich muss los, ich habe vor dem Diner heute Abend noch eine Million Dinge zu erledigen.«

»Du empfängst heute Abend Gäste?«

»Nur eine kleine, erlesene Runde.« Darja griff nach ihren Handschuhen. »Ich habe Tamara Karsawina eingeladen.«

»Die Ballerina?«

»Ja. Ich vergöttere diese Frau. Die Großherzogin Wladimir will auch kommen. Sie ist eben erst von der Front zurückgekehrt. Die Hingabe, mit der sie sich der Verwundeten annimmt, ist bewundernswert.«

Marie wollte aufstehen.

»Nein, bleib sitzen, *chérie.*« Darja beugte sich vor und küsste Marie noch einmal auf die Wangen. »Ich wollte dich bitten, uns Gesellschaft zu leisten. Es werden interessante Leute kommen, und wer weiß«, sie zwinkerte ihrer Cousine zu, »vielleicht würdest du dich sogar amüsieren.«

Das bezweifelte Marie, versprach aber: »Ich denke darüber nach.«

*

Später am Abend stand Marie, die beschlossen hatte, doch am Diner teilzunehmen, nervös auf dem Treppenabsatz. Sie trug ein blaues Seidenkleid, das sich eng an Taille und Hüften schmiegte, und um die Schultern eine Nerzstola, ein Geschenk ihrer Eltern. Ihre Absätze machten kaum ein Geräusch, als sie leichtfüßig die Stufen hinuntereilte. Normalerweise war Marie stets pünktlich, heute jedoch war sie zu spät, weil sie fast den ganzen Nachmittag damit verbracht hatte, sich den Kopf darüber zu zerbrechen, was sie anziehen sollte. Schließlich hatte sie sich für ein Kleid mit züchtigem Ausschnitt und langen Ärmeln entschieden.

Der Lakai trat ihr am Fuß der Treppe entgegen. »Wenn Mademoiselle mir folgen wollen, die Herrschaften sind im Salon beim Champagner.«

Er öffnete die Doppeltüren und kündigte Marie an.

Darja kam zu ihr. »Mascha! Wie schön, dass du gekommen bist!« Sie nahm Marie an der Hand und führte sie zu einer Gruppe, die sich um eine stolze ältere Dame mit langer, schmaler Nase und schwarzem Federschmuck im Haar scharte. Marie erkannte Großherzogin Wladimir.

»Eure Hoheit, ich darf vorstellen. Meine Cousine Marie Kulbas.«

Marie machte einen tiefen Knicks. »Eure Hoheit.«

»Marie ist meine Lieblingscousine. Sie wohnt während ihres Jurastudiums an der Universität hier bei uns«, erklärte Darja und fügte stolz hinzu: »Außerdem arbeitet sie ehrenamtlich im Hospital.«

»Was für ein reizendes Mädchen«, bemerkte die Großherzogin beifällig. »Sagen Sie, Mademoiselle, wie schaffen Sie es, Ihr Studium und die Krankenpflege zu vereinbaren?«

»Ich gebe mein Bestes, Hoheit.«

Die Großherzogin bedachte Marie mit einem wohlwollenden Blick. »Ich war übrigens die Erste, die auf die Idee mit den Lazarettzügen gekommen ist, müssen Sie wissen. Das war während des Krieges mit Japan. Seit damals haben die Zarin und ihre Töchter ebenfalls einige derartige Züge ins Leben gerufen, aber ich war die Allererste. Sie haben sicher schon davon gehört. Diese Züge transportieren regelmäßig Verwundete von der Front nach Hause. Ich habe etliche Studenten, die mir helfen, wenn die Züge einfahren. Sie sollten einmal zum Warschauer Bahnhof kommen und es sich anschauen. Ein tüchtiges Mädchen wie Sie könnte ich gut brauchen.«

»Zu freundlich, Eure Hoheit«, sagte Marie scheu.

Während des Diners saß Marie zwischen der berühmten Primaballerina und einem Herrn aus England, der kaum Russisch, aber recht gut Französisch sprach. Prinz Dimitri, ein Offizier auf Heimaturlaub, schilderte soeben das Grauen in den Schützengräben.

»Es ist unbeschreiblich. Durch die Schneeschmelze ist alles zu einem einzigen Sumpf geworden. Wir versinken bis zu den Knien im Schlamm, und es ist praktisch unmöglich, auf derart morastigem Boden schwere Artillerie zu transportieren.« Er nahm einen Schluck Wein, während alle anderen gespannt warteten, dass er fortfuhr. »Vermutlich werden ebenso viele Männer wegen Fußbrand oder Typhus von der Front abkommandiert, wie wir an Verwundeten durch Kugeln oder Schrapnelle haben.«

Marie hatte die Auswirkungen von Fußbrand im Krankenhaus mit eigenen Augen gesehen. Ständig wurden schwarze, brandige Zehen von Soldaten amputiert und weggeworfen.

»Aufgrund der deutschen Truppentransporte von der Westfront an die Ostfront«, warf ein Diplomat mit buschigem Schnauzbart ein, »gerät Russland in eine sehr angespannte Lage, wenn nicht rasch Nachschub an die Front gelangt.«

»Ich habe gehört, der Zar denkt daran, seinen Onkel als Oberkommandierenden abzulösen«, bemerkte die Karsawina.

»Warum in aller Welt sollte er das tun?«, fragte die Großherzogin angriffslustig.

Die Karsawina beugte sich vor. »Anscheinend ist die Zarin mit dem Großherzog sehr unzufrieden. Es heißt, dass ihr Günstling, dieser Rasputin, ihr geraten hat, welchen Kurs der Zar nehmen muss, wenn er den Krieg gewinnen will.«

Leises Raunen erhob sich unter den Gästen, die diesen neuen Leckerbissen an Klatsch erst einmal verdauen mussten.

»Sicher würde nicht einmal die Zarin so weit gehen, diesem … diesem heiligen Mann zu erlauben, militärische Entscheidungen zu treffen«, sagte die Großherzogin entrüstet.

Bevor jemand etwas erwidern konnte, läutete Darja die Tischglocke, und die Speiseteller wurden durch Kristallkelche mit getrockneten, in Brandy eingelegten Früchten ersetzt. Die Stimmung bei Tisch schlug angesichts des beliebten Desserts sofort um, und die Unterhaltung wandte sich dem Theater und dem Ballett zu.

Unter dem Vorwand, am nächsten Morgen Unterricht zu

haben, zog Marie sich zurück, noch bevor der Kaffee serviert wurde.

»Vergessen Sie nicht, was ich Ihnen gesagt habe. Sie könnten mir in Warschau eine große Hilfe sein«, erinnerte die Großherzogin sie. »Sie sind genau die Art Mädchen, das wir brauchen.«

Als Marie sich ihrem Zimmer näherte, wurde die Tür aufgerissen. Anna stand zitternd vor ihr, nur mit einem Nachthemd bekleidet, das Haar zu einem losen Zopf geflochten.

»Was ist denn los, Anna?«, fragte Marie. Ihr Blick fiel auf den gelben Umschlag in Annas Hand, und sie erschrak. Ein Telegramm!

Anna reichte ihr den Umschlag. »Von der Front.«

Marie hatte wackelige Knie, als sie den Umschlag aufriss und hastig den Inhalt der Nachricht überflog.

»Es ist von Nikolai.« Sie legte eine Hand an den Mund, um zu verhindern, dass aus ihrem Lachen ein Schluchzen wurde. »Er kommt auf Urlaub nach Hause.«

17.

Galizien, Polen

Mai 1915

Alexei blinzelte ins Gaslicht und schaute sich in dem Unterstand um. Nichts hier kam ihm bekannt vor. Er trug immer noch seine Reithosen und hatte die Nacht anscheinend ohne Decke auf einer dünnen Pritsche verbracht.

Wie war er hier gelandet statt in seinem eigenen Bett im Offiziersquartier?

Alexei schwang die Beine über die Bettkante und versuchte sich aufzusetzen, doch sofort wurde ihm schwindelig. Also ließ er sich wieder aufs Bett fallen, schloss die Augen und wartete, dass die Übelkeit verging.

Da der Krieg an der Westfront an einem toten Punkt angelangt war, hatten die Deutschen begonnen, ihre Truppen nach Osten zu verlagern, um die österreichischen Einheiten zu verstärken. Die Russen hatten ihrerseits Befehl erhalten, sich von ihren Positionen zurückzuziehen.

Am Vorabend hatten die Offiziere nach dem Essen Karten gespielt und dazu Wodka getrunken. Binnen weniger Stunden standen fast nur noch leere Flaschen auf dem Tisch.

Alexei setzte sich erneut auf, diesmal etwas langsamer, und rieb sich seinen steifen Nacken. Die Erinnerungen an die vergangene Nacht waren verschwommen, und in seinem Schädel hämmerte es erbarmungslos.

Nach kurzem Suchen fand Alexei seine Stiefel und sein Pistolenhalfter unter dem Bett. Doch als er das Halfter hervorzog, stellte er fest, dass sein Revolver nicht darin steckte. Er dachte sich, dass Grigori die Waffe vielleicht herausgenommen hatte, um sie zu reinigen und zu ölen, aber als er nach seinen Stiefeln griff, fiel etwas Schweres, Glänzendes auf den Boden. Er hob es auf und blickte es fassungslos an.

Er hielt eine deutsche Luger in der Hand, die er noch nie gesehen hatte. Noch während er die Waffe mit wachsendem Unbehagen musterte, wurde der Vorhang zum Unterstand zurückgezogen, und ein Mann in der Uniform eines Hauptmanns erschien im Eingang. Als er Alexei sah, salutierte der Mann und nahm die Mütze ab.

Alexei blickte den Hauptmann an. Den Mann kannte er doch!

»Bogolew!« Er sprang auf und schüttelte dem anderen die Hand. »Wann sind Sie hier gelandet? Wie ich sehe, hat man Sie endlich zum Hauptmann befördert.«

»Ich bin gestern Abend von der Front hierhergekommen.«

»Und was bringen Sie an Neuigkeiten mit?«, fragte Alexei und setzte sich wieder auf die Pritsche.

Bogolew schüttelte den Kopf. »Keine guten, fürchte ich. Ich habe die Hälfte meiner Männer verloren.«

»Das tut mir leid«, sagte Alexei. »Woher wussten Sie, dass Sie mich hier finden?«

»Ich habe gesehen, wie Grigori Sie gestern hierhergebracht hat.« Zögernd fügte Bogolew hinzu: »Sie schienen nicht … nun ja, nicht ganz auf dem Damm zu sein.«

Alexei blickte auf die Luger in seiner Hand. Das erklärte das Rätsel, wie er hierhergekommen war, nicht aber, woher er die Waffe hatte.

»Eine sehr schöne Pistole«, bemerkte Bogolew. »Darf ich mal sehen?«

Alexei reichte ihm die Waffe. Bogolew wog die Luger in einer Hand und strich mit den Fingern über die eingravierten Muster auf dem Griff. »Ausgezeichnete Arbeit.« Er gab Alexei die Waffe zurück.

»Ja, aber sie gehört nicht mir. Ich habe sie unter dem Bett gefunden.«

In diesem Augenblick kam Grigori mit einer frisch gereinigten Uniform für Alexei herein.

»Vielleicht kann Ihr Adjutant Licht in die Angelegenheit bringen«, meinte Bogolew.

»Welche Angelegenheit, Hauptmann?«, fragte Grigori und hängte die Uniform an einen Wandhaken, bevor er sich an Bogolew wandte.

»Wissen Sie, wem diese Waffe gehört?«

Grigori warf einen Blick auf die Luger in Alexeis Hand. »Da bin ich mir nicht sicher.«

»Ich werde es Ihnen überlassen, das Rätsel der Waffe zu lösen, Generalmajor.« Bogolew schlug die Hacken zusammen und salutierte. »Ich muss noch heute aufbrechen, um zu den Truppenverbänden zur Verteidigung Warschaus zu stoßen.«

»Ich wünsche Ihnen viel Erfolg. Warschau stellt die letzte Verteidigungslinie zwischen den vorrückenden Armeen und Petrograd dar. Wir müssen die Stadt um jeden Preis halten.«

Ein Ausdruck unterdrückter Wut huschte über Bogolews Gesicht. »Um jeden Preis?« Seine blassen Augen verdunkelten sich. »Unsere Männer sind jetzt schon hungrig und erschöpft. Sie wurden bis an ihre Grenzen gefordert. Viele sind in großer Sorge um ihre Familien.« Auf einmal, als wäre ihm bewusst geworden, dass er mit einem ranghöheren Offizier sprach, veränderte sich Bogolews Gesichtsausdruck, und sein Ton wurde milder. »Der Wille zum Kämpfen ist kaum noch vorhanden.«

»Dann müssen Sie ihn von Neuem wecken. Die Armee braucht einen Sieg über die Deutschen, um die Moral des russischen Volkes zu stärken.«

»Und wie soll ich das anstellen? Mit vorgehaltener Waffe?«

»Warschau muss bis zum letzten Blutstropfen verteidigt werden!«

Bogolews musterte Alexei ganz genau. »Ist das wirklich Ihre Überzeugung, Generalmajor?«

»Meine Überzeugung steht nicht zur Debatte. Es ist der Wille des Zaren.«

»Dann hat er uns zum Tode verurteilt«, sagte Bogolew hitzig. Er setzte seine Mütze auf, salutierte noch einmal vor Alexei und ging.

Alexei blickte ihm nach. »Eigenartiger Kerl.«

»Wenn ich offen sprechen darf, Exzellenz«, bemerkte Grigori. »So etwas kommt dabei heraus, wenn man zulässt, dass die Mittelschicht in den Offiziersrang aufsteigt.«

Alexei schüttelte den Kopf. »Hauptmann Bogolew ist ein guter Offizier.«

»Aber er spricht wie einer dieser Revolutionäre … diese Bolschewiken, die gegen den Krieg wettern.«

»Mag sein«, sagte Alexei abwesend. Sein Blick fiel auf die Pistole, die er immer noch in der Hand hielt. »Ich wünschte, jemand könnte mir erklären, wie ich an diese Waffe gekommen bin.« Er drehte sie in der Hand hin und her. »Eine Luger wirft man nicht einfach weg. Sie muss einen Besitzer haben.«

»Ja, sehr mysteriös, das Ganze. Als Exzellenz letzte Nacht nicht von der Latrine zurückkam, machte ich mir Sorgen. In Ihrer Verfassung … nun ja, es hätte leicht passieren können, in die falsche Richtung zu gehen und von einer feindlichen Patrouille festgenommen zu werden.«

»Du bist mir gefolgt?«

»Das hatte ich vor, aber dann hat der Feind die Schützengräben unter Feuer genommen. Als der Beschuss endete, habe ich Sie aus dem Wald taumeln sehen. Auf Ihren Hemdsärmeln und Ihrer Jacke waren Flecken, die ich irrtümlich für Schmutz hielt. Erst als ich die Sachen zum Reinigen brachte, stellte ich fest, worum es sich handelte.«

»Und? Was war es?«

»Blut, Eure Exzellenz.« Grigori nahm die saubere Jacke vom Haken und breitete sie sorgsam auf der Pritsche aus.

»Blut?«, wiederholte Alexei ratlos.

»Ihr Gesicht war kreidebleich, Exzellenz, und ich fürchtete, Sie könnten krank sein«, fuhr Grigori fort. »Da Sie es ablehnten, sich von mir in Ihr Quartier bringen zu lassen, brachte ich Sie hierher.« Er musterte den Raum kurz und fügte hinzu: »Ich entschuldige mich für die Art der Unterkunft.«

»Wo ist mein Revolver?«, fragte Alexei.

Grigori zögerte. »Ihr Halfter war leer«, antwortete er schließlich und zeigte auf die silberne Luger. »Und die hatten Sie bei sich. Ihr Revolver ist mittlerweile gefunden worden, Exzellenz. Ich habe mir die Freiheit genommen, ihn für Sie reinigen und ölen zu lassen.«

Alexei setzte sich kerzengerade auf. »Wo war er?«

»Er wurde neben dem Leichnam eines österreichischen Soldaten gefunden.«

Alexei spürte, wie ihn ein Schauer durchrieselte, und er musste sich beim Aufstehen mit einer Hand abstützen.

»Bring mich zu ihm«, verlangte er.

*

Als er aus dem Unterstand trat, kehrten schlagartig bruchstückhafte Erinnerungen an die vergangene Nacht zurück. Er war nach draußen gegangen, um Wasser zu lassen, war aber zu betrunken gewesen, die Latrine zu finden, und hatte beschlossen, seine Blase hinter ein paar Sträuchern zu entleeren. Der eisige Wind trug das Grollen der Geschosse mit sich, die an der Frontlinie explodierten. Über ihm hing ein voller Mond am Himmel und tauchte die Landschaft in ein metallisches Blaugrau.

Alexei knöpfte sich gerade die Hose zu, als er zu seiner Rechten eine Bewegung wahrnahm. Sofort war er auf der Hut, zog seine Waffe und entsicherte sie. Dann stand er ganz still und lauschte.

Da war es wieder, das Geräusch von Schritten im Schlamm, der an Stiefeln hängen blieb …

Das Blut stieg Alexei zu Kopf und vertrieb den Nebel, den der Wodka hinterlassen hatte. Die Schritte klangen schleppend, als wäre ihr Besitzer zu müde, um seine Füße zu heben. Alexei duckte sich und sah einen Schatten vorbeigehen, ein einsamer Soldat vielleicht, der sich durch die Stumpen verbrannter Bäume bewegte. Unschlüssig, ob der Soldat ein Russe oder ein feindlicher Kundschafter war, hielt sich Alexei im Schatten und folgte dem Mann, dessen Schritte unsicher und unregelmäßig waren. Schließlich hob Alexei seinen Revolver, richtete sich auf und rief auf Russisch: »Wer da?«

Die Gestalt fuhr herum. Alexei erhaschte einen flüchtigen Blick auf Metall, das in der Hand des anderen aufblitzte. Um kein Risiko einzugehen, gab er sofort zwei Schüsse ab. Die Gestalt schwankte, fiel und schlug hart auf dem Boden auf. Alexei umkreiste den Mann vorsichtig, bereit, jeden Moment noch einmal zu schießen. Schließlich trat er näher, drehte den Körper mit der Stiefelspitze um und erkannte auf der Schulter die Streifen eines Unterleutnants der österreichischen Armee. Der Österreicher hielt seine Brust umklammert und blickte aus angstvollen Augen gen Himmel. Seine Atemzüge waren flach und abgehackt, und Blut strömte zwischen seinen Fingern hindurch.

Da Alexei bewusst war, dass der Österreicher möglicherweise einen Trupp Männer auf einer Mission anführte, ließ er sich auf den Boden fallen, lauschte angespannt und hielt nach

Bewegungen im Schatten Ausschau. Aber nichts rührte sich. Nur auf der Straße, ein gutes Stück entfernt, liefen Sanitäter mit Tragbahren hin und her, um die Verwundeten von der Front zu den Feldlazaretten zu bringen.

Alexei kniete sich neben den Österreicher und fühlte den Puls des Mannes.

»Ein Verwundeter!«, rief er.

Zwei Männer mit einer Trage hörten ihn und kamen zu ihm gelaufen.

»Er muss von seinem Regiment getrennt worden sein«, sagte Alexei zu ihnen.

Einer der Männer hob die Hand des Österreichers, warf einen Blick auf die Wunde und schüttelte den Kopf. »Da ist nichts mehr zu machen.«

Die beiden Sanitäter hoben ihre Trage auf und liefen in Richtung Schützengraben.

Der Österreicher bewegte die Lippen, zeigte auf seine Brust. Alexei suchte in den Taschen des Mannes und fand einen Brief, der an einer Ecke mit Blut bespritzt war. Zwischen den zusammengefalteten Seiten steckte ein Familienfoto: Hinter einem ernst blickenden Mann und einer molligen Frau stand der österreichische Soldat, der in die Kamera lächelte.

Er ist noch so jung, dachte Alexei.

Auf einmal wurde ihm schwindlig. Alkohol und Adrenalin vermischten sich, wirbelten durch seinen Kopf und verursachten ihm Übelkeit. Er rappelte sich hoch, stolperte, fiel.

Dann wurde alles schwarz um ihn.

*

Ein schlichtes Holzkreuz kennzeichnete die letzte Ruhestätte des jungen Österreichers.

Alexei bekreuzigte sich. Die silberne Luger fiel ihm ein. Er zog sie aus seiner Tasche, drehte sie in den Händen und bewunderte die Handwerkskunst. Wahrscheinlich war die Waffe ein Abschiedsgeschenk der Eltern des jungen Soldaten. In den Griff waren die Initialen A.S. eingraviert. Vielleicht stammte der Junge aus ähnlichen Verhältnissen wie er selbst, überlegte Alexei, als ihm klar wurde, dass er dieselben Initialen hatte.

Er klappte die Pistole auf und stellte fest, dass sie leer war. Der Österreicher hätte gar nicht auf ihn schießen können …

Alexeis Finger zeichneten die Anfangsbuchstaben nach. Dann steckte er die Waffe wieder ein und machte sich auf den Weg zum Lager.

Hinter ihm verharrte die Sonne kurz über dem Grab, bevor sie wie ein geschmolzener Feuerball am Horizont versank.

18.

Petrograd

Mai 1915

Die Lok stieß Dampfwolken aus, die den Bahnsteig wie ein dichter Nebelschleier verhüllten.

»Nikolai!« Maries Stimme ging im Bahnhofslärm unter. »Kolja!«

Sie rannte auf ihren Bruder zu, drängte sich durch die Menschenmassen, um zu ihm zu kommen, und warf ihm beide Arme um den Hals.

»Mascha!« Nikolai schwenkte sie herum, setzte sie ab und hielt sie auf Armlänge von sich ab. »Lass dich anschauen.« Er betrachtete sie prüfend und runzelte die Stirn. »Du hast abgenommen.«

Marie winkte ab. »Reden wir nicht von mir.« Sie strahlte ihren Bruder an, hängte sich bei ihm ein und steuerte ihn in Richtung Ausgang. »Ist das alles, was du dabei hast?«, fragte sie und zeigte auf seinen kleinen Tornister.

»Ja.« Er hielt den Tornister einem Gepäckträger hin, der herbeigeeilt kam, um ihn Nikolai abzunehmen.

Marie drückte den Arm ihres Bruders. »Ich kann dir gar nicht sagen, wie froh wir alle über dein Telegramm waren«, sagte sie. »Das war genau die Aufmunterung, die wir gebraucht haben.«

Arm in Arm schlenderten sie zu einer langen Reihe geparkter Autos.

»Ich habe Onkels Automobil geliehen.« Marie zeigte auf ein glänzendes schwarzes Gefährt. »Es ist wirklich nett von ihm, dass er es uns überlässt, wenn man bedenkt, wie schwer es ist, an Treibstoff zu kommen. Wir werden heute mit ihnen zu Abend essen und danach mit Dascha ins Ballett gehen.«

»Du scheinst meinen Aufenthalt ja bestens geplant zu haben.« Nikolai küsste seine Schwester liebevoll auf die Stirn.

Marie lächelte ihn innig an, aber gleich darauf entgleiste ihr Lächeln. Sie blieb stehen und fragte nach kurzem Zögern: »Hast du etwas von Pjotr gehört?«

Nikolai fuhr sich mit einer Hand übers Gesicht. Der Ausdruck der Freude verschwand aus seinen Augen. Marie hatte das seltsame Gefühl, dass er sich eine Lüge überlegte, um ihre Ängste zu beschwichtigen. Dann aber sagte er nur: »Nein, nichts.«

Ein Schluchzen kam über Maries Lippen. Sie drückte sich eine Hand auf den Mund, um weitere Geräusche zu ersticken.

»Ich wünschte, ich hätte bessere Nachrichten für dich«, sagte Nikolai.

»Ich weiß, dass du alles Menschenmögliche getan hast.« Marie nahm seine Hand, und sie legten die letzten Schritte zum Wagen schweigend zurück.

Die erste Wiedersehensfreude wurde von Trauer überschattet.

*

Marie gab sich alle Mühe, Nikolai ein wenig Abwechslung zu bieten, aber so liebenswürdig und charmant er nach außen hin auch sein mochte, nahm sie doch eine Veränderung an ihm wahr. Sein jungenhaftes Lächeln war der sorgenvollen Miene eines Mannes gewichen, der die Last der ganzen Welt auf den Schultern trug. Beim Diner war er still und geistesabwesend und stocherte in seinem Essen.

»Du hast die Jungente kaum angerührt«, bemerkte Darja und machte einen Schmollmund.

Nikolai blickte sie an, als hätte er nicht verstanden, was sie gerade gesagt hatte.

»Es ist eigenartig«, murmelte er mit einer Stimme, die von weit weg zu kommen schien. »Ich muss gerade daran denken, dass ich seit Langem nicht mehr solche Speisen gesehen oder geschmeckt habe. Ich traue mich kaum, sie zu berühren, aus Angst, es könnte alles nur ein Traum sein.«

»Die Köchin hatte große Mühe, die Zutaten aufzutreiben«, beklagte sich seine Tante. »So gut wie alle Lebensmittel sind knapp geworden.«

»Erzähl uns von der Front, Nikolai«, forderte Darja ihn auf. »Wie fühlt es sich an, mit einem Gewehr auf andere Menschen zu schießen?«

»Darja!«, ermahnte ihr Vater sie streng. »Du musst ihr Verhalten entschuldigen, Nikolai. Manchmal ist meine Tochter nicht ganz bei Verstand.«

Marie blickte ihren Bruder an. Sie sah, wie seine Kiefermuskeln sich spannten und seine Augen dunkler wurden. Dennoch lächelte er höflich, um zu zeigen, dass er keinen Anstoß an der Frage seiner Cousine nahm. Seine Hand bewegte sich zur Brusttasche. Langsam zog er sein Zigarettenetui heraus.

Marie räusperte sich. »Es sind noch Damen bei Tisch«, raunte sie ihm hinter vorgehaltener Serviette zu.

Nikolai blickte sie verständnislos an. Marie deutete auf sein Zigarettenetui.

»Oh, Entschuldigung«, murmelte er und steckte das Etui wieder ein.

Maries Sorge um ihren Bruder wuchs. »Vielleicht bist du müde«, meinte sie. »Möchtest du das Ballett heute Abend lieber streichen?«

»Das Ballett streichen?«, rief Darja. »Aber es ist doch schon alles arrangiert!«

Nikolai lächelte bedrückt. »Ich würde nicht im Traum daran denken, dich zu enttäuschen, liebe Cousine.«

»Dann bleibt es also dabei.« Darja lächelte triumphierend.

Die Tischglocke wurde geläutet. Nachdem die letzten Teller abgeräumt waren, wurden die Gäste mit Crème brulée in kleinen Auflaufförmchen verwöhnt.

»Bist du sicher, dass du dir das Ballett anschauen willst, Kolja?«, sagte Marie leise zu Nikolai, als die Tafel schließlich aufgehoben wurde. »Es ist nicht zu spät, um dich zu entschuldigen.«

»Was tuschelst du denn da, Marie?«, fragte Darja argwöhnisch. »Du ermutigst deinen Bruder hoffentlich nicht, doch lieber zu Hause zu bleiben.«

Die Diener halfen Nikolai und Marie in ihre Mäntel. Nikolai bot seiner Schwester lächelnd den Arm. »Schon gut«, beruhigte er sie und schritt mit ihr die Treppe hinunter zu den wartenden Wagen.

*

In jener Nacht erwachte Marie vom Geräusch leiser Schritte. Jemand ging vor ihrem Schlafzimmer auf und ab.

Sie setzte sich auf, rieb sich die Augen und knipste die Lampe an. Nachdem sie ein wollenes Umschlagtuch um die Schultern gelegt hatte, öffnete sie die Tür, die in ihr Wohnzimmer führte.

»Warum bist du denn um diese Zeit auf?«

Nikolai drehte sich um. Eine brennende Zigarette steckte zwischen seinen Fingern. »Ich konnte nicht schlafen.«

»Was ist los mit dir, Kolja?«

Nikolais Lippen spannten sich an. »Du würdest es nicht verstehen.«

Da Marie ihn nicht provozieren wollte, drang sie nicht weiter in ihn. »Ich bin hier, falls du mich brauchst.«

Nikolai blickte sie schweigend an. Sekunden verrannen. Plötzlich fiel er auf die Knie und vergrub das Gesicht in den Händen.

»Verzeih mir, Marie«, schluchzte er. »Ich habe dich enttäuscht.«

»Wovon redest du?«

»Ich habe Petja nicht gerettet … Ich habe ihn nicht gefunden …«

Marie kniete sich neben ihn und nahm seine Hände in ihre. »Das ist nicht deine Schuld, Kolja«, sagte sie leise. Auch ihr stiegen Tränen in die Augen. »Ich weiß, dass du getan hast, was du konntest.«

*

Sie hatten vereinbart, die zweite Hälfte von Nikolais Urlaub in Narva zu verbringen. Marie betrat das Erste-Klasse-Abteil und setzte sich ans Fenster; Nikolai nahm ihr gegenüber Platz. Nachdem sie ihre Hüte und Handschuhe abgelegt hatten, unterhielten sich Anna und Marie leise miteinander. Mit ihnen im Abteil saß ein Fabrikbesitzer, der sich bei Nikolai bitter über den Mangel an Kohle beklagte, die er für seine Maschinen brauchte.

Ihr Chauffeur holte sie am Bahnhof ab, nahm ihr Gepäck und führte sie zum Wagen.

Nikolai strich mit einer Hand über die eleganten Linien des Automobils.

»Mama hat also nachgegeben und Papa erlaubt, ein Auto zu kaufen?«

»Sie weigert sich aber, damit zu fahren. Der Lärm ist zu viel für ihre Nerven, sagt sie. Aber sie lässt das Gepäck darin transportieren, wenn sie in die Stadt fährt.«

Pauline Kulbas, in ein schlichtes marineblaues Kleid gehüllt, das sie unnatürlich hager und grau erscheinen ließ, begrüßte ihre Kinder auf den Stufen zum Eingang. An ihrer Seite standen ihr Mann und ihr jüngerer Sohn Valentin.

»Mein Junge … mein liebster Kolja«, sagte sie mit brüchiger Stimme, breitete die Arme aus und zog ihn liebevoll an sich. »Ach, mein Sohn.« Sie hob die Arme und schaute zum Himmel. »Dem Herrn sei Dank für diesen Augenblick!«, sagte sie inbrünstig. Dann nahm sie Nikolais Gesicht in ihre fleischigen Hände und küsste ihn vier Mal, bevor ihr Ehemann das Recht einforderte, seinen Sohn willkommen zu heißen. Er nahm Nikolais Hand und schüttelte sie kräftig, ehe auch er ihn in die Arme schloss und küsste.

»Ich bin glücklich, mein Junge, überglücklich.« Er blickte seinen Sohn aus feuchten Augen an. »Achte gar nicht auf mich.« Seine Tränen waren ihm offenbar peinlich. »Ich bin nun mal ein alter Dummkopf. Kommt alle in den Salon, wir wollen die sichere Heimkehr unseres Sohnes feiern!«

Im Salon setzte sich Pauline Kulbas wie üblich auf ihren Sessel nahe bei ihrem Mann, während Marie sich zu ihrer Mutter setzte und deren Hand ergriff. Nikolai und Valentin nahmen auf einem Sofa Platz. Marie fiel auf, dass Valentin verstohlen bewundernde Blicke auf die Uniform seines Bruders warf.

»Nun erzähl schon, mein Sohn.« Monsieur Kulbas sprach als Erster. »Was kannst du uns Neues von der Front berichten?«

»Hermann, bitte«, protestierte Madame Kulbas. »Der Junge hat kaum Zeit, Luft zu holen, und schon bestürmst du ihn mit Gerede über den Krieg.«

»Das macht mir nichts aus, Mama«, versicherte Nikolai. Er beugte sich vor und nahm sich eine der frisch gebackenen Blätterteigpastetchen. »Wie ihr wisst, bin ich seit Anfang des

Jahres nicht mehr im Schützengraben gewesen. In Warschau herrscht Unmut wegen der Behauptung, die Engländer würden Munition an ihre Truppen liefern, die für die russische Armee bestimmt war.«

»Ich habe immer schon gewusst, dass man den Engländern nicht trauen darf!«, stieß Hermann Kulbas hervor.

»Papa«, tadelte Marie ihn. »Das ist nur ein Gerücht.«

»Ich weiß nicht recht, Marie«, sagte Nikolai. »Es herrscht schrecklicher Mangel an Waffen und Munition. Unsere Versorgungslinien werden ständig angegriffen, und die Reservisten müssen warten, bis ein Kamerad fällt, bevor sie dessen Gewehr bekommen.«

»Du lieber Gott!« Pauline Kulbas sank schwer atmend in ihren Sessel zurück.

Marie läutete die Glocke, mit der die Dienerschaft gerufen wurde. »Reden wir später über den Krieg«, sagte sie bestimmt. »Mama ist nicht in der Verfassung, sich so etwas anzuhören.«

Die Tür öffnete sich, und ein Dienstmädchen mit weißer Schürze und weißem Häubchen trat ein.

»Zoya, helfen Sie mir, meine Mutter in ihr Schlafzimmer zu bringen«, bat Marie. »Und holen Sie mir Riechsalz.«

*

Vater und Sohn blieben alleine zurück. Schweigend blickten sie abwechselnd auf ihre Hände und auf die Felder draußen vor den Fenstern. Schließlich konnte Hermann Kulbas seine Neugier nicht mehr bezähmen und fragte: »Ist es wahr, was die Zeitungen schreiben? Dass Warschau von den Deutschen eingenommen zu werden droht?«

Nikolais blasses Gesicht zuckte. »Die Offensive der Alliierten ist in Frankreich zum Stehen gekommen, und die Deutschen nutzen jetzt die Gelegenheit, um Truppen nach Osten zu schicken und die Front dort zu verstärken. Wenn Warschau fällt«, Nikolai hob die Hände, »könnte es durchaus sein, dass Russland den Krieg verliert.«

Hermann fuhr sich durchs Haar. »Und was würde das für Estland bedeuten?«

»Ich bin mir nicht sicher, Papa, aber die Lage ist alles andere als gut. Wenn die Deutschen unsere Verteidigungslinien in Polen und Ostpreußen durchbrechen – und im Moment sieht es ganz danach aus – hindert sie nichts mehr daran, die baltischen Staaten einzunehmen. Narva könnte in die Hände der Deutschen fallen.«

Hermann Kulbas seufzte und zog sein Zigarettenetui heraus. Auch Nikolai nahm sich eine Zigarette. Er roch an ihr, glättete sie mit den Fingern und steckte sie sich zwischen die Lippen, bevor er nach seinem Feuerzeug griff und erst die Zigarette seines Vaters und dann seine eigene anzündete.

»Deutsche oder Russen ...« Hermann Kulbas blies Rauch aus. »Ich wünsche mir vor allem, lange genug zu leben, um ein Estland zu sehen, das unabhängig von fremden Mächten ist.«

19.

Karpaten

Mai 1915

Das fahle, spärliche Licht der Morgendämmerung kroch über das Land und erhellte nach und nach eine Gruppe von Männern, die um einen Priester knieten. Ruhig und ergeben nahmen die Männer mit gesenkten Köpfen den Segen entgegen und bekreuzigten sich, bevor sie aufstanden und das Gewicht der Munitionstaschen auf ihren Schultern verlagerten.

Hinter den Linien warteten Soldaten angespannt auf den Befehl, der sie in den Kampf schicken würde. Als es endlich so weit war, erhob sich kein Jubel. Stattdessen stimmte die Marschkapelle eine militärische Weise an, und erschöpfte Gestalten schlurften mit hängenden Köpfen und wehmütigen Gedanken an die Lieben daheim im selben Tritt los wie die Männer vor ihnen.

Weiter vorn signalisierte das Knattern von Gewehren die erste Angriffswelle.

Alexei, der an der Spitze des Zuges stand, zog seinen Säbel. Schweißtropfen liefen an seinen Armen hinunter. Beim schrillen Schmettern des Horns, das Signal zum Angriff, entspannten sich seine verkrampften Muskeln.

Überall kletterten Männer über Wälle und rannten durch das Niemandsland. Schreie gellten aus sämtlichen Richtungen und vermischten sich mit ohrenbetäubendem Kreischen der Granaten. Alexeis Männer, die einen feindlichen Schützengraben eingenommen hatten, sicherten ihn in fliegender Hast vor Gegenangriffen, indem sie an den beschädigten Grabenwänden kleine Erdwälle auftürmten.

»Eure Exzellenz.« Der Infanteriesoldat salutierte. »Wir haben den Graben mit fünf Gefangenen und zwei Maschinengewehren gesichert.«

»Gut. Bringt die Gefangenen ins Lager«, wies Alexei ihn an. »Und schickt einen Kurier, um weitere Befehle einzuholen.«

»Jawohl, Exzellenz.«

Alexei lenkte sein Pferd, dicht gefolgt von Grigori, zum anderen Ende des Schützengrabens, wo die Männer lädierte Maschinengewehre inspizierten. Der Körper eines Soldaten, der praktisch in zwei Hälften gerissen war, hing zusammengesunken über einem Gewehr.

»Das war unser Gewehrschütze«, rief Grigori über das Getöse des Sperrfeuers hinweg.

Alexei winkte einen jungen Soldaten zu sich. »Du da! Übernimm das Gewehr!«

»J-ja, Exzellenz.« Der Soldat rappelte sich hoch, rannte zu dem Maschinengewehr, schwenkte es herum und feuerte in eine Baumgruppe. Bei jedem Rückstoß prallte das Gewehr an den Körper des Mannes und schleuderte ihn nach hinten.

Klick. Klick.

Das Maschinengewehr stotterte, spuckte und verstummte.

»Ich glaube, es klemmt!«, rief der Soldat und rüttelte an den Griffen.

In diesem Augenblick zischte eine Mörsergranate tief über ihre Köpfe hinweg. Der Soldat am Maschinengewehr warf sich erschrocken auf den Boden und hielt die Hände über den Kopf.

Ohne zu überlegen, rannte Alexei zu ihm und brachte ihn in Sicherheit. Eine weitere Granate zerriss mit ihrem Pfeifen die Luft und explodierte in der Nähe. Gleißend gelbes Licht brannte sich in eine Seite von Alexeis Körper, als er von der

Wucht der Detonation in die Luft geschleudert wurde und hart auf dem Rücken landete. Stechende Schmerzen schossen durch seinen Hals und sein Bein, und Fontänen aus schwarzer Erde und heißem Schmutz überschütteten ihn.

Er hörte noch erstickte Schreie, bevor die Welt um ihn herum versank.

*

Als Alexei die Augen aufschlug, blickte er in ein blendend weißes Licht.

Der Himmel …, war sein erster Gedanke.

Dann erst hörte er in der Ferne das schwache Echo von Artilleriefeuer und in der Nähe das Flattern von Stoffbahnen im Wind. Sein Blick klärte sich, und er erkannte, dass das grelle Licht Sonnenschein war, der durch die weißen Stoffwände des Feldlazaretts fiel.

Als er seinen Kopf betastete, spürte er Stoff eines Verbandes unter den Finger. Er berührte ihn vorsichtig und ließ die Finger nach unten zum Nacken wandern, wo es dumpf pochte. Sowie er die Stelle berührt, schoss lähmender Schmerz durch seinen Nacken, und er zog die Hand hastig zurück.

»Wasser, General?« Ein Soldat mit wettergegerbtem Gesicht und gütigen Augen hielt ihm einen hölzernen Becher hin und half ihm, den Kopf zu heben.

Alexei nickte schwach.

»Sie haben eine ganze Weile geschlafen.« Der Soldat sprach mit dem Akzent der Ural-Bewohner. »Ihr Adjutant wird sich freuen, dass Sie wach sind. Er hat Sie auf seinem Rücken ins Lazarett getragen.« Er schob seine Armbeuge unter Alexeis Kopf, hob den Becher und hielt ihn an die Lippen des Verwundeten.

Alexei hustete und spuckte. Das Wasser kühlte seine Lippen, trug aber kaum dazu bei, das Brennen in seiner Kehle zu lindern. Außerdem machte seine Lunge ihm zu schaffen, die sich bei jedem rasselnden Atemzug schmerzhaft in seinem zerschundenen Brustkorb zusammenzog.

»Was bin ich doch für ein Tölpel«, sagte der Soldat. »Bei Ihren Verletzungen muss es Ihnen schwerfallen, etwas herunterzubekommen.«

Alexei öffnete den Mund, um etwas zu sagen, brachte aber nur ein Gurgeln hervor.

»Ruhen Sie sich erst mal aus, Generalmajor.« Der Soldat bettete Alexeis Kopf wieder auf das Kissen. »Ich gehe Ihren Adjutanten holen.«

Also hatte Grigori ihn gerettet und auf dem Rücken geschleppt, wenn man dem alten Soldaten glauben konnte. Alexei meinte sich verschwommen zu erinnern, wie der Boden unter ihm dahinraste, aber er war nicht sicher, ob es eine echte Erinnerung war oder nur ein Bild, das ihm sein fiebriger Verstand vorgegaukelt hatte. Der Versuch, diese letzten Augenblicke vor der Bewusstlosigkeit heraufzubeschwören, strengte ihn enorm an. Ermattet schloss er die Augen und fiel in einen unruhigen Schlummer.

Als er aufwachte, war der strahlende Sonnenschein dem grauen Zwielicht des Nachmittags gewichen. Seine Glieder fühlten sich steif an, und er verlagerte das Gewicht, bereute es aber schon im nächsten Moment, als seine Muskeln lauthals protestierten. Vorsichtig wandte er den Kopf. Er sah Grigori dösend auf einem Stuhl sitzen. Seine sonst so makellose Uniform war beschmutzt, und seine Haare waren ungekämmt und standen ihm wirr vom Kopf ab.

Grigori blickte auf, sah, dass Alexei wach war, und kniete sich neben das Bett.

»Eure Exzellenz.« Er küsste Alexeis Hand. »Welche Freude, Sie bei Bewusstsein zu sehen.«

Alexei wollte etwas sagen, aber wieder drangen nur gutturale Laute aus seiner Kehle.

Eine Krankenschwester erschien mit frischem Verbandszeug. Grigori stand auf und trat beiseite, um ihr Platz zu machen. Die Schwester, eine stämmige Frau mit tief liegenden braunen Augen, machte sich mit großem Geschick und wenigen Worten an die Arbeit.

»Sie haben eine teilweise Stimmbandlähmung, gebrochene Rippen und eine Schrapnellwunde im Nacken«, sagte die Schwester, wobei sie die Bettdecke glatt strich. Sie stopfte die Enden fest unter die Matratze und trat einen Schritt zurück, um ihr Werk zu begutachten. »Der Doktor wird bei der Visite nach Ihnen schauen«, fügte sie sachlich hinzu.

Nachdem sie gegangen war, half Grigori seinem Vorgesetzten, einen Schluck Wasser zu trinken. Alexei hustete, und seine Brust brannte, als wäre sie mit heißen Kohlen in Berührung gekommen. Obwohl seine Kehle immer noch wie ausgedörrt war, lehnte er einen weiteren Schluck ab. Er befeuchtete seine trockenen Lippen mit der Zunge, ließ den Kopf wieder aufs Kissen sinken und schloss die Augen.

In den folgenden Tagen wich Grigori kaum von Alexeis Seite. Wenn er wach wurde, fand er Grigori häufig auf einem Holzstuhl neben seinem Bett vor, und jeden Morgen stand Grigori früh auf, um Alexei Suppe und lauwarmen Tee zu bringen. Die Hilfe einer Krankenschwester beim Reichen des Frühstücks lehnte er ab.

Jeden Abend sahen die Ärzte nach ihren Patienten, schickten einige zurück an die Front und sorgten dafür, dass andere nach Petrograd oder Moskau ins Hospital verlegt wurden. Die langen Tage fast ohne Schlaf oder ausreichende Ernährung zeigten sich an den dunklen Ringen unter den Augen der Männer.

Alexei hatte drei Rippen gebrochen, und seine Brust fühlte

sich an wie eingeschnürt. Sein Atem ging in kurzen, stechenden Stößen. Wenn er spät in der Nacht in die Dunkelheit starrte, konnte er die Ärzte herumgehen hören. In dem Glauben, ihre Patienten schliefen allesamt, sprachen sie ganz offen miteinander. Der endlose Strom von Verwundeten und der Mangel an allem, was gebraucht wurde, zehrte an den Nerven der Ärzte und nahm ihnen viel von ihrer Energie.

Tagsüber kamen gelegentlich andere Offiziere, einige auf Krücken, andere im Rollstuhl, um sich zu Alexei ans Bett zu setzen. Dass er nicht reden konnte, schien sie nicht zu stören, im Gegenteil, sein Schweigen bewirkte, dass sie einen geduldigen und verständnisvollen Zuhörer in ihm sahen und offen zu ihm sprachen. Einer dieser Besucher, ein blutjunger Stabshauptmann mit fein geschnittenen aristokratischen Zügen und unbefangenem Lächeln, versorgte Alexei täglich mit Neuigkeiten, die er von anderen Offizieren gehört hatte. Der Stabshauptmann hatte einen Schuss in die Schulter abbekommen und trug seinen Arm in der Schlinge.

»Ich habe gehört, dass der Zar nächste Woche das Lazarett besuchen kommt«, teilte er Alexei bei einem seiner Besuche mit. »Es geht das Gerücht, dass Sie und Ihr Adjutant den St.-Georgs-Orden für Tapferkeit im Kampf erhalten sollen.«

Alexei lächelte. Der St.-Georgs-Orden war die höchste Auszeichnung in der russischen Armee.

Sehr großzügig, kritzelte er auf eine Schiefertafel, mit deren Hilfe er mit anderen kommunizierte.

Eine Woche später besuchte der Zar, begleitet vom jungen Zarewitsch, das Lazarett.

»Für Tapferkeit im Kampf.« Zar Nikolaus schien es aufrichtig zu freuen, den Orden überreichen zu können. »Gut gemacht, General.« Er drapierte die Schärpe um Alexeis Schulter und befestigte die Medaille an der Brust, als Alexei strammstand.

Schmerz durchzuckte Alexei, als er salutierte, aber vor Stolz merkte er es kaum.

Der Zar ging weiter, nahm den zweiten Orden aus der Schachtel, die sein Adjutant hielt, und heftete ihn an Grigoris Brust.

»Sieh dir diese tapferen Männer an«, sagte er dann zu seinem Sohn. »Sie machen unserem Land alle Ehre.«

20.

Polen

Mai 1915

Beim Stöbern in den Ruinen eines nahe gelegenen Dorfes entdeckte Katja unter einer eingestürzten Mauer einen Keller. Mithilfe ihrer Kerosinlampe suchte sie im Schutt nach Essbarem. Es war purer Zufall, dass sie eine Handvoll Kartoffeln fand. Als sie den Ruß und den Schmutz abwischte, stellte sie fest, dass sie alt und verschrumpelt, aber noch essbar waren. Sie steckte sie in ihren Jutesack und suchte weiter.

Sie hatte den kleinen Fjodor schlafend in einer Scheune in der Nähe zurückgelassen und wollte unbedingt wieder bei ihm sein, bevor er aufwachte und sie nicht vorfand. Hastig drehte sie Steine um und schaute darunter, fand aber nichts mehr.

Sie wollte gerade den Keller verlassen und sich auf den Weg zur Scheune machen, als sie Stimmen hörte, die sich in ihre Richtung bewegten. Hastig löschte sie das Licht.

»Ich würde jetzt alles für eine Flasche Wodka und eine anständige Mahlzeit geben«, sagte jemand auf Russisch.

»Mir wäre eine Nacht in sauberer Bettwäsche und zwischen den warmen Schenkeln einer Frau lieber«, entgegnete ein anderer, und beide lachten.

Katja, die kaum zu atmen wagte, presste sich zitternd an die Kellerwand, doch nichts geschah. Die nächsten Stunden blieb sie in ihrem Versteck und lauschte angestrengt auf das

Geräusch der Schritte, als die Soldaten Steine wegschleppten, um Barrikaden zu errichten und Artilleriegeschütze zu verstecken.

»Kannst du mir vielleicht sagen, warum wir uns hier so abrackern müssen?«, beschwerte sich der eine, als sie wenige Meter von Katja entfernt einen Graben aushoben.

»Wenn wir zurückweichen müssen, wird dieses Dorf unsere nächste Verteidigungslinie.«

»Und warum müssen wir das im Dunkeln machen?«

Sie hatten aufgehört zu graben. Katja hörte, wie ein Streichholz angerissen wurde.

»Du bist wohl Rekrut, was?«

»Was hat das damit zu tun?«, gab der andere zurück.

»Nur ein frischgebackener Rekrut oder ein Idiot würde so eine Frage stellen.«

Ein metallisches Klirren ertönte, als ein Spaten auf einen Stein traf. »Du nennst mich einen Idioten?«

»Schon gut, Kamerad, war nicht so gemeint. Aber wer an der Front war, so wie ich, der weiß, dass die Deutschen sofort ihre Flugzeuge losschicken würden, wenn sie Wind davon kriegen, was hier vorgeht. Und die Flugzeuge würden alles in Schutt und Asche legen. Jetzt nimm deine Schaufel und grab weiter, sonst werden wir nie vor Tagesanbruch fertig.«

Katja verlor jedes Gefühl dafür, wie viel Zeit verging. Irgendwann musste sie eingeschlafen sein, denn als Nächstes bemerkte sie einen fahlgrauen Lichtschimmer, der durch die Mauerritzen drang. Sie blieb in ihrem Versteck und lauschte so lange, bis sie sicher sein konnte, dass die Männer weg waren. Erst dann kroch sie aus dem Keller.

Die Luft war kalt und frisch. Katja streckte ihre steifen Glieder und huschte in den Schatten, geduckt und fast lautlos, zur Scheune zurück.

Die Tür öffnete sich mit widerwillig quietschenden Scharnieren. Ein Fleck Sonnenlicht fiel in den kleinen Raum und verschwand gleich darauf. Katja blieb in der Tür stehen und wartete, bis ihre Augen sich an die Dunkelheit gewöhnt hatten.

»Fjodor?«, fragte sie dann.

In einer Ecke regte sich etwas. Als Katja in die Richtung schaute, sah sie den Jungen aus dem Schatten treten. Er kam näher, und sie konnte sehen, dass seine Augen feucht waren.

»Tut mir leid, dass es so lange gedauert hat.« Sie strich mit einer Hand liebevoll über sein Gesicht. Dann hob sie ihren Jutesack und verkündete fröhlich: »Ich habe Kartoffeln entdeckt!«

Fjodors Lippen verzogen sich zu einem schwachen Lächeln.

»Was denn, hast du etwa keinen Hunger?«, scherzte Katja.

Fjodors Lächeln wurde breiter, und er nickte.

»Dann lauf schnell zum Fluss und hol uns Wasser.« Katja fuhr dem Jungen durchs Haar.

Fjodor hob den Eimer auf und eilte aus der Scheune.

Katja wandte sich der Gestalt zu, die ausgestreckt auf dem Boden lag. Es grenzte an ein Wunder, dass der Soldat so lange überlebt hatte. Bei dem Schuss in den Arm hatte die Kugel nur um Haaresbreite eine Arterie verfehlt.

Katja kauerte sich neben den Mann. Kaum zu glauben, dass dieser eingefallene Körper zu einem lebenden Menschen gehörte. Sie hatte öfters daran gedacht, den Verwundeten zurückzulassen, denn ohne ihn wären sie und der Junge viel schneller vorangekommen. Der Zugochse, der im Sperrfeuer der Deutschen sein Leben eingebüßt hatte, war mit den meisten ihrer Habseligkeiten am Straßenrand zurückgeblieben. Sie hatten den Wagen mitsamt dem Soldaten kilometerweit gezogen, bis sie die verlassene Scheune entdeckten und weder Fjodor noch sie selbst die Kraft hatten, den schweren Karren noch weiter zu ziehen. Und selbst wenn sie es gekonnt hätten – der Soldat hätte die Fahrt nicht überstanden. Die Scheune bot ihnen für ein paar Tage Schutz und einen Ort zum Ausruhen.

Katja betrachtete das Gesicht des Soldaten. Seine Augen glühten vor Fieber und blickten unverwandt nach oben. Sein Atem ging mühsam und in rasselnden Stößen.

»Wie geht es Ihnen heute Morgen?« Katja bereute die Frage, kaum dass sie die Worte ausgesprochen hatte. Behutsam strich sie das Haar des Verwundeten zurück. »Ich habe Kartoffeln und kann uns eine Suppe machen.«

Der Soldat verriet mit keinem Anzeichen, dass er sie verstanden hatte. Vorsichtig nahm Katja die kalten, knochigen Finger des Mannes in die Hand. »Ich weiß nicht, wie ich Ihnen helfen kann«, sagte sie. Ihre Kehle war wie zugeschnürt.

Der geschundene Mann, in dem kaum noch Leben zu sein schien, atmete keuchend, in unregelmäßigen Abständen, während seine fiebrigen Augen Katja verwirrt anblickten. Sie machte auf seiner Stirn das Kreuzzeichen und sah durch ihre eigenen Tränen hindurch, wie die Augen des Soldaten feucht wurden.

»Geh«, flüsterte sie. »Flüchte dich in die Arme unseres Herrn Jesus Christus.« Tränen liefen über ihr Gesicht. Sie wischte sie mit dem Handrücken weg. »Geh und beende dein Leiden. Du wirst mit deiner Marie wiedervereint sein, wenn sie im nächsten Leben zu dir kommt.«

Der Soldat wandte leicht den Kopf und sah sie direkt an. Seine Augen waren erfüllt von Dankbarkeit. »Marie.«

Katja zögerte einen Moment, bevor sie sich vorbeugte. »Ich bin hier. Ich bin hier bei dir.«

»Mascha … Du bist gekommen.«

Katja lächelte ihn tröstend an. »Ja, ich bin gekommen, und ich werde dich nie mehr verlassen.«

»Es tut mir leid.« Er rang mühsam um Atem.

»Dir muss nichts leidtun.« Überwältigt von Kummer und einem bedrückenden Gefühl der Hilflosigkeit vergrub Katja ihr Gesicht in den Händen. Als sie wieder aufblickte, spielte ein schwaches Lächeln um den verfilzten Schnurrbart des Soldaten. Er holte tief Luft. Als er wieder ausatmete, wurde sein Blick leblos.

Katja spürte eine Hand auf ihrer Schulter, wandte den Kopf und sah Fjodor.

»Er ist von uns gegangen«, sagte sie einfach. »Er muss nicht mehr leiden.«

Sie wickelte den Leichnam des Soldaten in ein Leintuch, das sie für den Fall seines Todes aus der Hütte ihrer Großmutter mitgenommen hatte, und trug ihn zusammen mit Fjodor hinaus. Mit den bloßen Händen und ein paar kräftigen Ästen wühlten sie den Boden auf, gruben ein flaches Grab, in das sie den geschundenen Körper betteten, und bedeckten es mit Erde und Steinen. An das Kopfende des Grabes pflanzte Fjodor ein Kreuz, das er aus abgebrochenen Zweigen gefertigt hatte. Katja, von der Anstrengung schweißgebadet, sprach ein Gebet, doch sie verhaspelte sich und schloss mit ein paar eigenen Worten.

»Lieber Gott, hier ruht ein Soldat, der weit entfernt von seiner Familie und seiner Heimat bestattet wurde. Wir vertrauen ihn deiner Obhut an.«

Einen Moment lang standen sie beide da und betrachteten das Grab.

»Er hat gelächelt.«

Es dauerte einen Moment, ehe Katja bewusst wurde, dass der Junge gesprochen hatte.

Fjodor hatte zum ersten Mal gesprochen!

Sie drehte sich zu ihm um und blickte ihn ungläubig an.

»Der Soldat«, sagte Fjodor. »Er hat gelächelt, als ich in die Scheune kam.«

Beim Klang seiner Stimme zerbrach die Mauer, die Katja zum eigenen Schutz in ihrem Inneren errichtet hatte, und sie drückte den Jungen fest an sich. Schließlich löste sie sich wieder von ihm und sagte: »Das verstehe ich nicht. Wie kommt es, dass du sprechen kannst?«

Er zuckte die Achseln, senkte den Blick.

»Was ist passiert, Fjodor? Wann hast du aufgehört zu sprechen?«

Er blickte scheu auf. In seinen Augen standen Tränen. »Als die Deutschen angriffen, habe ich meine Mutter an der Hand gehalten, das weiß ich noch. Sie hat geschrien, ich soll mich gut festhalten. Ich ... ich hatte schreckliche Angst ... Da war ganz viel Rauch, und die Leute rannten überall herum. Ich bin hingefallen und hab losgelassen. Ich hab gehört, wie meine Mutter meinen Namen rief, konnte sie aber nicht sehen ...« Jetzt liefen ihm Tränen übers Gesicht. Er wischte sie mit dem Ärmel weg. »Ich habe geschrien und geschrien, bis ich keine Stimme mehr hatte.«

»Ach, Fedja.« Katja drückte ihn an sich. »Kannst du dich noch erinnern, wie ich dich gefunden habe?« Sie rieb seine Schultern. »Du hast so verängstigt ausgesehen, dass es mir beinahe das Herz gebrochen hätte.«

»Ich dachte, sie kommt zurück.«

»Deine Mutter?«

Fjodor nickte. »Ich dachte, sie kommt mich holen.«

»Hat sich denn niemand um dich gekümmert?«

Der Junge schüttelte den Kopf. »Du warst die Erste.« Wieder flossen Tränen. »Ich wollte dir sagen, dass ich eine Mutter habe ... eine Familie ... dass ich verloren gegangen bin. Aber ich hab kein Wort rausgebracht.«

»Warum bist du mit mir gegangen?«

»Deine Augen haben mich an Mutter erinnert. Bei dir hab ich mich sicher gefühlt.«

Sanft berührte Katja sein Gesicht. »Wir sind beide Waisen, du und ich. Aber solange wir einander haben, werden wir nie alleine sein.«

21.

Karpaten, österreichische Front

Mai 1915

Mit dem Schwinden des Tageslichts kam der Befehl, einen neuen Angriff zu führen. Deutsche Maschinengewehre rissen im Licht von Scheinwerfern die angreifenden Einheiten in Stücke und übersäten die Felder mit Toten. Bei Tagesanbruch, als die Sonne wie ein Feuerball am Himmel stand, suchten Sanitäter nach Überlebenden und eilten mit ihren Tragen zwischen den niedergemähten Leibern umher.

Alexei, der es noch nicht schaffte, längere Zeit zu stehen, beobachtete, wie die Verwundeten ins Feldlazarett gebracht wurden. Grigori arbeitete unermüdlich Seite an Seite mit den Krankenschwestern, indem er mit geschickten Griffen Wunden mit Jod reinigte und sie verband. Seine Lippen, vom Aufbeißen der Jodflaschen braun gefleckt, spannten sich über seinen Zähnen, und immer wieder wischte er sich über die Stirn.

Die Männer lagen regungslos im Gras, zu schwach, um die Fliegen zu verscheuchen, die über ihren Wunden schwirrten. Ein Priester in schwarzer Soutane schritt mit einem Weihrauchgefäß durch die Reihen und spendete die Kommunion.

Diejenigen, die mit leichteren Verletzungen davongekommen waren, scharten sich in dichten Gruppen zusammen und beobachteten das Geschehen mit teilnahmslosen Blicken, die verrieten, wie ausgebrannt sie seelisch und körperlich waren. Ärzte eilten zwischen den Verwundeten umher und erteilten den Krankenschwestern, die ihnen folgten, genaue Anweisungen. Die Männer, die sie retten konnten, wurden sofort operiert; diejenigen, für die es zu spät war, überließen sie dem Priester.

Alexei beobachtete, wie ein Verwundeter im Fieberwahn in einer Krankenschwester seine Liebste zu erkennen glaubte und sich an ihren Rock klammerte. »Anuschka, erkennst du deinen Schura denn nicht?«

»Aber natürlich erkenne ich dich.« Die Schwester befreite sich sanft von seinem Griff. »Du musst dich jetzt ausruhen. Ich bin gleich wieder da.«

»Lass mich nicht allein, Anuschka!«

»Ich komme wieder, Schura.« Sie drückte seine Hand. »Ich verspreche es.«

Der Soldat beruhigte sich und ließ sich zurück auf den Boden sinken.

Eine der Krankenschwestern sprach Alexei an. Unbeholfen drehte er sich zu ihr um.

»Ich habe Ihnen eine schöne Tasse Tee gebracht«, sagte die Schwester und stellte den dampfenden Becher ab. »In einer Stunde gibt es Mittagessen.«

Alexei dankte ihr mit einem knappen Nicken und versuchte zu lächeln, doch mit dem Verband um sein Gesicht war es kaum möglich. Er hob den Becher an die Lippen, nahm einen Schluck und fühlte sich von dem starken Gebräu gleich besser. Als er den Blick wieder zu dem Soldaten wandte, sah er, dass der Mann aus gebrochenen Augen zum Himmel blickte. Er hatte seinen letzten Atemzug getan, bevor die Krankenschwester zurückkommen konnte.

Auch der alte Soldat aus dem Ural war da und bewegte sich vorsichtig mit einem Eimer Trinkwasser durch die Reihen der Verwundeten. Indem er behutsam den Kopf eines jedes Mannes anhob, wie ein Vater es bei seinem Sohn tun würde, hielt er Wasser an die ausgetrockneten Lippen. Als er den toten Schura erreichte, stellte er den Eimer ab und beugte sich über den leblosen Körper, um die Lider zu schließen und die Arme über der Brust zu verschränken. Nachdem er sich bekreuzigt hatte, hob er den Eimer wieder auf und machte weiter.

»Das also ist von unserer Armee geblieben.«

Alexei drehte sich zur Seite. Der junge Stabshauptmann stand neben ihm und rauchte eine Zigarette, das hübsche Gesicht verdüstert. Mit starrem, finsterem Blick fixierte er die Verwundeten. »Unsere Armee ist der Wucht der deutschen Angriffe nicht gewachsen.« Er machte einen tiefen Zug von seiner Zigarette und ließ den Rauch mit einem scharfen Ausatmen entweichen.

Alexei nickte nur. Seine Unfähigkeit, mit anderen zu reden, war ihm peinlich und verstärkte sein Gefühl der Hilflosigkeit.

Der Stabshauptmann trat seine Zigarette aus und zündete sich sofort die nächste an. Eine Zeit lang schwieg er gedankenverloren. Alexei hatte sich im Lauf der Wochen an die Besuche des Offiziers gewöhnt und empfand es als angenehm, wenn der junge Mann gelegentlich in nachdenkliches Schweigen verfiel.

»Die Deutschen durchbrechen unsere Linien auf großen Abschnitten der Front«, fuhr der junge Hauptmann schließlich fort. »Wir haben keine guten Soldaten.« Er zeigte mit einer weit ausholenden Handbewegung auf die Männer. »Die meisten von ihnen sind Bauern. Sie haben keine Manieren, keinen Edelmut und sind stur wie Maulesel. Es ist fast unmöglich, sie dazu zu bringen, Befehle zu befolgen.« Wieder machte er einen tiefen Zug. »Russland war von Anfang an verloren.«

Er trat näher und fuhr mit gesenkter Stimme fort: »Ich habe das Gefühl, die Armee wird vom Oberkommando im Stich gelassen. Die Nachschubknappheit hat ein kritisches

Stadium erreicht. Jeden Tag kommen neue Befehle, Männer zum Angriff zu schicken. Und jeden Tag werden unsere Angriffe abgewehrt, und unsere Männer enden hier.« Wieder zeigte er auf die Reihen der Toten und Verwundeten.

Alexeis Blick schweifte über das Gelände, dann in die Ferne bis zu den Rauchwölkchen, die über dem Schlachtfeld hingen. Wieder nickte er zustimmend und ertappte sich – nicht zum ersten Mal – dabei, die überalterten Methoden der russischen Armee infrage zu stellen.

Der Stabshauptmann blickte auf seine Uhr. »Es wird spät, und ich habe bereits genug von Ihrer Zeit in Anspruch genommen.« Er salutierte und zögerte kurz. »Danke, Exzellenz, dass Sie mir zuhören. Es ist eine Erleichterung, meine Gedanken vor einem Kommandeur auszusprechen.«

Alexei wandte den Kopf und sah dem Stabhauptmann nach. Dessen Worte gingen ihm noch lange durch den Kopf.

*

Die Stimmung beim Abendessen war gedämpft. Der Angriff war unglücklich verlaufen, und die Russen waren gezwungen gewesen, mehrere Schützengräben aufzugeben. Nicht einmal die einheimischen Mädchen, die man zur Unterhaltung der Offiziere hatte kommen lassen, konnten sie aufheitern.

»Wenn Warschau fällt, kann nichts mehr den Vormarsch der Deutschen nach Petrograd und Moskau aufhalten«, verkündete ein General. »Ich habe meine Frau und die Kinder schon zu meinen Eltern in den Ural geschickt.«

Auch Alexei hatte Emily telegrafiert und sie gedrängt, auf ihren Landsitz in Uglitsch am Oberlauf der Wolga zu übersiedeln.

»Lassen wir nicht den Mut sinken, meine Herren.« Ein junger Major erhob sich, klatschte laut in die Hände und sprach dann das Mädchen an, das neben ihm saß. »Hol uns ein paar Flaschen Wodka und genug Gläser für alle.« Als die junge Frau sich zum Gehen wandte, gab ihr der Offizier einen Klaps auf den Hintern. »Beeilung«, befahl er. »Wir müssen unseren tapferen Offizieren, die morgen mit dem Lazarettzug fahren, einen gebührenden Abschied mit auf den Weg geben.«

Die junge Frau eilte davon und kehrte kurz darauf mit mehreren Flaschen Apfelwodka zurück.

»Zum Wohl!« Die Männer hoben ihre Gläser und kippten ihre Drinks. Die Frauen, deren Wangen vom Alkohol gerötet waren, kreischten und klatschten. Alexei wand sich innerlich, als der scharfe Alkohol in seiner wunden Kehle brannte. Doch es galt als unhöflich, an Wodka nur zu nippen.

Alexei zeigte auf seinen Hals und winkte ab, als das nächste Glas serviert wurde, aber die Männer verlangten: »Stoßen Sie mit uns an, Generalmajor! Der Wodka wird Ihre Gesundheit schnell wieder herstellen.«

Alle Augen ruhten auf Alexei, alle warteten, ob er den Schnaps nehmen würde. Da er nicht das Gesicht verlieren wollte, hob Alexei das Glas an die Lippen und leerte es auf einen Zug. Seine Kehle brannte, als würde sie in Flammen stehen.

»Wünschen Exzellenz sich zurückzuziehen?«, flüsterte Grigori ihm ins Ohr.

Alexei nickte.

»Ich fürchte, der Generalmajor braucht Ruhe«, verkündete Grigori. »Wir haben morgen eine lange Reise vor uns.«

Rund um den Tisch erhoben sich die Offiziere. Der Stabshauptmann salutierte vor Alexei. »Wir wünschen Ihnen eine sichere Heimkehr und rasche Genesung.« Er ließ die Hand sinken und fügte hinzu: »Es war eine Ehre und ein Privileg, an Ihrer Seite zu dienen.«

Alexei war bewegt von diesen Worten. Er bedeutete Grigori, ihm aufzuhelfen, richtete sich zu seiner vollen Größe auf und salutierte.

*

An jenem Abend kam der Arzt bei seiner Visite noch einmal zu Alexei, um nach ihm zu sehen.

»Die Wunden verheilen gut«, erklärte er und leuchtete mit einer Taschenlampe in Alexeis Augen. »Ich habe gehört, die Zarin hat die Gebäude von Fjodorowski Gorodok als Krankenhäuser zur Verfügung gestellt.« Er knipste die Taschenlampe aus. »Der Aufenthalt dort dürfte wesentlich angenehmer sein als alles, was wir Ihnen hier bieten können.«

Als der Arzt zum nächsten Patienten ging, wandten sich Alexeis Gedanken Petrograd zu. Sosehr es ihn enttäuschte, seine Männer zurückzulassen – er sehnte sich nach dieser Stadt, weil er hoffte, dort Marie wiederzusehen. Sie hatte nicht auf den Brief geantwortet, den er ihr geschrieben hatte, kurz bevor er an die Front ging, aber seine Gedanken verweilten oft bei ihr. Er sah sie überall: in den freundlichen Blicken der Krankenschwestern und den lächelnden Augen der einheimischen Mädchen. Nach Petrograd zurückzukehren verhieß die Chance, ihr wieder zu begegnen.

Alexei schlief ein, und zum ersten Mal, seit er wieder an der Front war, war sein Schlaf ungetrübt von der Verzweiflung, die sonst seine Seele beherrschte und schwer auf seinem Herzen lastete.

Ostfront

Juni 1915

Zar Nikolaus saß in seinem privaten Salonwagen am Schreibtisch, blickte nach draußen und betrachtete die Szenerie. Obwohl das Land verwüstet und verbrannt war, sprossen neue Schösslinge aus dem Boden, und zarte grüne Blättchen drängten sich mit einer Hartnäckigkeit, die Nikolaus beeindruckend fand, aus verkohlten Baumstämmen ans Licht. Bei einem Spaziergang früher am Tag hatte er bewusst die Aufmerksamkeit der englischen und französischen Diplomaten, die ihn zur Front begleitet hatten, auf die frischen Sprossen gelenkt.

»Diese Sprossen sind ein Symbol für die Großartigkeit des russischen Kampfgeists«, hatte er verkündet.

»Eure Hoheit haben mit dieser Einschätzung völlig recht«, hatte der Engländer entgegnet und vorsichtig hinzugefügt: »Leider hat die russische Armee trotz ihrer Größe mehr Rückschläge als Siege zu verzeichnen.«

»Seit Kriegsbeginn ist unsere zweite Truppenlinie größer, und unsere Armeeverbände sind insgesamt wesentlich stärker geworden«, gab Nikolaus zurück. Er beschleunigte seine Schritte und zwang die Diplomaten, mit ihm Schritt zu halten. »Unsere Soldaten sind abgehärtet und körperlich wie moralisch gerüstet. Die Bedrängnis des Landes hat die Stärke und den Einfallsreichtum der Russen zum Vorschein gebracht. Unsere Fabriken produzieren in vorbildlicher Weise Waffen und Munition.« Abrupt blieb er stehen und wandte sich zu dem Engländer um. »Der Krieg, mein Lieber, hat nicht nur die Entschlossenheit unseres Volkes gestärkt, sondern auch die Schlagkraft unserer Truppen.«

Die Diplomaten wechselten einen Blick, lächelten jedoch höflich und schwiegen. Verstimmt setzte Nikolaus seinen Weg fort. Er hatte sein Bestes getan. Die *Duma* war unfähig, der

Inflation und dem Schwarzmarkt Einhalt zu gebieten. Die Knappheit an Brot und Butter hatte zum Vorwurf der Spekulation geführt. Die russischen Fabriken kamen mit der Lieferung von Munition nicht nach; um die Bestände aufzustocken, hatte das Kriegsministerium große Aufträge an neutrale und verbündete Länder vergeben. Nur dauerte es zu lange, bis der Nachschub eintraf.

Nikolaus beschloss, an seine Frau zu schreiben. Ihre fortwährende Unterstützung und ihre Ratschläge waren der einzige Lichtblick, der seine Stimmung heben konnte. Russland konnte sich glücklich preisen, eine so warmherzige, gütige und hingebungsvolle Herrscherin wie sie zu haben, dachte er. Das Gerede über sie und ihren guten Freund Rasputin, der sich angeblich in die Angelegenheiten des Staates einmischte, machte Nikolaus rasend.

Mein teures Herz!

Genau eine Woche ist vergangen, seit ich aufgebrochen bin. Es tut mir sehr leid, dass ich Dir seither nicht geschrieben habe. Nur bin ich hier leider genauso beschäftigt wie zu Hause, muss endlosen Sitzungen beiwohnen und weitschweifige Berichte lesen.
Die Stimmung unter den Generälen ist von Niedergeschlagenheit und Mutlosigkeit geprägt. Das Gerede von einem Rückzug hat natürlich die Stimmung gedämpft und die Moral beeinträchtigt. Solches Gerede im Verein mit den deutschen Angriffen und unseren furchtbaren Verlusten hat für viel Unruhe gesorgt. Unsere Truppen haben Przemysl evakuiert, die Festung, die wir erst vor zwei Monaten voller Stolz erobert haben. Wie schnell sich das Kriegsglück doch wendet!
Zwei Diplomaten haben mich heute bei meinem Spaziergang begleitet. Ich war verärgert über eine ihrer Bemerkun-

gen, was den Kampfgeist des russischen Volkes angeht. Als ich heute Morgen unsere Truppen besichtigt habe, um sie vor der Schlacht zu segnen, war ich beeindruckt von ihrer Entschlossenheit. Die Schwierigkeit liegt wie immer in einem Mangel an Munition, aber dieses Problem wird, wie ich den Diplomaten in Erinnerung gerufen habe, durch erhöhte Leistungen unserer Fabriken in Angriff genommen. Mut machen mir die Berichte, dass unseren deutschen Kriegsgefangenen zufolge die Deutschen mit denselben Problemen zu kämpfen haben wie wir.

Ich umarme Dich und unsere Kinder zärtlich.
Nicky

PS: Ich bin immer noch unschlüssig, was meinen Onkel angeht.

22.

Galizien, Polen

Juni 1915

Nikolai versank fast bis zu den Knien im tiefen Schlamm, den die schweren Regenfälle verursacht hatten. Als er aus dem Urlaub zurückgekehrt war, hatte er feststellen müssen, dass sich die russische Front südlich von Vistula auf ganzer Linie im Rückzug befand.

Nikolai und Iwanow hatten Befehl, zu ihren Regimentern zurückzukehren, die in Lemberg stationiert waren. In entgegengesetzter Richtung marschierten neue Rekruten mit patriotischen Liedern auf den Lippen zur Front. Diese Neuen sollten den Vormarsch der österreichischen und deutschen Truppen verlangsamen. Die Menge ließ sie widerwillig passieren.

»Arme Teufel«, sagte ein Soldat, der neben Nikolai stand. »Gegen die Deutschen haben sie nicht den Hauch einer Chance. Die Armee hat kaum noch genug Munition für die nächsten paar Tage.« Er schüttelte den Kopf. »Dreißig Männer sind letztes Jahr eingezogen worden.« Er tippte sich mit einem Finger an die Brust. »Und ich bin als Einziger übrig geblieben.«

Sowie die Rekruten passiert hatten, beanspruchten wieder Soldaten und Zivilisten die Straße. Nikolai sah sich nach Iwanow um und stellte fest, dass er gerade einer Familie behilflich war, deren Wagen im Schlamm feststeckte. Sein Haar klebte ihm schweißnass am Kopf, seine Haut war vor Anstrengung gerötet. Vorn am Wagen hielt eine Frau die Zügel des Pferdes.

»Tso!« Sie ließ die Gerte auf den Pferderücken schnalzen. *»Tso!«* Die Muskeln des Tieres spannten sich, aber es war zu erschöpft, um den Wagen in Bewegung zu bringen.

Nikolai ließ seinen Tornister fallen und eilte ihnen zu Hilfe. Eine Schulter gegen den Wagen gestemmt, schob er an. Seine Stiefel glitten im Matsch aus, und beinahe hätte er das Gleichgewicht verloren, aber gemeinsam gelang es Iwanow und ihm, den Wagen wieder auf die Straße zu hieven.

»Danke.« Die Frau drückte Iwanow einen halben Laib altbackenes Brot in die Hand.

Iwanow schüttelte den Kopf. »Nein«, sagte er und zeigte auf die anderen, die im Wagen saßen. »Heben Sie das lieber für Ihre Kinder auf.«

Nikolai, der den Vorfall beobachtete, wurde sich eines nagenden Ziehens im Magen bewusst. Seit einer Woche ernährten sie sich nur noch von dem trockenen Zwieback, den die Armee ausgab.

»Warum hast du das getan?«, fragte Nikolai nach einiger Zeit. Regen lief ihm übers Gesicht und durchnässte seine Kleidung.

»Was?«

»Wir haben seit Tagen nichts als harten Zwieback in den Magen bekommen. Warum hast du das Brot abgelehnt?«

Zuerst glaubte Nikolai, Iwanow würde nicht antworten, dann aber sagte er: »Haben Sie die Augen dieser Kinder gesehen? Sie waren hungrig, und das Brot ist wahrscheinlich für sie alle eine volle Tagesration. Ich habe an meine Frau und meine Kinder gedacht, die ohne mich zurechtkommen müssen, und dass irgendjemand ihnen gegenüber hoffentlich auch ein bisschen großzügig ist.«

Der Regen ließ allmählich nach. Als Nikolai den Blick hob, sah er, dass die schweren Wolken sich aufgelockert hatten. Sonnenstrahlen fielen durch die Lücken. Nikolai und die anderen marschierten jetzt fast ununterbrochen seit dreißig Stunden, und die Wärme war nach dem nächtlichen Marsch im Regen die reinste Wohltat.

»Schon besser. Wir …« Nikolai verstummte, als er ein Geräusch hörte, das nach dem Brummen eines Motors klang. Auch Iwanow hatte es gehört. Beide suchten den Himmel nach der Quelle des Geräuschs ab. Augenblicke später brach ein Doppeldecker aus einer dicken Wolke hervor und feuerte auf die Straße.

Die Menschen rannten in alle Richtungen, um Schutz zu suchen. Iwanow drängte Nikolai zu den Birken, von denen die Straße gesäumt wurde.

»Lauf!«, brüllte Iwanow und versetzte Nikolai einen Stoß. »Komm schnell! Lauf!«

Nikolai stolperte in den Wald. Das Adrenalin, das durch seine Adern schoss, ließ ihn jede Müdigkeit vergessen. Er rannte, so schnell er konnte. Im Laufen warf er einen gehetzten Blick zurück. Tote, wohin das Auge reichte. Tote und zerschmetterte Fahrzeuge.

Erst als sie das Dröhnen der Flugzeugmotoren und die Schreie der Verwundeten nicht mehr hören konnten, blieben Iwanow und Nikolai stehen.

Nikolai sank auf die Knie. »Ich … kann … nicht … mehr«, keuchte er.

Auch Iwanow atmete schwer. Er warf seinen Tornister ab und hockte sich darauf. »Wir können uns nur kurz ausruhen, dann müssen wir weiter. Auf die Straße können wir nicht zurück, das ist zu gefährlich.«

Nikolai ließ den Blick durch den Wald schweifen. »In welche Richtung sollen wir gehen?«

Iwanow griff nach seinem Kompass und klappte den Deckel auf. »Da ist Osten.« Er zeigte mit dem Finger in die Richtung. »Auf diesem Weg kommen wir zur russischen Grenze.«

Nikolais Adrenalinspiegel sank allmählich, und überwältigende Müdigkeit befiel ihn. »Ich könnte auf der Stelle einschlafen.«

»Hier können wir nicht bleiben, sonst … Moment mal!« Iwanow stand regungslos da, legte den Kopf zur Seite und lauschte. »In der Nähe ist ein Fluss.«

»Ich kann nichts hören.«

Iwanow hob Nikolais Gewehr auf und warf es ihm zu. »Sie sind zu behütet aufgewachsen«, sagte er ohne jede Bosheit. »Sie mussten noch nie im Wald überleben.«

»Wie kannst du so etwas zu einem ranghöheren Offizier sagen?«, gab Nikolai zurück. »Ich habe oft an Jagdgesellschaften teilgenommen.«

»Jagdgesellschaften?« Iwanow lachte. »Wie gesagt«, er hievte sich den Tornister auf die Schultern, »Sie sind behütet aufgewachsen.«

Der Kosake marschierte in Richtung Osten los. Nikolai folgte ihm auf unsicheren Beinen und ohne darauf zu achten, wo er hintrat. Über ihnen schimmerten Tausende von Sternen.

Sie gingen, bis sie zum Fluss gelangten. Nikolai sank auf die Knie und trank in gierigen Schlucken. Iwanow stapfte am Ufer entlang und suchte nach einer Stelle, an der sie den Fluss überqueren konnten. Schließlich kam er zu Nikolai zurück und verkündete: »Wir könnten uns einen der umgestürzten Baumstämme schnappen und uns von der Strömung flussabwärts ans andere Ufer treiben lassen.«

»Bist du verrückt? Wir würden ertrinken. Und meine Sachen fangen gerade erst an zu trocknen.« Nikolai lehnte sich an einen Baumstamm und stützte die Ellbogen auf die Knie. »Wir sind ununterbrochen marschiert. Du kannst durch den Fluss waten, wenn du willst, ich bleibe hier.«

Iwanow schaute aufs Wasser, einen Moment lang wie gebannt vom Spiegelbild des Mondes. Er wollte unbedingt so viel Distanz wie möglich zwischen sich und beide Armeen bringen. Sobald sie die russische Grenze überquert hatten, würde er desertieren und sich bis zu seiner Familie durchschlagen. Er hatte allerdings nicht die Absicht, Nikolai etwas von seinen Plänen zu verraten; wenn die Zeit reif war, wollte er sich bei Nacht und Nebel klammheimlich davonmachen.

»Ich schiebe die erste Wache«, sagte er und warf seinen Tornister auf den Boden. »In zwei Stunden wecke ich Sie.«

Auf die Fersen gekauert beobachtete er, wie Nikolai Laub sammelte und sich ein Nachtlager daraus bereitete. Er schlief fast augenblicklich ein und schnarchte leise.

Iwanow lehnte sich an den Stamm einer Birke, das Gewehr quer über seinen Schoß gelegt, und blickte auf den Fluss. Das Plätschern des Wassers an den Uferstreifen war einschmeichelnd wie ein Wiegenlied, und bald wurden auch ihm die Lider schwer. Tapfer kämpfte er gegen die Müdigkeit an, aber irgendwann überwältigte sie ihn. Sein Kopf sank ihm auf die Brust.

Erst wenige Minuten schienen verstrichen zu sein, als er von einem Geräusch geweckt wurde. Er fuhr hoch, riss die Augen auf. Was hatte er da gerade gehört?

Iwanow verhielt sich mucksmäuschenstill, lauschte auf die Geräusche des Waldes.

»Leutnant«, flüsterte er.

Nikolai stöhnte, wachte aber nicht auf.

Wieder horchte Iwanow in die Nacht. Da war es wieder, das Geräusch von Zweigen, die unter schweren Schritten knackten.

Iwanow gefror das Blut in den Adern. Das Geräusch kam von der anderen Seite des Baumes, an dem er lehnte …

Er versuchte auf die Beine zu kommen, wurde aber im selben Moment von einem brutalen Hieb im Gesicht getroffen. Schmerzen explodierten hinter seinem rechten Auge.

»Was zum Teufel …« Die Worte blieben ihm in der Kehle stecken. Um ihn herum standen in einem Halbkreis vier deutsche Soldaten und zielten mit ihren Gewehren auf seine Brust.

Iwanow hob widerwillig die Hände.

»Aufstehen!«, befahl einer der Männer auf Deutsch. »Mach schnell!«

Vorsichtig, jede plötzliche Bewegung meidend, stemmte Iwanow sich hoch. Ein paar Meter entfernt weckte einer der Deutschen Nikolai, indem er ihm vors Brustbein trat.

»Durchsucht ihn«, befahl der kommandierende Offizier.

Einer der Soldaten warf sein Gewehr über die Schulter und trat vor, um in Nikolais Stiefeln und Strümpfen nach Messern zu suchen. Nach kurzer Zeit beendete der Soldat die Durchsuchung und reichte die wenigen Gegenstände, die er gefunden hatte, seinem Vorgesetzten. Der bedeutete ihm, sich nun Iwanow vorzunehmen.

Iwanows rechtes Auge war zugeschwollen. »Mistkerle«, zischte er, als der Deutsche ihn von oben bis unten abklopfte.

Der Offizier holte lächelnd einen Tabaksbeutel hervor, setzte sich auf einen umgestürzten Baum, drehte sich eine dünne Zigarette und zündete sie an.

Nikolai fragte ihn mit fester Stimme irgendetwas auf Deutsch.

Der Offizier ließ sich Zeit mit der Antwort, machte einen tiefen Lungenzug und blies den Rauch langsam aus. Sein Gesicht verschwand hinter dünnen Rauchwölkchen. Als er schließlich antwortete, zuckte Nikolai zusammen.

»Was ist?« Iwanow beugte sich zu Nikolai vor. »Was haben Sie ihn gefragt?«

Nikolai zögerte. »Ich habe ihn gefragt, was er mit uns vorhat.«

»Und? Was hat er gesagt?«

»Dass wir uns bald in Gesellschaft unserer Kameraden befinden würden – in einem von Deutschlands besten Kriegsgefangenenlagern.«

Iwanow schaute wieder zum Fluss. Er hatte seine Chance verpasst.

Er wandte sich ab und fluchte.

23.

Petrograd

August 1915

Marie, die auf dem Balkon vor ihrem Zimmer saß, hörte das Klopfen, drehte aber nicht den Kopf zur Tür. Bestimmt war es wieder eine Einladung für einen Ausflug oder eine Abendgesellschaft. Sie würde wie üblich ablehnen und stattdessen eine Extraschicht im Krankenhaus einlegen.

Die Picknickveranstaltungen, Pferderennen, Bälle, Konzerte und Theaterbesuche, die sie vor knapp zwei Jahren noch so aufregend fand, hatten jeden Reiz verloren.

Marie hörte Stimmengemurmel, dann das Schließen der Tür. Sekunden später trat Anna zu ihr auf den Balkon und schwenkte einen Briefumschlag. Sie sah tief beeindruckt aus. »Das war ein Kurier vom Palast mit einem Brief von der Zarin!«, rief sie.

Marie griff neugierig nach dem Umschlag und erbrach das Siegel.

Die Zarin wünscht alle Krankenschwestern, die ehrenamtlich in den Hospitälern arbeiten, im September bei einer Zeremonie mit einer Auszeichnung zu ehren. Anschließend wird zu Ehren der Zarin auf den Feldern bei Zarskoje Selo ein Pferderennen stattfinden.

»Ist der Kurier noch da?« Marie reichte Anna die Einladung.

»Er wartet unten.«

»Ich werde wohl annehmen müssen.« Marie schob ihren Stuhl zurück. »Den Wünschen der Zarin kann ich mich nicht verschließen.« Sie ging ins Zimmer und trat an den Schreibtisch. »Ich werde Darja bitten, mich zu begleiten. Vielleicht jammert sie dann nicht mehr ständig, dass ich nie mit ihr irgendwohin gehe.«

Nachdem sie Anna ihre Antwort mitgegeben hatte, ging Marie zurück auf den Balkon und schaute auf die Straße, auf der reges Leben und Treiben herrschte. Es war ein milder Nachmittag, und sie spielte mit dem Gedanken, einen Spaziergang über die Palastbrücke zu machen, entschied sich dann aber dagegen. Die Stadt barg zu viele Erinnerungen, vor allem an Pjotr und Nikolai, auch wenn Alexei in letzter Zeit ihre Gedanken beherrschte. Einmal hatte sie einen Offizier, der im Sommergarten spazieren ging, irrtümlich für Alexei gehalten, und ihr Herz hatte schneller geschlagen. Umso schmerzlicher war die Enttäuschung, als sie ihren Irrtum erkannte.

Marie dachte immer noch an Alexei, als Anna ein Tablett mit Tee und köstlichen Piroggen mit Marmeladefüllung brachte. Der Kurier vom Palast eilte bereits in Richtung Winterpalast. Als er an zwei elegant gekleideten Damen vorbeikam, die Arm in Arm über die Straße flanierten und sich angeregt unterhielten, tippte er höflich an seinen Hut.

Ein Frau, offensichtlich ein Flüchtling, die mit ihrem Kind auf der Straße bettelte, näherte sich den beiden Damen zögernd und streckte die Hand aus. »Ein Almosen für die Armen«, bat sie. Als die Frauen sie ignorierten, fügte sie hinzu: »Damit mein Kind etwas zu essen hat.«

Ohne ihre Unterhaltung zu unterbrechen, griff eine der Damen in ihre Tasche und ließ ein paar Münzen vor die Füße der Frau fallen.

»Gott segne Sie!«, rief sie den beiden nach. Die Damen blickten nicht zurück.

»Ich habe keinen Hunger.« Marie drückte Anna den Teller mit Piroggen in die Hand. »Nimm das und bring es der Mutter und ihrem Kind.«

Augenblicke später überquerte Anna die Straße und eilte zu den beiden Flüchtlingen, die sich an eine Mauer duckten. Die Frau küsste Anna dankbar die Hand, bevor sie hastig das süße Gebäck einpackte. Ein Stück gab sie ihrem Kind, das es sofort in seinen kleinen Mund stopfte.

»Sie sind aus Polen«, berichtete Anna, als sie zurückkam. »Die russische Armee hat auf dem Rückzug ihr Dorf zerstört, damit nichts Brauchbares für die vorrückenden deutschen Truppen zurückbleibt. Seit damals sind sie unterwegs.«

»Wo ist ihr Mann?«

»Tot«, antwortete Anna ausdruckslos. »Ihre beiden ältesten Söhne kämpfen irgendwo im Südwesten.«

Marie schüttelte traurig den Kopf. »Die Ärmste«, sagte sie. »Wie sollen sie und ihr Kind den Winter überleben?«

*

Das Offizierslazarett in Zarskoje Selo war nicht weit vom Alexanderpalast und nur eine Stunde Bahnfahrt von Petrograd entfernt.

Alexei, der noch immer den Kopfverband trug, setzte sich im Bett auf. Er runzelte die Stirn, während er den letzten Bericht des Heereskommandos las. Entlang der gesamten Front wurden die Russen von den Deutschen zurückgedrängt.

Eine Hitzewelle durchlief seinen Körper bis zur Verletzung im Nacken, die sofort schmerzhaft zu pochen begann. Als er eine Hand auf den Verband legte, wurde der Schmerz stärker, und er schloss die Augen.

Kurz darauf zog der Arzt den Vorhang zurück.

»Guten Morgen, Exzellenz.« Er warf einen Blick auf Alexeis Krankenkarte und untersuchte seine Wunde und die gebrochenen Rippen.

»Erfreulich, wie gut alles verheilt«, bemerkte er, hielt ein Stethoskop an Alexeis Brust, lauschte und runzelte die Stirn. »Allerdings ist immer noch dieses Rasseln in Ihrer Lunge, das mir Sorgen macht.« Der Arzt rief nach einer Krankenschwester, die aufmerksam seinen Anweisungen lauschte, bevor sie davoneilte. Wenige Minuten später kam sie, gefolgt von Grigori, mit einem Formular zurück.

»In Anbetracht der Schwere Ihrer Verletzungen«, sagte der Arzt, »werde ich empfehlen, Sie vom aktiven Dienst zu befreien.« Er unterschrieb das Formular, das die Krankenschwester ihm gegeben hatte, und legte es auf Alexeis Nachttisch.

Als er sich zum Gehen wandte, hielt Alexei ihn am Handgelenk fest. Erstaunt drehte der Arzt sich um und blickte ihn fragend an.

Alexei zeigte auf seine Kehle. »Wie lange?«

Der Arzt setzte sich auf einen Stuhl neben dem Bett und schaute Alexei aus müden Augen an. »Ihre Lunge und die Stimmbänder sind geschädigt worden«, erklärte er. »Ihr Sprechvermögen werden Sie im Laufe der Zeit wiedererlangen. Der Schaden an Ihrer Lunge könnte Ihnen allerdings auf Dauer Probleme machen.«

Alexei sank in die Kissen zurück. Er zeigte auf das Formular, das der Arzt unterschrieben hatte. »Ich bin Soldat«, sagte er heiser.

»Ich weiß, wie hart das für Sie sein muss.« Die Stimme des Arztes klang mitfühlend. »Es tut mir sehr leid.«

Nachdem der Arzt gegangen war, trat Grigori auf ihn zu und hielt ihm eine Einladung vom Palast hin, um ihn abzulenken. Doch Alexei nahm es kaum wahr. Seine Gedanken überschlugen sich. Aus der Armee ausscheiden? Als Invalide? Undenkbar! Er war Berufssoldat. Was konnte er sonst schon tun? Seine Bedeutung, seinen Status, seinen Stolz – das alles würde er verlieren, wenn er als Kommandeur ausschied.

»Exzellenz?«

Alexei blickte zu Grigori auf, der ihn besorgt musterte. »Was soll ich auf die Einladung der Zarin antworten?«

»Wie …?«

»Die Einladung, Eure Exzellenz. Zu der Zeremonie und dem Pferderennen.«

Alexei schüttelte den Kopf. »Ich lasse mich entschuldigen.«

»Es könnte Sie auf andere Gedanken bringen«, redete Grigori ihm zu.

Alexei seufzte. »Na schön, dann gehe ich eben hin. Aber sieh zu, dass ein Wagen bereitsteht, falls ich vorzeitig aufbrechen will.«

24.

Nowo-Georgiewsk, Polen

August 1915

Bogolew ging im Zimmer auf und ab, fast blind vor Tränen des Zorns und der Erbitterung. Die Festung Nowo-Georgiewsk nordwestlich von Warschau war vor Kriegsbeginn verstärkt und modernisiert worden, um die Einnahme der Stadt durch die Deutschen zu verhindern. Seit einigen Wochen belagerte die deutsche Armee nun schon Nowo-Georgiewsk und nahm es unter Beschuss.

Bogolew fuhr sich mit einer Hand durchs Haar. Die Evakuierung der russischen Armee aus Warschau bedeutete für ihn, dass die Festung aufgegeben werden musste. Durch die Belagerung vom Nachschub abgeschnitten, gingen der neunzigtausend Mann starken Garnison rasch die Vorräte und die Munition aus. Aber Großherzog Nikolas, der Oberkommandierende der russischen Armee, hatte befohlen, die Zitadelle um jeden Preis zu halten.

Draußen explodierte in einem nahe gelegenen Gebäude eine deutsche Mörsergranate und ließ Staub und Schmutz auf Bogolew regnen. Bevor er reagieren konnte, gab es eine zweite Explosion, und der Boden wankte unter seinen Füßen. Rauch und Ruß erfüllten den Raum.

Die Tür flog auf, und ein Soldat stürzte herein. »Das Gebäude ist getroffen! Wir müssen raus!«

Bogolew folgte dem Mann in den Korridor und sah, dass

sich auf der schmalen Treppe, die nach draußen führte, bereits eine Menschenmenge staute.

Die Wucht der nächsten Explosion schleuderte ihn nach hinten. Er verlor das Gleichgewicht und stürzte. Zwei Hände packten ihn unter den Achselhöhlen und zerrten ihn hoch.

»Wir müssen hier raus, bevor das Gebäude einstürzt!«

Bogolew wandte sich um, aber der Mann war bereits in der Menschenmasse verschwunden, die zum Ausgang drängte. Vor ihm wurde der Qualm immer dichter und legte sich wie undurchdringlicher Nebel um die Körper, sodass der Eindruck entstand, sie würden sich in grauen Dunst auflösen.

Auf das Treppengeländer gestützt, strebte Bogolew die Stufen hinunter dem Prisma aus Licht entgegen. Sowie er draußen war, fiel er keuchend und hustend auf die Knie, eine Zeit lang blind vom beißenden Rauch. Dann stemmte er sich hoch, mühsam und schwer atmend, und blickte auf die brennende Festung. Überall rannten Männer mit Eimern voller Wasser umher und versuchten, die Brandherde zu löschen.

Mehr konnte nicht getan werden, erkannte Bogolew. Die Festung war verloren. Er musste eine Möglichkeit finden, sein eigenes Leben zu retten.

Bogolew stieß sich von der Wand ab und taumelte auf unsicheren Beinen zu den Ställen. Das Tor war aus den Angeln gerissen; verschreckte Pferde stampften mit den Hufen und wieherten schrill vor Panik. Bogolew folgte einer Gruppe von Männern, die zu den Ställen rannten, um die Tiere zu retten. Er packte das erstbeste Pferd am Zügel und klopfte ihm auf den Hals. »Ich hole dich hier heraus«, sagte er begütigend.

Über ihm leckten orangerote Flammen am Dach. Die Wände knarrten und knirschten und drohten jeden Moment einzustürzen. Als Bogolew am Zügel zog, brach ein Teil des Daches ab und krachte dicht neben ihm und dem Pferd auf den Boden. Das Tier erschrak und bäumte sich auf.

»Ruhig, mein Junge.« Bogolew tätschelte den Kopf des Pferdes.

Beißender Rauch drang in die Ställe. Bogolew blinzelte in die dichten Schwaden, als er den Weg nach draußen suchte. Links von ihm züngelten Flammen um ein Loch, das eine Granate in die Wand gerissen hatte. Er trat gegen die Bretter, um die Lücke zu vergrößern. Das Holz, das fast schon zu Asche zerfiel, gab sofort nach.

»Na komm!« Das Pferd sträubte sich, warf den Kopf hin und her. Bogolew zog fester am Zügel. »Komm endlich!«, brüllte er über das Prasseln des Feuers hinweg. Diesmal gehorchte das Tier und folgte Bogolew durch die Öffnung.

Vor dem Stall übertönte das Krachen der Gewehre alle anderen Geräusche. Die Zügel fest in der Hand, schwang Bogolew sich aufs Pferd und trieb es an.

An den Toren versperrten ihm die Wächter den Weg.

»Wir haben Order, niemanden durchzulassen«, erklärte einer von ihnen.

»Lasst mich passieren«, befahl Bogolew und fügte eine Lüge an: »Ich habe eine dringende Nachricht vom General an den Großherzog.«

Die Wächter wechselten unsichere Blicke.

»Nun macht schon! Die Zeit drängt!«, rief Bogolew über das Rattern der Gewehre hinweg.

Die Wärter gaben nach und öffneten das Tor.

»Da draußen liegen deutsche Scharfschützen auf der Lauer«, warnte einer von ihnen.

Bogolew nickte ihm zu, beugte sich tief über den Hals seines Pferdes und sprengte im Galopp auf den Wald zu, während Kugeln an ihm vorbeipfiffen. Sein Puls raste, als er den Schutz der Bäume erreichte und sein Pferd in Richtung Grenze lenkte.

Alexanderpalast

August 1915

Zar Nikolaus saß auf dem Balkon und ließ den Blick über den Garten schweifen. Auf dem Tisch standen die Reste des Nachmittagstees, den er zusammen mit seiner Frau und ihrem Ratgeber Rasputin eingenommen hatte.

Der Krieg verlief ungünstig für die Russen. Der Fall von Warschau und die Aufgabe der Festung Nowo-Georgiewsk hatten Russlands Moral erschüttert. In den Salons der Reichen ebenso wie in den Hütten der Armen breiteten sich Gerüchte über die Evakuierung der königlichen Familie und die Absicht der Deutschen aus, in Petrograd einzumarschieren. Die wachsende Zahl der Gefallenen, Vermissten und Gefangengenommenen, die militärischen Misserfolge, die Lebensmittelknappheit – dics alles drohte zu Massenunruhen auf den Straßen und in den Fabriken zu führen.

Nikolaus war besorgt und hatte beschlossen, den Rat seiner Frau zu suchen.

»Nicky, Liebling«, sagte Alexandra, nachdem der Zar die Probleme Russlands angesprochen hatte, »es kann kein Zweifel bestehen, dass du dich in einer sehr schwierigen Lage befindest. Aber was die Behauptung angeht, wir würden die Stadt verlassen, solltest du derartigen Gerüchten unverzüglich einen Riegel vorschieben. Ich habe nicht die Absicht, meine Pflichten in den Krankenhäusern aufzugeben.« Sie deutete auf den hochgewachsenen Mann, der neben ihr saß. »Rasputin und ich sind uns vollkommen einig, dass du nur das Beste für dein Land getan hast.«

Nikolaus beugte sich vor und drückte seiner Frau zärtlich die Hand. »Du bist die Einzige, die mich wirklich versteht.«

Alexandra erwiderte seinen Händedruck mit einem innigen Lächeln, das sie aber rasch wieder von ihren Zügen verbannte. »Es gibt gewisse Personen, die dich und Russland immer wieder enttäuschen. Natürlich möchte ich niemanden im Besonderen beschuldigen, aber«, sie hielt inne, entzog ihm sanft ihre Hand und legte sie in den Schoß, »dein Onkel beispielsweise …«

»Ich bin nicht in der Stimmung, über meinen Onkel zu reden. Es gibt jedenfalls niemandem, dem ich zutraue, seinen Platz einzunehmen.«

»Kein Grund zur Aufregung, mein lieber Nicky. Ich bin überzeugt, der Großherzog hat sein Bestes gegeben. Aber es lässt sich nicht leugnen, dass er beim russischen Volk schrecklich unbeliebt ist.«

»Die Leute wissen nicht, wovon sie reden!«

»Das mag sein, aber die Menschen leiden. Sie suchen jemandem, dem sie die Schuld geben können.«

»Mein Onkel ist kein Opferlamm.«

»Niemand würde etwas Derartiges andeuten. Ich wollte lediglich vorschlagen …« Wieder wandte sie sich zu Rasputin um, der ermutigend nickte. »Ich denke, jeder potenzielle Aufruhr könnte verhindert werden, wenn du deinen Onkel als Oberkommandierenden ablösen lässt.«

Nikolaus schaute von seiner Frau zu Rasputin. »Schlägst du im Ernst vor, ich soll meinen Onkel ersetzen? Es wäre ein Verrat an unserer Beziehung, an das Vertrauen, das ich in ihn als militärischen Führer gesetzt habe.«

Seine Frau nickte ernst. »Mir ist klar, wie schlimm es für dich sein muss, dir so etwas anzuhören, aber wir sind der ehrlichen Überzeugung, dass es nur zum Wohl unseres Landes wäre.« Sie nahm einen Schluck Tee und schenkte ihm ein honigsüßes Lächeln. »Aber die Entscheidung liegt natürlich ganz bei dir.«

25.

Galizien, Polen

Juli 1915

Die endlose Reihe russischer Kriegsgefangener bewegte sich quälend langsam die Straße entlang. Nikolai und Iwanow gingen Seite an Seite in der Mitte des Elendszuges. Als Nikolai den Kopf hob, sah er die Prozession von Männern, die sich erstreckte, so weit das Auge reichte.

Sie erreichten ein freies Feld und wurden angewiesen, sich ins Gras zu setzen. Die Männer scharten sich eng zusammen und erzählten einander mit gesenkten Stimmen von den Umständen ihrer Gefangennahme, während sie darauf warteten, dass ihre Namen und Personalien auf einzelnen Karten vermerkt wurden.

»Leutnant Kulbas, Drittes Husarenregiment«, sagte Nikolai, als er an der Reihe war.

»Nächste Angehörige?«

Nikolai nannte seine Eltern.

»Wo waren Sie stationiert?«

»Ich habe hinter den Linien gedient, in der Nähe von Warschau.«

Der Schreiber blickte auf. »Warum?«

»Ich war Übersetzer.«

»Sind Sie ein Spion?«

Nikolai schüttelte den Kopf. »Nein.«

Der Schreiber musterte ihn und teilte ihm dann mit, als

hätte er sich davon überzeugt, dass Nikolai die Wahrheit sagte: »Sie werden ins Offizierslager verlegt, Leutnant. Dort bekommen Sie eine bessere Unterkunft.« Er hob einen Stempel und wollte ihn gerade auf Nikolais Karte drücken, als Nikolai ihn unterbrach.

»Ich habe einen Freund. Er war genau vor mir dran. Werden wir zusammen untergebracht?«

Der Schreiber legte den Stempel hin und hob die vorherige Karte auf. »Ihr Freund ist kein Offizier«, stellte er fest.

Während der letzten neun Monate waren sich Nikolai und Iwanow menschlich nähergekommen. Nikolai bewunderte die Charakterstärke des Älteren. Obwohl sie aus völlig verschiedenen Welten kamen, ertappte Nikolai sich dabei, Iwanows Gesellschaft und seinen Rat denen der meisten Offiziere, die sein Quartier teilten, vorzuziehen.

»Es wäre mir lieber, nicht von Korporal Iwanow getrennt zu werden«, sagte er.

Der Schreiber lachte. »Sie sind nicht in der Position, Forderungen zu stellen.«

»Wenn der Korporal nicht mit mir ins Offizierslager kommen kann«, beharrte Nikolai, »dann gehe ich mit ihm, wo immer er auch hingeschickt wird.«

Der Schreiber lehnte sich überrascht auf seinem Stuhl zurück.

»Im Gegensatz zu Ihren Verbündeten schickt Ihre Regierung keine Lebensmittel für die russischen Kriegsgefangenen«, sagte er offen. »Die Bedingungen im Offizierslager sind wesentlich angenehmer als die, die Sie mit«, wieder warf der Schreiber einen Blick auf Iwanows Karte, »Korporal Iwanow teilen würden.«

Nikolai verzog keine Miene. »Verstehe.«

»Wie Sie wünschen.« Der Schreiber zuckte die Achseln, griff nach einem anderen Stempel und knallte ihn auf Nikolais Karte.

Kriegsgefangenenlager Marienburg, Polen

September 1915

Nikolai beobachtete, wie die ersten Sonnenstrahlen am Horizont erschienen und auf die exakt ausgerichteten Reihen der Hütten fielen. Die belgischen und englischen Soldaten standen an Fenstern und Türen und beobachteten, wie die russischen Gefangenen zum Tor hinausströmten. In den Monaten, die Nikolai jetzt im Lager war, hatte sich herausgestellt, dass die Deutschen die russischen Gefangenen am schlechtesten behandelten.

Jeden Tag bei Sonnenaufgang marschierte Nikolai mit den anderen zu den Randbezirken der Stadt, wo sie nach Eisenerz graben mussten. Die Männer schufteten den ganzen Tag in der prallen Sonne und mussten Häuser, Kirchen und Friedhöfe zerstören, um an die schwere, eisenhaltige Erde zu kommen. Leichen auszugraben war besonders grausig. Bei jeder letzten Ruhestätte, die entweiht wurde, bekreuzigten die Männer sich und murmelten Gebete.

Als sich an diesem Morgen die Tore öffneten und die Gefangenen hindurchströmten, stellte Nikolai zu seiner Bestürzung fest, dass sie wieder einmal den Weg zu einem Friedhof einschlugen.

Neben ihm kratzte sich Iwanow an einer Blase, die sich geöffnet und zu einer Schwiele verhärtet hatte. Seit sie vor zwei Monaten im Lager eingetroffen waren, wurde Iwanow zusehends stiller. Oft schaute er mit entrücktem Blick in die Wälder hinter dem Stacheldrahtzaun.

Am Friedhof angekommen, stellte Nikolai sich neben das Friedhofstor und rieb sich die Arme, um sich warm zu halten, bis sein Name aufgerufen wurde.

»Kulbas!«

Er trat vor.

Nach einem Blick auf seine Liste gab ihm der deutsche Soldat eine Schaufel. »Heute sind die Kindergräber an der Reihe«, sagte er.

Iwanow erbleichte, als Nikolai die Anordnung übersetzte, und murrte leise vor sich hin, als sie zu einer Ecke des Friedhofs geführt wurden. Dort erhielten sie den Befehl, mit dem Graben anzufangen.

»Sie sind wie die Tiere«, spie Iwanow zornig hervor, als er seinen Spaten tief in die trockene Erde stieß. »Schlimm genug, dass man uns zwingt, Gräber von alten Menschen auszuheben, aber von Kindern …« Er schüttelte den Kopf. »Nein, sie sind schlimmer als Tiere.« Er spuckte auf den Boden. »Kein Tier würde so etwas tun.«

Iwanow warf seinen Spaten beiseite und kletterte aus dem Grab.

»Was machst du denn?«, flüsterte Nikolai und spähte nervös zu den Soldaten.

»Ich werde niemals das Grab eines Kindes schänden!«, zischte Iwanow wütend.

»Ihr zwei da, zurück an die Arbeit!«, blaffte jemand.

Nikolai grub weiter und beschwor Iwanow mit Blicken, dasselbe zu tun. Doch Iwanow blieb stehen, wo er war, und starrte die beiden Soldaten, die auf ihn zugerannt kamen, finster an.

»Na los, an die Arbeit!«, brüllte einer von ihnen und zeigte auf die Grube neben der von Nikolai. »Aber flott!«

Iwanow schleuderte seinen Spaten auf den Boden. *»Njet!«*

Die Kiefermuskeln des Soldaten spannten sich. Er hob den Spaten auf und stieß ihn Iwanow vor die Brust.

»An die Arbeit!«, wiederholte er.

Iwanow spuckte auf das kleine Stück Erde zwischen den Stiefeln des Soldaten.

Der Mann starrte auf den feuchten Fleck, hob langsam den Blick und fixierte Iwanow. Der starrte zurück.

Vor Nikolais entsetzten Augen hob der Soldat sein Gewehr und drosch es auf Iwanows rechte Gesichtshälfte.

Iwanows Kopf zuckte zurück, und Blut strömte aus einer langen Platzwunde unter seinem rechten Auge. Jetzt rammte der Soldat den Gewehrlauf in Iwanows Magen. Keuchend ging er zu Boden, eine Hand auf sein Gesicht gepresst. Ein dritter Hieb krachte hart auf Iwanows Rücken.

Schwer atmend von der Anstrengung bückte sich der Soldat, packte Iwanow am Kragen und stieß ihn in die Grube. Den Spaten warf er hinterher.

»So«, sagte er, während er den Schmutz von Händen und Uniform klopfte, »an die Arbeit!«

*

»Ljova«, rief Nikolai mit gesenkter Stimme in die Grube.

Zwei Stunden waren vergangen, und noch immer rührte Iwanow sich nicht. Nikolai traute sich nicht zu ihm, rief aber wiederholt seinen Namen.

»Iwanow«, sagte er ein bisschen lauter, wobei er einen nervösen Blick auf den Soldaten warf, der in der Nähe stand. »Antworte! Bist du verletzt?«

Der Soldat kam herangeschlendert, blieb stehen und schaute auf Iwanow.

»Jetzt hat dein Freund keine so große Klappe mehr, was?«, bemerkte er hämisch. Er langte in seine Tasche und holte seinen Tabaksbeutel heraus. »Weißt du, was euer Problem ist?«

Nikolai antwortete nicht.

Der Soldat drehte sich eine Zigarette zwischen seinen langen Fingern, steckte sie zwischen die Lippen und lächelte Nikolai an, als er sie anzündete.

»Das Problem mit euch Russen ist«, fuhr er fort, während er den Rauch aus der Nase blies, »dass ihr keine Disziplin habt.«

Nikolai machte sich wieder daran, die Erde umzustechen.

»Nimm zum Beispiel eure Armee. Eure Generäle verbringen die Hälfte der Zeit damit, einander in den Haaren zu liegen. Statt zusammenzuhalten, um Schlachten zu gewinnen, streiten und zanken sie und denken nur daran, ihre eigene Haut zu retten.«

Nikolais Rücken wurde steif. Woher wusste der Soldat, was sich unter den russischen Generälen abspielte?

Der Soldat, dem Nikolais Reaktion nicht entgangen war, lachte. »Wir belauschen die Gespräche eurer Generäle schon sehr lange. Wir wissen im Voraus alles über eure Offensiven.« Er beugte sich vor, machte einen tiefen Zug und blies Nikolai den Rauch ins Gesicht. »Deshalb werden die Russen niemals gegen die mächtige deutsche Armee siegen.«

Der Soldat richtete sich auf, schnippte seine Kippe auf den Boden und wandte sich zum Gehen. Vor dem Grab, in dem der bewusstlose Iwanow lag, knöpfte der Mann seinen Hosenschlitz auf und urinierte.

»Sieht so aus, als wäre er von den Schlägen sanft wie ein Lamm geworden.« Er lachte.

Nikolai hielt den Kopf gesenkt und blickte auf die rötliche Glut der Zigarette. Seine Kehle schmerzte, so groß war das Verlangen, die Kippe aufzuheben. Schließlich schnappte er sich den Stummel und zog gierig daran. Mit jedem Zug überschwemmten ihn Scham und ein Gefühl der Erniedrigung. Das Nikotin stieg ihm augenblicklich zu Kopf, und ihm wurde schwindlig. Er schloss die Augen, ließ das Schwindelgefühl sein Rückgrat hinunterwandern. Als er die Augen wieder aufschlug, sah er, dass der Soldat ihn mit einem grausamen Lächeln auf den Lippen beobachtete.

Am Ende des Tages hievte Nikolai mithilfe zweier anderer Kriegsgefangener Iwanow aus dem Grab. Er zog sein Hemd aus, tränkte es in Wasser und tupfte behutsam Iwanows Gesicht ab. Das rechte Auge war zugeschwollen, aber das linke stand offen und starrte ihn an.

»Ljova …« Nikolai forschte im Gesicht seines Freundes nach Zeichen des Wiedererkennens. »Kannst du mich hören?«

Iwanows Lippen teilten sich, aber kein Laut kam heraus.

»Helft mir, ihn ins Lager zurückzutragen«, bat Nikolai die anderen.

Sie packten Iwanow an Armen und Beinen und schleppten ihn auf dem Rückweg mit, wobei sie gelegentlich stehen blieben, wenn sie zu erschöpft waren, um ihren Platz mit anderen zu tauschen.

Die Sonne war hinter den Hügeln untergegangen, und Sterne standen am Himmel, als die Kriegsgefangenen das Lager erreichten.

In ihrer Baracke setzte sich Nikolai ans Fußende von Iwanows Bett und betete, sein Freund möge die lange Nacht überleben.

»Herr im Himmel, erhöre mich. Lass Iwanow leben. Lass ihn am Leben …« Seine Stimme brach. »Er hat einen Sohn, den er noch nie im Arm gehalten hat. Er hat eine Frau und Töchter.«

»Kolja.«

Nikolai schlug die Augen auf und beugte sich über Iwanows Pritsche. Sein Herz schlug schneller. Hatte sein Freund gesprochen?

»Wasser«, brachte Iwanow mühsam über die gesprungenen Lippen.

Nikolai barg den Kopf seines Freundes in der Armbeuge und benetzte seine Lippen mit Wasser aus der Feldflasche. »Ich habe ein bisschen Suppe für dich aufgehoben«, sagte er.

»Ich bin müde«, erwiderte Iwanow mit schwacher Stimme. »Will mich ausruhen.«

Nikolai bettete Iwanows Kopf wieder auf die Pritsche. »Ich bin gleich wieder da.«

Iwanow schaute Nikolai aus seinem unversehrten Auge an. »Danke«, flüsterte er.

*

Am nächsten Morgen wurde Nikolai früh wach. Er hatte schlecht geschlafen und immer wieder angestrengt gelauscht, ob Iwanow einen Laut von sich gab. Er rieb sich den Kopf an der Stelle, wo ein dumpfer Schmerz pochte.

»Ljova, bist du wach?«

Iwanow stöhnte und drehte sich zu seinem Freund um.

Nikolai zog scharf den Atem ein. »Schön hat dieser Deutsche dich zugerichtet.«

»Warte nur, bis ich diesen Hurensohn in die Hände bekomme!« Iwanow versuchte, sich auf die Ellbogen zu stützen, aber Nikolai drängte ihn sanft zurück.

»Sprich jetzt lieber nicht. Lass mal dein Gesicht anschauen.«

Vorsichtig betastete Nikolai die Schwellung. Iwanow zuckte zusammen.

Da nicht die geringste Hoffnung bestand, irgendwo Verbandzeug aufzutreiben, riss Nikolai einen Streifen von seinem Hemd ab, tränkte den Stoff mit Wasser aus seiner Feldflasche und legte den Fetzen vorsichtig auf die Wunde.

»Dadurch geht die Schwellung schneller zurück. Lass es drauf, während ich uns etwas zu essen hole.«

Nikolai wandte sich zum Gehen, aber Iwanow hielt ihn am Handgelenk fest.

»Warum tust du das, Nikolai? Ich verstehe das nicht. Erst bleibst du bei mir, statt ins Offizierslager zu gehen, und jetzt kümmerst du dich um mich. Warum?«

Nikolai zuckte die Achseln. »Würdest du nicht dasselbe für mich tun?«

Ein Kranz von Falten bildete sich um Iwanows Auge. »Damals am Fluss war ich drauf und dran, mich aus dem Staub zu machen und dich zurückzulassen.«

Nikolai blickte seinen Freund an. »Das ist nicht dein Ernst!«

Iwanow fixierte ihn mit einem eindringlichen Blick, der die Wahrheit seiner Worte bestätigte.

Nikolai fühlte sich mit einem Mal wie ausgehöhlt. »Jeder von uns muss mit seinem Gewissen klarkommen«, sagte er rau. »Ich könnte nicht mit dem Wissen leben, dass du leiden musstest und ich nichts getan habe, um dir zu helfen.« Nach kurzem Schweigen fügte er hinzu: »Ich habe schon einmal einen Freund zurückgelassen und geglaubt, das Richtige zu tun. Ich hätte bei ihm bleiben müssen …« Er dachte an die Nacht, als er Pjotr im Feldlazarett zurückgelassen hatte. »Er war wie ein Bruder für mich, und ich habe ihn allein gelassen. Mit dieser Schuld muss ich jeden Tag leben.« Er machte eine Pause. »Wie du siehst, unterscheiden wir uns nicht voneinander, du und ich. Vielleicht bist du der Bessere von uns beiden, denn ich habe Pjotr verlassen, während du bei mir geblieben bist.«

26.

Zarskoje Selo

September 1915

Fünfzehn Offiziere auf Heimaturlaub trafen mit ihren Reitpferden rechtzeitig ein, um die Vorbereitungen für das Rennen zu treffen. Den ganzen Tag schon waren Arbeiter damit beschäftigt, Festzelte aufzubauen, während Dienstboten Tische, Stühle und Gedecke aufstellten, die aus dem Palast stammten. Der Pavillon, der für die Herrscherfamilie und hohe Würdenträger errichtet worden war, wurde mit Wimpeln und Blumen geschmückt, welche die Zarin höchstpersönlich ausgewählt hatte.

Züge und Kutschen brachten Besucher aus Petrograd und von den Besitzungen in Peterhof – Frauen mit ausladenden Hüten und zierlichen Sonnenschirmen sowie Männer in Anzügen. Die ältesten Großherzoginnen, beide ganz in Weiß, saßen zusammen an einem Tisch, umringt von einer Gruppe beflissener junger Offiziere, die um ihre Aufmerksamkeit buhlten. Zarewitsch Alexei Romanow trug eine Kosakenuniform und saß zwischen seinen zwei Dienern nahe bei seiner Mutter. Die Zarin hatte neben Rasputin Platz genommen.

Alexei kam in einer *Troika*, die von einem Dreiergespann gezogen wurde, und befand sich in Begleitung von Grigori und einigen anderen Offizieren. Unterwegs hatten sie die Entscheidung des Zaren diskutiert, den Großherzog als militärischen Oberkommandierenden ablösen zu lassen.

»Wie ist Ihre Meinung, Generalmajor?«

Alexei schüttelte den Kopf. »Es steht mir nicht zu, Entscheidungen des Zaren infrage zu stellen«, erwiderte er diplomatisch. »Aber ich glaube nicht, dass der Großherzog die Entlassung verdient hat.«

»Was meinen Sie, wie wird es jetzt weitergehen?«, wollte ein anderer wissen.

»Der Zar wird mehr Zeit an der Front verbringen müssen.«

»Ich fürchte, das wird der Zarin gar nicht gefallen«, bemerkte ein Offizier mit dick verbundenem Arm lachend.

»Ich könnte mir vorstellen, dass sie darauf besteht, den Zar mit den Kindern im Hauptquartier zu besuchen«, warf jemand ein.

»Ob wir diese *Nemka* und ihren Priester wohl je loswerden?«, fragte der Erste.

»Das glaube ich nicht. Der Zar ist den beiden ergeben. Es heißt, dass er ohne sie keine Entscheidung treffen kann.«

Die Gespräche über Politik verstummten, als die Männer bei ihrem Eintreffen auf die erste Gruppe von Reitern aufmerksam wurden, die sich soeben vor der Startlinie aufreihten. Nach einigem Hin und Her und mehreren Fehlstarts fiel der Startschuss, und die Pferde preschten los. Rund um die Rennbahn sprangen die Zuschauer auf, um einen besseren Blick zu haben.

Alexei, der nicht weit vom Pavillon einen Platz gefunden hatte, verfolgte das Rennen durch sein Fernglas. Als die Reiter um die Kurve bogen, erregte eine Gestalt, die dicht beim Tor stand, Alexeis Aufmerksamkeit. Ihm blieb fast das Herz stehen, als er Marie erkannte. Diesmal existierte sie nicht nur in seiner Fantasie – sie war hier! Sie trug ein schlichtes, aber elegantes Sommerkleid und war die Anmut in Person.

Noch während Alexei hinschaute, wandte sie den Kopf und sagte etwas zu ihrer Begleiterin, einer schlanken jungen Blondine, die nach der letzten Mode gekleidet war. Maries Gesicht glühte vor Aufregung.

Ein Pferd stolperte und warf seinen Reiter ab. Erschreckte Rufe kamen aus der Menge. Alles stürmte nach vorn und nahm Alexei die Sicht. Er ließ das Fernglas sinken, aber es standen zu viele Leute im Weg, als dass er Marie noch hätte sehen können.

»Alles in Ordnung, Exzellenz?« Grigori war sofort an seiner Seite. »Falls Sie in Sorge um den Reiter sind, kann ich mich erkundigen, ob er verletzt ist.«

»Nein, nein, nicht nötig«, wehrte Alexei ab und suchte erneut in der Menge nach Marie. Endlich entdeckte er sie ganz in der Nähe des Unfallorts. Sie verrenkte sich den Hals, während sie zu dem Reiter schaute. Die Menge teilte sich zögernd, um den Arzt und seinen Assistenten zum Verletzten durchzulassen. Marie versuchte ihnen zu folgen, wurde aber von ihrer Gefährtin aufgehalten, die sie an der Hand nahm und in einen weniger belebten Bereich lotste.

»Gib mir bitte meinen Stock, Grigori«, sagte Alexei, ohne den Blick von Marie zu wenden. »Du brauchst mich nicht zu begleiten.« Er reichte Grigori das Fernglas. »Ich bin gleich wieder da.«

Er fand Marie und ihre Begleitung an einem kleinen Tisch in der Nähe des Pavillons. Es war das erste Mal, dass er sie ohne ihre Schwesterntracht sah, und er fand, dass sie nie schöner ausgesehen hatte. Sein Puls ging schneller, und leichtes Unbehagen befiel ihn. Hatte sie seinen letzten Brief bekommen? Falls ja, wie würde sie auf das Wiedersehen reagieren?

Er hatte sich fast schon entschlossen kehrtzumachen, als sie ihn sah. Sofort strahlten ihre Augen vor einer mit Staunen vermischten Freude.

»Mademoiselle.« Nikolai verbeugte sich förmlich. »Was für eine unerwartete Überraschung.«

»Exzellenz.« Marie hielt ihm ihre Hand hin.

Er neigte sich tief darüber und drückte sanft ihre Finger. Ihm fiel auf, dass sie rot wurde und die Lippen straffte, als wollte sie ein Lächeln unterdrücken.

»Darf ich Ihnen meine Cousine Mademoiselle Darja Mostowski vorstellen?«

Darja reichte ihm eine behandschuhte Hand und fragte: »Möchten Sie uns nicht Gesellschaft leisten?«

Alexei rückte einen Stuhl dicht an den Maries heran. »Genießen Sie die Rennen?«, erkundigte er sich.

»Das habe ich, bis einer der Reiter einen Sturz hatte. Darja hat mich daran gehindert, zu ihm zu gehen und meine Hilfe anzubieten.«

»Und das war richtig von mir«, warf ihre Cousine ein. »Schließlich bist du nicht im Dienst. Du hättest dir bei dem Schmutz das Kleid ruiniert, ganz zu schweigen davon, wie ungehörig es ausgesehen hätte. Stimmen Sie mir zu, General?«

»Ich widerspreche Ihnen nur ungern, Mademoiselle, aber ich kann mich aus erster Hand für Mademoiselle Kulbas' Können verbürgen. Der Reiter hätte zweifellos von ihrem Eingreifen profitiert.« Alexeis Kehle brannte von der Anstrengung des Sprechens, und er hustete diskret hinter vorgehaltener Hand. »Verzeihen Sie«, sagte er. »Eine Schrapnellwunde.« Er zeigte auf die rötliche Narbe an seinem Hals.

Ein besorgter Ausdruck huschte über Maries Gesicht. »Sind Sie schwer verletzt?«

»Ich hatte Glück. Ein anderer hat den größten Teil des Einschlags abbekommen.« Als er die bekümmerten Mienen der Frauen sah, fügte er hinzu: »Aber verderben wir uns die Stimmung nicht mit Gesprächen über den Krieg. Ah, da ist ein Ober. Trinken wir Champagner.«

Als die Getränke serviert wurden, musterte Alexei Marie verstohlen. Sie war genauso schön, wie er sie in Erinnerung hatte. Ihre zierlichen Stiefel, ihr schmal geschnittenes Kleid, der Pelz auf ihrem Kragen, der Hut, der Hauch von Schminke – alles war jugendlich und entsprach dem neuesten Modestil. Dennoch war sie im Unterschied zu vielen Frauen in Petrograd bescheiden und zurückhaltend und versuchte nicht, die Aufmerksamkeit auf sich zu lenken.

Alexei stellte fest, dass er kaum den Blick von ihrem herzförmigen Gesicht wenden konnte. Ihm fiel eine Traurigkeit an ihr auf, die früher nicht da gewesen war und die sich in den angespannten Linien um ihre Augenwinkel bemerkbar machte. Er verspürte das überwältigende Verlangen, ihren Kummer zu lindern, ihr Haar zu streicheln und ihre glatte, warme Haut zu fühlen.

Sie schaute auf. Ihre Blicke begegneten sich, hielten sich einen Moment fest. Marie brach den Kontakt zuerst ab, indem sie den Kopf senkte.

»Wie geht es Ihrer Familie?«, erkundigte sich Alexei. »Als ich Sie zum letzten Mal gesehen habe, hatten Sie gerade eine Nachricht erhalten, die Sie zutiefst erschüttert hat.«

Ein Schatten huschte über Maries Gesicht. Sie blickte auf das Glas in ihrer Hand. »Meine Eltern und mein jüngerer Bruder sind in Narva. Es geht ihnen gut. Aber mein Bruder Nikolai …«, ihre Stimme schwankte, aber sie fing sich rasch wieder, »von ihm habe ich lange nichts gehört.« Sie stellte ihr Glas auf den Tisch und spielte abwesend mit dem Verlobungsring an ihrem Finger. »Mein Verlobter wird immer noch vermisst. Ich habe Briefe und Telegramme an das Oberkommando geschickt, aber bis jetzt gibt es nichts Neues. Es ist, als wäre er vom Erdboden verschluckt.«

Alexei beugte sich vor und berührte leicht ihre Hand. Ihre Finger waren warm und weich, und er sehnte sich danach, sie zärtlicher zu berühren. »Wenn ich irgendwie helfen kann …«, begann er, wurde jedoch unterbrochen.

»Exzellenz!« Ein Soldat mit Augenklappe kam zu ihnen gelaufen. Als er den Tisch erreichte, schlug er die Hacken zusammen und salutierte. »Es ist eine große Freude, Exzellenz wiederzusehen!« Er drehte sich zu den Damen um und verbeugte sich respektvoll, bevor er sich wieder an Alexei wandte.

»Stehen Sie bequem, Soldat«, sagte Alexei. »Was kann ich für Sie tun?«

»Sie erinnern sich nicht an mich? Ich war in Tannenberg in Ihrem Bataillon.«

Alexei blickte forschend in das Gesicht des Soldaten. Die Züge kamen ihm bekannt vor, aber er konnte den Mann nicht einordnen.

»Damals war ich Schütze«, half der junge Mann ihm auf die Sprünge. »Sie haben mich davor bewahrt, ausgepeitscht zu werden, als mein Gewehr Ladehemmung hatte.« Er wandte sich an Marie und erklärte: »Ich war ein Niemand, ein kleiner Rekrut. Als mein Gewehr klemmte und es mir nicht gelang, auf ein feindliches Flugzeug zu schießen, drohte ein Leutnant, an mir ein Exempel zu statuieren, aber der Oberst … oh, ich bitte um Entschuldigung«, er deutete mit einem Nicken auf die Epauletten auf Alexeis Schultern, »der Generalmajor hat sich für mich eingesetzt.«

»Wirklich?« Marie blickte Alexei bewundernd an.

»Oh, ein Held!« Darja klatschte in die Hände.

»Ja, jetzt erinnere ich mich.« Alexei nickte. »Wie ist Ihr Name, Soldat?«

»Leschew, Exzellenz.«

»Und was machen Sie hier?«

Leschew zeigte auf sein Auge. »Das Gewehr ist explodiert und hat mein Auge erwischt.«

»Wie furchtbar!«, rief Darja.

»Gott hat's gegeben, Gott hat's genommen.« Leschew zuckte die Achseln. »An der Front bin ich nicht mehr zu gebrauchen, deshalb hat man mich hergeschickt, um in den Ställen zu helfen. Und Sie, Exzellenz? Ich habe gehört, Sie wurden verwundet.«

»So ist es. Ich habe überlebt, bin jetzt aber Invalide«, sagte Alexei knapp, der sich nicht näher dazu äußern wollte.

»Möge Gott Sie beschützen.« Leschew warf über die Schulter einen Blick zu den Ställen. »Ich muss wieder gehen, gleich fängt das nächste Rennen an. Es hat Sie hoffentlich nicht gestört, dass ich hergekommen bin, Exzellenz. Ich wollte Ihnen meine Aufwartung machen und Ihnen danken.« Er salutierte vor Alexei, drehte sich um und verbeugte sich tief vor Darja und Marie.

»Ein netter Kerl«, stellte Marie fest, als Leschew gegangen war.

Eine Locke hatte sich unter ihrem Hut hervorgestohlen und fiel ihr ins Gesicht. Alexei streckte die Hand aus und schob sie zurück. Maries Wangen röteten sich.

»Mon Dieu!«, rief Darja nach einem Blick auf die Uhr. »Ich muss gehen. Ich habe Mama versprochen, dass ich sie ins Theater begleite. Bleiben Sie in Zarskoje, Exzellenz? Wären Sie dann so nett, Marie zu begleiten? Ihr Dienst im Offizierslazarett beginnt gleich nach den Rennen.«

»Es ist mir ein Vergnügen«, sagte Alexei ein bisschen zu bereitwillig. Er stand auf und küsste Darjas Hand.

Nachdem sie sich auf den Weg gemacht hatte, wandte Alexei sich an Marie. »Ich wusste gar nicht, dass Sie in Zarskoje arbeiten.«

»Das Lazarett in Fjodorowski Gorodok ist unterbesetzt und hat um Ehrenamtliche aus Petrograd als Aushilfen gebeten. Ich arbeite seit Sommeranfang in beiden Krankenhäusern.«

Alexei winkte einen Kellner zu sich und bat um Bleistift und Papier. Dann schrieb er eine kurze Nachricht an Grigori, dass er die *Troika* brauchte, sie aber umgehend für Grigori und die anderen Offiziere zurückschicken werde.

»Gehen wir?« Er bot Marie seinen Arm und führte sie zu der Stelle, wo die *Troika* bereitstand.

»Ich muss mich bei Ihnen entschuldigen«, sagte Marie ein wenig schüchtern, als der Kutscher kurz darauf die Pferde antrieb. »Es war nicht richtig von Darja, einfach über Sie zu verfügen.«

»Oh, im Gegenteil, Ihre Cousine hat mir einen großen Gefallen getan.« Er schenkte ihr ein Lächeln, das sie erröten ließ.

»Ich wünschte, Sie würden so etwas nicht sagen, Generalmajor.«

»Warum bestehen Sie darauf, mich mit meinem Titel anzusprechen?«

»Wie soll ich Sie sonst ansprechen?«

»Nennen Sie mich Alexei. Oder Aljoscha, wenn Ihnen das lieber ist.«

»Alexei gefällt mir.«

»Gut. Seit unserer ersten Begegnung in Petrograd muss ich ständig an Sie denken. Haben Sie meinen Brief bekommen?« Er rückte näher und nahm ihre Hand.

»Bitte, Alexei!« Sie wich ein Stück zurück.

»Ich weiß, dass Sie etwas für mich empfinden.« Er schaute sie unverwandt an. »Es war in Ihren Augen zu erkennen, als Sie mich heute gesehen haben.«

Marie spürte, wie eine noch tiefere Röte ihre Wangen überzog. »Hören Sie auf, so mit mir zu reden«, sagte sie streng. »Es ist mir unangenehm.«

Sie versuchte ihm ihre Hände zu entziehen, aber er hielt sie fest. »Sie haben einmal zu mir gesagt, wir könnten nicht mehr als Freunde sein. Mittlerweile ist Ihnen klar, dass ich mich nie damit zufriedengeben würde, nicht wahr?«

»Muss ich Sie daran erinnern, dass Sie ein verheirateter

Mann sind? Sie sind Ihrer Frau gegenüber eine Verpflichtung eingegangen.«

Er seufzte. »Meine Ehe ist seit Langem am Ende. Wir sind nur noch zusammen, um den Schein zu wahren.«

Er ließ ihre Hände los und berührte ihr Gesicht.

Ihre Haut prickelte von der Wärme, die von seinen Fingerspitzen ausging.

»Marie.« Seine Stimme klang ernst. »Ich habe noch nie für eine Frau so tief empfunden wie für Sie.«

Sie schloss die Augen, überwältigt von den Gefühlen, die auf sie einstürmten. Ob man ihr ansah, wie ihr zumute war? Ein Teil von ihr war bewegt von seinen Worten und sehnte sich danach, ihm zu glauben, wollte sich ihm vollständig ausliefern. Wenn er sie jetzt küsste, in diesem Moment, würde sie ihm nicht widerstehen können, das wusste sie.

»Schauen Sie mich an, Marie.«

Sie schlug die Augen auf. »Sie kennen meine Antwort bereits.« Ihre Stimme klang selbst in ihren eigenen Ohren fremd. »Wir können nichts anderes als Freunde sein.«

Alexei versteifte sich und zog seine Hand zurück. »Ist das Ihr letztes Wort?«

Marie sagte nichts, senkte nur den Blick und zupfte geistesabwesend an ihrem Kleid.

»Sagen Sie mir die Wahrheit, Marie. Ich muss wissen, wie es in Ihrem Inneren aussieht.«

»Das habe ich Ihnen bereits gesagt.« Ihre Stimme schwankte. »Ich liebe Sie nicht.«

*

Am nächsten Tag musste Alexei ständig daran denken, was Marie gesagt hatte. Ihre Worte hatten wehgetan. Aber er glaubte, Unsicherheit in ihrer Stimme gehört zu haben, als hätte sie versucht, ihn und auch sich selbst zu überzeugen. Und das gab ihm Hoffnung.

Den ganzen Tag wartete er auf Maries Kommen und konnte kaum seine Enttäuschung verbergen, als stattdessen Emily erschien, die an diesem Morgen von Uglitsch eingetroffen war.

»Aljoscha.« Sie küsste ihn leicht auf die Wange. »Wir haben uns große Sorgen um dich gemacht. Ich bringe Geschenke von den Mädchen mit.« Sie reichte ihm ein Päckchen. »Sie haben fleißig warme Socken gestrickt und Briefe an dich geschrieben.«

Alexei öffnete das Paket und begutachtete sorgfältig, Stück für Stück den Inhalt. Dann las er die Briefe und lächelte über den mädchenhaften Stil. Emily streifte unterdessen ihre Handschuhe ab, löste die Schließe ihrer Stola und ließ sie auf ihren Schoß fallen.

Alexei spürte, dass sie ihn beim Lesen beobachtete.

»Seit dem Fall von Warschau flieht alles aufs Land«, berichtete sie. »Wenn man überlegt, wie die Petrograder Gesellschaft sich vorher verhalten hat, wäre man nie auf den Gedanken gekommen, dass Krieg herrscht.« Emily rümpfte missbilligend die Nase. »Jede Woche habe ich Einladungen zu Bällen oder ins Theater erhalten. Und ein paar Mal habe ich Gräfin Natalja getroffen.« Sie sprach den Namen voller Widerwillen aus.

»Wie geht es ihr?«, fragte Alexei ohne echtes Interesse und blickte verstohlen auf seine Uhr. Falls Marie heute nach den Patienten schaute, müsste sie jetzt schon hier sein.

»Sie schwelgt im Luxus, ihr Lachen ist zu laut, und sie hängt am Arm eines Leutnants, der viel zu jung für sie ist.«

Alexei hörte nur mit halbem Ohr zu, als Emily weitersprach.

Wieder schaute er auf die Uhr.

»Erwartest du jemanden?« Emily blickte ihn argwöhnisch

an. »Seit ich hier bin, hast du schon ein paar Mal auf die Uhr geschaut.«

»Natürlich nicht«, gab Alexei gereizt zurück.

Emilys Augen wurden hart. »Ich muss gehen, ich habe unendlich viel zu tun.« Sie griff nach Handschuhen und Stola. »Ich komme dich morgen wieder besuchen, Alexei. Es sei denn, es passt dir nicht.«

»Du bist mir jederzeit willkommen.« Alexeis Worte klangen sogar in seinen eigenen Ohren unaufrichtig. »Ich freue mich auf deinen Besuch.«

Emily lächelte frostig, beugte sich vor, um ihn zu küssen, und flüsterte ihm zu: »Ich bin schon ziemlich lange mit dir verheiratet, Alexei, und ich weiß genau, wann du lügst.«

27.

Zarskoje Selo

September 1915

Marie kam weder an diesem Tag noch am nächsten. Alexei hatte die Hoffnung fast schon aufgegeben, als sie am dritten Tag doch noch erschien. Seine Freude, sie zu sehen, ließ augenblicklich alles Leid verschwinden, unter dem er in den letzten drei Tagen gelitten hatte. Doch ihm fiel auf, dass sie erschöpft wirkte und dunkle Ringe unter den Augen hatte.

»Sie sehen müde aus«, sagte er. Trotzdem war sie immer noch das schönste Wesen, das er je gesehen hatte.

»Der Lazarettzug hat heute weitere Verwundete gebracht. Das ist für mich die erste Gelegenheit seit längerer Zeit, mich einmal hinzusetzen.«

»Haben Sie schon gegessen?«

Marie schüttelte den Kopf. »Ich habe keinen Hunger.«

»Haben Sie den Zug am Bahnhof in Empfang genommen?« Alexei interessierte sich gar nicht für den Zug. Er wollte Marie einfach nur sprechen hören, sie weiter anschauen können.

Sie nahm ihren Schleier ab, faltete ihn zusammen und legte ihn auf ihren Schoß. »Wir helfen beim Transport der Verwundeten zu den Krankenhäusern. Die Großherzogin hat mich gefragt, ob ich sie auf dem Lazarettzug zur Front begleite.«

»Und was haben Sie geantwortet?«

»Dass ich es noch nicht sagen kann. Ich war zu müde zum Nachdenken.«

»Sie sollten heimgehen.« Noch während er es aussprach, hoffte er, sie würde bleiben.

Marie schüttelte den Kopf. »Ich brauche frische Luft.«

»Dann lassen Sie uns einen Spaziergang machen.«

Sie schlenderten am Seeufer entlang. Unzählige Maiglöckchen blühten rings um die Kinderinsel und erfüllten die Luft mit ihrem süßen Duft.

Alexei schaute aufs Wasser hinaus, aber seine Gedanken kreisten um Marie. Als sie eine Brücke überquerten, streiften ihre Hände einander. Marie zuckte zurück, als hätte sie einen elektrischen Schlag bekommen. Beide hatten seit mehreren Minuten kein Wort gesprochen, und Alexei wünschte sich, ihm würde irgendetwas einfallen, um die lange Gesprächspause zu überbrücken.

Schließlich beendete er das Schweigen. »Ich hatte Angst, ich würde Sie nie wiedersehen«, sagte er und blickte dabei weiter auf den See hinaus, weil er sich davor fürchtete, was er möglicherweise in ihrem Gesicht lesen konnte. »Was hat Sie dazu gebracht, Ihre Meinung zu ändern?«

Sie blickte auf ihre Hände, als müsste sie ihre Antwort sorgfältig abwägen. »Ich bin gekommen, um mich zu entschuldigen.«

Er wandte sich zu ihr um. »Entschuldigen? Wofür?«

»Ich habe Sie getäuscht … was meine Gefühle angeht.«

Sein Herz schlug schneller. »Marie …«

»Lassen Sie mich bitte ausreden, Alexei«, fiel sie ihm ins Wort. »Was ich gesagt habe, habe ich auch so gemeint. Ich bin einem anderen Mann versprochen.« Tränen traten in ihre Augen, und sie wandte das Gesicht ab. »Wenn ich nur wüsste, ob er noch lebt und eines Tages zurückkehrt …«

Alexei trat einen Schritt vor und nahm ihre Hand. »Wie lange wollen Sie denn auf ihn warten?«

Marie antwortete nicht, vergrub das Gesicht in den Händen. Alexei schloss sie in die Arme. Sie wehrte sich nicht, sondern legte den Kopf an seine Schulter.

Er streichelte ihr Haar und wünschte sich, sie bis in alle Ewigkeit so halten zu können.

Schließlich hob sie den Kopf und rieb sich das Gesicht. »Ich benehme mich albern.«

Er drückte einen Kuss auf ihren Scheitel und zog sie fester an seine Brust.

Sie versuchte sich von ihm zu lösen. »Ich muss gehen.«

Widerwillig ließ Alexei sie los. »Sehen wir uns morgen wieder?«

Marie zögerte einen Moment, bevor sie nickte. »Ja.«

*

Alexei erwachte am nächsten Morgen voller Vorfreude auf das Wiedersehen mit Marie. Er ließ einen Friseur kommen, um sich die Haare schneiden und seinen Schnurrbart trimmen zu lassen, dessen Enden er mit Wachs festigen ließ. Als er in den Spiegel schaute, stöhnte er innerlich über seinen schütter werdenden Haaransatz, der ihn älter machte, wie er fand. Er vermied es, die wulstige Narbe anzuschauen, aber sein Blick kehrte immer wieder dorthin zurück. Die Wunde verheilte gut, und die Farbe der Haut ringsum war von bläulich rot zu einem kränklichen Gelbton verblasst. Er berührte die Narbe, betastete mit den Fingerspitzen die Ränder, bis ihn ein stechender Schmerz innehalten ließ. Wenigstens, dachte er optimistisch, kam langsam, aber sicher seine Stimme zurück.

Er wartete auf der Veranda auf Marie und wählte einen Platz mit Blick auf den Eingang. Was um ihn her geredet wurde, beachtete er kaum.

Marie kam am späten Nachmittag und trug über ihrer

Schwesterntracht einen weiten, pelzgefütterten Mantel. Alexei beobachtete sie eine volle Minute lang, ehe sie ihn sah.

»Guten Tag.« Sie winkte ihm lächelnd zu.

Da war es wieder, dieses betörende Lächeln.

»Guten Tag.« Alexei küsste ihre Fingerspitzen. »Ich habe gehört, dass die Zarin so freundlich war, die Bibliothek zu öffnen. Da dachte ich mir, wir könnten vielleicht dort unseren Tee nehmen.«

»Eine wunderbare Idee.« Marie blickte auf die Uhr. »Ich habe genau eine Stunde Zeit, bevor mein Dienst beginnt.«

An drei Wänden der Bibliothek reihten sich Regale, auf denen die Bücher geschützt hinter Glastüren standen. Alexei und Marie schlenderten an den Regalen vorbei und lasen einander die Titel auf den Buchrücken laut vor. Die Themen reichten von Reisen, Genealogie und Geschichte bis hin zu Biografien berühmter Persönlichkeiten und Romanen. Auch Almanache und Anthologien gab es hier.

»Kann ich Ihnen helfen?«

Ein schlanker Mann in einem Anzug mit Weste blickte sie über seinen Kneifer hinweg an. »Ich bin der Kurator dieser Bibliothek.«

»Seine Hoheit besitzt eine eindrucksvolle Sammlung«, bemerkte Marie.

»Oh, dies hier ist nur eine von drei Bibliotheken innerhalb des Palastes«, teilte der Bibliothekar ihnen voller Stolz mit. »Seine Hoheit verfügt auch über eine persönliche Sammlung von Ausgaben, die mit dem kaiserlichen Adler geprägt sind. Etwas ganz Besonderes! Ich zeige sie Ihnen gerne, wenn Sie wollen.«

»Ein anderes Mal vielleicht«, sagte Alexei, schob eine Hand unter Maries Ellbogen und führte sie auf die andere Seite des Raumes.

»Ich glaube, jetzt haben Sie ihn beleidigt«, tadelte Marie ihn.

»Ich wollte die wenige Zeit, die uns bleibt, nicht damit verschwenden, einem Bibliothekar zuzuhören«, erwiderte er.

Ein Lächeln huschte über Maries Gesicht. Sie ließ sich von Alexei in eine ruhige Ecke führen, wo sie vor den Blicken des Kurators geschützt waren und die verbliebene Zeit damit verbrachten, einander Lieblingsstellen aus Büchern vorzulesen – erst aus Werken von Puschkin, dann von Tschechow.

Als die Standuhr die volle Stunde schlug, erhob sich Marie. »Ich muss los.«

Alexei half ihr in ihren Mantel. Sie war fast schon zur Tür hinaus, als er noch einmal nach ihr rief. Sie drehte sich um, blickte ihn aus ernsten Augen erwartungsvoll an.

Er wollte ihr sagen, dass er es nicht erwarten konnte, sie wiederzusehen, dass es ihm bis morgen viel zu lange dauerte und dass er jede Stunde, Minute und Sekunde zählen würde. Dann aber verließ ihn der Mut.

»Danke, dass Sie gekommen sind«, sagte er stattdessen, während ihm alle anderen Worte auf den Lippen erstarben.

*

Am nächsten Tag erwartete er sie wieder auf der Veranda, und erneut verbrachten sie eine Stunde in der Bibliothek. Wenn sie einander nicht vorlasen, unterhielten sie sich über alles Mögliche: Theater, Kunst und zwangsläufig auch über den Krieg. Alexei dachte anfangs, Marie würde es irgendwann langweilen, militärische Themen zu erörtern, aber sie zeigte anhaltendes Interesse und drückte ihre Meinung knapp und präzise aus.

»Papas ausländische Handelspartner sind der Ansicht, dass russische Fabriken im Gegensatz zu Betrieben im übrigen Europa veraltet sind und weniger Leistung bringen.«

»Fühlt Ihr Vater sich durch solche Bemerkungen vor den Kopf gestoßen?«, wollte Alexei wissen.

»Ganz und gar nicht.« Marie lächelte, und die kleinen Fältchen der Müdigkeit um ihre Augen vertieften sich. »Für ihn ist das die einzige Erklärung, warum wir uns so schlecht gegen die Deutschen schlagen.«

»Ich hätte gedacht, die Gesinnung Ihrer Familie wäre patriotischer.«

»Meine Familie *ist* patriotisch, aber wir sind auch realistisch. Würden unsere Fabriken und Zugverbindungen so reibungslos arbeiten wie die der Deutschen, könnte Russland sich wesentlich besser gegen seine Feinde behaupten. Wenn man sich anschaut, was der Krieg unserer Heimat abverlangt, kann es nicht mehr lang dauern, bis die Leute mit ihrer Geduld am Ende sind.«

»Die russische Seele kennt den Schmerz«, meinte Alexei, »und uns ist klar, dass wir Opfer bringen müssen.«

»Die russischen Familien haben schon genug Opfer gebracht.«

Alexei hörte die Traurigkeit in ihrer Stimme und bereute seine Bemerkung. Er sehnte sich mit jeder Faser seines Seins danach, Marie zu berühren. Schließlich beugte er sich vor und schloss seine Finger um ihre Hand, die in ihrem Schoß ruhte. Zu seiner Freude ließ sie es zu.

Hingerissen betrachtete er ihr Gesicht, ließ den Blick von ihrer hohen Stirn zu den Augen, den dunklen Wimpern und der schmalen Nase wandern und schließlich auf ihren vollen Lippen ruhen. Was würde er nicht alles geben, um diese Lippen küssen zu dürfen und von ihnen geküsst zu werden!

Marie hatte das Gefühl, dass ihre Hand unter seiner Berührung zu glühen begann. Ihr Puls ging schneller, und das Atmen fiel ihr schwer. »Vielleicht sollten wir ein wenig von Puschkin lesen«, brachte sie heraus.

»Natürlich.« Alexei zog die Hand zurück, und Marie bekam wieder Luft.

Sie rückte näher an die Lampe heran und las aus einem Band mit Gedichten von Puschkin vor. Alexei lauschte gebannt und saß so regungslos und still, dass Marie irgendwann glaubte, er wäre eingeschlafen. Sie blickte zu ihm auf und war im nächsten Moment verloren, als ihre Blicke einander trafen. Sie räusperte sich und las weiter:

Wo wird das Schicksal mich ereilen?
Im Kampf, auf Reisen, auf dem Meer?
Wird sie im Nachbartal verweilen,
Meine Asche, kalt und schwer?

Sie spürte, dass Alexei sie im Zwielicht betrachtete. Er saß so nahe bei ihr, dass ihre Knie sich fast berührten. Sein Geruch verwirrte ihre Sinne, und mehrmals verlor sie beim Vorlesen den Faden.

Als er seine Position verlagerte, ließ sie vor Schreck das Buch fallen. Beide beugten sich vor, um es aufzuheben. Ihre Hände griffen im selben Moment nach dem Buch, sodass ihre Finger einander berührten. Schließlich hob Alexei mit der Linken das Buch auf, während er mit der Rechten Maries Hand nahm, umdrehte und die zarte Haut ihres Handgelenks küsste.

Das Herz schlug Marie vor Erregung bis zum Hals. »Alexei …« Ihre Stimme war rau.

Alexei senkte den Kopf, und ihre Lippen streiften einander.

»Alexei … bitte.« Sie bekam kaum noch Luft.

Seine Zunge, warm und feucht, teilte ihre Lippen. Eine Hitzewoge überlief Marie, und ein leises Stöhnen kam über ihre Lippen, als Alexei sie in seine Arme zog. Einen Moment lang nahm sie nichts mehr wahr außer seinen Küssen, die er auf ihr Gesicht hauchte, auf ihre Augen, Wimpern und Brauen.

»So lange träume ich schon davon, dich so zu halten«, flüsterte er und küsste ihre Wangen, ihre Nase, ihr Kinn.

Marie wusste, dass sie ihm Einhalt gebieten musste; zugleich sehnte sie sich danach, weiter von ihm geküsst zu werden, und wünschte sich, dieser Augenblick würde nie enden.

Dann erinnerte sie sich.

Pjotr.

Sie stieß Alexei von sich. »O Gott!« Ihre Hand flog zum Mund. »Was habe ich getan!«

»Marie …«

Marie konnte ihm nicht ins Gesicht schauen. »Es ist falsch.« Sie spürte, wie ihr Tränen in die Augen stiegen. »Das … wir … es darf nicht sein.«

»Wie kannst du das sagen?« Alexei machte Anstalten, sie wieder in die Arme zu nehmen.

»Nein.« Marie las in seinen Augen, wie verletzt er war, und wäre beinahe wankend geworden. »Bitte … ich darf dich nicht wiedersehen.« Hastig griff sie nach ihrer Tasche, stürzte aus dem Zimmer und rannte hinaus in die Abenddämmerung.

Sie hörte, wie hinter ihr eine Stimme im kühlen Abendwind nach ihr rief.

28.

Zarskoje Selo

September 1915

Alexei sah Marie nicht wieder – jedenfalls kam sie nicht, um ihn zu besuchen. Jeden Tag wartete er auf seinem gewohnten Platz auf der Veranda und konnte beobachten, wie sie am frühen Abend eintraf und an ihm vorübereilte, ohne nach links oder rechts zu schauen. Jeden Tag lebte er für den Moment, in dem sie vielleicht doch aufblickte, ihn sah und ihm ein Lächeln schenkte. Aber noch während er darauf hoffte, schritt sie jedes Mal schneller aus, als könnte sie seinen Blick spüren, und verschwand im Gebäude.

Dann kehrte Alexei in sein Zimmer zurück, setzte sich an den kleinen Schreibtisch in der Ecke und dachte an sie. Wenn Grigori kam, schickte er ihn weg, indem er ihm auftrug, dass er weder Besuch empfangen noch etwas zu Abend essen wollte.

Er hatte nicht damit gerechnet, dass sie seinen Kuss erwidern würde. Als ihre Lippen sich teilten, hatte er gespürt, dass sie nach ihm verlangte, dass sie ihm ihr Herz öffnete. Und jetzt konnte er sich nicht damit abfinden, sie zu verlieren.

Zu Alexeis Verzweiflung trug bei, dass es keinen Menschen gab, dem er sich anvertrauen könnte. Er hatte genug Bekannte in der Petrograder Gesellschaft und in Offizierskreisen, aber einen Vertrauten, mit dem er über Herzensangelegenheiten hätte sprechen können, gab es nicht. Am nächsten stand ihm Grigori, der sich um sein Äußeres kümmerte, indem er dafür sorgte, dass seine Uniformen frisch gereinigt und seine Stiefel auf Hochglanz poliert waren. Aber der Rangunterschied zwischen ihnen war zu hoch, um echte Nähe zuzulassen, deshalb war Alexei mit seinen Seelenqualen allein.

Emily besuchte ihn täglich und brachte Neuigkeiten und Briefe von ihren Töchtern mit.

»Wann darf er das Krankenhaus verlassen?«, fragte sie eines Tages einen Arzt, der Alexei untersuchte.

Der Arzt nahm sein Stethoskop von Alexeis Oberkörper und runzelte nachdenklich die Stirn. »Die Lunge hat sich noch nicht vollständig erholt.«

»Wie lange muss er denn noch hier bleiben?«

»Wenn seine Lungenfunktion sich weiter verbessert, könnte er in ein paar Wochen entlassen werden.«

»Früher geht es nicht?«

»Emily, bitte«, unterbrach Alexei das Gespräch. »Der Doktor hat dir seine Meinung mitgeteilt. Setz ihm nicht weiter zu.«

»Ich dachte, dir wäre daran gelegen, möglichst bald wieder bei deinen Töchtern zu sein«, gab sie ein wenig schroff zurück.

»Wenn Eure Exzellenz es wünscht, kann ich veranlassen, dass Sie nächste Woche entlassen werden«, schlug der Arzt vor. »Es ist nicht unbedingt ideal, aber ich sehe keinen Grund, warum Ihre Lunge sich bei entsprechender Pflege nicht erholen sollte.«

»Das wäre also geregelt.« Emily stand auf. »Ich werde mich darum kümmern, dass uns eine Pflegerin begleitet.« Sie reichte dem Arzt die Hand. »Ich bin Ihnen dankbar für Ihre Hilfe, Doktor, aber ich habe das Gefühl, es wird Zeit, dass mein Mann nach Hause kommt.«

»Sie sind bestimmt froh, Exzellenz, bald wieder zu Hause zu sein«, sagte Grigori, nachdem Emily und der Arzt gegangen waren. Er hängte Alexeis Uniform auf und bürstete sie sorgfältig ab.

»Wie? Ja, sehr froh«, erwiderte Alexei zerstreut.

Grigori hielt inne. »Gibt es etwas, das Ihnen Sorgen macht?«

Einen flüchtigen Moment lang spielte Alexei mit dem Gedanken, sich Grigori anzuvertrauen. »Nein«, sagte er schließlich. »Nichts. Ich habe nur an die Reise nach Uglitsch gedacht.«

»Die Landluft wird Ihrer Lunge guttun«, meinte Grigori.

Alexei seufzte. »Ja, wahrscheinlich.«

Grigori bürstete weiter die Uniform ab. »Ganz zu schweigen davon, dass Sie nach so langer Zeit Ihre Töchter wiedersehen werden.«

Alexei stand auf und trat ans Fenster. Der Herbst war gekommen und hatte für einen jähen Wetterwechsel gesorgt. Heulender Wind peitschte die Birken und fegte das Laub über die Wege. Alexei blickte nach draußen, ohne etwas wahrzunehmen. Ein Gefühl von Einsamkeit befiel ihn. Der Gedanke, Marie zu verlassen, war unerträglich. Auch wenn sie ihm aus dem Weg ging, war er hier im Krankenhaus wenigstens in ihrer Nähe. Er musste mit ihr sprechen!

Eine Krankenschwester kam, um die Bettwäsche zu wechseln, und riss Alexei aus seinen Überlegungen. Er wandte sich zu ihr um. »Könnten Sie mir helfen, Mademoiselle? Hier im Haus arbeitet eine Krankenschwester, die sich besonders gut um mich gekümmert hat, aber ich habe sie seit einigen Tagen nicht mehr gesehen. Könnten Sie mir vielleicht sagen, auf welche Station sie versetzt worden ist?«

Aus dem Augenwinkel sah er, dass Grigori innehielt und neugierig zu ihm schaute. Alexei ignorierte ihn und schenkte der Krankenschwester sein charmantestes Lächeln.

Sie lächelte zurück. »Wie heißt sie denn?«

»Marie Kulbas.« Er bemühte sich, ganz unbefangen zu klingen. »Ich soll entlassen werden, und ich würde mich gerne bei ihr für die Hilfe bedanken.«

»Oh!« Das Lächeln der Krankenschwester verblasste. »Tut mir leid, Exzellenz, aber Marie wird eine ganze Weile fort sein. Sie wurde in ein anderes Krankenhaus versetzt.«

Alexeis Magen krampfte sich zusammen. »Hoffentlich nicht, weil sie hier unglücklich war?«

»Nein, nichts dergleichen. Nicht dass ich wüsste.«

»Ich verstehe nicht ...«

»Wir haben heute Morgen ein Telegramm von ihr bekommen. Sie möchte näher an ihrem Wohnort in Petrograd arbeiten.«

»Verstehe.«

»Wenn Sie wünschen, können Sie bei der Oberschwester eine Nachricht für sie hinterlassen«, schlug die Schwester vor.

»Nein, danke, nicht nötig«, erwiderte Alexei, ohne seine Enttäuschung zu verbergen. »Es ist nicht weiter wichtig.«

Uglitsch

September 1915

Gegen Ende September fiel in dem malerischen Ort Uglitsch der erste feine Schnee. Alexei betrachtete die Zwiebeltürme der Kathedralen und den belebten Marktplatz und hatte den Eindruck, dass sich in der kleinen Stadt am Fluss kaum etwas verändert hatte. Als ihre *Troika* an Bauersfrauen mit farbenfrohen Tüchern und breiten Hüften vorbeifuhr, fiel ihm auf, dass sie besser genährt schienen als ihre Leidensgenossen in den Großstädten.

»Sie müssen sich keine Sorgen wegen der strikten Rationierung oder der Schwarzmarktpreise machen«, sagte Emily und klappte den Pelzkragen ihres Mantels zum Schutz gegen die Kälte hoch. »Es war die richtige Entscheidung von dir, uns hierherzuschicken. Hier ist nichts von den Unruhen zu merken, die wir in Petrograd erlebt haben.«

Sie näherten sich der Dimitri-Blut-Kirche, als Emily den Kutscher anwies, stehen zu bleiben. Von einer zarten Schneeschicht bedeckt, hoben sich die fünf blauen Zwiebeltürme der Kirche deutlich vor dem hellen Himmel ab.

»Ich dachte, wir könnten Kerzen zum Gedenken an unsere Eltern anzünden.« Sie schob die Pelzdecken von ihrem Schoß. »Es ist eine Weile her, seit wir beide hier waren.«

Im Inneren der Kirche, umgeben von Ikonen und vergoldeten Rahmen, entzündete Alexei eine Kerze und dachte an seine Eltern. Sein Vater war ein Militär durch und durch und sehr streng gewesen – ein Mann, der jede Zurschaustellung von Gefühlen für Charakterschwäche gehalten hatte. Er hatte Alexeis Mutter geheiratet, als sie noch unter zwanzig und er bereits Ende dreißig war. Schon ein Jahr später wurde ihr erstes Kind geboren, Alexeis Schwester, zwei weitere Kinder kamen in rascher Abfolge. Alexeis Mutter, die er als warmherzige und liebevolle Frau in Erinnerung hatte, starb im Kindbett, als Alexei erst fünf Jahre alt war.

Alexei stellte die Kerze auf den Altar, entzündete eine zweite für seinen kleinen Bruder und betete, seine Mutter möge im Himmel das Glück gefunden haben, das ihr auf Erden versagt geblieben war.

*

Die roten Ziegel seines Elternhauses rückten langsam in Sichtweite, als die *Troika* den Hügel erklomm. Als sie in den Innenhof einfuhren, flog die Eingangstür auf, und die drei Mädchen liefen ihnen entgegen.

»Papa!« Alexei blieb kaum Zeit zum Aussteigen, bevor seine Töchter ihre Arme um ihn schlangen.

»Mädchen!«, tadelte ihre Gouvernante sie sanft. »Worüber haben wir heute Morgen gesprochen? Ihr müsst euch stets wie junge Damen benehmen.«

Die Mädchen beachteten sie kaum, sondern drängelten und schubsten, um näher an Alexei heranzukommen. Dabei redeten sie alle auf einmal.

»Wie lange wirst du bleiben, Papa?«

»Ich lerne gerade malen, Papa!« Vera drückte ihm ein zusammengefaltetes Blatt Papier in die Hand. »Das habe ich extra für dich gemalt!«

»Papa interessiert sich nicht für deine blöden Steckenpferde«, sagte Irina eifersüchtig.

»Mama! Irina ist schon wieder gemein!«

»Mädchen, bitte.« Emily bedeutete der Gouvernante, ihre Töchter wegzubringen.

»Kommt, Mädchen!« Die Gouvernante führte sie zum Haus. »Eure Eltern haben eine lange Reise hinter sich.«

»Wie schön, Sie wieder daheim zu haben, Exzellenz.« Der Diener trat vor. »Sie müssen müde sein. Wir haben Ihre Zimmer vorbereitet.« Er winkte einen betagten Diener zu sich. »Bring das Gepäck der Exzellenzen auf ihre Zimmer.«

»Was ist aus unserem anderen Diener geworden?«, erkundigte sich Alexei, während er beobachtete, wie sich der alte Mann mit der schweren Last abmühte. Zwei Hausmädchen halfen ihm, die Koffer vom Wagen zu heben und ins Haus zu tragen.

»Er dient bei der Armee, Eure Exzellenz. Ich habe es Ihnen gegenüber in einem Brief erwähnt. Es heißt, dass er Korporal geworden ist.«

»Ja, natürlich«, sagte Alexei zerstreut. »Ich gehe gleich nach oben, um mich umzuziehen. Danach möchte ich mit dem Verwalter über das Gut sprechen.«

Der Diener räusperte sich. »Der Verwalter ist leider auch eingezogen worden, Exzellenz.«

»Und wer kümmert sich um den Besitz?«

»Ich verwalte ihn, so gut ich kann.« Der Diener blickte auf seine Füße. »Da die meisten Männer beim Militär sind, müssen wir mit bedeutend weniger Leuten auskommen.«

»Wie viele haben wir verloren?«

»Wir haben nicht genug Arbeiter, um auch nur ein Drittel der Felder zu bestellen.«

»Was ist mit dem Obstgarten?«

»Der Diener und ich pflücken die Früchte«, antwortete der Diener, »und die Köchin kümmert sich um ihren Gemüsegarten. Hier und da ein Stück Wild und das, was wir in den Kellern haben, sollte ausreichen, uns durch den Winter zu bringen.«

»Wie steht es mit Heizmaterial?«

»Es ist nicht genug, um das ganze Haus warm zu halten, deshalb haben wir ein paar Räumlichkeiten geschlossen.«

»Sehr vernünftig. Ab heute Abend werden wir alle in den vorderen Räumen schlafen. Ich selbst schlafe in der Bibliothek. Sprechen Sie mit Madame Serova darüber. Und gleich morgen früh gehen Grigori und ich Holz hacken.«

»Aber Exzellenz«, rief der Diener, »das schickt sich nicht für einen Mann Ihrer Stellung, von Ihrer angegriffenen Lunge ganz zu schweigen!«

»Meiner Lunge wird die körperliche Betätigung guttun«, sagte Alexei.

Wie es schien, begann jetzt ein neuer und entbehrungsreicherer Abschnitt seines Lebens. Und mit ein bisschen Glück, überlegte er, würde dies alles Marie aus seinen Gedanken vertreiben.

29.

Kriegsgefangenenlager Marienburg, Polen

Dezember 1915

Nikolai verlor mit jedem Tag ein bisschen mehr den Mut. Er war seit ungefähr sechs Monaten im Lager, und die Hälfte der Männer, die man zusammen mit ihm eingeliefert hatte, waren entweder verhungert oder an einer Krankheit gestorben. Und es wurden mit jedem Tag mehr.

Die Toten wurden in den frühen Morgenstunden begraben. War der Boden gefroren, zündeten sie kleine Feuer an, um die Erde zu erwärmen. Wenn die Leichen in den Gräbern lagen, nahmen die Männer ihre Mützen ab und sangen einen Choral, wobei der Wind durch ihre zottigen Bärte und die verfilzten Haare pfiff. Anschließend verließen sie die Grabstätte einer nach dem anderen und stellten sich an, um ihr Frühstück zu holen.

Der ständige Hunger ließ Nikolai keinen ruhigen Augenblick und beherrschte sein Denken. Selbst wenn er neben den Gräbern stand, quälte ihn der Gedanke an Essen. In dem verzweifelten Versuch, seinen schmerzenden Magen zu beruhigen, stöberte er in Abfalleimern und kämpfte mit anderen Männern um Essensreste.

An diesem Morgen war er mit hämmerndem Kopf und bohrenden Schmerzen in den Knochen aufgewacht. Als er sich auf die Ellbogen stützte, wurde ihm schwindlig. Er sank zurück, schloss die Augen und wartete, bis der Anfall verebbte.

Dann setzte er sich vorsichtig auf und zog sich seine Kosakenmütze, die *Papacha*, tief über die Ohren.

Stöhnend griff er nach seinen Stiefeln und begutachtete die Sohlen. Sie waren mit Nägeln und Schnüren befestigt und sahen nicht so aus, als würden sie den Rest des Winters überdauern. Das Leder war allerdings über Nacht nicht gefroren, wie Nikolai zu seiner Erleichterung feststellte.

Am hinteren Ende der Baracke sah er den dunklen Umriss des kleinen Ofens. Er eilte an den Pritschen vorbei, bemüht, sich möglichst leichtfüßig über die knarrenden Bodenbretter zu bewegen, um die anderen nicht zu wecken. Draußen peitschte ein heulender Wind die Birken gegen die dünnen Wände der Hütte. Eisige Luft drang durch die Risse und überzog die Wände mit Raureif.

Nikolai pustete in die Hände, rieb sie fest aneinander. Dann nahm er die Gaslampe, die an einem Wandhaken über dem Ofen hing, und zündete den Docht an. Züngelnde gelbe Flammen tauchten ihn in einen Lichtkreis.

Plötzlich krampfte sich seine Brust schmerzhaft zusammen, und er hustete in seine Hand. Als er sie vom Mund nahm, entdeckte er einen dunklen Fleck auf der Handfläche. Sein Magen schnürte sich vor Nervosität zusammen.

Neben seinem Ellbogen rührte sich etwas, und ein Schatten fiel auf den Ofen.

»Bist ganz schön früh auf.« Iwanow stand neben ihm und deckte mit seiner mächtigen Gestalt fast das Licht ab.

Nikolai wischte die Hand an der Hose ab, bevor Iwanow den Fleck sehen konnte.

Iwanow kauerte sich vor den Ofen und betastete ihn. »Das verdammte Ding ist schon wieder ausgegangen.« Er öffnete die Klappe, spähte hinein. »Eiskalt!«

»Was hast du erwartet? Die Deutschen behalten die dicksten Scheite für sich selbst. Uns überlassen sie nur dünne

Zweige.« Nikolai wühlte in dem Holzstoß in der Ecke, suchte ein paar Holzstücke aus und schob sie in den Ofen. Iwanow zündete ein Streichholz an und hielt es an das Holz, bis es zu knacken und zu knistern begann und schließlich brannte. Er drehte sich um, lächelte Nikolai an. »Das sollte bald ein hübsches Feuerchen geben. Dann können wir uns was Warmes zu trinken machen.«

»Wir haben dieselben Teeblätter schon so oft gekocht, dass man sie nicht mehr aufbrühen kann.«

Iwanows Lächeln vertiefte sich. Die rechte Seite seines Gesichts, wo ihn der Gewehrkolben des deutschen Soldaten erwischt hatte, war eingedrückt, sodass es so aussah, als würde nur eine Hälfte des Gesichts lächeln.

»Ich habe ein kleines bisschen Rum.« Er zwinkerte Nikolai zu.

Nikolai blickte ihn aus großen Augen an. »Wo hast du den her?«

»Frag nicht. Ich hab da so meine Methoden.« Iwanow ließ einen Arm schwer auf Nikolais Schultern fallen und sagte: »Überlass das einfach mir. Ich mache dir ein Gebräu, bei dem sich die Haare auf deiner schmächtigen Hühnerbrust aufstellen.«

Nikolais Lachen wurde zu einem Hustenanfall, der so heftig war, dass er sich krümmte.

Iwanow half ihm zu seiner Pritsche. Ein Ausdruck der Besorgnis hatte den Frohsinn aus seinen Augen vertrieben. Er legte eine Hand auf Nikolais Stirn. »Du bist krank.«

»Nein, alles in Ordnung.« Nikolai schob Iwanows Hand weg. »Bloß eine Erkältung.«

»Du glühst.«

»Ich habe dir doch gesagt, dass alles in Ordnung ist.« Er grinste Iwanow aufmunternd an. »Zu Hause hatten wir eine Köchin, die uns immer Wodka ins Zimmer geschmuggelt hat, wenn wir krank waren. Sie schwor Stein und Bein, dass es das beste Mittel gegen Grippe wäre.«

Iwanow war ganz und gar nicht überzeugt. Er zögerte. Fahles graues Licht sickerte allmählich durch die schmutzigen Fenster und drängte die dunklen Schatten der Nacht in die Ecken. Die anderen Männer in der Hütte wurden allmählich munter. Bald würden die Wärter das Signal zum Arbeitsbeginn geben.

»Ich sage Bescheid, dass es dir heute zu schlecht geht, um draußen zu schuften.«

Nikolai wollte Einwände erheben, aber Iwanow schnitt ihm das Wort ab. »Ich will keinen Widerspruch hören.« Er drückte ihn sanft auf die Pritsche, breitete die Decke über ihm aus und legte zusätzlich seine eigene Decke darüber. »Sieh zu, dass du ein bisschen Schlaf bekommst.«

Nikolai schloss die Augen. Sofort spürte er, wie sich alles um ihn zu drehen begann. Seine Zähne schlugen aufeinander, und es schüttelte ihn am ganzen Körper. Er packte die Decken, zog sie sich bis ans Kinn und fiel in einen unruhigen Schlummer.

Wie lange er geschlafen hatte, wusste er nicht. Irgendwann nahm er verschwommen wahr, dass Iwanow am Fußende der Pritsche saß und ihm etwas hinhielt. Er versuchte zu schlucken, aber seine Zunge war so dick angeschwollen, dass sie ihm am Gaumen klebte. Bilder und Stimmen zogen in einem wirren Kaleidoskop an ihm vorbei. Tränen, mit Schweißtropfen vermischt, liefen ihm übers Gesicht, und er hatte das Gefühl, in einen dunklen Abgrund zu stürzen.

Auf einmal tauchte in der tiefsten Dunkelheit ein Licht auf, in dem eine Gestalt erschien. Die Gestalt, deren Gesicht durch das strahlend helle Licht im Hintergrund nicht zu erkennen war, kam langsam auf ihn zu, bis Nikolai zu seiner Freude Pjotr erkannte.

Pjotr lächelte ihn gütig an. »Kolja, mein Bruder, was ist mit dir geschehen?« Er legte eine kühle Hand auf Nikolais heiße Stirn.

»Ich habe schrecklichen Durst«, gestand Nikolai.

Pjotr lächelte ihn weiterhin an. »Es ist Zeit.«

»Zeit wofür?«

»Mit mir zu gehen.« Pjotr streckte die Hand aus.

»Ich verstehe nicht …« Nikolai furchte die Stirn. »Wo gehen wir hin?«

»Komm mit. Es ist Zeit, deinem Leid ein Ende zu machen.«

»Wo gehen wir hin?«, wiederholte Nikolai.

»Ich bringe dich an einen Ort, an dem es keine Kriege und keinen Hunger gibt, nur unendlichen Frieden.«

Nikolai schüttelte den Kopf. »So einen Ort gibt es nicht.«

»Es gibt ihn, und ich kann dich dort hinführen.« Pjotr nahm Nikolais Hand in beide Hände. »Komm, lass uns keine Zeit mehr verschwenden.«

Nikolai spürte, wie sein Körper sich mühelos von der Pritsche erhob. Ein überwältigendes Gefühl der Erleichterung erfüllte ihn, und er vergaß seine Schmerzen. Er folgte Pjotr zu dem hellen Licht, erst zögernd, dann immer schneller. Als er dem Licht schon ganz nah war, sah er, dass andere Gestalten dort auf ihn warteten.

»Wer sind diese Leute, Pjotr?«

»Es ist viel Zeit vergangen, mein Freund. Viele von uns sind jetzt hier.«

Nikolai klammerte sich fester an Pjotrs Hand und trat mit ihm ins Licht.

*

Iwanow rüttelte Nikolais schlaffen Körper. Er war soeben von der Arbeit zurückgekehrt und hatte Nikolai auf der Pritsche vorgefunden. Die wenigen Worte, die über seine Lippen kamen, ergaben keinen Sinn. Das jungenhafte Gesicht war rot und nass von Schweiß, die dunklen Locken klebten feucht am Kopf.

Iwanow berührte Nikolais Hand. Sie war glühend heiß. Er drehte seinen Freund auf der Pritsche herum und wischte ihm mit einem feuchten Lappen das Gesicht ab. Nikolais Atem, der wie verfaultes Obst roch, ging in flachen, rasselnden Stößen.

Iwanow schüttelte ihn verzweifelt. »Du musst kämpfen, verdammt!«

Eine Hand drückte seine Schulter. Iwanow drehte sich um. Einer der anderen Gefangenen stand vor ihm.

»Das wird nichts nützen«, sagte der Mann.

Iwanow schüttelte die Hand ab, stand auf und betrachtete den leblosen Körper.

»Für ihn kann keiner mehr etwas tun«, sagte der andere Gefangene kopfschüttelnd.

Iwanow fuhr herum und packte den Mann am Kragen. »Wenn du den nächsten Tag erleben willst, Kamerad, solltest du deine Meinung für dich behalten!«, knurrte er und ließ ihn wieder los. Der Mann taumelte davon. Ohne die verwunderten Blicke seiner Mitgefangenen zu beachten, ließ Iwanow sich neben Nikolais Pritsche auf die Knie fallen.

»Du kannst doch hier nicht sterben! Du musst kämpfen!« Iwanows Lippen bebten. Er faltete die Hände und betete lange Zeit zu allen Heiligen, das Leben seines Freundes zu retten.

Als er wieder auf Nikolai schaute, war dessen Gesicht ganz ruhig. Sein Kopf war zur Seite gerollt, seine Augen blickten leer in eine Ecke der Baracke. Iwanow berührte Nikolais Hand und zuckte zurück, so kalt war sie.

»Falls ich diese Hölle überlebe«, flüsterte er, »gehe ich zu deinen Eltern und sage ihnen, was für ein außergewöhnlicher Mensch ihr Sohn war.« Iwanow zog die Lider über Nikolais gebrochene Augen. »Das schwöre ich dir.«

30.

Narva

Februar 1916

Der Wagen blieb vor dem schweren Schmiedeeisentor stehen. Iwan, der Stalljunge, kam herbeigelaufen, um zu öffnen, und der Wagen fuhr langsam weiter zum Haupthaus.

Hermann Kulbas stand wartend oben auf der Treppe. Er sah alt und gebeugt aus. Valentin stand mit düsterer Miene neben ihm. Marie sprang aus dem Wagen, lief die Treppe hinauf und fiel ihrem Vater um den Hals.

»Mein Kind, der Herr hat uns eine schwere Prüfung auferlegt.« Hermann Kulbas' Stimme war belegt. »Mein Sohn … dein Bruder … er ist von uns gegangen.« Er begann plötzlich zu schwanken, konnte sich kaum noch auf den Beinen halten.

»Papa!«, rief Marie. »Valentin, schnell, hilf mir!«

Bruder und Schwester führten ihren Vater ins Haus und drängten ihn sanft in einen Sessel. Hermann Kulbas vergrub sein Gesicht in den Händen und weinte wie ein Kind.

»Mein Junge … mein Nikolai.« Er hob die feuchten Augen zur Decke. »Lieber Gott, warum musstest du mir meinen Sohn nehmen, meinen Erstgeborenen? Ach, Nikolai!« Er ließ den Kopf wieder sinken. »Wir können ihn nicht einmal anständig beerdigen.«

Maries Herz schnürte sich schmerzhaft zusammen. »Was redest du da, Papa? Natürlich wird es ein kirchliches Begräbnis geben.«

Hermann Kulbas schüttelte den Kopf. »Er ist auf irgendeinem gottverlassenen Acker verscharrt worden.«

Marie legte die Arme um ihren Vater. Der aber deutete mit einer Kopfbewegung nach oben zum Zimmer ihrer Mutter. »Geh zu ihr. Sie fragt ständig nach dir.«

Marie legte rasch Hut und Mantel ab, warf beides auf ein Sofa und eilte hinauf zum Schlafzimmer ihrer Mutter.

Die Vorhänge waren zugezogen. Bis auf den matten Lichtkreis um die Nachttischlampe herrschte Dunkelheit. Maries Mutter lag auf dem Bett und umklammerte ein Foto von Nikolai.

Marie setzte sich zu ihr und nahm ihre Hand. Pauline Kulbas wandte langsam den Kopf und lächelte schwach, als sie ihre Tochter sah.

»Du bist gekommen, Marie …«

»Natürlich, Mama. Ich habe mich sofort auf den Weg gemacht, nachdem ich das Telegramm erhalten hatte.«

Pauline biss sich auf die Lippe und schloss die Augen. Tränen liefen über ihr molliges Gesicht.

»Es ist so sinnlos. Man hat mir meinen Nikolai genommen. Er war doch noch ein Junge am Anfang seines Lebens. Warum müssen Mütter ihre Kinder in den Krieg ziehen lassen? Warum ist er gegangen? Warum, Marie? Sag es mir.«

»Oh, Mama …« Marie verdrängte ihr eigenes Leid in dem verzweifelten Bemühen, ihre Mutter zu trösten. »Du darfst dich nicht so aufregen. Soll ich dir Tee bringen lassen?«

Pauline schüttelte den Kopf. »Er kommt nicht mehr wieder, Marie, nie mehr. Ich werde nie erleben, wie er heiratet, oder seine Kinder im Arm halten.« Sie wandte das Gesicht ab. »Eine Mutter sollte nicht die Qualen erleiden müssen, ihre Kinder zu überleben.«

Den Rest des Tages blieb Marie bei ihrer Mutter und wich nur von ihrer Seite, um mit ihrem Vater und Valentin ein wenig zu Abend zu essen. Irgendwann schlief sie in einem Sessel am Bett ihrer Mutter ein.

Anna weckte sie, indem sie sanft ihre Schulter drückte. »Komm, so kannst du nicht schlafen. Du musst dich ein bisschen ausruhen.«

Marie folgte Anna in ihr eigenes Zimmer, ließ sich aus ihrer schwarzen Trauerkleidung helfen und schlüpfte in ihr Nachthemd. Sie war so erschöpft, dass sie sofort einschlief.

*

Pauline Kulbas verließ ihr Bett mehr als zwei Wochen lang nicht und lehnte jeden Besuch ab. Marie harrte die ganze Zeit an ihrer Seite aus.

Am Morgen des Trauergottesdienstes legte Anna die Trauerkleidung zurecht. Marie, die sich leer und ausgehöhlt fühlte, blickte aus trockenen Augen auf die Sachen.

»Die Autos werden bald vorfahren.« Anna hielt ihr eine Hand hin. »Du musst dich fertig machen.«

Marie ergriff Annas Hand und ließ sich von ihr ankleiden.

Später, als die Familie auf die Wagen wartete, herrschte drückendes Schweigen im Raum. Marie saß auf dem Sofa und hielt Paulines schlaffe, kalte Hand.

Ihnen gegenüber saß mit aschfahlem Gesicht Hermann Kulbas und rauchte Pfeife. Sein sonst so frisches, wettergerötetes Gesicht zeigte eine ungesunde gelbliche Blässe. Valentin stand hinter ihm und klammerte sich so fest an die Lehne seines Stuhls, dass seine Fingerknöchel weiß hervortraten.

Die Doppeltür öffnete sich. Alle drehten sich gleichzeitig um.

»Die Wagen sind da«, verkündete der Diener mit leiser Stimme.

Hermann Kulbas klopfte seine Pfeife im Aschenbecher aus

und erhob sich als Erster. Marie half ihrer Mutter auf, indem sie stützend eine Hand unter ihren Ellbogen legte. Zusammen mit Anna zog sie Pauline den Mantel über und steckte den Hut fest.

»Bist du so weit, Mama?«, fragte sie dann sanft und tupfte frische Tränen vom Gesicht ihrer Mutter.

Außerstande, ein Wort hervorzubringen, nickte Pauline und nahm den Arm ihres Mannes. Langsam schritt das Paar zur Tür hinaus, gefolgt von Marie und Valentin. Auch Anna und die übrigen Dienstboten verließen das Haus und stiegen in die wartenden Autos.

In der Kirche füllten dunkel gekleidete Trauergäste die Sitzreihen. Marie schenkte dem Gottesdienst kaum Beachtung. Die Worte des Pastors, die gemurmelten Bekundungen des Beileids und der Anteilnahme – nichts davon konnte den brennenden Schmerz in ihrer Brust auch nur annähernd lindern. Sie schloss die Augen und beschwor Erinnerungen an ihren Bruder herauf, an seinen letzten Besuch zu Hause, bevor er wieder an die Front gemusst hatte, an den zehnjährigen Nikolai, der sie unablässig neckte und ärgerte, und an den schneidigen jungen Mann im Abendanzug, der sie ins Theater begleitete.

Pauline Kulbas' gequälter Aufschrei riss Marie aus ihren wehmütigen Erinnerungen.

Sämtliche Kirchgänger drehten sich um und schauten zu Mutter und Tochter hinüber. Pauline schien die mitleidigen Blicke gar nicht wahrzunehmen. Sie wiegte vor und zurück und schlug sich mit der Faust an die Brust, den Mund zu einem stummen Schrei aufgerissen.

Der Pastor kam vom Altar zu ihr hinunter und nahm ihre Hand.

»Nikolai ist jetzt in den Armen unseres Herrn Jesus«, sagte er leise. »Gott hat es in seiner unendlichen Weisheit für richtig befunden, ihn zu sich zu holen.«

Abgesehen von ihren Lippen, die immer noch unkontrolliert zitterten, wurde Paulines Körper ruhig. Sie blickte den Pastor aus tränennassen Augen an.

Der tätschelte Paulines Hand und sagte tröstend: »Ihr Sohn ist jetzt an einem besseren Ort.«

»Danke«, sagte Marie mit brüchiger Stimme anstelle ihrer Mutter.

Der Pastor schenkte beiden ein mitfühlendes Lächeln. »Ich werde für Sie beten«, sagte er dann und ließ Paulines Hand los.

*

Nach dem Gottesdienst verließen die Trauernden die Kirche und begaben sich langsam zu den Wagen. Marie, die hinter ihren Eltern ging, beobachtete, wie sie sich aneinanderlehnten. Ihr Vater legte seine starken Arme tröstend um Paulines Schultern und strich ihr übers Haar.

In diesem Moment zerbrach irgendetwas in Maries Innerem. Sie huschte hinter eine Ulme und weinte herzzerreißend.

31.

Kriegsgefangenenlager Marienburg, Polen

Juni 1916

Die Lagerwärter gingen durch die Baracken, knipsten Lampen an und beförderten die Gefangenen mit Fußtritten aus ihren Betten. Iwanow stützte sich auf die Ellbogen und blinzelte den Schlaf aus den Augen. Dann trat er ans Fenster, betrachtete durch die verschmierten Glasscheiben den stahlgrauen Himmel des frühen Morgens und fluchte halblaut.

Überall im Lager strömten Männer wie Gespenster nach draußen.

Iwanow nahm seinen Blechnapf und stellte sich mit den anderen um Suppe an. Es deprimierte ihn, wie die Männer in Reih und Glied warteten wie Schulkinder. Hände, die dazu geschaffen waren, zu pflügen, Obst zu pflücken oder Getreide zu ernten, umklammerten Blechnäpfe; starke Arme streckten sich demütig nach Essensrationen aus, die gerade eben ausreichten, um nicht zu verhungern. Diese Männer, die einmal lebensfroh und tatkräftig gewesen waren, wirkten jetzt apathisch und desinteressiert an ihrem weiteren Geschick. Für sie war der Krieg so gut wie vorbei. Eingesperrt hinter Stacheldrahtzäunen, praktisch ohne Kontakt zu dem Land, für das sie gekämpft hatten, fühlten sie sich von ihrem Herrscher im Stich gelassen.

In der Dunkelheit machten sie sich auf nächtliche Raubzüge, um in den Mülleimern vor der Küche nach Brotkanten,

Rüben- oder Kartoffelschalen zu wühlen. Wenn sie irgendetwas besaßen, das als Tauschware gelten konnte, gingen sie zu dem Zaun, der sie von der Außenwelt trennte, und tauschten es bei den Einheimischen gegen Nahrungsmittel ein. Iwanow war es gelungen, für Nikolais Stiefel einen Laib Brot und etwas Butter zu bekommen.

Seine Blicke schweiften zum hinteren Teil des Lagers, wo Nikolai begraben lag. Nicht weit davon entfernt schaufelten Männer ein frisches Grab; neben ihnen lag ein Toter auf der Erde. Irgendjemand hatte bereits seine Jacke und seine Stiefel an sich genommen. Der Sommer hatte eine neue Welle von Ruhr mit sich gebracht. Die Krankheit breitete sich rasant im Lager aus und fand mühelos Opfer.

Nachdem die Männer eine tiefe Grube ausgehoben hatten, packten sie den Toten an Armen und Beinen, senkten ihn hinein und stimmten dazu einen Klagegesang an. In der Schlange vor der Essensausgabe wandten sich die Männer nach den melancholischen Stimmen um. Langsam, beinahe zögernd hoben sie die Köpfe und stimmten ein. Der Wind, der von Westen kam, griff ihre Stimmen auf und trug sie wie lang vergessene Erinnerungen über die weiten Ebenen zu ihren Familien.

*

Iwanow trieb die Spitzhacke in das weiche Erdreich. Es war Knochenarbeit, aber er merkte es kaum. Wochenlang hatte er sich im Geist damit beschäftigt, einen Fluchtplan auszuhecken. Die Befürchtung, nicht lange genug zu überleben, um seinen Sohn in die Arme nehmen zu können, hatte in ihm den Entschluss reifen lassen, aus dem Lager zu fliehen. Das warme Wetter machte die Wärter lethargisch, je länger und heißer die Tage wurden, desto sorgloser wurden sie.

Iwanow hielt inne, um sich den Schweiß von der Stirn

zu wischen, und begutachtete den dichten Wald, der an den Steinbruch grenzte. Das Blattwerk stellte ein Risiko dar, bot aber andererseits ausreichend Deckung.

Im Laufe der Wochen hatte eine Idee Gestalt angenommen, und nun setzte Iwanow sie in die Tat um. Er ließ die Hacke fallen und schwenkte einen Arm, während er sich mit dem anderen den Bauch hielt.

»He!«, rief er. »Kamerad!«

Die beiden Wärter, die ihm am nächsten standen, blickten auf.

»Was ist?«, fragte einer von ihnen unwirsch.

»Aufs Klo … aufs Klo«, stammelte Iwanow in gebrochenem Deutsch. »Ist dringend!«

»Du kennst die Regeln. Du musst bis zur Mittagspause warten.«

»Bitte, Kamerad. Ich kann's nicht mehr halten.«

»Dann mach dir in die Hose.«

Iwanow legte die Stirn in Falten, als hätte er nicht verstanden, was der Soldat sagte.

»Bitte, Kamerad. Ich bin krank.« Er sah, wie der Soldat zögerte und sich zu den anderen umwandte, die sich in den Schatten eines Baumes geflüchtet hatten. Sie standen mit dem Rücken zu ihnen und schenkten ihnen keinerlei Beachtung.

»Na gut«, sagte der Soldat. »Aber beeil dich!«

»Danke.« Iwanow neigte den Kopf. »Ich mache ganz schnell.«

Iwanow ging vor dem Soldaten her und verschaffte sich rasch einen Überblick über seine Umgebung. Sowie er ins Unterholz trat, verlangsamte er seine Schritte. Der Soldat stieß ihm sein Gewehr in den Rücken.

»Los, mach schon!«

Iwanow blieb abrupt stehen und rührte sich nicht.

»Was ist los mit dir?«, blaffte der Soldat. »Bist du taub geworden?« Er rüttelte Iwanows Schulter. »Hörst du nicht? Ich habe gesagt, du …«

Iwanow schnappte sich blitzschnell das Gewehr und drosch es dem Soldaten mit Wucht ins Gesicht. Der Soldat riss instinktiv die Hände hoch und presste sie an seine gebrochene Nase. Bevor er reagieren konnte, rang Iwanow ihn nieder und rammte ihm einen Ellbogen ins Zwerchfell.

Der Mann rollte sich keuchend herum und hielt sich den Magen. Iwanow wusste, dass alle Soldaten ein Messer am Knöchel trugen. Er hielt dem Mann mit seiner großen Hand Mund und Nase zu, zog das Messer heraus und stieß es dem Gegner tief in die Halsvene. Die Augen des Soldaten weiteten sich vor Überraschung. Sein Körper zuckte, als Flüssigkeit in seine Lunge drang, um gleich darauf zu erschlaffen. Ein gedämpftes Gurgeln kam von seinen Lippen, und Iwanow presste die Hand noch fester auf seinen Mund. Als er sah, wie das Licht in den Augen des Soldaten trüber wurde und schließlich erlosch, hob er seine Hand und ließ den Kopf des anderen zur Seite rollen. Da er wusste, dass ihm nur wenig Zeit blieb, schnappte er sich das Gewehr und den Dolch und rannte in den Wald.

Er lief stundenlang, ohne eine Pause einzulegen, fest entschlossen, so viel Abstand wie möglich zwischen sich und seine Verfolger zu legen. Irgendwann blieb er keuchend stehen, lehnte den Kopf an einen Baumstamm und holte mehrmals tief Luft. Dann lauschte er, aber alles, was er hören konnte, war das Blut, das in seinen Ohren rauschte.

Als sein Blick auf seine Hände fiel, sah er die blutigen Finger. Auf einmal wurde ihm übel. Rasch nahm er eine Handvoll Erde und rieb sie in die Handflächen. Nun, da seine Hände schmutzig waren, konnte er das Blut nicht mehr sehen, stellte er erleichtert fest.

Bald ging sein Atem ruhiger, und seine Gedanken kehrten zu Marina zurück. Er hatte von ihr eine Postkarte mit einem Bild seiner Familie bekommen. Sein Junge – mit runden Backen und einem Schopf dichter Locken – saß aufrecht auf dem Schoß seiner Frau, links und rechts davon seine Schwestern. Iwanow trug das Foto in der Jackentasche und küsste jeden Abend vor dem Einschlafen ihre Gesichter.

Jetzt holte er das Bild heraus und strich mit einem Finger über jedes Familienmitglied, wobei er bei seinem Jungen ein wenig länger verharrte.

»Ich hoffe, mein Sohn, du wirst nie die Erfahrung machen, was für eine furchtbare Last es ist, einem anderen das Leben zu nehmen.«

Iwanow steckte das Foto zurück, stieß sich vom Baum ab und lief weiter nach Osten.

Richtung Heimat.

32.

Russische Front

Juni 1916

Funken sprühten wie winzige Glühwürmchen aus den Flammen. Als Kind hatte Bogolew stundenlang ins Feuer starren können, während ringsum alle ihren Beschäftigungen nachgingen. Es hatte ihm immer geholfen, einen klaren Kopf zu bekommen.

Fast ein Jahr war vergangen, seit er aus Nowo-Georgiewsk geflohen und irgendwann auf die Reserve gestoßen war.

Die russische Armee bereitete unter General Brussilow eine Offensive auf breiter Front gegen Österreich vor. Da die Kampfmoral einen absoluten Tiefpunkt erreicht hatte, brauchte Russland diesen Sieg, und Bogolew glaubte, dass Brussilow der Mann war, der ihn erringen konnte.

»Hauptmann!« Ein Infanterist salutierte und nahm Haltung an.

Bogolew erwiderte den Gruß. »Rühren, Soldat.«

»Unsere Männer haben einen Russen aufgegriffen, der behauptet, aus einem Kriegsgefangenenlager vierundzwanzig Kilometer westlich von hier geflohen zu sein.«

»Wo haben sie ihn gefunden?«

»Er kam zu unseren Schützengräben gelaufen und rief unsere Männer an.«

Bogolew überlegte. »Glauben Sie, dass er die Wahrheit sagt?«

Der Infanterist zögerte. »Er könnte ein Deserteur sein … oder ein Spion. Aber ich glaube ihm. Er ist in ziemlich übler Verfassung.«

Bogolew kratzte sich die Bartstoppeln auf dem Kinn und blickte ins Feuer, bis er schließlich fragte: »Wo ist er jetzt?«

»In der Krankenstation. Er ist zusammengebrochen, kaum dass er in den Graben gezogen wurde.«

»Lasst ihn einstweilen dort. Aber unter Bewachung!«

»Jawohl.«

»Gibt es noch etwas?«

»Ja. Er hatte ein Gewehr und einen Dolch der deutschen Armee bei sich, und auf seiner Kleidung waren Blutflecken.«

»Von ihm selbst?«

»Er hat ein paar Kratzer und Striemen.« Wieder zögerte der Soldat. »Der Arzt, der ihn untersucht hat, meinte, der Wangenknochen des Mannes wäre gebrochen, nicht in letzter Zeit, sondern irgendwann im Lauf des letzten Jahres. Der Doktor glaubt, dass der Mann keine anständige medizinische Versorgung erhalten hat, sodass die Knochen nicht richtig zusammengewachsen sind.«

»Hat er seinen Namen genannt?«

»Ja, Hauptmann.« Der Soldat zog einen Zettel aus der Jackentasche und reichte ihn Bogolew. Auf dem Zettel standen in auffallend guter Handschrift Name, Rang und Regiment des Mannes.

»Wessen Handschrift ist das?«

»Seine.«

»Was hat er vor dem Krieg gemacht?«

»Er behauptet, dass er Bauer war, ein Donkosak. Sein Vater hat ihm Lesen und Schreiben beigebracht.« Der Soldat griff erneut in seine Tasche und zog ein Foto hervor. »Das haben wir auch bei ihm gefunden.«

Bogolew betrachtete das Bild der bescheiden gekleideten

Frau mit ihren drei Kindern, drehte es um und las, was auf der Rückseite stand.

»Die Karte kommt aus Moskau«, fügte der Soldat hinzu.

Bogolew las den Namen des Absenders: Marina.

»Wenn er wirklich ein Spion ist, hat er sich jedenfalls viel Mühe gegeben, um authentisch zu wirken.« Bogolew steckte das zusammengefaltete Stück Papier und das Foto in seine Brusttasche. »Trotzdem müssen wir vorsichtig sein. Behaltet ihn scharf im Auge, bis wir die Identität des Mannes mit dem Oberkommando abgeklärt haben. Lasst euch von ihm nicht in ein Gespräch über die Pläne der Armee verwickeln.«

»Jawohl, Hauptmann.«

»Wegtreten.« Bogolew salutierte.

Wieder allein, richtete er den Blick erneut auf die Flammen. Er brauchte Zeit zum Nachdenken. Wenn der Mann ein Spion war, konnte er die gesamte Offensive gefährden.

Bogolew erhob sich und beschloss, sich den Unbekannten selbst anzuschauen. Er marschierte zum Feldlazarett und ging direkt zur Verbandsstation. Eine Krankenschwester stellte sich ihm in den Weg.

»Tut mir leid, Hauptmann, aber wir haben im Moment sehr viel zu tun.«

»Ich muss mit dem Mann sprechen, der vor Kurzem aufgenommen wurde.«

»Kommen Sie morgen wieder, wenn wir damit fertig sind …«

»Ich will ihn jetzt sehen«, beharrte Bogolew.

Die Krankenschwester verstummte und zeigte auf eine Pritsche am Ende des Zelts.

Der Mann schlief, und der Soldat, der zu seiner Bewachung abgestellt war, döste auf einem Stuhl. Bogolew weckte den Soldaten mit einem kurzen Tritt gegen den Stiefel. Der

Soldat öffnete die Augen und sprang sofort auf, als er den Hauptmann sah.

»Rühren, Soldat.« Bogolew salutierte. »Ich will unter vier Augen mit dem Kosaken sprechen.«

Bogolew setzte sich auf den Stuhl, auf dem eben noch der Soldat gesessen hatte, betrachtete im Kerzenlicht den Mann und versuchte zu entscheiden, ob er wirklich der war, der er zu sein vorgab. Trotz der eingefallenen Wangen hatte er die ausgeprägten Züge eines Kosaken. Sein rechter Wangenknochen saß in einem schiefen Winkel, der der Gesichtshälfte ein groteskes Aussehen verlieh.

Wie ist er den Deutschen entkommen?, fragte Bogolew sich. Er beugte sich vor, kniff die Augen zusammen. War der Mann ein Spion, den der Feind geschickt hatte?

Die Russen hegten seit Langem den Verdacht, dass die Deutschen ihre Codes geknackt hatten und ihre Telefongespräche abhörten. Andererseits hatte auch die Vermutung, dass die Informationen durch ein Netzwerk von Spionen zu den Deutschen gelangten, nie widerlegt werden können. Bogolew lehnte sich auf dem Stuhl zurück, zog das Stück Papier mit dem Namen des Soldaten heraus und faltete es auseinander.

»Leo Nikolajewitsch Iwanow«, las er laut.

Der Mann schlug die Augen auf, als sein Name fiel.

»Guten Abend, Korporal«, sagte Bogolew freundlich.

Der Mann wandte ihm sein Gesicht zu.

»Wasser«, flüsterte er heiser und fuhr sich mit der Zunge über die Lippen. »Wasser.«

»Schwester! Dieser Mann braucht Wasser.«

Die Krankenschwester warf Bogolew einen unfreundlichen Blick zu, tat aber, was er verlangte. Sie stützte mit einer Hand Iwanows Kopf und hielt ihm mit der anderen den Becher an die Lippen.

»Danke.« Iwanow schloss die Augen, als die Krankenschwester seinen Kopf wieder auf die Matratze sinken ließ.

»Wie geht es Ihnen?«, fragte Bogolew.

»Als wäre ich durch den Fleischwolf gedreht worden.«

Bogolew nickte kurz. Er fragte sich, ob es zu früh war, den Mann zu verhören. Dann dachte er daran, dass Iwanow – falls das sein richtiger Name war – sich eher verplappern könnte, wenn er müde war, nicht ganz klar im Kopf, und beschloss, ihm jetzt gleich ein paar Fragen zu stellen und seine Reaktion abzuwarten.

»Man hat mir gesagt, Sie sind aus einem Kriegsgefangenenlager ausgebrochen.« Bogolew sprach bewusst unbefangen, um zu vermeiden, dass der Mann Verdacht schöpfte.

Iwanow nickte, ohne die Augen zu öffnen.

»Wie konnten Sie fliehen?«

»Ich habe einen Deutschen getötet.«

Iwanows Stimme klang ausdruckslos, aber Bogolew fiel auf, wie sein Körper sich bei den Worten verkrampfte.

»Wie haben Sie das gemacht?«

Iwanow schlug langsam die Augen auf, und Bogolew stellte zu seiner Überraschung fest, dass sie im Kerzenlicht feucht schimmerten.

»Ich habe ihm seinen eigenen Dolch in die Kehle gestoßen.« Iwanow machte eine Pause und fügte etwas leiser hinzu: »Er ist an seinem Blut erstickt.«

»Sehr mutig von Ihnen. Dafür verdienen Sie einen Orden.«

»Ich habe getan, was ich tun musste. Ich bin nicht stolz darauf, einem anderen Menschen das Leben genommen zu haben.« Jetzt wandte Iwanow sich ganz zu ihm um. »Die Armee kann mich belohnen, indem sie mir erlaubt, meine Familie zu besuchen.«

»Alles zu seiner Zeit. Im Moment stehen wir an der Schwelle zu einem bedeutenden Sieg.«

Iwanow gab ein hohles Lachen von sich. »Ob Sieg oder Niederlage, Hauptmann, ich habe genug vom Blutvergießen. Ich möchte einfach nur meine Familie sehen.«

In diesem Moment war Bogolew sicher, dass Iwanow der war, der zu sein er behauptete. Wäre er ein Spion gewesen, hätte er sich seiner Heldentat gerühmt und darauf gedrängt, mehr über die bevorstehende Großoffensive zu erfahren. Stattdessen schien ihn weder das eine noch das andere zu interessieren. Natürlich bestand immer noch die Möglichkeit, dass er ein Deserteur war, der sich verirrt hatte und versehentlich in den russischen Schützengräben gelandet war. Bogolew beschloss, es mit einer anderen Taktik zu versuchen. Er zeigte Iwanow den Zettel mit seinen persönlichen Angaben.

»Ist das Ihre Handschrift?«

Iwanow nickte.

»Ungewöhnlich für einen Bauern, eine so schöne Schrift zu haben.«

»Mein Vater bestand darauf, dass seine Kinder, einschließlich der Töchter, gut schreiben lernen.« Iwanow lachte leise. »Jeden Abend hat er uns üben lassen. Ich kann es ganz gut. Und das war ein Glück, weil es mir geholfen hat, eine Zeit lang einen Posten als Schreiber hinter den Linien zu besetzen.«

Bogolew zog das Foto aus der Brusttasche und tat so, als würde er die Gesichter betrachten. Aus dem Augenwinkel konnte er sehen, dass Iwanow ihn schweigend beobachtete.

»Eine hübsche Familie haben Sie.«

Die Worte schienen Iwanow aus dem Gleichgewicht zu bringen. »Ich habe meinen Sohn noch nie in den Armen gehalten.«

»Ihre Familie stammt aus Moskau?«

Iwanow schüttelte den Kopf. »Nein, wir kommen aus der Steppe. Meine Frau und die Kinder sind zu ihrer Schwester in die Stadt gezogen, als sie im letzten Drittel war.«

»Wie kommen sie zurecht?«

»Sie plagen sich ab wie jeder andere.« Iwanow hustete; die Anstrengung des Sprechens machte ihm zu schaffen.

»Ich lasse Sie jetzt in Ruhe.« Bogolew stand auf. »Wir können morgen weiterreden.«

»Darf ich Sie etwas fragen?«

Bogolew blieb stehen. »Natürlich.«

»Warum brauche ich einen Bewacher?«

»Eine reine Vorsichtsmaßnahme.« Bogolew machte eine wegwerfende Handbewegung, als wäre es nicht von Bedeutung. »Sie haben einiges mitgemacht, und da die Ärzte und Schwestern alle Hände voll zu tun haben, wollten wir sichergehen, dass man Sie nicht vergisst.« Er rief die Wache zu sich. »Passen Sie auf, dass er gut versorgt wird.« Ihm war klar, dass seine Antwort den Kosaken nicht überzeugt hatte.

»Hauptmann?«

»Ja, Korporal?«

»Könnte ich bitte mein Foto wiederhaben?«

Bogolew reichte es ihm, warf aber noch einen letzten Blick darauf. »Wenn ich eine so nette Familie hätte wie Sie, würde ich versuchen, abzuhauen und mich zu ihnen durchzuschlagen.«

Iwanow sagte nichts und hob auch nicht den Blick von dem Foto.

33.

Brussilow-Offensive

Juni 1916

Dichte Rauchwolken hingen tief über der von Gräben durchzogenen Ebene. In den letzten Stunden hatte die russische Armee die österreichisch-ungarischen Verbände unter schweren Beschuss genommen, um die feindlichen Linien zu durchbrechen.

General Brussilow ließ das Fernglas sinken und reichte es Bogolew.

»Was gibt es Neues, Hauptmann?«, erkundigte sich der General, während er mit forschen Schritten zu der Stelle marschierte, wo sich mehrere Kommandeure über eine Landkarte beugten.

»Die Berichte sind vielversprechend«, antwortete Bogolew. »Unsere Truppen haben die erste Linie der Schützengräben durchbrochen.«

Brussilow nickte erfreut. »Und die österreichischen Reserven?«

»Wurden überrumpelt. Sie mussten die Front verlängern, sodass sie mittlerweile große Lücken aufweist.«

Die Generäle traten beiseite, damit Brussilow die Karten studieren konnte. Bogolew wartete in gebührendem Abstand. Die Funker, die an vier Abschnitten des Schlachtgeschehens positioniert waren, meldeten regelmäßig jedes Vorrücken, das wiederum sorgfältig auf den Karten vermerkt wurde. Kleine rote Punkte markierten den Vormarsch der fünf russischen Armeen.

»Meine Herren«, Brussilow blickte auf, »ich denke, der Sieg könnte in greifbarer Nähe sein.«

*

Bei Einbruch der Abenddämmerung stand Bogolew vor seinen versammelten Männern. Er hatte seine Truppe bereits inspiziert, um sich zu vergewissern, dass sämtliche Gewehre anständig gereinigt und die Munitionstaschen gefüllt waren.

»Heute ist ein wichtiger Tag«, begann er. »Gestern haben unsere Gewehre die österreichische Artillerie zum Verstummen gebracht, als wir ihre erste Verteidigungslinie durchbrachen. Heute sind wir an der Reihe. Wir gehen durch die Tunnel und warten, bis wir den Befehl erhalten, die Schützengräben zu stürmen.«

Bogolew machte eine Pause und suchte nach den richtigen Worten, um den Kampfgeist seiner Männer zu wecken.

»Wir stehen dicht davor, einen bedeutenden Sieg für unsere geliebte Heimat zu erringen.« Er holte tief Luft und schloss: »Als Söhne Russlands ist dies der entscheidende Moment. Es ist unsere Chance, uns selbst Ehre zu machen und unser Vaterland zum Ruhm zu führen. Dies wird die erhabenste Stunde unseres Lebens sein!«

*

Die Männer standen Schulter an Schulter, Gewehre im Anschlag. Über ihnen heulten Granaten durch die schwere, dunstige Luft. Bei jeder Explosion glühte der Himmel rot, bevor er wieder in tiefer Schwärze versank.

Bogolew, der jedes Zeitgefühl verloren hatte, konnte sich

nicht erinnern, wie lange sie schon in den Schützengräben ausharrten. Seit das Gewehrfeuer eingesetzt hatte, war es immer lauter geworden, bis die Nacht von einem einzigen dumpfen Dröhnen erfüllt zu sein schien. Bogolew wusste, dass dieses Trommelfeuer nachlassen würde, bis irgendwann einzelne Schüsse zu hören waren und damit das Signal für den Angriff der Infanterie kam.

Seine Männer warteten schweigend neben ihm. Granaten, die in der Nähe der Gräben landeten, ließen nervöse Rekruten zusammenfahren. Einer von ihnen spürte, dass Bogolews Blick auf ihm ruhte, und senkte verlegen den Kopf.

»Wie heißt du, mein Junge?«

»Igor Alexandrowitsch Andropow, Hauptmann.«

Wieder explodierte eine Granate und ließ über ihren Köpfen Asche und Erde aufspritzen. Bogolew stützte sich mit einer Hand ab, um nicht den Halt zu verlieren. Andropow drückte sich an die Wand und hielt sich schützend die Arme über den Kopf.

»Schon gut.« Bogolew legte dem jungen Mann eine Hand auf die Schulter. Dann lauschte er auf das Geräusch der Artillerie und fügte hinzu: »Ich glaube, der Beschuss wird weniger heftig.«

Andropow blickte verzweifelt auf seine Füße.

»Hauptmann!« Die Stimme kam ein Stück weiter unten vom Graben. Alle Köpfe wandten sich zu dem Leutnant um, der sich durch die Reihen der Männer quetschte. »Der Befehl ist gekommen!« Der Leutnant salutierte. »Wir sollen angreifen!«

Der Himmel war eine Spur heller, als sich die Männer darauf vorbereiteten, aus den Gräben zu steigen. Bogolew wartete, die steifen Finger am Abzug. Seine Sinne, die vor einer Schlacht geschärfter waren denn je, schienen auf der Schneide eines Messers zu balancieren. Er wischte sich den Schweiß von der Stirn.

Unvermittelt bliesen Offiziere entlang der Linie in ihre schrillen Pfeifen. Sturzfluten von Männern ergossen sich aus den Gräben und rannten auf die österreichischen Schützengräben zu. Hinter ihnen feuerten russische Gewehre auf den Feind und ließen mit ihren Explosionen in den Gräben Feuerwände auflodern. Sporadisches Gewehrfeuer kam von den österreichischen Linien; weiße Funken glühten in der Dunkelheit und im Rauch.

»Deckung!« Bogolew warf sich in einen Krater. Jemand stürzte neben ihn, aber er hatte keine Zeit nachzuschauen, wer es war. Er sprang auf, stürmte vor und spießte im Laufen einen Mann mit seinem Bajonett auf. Binnen kurzer Zeit hatten seine Männer die erste Reihe der Schützengräben gesichert.

Unterstützt von einem zweiten Regiment, stürmten Bogolews Männer eine zweite Linie feindlicher Gräben und schloss die Österreicher darin ein.

Als die Sonne endlich am Himmel stand, war es auf den Schlachtfeldern still geworden. Bogolew machte eine Bestandsaufnahme seiner Truppe. Die Hälfte der Männer war gefallen. Krankenträger brachten diejenigen, die am schwersten verletzt waren, zu den Feldlazaretten. Die übrigen Verwundeten lehnten an den Wänden der Schützengräben und warteten darauf, dass sie an die Reihe kamen.

Bogolew war gerade auf dem Weg zur Feldküche, als er sah, wie Andropow auf einer Trage zum Lazarett gebracht wurde. Das junge Gesicht war grau, die Augen geschlossen. Die Träger stellten die Trage neben einer langen Reihe anderer Verletzter auf den Boden. Ein Sanitäter kniete sich neben Andropow und schnitt den Verband auf, um die Wunde zu begutachten.

»Wie geht es ihm?«, fragte Bogolew.

»Er hat eine Kugel ins Knie bekommen«, antwortete der Sanitäter, ohne aufzublicken. »Hat eine Menge Blut verloren.«

Bogolew blickte auf Andropows fahle Lippen und empfand einen Anflug von Trauer.

»Wird er wieder gehen können?«

Der Sanitäter warf Bogolew einen schrägen Blick zu.

»Nicht auf zwei Beinen«, sagte er und ging zum nächsten Patienten weiter.

*

Im Lazarett wurde die Nachricht von Brussilows Sieg mit Wodka gefeiert. Die Krankenschwestern verteilten mehrere Flaschen, die unter den Patienten die Runde machten.

»Auf Brussilow!« Der Mann im Bett neben dem von Iwanow hob die Flasche.

Der scharfe Alkohol brannte Iwanow in der Kehle und der Brust. Als das Brennen nachließ, breitete sich wohlige Wärme in seinem Körper aus und löste seine verkrampften Muskeln. Genießerisch streckte er die Beine unter der frischen weißen Bettwäsche aus. Er war vom Feldlazarett auf eine Krankenstation ein Stück weiter hinter den Linien verlegt worden. Von dort sollte er mit dem Lazarettzug nach Moskau gebracht werden.

*

In einem Dorf in der Nähe stand der Lazarettzug der Großherzogin Wladimir am Bahnhof bereit. Den ganzen Nachmittag und frühen Abend über waren Soldaten auf Karren und Fuhrwerken gebracht worden, und Offiziere waren in motorisierten Krankenwagen eingetroffen.

Ein stetiger Regen fiel, doch es gab kein Schutzdach über dem Bahnsteig, auf dem nun dicht an dicht die Tragen mit den Verwundeten lagen. Nach mehreren Stunden des Wartens waren Iwanows Kleidung und die dünne Decke völlig durchnässt.

Endlich begannen Krankenschwestern in Rotkreuzuniformen damit, die Verwundeten in den Zug zu schaffen. Iwanow teilte ein Abteil mit zehn anderen Männern.

»Danke, Schwester«, sagte er zu der jungen Frau, die ihm seine Schlafkoje zeigte. Irgendetwas an ihr wirkte vertraut. Es war nichts, was Iwanow hätte benennen können, sondern ein unbestimmtes Gefühl, das sich beharrlich seinem Zugriff entzog.

Als die Krankenschwester spürte, dass Iwanows Blick auf ihr ruhte, errötete sie und senkte den Kopf.

»Sie kommen mir bekannt vor«, sagte Iwanow.

Die Schwester hob den Kopf, blickte ihn aus ihren grauen Augen an und lächelte schüchtern.

Iwanow wollte sie gerade nach ihrem Namen fragen, als die Abteiltür aufging und eine ältere Dame mit eisgrauem Haar hereinkam. Die Krankenschwestern richteten sich auf und standen stramm.

»Ich bin Großherzogin Wladimir«, verkündete die Frau. »Mein Zug wird Sie nach Moskau bringen, wo Sie in einem Krankenhaus aufgenommen werden. Meine Krankenschwestern werden dafür sorgen, dass es Ihnen an nichts fehlt.« Sie lächelte unerwartet. »In unseren Augen ist jeder von Ihnen ein Held. Wir hoffen, einen kleinen Teil der ungeheuren Schuld abzutragen, die wir Ihnen gegenüber haben, indem wir Ihnen zu einer sicheren und angenehmen Fahrt verhelfen.«

»Was für ein Quatsch«, murrte einer der Soldaten, nachdem die Großherzogin gegangen war. »Während unsereins in den Schützengräben verreckt und unsere Familien zu Hause verhungern, stopfen diese Leute Kaviar in sich hinein und wetteifern, wer von Ihnen am meisten Kriegsarbeit leistet.«

»Lass das Jammern«, meinte der Soldat, der in der Koje unter ihm lag. »Die nächsten zwei Tage schlafen wir in sauberer Bettwäsche und kriegen was Anständiges zu essen.«

Iwanow wälzte sich auf den Rücken und blickte an die Decke. Er konnte das Gefühl nicht abschütteln, dass er die Krankenschwester kannte.

Er dachte immer noch an sie, als der Zug sich ruckartig in Bewegung setzte. Eingelullt vom rhythmischen Rattern der Räder schlief er bald ein.

*

Leise ließ Marie die Abteiltür ins Schloss fallen, als sie der Großherzogin nach draußen folgte. Sie hatte sich bereit erklärt, im Lazarettzug zu arbeiten, weil sie hoffte, die Betreuung der Soldaten würde sie von ihrem Kummer ablenken. Die Versetzung von Zarskoje Selo in ein anderes Krankenhaus hatte nichts gebracht. Sie spürte Alexeis Gegenwart überall. Bei einem ihrer seltenen Besuche schaute sie in die Bibliothek und blickte eine volle Stunde auf dieselbe Buchseite, ohne ein einziges Wort zu erfassen. Als der Bibliothekar einmal auf sie zuging, war sie zur Bestürzung des alten Mannes in Tränen ausgebrochen.

In Petrograd zu bleiben oder sich nach Narva zu flüchten hatte sich als ebenso sinnlos erwiesen. Jeder Marktstand, jede Straßenecke, jedes Theater und Gebäude erinnerte sie an Nikolai und Pjotr – und daran, dass sie beide nicht mehr da waren.

Schließlich hatte Marie sich bei der Großherzogin Wladimir gemeldet und angeboten, für sie zu arbeiten. Sie hatte geglaubt, ihre ehrenamtliche Tätigkeit im Krankenhaus hätte sie auf das vorbereitet, was sie an der Front vorfinden würde, aber sowie sie aus dem Zug stieg und in die geisterhaften Gesichter schaute, wusste sie, dass nichts sie darauf hätte vorbereiten können. Mehr als alles andere irritierte sie die Art und Weise, wie die Soldaten sie anblickten.

Marie erinnerte sich an den Rat, den die Großherzogin ihr gegeben hatte, als sie die Abteile für die Verwundeten vorbereiteten. »Diese Männer sind seit langer Zeit von ihren Frauen und Freundinnen getrennt«, hatte sie gesagt. »Es ist verständlich, dass das erste junge Mädchen, dem sie begegnen, sie an ihre Liebste daheim erinnert. Treten Sie freundlich, aber entschieden auf.«

Marie hatte in den Augen des Kosaken weder Lust noch Liebe erkennen können, als er sie anblickte, aber der forschende Blick war ihr dennoch unangenehm gewesen.

34.

Moskau

Juni 1916

Rauchwolken stiegen auf beiden Seiten des Zuges empor und verhüllten einen Moment lang die Menschen, die auf dem Bahnsteig warteten.

»Wir sind da!«, rief einer der Soldaten aufgeregt. »Wir sind in Moskau!«

Iwanow drückte sein Gesicht an das kleine verschmierte Fenster und blickte suchend in die Menschenmenge.

Gefolgt von zwei Krankenschwestern betrat die Großherzogin das Abteil.

»Meine Herren, Sie können in Kürze aussteigen. Wagen und Kutschen stehen bereit, um Sie ins Krankenhaus zu bringen.«

Nachdem Iwanow aus dem Zug gestiegen war, setzte er sich auf dem Bahnsteig irgendwohin und lehnte sich mit dem Rücken an eine Wand. Ordonnanzen und Krankenschwestern mit Rotkreuzarmbändern eilten hin und her, um die am schwersten Verwundeten zu den wartenden Krankenwagen zu bringen. Iwanow überflog die Gesichter, die an ihm vorbeihuschten, und fragte sich unruhig, ob Marina seinen Brief rechtzeitig erhalten hatte. Er sah, wie die grauäugige Krankenschwester, die am ersten Tag bei ihm im Abteil gewesen war, einem verwundeten Offizier beim Aussteigen behilflich war. Iwanow hatte die Frau nur dieses eine Mal gesehen, aber das nagende Gefühl, dass er sie von irgendwoher kannte, war geblieben. Er beobachtete, wie sie dem Offizier in einen Rollstuhl half und eine Decke über seinen Schoß breitete.

Iwanow schüttelte verwirrt den Kopf und wandte sich ab. Sein Blick fiel auf eine schlanke Frau mit buntem Umschlagtuch und einem Kleinkind auf dem Arm, die vorsichtig zwischen den Verwundeten hindurchging und dabei hoffnungsvoll jedes Gesicht betrachtete.

Marina!

Eine Woge verschiedenster Empfindungen erfasste ihn und schnürte ihm die Brust ab. »Marina«, flüsterte er.

Im selben Moment erstarrte die Frau und wandte den Kopf. Sie konnte ihn unmöglich gehört haben, aber wie vom Instinkt geleitet suchten ihre Augen nach ihm und fanden ihn. Ein Aufschrei kam über ihre Lippen, und sie stürzte zu ihm, jetzt nicht mehr ganz so darauf bedacht, wohin sie trat.

»Ljova!« Sie fiel auf die Knie und überschüttete sein Gesicht mit Küssen. »Ljova, Ljova, Ljova!« Mit jedem Kuss wiederholte sie seinen Namen. »Mein Liebster, mein Herz! Ich hatte solche Angst, dass ich dich nie wiedersehe!« Tränen traten in ihre Augen, als sie die Narbe auf seiner Wange nachzog. Iwanow fasste sie am Handgelenk, zog ihre Finger an seine Lippen und küsste sie.

Der kleine Junge, der eingequetscht zwischen den beiden Erwachsenen stand, erhob Protest. Marina löste sich von ihrem Mann und drehte den Kleinen um.

Zum ersten Mal sah Iwanow seinen Sohn. Der Junge hatte die braunen, beinahe mandelförmigen Augen seiner Mutter. Er setzte sich auf Marinas Schoß und schaute seinen Vater scheu an.

»Ich habe ihn nach dir genannt«, sagte Marina und raunte ihrem Sohn zu: »Das ist dein Papa, Leo Leonowitsch.«

Der Kleine zappelte in den Armen seiner Mutter. Marina stellte ihn hin, und der Junge machte ein paar wackelige Schritte, bevor er auf Iwanows Bein fiel.

»Pass auf, dass du deinem Papa nicht wehtust«, sagte Marina mit einem Lachen und nahm das Kind wieder in die Arme. »Wo bringt man dich hin?«, wollte sie dann wissen.

Iwanow zuckte die Achseln. »Ins Golizyn-Hospital, glaube ich.«

»Da habe ich hin und wieder ehrenamtlich gearbeitet. Ich kann dich besuchen kommen.«

»Was ist mit den Kindern?«

»Du warst fast zwei Jahre weg. Die Kinder sind groß geworden. Tanja ist beinahe schon eine Frau. Sie ist mir eine große Hilfe.«

»Wir müssen wohl langsam daran denken, eine gute Partie für sie zu finden«, scherzte Iwanow.

»Dafür ist nach dem Krieg noch reichlich Zeit.« Ihr Lächeln verblasste, und ihr Gesicht wurde ernst. »Erst einmal müssen wir dafür sorgen, dass du wieder ganz gesund wirst.«

Um sie herum wurden die Männer, die gehen konnten, aufgefordert, sich zu den Wagen zu begeben, die sie ins Hospital bringen würden. Marina ging neben Iwanow, hielt seine Hand fest umklammert. Als sie beim Wagen waren, reckte sie sich auf die Zehenspitzen und küsste ihn.

»Ich liebe dich«, flüsterte sie und besiegelte ihre Worte mit einem zweiten und längeren Kuss.

*

Marie sah, wie die Frau mit dem Kleinkind den Soldaten ein zweites Mal küsste. Der Anblick versetzte ihr einen leisen Stich der Eifersucht. Sie spürte, wie sich ihre Brust zusammenschnürte, und bereute sofort, dass sie sich das Glück eines anderen Pärchens für sich selbst wünschte.

Noch nie hatte sie sich so allein gefühlt. Und noch nie hatte sie sich so sehr nach einem Menschen gesehnt, mit dem sie ihre Gedanken, ihre Geheimnisse und ihr Verlangen teilen konnte. Sie sehnte sich danach, von starken Armen gehalten zu werden. Geküsst zu werden.

Sie sehnte sich nach Alexei.

Sie konnte ihn nicht vergessen. Und Gott war ihr Zeuge, sie hatte sich Mühe gegeben. Erdrückt von Schuldgefühlen hatte sie immer wieder versucht, sich Alexei aus dem Kopf zu schlagen, aber trotz dieser inneren Kämpfe hielten ihre Gedanken hartnäckig an ihm fest. Tagsüber schaffte es Marie, sich einzureden, dass Alexei ihr kaum etwas bedeutete. Aber in der betörenden Stunde vor dem Einschlafen, wenn ihre Abwehr am schwächsten war, konnte sie ihre Gedanken nicht mehr unterdrücken, und die Erinnerung an seinen Kuss loderte in ihr wie ein Feuersturm. Sein Geruch war wieder da und überflutete ihre Sinne. Sie fühlte die Berührung seiner feuchten Lippen und gab dem Druck seiner Hand nach, die ihr Gesicht an seines zog.

Während Alexei immer lebendiger vor ihrem geistigen Auge stand, zerfielen Bilder von Pjotr wie Schneeflocken. Es erschütterte sie, wie rasch er aus ihrem Gedächtnis verschwand. Schon begann sie gewisse Dinge zu vergessen: die exakte Farbe seiner Augen oder ob er ein Grübchen im Kinn hatte, wenn er lächelte. Aber auch wenn die Ränder verschlissen, klammerte sie sich an die letzten Fäden, voller Angst, er könnte nie wieder zurückkommen, wenn auch dieser letzte Halt verloren ging.

Der Kosake, dem man auf den Wagen geholfen hatte, saß jetzt in einer Ecke der Ladefläche. Marie forschte in ihrem Gedächtnis nach dem Namen des Soldaten. Vielleicht hatte er ihn gar nicht genannt, und sie hatte ihn, beunruhigt durch seinen forschenden Blick, nicht danach gefragt. Aber darauf kommt es jetzt ohnehin nicht mehr an, dachte sie. Sie kamen aus verschiedenen Welten und würden sich wahrscheinlich nie mehr wiedersehen.

Als der Wagen abfuhr, sah Marie, wie die Frau mit dem kleinen Jungen vom Bürgersteig trat und trotz der empörten Proteste der Fahrer mitten auf der Straße stehen blieb und ihrem Mann nachwinkte, bis er nicht mehr zu sehen war.

35.

Petrograd

Januar 1917

Katja stand mitten in der Menschenmenge, die sich auf der Brücke drängte, und blickte auf die zugefrorene Newa. Eine Handvoll Polizisten stand rund um ein Loch in der Eisfläche, in dem vor einigen Minuten ein Taucher verschwunden war. Obwohl ein eisiger Wind wehte, rührte niemand sich von der Stelle. Alle Augen richteten sich auf die gefrorene Oberfläche des Flusses und die schwarzen Gestalten, die darauf standen. Schließlich kam der Taucher wieder zum Vorschein und ließ sich von den Polizisten aufs Eis helfen. Er hielt das Ende eines dicken Seils in der Hand, das er an die Polizisten weiterreichte. Die Menge schnappte einhellig nach Luft, als die Männer das Seil anzogen und eine Leiche aus dem kalten Wasser holten.

»Es ist Rasputin, der heilige Ratgeber der Zarin«, wisperte jemand.

Die Nachricht machte sofort die Runde.

»Möge er in der Hölle schmoren!«, spie eine Frau hervor.

»Und die deutsche Hure genauso«, murrte eine andere.

Die Worte wurden gerade laut genug ausgesprochen, dass die Umstehenden sie hören konnten.

Katja wandte sich zum Gehen und drängte sich hastig durch die Menschenmassen auf die andere Straßenseite. Sie war jetzt schon spät dran, um ihre Brotration abzuholen, und die Aussicht, den Rest des Vormittags Schlange zu stehen, nur um dann leer auszugehen, weil kein Brot mehr da war, sagte ihr ganz und gar nicht zu. Wütend auf sich selbst, weil sie ihre Zeit auf der Brücke vertrödelt hatte, beschleunigte sie ihre Schritte.

Bis nach Warschau hatten sie es nicht mehr geschafft. Die Deutschen nahmen die Stadt ein, und Katja und Fjodor hatten sich erneut dem Exodus der Flüchtlinge angeschlossen, diesmal nach Petrograd, wo sie zum Winteranfang eintrafen. Sie fanden Unterkunft in einem schmuddeligen Zimmer, das einer älteren Witwe gehörte. Madame Ozerowa wirkte klein und gebrechlich, war aber eine gerissene Person und bestand auf sofortiger Bezahlung. Katja, die kaum noch Geld hatte, bat sie, ihnen die Miete zu stunden, bis sie Arbeit gefunden hatte.

»Die Stadt ist voller Flüchtlinge, und alle suchen ein Plätzchen, wo sie vor der Kälte geschützt sind«, sagte die Ozerowa zu ihr. »Warum sollte ich bei dir eine Ausnahme machen?«

»Das müssen Sie nicht«, entgegnete Katja. »Der Junge und ich haben einen weiten Weg hinter uns. Wir haben alles verloren. Aber wir erwarten keine Almosen. Wir sind bereit, für unsere Unterkunft zu arbeiten.«

Die Witwe musterte die beiden nachdenklich.

»Na schön«, sagte sie schließlich und seufzte. »Ich bin zu weichherzig, das war schon immer mein Verhängnis.« Sie hob eine Hand, um Katja die knotigen, von Arthritis gekrümmten Finger zu zeigen. »Diese verkrüppelten Hände sind mir keine große Hilfe mehr.« Sie vergrub sie wieder in den Falten ihres dicken Umschlagtuchs. »Im Winter ist es noch schlimmer als sonst.«

»Ich habe Salben, die helfen könnten, die Schmerzen zu lindern.«

»Lass mich bloß in Ruhe mit deinen Zigeunermittelchen und Hexentinkturen«, sagte die Ozerowa. »Morgen früh leerst du als Erstes die Nachttöpfe, danach schrubbst du das Stiegenhaus. Was den Jungen angeht, es tut meinen Beinen nicht gut, den ganzen Tag um Brot anzustehen. Er muss sich morgens um sechs anstellen, sonst gibt es nichts mehr, bis er an der Reihe ist.« Sie blickte Fjodor an. »Verstanden?«

Der Junge nickte.

»Was ist los mit dem Jungen?« Die Ozerowa musterte ihn von oben bis unten. »Ist er stumm?«

»Er ist sehr ruhig«, sagte Katja schnell. »Er wird Ihnen bestimmt keinen Ärger machen.«

»Das will ich stark hoffen. Beim ersten Anzeichen von Ärger setze ich euch nämlich vor die Tür.« Madame Ozerowa griff nach ihrem Stock, der an der Wand lehnte, und wandte sich zur Treppe. Nachdem sie mühsam ein paar Stufen hinaufgehumpelt war, drehte sie sich um und rief, als sie merkte, dass die beiden ihr nicht gefolgt waren: »Was ist los mit euch? Seid ihr zu Salzsäulen erstarrt?«

Sie zeigte ihnen ein Zimmer mit einer schmalen Bettstatt, auf der eine dünne Matratze lag, und einem kleinen Tisch, der sich zur Seite neigte. Durch das Fenster sah man auf die belebte Straße hinunter; in der Ecke stand ein kalter Ofen.

»In dieser elenden Stadt können sich nur noch die Adligen und die Bourgeoisie einen warmen Ofen leisten«, sagte die Ozerowa bitter. »Alle anderen müssen jede Kopeke sparen und um eine Handvoll Kohle betteln.« Sie gab Katja den Zimmerschlüssel. »Unten steht ein Nachttopf, den ihr haben könnt, wenn ihr wollt.«

Katja nahm allen Mut zusammen und fragte die Witwe, ob sie vielleicht eine Kleinigkeit zu essen erübrigen könne. »Wir haben den ganzen Tag noch nichts in den Magen bekommen«, fügte sie hinzu.

»Ich bin nicht von der Wohlfahrt«, brauste Madame Ozerowa auf, aber als Fjodor mit ihr nach unten ging, um den

Nachttopf zu holen, drückte sie ihm ein kleines, in Zeitungspapier geschlagenes Päckchen in die Hand, das einen großen Kanten Brot, ein Stück Salami und einen Bissen Käse enthielt, wie Katja und Fjodor oben beim Öffnen feststellten.

*

Katja bog um die Ecke und stieß einen Fluch aus, als sie sah, dass sich die Schlange der Wartenden bereits um den ganzen Häuserblock zog. Sie hielt Ausschau nach Fjodor. Als sie ihn nirgendwo entdecken konnte, stellte sie sich ans Ende der Schlange. Zu ihrem Erstaunen hatte sich die Nachricht von Rasputins Tod bereits herumgesprochen.

»Ich habe gehört, der Zar ist endlich dahintergekommen, dass seine Frau die Mätresse von diesem Schwein war, und hat seine Hinrichtung befohlen«, sagte eine Frau.

»Pah!«, winkte eine andere ab. »Der Zar hat viel zu viel mit dem Krieg zu tun. Mein Wadja hat mir in seinem letzten Brief geschrieben, dass es in den Schützengräben immer schrecklicher zugeht. Sie haben das ganze Gebiet, das sie bei der Brussilow-Offensive gewonnen hatten, schon wieder verloren.«

Die Frauen schnalzten mit den Zungen und schüttelten die Köpfe.

»Unsere Männer fangen Kugeln ab und leiden an Frostbeulen, und wir verhungern hinter den Linien«, fuhr die Erste fort. »Die Leute haben die Nase voll.« Sie senkte die Stimme und vergewisserte sich, dass sie nicht belauscht wurden. »Wir sind in unserer Fabrik vor mehreren Tagen in den Streik getreten, und wie es aussieht, wird es noch eine Weile dabei bleiben.«

Katja, die mitten unter ihnen stand, verhielt sich still und gab keinen Kommentar ab.

»Dich habe ich doch bei Wyborg schon mal gesehen«, sagte

die zweite Frau unvermittelt und drehte sich zu Katja um. »Da bist du mit diesem Jungen herumgezogen.«

Eine andere Frau drehte sich um und blickte Katja an, als würde sie deren Anwesenheit erst jetzt bemerken. »Arbeitest du in einer der Fabriken?«

Katja spürte, wie sich unter den vielen Blicken ihre Wangen röteten, und nickte.

»Du hast erst vor Kurzem angefangen.« Die Augen der Frau wurden schmal und misstrauisch.

»Wir sind neu in Petrograd«, erklärte Katja, die nicht recht wusste, ob die letzte Bemerkung der Frau eine Aussage oder eine Frage war.

Die Blicke der anderen ruhten weiter auf Katjas Gesicht, als wollten sie entscheiden, ob ihr zu trauen war. Plötzlich kam ein Junge mit tief ins Gesicht gezogener Kappe angeflitzt und drückte den Frauen Flugblätter in die Hand.

»Nieder mit der imperialistischen Tyrannei«, stieß er mit gesenkter Stimme hastig hervor. »Schließt euch dem Arbeiterrat an!«

Katja blieb in der Schlange stehen, bis feststand, dass es kein Brot mehr gab. Die Enttäuschung der Frauen, mit leeren Händen abziehen zu müssen, entlud sich in Zornesausbrüchen gegen den Bäcker, dem sie vorwarfen, Mehl zu hamstern. Erregte Stimmen wurden laut. Irgendjemand schleuderte einen Stein auf die Fensterscheibe des Ladens, die klirrend zerbrach.

Katja machte sich davon, als die Polizei erschien, um die Menge auseinanderzutreiben. Sie eilte zu ihrer Wohnung zurück. Hoffentlich, dachte sie, hat Fjodor mehr Glück gehabt. Zwei Stufen auf einmal nehmend lief sie die Treppe hinauf. Hinter sich konnte sie aus dem Erdgeschoss die Stimme der Witwe hören: »Wo bist du gewesen? Der Junge hat mir mein Brot nicht gegeben! Ihr elenden Diebe wollt mich um meine kümmerlichen Rationen bringen!«

Katja warf die Tür hinter sich zu. Fjodor stand vor dem Ofen und stopfte irgendetwas hinein. Auf dem Tisch lag ein einzelner Laib Brot. Mit drei schnellen Schritten war Katja beim Tisch und schnitt eine dicke Scheibe ab.

Im nächsten Moment hämmerte Madame Ozerowas Faust an die Tür.

»Macht sofort auf! Ich weiß, was ihr vor mir verstecken wollt! Schämt euch, einer alten Frau den letzten Bissen Brot zu stehlen!«

Katja machte die Tür auf und drückte der alten Frau das Brot in die Hand, bevor sie noch ein Wort sagen konnte.

»Es tut mir leid, Madame Ozerowa, aber ich bin zu spät gekommen und leer ausgegangen. Bitte, das ist die Hälfte von dem, was Fjodor für unsere Lebensmittelmarken bekommen hat.«

»Ich habe gehört, dass du noch vor Sonnenaufgang aus dem Haus gegangen bist.« Madame Ozerowas Gesicht legte sich in noch tiefere Falten. »Wo warst du?«

»Ich habe auf der Petrowski-Brücke eine Menschenmenge gesehen und mich ablenken lassen. Tut mir leid, es wird nicht wieder vorkommen.«

»Halte dich bloß von diesen Revolutionären fern«, warnte die alte Frau, die den Grund für den Andrang auf der Brücke falsch deutete. »Dabei kann nichts Gutes herauskommen.«

Katja schloss die Tür hinter der Witwe, stieß einen leisen Seufzer aus und drehte sich zu Fjodor um, der sie verschmitzt anlächelte.

»Was ist, Fedja?« Auch Katjas Mundwinkel hoben sich unwillkürlich.

»Auf dem Heimweg von der Bäckerei hab ich einen Revolutionär getroffen«, sagte Fjodor, immer noch lächelnd. »Er hat mir fünf Rubel gegeben, damit ich die hier für ihn verteile.« Er zog die Hände hinter dem Rücken hervor und zeigte Katja den Packen Papiere, den er bei sich trug.

»Fedja! Wenn die Polizei dich mit diesen Schriften erwischt, wirst du wegen Hochverrat ins Gefängnis gesteckt.«

»Ich habe kein einziges weitergegeben«, sagte Fjodor hastig und zeigte mit dem Kinn auf den Ofen. »Ich hab die Dinger in den Ofen gesteckt.«

Erst jetzt fiel Katja die Wärme auf, die der Ofen ausstrahlte. »Fedja!«, rief sie lachend. Dann fiel ihr ein, dass auch sie selbst ein Flugblatt bei sich hatte, und griff in ihre Tasche. Sie hatte zu große Angst gehabt, das Flugblatt unterwegs zu lesen; deshalb hatte sie es mit nach Hause genommen.

»Schließt euch dem Arbeiterrat an«, las sie laut vor, »und macht dem imperialistischen Krieg, der unser Land ausblutet, unsere Männer tötet, unsere Frauen hungern lässt und unsere Kinder zu Waisen macht, ein Ende. Lasst Russland wieder im Ruhm erstrahlen. Schließt euch dem Arbeiterrat an.«

Katja wusste von den Arbeiterräten; in der Fabrik wurde darüber getuschelt. Doch sie hatte noch nie einer Versammlung beigewohnt.

Sie las das Flugblatt ein zweites Mal und spürte, wie sich in ihr etwas regte. Sorgfältig legte sie das Papier zusammen und steckte es wieder ein.

*

»Ich hab genug davon, meine Kinder jeden Tag hungrig zu Bett zu bringen.«

Die arbeitenden Frauen blickten von ihren Maschinen auf und schauten zu Larissa, die ihre Hände in die Hüften gestemmt hatte. Ihre sonst so fröhlichen Augen funkelten vor Zorn.

»Zwei Tage hintereinander habe ich kein Brot mehr bekommen. Wie soll ich meine Familie ernähren?«

»Ich hab nicht mal zwei Holzstöckchen zum Reiben, um mich vor dieser furchtbaren Kälte zu schützen«, beklagte sich eine andere.

»Ich sage, wir treten in Streik, bis die Regierung uns Brot gibt«, sagte Larissa.

»Und Kohle«, fügte eine Dritte hinzu.

»Wir streiken ab sofort!« Larissa hieb sich mit der Faust in die offene Handfläche.

»Streik! Streik! Streik!«

Während immer mehr Frauen in den Ruf einstimmten, blieb Katja wie festgewachsen auf ihrem Posten. Ein Teil von ihr wollte sich den anderen anschließen, aber wer würde sich um Fjodor kümmern, wenn sie ins Gefängnis kam?

»Los, kommt, gehen wir zu der Fabrik, wo die Männer arbeiten!«, rief Larissa über den Lärm hinweg.

Die Türen wurden aufgestoßen, und Katja wurde von den anderen mitgerissen. Draußen peitschte ein eisiger Wind ihre Arme und Beine. Sie suchte Schutz in einem Türeingang und beobachtete, wie die anderen zur Männerabteilung marschierten und Schneebälle gegen die Fenster warfen, um die Männer nach draußen zu locken. Unter all den Gesichtern, die sich an die Scheiben pressten, entdeckte Katja auch Fjodor. Ein paar Minuten später kam er im Kielwasser einer Gruppe junger Männer heraus, die eine rote Fahne schwenkten.

Der Sprechgesang, der mit »Wir wollen Brot! Wir wollen Kohle!« begonnen hatte, wurde bald zu »Nieder mit dem imperialistischen Regime!« und »Keinen Krieg mehr!«. Die Menge schob sich durch die Fabriktore auf die Straße.

»Fjodor!«, rief Katja beunruhigt, aber der Junge hörte sie nicht.

Den Blick unverwandt auf Fjodor gerichtet, folgte Katja der Menge und versuchte sich irgendwie zu ihm vorzukämpfen. Ein paar Mal verlor sie ihn aus den Augen, sodass ihr Herz vor Panik schneller schlug. Die Menge wurde größer; immer mehr Menschen standen zwischen ihr und dem Jungen. Jemand sang die Marseillaise, und alle stimmten mit ein.

Plötzlich geriet die Menge ins Stocken. Katja verrenkte sich den Hals und sah, dass Soldaten die Straße absperrten. Immer mehr Leute wurden darauf aufmerksam, und allmählich erstarb der Gesang.

»Dreht um! Geht zurück!«, befahl der kommandierende Offizier der Menge.

»Wir verhungern! Wir wollen Brot!«, rief eine Frau. »Unsere Kinder frieren. Wir haben keine Kohle.«

»Es ist Krieg.« Der Offizier straffte die Schultern. »Wir alle müssen Opfer bringen.«

»Wir haben den Krieg satt! Wir wollen Frieden!«

Katja drängte sich durch die Menschenmassen zu Fjodor.

»Wenn ihr nicht sofort kehrtmacht, habe ich Befehl, schießen zu lassen«, warnte der Offizier.

Katja packte Fjodor am Arm und zog ihn zu sich. »Wir müssen weg von hier!«

Fjodor schüttelte den Kopf. »Ich bleibe.«

»Soldaten, legt das Gewehr an!«, rief der Offizier.

Totenstille senkte sich über die Straße.

Niemand rührte sich.

Alle Augen richteten sich auf die gezogenen Waffen. Die Soldaten würden doch sicher nicht auf unbewaffnete Zivilisten schießen?

»Fedja!« Katja zupfte den Jungen am Arm. »Wir müssen weg – sofort!«

»Ich gehe nicht«, gab Fjodor zurück. »Ich kann selbst auf mich aufpassen.«

»Feuer!«

Katja schloss die Augen und bekreuzigte sich. Eine lange Sekunde verging, ehe sie begriff, dass gar nichts passiert war.

Sie öffnete die Augen und sah, dass die Soldaten immer noch in Habachtstellung waren und mit ihren Gewehren auf die Menge zielten.

»Ich sagte *Feuer!*«, brüllte der Offizier, das Gesicht rot vor Zorn.

Noch immer geschah nichts. In die Menge kam allmählich Bewegung.

Der Offizier zog seine Pistole und hielt sie an die Schläfe des Soldaten, der am nächsten bei ihm stand.

»Hast du mich nicht gehört, Soldat?«

Katja setzte ihre ganze Körperkraft ein, um Fjodor in eine Seitenstraße zu zerren.

Peng!

Die Gewehre feuerten in die Menge.

»Lauf, Fjodor, lauf!« Katja stieß ihn vor sich her, damit er nicht stehen blieb und sich umdrehte, um zu sehen, was geschah.

Hinter ihnen wurde in die tobende Menge geschossen.

36.

Petrograd

Februar 1916

Die Morgensonne fiel auf die Kuppeln der Isaakskathedrale. Marie saß an ihrem Tisch vor dem französischen Fenster, ohne die Aussicht wahrzunehmen oder den Tee zu beachten, der allmählich kalt wurde. Die Temperaturen waren dramatisch gesunken, aber im Haus brannte ein warmes Feuer. Die Kohleknappheit zwang sie alle, sparsamer zu heizen, und sie machten nur in den Morgenstunden und dann wieder am Abend Feuer in den Öfen und trugen den Rest des Tages dicke Hirschlederjacken, um sich warm zu halten.

Draußen wurde das schwache Geräusch lärmender Menschen immer lauter, und Marie hob den Kopf und lauschte. Die erregten Stimmen, die teilweise durch die dicken Glasscheiben gedämpft wurden, kamen direkt unten von der Straße.

Anna kam herein und eilte zur Balkontür. Marie stellte sich neben sie. Als sie die Tür öffnete, fuhr ein so eisiger Windstoß ins Zimmer, dass ihnen die Augen tränten.

Streiks und Demonstrationen waren zu einem festen Bestandteil des täglichen Lebens geworden. Anfangs war es der Sicherheitspolizei und der Garnison von Petrograd gelungen, die Demonstranten zu zerstreuen, aber seit Kurzem weigerten sich immer mehr Soldaten, auf Frauen und Kinder zu schießen.

Marie trat auf den kleinen Balkon und ließ den Blick über die aufgebrachte Menge schweifen.

»Die Revolution hat begonnen!«, riefen die Menschen auf der Straße den Gesichtern zu, die an den Fenstern erschienen. »Alle Macht den Arbeitern! Nieder mit dem imperialistischen Regime!«

»Was ist denn passiert?«, rief eine Nachbarin.

Ein Mann wollte gerade antworten, als Schüsse krachten. Die Menge löste sich hastig auf und verschwand in den schmalen Seitengassen.

Annas Finger schlossen sich um Maries Arm. »Gehen wir lieber wieder hinein.«

Marie, die wie gebannt dastand, rührte sich nicht.

»Bitte«, drängte Anna und zupfte sie am Arm. »Es könnte gefährlich werden.«

Schließlich ließ Marie sich ins Zimmer ziehen. Anna schloss die Tür und drehte den schweren Schlüssel im Schloss. »Glaubst du, das stimmt?«

Marie, der das Zittern in Annas Stimme nicht entging, legte einen Arm um ihre schmalen Schultern.

»Keine Angst«, sagte sie. »Das geht bald vorbei.« Aber noch während sie die beruhigenden Worte aussprach, kämpfte sie darum, selbst daran zu glauben.

*

Zar Nikolaus saß in seinem privaten Salonwagen hinter seinem Schreibtisch. Sein Zug kam vom Armeequartier in Mogilew und wurde in Pskow, keine Tagesreise von Petrograd entfernt, aufgehalten.

Seit Rasputins Ermordung war Zarin Alexandra gebrochen und weigerte sich, ihr Bett zu verlassen. Nikolaus, der sie nicht allein lassen wollte, war nicht an die Front zurückgekehrt;

stattdessen war er in ihrem Palast in Zarskoje Selo geblieben. Er war sich der zunehmenden Unruhen in Petrograd bewusst, hoffte aber, der Patriotismus des Volkes würde bald über revolutionäre Anwandlungen siegen.

Blassgelbes Licht fiel aus seiner Lampe auf die Telegramme, die auf einer Lagekarte der Ostfront verstreut lagen. Nikolaus griff wahllos hinein und schauderte unwillkürlich angesichts der vielen Aufforderungen, endlich abzudanken. Noch einmal überflog er das Telegramm, das ihm sein Onkel, Großfürst Nikolai, geschickt hatte.

Ich bitte Dich kniefällig, jedes Blutvergießen zu vermeiden und auf den Thron zu verzichten.

Nikolaus ließ das Telegramm auf die anderen Papiere fallen. Seine Kehle war vor Kummer wie zugeschnürt. Er stand auf, ging im Abteil auf und ab, blieb vor dem Fenster stehen und starrte blicklos auf die dichten, von Schneehauben bedeckten Kiefern- und Zederngehölze. Am Horizont versank die fahle Sonne und nahm den letzten Rest Tageswärme mit sich.

Nikolaus beobachtete, wie sich der Himmel verdunkelte, und kaute zerstreut auf der Lippe. Dann schaute er auf die Uhr. Es konnte nicht mehr lange dauern …

Die Luft im Abteil war abgestanden, aber er machte trotzdem keine Anstalten, das Fenster zu öffnen. Stattdessen zerrte er an seinem Kragen, um das würgende Gefühl zu vertreiben, das ihm den Hals zuschnürte. Doch bald gab er auf und ließ sich in den Sessel am Fenster fallen, um auf das Ende zu warten.

Es war dunkel, als der zweite Zug verlangsamte und stehen blieb. Zwei Gestalten, die sich zum Schutz gegen die Kälte der Nacht in dicke Mäntel gehüllt hatten, stiegen mit gesenkten Köpfen aus dem Waggon und eilten zum kaiserlichen Zug. Als sie näher kamen, erkannte Nikolaus Guschkow und Shulgin, zwei Mitglieder der Staatsduma. Er setzte sich wieder an den Schreibtisch, während die eisige Hand des Grauens sich immer fester um ihn schloss. Nikolaus holte tief Luft und bereitete sich vor auf das, was kommen würde.

Guschkow und Shulgin betraten das Abteil und blieben einen Moment lang unschlüssig stehen, als überlegten sie, ob sie sich verbeugen sollten. Der Zar half den Männern aus der peinlichen Lage, indem er sie zu sich winkte.

»Meine Herren, bringen wir es so schnell wie möglich hinter uns.«

Nikolaus griff nach seiner Füllfeder und unterzeichnete die Papiere, die ihm die Männer hinlegten.

Obwohl seine Miene gefasst war, spürte er die Tränen, die unter seinen Lidern brannten.

37.

Petrograd

März 1917

Marie, die Fürstin Maria gegenüber saß, blickte stumm in ihre Teetasse. Seit Pjotr offiziell als vermisst galt, hatte Marie sich angewöhnt, die Fürstin regelmäßig zu besuchen, obwohl Pjotrs Abwesenheit die langen Augenblicke des Schweigens überschattete und ihre Gespräche schleppend und verkrampft waren.

Heute hatte die Fürstin Marie zu sich gebeten, um ihr mitzuteilen, dass sie die Absicht hatte, Petrograd zu verlassen.

»Nachdem der Zar abgedankt hat, ist unsere Zukunft hier ungewiss.« Fürstin Maria rührte bedächtig in ihrer Teetasse. »Im Süden scheinen die Dinge ein wenig besser zu stehen. Ich habe das Personal angewiesen, mich zu benachrichtigen, falls … nun, für den Fall, dass es Neuigkeiten von Pjotr gibt.«

Marie nickte. Ihre Kehle war wie zugeschnürt.

Die Fürstin langte über den Tisch hinweg und berührte Maries Hand.

»Es ist fast drei Jahre her, seit wir zum letzten Mal von ihm gehört haben.« Die Fürstin senkte den Kopf. »Vielleicht sollten wir die Möglichkeit in Betracht ziehen, dass er nicht mehr zurückkommt.«

Marie hatte das Gefühl, dass sich alles um sie drehte. »Wie können Sie so etwas sagen?« Sie zog die Hand zurück.

Die Schärfe in Maries Stimme ließ die Fürstin zusammenzucken, und sie lehnte sich im Sessel nach hinten. »Glauben Sie bitte nicht, dass ich nicht leide. Ich habe dieses Kind unter meinem Herzen getragen und gespürt, wie es in mir wuchs. Über jede Bewegung, jeden Tritt habe ich mich gefreut, und ich habe gebetet, Gott möge ihm ein langes, glückliches Leben schenken.« Sie betupfte mit einem Taschentuch ihre Augenwinkel. »An dem Tag, als er Sie mir vorgestellt hat, dachte ich, meine Gebete wären erhört worden. Ich würde mein Leben hergeben, um ihn zurückzubekommen. Aber wie es scheint, ist Gott nicht auf der Seite der Mütter, wenn es zu einem Krieg kommt.« Sie blickte Marie ernst an. »Sie sind noch sehr jung, Marie. Werfen Sie nicht die Chance weg, mit einem anderen glücklich zu werden.«

Marie, die sofort an Alexei denken musste, errötete.

»Vielleicht haben Sie schon jemanden kennengelernt …«

Marie konnte dem eindringlichen Blick der Fürstin nicht standhalten und senkte den Kopf.

»Kein Grund, sich zu schämen«, sagte die Fürstin mit einem Anflug von Trauer in der Stimme. »Das Glück zu suchen sollte man sich niemals schämen.« Sie seufzte. »Ich bin sicher, Pjotr würde es genauso sehen.«

*

Marie verließ das Palais, nachdem sie das Angebot, den Wagen zu nehmen, höflich abgelehnt hatte. Sie musste nachdenken und beschloss daher, zu Fuß zu gehen. Der Himmel war hell und klar, und auf den Straßen herrschte Ruhe, auch wenn die Straßensperren, Barrikaden und abgebrannten Überreste von Gebäuden ein beredtes Zeugnis für die Unruhen der vergangenen Wochen ablegten.

Marie schlang ihren Mantel eng um sich und dachte an die Worte der Fürstin. Vielleicht hatte Pjotrs Mutter ja recht.

Vielleicht war es an der Zeit, mit dem Trauern aufzuhören und wieder zu leben.

Zu Hause ging Marie direkt auf ihr Zimmer, legte ihren Mantel ab, setzte sich vor den Frisiertisch und blickte ihr Spiegelbild an. Dann zog sie eine der Schubladen auf und nahm Pjotrs Tagebuch heraus. Ihr Herz klopfte laut, als sie es an der Stelle aufschlug, wo sie seinen letzten Brief aufbewahrte. Tränen stiegen ihr in die Augen, als sie las, was er ihr geschrieben hatte.

Wieder vereint, nie wieder getrennt. Ich bitte Dich, warte auf mich.

Ein Sturm der Gefühle tobte in ihrem Inneren, so heftig, dass es ihr die Brust abschnürte. Eine Hand auf das Tagebuch gelegt, senkte sie den Kopf. Sie saß immer noch wie gelähmt vor Kummer dort, als Anna kam, um ihr zu helfen, sich zum Abendessen umzuziehen.

Als Marie angekleidet war, hielt sie Anna das Tagebuch hin. Zögernd nahm Anna das kleine ledergebundene Buch in die Hand und blätterte darin. »Das gehört Pjotr«, murmelte sie.

Marie hob den Blick. »Ich will, dass du es nimmst.« Sie sprach leise, mit brüchiger Stimme.

»Bist du sicher?«

Marie nickte, Tränen in den Augen.

»Was soll ich damit machen?«

Maries Schultern sanken herab. »Mach damit, was du für richtig hältst.«

»Marie …«

»Anna, bitte.« Sie biss sich in die Faust. »Nimm es weg, bevor ich meine Meinung ändere.«

Anna legte Marie eine Hand auf die Schulter. »Vielleicht ist es besser so.«

Ein Schauer durchlief Marie. »Ja«, sagte sie. »Das glaube ich auch.«

»Kann ich irgendetwas für dich tun?«

Marie schüttelte den Kopf. Sie konnte Anna nicht in die Augen schauen. Einen Moment dachte sie daran, ihr alles zu beichten, um die Schuldgefühle loszuwerden, die auf ihr lasteten, aber noch während sie den Blick zu Anna hob, schnürte sich ihr die Kehle zusammen. Nein, sie konnte es nicht. Anna würde es nicht verstehen.

»Was ist los, Marie?«, fragte Anna besorgt. »Soll ich dich bei deinem Onkel entschuldigen? Ihm sagen, dass du dich nicht wohlfühlst?«

»Nein«, antwortete Marie. »Ich brauche nur ein paar Minuten für mich allein.«

Als Anna gegangen war, öffnete Marie erneut die Schublade, diesmal, um ein Schreiben herauszunehmen, das sie in ein Bündel Briefe von ihrer Familie gesteckt hatte. Sie löste das Band und fand, was sie suchte. Ihr Herz schlug schneller, als ihr Blick auf Alexeis Handschrift fiel. Sie hielt den Umschlag an ihr Gesicht und atmete ein, aber jeder Duft, den das Papier einst enthalten haben mochte, war seit Langem verflogen.

Marie entfaltete den einzelnen Briefbogen und las die wenigen Zeilen.

Liebste Marie!

Wie sie sich danach sehnte, noch einmal zu hören, wie er ihren Namen wisperte …

Ich weiß, es ist unmöglich, der unerfüllbare Traum eines verliebten Mannes … Wie sehr ich mir wünsche, zehn Jahre jünger zu sein! Dann hätte ich darum gekämpft, Ihre Zuneigung zu gewinnen.

Marie fragte sich, ob er immer noch so empfand oder ob er sie längst vergessen hatte. Sie las die Worte noch einmal:

... gekämpft, Ihre Zuneigung zu gewinnen.

»So ein Unsinn!«, sagte sie laut. »Du weißt doch, wie Offiziere sind, Marie. Außerdem ist er verheiratet. Du musst ihn vergessen!«

Aber noch während sie die Worte sprach, klammerte ihr Herz sich an die Hoffnung, ihn wiederzusehen. Erinnerungen an die Zeit in Zarskoje Selo huschten durch ihren Kopf wie Traumbilder.

Sie stieß einen müden Seufzer aus. »Und genau das ist es«, sagte sie sich. »Ein Traum.«

Marie fühlte sich innerlich leer, als sie erneut ihr Spiegelbild betrachtete. Langsam bildete sich ein harter, strenger Zug um ihre Augen.

»Es ist Zeit, dass du erwachsen wirst«, sagte sie.

Sie stand auf und griff nach dem Schal, den Anna auf das Bett gelegt hatte. Dann zögerte sie und holte tief Luft, bevor sie hinausging und die Tür hinter sich fest ins Schloss zog.

38.

Moskau

April 1917

Sowie er aus dem Krankenhaus entlassen wurde, zog Iwanow zu seiner Familie in die Wohnung von Dmitri und Tamara. Seine Familie schlief in dem winzigen Wohnzimmer; Dmitri und Tamara hatten das Schlafzimmer. An seinem ersten Wochenende zu Hause gingen Tamara und Dmitri am Nachmittag mit den Kindern in den Park, damit Marina und Iwanow ein bisschen für sich sein konnten.

Iwanow setzte sich aufs Bett, und Marina stellte sich im Licht der Nachmittagssonne vor ihn. Mit dem Rücken zu ihm zog sie die Klammern aus ihrem Haar und schüttelte den Kopf, sodass ihre Haare wie eine goldene Woge über ihre Schultern flutete. Iwanow empfand mit einem Mal Scheu, als seine Frau erst ihr Hemd, dann ihren Rock aufknöpfte und die Sachen auf den Boden gleiten ließ. Schließlich drehte sie sich um, und sein Blick glitt an ihr hinunter, bis er schließlich auf dem dunklen Dreieck zwischen ihren Schenkeln verharrte.

»Du bist grau geworden«, stellte Marina fest. »So siehst du sehr distinguiert aus.« Sie trat näher, strich mit den Fingern über die silbernen Strähnen an seinen Schläfen und fuhr dann zart und behutsam über die Stelle, wo sich seine Wangenknochen in sein Gesicht eingegraben hatten. Ihr Lächeln verblasste.

Iwanow nahm ihre Hand, zog sie an seine Lippen und

küsste ihre Finger, einen nach dem anderen. Unzählige Nächte hatte er von ihr geträumt, hatte sich den Druck ihrer Finger vorgestellt, wenn sie ihn an sich zog und sich an seinen Rücken klammerte, als würde ihr Leben davon abhängen. Als er jetzt die Arme um sie schlang, dachte er an die endlosen einsamen Nächte zurück, in denen alles verloren schien. Doch der Gedanke, zu Marina zurückzukehren, in ihre warmen, liebevollen Arme, hatte ihn am Leben erhalten und ihm Kraft gegeben. Ohne es zu wissen, hatte sie ihn gerettet. Ihretwegen hatte er am Leben bleiben wollen.

Er legte sein Gesicht an ihren Hals und sog den lieblichen Duft von Lavendelseife ein, den ihre Haut verströmte.

Marina nahm seine Hand, legte sie auf ihre linke Brust. Iwanow konnte ihren Herzschlag fühlen. Er küsste sie zärtlich auf die Lippen, bevor er den Mund zu ihrer Kehle und ihren Brüsten gleiten ließ. Sanft biss er in die harten Brustwarzen. Marina stöhnte, wobei sie die Hände in seinen Locken vergrub und ihn an sich presste.

Iwanow zog sie aufs Bett und ließ sich auf sie sinken. Als er in sie eindrang, hörte er, wie ihr der Atem stockte. Ihr leises Keuchen weckte in ihm den Wunsch, vor Dankbarkeit zu weinen. Er hielt sie ganz fest in den Armen und überschüttete sie mit Küssen, überwältigt vor Verlangen und Glück.

Später hielten sie einander in den Armen. Marina legte den Kopf an seine Schultern und streichelte mit den Fingerspitzen seine Brust.

»Ljova?«

»Hm?« Seine Stimme war belegt und schlaftrunken.

»Du bist doch jetzt aus der Armee entlassen. Wollen wir nicht in unser Dorf zurück?«

»Es gibt kaum etwas, für das es die Heimkehr lohnt«, antwortete er. »Wir haben kein Vieh, und die Felder werden brachliegen.«

»Hier können wir nicht bleiben. Dima war mehr als großzügig, aber wir müssen uns etwas Eigenes suchen.«

Iwanows Gedanken waren in die gleiche Richtung gegangen. »Dima hat mir in der Munitionsfabrik eine Stelle als Monteur besorgt. Sowie ich Geld verdiene, suchen wir uns eine Unterkunft.«

»Bei all den Flüchtlingen in Moskau wird es schwer sein, etwas halbwegs Anständiges zu finden.« Marina stützte sich auf einen Ellbogen. »Können wir nicht doch in unser Dorf zurück?« Sie küsste seine Brust. »Zurück in die Steppe?« Iwanow stöhnte, als ihre Lippen weiter nach unten wanderten. »In unsere Heimat am Don?«

Sein Atem ging flach, als Marinas warme Lippen über seinen Unterleib strichen. »Was machst du mit mir, Marischka?«

Marina legte sich flach auf ihn und schob ihr Gesicht vor seines. »Ich will nicht mehr in Moskau bleiben.«

Er nahm ihr Gesicht in seine Hände und küsste ihre Lippen. »Warum sagst du das? Mit meinem Lohn aus der Fabrik werde ich mehr Geld haben, als ich je auf unserem Hof verdient habe – und ich werde hart arbeiten. Die Lage wird bald besser, wart's ab.«

»Da wäre ich mir an deiner Stelle nicht so sicher.« Sie rollte sich von ihm hinunter. Iwanow umfasste ihr Handgelenk, wollte sie zurückzuziehen, doch sie befreite sich von ihm und griff nach ihrem Hemd. »Hör mir zu, Ljova. Die Lage wird sich nicht so bald verbessern.«

»Warum musst du unbedingt jetzt darüber reden?«, stöhnte er. »Komm, Marischka …« Er lächelte vielsagend. »Zeig mir noch einmal, wie sehr du mich vermisst hast.«

»Ich meine es ernst.« Sie schlüpfte in ihren Rock, knöpfte ihn zu und hob ihre Bluse auf. »Täglich wird woanders gestreikt. An einem Tag fahren die Straßenbahnen nicht, am anderen quellen die Mülltonnen über. Die Läden haben nichts mehr zu verkaufen, nicht einmal im Stadtzentrum von Moskau. Und selbst wenn sie etwas hätten, könnten wir es uns nicht leisten. Es gibt keine Kohle, kein Brot. Toma und ich müssen uns jeden Morgen stundenlang um einen Bissen Brot anstellen. Ich traue mich nicht, die Mädchen alleine zu schicken, weil ich Angst habe, jemand könnte ihnen ihr Brot wegnehmen. Und was die Fabrik angeht ... Dima behauptet, dass die Arbeiter die Produktion absichtlich sabotieren. Und wenn der Vorarbeiter oder die Eigentümer Krach schlagen, tun die Arbeiter so, als wüssten sie von nichts, und schieben die Schuld für die Pannen auf fehlerhafte Geräte.«

»Die Leute haben den Krieg satt. Allmählich wird sich alles wieder beruhigen.«

Marina warf ihm einen eindringlichen Blick zu. »Zieh dich an, Leo. Es wird dunkel. Sie werden bald heimkommen.«

*

Obwohl er Verständnis für die Unzufriedenheit der Arbeiter hatte, besuchte Iwanow keine ihrer Versammlungen. Stattdessen hielt er sich bedeckt und arbeitete fleißig in seiner Abteilung.

»Guten Tag, Genosse.«

Ein paar Schritte entfernt stand ein großer, gut aussehender dunkelhaariger Mann. »Du bist neu hier.« Der Mann streckte die Hand aus. »Ich habe gesehen, wie du heute Morgen mit Dmitri zur Arbeit gekommen bist. Ich bin Michail Alexandrowitsch Basarow.«

Iwanow gab ihm die Hand. »Ich weiß, wer du bist.«

Basarow lächelte. »Dann sind dir die Bolschewiken nicht fremd?«

Iwanow wandte sich wieder seiner Maschine zu. »Ich habe von ihnen gehört.«

»Dmitri ist Mitglied. Vielleicht möchtest du ja zu unserer nächsten Versammlung kommen.«

»Ich bleibe lieber für mich.«

»Die Zeiten ändern sich. Die Arbeiter Russlands müssen sich vereinigen, um den Fortschritt zu uns zu bringen.«

Iwanow sagte nichts.

Ein Vorarbeiter kam auf sie zu. Basarow tat so, als würde er Iwanow helfen.

»Warum bist du nicht in deiner Abteilung, Basarow?« Der Vorarbeiter, ein großer, schmerbäuchiger Mann, musterte die beiden Männer argwöhnisch.

»Ich helfe nur eben unserem neuen Monteur mit seiner Maschine.«

Iwanow warf Basarow einen harten Blick zu.

»Tu, was du zu tun hast, und zwar schnell, und dann zurück an deine Arbeit«, sagte der Vormann schroff. »Und wenn ich dahinterkomme, dass ihr Ärger ausbrütet«, er zeigte mit einem fleischigen Finger auf die zwei Männer, »schmeiße ich euch raus, alle beide!«

Sowie der Mann weg war, fuhr Iwanow zu Basarow herum, packte ihn am Kragen und zischte ihm ins Gesicht: »Ich kann es mir nicht leisten, meine Arbeit zu verlieren.« Er verstärkte seinen Griff. »Verstanden?«

»Nur die Ruhe, Genosse.« Basarow hob abwehrend die Hände.

Iwanow ließ ihn los. »Bleib mir vom Leib.« Er gab ihm einen Schubs.

»Na gut, ich lasse dich in Ruhe. Aber für den Fall, dass du deine Meinung änderst – wir halten eine kleine Gedenkfeier für die Arbeiter von Petrograd ab.« Basarow steckte ein zusammengefaltetes Blatt Papier in Iwanows Jackentasche. »Du hast doch gehört, wie es den Leuten bei der Brotrevolte ergangen ist, oder?«

»Na klar«, gab Iwanow kurz zurück.

»Dann hoffe ich, dich bei der Versammlung zu sehen.« Basarow tippte an seine Mütze und ging in seine Abteilung zurück.

*

Die von der Provisorischen Regierung zugesagten Veränderungen, die nach der Abdankung des Zaren formuliert worden waren, wurden nur schleppend umgesetzt, aber Iwanow verlor nicht die Hoffnung. Er sagte sich, dass Probleme, die aus jahrelanger Misswirtschaft und dem Krieg resultierten, nicht über Nacht gelöst werden konnten.

Als er am nächsten Morgen mit Dmitri zur Arbeit ging, kamen sie an etlichen Buden vorbei, in denen revolutionäre Bücher verkauft wurden. An einem Stand, an dem ein Transparent mit der Aufschrift SOZIALREVOLUTIONÄRE PARTEI hing, blieb Dmitri stehen, um ein bisschen zu stöbern. Iwanow zündete sich eine Zigarette an und beobachtete, wie Dmitri mit dem Verkäufer um den Preis eines Buches feilschte.

»Welcher Partei gehörst du an, Genosse?«, fragte ein junger Mann mit einem Hauch von Oberlippenbart, der hinter dem Verkaufstresen stand.

»Keiner«, erwiderte Iwanow kurz angebunden.

»Dann komm zu uns«, sagte der Jüngling aufgeregt. »Die Sozialrevolutionäre Partei ist die demokratischste aller Parteien.«

Iwanow stöhnte und wandte ihm den Rücken zu. »Komisch, dasselbe sagen die Menschewiken und Bolschewiken von ihren Parteien.«

Iwanow und Dmitri setzten ihren Weg fort. Unter Dmitris Arm steckte das neueste Exemplar der *Prawda*, einer revolutionären Zeitung, in der unter anderem Artikel eines gewissen Lenin erschienen.

»Ich mag Lenin.« Dmitri zeigte auf das Bild eines stirnrunzelnden, nahezu kahlen Mannes.

»Wer ist das?«

»Du kennst Lenin nicht? Er ist der Führer der bolschewistischen Partei. Zurzeit ist er im Exil, aber es heißt, er kommt bald zurück.«

Iwanow zuckte die Achseln. »Über solche Dinge weiß ich fast nichts.«

Dmitri wechselte das Thema. »Ich habe gehört, du hast Basarow kennengelernt.«

»Ich nehme an, er hat dir erzählt, welchen Empfang ich ihm bereitet habe.«

»Er erzählt überall herum, dass du ihn mit offenen Armen empfangen hast.« Dmitri lachte. »Gehst du mit zur Gedenkfeier?«

»Ich denke darüber nach.«

»Die Provisorische Regierung hat den Ersten Kongress der Sowjet-Abgeordneten angekündigt«, fuhr Dmitri fort. »Nachdem wir der Arbeiter von Petrograd gedacht haben, wollen wir einen Vertreter wählen, der in unserem Namen dem Kongress beiwohnt.«

»In wessen Namen?«

»Unserem. Deinem und meinem.« Dmitri blickte Iwanow ungläubig an. »Im Namen der bolschewistischen Partei.«

»Ich bin kein Mitglied.«

»Du kannst bei der Versammlung beitreten.«

»Ich weiß nicht.« Iwanow seufzte.

»Hör zu, einige der Männer sind an mich herangetreten.« Dmitri legte Iwanow eine Hand auf die Schulter. »Sie wollen, dass du sie vertrittst.«

»Ich? Warum? Ich bin nicht mal Parteimitglied. Warum lässt du dich nicht aufstellen?«

Dmitri schüttelte den Kopf. »Die Männer mögen dich. Du

hast an der Front gekämpft und bist aus einem Kriegsgefangenenlager geflohen. Du hast dir ihren Respekt erworben. Und ihr Vertrauen.«

»Aber ich habe keine Ahnung von Politik!«

»Da brauchst du nicht viel zu wissen.« Dmitri nickte dem Wärter am Tor grüßend zu. »Du musst nur dem Kongress beiwohnen und unsere Anliegen vortragen.«

»Ihr solltet euch jemand anders suchen.«

»Die Männer wollen dich. Und du bist es ihnen schuldig, sie zu vertreten.«

»Ich bin niemandem etwas schuldig. Ich habe meinen Teil geleistet. Ich habe für mein Land gekämpft.«

»Dann kämpfe jetzt für deine gefallenen Kameraden.«

Iwanow dachte an Nikolai. »Vielleicht hast du recht. Ich tue es für sie.«

*

Bei der Versammlung war Iwanow einer von drei Nominierten. Nervös stieg er aufs Podium.

»Genossen …« Für einen Moment verunsichert, vor so vielen Leuten zu sprechen, stockte Iwanow. Nachdem er sich geräuspert hatte, fing er noch einmal an. »Vor dem Krieg war ich nur ein schlichter Kosake …«

»Wir können dich nicht hören«, rief jemand von hinten. »Lauter!«

»Ich habe eine Familie«, fuhr Iwanow lauter fort. »Eine Frau und drei Kinder. Uns gehört ein kleines Stück Land am Don, ein Häuschen, das aus Lehmwänden und einem Strohdach besteht. Von der Welt außerhalb unseres Dorfes wusste ich wenig.« Als er sah, dass die Männer ihm interessiert lauschten, wuchs sein Selbstvertrauen. »Als der Krieg ausbrach, ging ich zur Armee. Ich bete, dass mein Sohn niemals solche Gräuel zu sehen bekommt, wie ich sie an der Front erlebt habe. Ich wurde von den Deutschen gefangen genommen und war monatelang in einem Kriegsgefangenenlager. Hat das den Zar gekümmert? Nein! Die englische und die französische Regierung haben Lebensmittel geschickt, unsere nicht. Sie haben uns abgeschrieben.« Iwanow brach ab, weil ihm die Brust auf einmal wie abgeschnürt war. »Sehr viele Männer, gute, aufrechte Russen, sind in den Lagern umgekommen.«

Die Zuhörer nickten.

»Meiner Familie ist es kaum besser ergangen. Meine Frau war mit unserem dritten Kind schwanger und konnte das Land nicht bestellen. Es waren keine Männer da, um ihr zu helfen. Sie war gezwungen, unser Vieh zu verkaufen und zu ihrer Schwester nach Moskau zu ziehen. Und was, glaubt ihr, hat sie hier erwartet?«

»Kein Brot«, rief einer.

»Keine Kohle«, kam es von einem anderen.

»Schwarzmarktpreise.«

»Keine anständigen Unterkünfte.«

Iwanow gebot Schweigen, indem er eine Hand hob. »Genau das! Sie musste dieselben Nöte durchleiden wie eure Familien. Dieser Krieg, den Imperialisten angezettelt haben, die sich kaum um ihr Volk kümmern, hat Russland ausgeblutet. Als euer Bevollmächtigter werde ich dem Kongress schildern, wie die Männer an der Front verreckt sind, während ihre Familien in den langen Wintermonaten hungern und frieren mussten. Ich werde erklären, dass die bolschewistische Partei ein sofortiges Ende des Krieges fordert.« Je länger er sprach, desto mehr erwärmte sich Iwanow für seine Aufgabe. Die Wut und der Schmerz, die er in seinem Inneren verschlossen hatte, stiegen in ihm auf. Er ballte die Faust, hieb sie in die offene Hand. »Wir verlangen ein Ende des Abschlachtens! Wir verlangen ein Ende der Leiden für das russische Volk! Wir verlangen ein Ende des Krieges!«, donnerte er.

Tosender Beifall brach aus.

Als die Stimmen gezählt waren, wurde verkündet, dass Iwanow mit überzeugender Mehrheit gesiegt hatte.

»Glückwunsch.« Dmitri schüttelte ihm die Hand. »Du wirst uns großartig vertreten.«

Südostfront

Mai 1917

Stille hatte sich über die Frontlinie gesenkt. Bogolew hielt sich sein Fernglas vor die Augen und beobachtete von einem Hügelkamm aus die feindlichen Schützengräben. Seit bekannt geworden war, dass der Zar abgedankt hatte, schien der Kampfeswille der Männer gebrochen.

Links von ihm waren aus den Gräben die ersten Geräusche morgendlicher Aktivitäten zu hören. Die Männer, die sich zum Appell versammelten, schlurften mit schleppenden Schritten dahin, und nur die wenigsten salutierten angemessen, wenn ein Offizier vorbeikam.

Die Nachrichten über die Aufstände in Petrograd hatten dazu geführt, dass hinter vorgehaltener Hand getuschelt wurde, die Provisorische Regierung stehe unter Druck, den Krieg zu beenden. Jeden Tag fehlten mehr Soldaten, da die Männer scharenweise desertierten. Nicht einmal das drohende Erschießungskommando konnte den Exodus verhindern. Müde und abgekämpft zeigten diejenigen, die blieben, wenig Neigung, Befehle zu befolgen, und jeden Tag gelangten Berichte über wachsende Unruhen und Streiks durch die Gittermaschen. Bogolew beobachtete die herbeiströmenden Soldaten und fragte sich, wie viele in dieser Nacht wieder geflohen waren.

Schon in früher Jugend hatte Bogolew davon geträumt, eines Tages zur Elite der russischen Armee zu gehören. Kaum hatte er das vorgeschriebene Alter erreicht, war er bei der Infanterie eingetreten, um Abenteuer zu erleben und eine bessere Zukunft zu haben als die, die seine Familie ihm bieten konnte, die aus der Arbeiterschicht stammte. Doch sein anfänglicher Enthusiasmus wich Enttäuschung, als seine Gesuche, die Offiziersschule besuchen zu dürfen, ignoriert wurden. Um schließlich doch aufgenommen zu werden, hatte er doppelt so hart schuften müssen wie Männer aus einer höheren Gesellschaftsschicht. Und er hielt den Mund, wenn weniger befähigte Kandidaten mit Beförderungen oder Auszeichnungen belohnt wurden, die rechtmäßig ihm zugestanden hätten.

Die Abdankung des Zaren im März kam für Bogolew völlig unerwartet. Er konnte sich ein Russland ohne einen Monarchen an der Spitze des Staates nicht vorstellen. Aber nachdem er sich vom Schock erholt hatte, stellte er fest, dass er eigentlich nichts gegen das Ende der Monarchie einzuwenden hatte.

Unter ihm verlas ein Sergeant den Morgenappell. Wie Bogolew geargwöhnt hatte, fehlten weitere Soldaten. Die verbliebenen Männer traten von einem Fuß auf den anderen und meldeten sich ohne jede Begeisterung, wenn ihre Namen aufgerufen wurden.

Bogolew seufzte. Es war deprimierend, so mutlose Männer zu sehen.

Er wollte sich gerade zu seinen Leuten gesellen, als er das Geräusch eines Wagens hörte, der wenige Meter von der Frontlinie entfernt stehen blieb. Ein Fahrgast stieg aus, ging zu dem Sergeanten und wechselte ein paar Worte mit ihm. Einer der Soldaten trat vor und führte den Besucher zu Bogolew.

Bogolew stand auf und klopfte den Staub von seiner Hose, ohne den Blick vom Besucher zu wenden.

»Mein Name ist Wassili Mischkin. Ich repräsentiere die Deputierten der Arbeiter- und Soldatenräte.«

Bogolew blinzelte leicht ins Sonnenlicht und schüttelte dem Mann die Hand, wobei sein Blick zu dem Umschlag wanderte, den Mischkin in der Hand hielt.

»Ich überbringe eine wichtige Nachricht aus Petrograd«, sagte Mischkin mit einem Seitenblick auf den Soldaten.

»Wegtreten«, befahl Bogolew dem Gefreiten.

»In Petrograd findet demnächst der allrussische Kongress der Sowjet-Deputierten statt«, fuhr Mischkin fort. »Jede Division soll einen Vertreter wählen, der an diesem Kongress teilnimmt.« Er reichte Bogolew den Umschlag.

»Welchem Zweck dient der Kongress?«

»Er soll normalen Bürgern die Möglichkeit geben, vor der neuen Regierung über ihre Anliegen und Probleme zu reden. Es ist eine Gelegenheit, Ideen für eine demokratischere Gesellschaft zur Sprache zu bringen.«

Bogolew öffnete den Umschlag und las die ersten zwei Zeilen.

»Ich kann Ihnen genau sagen, was jeder einzelne Mann hier will«, sagte er dann und blickte von dem Schreiben auf. »Ein Ende des Blutvergießens.«

»Natürlich wollen wir alle ein rasches Ende des Krieges«, räumte Mischkin ein. »Aber Russland hat bei Kriegsbeginn ein Abkommen unterzeichnet, und als Nation sind wir verpflichtet, unser Wort gegenüber unseren Verbündeten zu halten, insbesondere jetzt, da Amerika in den Krieg eingetreten ist und an unserer Seite kämpft.«

»Hier steht«, Bogolew zeigte auf eine Zeile des Briefes, »dass die neue Provisorische Regierung dem russischen Volk verpflichtet ist.«

»Unsere Führung arbeitet mit großem Einsatz für eine bessere Zukunft unseres Landes.«

»Und mittlerweile geht das Sterben in den Schützengräben weiter.«

»Diese … äh, Problematik ist uns bewusst«, stammelte Mischkin. »Deshalb haben wir den Kongress einberufen. Unserer Führung liegt sehr daran, die Meinung der russischen Arbeiterklasse zu hören.«

»Ich werde eine Versammlung einberufen.« Bogolew faltete das Papier zusammen und steckte es in den Umschlag zurück. »Sie werden einen Vertreter unserer Division bekommen.«

Bogolew begleitete Mischkin zu seinem Wagen und beobachtete, wie das Fahrzeug davonfuhr und in einer Staubwolke verschwand. Geistesabwesend klopfte er mit dem Brief, den Mischkin ihm gegeben hatte, an sein Bein. Die Vorstellung von einem Kongress, auf dem ganz gewöhnliche Bürger sprechen konnten, gefiel ihm. Er winkte einen Korporal zu sich.

»Informieren Sie die Männer, dass heute Nachmittag eine Versammlung stattfindet. Ich wünsche, dass jeder von ihnen erscheint!«

39.

Petrograd

Juni 1917

Im Foyer des Mariinski-Palasts wimmelte es von Kongressteilnehmern. Bogolew, der zum Deputierten ernannt worden war, betrat zum ersten Mal die Eingangshalle dieses Gebäudes und blieb ein paar Sekunden auf dem Parkettboden stehen, überwältigt von der Pracht und Fülle.

Schließlich schlenderte er weiter, schaute sich an den Ständen um und hielt ab und zu inne, um die Titel auf den Buchrücken zu überfliegen und in Broschüren zu blättern. In einer Ecke drängte sich eine Schar Männer um einen Stand mit einem großen roten Banner, auf dem in fetten Lettern SOZIALDEMOKRATISCHE ARBEITERPARTEI zu lesen war. Bogolew trat neugierig näher.

Ein hochgewachsener Mann mit einem Schopf dunkler, lockiger Haare und kleinen runden Brillengläsern stand mitten in der Gruppe und redete lebhaft.

»Wofür wir uns einsetzen, ist das sofortige Ende des Krieges.« Trotz seiner jugendlichen Züge lag Selbstvertrauen in der Stimme des Sprechers.

»Wer ist das?«, fragte Bogolew einen der Männer.

»Das ist Trotzki. Er ist ein Genosse und enger Freund Lenins.«

»Es heißt«, warf ein anderer ein, »dass Lenin heute auf dem Kongress sprechen wird.«

»Unsere Feinde werfen unseren Anführern vor, deutsche Spione zu sein!«, gellte Trotzkis Stimme. »Sie ziehen unsere Forderungen nach Frieden und der Neuverteilung des Grundbesitzes ins Lächerliche. Aber meine Genossen und ich sind hier, um euch das feierliche Versprechen zu geben, dass wir bis zum letzten Atemzug kämpfen werden, bis der imperialistische Krieg zu Ende geht und unsere Bauern, die in unseren Augen die rechtmäßigen Hüter des Landes sind, für Jahrhunderte der Sklaverei entschädigt werden.«

Beifall brandete auf, gefolgt von allgemeinem Gedränge, als die Männer versuchten, Trotzkis Hand zu schütteln.

Im Auditorium nahm Bogolew in einer der vordersten Reihen Platz. In seiner Brusttasche steckte die Ansprache, die er vor dem Kongress halten sollte. Er nahm das zusammengefaltete Blatt Papier heraus, strich es glatt und war gerade dabei, den Text noch einmal zu lesen, als im hinteren Teil des Saales Geraune laut wurde. Bogolew drehte sich um.

»Lenin ist hier!«, rief jemand.

Mit schnellen Schritten ging ein kleiner, untersetzter Mann mit hoher Stirn und ernstem Blick zum Podium und wechselte ein paar Worte mit dem Vorsitzenden.

Der Vorsitzende wandte sich an die Deputierten. »Aufgrund seiner vielen Termine bittet Monsieur Lenin, Anführer der Sozialdemokratischen Arbeiterpartei, schon jetzt sprechen zu dürfen.«

Rufe wurden laut: »Lasst ihn sprechen! Wir wollen Lenin hören!«

Lenin trat hinter das Rednerpult und wartete, bis sich der Tumult gelegt hatte. Sowie er die ungeteilte Aufmerksamkeit der Anwesenden hatte, beugte er sich vor.

»Für das russische Volk ist die Zeit gekommen, vereint zusammenzustehen. Wir, die Bolschewiken, glauben, dass sämtlicher Grundbesitz an die Bauern und Landarbeiter verteilt werden muss. Ich frage euch: Wessen Blut hat die Felder in diesem Krieg getränkt? Wessen Familien haben gelitten, während ihre Männer in den Schützengräben kämpften? War es die Aristokratie? Die Bourgeoisie? Die reichen Großgrundbesitzer?«

Er hielt inne, ließ kurz den Blick schweifen und fuhr fort: »Keiner von ihnen! Es war das Blut schwer arbeitender Menschen. In einem imperialistischen, kapitalistischen Krieg wurden sie als Kanonenfutter verheizt. Obendrein steht unsere von diesem brutalen Krieg verkrüppelte Wirtschaft vor dem Ruin. Es gibt kein Mehl und keine Kohle, und unser Volk muss hungern und frieren. Im Namen der russischen Arbeiter verlangt die Bolschewistische Partei, dass die Provisorische Regierung unter ihrem Führer Kerenski alle Kampfhandlungen unverzüglich einstellt.«

Lenin reckte die Faust, und seine Stimme schraubte sich in die Höhe. »Solange unsere Männer weiterkämpfen, müssen unsere Frauen und Kinder in den langen Wintermonaten wegen des Mangels an Brot und Kohle hungern und frieren. Im Namen der Arbeiterschaft prangere ich die Provisorische Regierung für ihre fortgesetzte Unterstützung des russischen Kriegseinsatzes an. Sie haben unsere Revolution verraten. Dieser Krieg ist nichts anderes als ein Werkzeug, um die Räder des Kapitalismus am Laufen zu halten und die Macht imperialistischer Tyrannen zu stärken!« Er hielt inne, um Luft zu holen.

»Ich fordere das sofortige Ende des Krieges. Das Ende des Abschlachtens. Das Ende der Not des russischen Volkes. Ich fordere, dass die Macht an alle Arbeiter- und Soldatenräte übergeben wird. Keiner unserer Landarbeiter soll mehr durch einige wenige Großgrundbesitzer leiden müssen. Aller Grundbesitz muss verstaatlicht, alle Güter enteignet werden. Sämtliche Bauern und Landarbeiter müssen das Recht haben, über das Land zu verfügen, wie sie es für richtig halten.«

Lenins Stimme wurde vom tosenden Jubel der Menge übertönt. Vor dem Podium wurde ein Sprechgesang laut, der an Stärke zunahm, bis alle einstimmten.

»Alle Macht den Sowjets!«

»Nieder mit dem kapitalistischen Krieg!«

Lenins Lippen verzogen sich zu einem Lächeln. Er hob die Faust hoch über den Kopf. Das Publikum reagierte mit noch lauteren Jubelrufen.

»Land, Frieden und Brot für Bauern und Arbeiter!«, rief er über den Lärm der Menge hinweg.

Ein Schauer überlief Bogolew. Er stand auf und stimmte in den Sprechgesang ein, der die wiederholten Ordnungsrufe des Vorsitzenden erstickte.

Lenin trat hinter dem Rednerpult vor und nahm den Beifall mit einem triumphierenden Schwenken der Hand entgegen.

*

»Was meinst du, Leo?«, wollte Dmitri von Iwanow wissen, nachdem Lenin seine Ansprache beendet hatte. Dmitri und Basarow hatten Iwanow zu dem Kongress begleitet. »Ziemlich inspirierend, oder?«

Lenins Worte hatten auf Iwanow großen Eindruck gemacht, aber gewisse Vorbehalte hatte er doch. »Ich bin durchaus für Frieden und die Umverteilung von Grundbesitz, aber ich bin mir nicht sicher, ob man sich das Land mit Gewalt aneignen sollte«, sagte er zögernd.

»Dein Problem ist, dass du zu idealistisch bist.« Basarow klopfte ihm auf die Schulter. »Der Landadel wird seinen Besitz nicht freiwillig hergeben. Wir müssen ihn uns nehmen.«

»Seht mal! Da drängen sich die Massen um den Stand der Bolschewiken.« Dmitri verrenkte sich den Hals. »Ob Lenin noch da ist? Kommt, lass uns schauen, ob wir ihm die Hand schütteln können!«

Lenin war nicht da, sondern ein untersetzter, kräftig gebauter Mann mit pockennarbigem Gesicht und dichtem dunklem Haar, der sich als Josef Wissarionowitsch Stalin vorstellte.

»Ich habe deine Artikel in der *Prawda* gelesen«, sagte Dmitri. »Du hast Lenin bei seiner Abspaltung von den Menschewiken unterstützt.«

Stalin, der sich sichtlich freute, erkannt zu werden, lächelte. »Wie gefällt euch der Kongress, Genossen?«

»Lenin ist ein mitreißender Redner«, sagte Dmitri. »Wir hatten gehofft, ihn persönlich kennenzulernen.«

»Genosse Lenin musste zu seinem nächsten Termin«, erklärte Stalin. Er gab jedem der Männer ein Flugblatt. »Aber wir haben später eine Versammlung, auf der Genosse Lenin sprechen wird. Wollt ihr nicht mitkommen?«

»Ich weiß nicht, ob wir das schaffen«, sagte Iwanow. »Wir müssen den Nachtzug nach Moskau erwischen.«

»Das gilt für dich, Ljova.« Dmitri nahm Iwanow das Flugblatt aus der Hand und stopfte es in seine Jackentasche. »Ich lasse mir die Chance, Lenin die Hand zu schütteln, nicht entgehen.«

»Unser Genosse hier«, Basarow deutete mit dem Kinn auf Iwanow, »ist mit Lenins Vorschlag, die Großgrundbesitzer gewaltsam zu enteignen, nicht einverstanden.«

Stalin nickte verständnisvoll, beugte sich zu Iwanow vor und sagte: »Keiner von uns will Blutvergießen, aber es gibt Zeiten, in denen Gewalt ein notwendiges Übel ist. Die Regierung Kerenski ist bloß eine Marionette der Kapitalisten. Deshalb besteht sie auch darauf, weiter diesen imperialistischen Krieg zu führen. Und die Großgrundbesitzer, die sich am Schweiß der Bauern mästen, werden nicht ohne Weiteres auf ihre Macht verzichten. Letzten Endes interessieren weder sie noch die Regierung sich für die gewöhnlichen russischen Bürger.« Er trat zurück und musterte Iwanows Narbe. »Sag, Genosse, warst du im Krieg?«

Iwanow nickte.

»Und wie bist du zu deiner Verletzung gekommen?«

»In einem Kriegsgefangenenlager.«

»Und hat sich die Regierung in deiner Abwesenheit um deine Familie gekümmert? Hatten deine Kinder genug zu essen und Kohle, um es warm zu haben?«

Iwanows Miene verdüsterte sich. »Nein, Genosse.«

Danach ertappte Iwanow sich dabei, zu allen Vorschlägen Stalins zustimmend zu nicken.

Als sie den Palast schließlich verließen, hatte er sich bereit erklärt, den Roten Garden beizutreten.

Moskau

Juni 1917

Marina zum Umzug nach Petrograd zu überreden war nicht leicht.

»Was machen wir dort?«, wollte sie wissen. »Warum willst du uns nach Petrograd verfrachten?«

Iwanow nahm ihre Hand. »Ich bin bei den Roten Garden eingetreten.«

»Du bist *was?*« Sie riss ihre Hand weg. »Hast du in den Schützengräben nicht genug Blutvergießen erlebt?«

»Das ist nicht dasselbe. Ich gebe zu, dass es falsch von mir war, an diesem imperialistischen Krieg teilzunehmen …«

»Hör dich doch an – imperialistischer Krieg!« Marina schnaubte. »Du redest schon wie sie!«

»Ach, Marina, ich wünschte, du wärst dort gewesen. Ich

wünschte, du hättest Lenin sprechen gehört. Er versteht die Sorgen der kleinen Leute.«

»Pah! Ich habe keine Zeit, zu Versammlungen zu gehen.« Sie drehte sich zum Herd um, hob den Kessel mit kochendem Wasser hoch und leerte den Inhalt in einen Kupferbottich. »Ich habe Kinder, die etwas zu essen brauchen, und Wäsche, die gewaschen werden muss. Ich stehe bei Tagesanbruch auf, stelle mich stundenlang um Brot an und bete, dass es noch welches gibt, bis ich an der Reihe bin.«

»Das alles wollen die Bolschewiken ändern.«

Marina legte eine Hand auf die Hüfte und musterte Iwanow von oben bis unten. »Na schön, ich komme mit. Wir ziehen nach Petrograd. Aber erst wenn du mir versprichst, dass wir dort eine eigene Unterkunft bekommen.«

Iwanow nahm sie in die Arme und küsste sie auf den Nacken. »Ich verspreche es. Du wirst deine Entscheidung nicht bereuen, Marina. Die Bolschewiken werden alles ändern, wart's nur ab.«

Sie wand sich aus seinen Armen und stellte sich wieder an ihren Waschzuber. »Tu mir einen Gefallen, Ljova.« Sie blickte nicht von ihrer Arbeit auf. »Gib keine Versprechen, die du nicht halten kannst.«

40.

Zarskoje Selo

August 1917

In den Gartenanlagen des Alexanderpalasts spazierte Nikolaus Romanow an den langen Reihen umgestochener Erde vorbei, wobei er gelegentlich stehen blieb, um ein Unkraut zu zupfen oder das erste Sprießen einer neuen Pflanze zu begutachten.

Seit seiner Abdankung standen der ehemalige Zar und seine Familie unter Hausarrest. Als Nikolaus im vergangenen März in Zarskoje Selo eingetroffen war, hatte seine Frau sich wegen der Ereignisse in Petrograd, die außer Kontrolle geraten waren, tief beunruhigt gezeigt. Alle fünf Kinder lagen mit Masern im Bett; Alexandra sah keine andere Wahl, als im Palast zu bleiben, statt sich dem allgemeinen Exodus anzuschließen. Und all die Briefe, die Nikolaus inzwischen an seinen Cousin geschrieben hatte, König Georg von England, um ihn um Asyl zu bitten, waren unbeantwortet geblieben.

Da er sonst kaum etwas zu tun hatte, verbrachte Nikolaus die ersten paar Wochen damit, durch die leeren Säle zu wandern. Er suchte aus seiner weitläufigen Sammlung dieses oder jenes Buch heraus, um seinen Kindern daraus vorzulesen oder sich damit in seine Bibliothek zurückzuziehen. Außerdem wandte er sich körperlichen Betätigungen zu. Er schippte Schnee und machte ausgedehnte Spaziergänge auf dem Anwesen.

Die Wachen behandelten ihn mit unverhohlener Feindseligkeit, was ihn anfänglich irritierte und verwirrte. Bei seiner ersten Begegnung mit einem seiner Bewacher hatte Nikolaus dem Mann die Hand hingehalten. Der Wachposten, ein ungepflegter Mann mit ledriger Haut, der auf einem dicken Pfriem kaute, gab zurück: »Für nichts in der Welt!«

»Aber warum denn nicht, guter Mann? Was haben Sie gegen mich?«

Statt einer Antwort spuckte der Mann aus. Sein vom Kautabak bräunlich verfärbter Speichel landete dicht neben Nikolaus' Stiefel.

Im Mai erhielt die Familie die Erlaubnis, auf dem Grundstück des Palasts einen Küchengarten anzulegen. Nikolaus und seine Töchter waren dankbar, ein Projekt zu haben, das ihnen half, sich die Zeit zu vertreiben, sodass sie sich förmlich auf die Aufgabe stürzten, den Boden zu pflügen, Saatgut anzupflanzen und Unkraut zu jäten. Nicht weit von ihnen saß Alexandra in ihrem Rollstuhl, stickte und hatte dabei ein wachsames Auge auf ihre Familie.

»Wo soll das hin, Papa?«

Olga und Tatjana schleppten keuchend Torfballen, die auf zwei parallel gelagerten Holzstangen lagen. Ihre Haut glänzte von der Anstrengung.

»Bringt es da drüben hin!« Nikolaus zeigte auf einen Teil des Gartens, wo er Kohl ziehen wollte.

Als die Mädchen sich mit ihrer Last abmühten, flog Tatjanas Hut auf die Erde und entblößte ihren kahlen Schädel.

»Guck dir die an! Ohne den Flitterkram und ihre feinen Sachen ist sie hässlich wie die Nacht!«, rief jemand.

Nikolaus schaute zu den Leuten, die vor dem Tor standen und die Köpfe durch die Gitterstangen steckten. Jeden Tag fanden sie sich dort ein, um ihnen Schmähungen und Beschimpfungen zuzurufen. Die Wachen taten nichts, um diese Verhöhnung zu unterbinden; stattdessen ermutigten sie manchmal die Menge, indem sie bei den Sticheleien mitmachten.

Die Haare des Mädchens waren ausgefallen, als alle die Masern hatten. Alexandra hatte damals angeordnet, sie gänzlich zu scheren, um das Wachstum anzuregen.

Mit brennenden Wangen schnappte Tatjana sich ihren Hut und zog ihn bis über die Ohren. Nikolaus streckte tröstend eine Hand nach ihr aus, als sie an ihm vorbeiging.

»Ich verstehe das nicht, Papa. Früher haben die Leute uns immer zugejubelt, wenn wir in unseren Equipagen vorbeigefahren sind.« Ihre grünen Augen schimmerten feucht. »Warum hassen sie uns auf einmal?«

Der ehemalige Zar wusste keine Antwort darauf.

*

Als er an jenem Abend am Kopf der Tafel saß, sprach Nikolaus im Namen seiner Familie ein Dankgebet für die Speisen. Dann ging die Magd langsam um den Tisch herum und teilte mit einem Schöpflöffel Kartoffeln und Linsen aus. Mit am Tisch saßen ihre letzten treu ergebenen Anhänger, die sich zusammen mit der kaiserlichen Familie in den Hausarrest begeben hatten.

Alexandra saß mit hocherhobenem Kopf am Tisch und mied jeden Blickkontakt. Ihre Lippen wurden schmal, als die Magd ihr das Essen auftrug.

»Wie – schon wieder kein Fleisch?«

»Ich bedaure, Eure Hoheit. Mehr haben die Wachen dem Koch nicht erlaubt.«

Während des Essens herrschte Schweigen, das nur dann und wann von gezwungener Konversation und dem leisen Klirren von Silber und Porzellan unterbrochen wurde.

Mit einem Mal wurde die Tür zum Speisezimmer geöffnet, und Oberst Kobylinski trat ein, der Kommandant, ein Berufssoldat, der in der Kaiserlichen Garde gedient hatte und jetzt für die Provisorische Regierung arbeitete.

»Ich komme, um Ihnen mitzuteilen, dass Sie morgen an einen anderen Ort gebracht werden«, verkündete er.

Die Familie war wie vor den Kopf geschlagen. Alle schauten Nikolaus fragend an.

»Wohin schickt man uns?«, fragte der Zar, während er sich erhob.

»Diese Information darf ich leider nicht preisgeben«, antwortete der Oberst. »Aber ich würde Ihnen raten, warme Kleidung und Pelze einzupacken.«

Tiefe Stille senkte sich über den Raum, nachdem der Oberst gegangen war. Die Mädchen fingen leise zu weinen an. Ihre schmalen Schultern bebten unter den dünnen Baumwollblusen. Nikolaus, der im Zimmer auf und ab gegangen war, blieb stehen und hielt sich den Kopf.

»Papa?« Anastasias helle Augen richteten sich auf ihren Vater. »Bringt man uns nach Sibirien?« Der Ausdruck auf ihrem Gesicht traf Nikolaus so tief, dass er glaubte, ihm würde das Herz zerspringen.

»Mein Liebling.« Er umarmte sie. »Wir haben keine Wahl. Wir müssen unser Schicksal den Menschen anvertrauen, die uns gefangen halten.«

»Ich habe Angst, Papa«, sagte Anastasia. »Ich will nicht von zu Hause weg.«

»Ich weiß. Aber solange wir zusammen sind, passe ich auf, dass dir nichts passiert.«

*

Der kaiserlichen Familie mitsamt Gefolge wurde kurz vor Tagesanbruch befohlen, in bereitstehende Wagen zu steigen. Alexandra war die ganze Nacht auf gewesen, um das Packen ihrer Sachen zu überwachen. Auf der gesamten, fünfzehn Kilometer langen Strecke bis zum Alexandra-Bahnhof, wo ein als Lazarettzug getarnter Waggon auf sie wartete, weinte sie.

Bevor sie ausstiegen, streckte Nikolaus die Hand aus und berührte leicht ihr Knie.

»Alexandra, Liebste«, sagte er und wünschte sich, er könne Worte des Trostes finden. »Es tut mir sehr leid.«

»Du hast dich für nichts zu entschuldigen.« Alexandra straffte die Schultern. »Du bist der Zar von Russland, und was mich angeht, hast du deine Pflichten bewundernswert erfüllt.«

Sie stieg aus. Den Rollstuhl wies sie zurück. Stattdessen ging sie auf Nikolaus' Arm gestützt zum Bahnsteig.

Im Osten ging die Sonne auf und tauchte die Wolken in schimmerndes Rosa und Gold. Aber Nikolaus sah nicht die Schönheit des frühen Morgens. Stattdessen fragte er sich, welche Rolle er bei der Vernichtung seiner Familie spielte.

Uglitsch

September 1917

Alexei saß am Fenster und las Zeitung.

Die Vereinigten Staaten von Amerika waren im April 1917 in den Krieg eingetreten, aber die Deutschen hatten die russische Armee nach Riga zurückgedrängt.

Um den Einsatz der Russen zu demonstrierten, hatte Kerenski eine Sommeroffensive gestartet. Das Ergebnis war ein Zusammenbruch der russischen Linien und ein weiterer Tiefpunkt der Kampfmoral, wodurch noch mehr Russen in die Arme der Bolschewiki getrieben wurden. Auch in den Regimentern schwelte unter den kriegsmüden Männern der Geist des Aufruhrs.

Dass die russische Armee so schnell am Ende war, erschütterte Alexei und erfüllte ihn mit bösen Vorahnungen für die Zukunft. Lange Stunden verbrachte er in seinem Studierzimmer damit, mit sorgenvoll gerunzelter Stirn über Zeitungsartikeln zu brüten.

Je unruhiger er wurde, desto gedrückter und wachsamer wurde die Stimmung im Haus. Wenn er ein Zimmer betrat, erstarrte seine Familie, weil jeder wusste, dass der geringste Anlass einen Zornausbruch provozieren konnte. Bei der Hausarbeit warfen die Dienstboten verstohlen ängstliche Blicke in seine Richtung und gaben sich größte Mühe, sich lautlos zu bewegen und ihre Stimmen zu einem Flüstern zu senken, wenn sie an seinem Zimmer vorbeigingen.

Alltagspflichten zu erledigen erschien Alexei immer ermüdender. Er stand früh auf, zog sich an und ritt mit Grigori eine Stunde lang aus, um die Pferde zu bewegen. An den Nachmittagen machte er Spaziergänge in Begleitung von Grigori oder einer der beiden älteren Töchter. Jeder Tag dehnte sich endlos, was seine Unruhe und Gereiztheit verstärkte.

»Ich werde Petrograd einen Besuch abstatten«, teilte Alexei eines Abends beim Essen Emily mit. »Gleich morgen früh fahre ich los.«

»Das kann nicht dein Ernst sein, Alexei!« Emily blickte ihn erstaunt an. »Du weißt besser als ich, dass Petrograd kein sicherer Ort für dich ist.« Ihre Blicke schweiften zu ihren Töchtern, die Alexei ängstlich beobachteten, ehe sie sich vorbeugte und mit gesenkter Stimme hinzufügte: »Du kannst uns in Zeiten wie diesen nicht allein lassen.«

»Hier seid ihr in Sicherheit.« Alexei wich Emilys Blick aus.

»Wie kannst du das sagen?« Emily sprach noch leiser. »Du hast doch die Gerüchte gehört, dass bewaffnete Deserteure durchs Land streifen.«

Alexei ruckte nervös auf seinem Stuhl hin und her. »Ja, natürlich.«

»Trotzdem willst du uns schutzlos hier zurücklassen?«

»Ich bin nur ein paar Tage weg. Ich muss selbst herausfinden, was in der Hauptstadt vorgeht.«

Tonjas kleines Kinn zitterte. Tränen liefen ihr über die Wangen. Irina, die neben ihr saß, legte ihr den Arm um die Schultern und murmelte ihr beruhigend zu.

»Wo wirst du wohnen?«, fragte Emily mit eisiger Stimme.

»In unserer Wohnung«, antwortete Alexei; dann wandte er sich abrupt an seine älteste Tochter. »Irina, bring deine Schwester auf ihr Zimmer und beruhige sie.«

Irina warf Tonja einen strengen Blick zu, bevor sie einem Diener bedeutete, ihre Mahlzeiten nach oben zu bringen.

»Darf ich mich auch entschuldigen, Papa?«, bat Vera.

»Ja, ja, geh nur mit deinen Schwestern.« Alexei wedelte mit der Hand.

»Kann ich irgendetwas tun, um deine Meinung zu ändern?«, fragte Emily mit milderer Stimme, als die Mädchen gegangen waren.

Alexei schüttelte den Kopf. »Mein Entschluss steht fest.«

Emily lehnte sich auf ihrem Stuhl zurück. »Alexei, ich weiß, dass du seit deiner Ankunft unausgefüllt und unruhig bist, und das Gerede über Streiks und Revolten macht dir zu schaffen, aber was bringt es, jetzt nach Petrograd zurückzukehren? Was kannst du schon erreichen?«

Alexei schlug so fest mit der Handfläche auf den Tisch, dass sein Weinglas umfiel. »Genug! Mein Entschluss steht fest.«

Im Zimmer wurde es so still, dass man eine Stecknadel zu Boden hätte fallen hören. Als Emily den Kopf hob und Alexei anschaute, waren ihre Augen hart geworden. Sie gab dem Diener einen Wink, der prompt ihren Stuhl für sie zurückzog. Ohne ein weiteres Wort stand sie auf und ließ Alexei allein an der Tafel zurück.

41.

Petrograd

September 1917

Angesichts der wachsenden Unruhen in der Hauptstadt hatte Monsieur Mostowski beschlossen, mit seiner Familie nach Süden zu ziehen, in den Kaukasus. Marie schritt die geschwungene Treppe hinunter, vorbei an den hohen Fenstern und vergoldeten Spiegeln, die mit weißen Stoffhüllen verhängt waren. Diener und Stubenmädchen, die sich mit gedämpften Stimmen unterhielten, eilten mit Leintüchern beladen von Zimmer zu Zimmer. Direkt vor ihr waren Arbeiter damit beschäftigt, den großen Kronleuchter einzupacken. Die Kristallprismen klirrten unter dem weißen Stoff wie kleine Glöckchen, bevor sie nach und nach verstummten.

Marie fand Darja und ihre Eltern im Großen Salon vor, wo sie besprachen, was noch zu erledigen war. Wehmütig musste Marie daran denken, dass sie hier ihren ersten Ball besucht hatte. Doch der Raum besaß nichts mehr von seiner früheren Pracht, sondern strahlte mit den unter Schutzhüllen verborgenen Möbeln eine bedrückende Monotonie aus.

Darja, in marineblauem Reisekostüm und dazu passendem Hut, saß in einer Ecke und betrachtete trübsinnig das Geschehen. Ihr Gesicht hellte sich erst auf, als sie Marie erblickte.

»Ich bin gekommen, um mich zu verabschieden«, sagte Marie.

»Komm doch mit«, bettelte Darja.

»Ich kann nicht.« Marie nahm die Hand ihrer Cousine. »Ich werde dir nie für all deine Güte danken können.«

»Wo willst du denn jetzt hin?«

»Ich habe ein Telegramm von meinen Eltern bekommen. Sie drängen mich, nach Narva zu kommen. Ich verlasse Petrograd, sobald ich kann.«

»Aber Narva ist nicht mehr sicher.«

»Die Deutschen sind immer noch zweihundert Kilometer entfernt.«

»Wohl wahr.« Plötzlich fiel Darja etwas ein, und sie fragte unvermittelt: »Und was wird aus deinem Studium?«

Marie zuckte resigniert mit den Schultern. »Was soll schon daraus werden? Ich kann nur hoffen, dass ich es irgendwann wieder aufnehmen kann, wenn sich die Lage beruhigt hat.«

»Versprich mir, dass du mir schreibst, Marie.« Darja drückte ihre Hand und warf dann impulsiv ihre Arme um sie.

»Ganz bestimmt«, erwiderte Marie mit einer Stimme, die rau war von ungeweinten Tränen.

*

Im Abteil war es stickig, und Marie sehnte sich nach frischer Luft. Draußen erstreckte sich in sämtliche Richtungen eine monotone, gesichtslose Landschaft.

Marie stand auf, zog das Fenster ein Stück herunter und hielt das Gesicht in den kühlen Fahrtwind. Als sie an einem Dorf vorbeifuhren, vermischten sich die Asche aus den Außenöfen und der getrocknete Dung von Haustieren zu einem Geruch, der ihr beißend in die Nase stieg. Sie schloss das Fenster und setzte sich wieder.

Früher habe ich mich darauf gefreut, durch diese Gegend zu fahren, dachte sie und krauste die Nase. Jetzt ist alles trostlos und ohne jeden Reiz.

Ihre Laune verbesserte sich auch nach der Ankunft in Narva nicht. Marie war sich der drückenden Stimmung, die auf der Familie lastete, eindringlich bewusst, vor allem bei den Mahlzeiten. Sie vermied es, zu Nikolais leerem Platz am Esstisch zu blicken, während ihre Mutter in Trauerkleidung bei ihnen saß und lustlos im Essen stocherte.

Als Marie früher am Tag am Zimmer ihrer Mutter vorbeiging und zur halb offenen Tür hineinschaute, sah sie, wie Pauline auf dem Bett lag, sich Nikolais Foto an die Brust drückte und herzzerreißend ins Kissen schluchzte. Betroffen über die Seelenqualen ihrer Mutter war Marie zurück in den Flur gegangen und hatte leise die Tür hinter sich geschlossen.

Jetzt forschte sie im Gesicht ihrer Mutter nach Anzeichen der vergossenen Tränen. Pauline hatte den halbherzigen Versuch gemacht, ihre Blässe mit einem Hauch Rouge auf den Wangen zu überdecken, aber die verquollenen Augen verrieten ihren Kummer.

Marie beugte sich über den Tisch und berührte Paulines Hand. Beide wechselten einen Blick voller Verständnis, ehe Pauline die Hand ihrer Tochter nahm und leicht drückte.

Marie fiel auf, dass ihr Vater sie über den Rand seiner runden Brillengläser hinweg beobachtete. Obwohl er sich große Mühe gab, war er schlecht darauf vorbereitet, seiner Frau in ihrem Schmerz beizustehen. Seine Versuche, tröstende Worte zu sagen, wirkten oft unbeholfen und trugen wenig dazu bei, Paulines Leid zu lindern.

Marie schenkte ihm ein kleines Lächeln, um ihm zu zeigen, dass sie wusste, wie ihm zumute war, und ihm keine Vorwürfe machte. Er lächelte zurück.

»Wir haben Gerüchte gehört«, brach er das Schweigen, »dass die Lage in Petrograd immer bedrohlicher wird. Etliche Paläste sind beschlagnahmt worden, und mehrere Großfürsten sind in der Peter-und-Paul-Festung in Haft.«

»Die Gerüchte sind wahr, Papa. Seit der Abdankung plündern Soldaten die Paläste, während die Besitzer hilflos zuschauen«, bestätigte Marie.

»Barbarisch!« Hermann Kulbas schüttelte den Kopf.

»Ganz Petrograd versucht fieberhaft, seine kaiserliche Vergangenheit abzuschütteln«, fuhr Marie fort. »Studenten reißen Wappenschilder mit dem Doppeladler von Geschäften und hängen überall Revolutionsfahnen auf.«

»Warum ruft niemand die Garde zu Hilfe?«, fragte Pauline.

Marie drehte sich zu ihr um. »Das hat man gemacht, Mama, aber die Garnisonssoldaten, die die Ordnung wiederherstellen sollten, haben gestreikt und sich gegen ihre vorgesetzten Offiziere aufgelehnt.« Marie erschauerte bei der Erinnerung an die langen Nächte, in denen das Rattern von Gewehren sie wach gehalten hatte. »Nirgendwo mehr herrscht Ordnung. Auf dem Newski-Prospekt wurden fast alle Geschäfte geplündert und verwüstet.«

»Ich habe gehört, dass die Wappenadler der Romanows an den Toren des Winterpalasts mit roten Stoffbahnen verhängt wurden«, warf Valentin ein.

Marie nickte. »Auf dem Schlossplatz weht jetzt die Revolutionsfahne.« Sie senkte den Blick auf ihr Weinglas und fuhr fort: »Streiks bringen alles zum Erliegen. An manchen Tagen wird keine Post ausgeliefert, und auf den Straßen türmt sich der Müll.«

»Ohne Rasputin würde in Russland jetzt nicht so ein Chaos herrschen«, verkündete Valentin hitzig. »Dieser sogenannte heilige Mann hatte unbegrenzten Einfluss auf die Zarin, und gemeinsam haben sie jede Chance zerstört, dass Russland den Krieg gewinnt.«

»Das reicht, Valentin«, ermahnte sein Vater ihn. »So spricht man nicht über die Zarin.«

»Wir haben doch alle die Gerüchte gehört«, beharrte Valentin. »Marie, sag Papa, was man sich in Petrograd erzählt.« Ohne eine Antwort abzuwarten, fuhr er unbeirrt fort: »Und jetzt, wo die Deutschen schon vor Riga stehen, ist die russische Armee in Aufruhr, und kaum etwas kann sie daran hindern, bis zur Hauptstadt vorzurücken.«

»Valentin!« Paulines Gesicht rötete sich vor Zorn. »Ich will kein Wort mehr darüber hören, dass Russland diesen Krieg verlieren könnte. Dein lieber Bruder, Gott segne seine arme, dahingegangene Seele, hat niemals seine Pflicht infrage gestellt und dafür mit seinem Leben bezahlt. Dieser Lenin«, sie spie den Namen aus, als wollte sie einen schlechten Geschmack aus dem Mund bekommen, »ist ein heimtückischer Verräter an seinem Land und konspiriert mit den Deutschen, die ihn nach Russland zurückgeschmuggelt haben, damit er sein Gift verbreiten kann. Was Kerenski angeht …« Sie stieß ihren Stuhl zurück und stand abrupt auf. »Unsere Regierung besteht aus Opportunisten und Dieben, die versessen auf eine Orgie aus Blut und Alkohol sind.«

Valentin öffnete den Mund, um etwas zu erwidern, aber ein warnender Blick seines Vaters ließ ihn verstummen.

»Wenn ihr mich entschuldigen wollt, ich habe Kopfweh und möchte mich zurückziehen.« Ohne eine Reaktion abzuwarten, verließ Pauline das Zimmer. Ihre Familie beendete die Mahlzeit in bedrücktem Schweigen.

Nach dem Essen ging Marie zu ihrem Vater ins Studierzimmer.

»Papa, es ist doch nicht wahr, dass nur noch ein schmaler Streifen offenes Land Narva von den Deutschen trennt?«

»Ich weiß, was du denkst, Marie, aber du hast nichts zu befürchten. Die Deutschen sind noch weit weg. Die russischen Truppen werden sie aufhalten, bevor sie auch nur in die Nähe von Narva kommen.«

»Und wenn sie doch bis zu uns durchbrechen?«

»Bete, dass es nicht dazu kommt.« Hermann Kulbas zündete seine Pfeife an. »Eroberer waren noch nie freundlich zu den Eroberten.«

*

Alexei traf spätabends in Petrograd ein, ging in den Salon seiner Stadtwohnung und lenkte seine Schritte direkt zu dem Kabinettschrank, in dem er seinen Wodka aufbewahrte. Er nahm ein Kristallglas und füllte es zur Hälfte. Keiner der Zeitungsberichte hatte ihn auf die Szenen vorbereitet, die ihn auf der Fahrt durch die Stadt begrüßt hatten. Vor dem Winterpalast standen betrunkene Wachposten rund um Lagerfeuer oder schossen auf Zielscheiben, die sie bei den Kolonnaden aufgestellt hatten. Mehrere Brücken waren durch Barrikaden unpassierbar. Während sein Wagen sich einen Weg um Holzkisten und umgestürzte Fuhrwerke bahnte, wurde er von Soldaten und Zivilisten angestarrt, die Wache standen. Keiner der Soldaten verzog angesichts Alexeis Uniform eine Miene, keiner salutierte vor ihm.

»Ich habe mich um Ihr Gepäck gekümmert«, sagte Grigori, der eben ins Zimmer kam. »Brauchen Sie sonst noch etwas, Exzellenz?«

»Du kannst mir bei einem Schnaps Gesellschaft leisten.« Alexei schenkte ein zweites Glas Wodka ein und hielt es seinem Burschen hin.

Grigori zögerte nur kurz, ehe er es nahm. »Danke, Exzellenz.« Nachdem er am Wodka genippt hatte, stellte er das Glas ab. »Verzeihung, Exzellenz, aber ich trinke nicht besonders viel.«

Alexei lachte auf. »Wie es scheint, gehört der blinde Gehorsam gegenüber Vorgesetzten der Vergangenheit an.« Er hob sein Glas. »Du bist der Letzte deiner Art!« Er nahm einen

Schluck, verzog das Gesicht und berührte die Narbe an seinem Hals. »Zum Teufel mit dieser Wunde!« Er schwenkte die Flüssigkeit kurz im Glas, bevor er es auf einen Zug leerte. Obwohl er das Gesicht verzog, griff er sofort wieder nach der Flasche.

»Was soll aus uns werden?« Er leerte sein zweites Glas. »Aus unserem Land, aus unserem Volk?« Er stellte das leere Glas auf den Tisch. »Die Provisorische Regierung scheint keine Kontrolle über die Armee oder die Massen zu haben. Alles scheint so aussichtslos.«

»Die Wege des Herrn sind wunderbar, Exzellenz.«

»Das, mein Guter, hätte meine Frau sagen können.«

Grigori deutete ein Lächeln an, erwiderte aber nichts.

»Du weißt, dass meine Ehe praktisch am Ende ist. Ach, komm, schau nicht so schockiert, Grigori. Ich bin ihr nie treu gewesen.« Alexeis Stimme wurde nachdenklich. »Ich habe sie nie so geliebt, wie ein Mann eine Frau lieben sollte. Soldat zu sein war das Einzige, worauf ich mich je verstanden habe.«

»Das Leben ist kein Zuckerschlecken, hat meine Vater immer gesagt. Ihre Familie weiß, dass Sie trotz aller Probleme stets Ihr Bestes gegeben haben.«

Alexei stieß einen Seufzer aus. »Falls ich je das Glück haben sollte, eine andere Frau zu finden, die mich liebt«, sagte er und dachte dabei an Marie, »werde ich sie bis ans Ende meiner Tage lieben, das schwöre ich.« Er machte eine wegwerfende Handbewegung und griff wieder nach der Flasche. »Aber ich will dich nicht mit meinem Geschwätz langweilen. Trink noch einen mit mir vor dem Schlafengehen.« Er füllte beide Gläser nach.

»Sa sdorowje!« Er hob sein Glas. »Auf dein Wohl!«

*

In der tiefschwarzen Dunkelheit der Stunden vor Morgengrauen erwachte Alexei von lautem Klopfen an der Haustür. Benommen nahm er seine Uhr vom Nachttisch. Vier Uhr. Das Klopfen wurde heftiger, bevor es abrupt abbrach. Dann waren Männerstimmen zu hören, die alle auf einmal redeten. Alexei erkannte Grigoris Stimme, konnte aber nicht verstehen, was er sagte. Er zog die Lade seines Nachttischs auf, griff nach der silbernen Luger und schaffte es gerade noch, sie unter das Bettzeug zu schieben, bevor die Tür aufflog. Soldaten stürmten ins Zimmer, gefolgt von einem aschfahlen Grigori, der einen Kerzenhalter trug.

»Was hat das zu bedeuten?« Alexei langte nach seinem Morgenmantel, der am Fußende des Bettes lag.

»Es tut mir schrecklich leid, Exzellenz«, sagte Grigori. »Ich habe versucht, sie zu überreden, später am Morgen wiederzukommen, aber sie haben sich nicht abhalten lassen …«

»Mund halten!«, fuhr einer der Männer ihn an, trat einen Schritt vor und verkündete: »Wir sind hier, um das Haus zu durchsuchen und sämtliche Waffen zu beschlagnahmen.«

»Auf wessen Anordnung?«

»Im Namen der Sowjetbürger.«

Der Mann gab einem Soldaten ein Zeichen, der daraufhin zu der Stelle eilte, wo Alexeis Säbel an der Wand hing. Der Soldat zog ihn aus der Scheide und grinste, als er die Qualität der Waffe bemerkte. Dicht neben dem Säbel hatte Grigori die Uniform Alexeis aufgehängt. Mit einer schnellen Bewegung schnitt der Soldat die Epauletten von den Schultern.

Grigori wollte wütend auf ihn losgehen, wurde aber von einem anderen Soldaten mit dem Gewehrlauf niedergeschlagen. Er krümmte sich und ging keuchend zu Boden.

Alexeis Finger schlossen sich unter der Bettdecke um die Luger. Während er langsam aufstand, verbarg er die Waffe in den Falten seines Morgenmantels.

Die Durchsuchung dauerte über eine Stunde. Die Soldaten nahmen nicht nur Alexeis zwei Gewehre und eine Pistole an sich, sondern auch mehrere Flaschen Wein und Wodka. Während sie die Wohnung durchwühlten, blieb ihr Anführer, ein drahtiger Mann mit lockigem schwarzem Haar und sorgfältig gestutztem Bart, in Alexeis Zimmer und bediente sich von dessen Zigaretten.

»Schon mal von Lenin gehört?«, fragte er beiläufig, während er Rauchringe in die Luft blies.

»Ja, habe ich«, gab Alexei kühl zurück.

»Ein großer Mann.«

Alexei sagte nichts.

Der Soldat schaute zu Grigori, der sich inzwischen erholt hatte und neben Alexei saß.

»Und du, Genosse? Hast du schon von Lenin gehört?«

»Ich habe gehört, dass er ein deutscher Spion ist«, gab Grigori trotzig zurück.

»Schmutzige Lügen, die von der bourgeoisen Marionettenregierung verbreitet werden. Merk dir meine Worte«, der Mann zeigte mit seiner Zigarette auf Grigori, »eines Tages wird die bolschewistische Partei das Land regieren. Und dann wird es keinen Krieg mehr geben, keinen Hunger, keine Engpässe. Wir werden in Utopia leben. Die Bauern werden keine Steuern mehr an reiche Grundherren zahlen müssen.« Er lehnte sich im Sessel zurück. »Die Menschen, die das Land bearbeiten, werden es auch besitzen.«

Grigori starrte den Soldaten finster an.

»Was ist los, Genosse? Hast du deine Zunge verschluckt?« Mit einem zufriedenen Grinsen legte der Soldat seine Stiefel auf Alexeis Schreibtisch.

Als die Durchsuchung beendet war, wandte sich der Anführer an Alexei. »Ich muss Sie bitten, uns zur Garnison begleiten. Dort wir man Sie verhören.«

Alexei verzog keine Miene, obwohl ihm das Herz in die Hose rutschte. Sein Griff um die Luger, die er immer noch im Morgenmantel verbarg, wurde fester.

»Ich brauche einen Moment, um mich anzuziehen.«

»Beeilung, wenn ich bitten darf.« Der Soldat war unsicher auf den Beinen. »Ich habe nicht den ganzen Morgen Zeit.«

Als der Soldat gegangen war, schob Alexei die Luger unter die Matratze.

»Sowie die Soldaten abziehen, nimmst du dir die Pistole«, raunte er Grigori zu, »und fährst nach Uglitsch zurück.«

»Aber ich kann nicht ohne Sie fahren«, protestierte Grigori, während er Alexei in seine Zivilkleidung half. »Was glauben Sie, wo man Sie hinbringen wird, Exzellenz?«

»Keine Ahnung. Wahrscheinlich in die Peter-und-Paul-Festung.« Er legte eine Hand auf Grigoris Schulter. »Hier kannst du kaum etwas für mich tun. Du musst zu Emily und den Mädchen zurückkehren. Sieh dich nach einem sicheren Ort um, an den du sie beim ersten Anzeichen von Gefahr bringen kannst.«

Eine schwere Hand klopfte laut an die Tür. »Beeilung da drinnen!«

»Ich vertraue dir meine Familie an«, sagte Alexei.

Die beiden Männer umarmten sich zum allerersten Mal.

42.

Petrograd

Oktober 1917

Die Kälte kündete weiteren Schneefall an. Obwohl der Wind nachgelassen hatte, biss die eisige Luft in die Finger und Zehen der Männer und brannte sich in die ungeschützte Haut ihrer Gesichter.

Iwanow, der hinter dem Podest der Alexandersäule auf dem Boden kniete, hielt seine Waffe auf die Mauern des Winterpalasts gerichtet. Neben ihm blies Dmitri sich auf die Hände, während seine Finger sich um das Gewehr schlossen und wieder lösten.

»Gott steh uns bei«, stöhnte Dmitri. »Wir werden noch erfrieren, bevor diese Belagerung vorbei ist.«

Von der Newa aus zeigten die Geschütze des Schlachtschiffs *Aurora* auf den Palast, hinter dessen Mauern Kerenski und einige seiner Minister festsaßen. Als der Himmel sich allmählich verdunkelte, fielen Dreiecke aus Licht durch die vergoldeten Fenster auf den Schnee.

*

Seit Iwanow nach Petrograd gezogen war und sich den Roten Garden angeschlossen hatte, hatte er etliche Versammlungen der Bolschewiki besucht, bei denen immer häufiger darüber gesprochen wurde, der Provisorischen Regierung die Macht zu entreißen. Die hohe Inflation entwertete die mageren Löhne, und das Volk litt nach wie vor. Der Mangel an Rohmaterialien und Heizstoffen, Transportprobleme und eine sinkende Nachfrage hatten viele Fabriken zum Schließen gezwungen. Eine billige Unterkunft zu finden war praktisch unmöglich. Nur durch seine Beziehungen zu den Roten Garden hatten Dmitri und Iwanow eine Dreizimmerwohnung bekommen, in der sie zusammen mit ihren Familien lebten.

Iwanow und Dmitri trafen sich hinter Fabrikgebäuden, um Delegierte sprechen zu hören, die meist vor Hunderten von Arbeitern ihre Reden hielten. Viele Leute waren aufgebracht, weil sie ihre Arbeit verloren hatten, und gaben der Regierung die Schuld. Marina und ihre Schwester nahmen nur selten an den Versammlungen teil, aber heute Abend hatten sie sich auf das Drängen ihrer Ehemänner hin bereit erklärt, zu ihnen zu stoßen, um einen von Lenins Auftritten zu erleben.

»Die Märzrevolution ist nicht zu Ende!«, blaffte Lenin vom Rednerpult. »Die Bolschewistische Partei, nicht die Provisorische Regierung, ist der wahre Repräsentant des russischen Volkes! Kerenski und seine Minister haben es bis jetzt nicht geschafft, den Menschen wieder Brot auf den Teller zu legen. Sie setzen den imperialistischen Krieg fort. Unterdessen sterben immer noch unsere Männer, hungern immer noch unsere Kinder. Der Winter steht vor der Tür, und es gibt nicht genug Brennstoff, um unsere Öfen zu beheizen.«

Im Saal roch es nach dem billigen Tabak, den die Arbeiter rauchten, und die trübe Beleuchtung ließ die Gesichter leicht gelbstichig erscheinen. Iwanow warf seiner Frau einen verstohlenen Blick zu. Das bedruckte Kleid, das sie trug, war am Saum ausgefranst, und ihr Haar war mit einem verwaschenen Tuch zusammengebunden. Die Arme vor der Brust verschränkt, lehnte sie an der Wand und blickte wie gebannt zur Bühne. Als sie spürte, dass Iwanow sie beobachtete, drehte sie sich zu ihm um und starrte ihn so durchdringend an, dass er die Augen niederschlug.

Mittlerweile war Lenin am Ende seiner Rede angelangt. »Wir, die Bolschewistische Partei, werden dafür kämpfen, dass die Familien zurückbekommen, was ihnen rechtmäßig zusteht.«

Der ganze Saal brach in Beifall aus, der mehrere Minuten anhielt. Iwanow klatschte begeistert mit. Als er sich zu Marina umwandte, war sie verschwunden.

Er fand sie draußen auf einer Bank vor. »Warum bist du gegangen?«

»Ich habe genug gehört.«

Er setzte sich neben sie. »Was Genosse Lenin sagt, hat Hand und Fuß.«

Die Falten um ihre Augen vertieften sich vor Anspannung. »Findest du? Du glaubst, dass seine Politik uns Brot auf den Tisch bringt?«

»Ja, das glaube ich. Er hört auf das Volk. Er fordert Veränderungen. Du hast gehört, was er gesagt hat: Die Revolution ist nicht vorbei.«

»Es hat in den Schützengräben schon genug Blutvergießen gegeben, Ljova.«

»Wer redet von Blutvergießen?«

Marina blickte ihn eindringlich an. »Was glaubst du wohl, wie dein Genosse Lenin und die Bolschewistische Partei an die Macht kommen wollen? Glaubst du, die Provisorische Regierung tritt die Macht einfach an die Bolschewiki ab?«

»Wenn das Volk es verlangt ...«

»Sei nicht so naiv!«, brauste sie auf, warf einen Blick über die Schulter und fuhr mit gesenkter Stimme fort: »Es gibt für die Bolschewiki nur eine Möglichkeit, die Macht zu erringen: durch bewaffnete Aufstände.«

Iwanow starrte auf seine Hände. »Dazu muss es nicht kommen.«

Marina berührte seinen Arm. »Du weißt, dass ich recht habe, Ljova. Es wird einen Aufstand geben. Und er wird nicht unblutig sein.«

*

Es dauerte nicht lange, bis Marinas Prophezeiung sich erfüllte. Ein paar Wochen später kam es bei einer Demonstration zu Ausschreitungen, die um ein Haar zu einem Staatsstreich geführt hätten. Soldaten, die Kerenski die Treue hielten, zerstreuten die Menge mit Maschinengewehrfeuer. Iwanow und Dmitri entkamen nur knapp, indem sie sich unter einer Brücke versteckten, wo sie hören konnten, wie die Menschen panisch in alle Richtungen flüchteten. Sie kamen erst wieder aus ihrem Versteck hervor, als auf den Straßen wieder Ruhe herrschte. In den Weißen Nächten, in denen die Sonne nur für kurze Zeit unterging, war es schwer, sich im Schatten zu halten. Geduckt durch enge Gassen schleichend, kehrten sie zu ihrer Wohnung zurück.

Marina und Tamara erwarteten sie an der Tür. »Wo seid ihr gewesen?« Marina umarmte Iwanow stürmisch. »Wir waren krank vor Sorge!« Sie trat einen Schritt zurück, um zu sehen, ob er verletzt war.

»Mir fehlt nichts.« Er küsste sie auf die Stirn. »Ich bin bloß müde.«

Marina schürte das Feuer im Ofen und kochte Tee, den sie den beiden Männern mit ein wenig Brot servierte. Iwanow setzte sich zum Essen, während Dmitri und Tamara ihre Teller mit in ihr Schlafzimmer nahmen.

Marina kauerte sich neben Iwanow auf den Boden und legte den Kopf an seine Beine. »Ein paar Männer von der Partei waren hier. Sie suchen dich, weil sie wissen wollen, ob du davongekommen bist.« Sie sprach leise und mit brüchiger

Stimme. »Ich weiß nicht, was ich getan hätte, hättest du es heute Nacht nicht nach Hause geschafft.«

Iwanow aß sein Brot auf und stellte seine Teetasse hin. »Jetzt bin ich ja da.«

Marina kuschelte sich näher an ihn. »Vielleicht können wir jetzt in unser Dorf zurück.«

»Das geht nicht.«

»Warum nicht?«

»Unsere Arbeit hier ist noch nicht beendet.«

»Aber mit der Partei ist es aus und vorbei. Und mit den Roten Garden auch.«

Iwanow starrte sie verwirrt an.

Marina legte den Kopf zur Seite. »Hast du es noch nicht gehört?«

Iwanow wurde flau im Magen. »Was?«

»Lenin«, sagte Marina. »Er ist geflohen.«

»Woher weißt du das?«

»Die Männer von der Partei haben es mir erzählt. Sie vermuten, er ist unterwegs nach Finnland. In den Nachmittagszeitungen wird er als Verräter und deutscher Spion bezeichnet.«

Iwanow stieg ein Kloß in die Kehle. »Das sind gemeine Lügen.«

Marina verschränkte ihre Finger mit seinen. »Das ist noch nicht alles. Trotzki ist verhaftet worden.«

»Mit welcher Begründung?«

»Verrat.«

*

Trotz der Verhaftung der bolschewistischen Führer traten aus Enttäuschung über das Unvermögen der Provisorischen Regierung, den Krieg zu beenden, immer mehr Russen der Partei bei. Aus den Schützengräben kam die Neuigkeit, dass die Soldaten scharenweise desertierten.

»Die Truppen lehnen es ab, an Offensiven teilzunehmen«, erzählte ein Soldat, der vor Kurzem übergelaufen war, einer Gruppe Bolschewiki, die sich in Iwanows Wohnung getroffen hatten. »Zwar können die Anhänger Kerenskis bei kleinen Scharmützeln manchmal die feindlichen Linien durchbrechen, aber wenn die anderen nicht folgen wollen, geht jedes gewonnene Territorium bei Gegenangriffen schnell wieder verloren.«

Dmitri reichte dem Mann ein Glas Wodka.

Der Soldat hob das Glas. Sein halber Zeigefinger fehlte. »Auf euch!«

Die anderen Männer im Raum leerten ihre Gläser.

Dmitri schenkte nach. »Stimmt es, dass Kerenski für Männer, die sich nicht an Angriffen beteiligen wollen, die Todesstrafe wieder eingeführt hat?«

Der Soldat nickte. »Der Hurensohn! Kerenski hat den Offizieren befohlen, die Waffe gegen uns zu richten, wenn wir uns weigern zu kämpfen. Wir weigern uns trotzdem. Ich habe gesehen, wie drei Männer einen Offizier erschossen haben, nachdem er mit seiner Waffe auf einen der Soldaten gezielt hatte.«

Leises Geraune erhob sich in der Gruppe.

»So kann es mit der Armee nicht weitergehen«, sagte Iwanow mit schwerer Zunge.

Der Soldat hob sein Glas, um sich nachschenken zu lassen. »Große Veränderungen bahnen sich an, Genosse. Schon bald.«

»Die Frage ist, was plant Kerenski?«

»Es heißt, dass er den Generälen Versagen vorwirft, weil sie in der Armee keine Disziplin mehr gewährleisten können. Er hat General Brussilow bereits von General Kornilow als Oberbefehlshaber ablösen lassen.«

Iwanow schüttelte den Kopf. »Das war ein Fehler. Brussilow war ein großartiger General.«

»Kerenskis Entscheidung könnte sich als Eigentor erweisen.«

»Wie meinst du das?«

»Kornilow ist ein ehrgeiziger Mann. An der Front hat er sich angeblich damit gebrüstet, wie er Kerenski stürzen will.«

»Könnte er das?«

Der Soldat zuckte die Achseln und leerte sein Glas. »Möglich ist alles.«

*

Ende August marschierten Truppen unter General Kornilows Befehl in Richtung Petrograd, um den Rücktritt der Regierung und die Übergabe der Macht an den Oberkommandierenden zu fordern. Kerenski, der von Kornilows Plänen Wind bekommen hatte, wandte sich um Hilfe an die Roten Garden, die die Stadt schützen sollten.

Am Morgen des Staatsstreichs wurden Iwanow und Dmitri durch ein lautes Klopfen an der Tür geweckt.

»Was soll das, uns um diese Zeit zu wecken?«, fragte Iwanow den Boten.

Der Junge reichte ihm einen Umschlag. »Eine Botschaft von den Petrograder Sowjets, Genosse. Ihr sollt zum Schlossplatz kommen.«

»Wozu?«

»Keine Ahnung.« Der Bote wippte unruhig auf den Fersen. »Ich muss weiter. Ich muss diese Nachricht noch einer Menge Leute überbringen.«

Iwanow folgte dem Jungen ins Treppenhaus. »Wer hat dir das gegeben?«

»Ein Mann vom Smolny-Institut«, sagte der Junge und

blickte unruhig über die Schulter. »Der Befehl ist über Nacht von Lenin gekommen.«

»Glaubst du, es ist eine Falle?«, wollte Iwanow einige Zeit später von Dmitri wissen.

Dmitri zuckte mit den Schultern. »Ich bin mir nicht sicher, aber wir sollten auf jeden Fall vorsichtig sein.«

»Der Junge hat gesagt, der Befehl kommt von Lenin.«

»Glaubst du, es könnte etwas mit Kornilows Drohung zu tun haben, Kerenski zu stürzen?«

Iwanow kratzte sich am Kopf. »Warum sollte Lenin Kerenski helfen?«

»Ich schätze, das werden wir früh genug erfahren.« Dmitri blickte auf die Uhr. »Man erwartet uns in einer Stunde.«

*

Am Schlossplatz stellten Iwanow und Dmitri zu ihrer Überraschung fest, dass sich bereits Tausende von Männern eingefunden hatten. Soldaten standen Schulter an Schulter mit Arbeitern. Iwanow entdeckte junge Kadetten und Frauen in Uniform, alle mit Gewehren bewaffnet.

Kerenski, der auf einer umgedrehten Kiste stand, wirkte blass. Als es Zeit war, zu der Menge zu sprechen, straffte er die Schultern und streckte die Brust heraus.

»Heute schwebt unsere großartige Stadt in Gefahr. General Kornilow marschiert nach Petrograd, um sich zu Russlands Militärdiktator zu machen. Das ist ein dreister Versuch der Bourgeoisie, die Revolution zu zerschmettern! Mitbürger und Genossen! Hört mir zu! Ich weiß, dass die vergangenen Jahre euch nicht freundlich behandelt haben. Aber wir müssen über unser Leid hinausschauen! Wir müssen unsere Kräfte bündeln, um unsere Revolution zu verteidigen! Eisenbahner, die loyal zu den Petrograder Sowjets stehen, halten den Vormarsch der Truppen auf. Berichten zufolge werden Züge umgeleitet, Strecken gesperrt und Schienen demontiert, um es dem General unmöglich zu machen, seine Truppen zur Hauptstadt zu befördern. Der Führer der Bolschewiki, Wladimir Lenin«, als Lenins Name fiel, brachen die Arbeiter in lauten Jubel aus, und Kerenski machte eine Pause, bis der Beifall verebbte, »Genosse Lenin hat ebenfalls zugestimmt, General Kornilows Ehrgeiz zu bremsen.«

Erneut brandete Applaus auf.

»Bürger«, fuhr Kerenski fort, »wir müssen unsere Stadt schützen. Ich bitte euch, an diesem historischen Tag vereint anzutreten, unsere Differenzen beiseitezuschieben und als Genossen gegen den gemeinsamen Feind zu kämpfen.«

»Wie sollen wir den Vormarsch bewaffneter Truppen aufhalten, wenn wir selbst unbewaffnet sind?«, rief Dmitri.

»Eine gute Frage, Genosse«, gab Kerenski zurück. »Wir werden an jeden Mann und jede Frau, die bereit sind, die Hauptstadt zu verteidigen, jeweils ein Gewehr ausgeben. Arbeiter werden zu Verteidigungseinheiten zusammengezogen und werden an strategischen Punkten in den Randgebieten der Stadt Stellung beziehen.« Er hielt inne und holte Luft. »Heute«, dröhnte seine Stimme dann wieder über den Platz, »liegt die Zukunft unserer großen Revolution in euren Händen.«

Nach Kerenskis Rede wurden Gewehre verteilt und jede Gruppe einem bestimmten Stadtteil zugewiesen.

Iwanow und Dmitri wurden in den Süden der Stadt geschickt. Sie blieben den ganzen Tag dort, ohne auch nur einen einzigen Schuss abzugeben. Sie waren gerade wieder daheim, als sie erfuhren, dass die Regierung den Vorstoß Kornilows erfolgreich abgewehrt hatte.

»Der Putsch ist misslungen«, sagte Iwanow zu Marina. »Es hat kein Blutvergießen gegeben.«

»Dem Herrn sei Dank.« Marina bekreuzigte sich. »Wo habt

ihr die her?«, fragte sie erschrocken, als ihr Blick auf die Gewehre fiel.

Iwanow wickelte seine Waffe in eine Decke und versteckte sie hinten im Schrank. »Die sind von der Regierung ausgegeben worden. Bei der ganzen Aufregung hat niemand daran gedacht, sie zurückzufordern.«

Tamara half Dmitri aus Jacke und Stiefeln. »Wie geht es jetzt weiter?«

»Indem Lenin sich bereit erklärt hat, die Stadt gegen Kornilow zu verteidigen«, sagte Dmitri, »hat er bewiesen, dass die Bolschewiki keine Verräter an der Revolution sind. Kerenski bleibt keine andere Wahl, als die Führer der Bolschewiki freizulassen.«

»Und Lenin?«

Dmitri lächelte. »Kehrt als Held aus dem Exil zurück.«

*

Im darauffolgenden Monat wurden die Anführer der Bolschewisten, einschließlich Trotzki, auf freien Fuß gesetzt. Nach ihrer Freilassung hielt man im Taurischen Palais einen allrussischen Kongress der Arbeiter- und Soldatenräte ab. Der große Sitzungssaal war dermaßen voll, dass etliche Delegierte in den Mittelgängen stehen mussten. Dichter Zigarettenrauch hing wie ein Nebelschleier über der Menge und entzog der Luft Sauerstoff. Nach erfolgten Wahlen war Trotzki Vorsitzender des Petrograder Sowjets. Als er vor den Delegierten sprach, verkündete er, seine erste Aufgabe wäre es, die Gefahr durch die Garnisonen von Petrograd auszuschalten.

Iwanow und Dmitri standen nicht weit vom Rednerpult entfernt.

»Ich glaube nicht, dass das funktionieren wird«, flüsterte Iwanow seinem Schwager zu.

»Es wird.«

Iwanow war skeptisch. »Wie?«

»Die Soldaten hassen die Provisorische Regierung genauso wie wir.«

»Das heißt noch lange nicht, dass sie nicht zu den Waffen greifen werden. Von denen gibt es dreihundertfünfzigtausend, von uns nur zehntausend.«

»Denk doch mal nach, Leon. Jeder von diesen dreihundertfünfzigtausend Männern fürchtet nur eines.«

»Und was?«

»An die Front geschickt zu werden. Und genau das hat die Provisorische Regierung vor.«

»Wenn Trotzki also verspricht, sie in Petrograd zu behalten …«

»… werden sie bei einem Putsch nicht ihre Waffen gegen die Bolschewiki richten«, beendete Dmitri den Satz.

Iwanow durchlief es eiskalt. »Ein Militärputsch?«

Dmitri wandte sich zu ihm um. »Was sonst?« Er warf einen Blick über seine Schulter und senkte die Stimme. »Ich habe heute ein Gerücht gehört. Wenn Lenin zurückkommt, bringt er Pläne für eine sofortige Machtübernahme mit. Diesmal wird nichts dem Zufall überlassen. Der Putsch ist bis ins letzte Detail inszeniert.«

*

Im Oktober zielten dieselben Gewehre, die von Kerenskis Regierung ausgegeben worden waren, um die Stadt vor General Kornilow zu beschützen, auf den Palast, wo der Premierminister und sein Kabinett tagten. Sporadischen Schusswechseln folgten lange Phasen der Stille. Schließlich, als die Nacht sich wie ein dunkles Tuch über die Stadt senkte, durchbrachen die Roten Garden die Barrikaden. Die wenigen verbliebenen

Männer, die den Palast verteidigten, leisteten kaum Widerstand.

Iwanow und Dmitri, die von der Woge des Ansturms mitgerissen wurden, drangen durch den rechtsseitigen Eingang in den Palast ein. Drinnen schwärmten die Männer in sämtliche Richtungen aus. Iwanow und Dmitri folgten einer Gruppe die Treppe hinunter in einen Raum, in dem riesige Kisten an den Wänden aufgereiht standen. Mit den Läufen ihrer Gewehre stießen die Soldaten die Deckel auf.

»Das muss der Keller sein«, sagte Iwanow, während er die Stapel von Teppichen, Tischdecken und Bettwäsche betrachtete, die sich aus den Kisten über den Boden ergossen.

»Genehmigt euch was hiervon«, sagte ein Rotgardist und drückte eine Flasche Wein an Iwanows Brust. Iwanow nahm einen Schluck und spürte, wie wohlige Wärme seine durchgefrorenen Glieder durchströmte. Er hockte sich auf eine der umgekippten Kisten, beobachtete das Geschehen und trank immer wieder einen Schluck. Überall waren Soldaten damit beschäftigt, sich den Inhalt diverser Kisten in Jacken und Hemden zu stopfen. Dmitri entdeckte eine Straußenfeder und steckte sie sich an seinen Hut.

»Haltung annehmen, du Abschaum«, ahmte er einen Offizier nach. »Du willst Soldat sein, Mann?«

»Aufhören, Genossen! Legt alles zurück. Das hier ist Eigentum des Volks.« Ein Kommandeur der Roten Garden drängte sich durch die Reihen der Männer. »Nehmt nichts mit«, befahl er. »Wir sind keine Diebe, und das alles hier gehört dem russischen Volk!«

Andere Soldaten nahmen das Wort auf. »Der Kommandeur hat recht. Legt die Sachen zurück, Genossen. Sie gehören uns nicht.«

Iwanow, der die Weinflasche fast schon geleert hatte, durfte den Rest behalten, alle anderen aber gaben ihre Ausbeute heraus. Dmitri zog ein enttäuschtes Gesicht, als er ein paar Teller zurücklegte.

»Na ja, wenigsten haben wir den Wein«, sagte er und nahm Iwanow die Flasche weg. »Komm, Ljova, schauen wir uns hier mal um!«

Gemeinsam schlenderten sie durch die Flure und spähten in die Zimmer. Die alten Diener in ihren blaurotgoldenen Livreen murmelten nervös: »Da dürfen Sie nicht hinein«, aber weder Iwanow noch Dmitri beachteten sie. Vor einer Zimmertür verstellte ihnen ein Rotgardist den Weg. »Hier könnt ihr nicht rein, Genossen.«

»Warum nicht?«, fragte Dmitri.

»Wir haben Kerenskis Minister da drinnen.«

»Und Kerenski?«

»Ist uns entwischt«, gestand der Rotgardist verlegen. »Er muss sich durch eine Seitentür hinausgestohlen haben. Aber keine Sorge, Genossen, wir finden ihn schon noch.«

In der großen Eingangshalle angelangt stiegen Iwanow und Dmitri die Jordantreppe hinauf, wobei sie mit offenem Mund die weißen Marmorböden, blauen Kolonnaden und goldenen Barockverzierungen bestaunten.

»Schau dir bloß diesen Kronleuchter an«, sagte Iwanow, als sie den Treppenabsatz erreicht hatten. »Der hat bestimmt mehr gekostet, als du und ich in einem ganzen Leben verdienen könnten. Und dann stell dir vor, dass es allein in diesem Palast wahrscheinlich Hunderte von diesen Dingern gibt.« Ihm war schwindlig vom Wein, und er stützte sich auf das Geländer. »Das ist einfach nicht richtig«, murmelte er. »Es ist nicht richtig, dass die Aristokratie so viel besitzt.« Er drehte sich zu Dmitri um. »Die Bolschewiki müssen an die Macht«, sagte er leidenschaftlich. »Erst dann wird es Gerechtigkeit für Arbeiter und Bauern geben.«

Sie schlenderten noch eine Zeit lang durch die Gänge und

warfen hin und wieder einen Blick in das eine oder andere Zimmer. Schließlich schlossen sie sich einer Gruppe Rotgardisten an, die Möbel und schwere Kisten zu wartenden Wagen und Lastern schleppten.

»Wohin sollen wir jetzt?«, fragte Dmitri einen der Männer, der die Kisten auf einer Liste notierte und kennzeichnete.

Der Rotgardist blickte sie aus müden Augen an. »Wo seid ihr untergebracht?«

»Wir teilen uns mit unseren Familien eine Wohnung.«

»Dann geht nach Hause und ruht euch aus.« Er lächelte. »Ihr habt eure Sache heute Abend gut gemacht.«

Als sie den Schlossplatz überquerten, kletterte ein Junge über die Barrikaden und kam zu ihnen gerannt.

»Genossen«, rief er atemlos vor Aufregung. »Haben die Bolschewiki gesiegt?«

»Ja, junger Genosse«, sagte Iwanow und legte dem Jungen eine Hand auf die Schulter. »Wir haben gesiegt.«

*

Von der anderen Straßenseite aus beobachtete Katja, wie Fjodor zu den Soldaten lief und ein paar Worte mit ihnen wechselte. Einer der Männer legte Fjodor eine Hand auf die Schulter, und der Junge strahlte.

Katja hatte versucht, Fjodor von den revolutionären Gruppen fernzuhalten, weil sie um seine Sicherheit fürchtete, aber seit ein paar Monaten verbrachte er seine Freizeit fast ausschließlich mit jungen Radikalen aus der Fabrik. Katja spürte, dass sie keine Autorität mehr über ihn hatte, und das beunruhigte sie. Fjodor wurde immer verschlossener, verschwand oft für mehrere Stunden und weigerte sich, Katja zu sagen, wo er gewesen war. Erst am Tag zuvor hatte Madame Ozerowa ihm mit dem Finger gedroht, ihm vorgeworfen, er vernachlässige seine Pflichten, und gedroht, sie beide vor die Tür zu setzen.

»Sie sind eine kapitalistische alte Hexe!«, gab Fjodor zurück. »Irgendwann werden Sie büßen für alles, was Sie getan haben!«

Es hatte Katja mehrere Stunden und etliche Tassen Kamillentee gekostet, die alte Frau zu beruhigen und dazu zu bringen, sie beide nicht hinauszuwerfen.

Der nächste Tag hatte begonnen wie alle anderen Tage. Fjodor hatte die Wohnung verlassen, noch bevor Katja aus dem Bett war. Nachdem sie die Nachttöpfe geleert und Tee für Madame Ozerowas Frühstück aufgebrüht hatte, zog Katja los, um sich für Brot anzustellen.

Der Wind peitschte ihr wie Eisnadeln ins Gesicht. Sie schlang ihren Umhang fester um sich und schritt schneller aus, ohne die Soldaten, die sich auf den Straßen herumtrieben, weiter zu beachten. Als sie an einer der Barrikaden vorbeikam, grüßte sie den Wachposten mit einem kurzen Nicken.

Sobald sie die Schlange vor dem Brotladen erreichte, erkannte Katja an der allgemeinen Unruhe, dass irgendetwas nicht stimmte.

»Was ist los?«, fragte sie die Frau, die in der Reihe vor ihr stand.

»Die zweite Revolution hat begonnen. Die bolschewistischen Roten Garden haben das Telegrafenamt und die Postämter eingenommen. Alle Garnisonen und Bahnhöfe werden von den Rebellen kontrolliert.«

Voller Angst verließ Katja die Reihe der Wartenden und machte sich auf die Suche nach Fjodor. Zweimal ging sie zur Fabrik und fand beide Male die Tore verschlossen vor. Mittags, als sie einer Menschenmenge zum Winterpalast folgte, donnerten Kanonen von der Peter-und-Paul-Festung.

»Lenins Rote Garden haben den Winterpalast umzingelt!«,

sagte ein Mann aufgeregt. Ringsum wurden rote Fahnen geschwenkt. Schließlich entdeckte Katja in der Menge Fjodor unter einer Gruppe junger Burschen, die sie aus der Fabrik kannte.

Sie packte ihn am Ellbogen und drehte ihn zu sich herum. »Wo warst du? Ich war krank vor Sorge!«

Fjodor riss sich los. »Mir geht's gut. Ich kann selbst auf mich aufpassen.«

»Warum hast du mir nicht gesagt, wohin du willst?«

Fjodor erwiderte nichts, warf ihr nur einen finsteren Blick zu und mischte sich wieder unter die Leute. Katja überlegte hin und her, ob sie ihm folgen und ihn zwingen sollte, mit ihr zu verschwinden. Schließlich beschloss sie, am Rand des Geschehens zu bleiben und zu warten.

Später, als das Gedränge nicht mehr so dicht war, huschten Katjas Blicke auf der Suche nach Fjodor von einem Ende des Platzes zum anderen, doch sie konnte ihn nirgends entdecken. Furcht stieg in ihr auf, bis sie Fjodor auf einmal über die Straße laufen sah. In den Schatten verborgen beobachtete sie, wie sein Gesicht vor Freude aufleuchtete. Er ging mit seinen Freunden, die eine rote Fahne schwenkten und die Internationale sangen.

Völker, hört die Signale!
Auf zum letzten Gefecht!
Die Internationale erkämpft das Menschenrecht.

Katja trat aus dem Schatten hervor und lehnte sich an das Gebäude. Den Blick zum Himmel gerichtet spürte sie, wie sich eine schwere Last auf ihr Herz legte.

»Behüte ihn«, flüsterte sie zum Mond hinauf, »er ist doch noch ein Junge.«

Dann eilte sie nach Hause.

43.

Narva

Dezember 1917

Dünner Nebel breitete sich auf den Feldern aus und legte sich wie ein eisiger Belag auf das Gras. Über dem Nebel war der Himmel hell und klar wie blaues Porzellan. Marie, die in schweren Winterstiefeln neben ihrem Vater her stapfte, hatte Mühe, mit ihm Schritt zu halten. Normalerweise wären sie mit dem Automobil zur Fabrik gefahren, aber Hermann Kulbas hatte behauptet, »Bewegung zu brauchen«, und Marie gebeten, ihn zu begleiten.

Ermutigt von der wachsenden Beliebtheit der Bolschewiki hatten die Fabrikarbeiter gedroht, mehrere Wochen in Streik zu treten. Hermann hatte Gerüchte gehört, dass eine Versammlung einberufen werden sollte, und hoffte nun, vernünftig mit den Arbeitern reden und sie überzeugen zu können, nicht die Arbeit niederzulegen. Als sie ihr Ziel erreichten, sahen Hermann und Marie, dass die Tore mit Ketten zugehängt waren; die Fabrik wurde auf einem Plakat zum Eigentum der Arbeiterräte erklärt.

»Eine bodenlose Frechheit! Diese …« Hermann Kulbas verschloss die Lippen vor dem Schimpfwort und ging zum hinteren Tor, gefolgt von Marie. »Wie können sie mich so schändlich verraten! Nach allem, was ich für sie getan habe!«

»Bitte beruhige dich, Papa. Ganz Russland ist in Aufruhr.«

Sie hängte sich an seinen Arm, damit er langsamer ging. »Alles wird wieder gut.«

»Das glaube ich nicht, Marie. Diesmal nicht.«

Am hinteren Tor fanden sie den Pförtner Lomtew vor, einen gebeugten Mann mit buschigem Bart und blassblauen Augen. Lomtew arbeitete länger in der Fabrik, als jemand sich erinnern konnte.

»Herr Kulbas, dem Himmel sei Dank, dass Sie hier sind!« Lomtew kam zu ihnen geschlurft.

»Was ist passiert?«

Lomtew schaute nervös über die Schulter. »Diese nichtsnutzigen Banditen haben mich heute Morgen überrumpelt und mir die Schlüssel weggenommen. Zum Teufel mit denen, die hätten mir fast den Arm gebrochen!« Er rieb sich eine Stelle über dem rechten Ellbogen. »Aber der alte Lomtew war ihnen einen Schritt voraus.« Grinsend tippte er mit einem gekrümmten Finger an die Schläfe. »Ich habe einen zweiten Satz Schlüssel, und die hab ich sofort rausgeholt, als sie weg waren.«

Er hob sein Hemd und zeigte ihnen den Schlüsselbund, den er am Hosenbund festgesteckt hatte.

»Gut gemacht.« Hermann Kulbas ließ den Blick schweifen, um sich zu vergewissern, dass sie nicht beobachtet wurden. »Schnell, mach die Tür auf!«

»Sie halten eine Versammlung ab«, sagte Lomtew. »Gehen wir lieber hinten hinein. Der Vordereingang wird wahrscheinlich bewacht.«

Die Fabrik bestand aus drei zweistöckigen grauen Gebäuden mit schrägen Dächern und geschwärzten Schornsteinen und war auf allen Seiten von hohen Zäunen umgeben.

Es fing an zu schneien, als sie sich an den Gebäuden vorbeischlichen. An der Hintertür legte Lomtew sein Ohr an die Holzfüllung und lauschte. Nachdem er sich überzeugt hatte, dass keine Gefahr drohte, steckte er den Schlüssel ins Schloss und bewegte ihn mehrmals hin und her, um den Zapfen zu lösen, der vom Frost vereist war. Erst nach mehreren Anläufen gelang es ihm, die Tür aufzusperren. Drinnen führte er Hermann und Marie zur Kantine, wo die Versammlung bereits im Gange war.

»Was hat das zu bedeuten? Wer hat diese Versammlung autorisiert?«, rief Hermann über die Menge hinweg.

Marie hatte noch nie gehört, dass ihr Vater seinen Angestellten gegenüber die Stimme erhob. Mehrere Köpfe fuhren überrascht herum.

Hermann wandte sich an den Mann, der ihm am nächsten saß. »Ich habe eine Frage gestellt. Seid ihr alle taub geworden?«

Ein großer, blonder junger Mann trat vor. »Wir befinden uns im Streik.«

»Was für ein Streik?«, fuhr Hermann ihn an.

»Gegen Sie und Ihre Familie, die von unserem Schweiß und unserer Plackerei im Luxus gelebt hat.«

Hermann wurde rot vor Zorn und zitterte am ganzen Leib. Er straffte die Schultern, starrte seinem Ankläger ins Gesicht. »Ich habe nie auch nur eine Kopeke genommen, die mir nicht zustand. Jeder, der etwas anderes behauptet, soll es gefälligst beweisen!« Er reckte das Kinn und starrte die Arbeiter herausfordernd an. Einige schauten auf ihre Füße, andere hielten seinem Blick ungerührt stand.

»Ich habe ein anständiges Leben geführt«, blaffte Hermann, »und im Krieg einen Sohn verloren.« Seine Stimme schwankte leicht. »Mehr kann niemand von einem Menschen verlangen.«

»Arbeiter, lasst euch nicht von seinem Gerede hinters Licht führen«, wandte sich der junge Blonde an die versammelten Männer. »Seine Familie ist reich, weil sie seit Generationen Leute wie uns ausbeutet. Er spricht von Anstand und Opfern, aber das sind für ihn nur leere Worte. Ich schlage vor, wir stimmen über den Streik ab.«

»Stimmt ab, wenn es sein muss.« Hermann blickte jedem Anwesenden in die Augen. »Aber seid nicht blind. Denkt darüber nach, was ihr tut. Die meisten von euch arbeiten seit Jahren für mich. Wir haben diese Firma gemeinsam aufgebaut. Werft nicht alles weg, was wir erreicht haben!«

Doch sein Appell stieß auf taube Ohren. Die Mitglieder des Arbeiterrats stimmten für den Streik.

Hermann Kulbas wirkte müde und gealtert, als er durch die Fabriktore ging.

»Es ist vorbei.« Er zog den Arm aus Maries Armbeuge. »Sie haben gewonnen.« Mit schnellen Schritten ging er weiter, ohne darauf zu achten, ob sie ihm folgte.

Marie sah ihm nach und wünschte sich, Nikolai wäre da und würde ihr raten, wie man ihrem Vater helfen konnte. Nach dem schmerzlichen Verlust seines Sohnes hatte Hermann versucht, sich mit Arbeit abzulenken. Jetzt war ihm auch das genommen. Marie befürchtete, dass ihr Vater in immer tiefere Verzweiflung geriet.

Zu Hause angekommen schnürte sie an der Eingangstür ihre Stiefel auf.

»Wie ist es auf der Versammlung gelaufen?«, wollte Anna wissen, die mit einem Paar seidener Hausschuhe wartete.

»Die Tore waren verschlossen«, antwortete Marie leise. »Schließlich sind wir doch noch hineingekommen, aber Papa konnte die Männer nicht vom Streik abhalten.« Aus dem Salon waren die gedämpften Stimmen ihrer Eltern zu hören. »Er ist furchtbar böse.«

»Diese elenden Revoluzzer!« Anna half Marie, Hut und Mantel auszuziehen. »Jetzt glauben alle Arbeiter, sie könnten machen, was sie wollen.«

Marie strich mit einer Hand über ihre Kleidung und ihr Haar. »Ich gehe zu meinen Eltern.«

»Zoya hat gerade frischen Tee gebracht.«

Marie betrat den Salon und setzte sich zu ihrer Mutter.

»Oh, Marie, dein Vater liest mir gerade ganz schreckliche Nachrichten vor. Erst werden der Zar und seine Familie gezwungen, ihr Zuhause zu verlassen, und jetzt haben diese Radikalen den Winterpalast angegriffen.«

Marie wechselte einen Blick mit ihrem Vater. Es war offensichtlich, dass er seiner Frau nichts von dem Streik in der Fabrik erzählt hatte.

Zoya stellte ein Teeglas neben Marie und nahm Paulines leeres Glas mit, um es aus dem Samowar am anderen Ende des Zimmers frisch zu füllen.

»In den Zeitungen steht, dass das Frauenbataillon, das den Palast verteidigen sollte, massakriert wurde.« Pauline schnäuzte sich diskret in ihr Taschentuch. »Dieser Lenin ist ein Tier!« Sie hielt inne und nahm ihr Teeglas entgegen. »Diese Bestie schreckt vor nichts zurück. Seine Rotgardisten, diese Verbrecher, richten Verwüstungen an, wo immer sie sind, und setzen den Arbeitern Flausen in den Kopf.«

Wieder spähte Marie verstohlen zu ihrem Vater hinüber. Der blickte aus dem Fenster. Die Zeitung mit der fetten Schlagzeile REVOLUTION DER BOLSCHEWIKI lag auf seinem Schoß.

»Du wirkst so abwesend, Hermann«, bemerkte Pauline. »Woran denkst du?«

»Hm?« Hermann blinzelte. »Nun …« Er hob die Zeitung auf und blätterte darin, bis er den Artikel fand, den er suchte. »Wie es scheint, will Lenin einen Friedensvertrag mit den Deutschen unterzeichnen.«

»Dieser rückgratlose Schuft! Aber ein Ende der Kämpfe ist wohl eine gute Sache.«

Hermann blickte seine Frau müde an. »Lenin mag den Krieg beenden wollen, aber ganz sicher nicht die Ausschreitungen. Wenn das Problem des Krieges wegfällt, haben die

Bolschewiki freie Bahn, um ihre Politik der Enteignungen und Verstaatlichungen durchzusetzen.«

»Dieser Mann ist ein Verräter und ein Spion. Wenn ich daran denke, dass wir unseren geliebten Nikolai verloren haben und dann alles so endet …« Pauline versagte die Stimme.

»Komm, Mama.« Marie streichelte ihrer Mutter über den Rücken. »Vielleicht solltest du dich ein bisschen hinlegen.« Sie half Pauline beim Aufstehen.

In der Tür drehte Marie sich noch einmal zu ihrem Vater um. Hermann Kulbas hatte seine Brille abgenommen, hielt sie zwischen den Fingerspitzen wie ein Mann, der gehängt werden soll, und starrte blicklos in die Baumgruppe draußen vor dem Fenster.

44.

Narva

März 1918

Die Bolschewiki waren kaum an der Macht, als Lenin seinem neu ernannten Volkskommissar für Kriegswesen, Leo Trotzki, den Auftrag erteilte, mit dem deutschen Kaiserreich Frieden zu schließen. Im November fuhr Trotzki nach Brest-Litowsk, einer Stadt unweit der Schützengräben, um die Bedingungen des Vertrags auszuhandeln. Im Laufe der Verhandlungen stellten die Deutschen immer höhere Forderungen, und Trotzki entzweite sich mit Lenin über die Frage, ob man einen für die Russen demütigenden Friedensvertrag unterzeichnen sollte.

Im Januar 1918 stellten die Deutschen den Bolschewiki ein Ultimatum. Trotzki blieb bei seiner Hinhaltetaktik und lehnte eine Unterschrift ab.

Am 18. Januar brachen die Deutschen den Waffenstillstand, indem sie auf russisches Territorium eindrangen. Praktisch unbehelligt marschierte die deutsche Armee in Estland ein. Es war eine Ironie des Schicksals, dass der Estnische Nationalrat Estland in einer Unabhängigkeitserklärung als neuen unabhängigen Staat proklamiert hatte.

Gefangen zwischen der Roten Armee, die auf dem Rückzug war, und den anrückenden Deutschen, hatte Narva endlose Tage unter Dauerbeschuss zu leiden. Explodierende Granaten ließen die Erde beben und zerrütteten die Nerven so sehr, dass die Einwohner der Stadt allmählich fürchteten, den

Verstand zu verlieren. Hermann Kulbas ordnete als Sicherheitsvorkehrung an, dass seine Familie in zwei großen Zimmern im Erdgeschoss schlief.

Am Morgen des 4. März fuhr Marie aus dem Schlaf. Im Zimmer war es tiefschwarz, und es dauerte einen Moment, bis ihre Augen sich an die Dunkelheit gewöhnt hatten. Schließlich konnte sie die Umrisse ihrer Mutter erkennen, die neben ihr schlief.

»Mama!« Sie rüttelte ihre Schulter. »Hör nur! Der Beschuss hat aufgehört.«

Marie lief zum Fenster und zog die schweren Vorhänge auf.

»Was ist denn los?«, fragte Valentin schlaftrunken.

Pauline setzte sich abrupt auf. »Hermann?« Sie drehte sich zu ihrem Mann um. »Hermann, wach auf! Es wird nicht mehr geschossen.«

Hermann Kulbas war auf einen Schlag hellwach. Er richtete sich auf, sprang aus dem Bett und lief zu Marie ans Fenster. Vater und Tochter starrten in den Morgendunst, der auf den Feldern lag. Nach Wochen unablässigen Bombardements war die Stille beinahe unerträglich.

»Was seht ihr?«, fragte Pauline.

»Nichts«, antwortete ihr Mann. Mittlerweile stand auch Valentin neben seinem Vater.

Lautes Klopfen an der Eingangstür schreckte sie auf. Augenblicke später wurde an die Tür zum Salon geklopft. Zoya, die sich anscheinend in aller Hast angekleidet hatte, trat ein. Ihr Gesicht war gerötet.

»Entschuldigen Sie die Störung, Madame.« Sie knickste und zog das Wolltuch zurecht, das um ihre Schultern lag. »Da ist ein Bote mit einer wichtigen Nachricht für Herrn Kulbas. Vom Bürgermeister«, fügte sie hinzu, als Hermann an ihr vorbeieilte.

Marie folgte ihrem Vater.

»Was haben Sie für mich, junger Mann?«, wandte Hermann sich an den hochgewachsenen jungen Burschen, der an der Treppe auf ihn wartete.

Der junge Mann langte tief in die Tasche seines Wintermantels und zog einen weißen Briefumschlag hervor. »Vom Herrn Bürgermeister.«

Hermann war seit vielen Jahren mit dem Bürgermeister befreundet und erkannte die Handschrift sofort. »Warum hat der Bürgermeister mich nicht angerufen?«

»Nach den Angriffen der letzten Nacht sind sämtliche Telefonleitungen unterbrochen.«

Hermann riss den versiegelten Umschlag auf und las die kurze Mitteilung. Seine Hände krampften sich um das Papier, als er fertig war.

Der Bote trat unruhig von einem Bein aufs andere. Der Diener glaubte, der Junge würde auf ein Trinkgeld warten, und ging mit ein paar Münzen zu ihm, doch der Junge trat zurück und schüttelte den Kopf. »Nein, danke, aber der Bürgermeister hat gesagt, dass ich auf Herrn Kulbas' Antwort warten soll.« Schüchtern wandte er sich an Hermann. »Es ist dringend, hat er gesagt.«

Hermann nickte. »Zoya«, sagte er, »nimm den jungen Mann mit in die Küche und mach ihm ein Frühstück.« Zu dem Boten sagte er: »Der Diener soll Sie in die Bibliothek bringen, wenn Sie fertig sind. Bis dahin habe ich die Antwort an den Bürgermeister geschrieben.«

Marie wartete, bis der junge Mann mit Zoya gegangen war, bevor sie zu ihrem Vater eilte. »Was ist los, Papa?« Sie berührte ihn leicht am Unterarm. »Was schreibt der Bürgermeister?«

»Narva hat vor den Deutschen kapituliert.«

Pauline, die eben hinzugekommen war, zog scharf den Atem ein. Hermann schloss sie in die Arme.

»Aber, aber, was soll der Unsinn?«, schalt er sie liebevoll.

»Solange wir keine Schwierigkeiten machen, werden sie uns in Ruhe lassen.« Er küsste sie auf die Stirn. »Es wird so sein, als hätten wir Logiergäste.«

Marie versteifte sich. »Was meinst du damit?«

Ihr Vater wurde ernst. »Die Deutschen werden ihre Soldaten und Offiziere bei den Bewohnern der Stadt einquartieren.«

»Können sie das denn?«, fragte Valentin. »Einfach in anderer Leute Häuser marschieren?«

Hermann lachte unfroh. »Sie sind die Sieger, mein Sohn. Sie können tun, was sie wollen.«

*

Der Frühling war immer schon Maries liebste Jahreszeit gewesen. Nach den dunklen Wintermonaten sorgten die länger werdenden Tage, das frische Grün und das Zwitschern der Vögel, die aus ihren Winterquartieren zurückkehrten, jedes Mal dafür, dass ihre Laune sich hob. Doch als sie diesmal aus dem Schlafzimmerfenster schaute, trugen die ersten Anzeichen des Frühlings kaum dazu bei, ihre gedrückte Stimmung zu verbessern.

Als sie Schritte hörte, wandte sie den Kopf und sah, wie ihr Vater und Valentin über den Kiesweg zum Schuppen gingen. Hermann trug schwere Winterstiefel und hielt einen Spaten in einer Hand, eine Ledertasche in der anderen. Er wartete vor der Scheune auf seinen Sohn, der wenig später mit einer Schubkarre herauskam.

Jemand klopfte an der Zimmertür, und Pauline kam herein.

»Was führt Papa im Schilde?«, fragte Marie.

Pauline stellte sich zu ihrer Tochter ans Fenster. Gemeinsam beobachteten sie, wie Hermann und Valentin ein freies Feld überquerten und im Wald verschwanden.

Pauline griff in die Falten ihres Kleides und zog einen Samtbeutel aus dunklem Grün hervor. »Ich möchte, dass du mir jetzt gut zuhörst«, sagte sie leise. »Nimm deine kostbarsten Schmuckstücke und leg sie in diesen Beutel.«

»Was hast du damit vor?«

»Dein Vater vergräbt die Sachen in wasserfesten Beuteln im Wald.« Sie ergriff die Hände ihrer Tochter und fügte warnend hinzu: »Du darfst mit niemandem darüber sprechen, hörst du? Die Deutschen werden uns verdächtigen, unser Gold vergraben zu haben, und die Dienstboten bestechen, um herauszufinden, wo es ist.«

»Unsere Dienstboten würden uns nie verraten«, rief Marie. Der größte Teil des Personals war schon seit Jahren im Haus.

»Mein Kind.« Pauline musterte sie bekümmert. »Es sind schlimme Zeiten. In wenigen Stunden wird es überall in Narva von Deutschen nur so wimmeln. Wer kann schon sagen, wem man vertrauen kann und wem nicht?«

Marie ging zur Kommode und nahm ein paar Juwelen aus ihrer Schmuckschatulle, vor allem Stücke mit sentimentalem Wert. Sie steckte den Schmuck in den Beutel und reichte ihn ihrer Mutter. »Bitte, Mama.«

Pauline strich über Maries Wange. Ihre Finger waren kalt wie Eis. »Es sind düstere Tage, Marie. Beten wir, dass sie nicht lange dauern.«

Als Pauline gegangen war, kehrte Marie ans Fenster zurück, gerade rechtzeitig, um zu sehen, wie Valentin alleine aus dem Wald kam und zu den Ställen lief. Er war kaum verschwunden, als Marie das Geräusch sich nähernder Autos hörte.

Valentin kam aus dem Stall, verharrte einen Moment und drehte den Kopf in Richtung der Motorengeräusche, bevor er zum Haus rannte. Obwohl die Fahrzeuge noch ein ganzes Stück entfernt waren, konnte man sehen, dass sie schnell näher kamen.

Das Geräusch hastiger Schritte erklang. Es war Anna.

»Marie, komm schnell!«, keuchte sie, eine Hand an die Brust gepresst. »Die Deutschen! Sie müssen gleich hier sein!«

Maries Blick huschte zu den Wäldern. Papa!

»Hol mir meine Stiefel«, befahl sie Anna, während sie mit Blicken die dichten Sträucher absuchte.

»Marie, die Deutschen …«

»Jetzt gleich!«, unterbrach Marie sie. »Mach schnell!«

Draußen eilte sie zu der Stelle, wo ihr Vater im Wald verschwunden war. Sie hatte sich nicht damit aufgehalten, in einen Mantel zu schlüpfen, und der eisige Wind drang sofort durch ihre dünne Kleidung.

»Papa!«, rief sie, als sie bei den Bäumen war. »Papa!«

Ihre Lunge brannte, und sie stützte sich mit einer Hand an einem Baum ab.

»Papa!«

»Um Himmels willen, Marie, mach nicht so einen Lärm!« Hermann kam zwischen den Sträuchern hervor.

»Hast du mich denn nicht gehört?«, fragte Marie. »Ich habe gerufen und gerufen.«

»Natürlich habe ich dich gehört. Es würde mich nicht überraschen, wenn das ganze deutsche Regiment dich gehört hätte.« Ohne Eile kam er näher. Marie fiel auf, dass er jetzt nichts mehr bei sich hatte.

»Was hast du mit der Schubkarre und dem Spaten gemacht?«

»Ich weiß nicht, wovon du redest.« Hermann wischte sich die Hände an der Hose ab.

»Ich habe gesehen, wie du damit in den Wald gegangen bist.«

Hermann richtete sich auf und schaute sie an. Er schien zu überlegen, wie viel er ihr anvertrauen sollte. »Ich habe die Sachen versteckt«, sagte er schließlich.

»Ach, Papa.« Marie reichte ihm ein Taschentuch. »Du hast überall Erde an deiner Hose.«

Hermann legte den Kopf zur Seite. »Reg dich jetzt nicht wegen meiner Hose auf.« Er nahm ihr Taschentuch und wischte sich die Hände ab. »Was machst du hier überhaupt? Du holst dir noch den Tod in deinen dünnen Sachen.«

»Ich hatte Angst um dich.« Marie war immer noch ein bisschen außer Atem. »Nicht mehr lange, und die Deutschen sind hier.«

Ein Ausdruck der Besorgnis legte sich auf Hermanns Gesicht, aber er fasste sich schnell wieder und schenkte Marie ein zuversichtliches Lächeln. »In diesem Fall sollten wir unsere Gäste nicht warten lassen.«

Vor dem Haus standen zwei Pferdefuhrwerke und ein motorisierter Wagen.

»Wir gehen durch die Vordertür«, sagte Hermann leise und bot Marie den Arm an.

Mit hocherhobenem Kopf rauschte sie an den Deutschen vorbei. Als sie einen Blick auf die Leute in den Wagen warf, sah sie überrascht, wie jung die meisten von ihnen waren. Ihre Jacken schlotterten um ihre dünnen Körper und verliehen ihnen das Aussehen von Kindern, die sich als Soldaten verkleiden.

Das Hauspersonal war damit beschäftigt, Eimer mit Wasser hinauszutragen, aus denen die Soldaten ihre Feldflaschen füllten. Als Marie vorbeiging, riefen ihr einige Männer Wörter nach, die ihr die Röte ins Gesicht trieben.

Am Ende der Treppe, neben Valentin und einer blassen Pauline Kulbas, stand eine Gruppe von Offizieren in langen Wollmänteln und Pickelhauben.

Marie und ihr Vater stiegen langsam die Stufen hinauf. Der Offizier, der ihnen am nächsten war, nahm seinen Helm ab und klemmte ihn unter einen Arm, bevor er vortrat, die Hacken zusammenschlug und sich knapp verbeugte. »Ich bin Hauptmann Klaus Grünhauser. Meine Männer und ich werden hier Quartier beziehen.«

Hermann erwiderte die Verbeugung des Offiziers mit einem kurzen Nicken. »Ich bin Hermann Kulbas, und das ist meine Tochter Marie. Meinen Sohn und meine Frau haben Sie ja bereits kennengelernt, wie ich sehe.«

»Sie haben uns in Ihrer Abwesenheit begrüßt.« Der Offizier starrte übertrieben auf die schmutzige Hose seines Gegenübers.

»Sie müssen meinen Aufzug entschuldigen«, sagte Hermann, während er die Männer mit einer Geste ins Haus bat. »Gehen wir in den Salon. Da ist es angenehmer für uns als hier draußen in der Kälte.«

Die Offiziere rührten sich nicht. Marie fiel auf, dass der Hauptmann jetzt stirnrunzelnd auf ihre schlammbespritzten Stiefel starrte.

»Darf ich fragen, warum Sie im Wald waren, Mademoiselle?«

»Meine Tochter und ich machen jeden Morgen einen Spaziergang«, antwortete Hermann an Maries Stelle, blickte auf seine Hose und lächelte. »Heute bin ich leider gestolpert.«

»Tatsächlich.« Hauptmann Grünhausers Blick verweilte noch einen Moment auf Marie. »Sie müssen das Haus in großer Eile verlassen haben, Mademoiselle«, stellte er fest. »Sie haben sich nicht einmal die Zeit genommen, einen Mantel anzuziehen.«

Marie stockte der Atem. Hatte der Hauptmann erraten, was ihr Vater getan hatte?

»Wir haben Erfrischungen für Sie vorbereitet, Hauptmann Grünhauser.« Pauline lächelte, aber Marie hörte ein leichtes Zittern in ihrer Stimme.

Mit einem kurzen Nicken ging der Hauptmann in den Salon, gefolgt von den anderen Offizieren, während Marie nach oben eilte, um sich umzuziehen.

*

Als Marie kurz darauf die Treppe hinunterkam, nachdem sie ihre schmutzige Kleidung gewechselt hatte, erwischte sie Lara, die Köchin, und Zoya, wie sie an der verschlossenen Tür des Salons lauschten. Als die beiden Marie sahen, traten sie hastig zurück und senkten verlegen den Blick.

»Worüber reden sie?«, fragte Marie leise.

»Ich weiß es nicht genau, Mademoiselle.« Lara starrte auf ihre Schuhe. Tiefe Röte stieg ihr vom Hals ins Gesicht. »Wir sind eben erst gekommen.«

»Danke, ihr könnt jetzt gehen«, sagte Marie.

Die beiden zögerten.

»Was denn noch?« Marie verdrehte die Augen.

»Die Soldaten, Mademoiselle. Sie haben Hunger.«

»Warum gebt ihr ihnen dann nichts zu essen?«, fragte Marie gereizt.

»Es ist nicht genug.« Die Köchin rang nervös die Hände. »Ich habe Iwan, den Stallburschen, zum Bäcker geschickt, um Brot zu holen. Er kam mit leeren Händen zurück und war weiß wie die Wand. Stimmt doch, nicht wahr, Zoya?« Sie sah Zoya an, die mit Nachdruck nickte.

»Erzähl ihr vom Bäcker«, drängte Zoya sie.

Lara blickte über die Schulter zu den geschlossenen Türen und senkte die Stimme noch mehr. »Iwan sagt, dass der Bäcker draußen vor seinem Laden saß – mit einer klaffenden Wunde auf der Stirn! Die Soldaten haben ihn mit ihren Gewehrläufen geschlagen, weil er Widerstand geleistet hat, als sie ihm all sein Brot und mehrere Säcke Mehl wegnahmen.«

»Sie werden uns alle verhungern lassen!«, wimmerte Zoya.

»Jetzt ist nicht der richtige Zeitpunkt, die Nerven zu verlieren!«, sagte Marie tadelnd, fügte dann aber sanfter hinzu: »Wir kommen schon zurecht. Ihr könnt euch darauf verlassen, dass mein Vater für uns alle sorgen wird.«

Zoya schnäuzte sich kräftig in ihr Taschentuch.

»Die Deutschen haben mitten auf dem Stadtplatz ein Plakat aufgehängt, auf dem steht, dass alle Einwohner Soldaten bei sich aufnehmen müssen«, berichtete Lara. »Iwan sagt, dass manche Leute lieber die Stadt verlassen wollen, aber jeder darf nur einen Koffer mitnehmen, und die Deutschen durchsuchen alles, um sicherzugehen, dass keine Wertsachen mitgenommen werden. Die da draußen«, sie zeigte auf die Wand, hinter der die Soldaten nun ihre Zelte aufbauten, »sind nicht viel besser. Ich habe ihnen unser ganzes Brot gegeben und alle Eier gebraten, die im Haus waren, und sie haben mir ihre schmutzigen Uniformen hingeworfen, damit ich sie wasche.«

»Ein paar von denen sind in den Weinkeller eingebrochen und haben sich draußen auf dem Rasen bewusstlos getrunken.« Zoya schüttelte den Kopf. »Das sind Wilde. Gott steh uns bei.«

»Beruhigt euch. Wir dürfen uns unsere Verzweiflung nicht anmerken lassen«, sagte Marie. »Zoya, du fängst mit den Uniformen an. Und du, Lara, gehst mit Iwan in den Keller und schaust nach, wie viele Kartoffeln wir erübrigen können. Vielleicht kannst du später eine Suppe für die Soldaten kochen.«

Maries Anweisungen brachten die beiden Frauen auf Trab, und sie eilten davon.

Marie klopfte an die Tür zum Salon und wartete einen Moment, bevor sie öffnete und den Kopf ins Zimmer steckte.

»Komm rein«, rief ihr Vater und erhob sich, als Marie eintrat. Die deutschen Offiziere folgten seinem Beispiel.

Sie ging zu dem Sofa, auf dem ihre Mutter mit kerzengeradem Rücken saß.

»Selbstverständlich werden Nahrungsmittel und Viehbestand von der Armee konfisziert«, verkündete Hauptmann Grünhauser.

»Und was sollen wir essen?«, fragte Hermann, der sichtlich betroffen war.

»Sie bekommen Rationen.« Der Hauptmann lehnte sich im Sessel zurück. »Meine Offiziere und ich werden im Haus wohnen. Sie und Ihre Familie können sich mit dem Personal die Dienstbotenquartiere teilen.«

Pauline verschränkte die Finger mit denen ihrer Tochter und drückte sie.

»Kein Grund zur Aufregung, Madame.« Der Hauptmann lächelte. »Solange Sie kooperieren, werden wir höflich zu Ihnen sein.« Er lächelte, aber das Lächeln erreichte seine Augen nicht. »Wenn Sie uns jetzt entschuldigen, meine Offiziere und ich haben wichtige Privatangelegenheiten zu besprechen.« Mit diesen Worten beendete der Hauptmann das Gespräch und wies Familie Kulbas aus ihrem eigenen Salon.

45.

Peter-und-Paul-Festung, Petrograd

Juni 1918

Das einzige Licht in der überfüllten Gefängniszelle kam von einem kleinen, hoch in der Mauer eingelassenen Fenster.

Die Feuchtigkeit drückte auf Alexeis Brust. Er schlief schlecht, weil er immer wieder Hustenanfälle bekam und vor Kälte zitterte. Tagsüber verbrachte er Stunden damit, das Sonnenlicht zu beobachten, das über die Wand kroch, und sich vorzustellen, wie die Menschen auf den überfüllten Straßen der Stadt den Tag verbrachten.

Heute sah er den Lichtfleck wie durch einen Nebelschleier. Sein Kopf glühte wie ein Hochofen und sank immer wieder nach vorn.

Verschwommen war ihm bewusst, dass sich um ihn herum Männer bewegten. Manchmal knieten sie vor ihm und blickten ihm besorgt ins Gesicht. Geschwächt, wie er war, klangen für Alexei alle Stimmen gedämpft und verzerrt, und er starrte zurück in die Gesichter, ohne etwas wahrzunehmen.

Irgendwann fiel er in einen unruhigen Dämmerzustand und träumte, er wäre in einem hellen, sonnigen Zimmer. Marie war bei ihm und trug das Kleid, das sie bei den Rennen getragen hatte. Lächelnd betrachtete sie ihn aus ihren warmen grauen Augen und bot ihm ein Glas Wasser an. Als sie sich vorbeugte, um seinen Kopf sanft mit einer Hand zu stützen, brach sich das Licht in dem kleinen goldenen Kreuz, das um ihren Hals hing.

Als Alexei aufwachte, fühlte er sich wie ausgedörrt, und das Atmen fiel ihm schwer. Lärm von draußen lenkte ihn ab. Laute Männerstimmen vermischten sich mit dem Geräusch schwerer Schritte, die sich draußen auf dem Korridor näherten. Dann flogen die Türen auf. Wärter mit Fackeln kamen herein, brüllten herum und zerrten Männer hoch.

»Steh auf, Alter!« Ein Wärter versetzte Alexei einen Tritt auf den Stiefel. »Ihr sollt alle runter in den Hof kommen.«

Eine Hand unter Alexeis Achselhöhle gelegt, hievte der Wärter ihn hoch. Er schien zu spüren, dass Alexei zu schwach zum Gehen war, denn er ließ seine Hand an Ort und Stelle und schubste ihn weiter. Draußen auf dem Flur trieben die Wärter die Gefangenen mit ihren Gewehren zu Reihen zusammen.

Alexei trat hinaus auf den öffentlichen Platz. Nach den Tagen in der Dunkelheit musste er blinzeln, als er im Sonnenlicht stand. Er schirmte die Augen mit einer Hand ab und schlurfte zur Mitte des Platzes, wo ihn der Wärter, der ihn gestützt hatte, zu Boden fallen ließ. Zwei Gefangene halfen ihm hoch und hielten ihn fest. Erst in diesem Moment sah Alexei, dass sie einer ganzen Schar von Rotgardisten gegenüberstanden. Noch während er sie betrachtete, trat einer von ihnen vor, hob ohne Vorwarnung seine Pistole und schoss dem ersten Gefangenen in den Kopf. Dann trat er über die zusammengekrümmte Gestalt und erschoss den nächsten Gefangenen.

Der Mann neben Alexei sprach ein letztes Gebet. Auch Alexei empfahl seine Seele seinem Schöpfer und verabschiedete sich innerlich von seiner Familie. Als ein dritter, vierter und fünfter Mann erschossen wurden, konzentrierte sich Alexei auf das Bild, das er vor seinem geistigen Auge hatte. Er wollte mit seinen letzten Gedanken bei Marie sein.

*

»Halt! Was geht hier vor?« Ein Mann mit strohblondem Haar drängte sich nach vorn. Die Rotgardisten ließen ihn widerwillig durch.

Einer von ihnen trat dem Mann in den Weg. »Papiere?«

Der Mann griff in die Jackentasche und holte ein zusammengefaltetes Blatt heraus, das er dem anderen hinhielt. Nachdem der Rotgardist das Dokument studiert hatte, trat er beiseite. »Tut mir leid, Genosse Kommissar.«

»Was hat das zu bedeuten?«, wollte der Kommissar wissen, als er die vielen Toten sah.

»Diese Männer sind Offiziere der kaiserlichen Armee und Feinde der Revolution«, erwiderte einer der Gardisten.

Der Kommissar runzelte die Stirn. »Genossen«, begann er mit erhobener Stimme, »hört mir zu. Mein Name ist Sergej Bogolew, ich bin Kommissar bei der Roten Armee. Wir müssen diese Hinrichtungen beenden. Wir müssen dem russischen Volk zeigen, dass wir keine gnadenlosen Mörder sind.«

»Diese Männer haben sich am Blut von Menschen wie uns gemästet«, entgegnete ein Rotgardist. Andere Soldaten hinter ihm nickten und drängten nach vorn.

»Der hier«, der Vollstrecker versetzte einem leblosen Körper einen Tritt, »hat es genossen, uns zu demütigen. Unbrauchbare, dämliche *Mushiks* hat er uns genannt. Er hat es verdient, wie ein Hund zu verrecken.«

Bogolew hob eine Hand, um die Leute zu beruhigen. »Aber ihr seid nicht wie sie, Genossen.« Er zeigte auf die zitternden, zerlumpten Gestalten. »Ich hasse sie genauso sehr wie ihr, und sowie sie vor Gericht gestanden haben und rechtskräftig verurteilt worden sind, werden sie für ihre Überheblichkeit und ihre Habgier bezahlen. Aber einstweilen müssen wir unsere Gefühle beiseiteschieben und Disziplin wahren.«

Die Rotgardisten verstummten, als würden sie über Bogolews Worte nachdenken, obwohl einige von ihnen immer noch hasserfüllte Blicke auf die verbliebenen Gefangenen warfen.

»Wärter, bringt die Gefangenen in den Kerker zurück«, befahl Bogolew.

Als die Männer an ihm vorbeiströmten, fiel sein Blick auf einen Gefangenen, der von zwei anderen getragen wurde. Bogolew trat vor, streckte den Arm aus, um die Männer aufzuhalten, und blickte dem Gefangenen ins Gesicht. Dann winkte er einen der Rotgardisten zu sich. »Dieser Gefangene braucht medizinische Versorgung. Bringt ihn ins Krankenhaus.«

Der Rotgardist sah Alexei aus harten Augen an. »Der Mann ist ein Feind der Revolution. Er hat es verdient, in einer Zelle zu verrotten.«

Zorn erfasste Bogolew. »Wenn du nicht tust, was ich sage, sorge ich dafür, dass du seinen Platz in der Gefängniszelle einnimmst!« Er beugte sich so dicht zu dem anderen vor, dass er dessen ungewaschene Haut und den Tabak in seinem Atem riechen konnte. »Nun, Genosse?«, sagte er kühl. »Habe ich mich klar genug ausgedrückt?«

»Ja, Genosse Kommissar.«

Der Rotgardist ließ eine Trage bringen und legte Alexei mithilfe eines anderen Soldaten darauf.

Bogolew sah Alexei ins Gesicht. Alexeis Augen waren trüb und schienen nichts wahrzunehmen. Als die Männer die Trage hoben, packte Bogolew einen von ihnen am Arm. »Ich will, dass sich unsere besten Ärzte um ihn kümmern.«

Der Mann öffnete den Mund, um zu protestieren, sagte dann aber: »Ja, Genosse Kommissar.«

»Außerdem soll ein Soldat vor seinem Zimmer Wache stehen. Ohne meine ausdrückliche Erlaubnis dürfen nur die Ärzte und Krankenschwestern zu ihm.«

Der Rotgardist nickte. »Jawohl, Genosse Kommissar.«

Jekaterinburg

Juli 1918

Die Bolschewiki, die durch ihre raschen Erfolge in Petrograd und Moskau Auftrieb bekommen hatten, begannen eine Kampagne zur Durchsetzung ihrer Macht über das restliche Land. Ihr Gegenspieler war die Weiße Armee, die sich vehement gegen die bolschewistische Revolution wehrte. Bei ihrer Suche nach Unterstützung beriefen sich die Befehlshaber der Weißen Armee darauf, dass nicht sie, sondern die Bolschewiken den demütigenden Bedingungen des Friedensvertrags von Brest-Litowsk zugestimmt hatten.

Als Tobolsk, wo die Zarenfamilie festgehalten wurde, in die Hände der Feinde zu fallen drohte, befahl Lenin die Evakuierung der Familie nach Jekaterinburg in Zentralrussland.

Nach ihrer Ankunft am Bahnhof von Jekaterinburg führten Rotgardisten die Romanows zu zwei offenen Wagen, mit denen sie im Schritttempo durch die Straßen gefahren wurden. Auf den Bürgersteigen drängten sich johlende Menschenmassen.

»Kopf hoch, Liebes«, wies Alexandra ihre Tochter Tatjana an. »Lass sie nicht vergessen, wer du bist.«

Ein grobschlächtiger Bauer mit Vollbart brach durch das Gedränge und spuckte mit hasserfülltem Blick in den Wagen.

»Deutsche Hure!«, zischte er.

Alexandra widerstand dem heftigen Verlangen, sich den Speichel aus dem Gesicht zu wischen, und starrte unverwandt nach vorn. Nikolaus, der neben ihr saß, legte mitfühlend eine Hand auf ihr Knie und reichte ihr sein Taschentuch.

Die Wagen blieben vor einem unauffälligen Gebäude stehen, das sich hinter hohen Holztoren verbarg. Rotgardisten standen Wache und beobachteten, wie sich die Familie mit dem Gepäck abplagte.

Einer der Gardisten versperrte ihnen den Weg. »Bevor Sie auf Ihre Zimmer dürfen«, sagte er, »müssen wir Ihr Gepäck inspizieren.«

»Wozu?«, protestierte Alexandra. »Man hat uns doch schon alles genommen, was von Wert ist.«

Der Mann drängte sich an ihr vorbei, brach das Schloss des ersten Koffers auf und machte sich daran, die Sachen zu durchwühlen.

»Was genau suchen Sie denn?«, fragte Nikolaus.

Statt zu antworten, nahmen die Gardisten sich als Nächstes Alexandras Koffer vor. Sie zogen ihr Medizintäschchen heraus, schnüffelten an jeder Dose und Salbe und steckten überall die Finger hinein.

»Das ist empörend!«, rief Alexandra, den Tränen nahe.

»Halt den Mund!«, blaffte einer der Gardisten.

Nikolaus trat vor und straffte die Schultern. »Ich bestehe darauf, dass Sie sich bei meiner Frau entschuldigen!«, sagte er in gebieterischem Ton.

Der Rotgardist erhob sich und baute sich drohend vor Nikolaus auf. »Sie sind nicht mehr in Zarskoje. Sie verlangen gar nichts und bekommen auch nichts. Und wenn Sie noch einmal den Mund aufmachen, werden Sie zu Strafarbeit abkommandiert!«

Er drehte sich zu dem Koffer um und versetzte ihm einen wuchtigen Tritt, sodass sich der Inhalt über den Boden ergoss. »Packen Sie Ihren Kram zusammen!«

Die Romanows folgten zwei Rotgardisten in den hinteren Teil des Hauses, wo man ihnen zwei Schlafzimmer und ein großes Wohnzimmer zuwies. Die Toilette mussten sie mit ihren Bewachern teilen.

Nach wenigen Tagen umschloss ein zweiter Holzzaun das Haus, und alle paar Meter wurden zusätzliche Wachposten aufgestellt.

»Bei den vielen Wachen könnte man glauben, in einer Festung zu sein«, bemerkte Alexandra eines Abends, während sie damit beschäftigt war, ein Collier in den Saum von Olgas Kleid einzunähen. Im Futter ihres eigenen Korsetts verbargen sich bereits mehrere Broschen und Ringe, und sie rutschte auf ihrem Sitz herum, um ein Schmuckstück zu verschieben, das sich in ihre Rippen bohrte.

»Wenn Gott will«, sagte Alexandra zu ihren Töchtern, »wird dieser Schmuck uns im Exil weiterhelfen.«

*

Als Nikolaus am Morgen seines fünfzigsten Geburtstags die Vorhänge zurückzog, musste er feststellen, dass sein Fenster mit Brettern vernagelt worden war.

In diesem Moment hörte er Tatjana schreien: »Papa!«

Er stürzte ins Zimmer seiner Töchter und fand sie zusammengekauert in einer Ecke, während draußen ein Soldat die Fenster weiß strich.

Nikolaus klopfte an die Scheibe und rief wütend: »Was hat das zu bedeuten?«

Der Soldat zuckte die Achseln und formte mit den Lippen das Wort: »Befehl.«

Bestürzt trat Nikolaus zurück und beobachtete, wie der letzte Streifen blauen Himmels hinter dem weißen Anstrich verschwand.

Da jeder Kontakt zur Außenwelt verweigert wurde, ahnte die Familie nichts von dem Bürgerkrieg, der zwischen der Roten und der Weißen Armee tobte. Hätten die Romanows davon gewusst, hätte es sie vielleicht getröstet zu wissen, dass die Weiße Armee die Roten fast bis an die Außenbezirke von Jekaterinburg zurückgedrängt hatte.

Aus Sorge, die Anwesenheit der Zarenfamilie könnte die

Weißen noch stärker motivieren, erteilte Lenin die Befehle, die das Schicksal der Romanows besiegelten.

*

Nikolaus erwachte früh und stand leise auf, um seine schlafende Frau nicht zu wecken. Auf dem Weg zum Waschraum vermied er jeden Blickkontakt zu dem Soldaten, der vor der Tür Wache stand. Der Mann grinste hämisch, und als Nikolaus an ihm vorbeiging, zischte er: »Schau dir die Bilder an!«

Nikolaus ignorierte die Bemerkung. Die Soldaten hatten pornografische Zeichnungen von Alexandra und Rasputin an die Wände geklebt. Seit er sie zum ersten Mal gesehen hatte, war Nikolaus peinlich darauf bedacht, nicht noch einmal hinzuschauen.

Als er später mit seinen Töchtern im Garten spazieren ging, hörte er aus den umliegenden Wäldern Artilleriefeuer. Nikolaus und die Mädchen wandten sich in die Richtung, aus der die Schüsse kamen, und lauschten angestrengt, um die Entfernung zu den Kampfhandlungen abzuschätzen.

»Auf wen wird da geschossen, Papa?«, fragte Tatjana.

»Vielleicht sind es nur Schießübungen«, erwiderte Nikolaus. Er wollte seine Tochter nicht beunruhigen, nicht einmal als ihm auffiel, dass die Soldaten ihre Gewehre krampfhaft umklammert hielten.

Als sie ins Haus zurückkehrten, erwartete ihn im Wohnzimmer Kommandant Jurowski. Alexandra, die am Tisch saß, erhob sich steif, als sie ihren Mann sah.

»Ich habe gerade die Medizin vorbereitet, als der Kommandant mit einem Geschenk für Alexei kam«, sagte sie.

Nikolaus begriff, dass Alexandras Anspielung auf die »Medizin« bedeutete, dass sie Schmuckstücke aus zerschlissenen Säumen entfernt hatte. Der unerwartete Besuch hatte sie sichtlich durcheinandergebracht. Nikolaus fragte sich, ob es ihr gelungen war, die Juwelen zu verstecken, ohne Verdacht zu erregen.

»Ich habe für Ihren Sohn ein paar Eier mitgebracht.« Der Kommandant trat vor und zeigte Nikolaus den Korb. »Der kleine Alexei fühlt sich nicht wohl, hat man mir gesagt. Die Eier geben ihm vielleicht ein bisschen Kraft.«

»Sehr freundlich von Ihnen.« Nikolaus sprach ausdruckslos, ohne jede Dankbarkeit.

»Nun, ich will Sie nicht länger aufhalten.« Der Kommandant wandte sich zum Gehen, drehte sich in der Tür aber noch einmal um. »Noch etwas. In der Stadt ist es zu Schießereien gekommen. Wir könnten genötigt sein, Ihre Familie kurzfristig woanders unterzubringen.«

»Ich bin sicher, Sie werden tun, was für uns am besten ist.« Nikolaus sprach immer noch unbewegt, obwohl er ein flaues Gefühl in der Magengrube hatte.

»Ich wünsche Ihnen einen guten Tag.« Der Kommandant nickte ihnen kurz zu. »Und entschuldigen Sie, falls ich Sie gestört habe.« Er warf einen Blick auf die Stelle, wo Alexandras Korb stand.

»Ganz und gar nicht.« Alexandra lächelte schmal.

Kaum war der Kommandant außer Hörweite, wandte sie sich Nikolaus zu und fragte besorgt: »Glaubst du, er hegt einen Verdacht?«

Nikolaus zuckte die Achseln. »Ich weiß es nicht, aber wir müssen besser aufpassen.« Er schaute zu der Tür, durch die der Kommandant verschwunden war. »Ich traue diesem Mann nicht.«

*

Es war schon nach Mitternacht, als Dr. Botkin, der Leibarzt der Familie, die Romanows weckte.

»Entschuldigen Sie die Störung, Hoheit, aber der Kommandant hat mir soeben mitteilen lassen, dass es in der Stadt zu weiteren Unruhen gekommen ist. Ihrer Sicherheit wegen hat man beschlossen, die Familie aus dem Gebäude zu evakuieren.«

Eine halbe Stunde später waren die Romanows gewaschen, angezogen und zum Aufbruch bereit. Alexandra und ihre Töchter trugen Korsette, in deren Futter Juwelen eingenäht waren, und hielten Kissen, in deren Füllung sich Schmuckstücke verbargen.

Nikolaus, der Alexei auf den Armen trug, stieg mit seiner Familie die Treppe hinunter und verließ das Haus. Sie überquerten den Hof und betraten einen langen Flur, der in einen kleinen Keller führte.

Als Alexandra sah, dass es hier keine Möbel gab, wandte sie sich an einen der Soldaten: »Dürfen wir nicht einmal einen Stuhl haben?«

Zwei Stühle wurden hereingebracht. Nikolaus, der Alexei noch immer in den Armen hielt, setzte sich neben seine Frau. Nach stillem, angespanntem Warten ging die Tür auf. Der Kommandant kam herein, gefolgt von mehreren Soldaten. Eine einzelne Lampe warf einen schwachen Lichtkreis in die Mitte des Raumes. Der Kommandant stand außerhalb des Lichts, sodass seine Gesichtszüge im Schatten blieben, was ihm ein bedrohliches Aussehen verlieh.

»Nikolaus Romanow, im Interesse unserer glorreichen Revolution«, las er laut von einem gelben Telegrammformular ab, »werden Sie und Ihre Familie zum Tode verurteilt.« Er hob den Blick, schaute Nikolaus fest in die Augen. »Ich habe Befehl, Sie alle erschießen zu lassen.«

»*Was?*« Nikolaus sprang auf. Hinter ihm schrien Olga und

Tatjana und klammerten sich aneinander. Alexandra bekreuzigte sich.

Dann fielen auch schon die ersten Schüsse.

Nikolaus wurde als Erster getroffen und taumelte zurück. Hinter ihm wurde Alexandra, in den Kopf getroffen, zu Boden geschleudert, wo sich ein dunkler Fleck wie eine rote Aureole um ihren Kopf ausbreitete. Die Soldaten, die dicht gedrängt in der Tür standen, feuerten nun wild ins Zimmer.

Es war nicht einfach, die Mädchen zu töten, weil die Kugeln an ihren mit Juwelen bestückten Miedern abprallten.

»Feuer einstellen!«, befahl der Kommandant schließlich.

Die Waffen verstummten. Rauchschwaden wehten durch den Raum. Das Schreien hatte aufgehört, aber drei der Mädchen atmeten noch und lagen wimmernd auf dem Boden.

»Erledigt sie«, befahl Jurowski.

Die Soldaten gingen von einer Schwester zur nächsten und brachten jedes Mädchen mit einem Schuss in die Schläfe zum Schweigen.

Alexei, der in kurzen, flachen Stößen atmete, klammerte sich immer noch an die Jacke seines Vaters. Das Letzte, was er sah, war die Mündung von Jurowskis Waffe, als er aus nächster Nähe einen Schuss auf ihn abgab.

*

In der stillen, kühlen Dunkelheit des frühen Morgens wurden die Leichen der Romanows auf Bahren zu einem wartenden Lastwagen vor dem Haus getragen.

Der Kommandant, der einen Beutel mit Juwelen in der Hand hielt, die er seinen Opfern abgenommen hatte, beobachtete, wie die Rücklichter des Wagens in der Ferne verschwanden. Dann wischte er sich den Schweiß von der Stirn und trat zu ein paar Soldaten, die soeben eine Flasche Rum kreisen ließen.

»Also gut, Genossen«, sagte er und nahm einen tiefen Zug aus der Flasche. »Ich denke, unsere Arbeit hier ist erledigt.«

46.

Petrograd

August 1918

Alexeis ständige Hustenanfälle rissen ihm die Luft aus der Lunge und nahmen ihm jede Kraft. Neben seinem Bett flackerten zwei Kerzen, die in leeren Flaschen steckten. Er schloss die Augen und versuchte, regelmäßig zu atmen, während sein Herz in einem wilden Rhythmus pochte. Seine Knochen und Muskeln schmerzten. Er atmete ein und krümmte sich im nächsten Moment, als er von einem neuerlichen Hustenanfall geschüttelt wurde. Als er endlich vorüber war, richtete er sich auf und starrte an die kahlen, weiß getünchten Wände.

Seit acht Wochen lag Alexei im Krankenhaus, um sich von Typhus zu erholen. Es gab wenig, womit er sich die Zeit vertreiben konnte. Es gab nur die bolschewistisch gefärbten Zeitungen, die er nicht lesen wollte, weil ihn die Verherrlichung dieser Ideologie, mit der jeder Artikel durchtränkt war, anwiderte. Er versuchte an den Tag im Hof der Festung zurückzudenken, aber seine Erinnerungen an die Ereignisse waren verschwommen und bruchstückhaft.

»Sie sind auf Befehl eines hochrangigen Kommissars hergebracht worden«, teilte ihm die Krankenschwester mit, die ihn pflegte. »Der Wachposten draußen vor der Tür hat strikte Anweisungen, wer zu Ihnen darf und wer nicht.«

»Und was gibt es Neues vom Krieg?«, fragte Alexei.

»Lenin hat den Soldaten, die sich der Roten Armee anschließen wollen, Lebensmittellieferungen versprochen«, wisperte sie, während sie so tat, als würde sie sein Kissen aufklopfen. »Er hat Trotzki zum Kommissar für Kriegswesen ernannt. Trotzki fährt regelmäßig in einem gepanzerten Zug zur Front, um lange Reden darüber zu halten, wie wichtig es sei, die Weiße Armee zu besiegen.«

Die Schwester fühlte Alexeis Puls. »Natürlich bin ich mit militärischen Dingen nicht vertraut, aber mir scheint, eine Armee, die so siegessicher ist, sollte nicht so viel Mühe haben, die Truppen zu motivieren.«

Die Krankenschwester richtete sich wieder auf und lächelte honigsüß den Wachposten an, einen wortkargen Kosaken mit breiten Schultern und dunklem, welligem Haar, der ohne die Verletzung, die eine Gesichtshälfte deformierte, ein hübscher Kerl gewesen wäre.

Alexeis Befinden besserte sich von Tag zu Tag. Allmählich wurde er kräftiger und durfte die Vormittage in Begleitung seines stummen Bewachers im Garten verbringen. Seine wiederholten Fragen nach seiner Familie und der Länge seines Krankenhausaufenthalts blieben jedoch unbeantwortet. Dann hieß es eines Tages, ein Kommissar käme ihn besuchen.

Die Sonne ging bereits unter, als die Tür geöffnet wurde und Bogolew eintrat. Alexeis anfängliche Überraschung wich bald Misstrauen, als er die rote Armbinde bemerkte und ihm klar wurde, dass Bogolew der Kommissar sein musste.

»Sie sehen viel besser aus als bei unserer letzten Begegnung.« Bogolew lächelte und ließ ein Exemplar von *Dien*, einer bolschewistischen Zeitung, auf Alexeis Bett fallen. »Ich glaube, jetzt habe ich Ihnen schon zum zweiten Mal das Leben gerettet.«

Alexei wollte etwas sagen, aber Bogolew wehrte ab. »Kein Grund, mir zu danken.«

»Ihnen danken?«, schnaubte Alexei. »Dafür, dass Sie mich zu Ihrem Gefangenen gemacht haben?«

»Ein bisschen dankbar könnten Sie schon sein.«

»Sie haben mich vor Ihren eigenen Leuten gerettet, die wie die Tiere gewütet haben.«

»Was erwarten Sie?«, gab Bogolew kühl zurück. »Drei Jahre lang sind diese Männer von Offizieren als Kanonenfutter betrachtet worden. Man hat sie herabgesetzt und erniedrigt und schließlich zur Schlachtbank geschickt. Haben Sie erwartet, dass die Männer jetzt vor Offizieren in die Knie gehen?«

»Sie wissen sehr wohl, dass sich nicht alle Offiziere so verhalten, wie Sie es darstellen. Im Übrigen, was ist mit Ihnen? Als wir uns zum letzten Mal gesehen haben, waren Sie gerade zum Hauptmann befördert worden.«

Bogolews Kiefermuskeln spannten sich. »Ich musste für jede meiner Beförderung doppelt so viel leisten wie die anderen. Mehr als einmal bin ich zugunsten von Männern übergangen worden, die über mich die Nase rümpften, weil mein Vater Lehrer war und kein Adeliger.«

»Haben Sie sich deshalb den Roten Garden angeschlossen? Aus Rache?«

Bogolew schwieg einen Moment. »Glauben Sie das wirklich?«

»Warum sind Sie dann zu den Roten übergelaufen?«

»Ich habe Lenin sprechen gehört«, sagte er nachdenklich. »Seine Argumente waren überzeugend. Kerenskis Provisorische Regierung war unfähig, die Probleme zu lösen, und in der Armee herrschte ein einziges Chaos. Die Soldaten liefen in Scharen von der Front weg. Es war offensichtlich, dass der Krieg so gut wie verloren war. Ja, ich habe mich den Roten angeschlossen. Sie brauchen Männer mit Führungsqualitäten, Männer, die imstande sind, Strategien zu entwickeln und Truppen zu befehligen. Männer wie mich.« Er ging um Alexeis Bett herum und beugte sich über ihn. »Und Männer wie Sie.«

Alexei lachte verächtlich. »Sie müssen verrückt sein. Ich werde nie in Ihre Armee von Verbrechern eintreten.«

Bogolew richtete sich auf. »Vorsicht, Serov. Sie haben nicht mehr das Sagen.«

»Lieber stelle ich mich vor ein Erschießungskommando.«

»Das lässt sich machen«, sagte Bogolew kalt. »Aber was ist mit Ihrer Familie? Sind Sie bereit, auch ihr Leben aufs Spiel zu setzen?«

Alexeis Mund wurde trocken. »Was wollen Sie damit sagen?«

»Uns ist bekannt, dass sie in Uglitsch leben.«

»Das wagen Sie nicht!«

»Ich tue, was immer erforderlich ist.«

»Was ist passiert, Bogolew? Sie sind nicht der Mann, an den ich mich erinnere.«

»Was passiert ist, fragen Sie?« Bogolew starrte Alexei an. »Der Krieg ist passiert. Ein Krieg, der bei uns allen Narben hinterlassen hat.«

»Sie hätten mich von diesen Rowdys erschießen lassen sollen.«

»Das ist es nicht, worauf die Rote Armee aus ist. Wir glauben, dass alle Menschen gleich sind, ungeachtet ihrer Herkunft. Wir stehen für das Volk.«

»Sie machen sich etwas vor, Bogolew. Die Rote Armee ist ein Schlägertrupp. Es ist nur eine Frage der Zeit, bis die Weiße Armee euch vernichtet. Trotzki hat keinerlei militärische Erfahrung. Und die Alliierten werden die Bolschewiki niemals unterstützen, nachdem sie das Friedensabkommen mit Deutschland unterzeichnet haben. Die Rote Armee ist dem Untergang geweiht.«

»Wir haben die Unterstützung des Volkes.«

»Die Weiße Armee hat die Unterstützung der zaristischen Heeresführer und der alliierten Streitkräfte.«

»Es gibt genug hohe zaristische Militärs, die zu uns übergelaufen sind.«

»Wohl kaum genug, um einen Sieg herbeizuführen. Es ist nur eine Frage der Zeit, bevor der Zar …«

»Der Zar ist tot«, sagte Bogolew schroff. »Seine Familie ebenfalls. Die Romanows gibt es nicht mehr.«

»Die ganze Familie?« Alexei starrte Bogolew fassungslos an. »Warum?«

Bogolew presste die Lippen zu einer schmalen Linie zusammen. »Es war ein notwendiger Schritt zum Wohl der Revolution.«

»Das können Sie unmöglich glauben!«

»Wir sind im Krieg.« Bogolews Stimme hob sich. »Und der Zar und seine Familie waren eine Bedrohung. Sie mussten«, er geriet ins Stocken, »ausgeschaltet werden. Es gab keine andere Wahl.«

»Das wird das russische Volk nie hinnehmen.«

»Das russische Volk hat die Romanows gehasst, insbesondere diese Deutsche.«

Alexei zeigte mit einem Finger anklagend auf Bogolew. »Und Sie wollen, dass ich mich Ihrer Bande von Mördern anschließe?«

»Ich warne Sie, Genosse Serov.«

»Wenn das Ihr Vorschlag ist, hätten Sie mich wirklich erschießen lassen sollen.«

Bogolew betrachtete seine Fingernägel. »Es gab in der zaristischen Armee nur wenige hohe Offiziere, deren Meinung ich respektiert habe.« Er blickte auf und schaute Alexei in die Augen. »Ich habe Ihnen an jenem Tag das Leben gerettet, weil ich wusste, dass Sie ein Gewinn für die Rote Armee wären.«

»Ich werde nie in diese Armee eintreten.«

»Ich werde Ihre Bemerkungen ein letztes Mal ignorieren.« Bogolew griff nach Hut und Mantel. »Denken Sie daran, was ich über Ihre Familie gesagt habe. In zwei Tagen komme ich wieder, um mir Ihre Antwort zu holen.«

*

Der Wachposten stand stramm, als der Kommissar in den Flur hinaustrat. »Rühren, Genosse.« Bogolew starrte auf die geschlossene Tür und ließ sich eine Idee durch den Kopf gehen. »Hast du hier in den letzten Wochen Wache gestanden?«

»Ja, Genosse Kommissar.«

»Hatte Serov in dieser Zeit viele Besucher?«

Der Mann blinzelte. »Man hat mir gesagt, er darf keinen Besuch empfangen. Sein Bursche war ein paar Mal hier, aber ich habe ihm den Zutritt verweigert.«

»Ausgezeichnet.« Bogolew musterte den Wachposten. Irgendetwas an dem Mann kam ihm bekannt vor. »Wie ist dein Name, Genosse?«

»Iwanow.«

»Ich kenne dich. Hast du an der Front gekämpft?«

»Ja, Genosse Kommissar. Ich bin aus einem Kriegsgefangenenlager geflohen, und Sie waren der Hauptmann des Bataillons, das mich aufgegriffen hat.«

Bogolew lächelte. »Natürlich, jetzt erinnere ich mich.« Er beugte sich vor und legte dem Kosaken eine Hand auf die Schulter. »Wenn Serovs Bursche noch einmal kommt, darf er ins Zimmer, aber du lässt die Tür offen und hörst gut zu. Ich komme in zwei Tagen wieder, und dann will ich genau wissen, worüber die beiden geredet haben. Verstanden?«

»Ja, Genosse Kommissar.«

*

Nach Monaten ohne jede Nachricht von seiner Familie öffnete am nächsten Tag der Wachposten zu Alexeis Überraschung die Tür und ließ Grigori eintreten. Als Grigori die Tür hinter sich schließen wollte, hob der Soldat eine Hand.

»Die Tür bleibt offen.«

»Ich weiß nicht, wie viel Zeit man uns zugestehen wird«, flüsterte Grigori, sobald sich der Wachposten umgedreht hatte. »Ich habe mehrmals versucht, Sie zu besuchen, erst im Gefängnis, dann hier im Krankenhaus, wurde aber jedes Mal abgewiesen.« Er gab Alexei ein Päckchen. »Das ist von Ihrer Familie, aber der Wachposten draußen hat gesagt, dass er sich den Inhalt erst anschauen muss, bevor Sie es bekommen können.«

Alexei bedeutete Grigori, Platz zu nehmen. »Ich hatte Besuch von Sergei Bogolew. Du kennst ihn. Er war der Hauptmann, mit dem ich an dem Morgen gesprochen habe, als ich die deutsche Pistole fand, die Luger. Er ist inzwischen politischer Kommissar. Nun will er, dass ich in die Rote Armee eintrete.«

Grigori verdaute schweigend diese überraschende Information. Dann fragt er: »Was werden Sie tun?«

»Bogolew lässt mir kaum eine Wahl. Er kommt morgen zurück, um sich meine Antwort abzuholen.«

»Irgendetwas müssen Sie doch tun können! Vielleicht könnten Sie fliehen und sich irgendwo verstecken?«

Alexei schüttelte den Kopf. »Er weiß, dass Emily und die Mädchen auf unserem Besitz in Uglitsch sind, und hat gedroht, ihnen etwas anzutun. Aber vielleicht gibt es doch noch einen Ausweg.« Alexeis Blick huschte zu dem Wachposten. »Ich würde deine Hilfe brauchen …«

Grigori beugte sich vor. »Ich tue, was Sie wollen.«

Nur wenige Minuten schienen vergangen zu sein, als der Wachposten das Ende der Besuchszeit verkündete. Grigori ging mit dem Versprechen, Emily in Alexeis Namen ein Telegramm zu schicken. Nachdem er gegangen war, bedeutete der Wachposten Alexei, zur Seite zu treten und zu warten, bis er das Päckchen durchsucht hatte. Mit kaum verhohlenem Zorn beobachtete Alexei, wie der Kosake in den Sachen wühlte und seine Briefe öffnete.

»Das sind persönliche Briefe von meiner Familie«, protestierte er.

»Ich habe meine Befehle«, lautete die Antwort, aber der Tonfall des Mannes verriet, dass ihm seine Aufgabe keinen Spaß machte. Er steckte die Briefe wieder in die Umschläge und legte sie sorgfältig in das Päckchen zurück. »Ich lasse Sie allein, damit Sie in Ruhe Ihre Briefe lesen können.«

Dieser unerwartete Beweis von Rücksichtnahme überraschte Alexei. »Danke«, sagte er.

Er nahm das Päckchen, trug es in den Garten und setzte sich unter eine hohe Birke. Eine sanfte Brise wehte leicht und angenehm durch die Zweige. Unter den Briefen und Geschenken, die seine Familie geschickt hatte, befand sich auch seine Ausgabe von Puschkins *Die Dame mit dem Hündchen*. Genau dieses Exemplar hatte Marie in Händen gehalten und laut daraus vorgelesen. Alexei fiel das Lesezeichen auf, das zwischen den Seiten steckte. Er schlug das Buch an der gekennzeichneten Stelle auf und las den ersten Satz.

Und erst jetzt, da sein Kopf schon grau war, liebte er heiß und wahr – zum ersten Mal in seinem Leben.

Ein Schauer überlief ihn. Die Worte gaben wieder, wie es in seinem Herzen aussah. Er hatte schon oft geglaubt, verliebt zu sein, aber so wie jetzt hatte es sich nie angefühlt. Marie war Wasser für seine ausgedörrte Kehle. Sein Verlangen nach ihr reichte tiefer als alles, was er je erlebt hatte.

Alexei starrte auf das Buch, strich mit den Fingern sanft über den Einband, den ihre Hände berührt hatten. Dann hielt er das Buch ganz nahe an sein Gesicht, als hoffte er, einen Duft wahrzunehmen, der ihn an Marie erinnerte. Es verströmte zwar den muffigen Geruch alter Bücher, aber da war noch etwas anderes, ein blumiger, weiblicher Duft, der ihn an die Gärten von Zarskoje Selo erinnerte.

»Marie«, wisperte er. »Denkst du an mich?«

*

Wie angekündigt kam Bogolew am nächsten Tag wieder.

»Ich freue mich, dass Sie mein Angebot annehmen.«

»Sie haben mir keine andere Wahl gelassen«, erwiderte Alexei mit unbewegter Miene. »Wie dem auch sei, ich habe eine Bitte. Ich würde gern nach Uglitsch fahren, um meine Familie wiederzusehen.«

Bogolew überlegte kurz. »Welche Garantie habe ich, dass Sie nicht fliehen?«

»Fliehen? Wohin? Im Übrigen wissen Sie sehr gut, dass ich nie das Leben meiner Familie in Gefahr bringen würde.«

Uglitsch

August 1918

»Wie lange bleibst du?« Emilys Augen glänzten im Schein des Kaminfeuers, das in der Bibliothek brannte.

»Drei Tage.«

»Das ist alles?« Sorge überschattete ihr Gesicht. »Da bleibt uns nicht viel Zeit.«

»Mehr wollte Bogolew mir nicht zugestehen.«

»Ich glaube nicht, dass ich das kann.«

»Du musst! Wir haben keine andere Wahl!«, sagte er schroff.

Emily zuckte zusammen, wandte sich ab und verbarg ihr Gesicht hinter einer Hand.

Alexei tat es leid, dass er sie so angefahren hatte. Er drehte sie zu sich herum. »Ich weiß, wie schwer die letzten Monate für dich gewesen sein müssen.«

»Du hast keine Ahnung, was ich durchgemacht habe.« Sie rieb sich die Augen. »Welche Sorgen ich mir gemacht habe! Du hättest nie nach Petrograd fahren dürfen. Hättest du auf mich gehört und wärst hiergeblieben, wäre nichts von alledem passiert.«

»Beruhige dich, Emily. Vielleicht gibt es immer noch einen Ausweg. Hör dir meinen Plan doch einmal an!«

Sie schüttelte den Kopf. »Ich kann das nicht. In den Wäldern wimmelt es von Partisanen. Sie würden uns bei der ersten Gelegenheit die Kehlen aufschlitzen.«

»Ich beschütze dich.«

»Nein«, sagte sie entschlossen. »Ich werde das Leben unserer Töchter nicht aufs Spiel setzen.«

»Aber hier könnt ihr nicht bleiben.«

»Was sagst du da?« Trotz des wärmenden Feuers wurde sie blass. »Du hast mir gesagt, wir wären hier in Sicherheit.«

Unfähig, es laut auszusprechen, sah Alexei ihr in die Augen, damit sie die Wahrheit selbst erkannte.

Emily sprang auf, ging im Zimmer auf und ab. »Wie konntest du uns das antun? Das alles ist deine Schuld, Alexei. Du hast unser aller Leben in Gefahr gebracht!«

»Das reicht!«, rief Alexei, der befürchtete, Emily könnte sich in Hysterie hineinsteigern.

Sie blieb erschrocken stehen und starrte ihn an.

»Emily«, fuhr er milder fort, »mir ist bewusst, dass ich uns in eine schlimme Situation gebracht habe, und es tut mir leid.

Das war nie meine Absicht.« Er ging einen Schritt auf sie zu. »Ich habe einen Plan, aber ich brauche deine Hilfe, damit er funktioniert.«

Emilys Brust hob und senkte sich bei jedem Atemzug. »Ich glaube nicht, dass ich die Kraft dazu habe«, sagte sie.

Er fasste sie an den Schultern und zog ihr Gesicht dicht an seines. »Wir haben keine andere Wahl«, wiederholte er.

*

In schlichte Bauerntracht gekleidet luden sie ein paar wichtige Besitztümer auf einen kleinen Wagen und machten sich bereit, im Schutz der Dunkelheit aufzubrechen. Es wurde vereinbart, dass Grigori zurückblieb, um keinen Verdacht zu erwecken. Sowie sie in Lettland eintrafen, wollten sie ihn benachrichtigen, damit er dort zu ihnen stieß.

»Packt nichts von Wert in eure Taschen«, schärfte Alexei ihnen ein. Emily hatte drei Orden von Alexei sowie Schmuckstücke in die Säume der Kleider genäht, die sie und die Mädchen trugen.

Alexei befuhr zuerst die Straße, lenkte den Wagen aber beim ersten Tageslicht in die Wälder, indem er einem schmalen, kaum benutzten Weg folgte. Nach einer engen Kurve stießen sie auf eine Gruppe von Männern, die einen Baumstamm als Straßensperre quer über den Weg legten. Andere kamen mit Taschenlampen und versperrten ihnen die Weiterfahrt. Als sie näher kamen, stellten sie fest, dass es bolschewistische Partisanen waren. Emily drängte sich ängstlich an Alexei.

»Nennt uns den Grund, weshalb ihr hier seid«, verlangte eine raue Stimme. Sie gehörte einem stämmigen Mann, dessen Schnauzbart die gesamte Oberlippe verdeckte.

»Wir fahren nach Westen, um die kranke Mutter meiner Frau zu besuchen.«

Der Bolschewik leuchtete mit seiner Taschenlampe in den Wagen und sah, dass die Reisenden nur wenig bei sich hatten. »Warum nehmt ihr nicht die Landstraße?«

»Wir dachten, die Nebenstraßen sind sicherer. Wir wollten nicht in irgendwelche Kämpfe geraten.«

Der Mann kratzte sich am Kinn, drehte sich um und nickte den anderen zu. »Passieren lassen!«

Die Männer hatten gerade angefangen, die Straßensperre zur Seite zu schieben, als das Geräusch galoppierender Hufe sie aufschreckte.

»Halt!«

Sie drehten sich zu den zwei Reitern um, die auf sie zugerast kamen.

»Nicht passieren lassen!«

Die Männer ließen den Baumstamm fallen und zogen ihre Pistolen. Als die Reiter näher kamen, erkannte Alexei Bogolew und den Wachposten aus dem Krankenhaus.

»Dieser Mann will sich dem Dienst in der Roten Armee entziehen.« Bogolew zeigte auf Alexei.

»Meine Familie ist unschuldig. Sagen Sie diesen Männern, sie sollen sie durchfahren lassen!«, forderte Alexei.

»Sie sind nicht in der Position, Befehle zu erteilen, Serov«, gab Bogolew zurück. Er bedeutete den Männern, den Wagen zu durchsuchen.

Der stämmige Bolschewik, der sich offensichtlich über Bogolews Anmaßung ärgerte, trat vor. »Ich gebe hier die Befehle. Wer sind Sie?«

Bogolew zückte seine Papiere.

»Tut mir leid, Genosse Kommissar«, sagte der Partisan steif, reichte Bogolew die Papiere zurück und wandte sich an seine Männer. »Ihr habt gehört, was der Kommissar gesagt hat. Durchsucht den Wagen!«

»Sie müssen mich für einen Dummkopf halten, wenn Sie

geglaubt haben, ich würde Sie gehen lassen, ohne Sie beschatten zu lassen«, sagte Bogolew zu Alexei.

»Sie können nicht ernsthaft glauben, dass ich meine Familie einfach ihrem Schicksal überlasse, oder? Erlauben Sie mir, sie an ihr Ziel zu bringen, dann verspreche ich …«

»Sie werden nichts dergleichen tun«, unterbrach Bogolew ihn. »Sie kommen mit uns. Sofort.« Er gab zwei Partisanen ein Zeichen, worauf sie in den Wagen sprangen, während Iwanow sein Gewehr auf Alexeis Brust richtete. Die Partisanen packten Irina und Vera und hielten jedem Mädchen ein Messer an die Kehle.

»Ich flehe Sie an, tun Sie ihnen nichts!«, rief Emily.

»Wenn Ihren Töchtern nichts zustoßen soll, muss Ihr Mann sich uns anschließen und geloben, gegen die Weiße Armee zu kämpfen.«

Einer der bolschewistischen Soldaten drückte seine Messerspitze so fest an Irinas Kehle, dass er ihre Haut ritzte. Ein Blutstropfen lief an ihrem blassen Hals hinunter.

»Lassen Sie das Mädchen los«, schluchzte Emily. »Bitte!« Sie löste ein goldenes Armband, das sie unter ihrem Ärmel verborgen hatte, und hielt es den Männern hin. »Nehmen Sie das dafür!«

Der eine Soldat nahm das Armband und betrachtete es im fahlen Licht, bevor er es einsteckte. Dann sagte er zu Emily: »Sie können Macht nicht mit Gold und feinen Kleidern kaufen.« Er grinste und entblößte mehrere Zahnlücken. »Trotzdem freut die Rote Armee sich über Ihre Großzügigkeit.«

»Genug!« Alexei wandte sich an Bogolew. »Habe ich Ihr Wort, dass Sie meine Familie gehen lassen?«

Bogolew nickte dem Partisanen zu. Der lockerte den Druck auf Irinas Hals und bedeutete seinem Kameraden, dasselbe zu tun.

»Sie haben mein Wort«, sagte Bogolew.

Alexeis Schultern sanken hinab. »Dann tue ich, was Sie verlangen.«

»Du hast die richtige Wahl getroffen, Genosse.« Der Partisan steckte sein Messer wieder in die Scheide. Irina und Vera sanken erleichtert auf den Boden des Wagens. Tonja blickte zu Alexei auf. Ihre Augen schwammen in Tränen.

»Papa …« Sie legte ihre kleine Hand auf seine. »Was sollen wir denn ohne dich machen?«

Alexei bückte sich und küsste sie auf die Stirn. »Du musst brav sein und genau das tun, was Mama sagt.« Er umarmte nacheinander seine drei Töchter und drückte sie fest an sich.

»Gib Grigori Bescheid, wenn ihr in Sicherheit seid«, flüsterte er Emily ins Ohr, »Er wird sich um euch kümmern.«

»Sie haben das Richtige getan.« Bogolew klopfte Alexei auf den Rücken. Dann wandte er sich an einen der Partisanen und befahl ihm, ihnen ein Pferd zu geben. »Denken Sie daran«, sagte er zu Alexei. »Solange Sie sich der Roten Armee gegenüber loyal verhalten, droht Ihrer Familie keine Gefahr.«

Als Alexei aufsaß, spürte er, dass der Wachposten ihn beobachtete, und drehte den Kopf. Ihre Blicke begegneten sich. In diesem kurzen Moment, bevor Iwanows Miene wieder gleichgültig wurde, sah Alexei einen Ausdruck von Mitgefühl auf dem Gesicht des anderen.

47.

Narva

September 1918

Die Hühner wurden zuerst getötet, um als Nahrung für die Armee zu dienen. Marie half Lara, Pilze, wilden Holunder, Brennnessel, Sauerampfer und Disteln zu suchen, um daraus Suppen für die Familie zu kochen. Aber sie trugen wenig dazu bei, den ewig nagenden Hunger zu lindern.

Von den Nahrungsmitteln, die gebraucht wurden, um Mahlzeiten für die Deutschen zu bereiten, bekamen sie kaum mehr als Tee und Brot. Lara plünderte die Vorräte, wann und wo sie nur konnte, und verbarg die Sachen in den Falten ihrer weiten Röcke. Wenn sie die spärlichen Bissen später mit dem Rest des Haushalts teilte, unterhielt sie die anderen mit Geschichten, wie es ihr gelungen war, das Essen an den Deutschen vorbeizuschmuggeln. »Die verlausten deutschen Jungs haben viel zu viel damit zu tun, sich zu kratzen, um gut aufzupassen.« Ihre üppigen Brüste hüpften beim Lachen. »Genauso gut könnte man einem Kleinkind sein Essen wegnehmen.«

Eines Abends, als Lara nicht zur üblichen Zeit in die Unterkunft der Dienstboten zurückgekehrt war, machten sich Anna und Zoya auf die Suche nach ihr. Sie fanden sie unter einem Baum, mit übel zugerichtetem Gesicht. Die beiden halfen ihr ins Haus zurück und betteten sie auf eine Pritsche dicht beim Feuer. Marie reinigte behutsam Laras Wunden, blieb bei ihr und ließ sie mit beruhigenden Worten wieder einschlafen, wenn sie schreiend aufwachte.

Als Anna und Zoya am nächsten Morgen in die Küche kamen, war Marie immer noch an Laras Seite.

Lara schlief unruhig und warf ständig den Kopf auf dem Kissen hin und her. Ihr schweißnasses Haar klebte an ihrem Schädel, und ihre Augen brannten in einem fieberhaften Glanz. Marie legte kalte Kompressen auf die Schwellungen und strich sanft das Haar der Kranken zurück.

Irgendwann kam Lara wieder halbwegs zu Kräften und konnte berichten, was geschehen war. »Nachdem ich das Abendessen serviert hatte, kam mir einer der Soldaten nach. Er schaffte es, mich hinter dem Stall abzupassen.« Laras Haut rötete sich bei der Erinnerung. »Er machte Annäherungsversuche. Ich gab ihm eine Ohrfeige und versuchte ihm zu entwischen.« Eine Träne lief ihre Wange hinunter. »Er wurde wütend und stieß mich zu Boden. Dann hob er meinen Rock und …« Ihr versagte die Stimme.

»Schon gut, Lara«, sagte Marie tröstend und nahm ihre Hand. »Du musst es uns nicht erzählen.«

»Doch.« Lara nickte nachdrücklich. »Auf seltsame Weise hat Gott über mich gewacht. Ich konnte mich befreien und lief zur Küche, aber ein Stück Käse, das ich in meinem Mieder versteckt hatte, fiel heraus. Zwei von ihnen haben mich aus der Küche gezerrt und verprügelt.« Die Tränen strömten nun unaufhaltsam über ihr Gesicht. »Ich habe sie angefleht, dass sie aufhören sollen. Ich dachte, die bringen mich um.«

»Jetzt haben sie einen bewaffneten Posten in die Küche gestellt, der uns bewachen soll«, sagte Zoya zu Marie.

»Ein bewaffneter Soldat in meiner Küche?« Lara setzte sich auf.

»Du darfst noch nicht aufstehen.« Marie versuchte, sie zurück aufs Bett zu drücken.

Lara machte ein trotziges Gesicht. »Mir geht es gut, Mademoiselle, danke. Mit Ihrer Erlaubnis würde ich morgen früh gern wieder in meiner Küche stehen.«

»Deine Schnittwunden und Blutergüsse sind noch nicht verheilt«, wandte Marie ein.

»Prügel lass ich mir noch mal gefallen, wenn's sein muss, aber einen deutschen Soldaten in meiner Küche nicht.«

Die Schläge hatten Laras Mut nicht gebrochen, und sie stahl weiter Essen in der Küche, sowie ihr der Soldat den Rücken zukehrte.

Im Haupthaus durchwühlten die Soldaten auf der Suche nach Wertsachen die Habe der Familie Kulbas. Nachdem sämtliche Zimmer und Schränke durchsucht worden waren, machten sie sich daran, den Parkettboden aufzubrechen.

Hauptmann Grünhauser ordnete eine Suche in den Wäldern an, wo Karre und Spaten gefunden wurden, sonst aber nichts. Am selben Abend ließ Grünhauser Hermann zu sich in den Salon kommen. Er schenkte jedem einen Fingerbreit Whisky ein und sagte: »Reden wir offen miteinander. Ich weiß, dass Sie irgendwo im Wald Schmuck versteckt haben.« Der Hauptmann schenkte Hermann ein schmallippiges Lächeln. »Irgendwann finde ich ihn doch, mit Ihrer Hilfe oder ohne sie.« Er zeigte mit seinem Glas auf Hermann. »Sie können Ihrer Familie helfen, indem Sie mir sagen, wo Sie den Schmuck versteckt haben.«

»Sie irren sich, Hauptmann. Es existiert kein versteckter Schmuck.«

Der Hauptmann lächelte. »Soweit ich weiß, hat es einen unerfreulichen Zwischenfall mit Ihrer Köchin gegeben.«

»Es gibt für Ihre Soldaten keine Rechtfertigung, mein Personal zu verprügeln.«

»Wir können nicht dulden, dass die Hausangestellten Lebensmittel stehlen. Sie mussten an der Frau ein Exempel statuieren.«

»Es ging lediglich um ein kleines Stück Käse. Lara hat es nur gestohlen, weil Sie uns kaum mehr als altbackenes Brot zugestehen.«

»Das ließe sich ändern.« Der Hauptmann rückte näher an Hermann heran. »Ich kann Ihre Rationen entweder erhöhen oder verringern – das hängt gänzlich davon ab, inwieweit Sie zur Kooperation bereit sind.«

Hermann hielt dem bohrenden Blick des Hauptmanns mit unbewegter Miene stand. »In den Wäldern ist nichts versteckt.«

Das Lächeln des Hauptmanns verschwand. »Ich glaube, Sie sind sich über den Ernst Ihrer Lage nicht im Klaren. Ich kann Ihnen und Ihrer Familie das Leben sehr unangenehm machen.«

Hermann stellte sein Glas auf den Kaffeetisch, ohne einen Schluck getrunken zu haben. »Ich habe Ihnen bereits alles gesagt.«

»Na schön«, erwiderte der Hauptmann. »Wie Sie wollen. Ab morgen werden Ihre Lebensmittelrationen reduziert. Zwei bewaffnete Soldaten werden in der Küche postiert, um aufzupassen, dass nichts verschwindet.«

Hermann senkte einen Moment lang den Blick, um seine Empfindungen zu unterdrücken, und zwang sich dann, dem Hauptmann ins Gesicht zu sehen. Das Lächeln, das er sah, ließ ihn bis ins Mark erstarren. »Falls es sonst nichts mehr zu besprechen gibt, Hauptmann«, sagte er mit mühsam beherrschter Stimme, »würde ich jetzt gerne zu meiner Familie zurück.«

»Nun, da wäre noch etwas. Meine Männer leiden unter Läusen. Ihre Kleidung muss ausgekocht werden.«

»Wir haben große Kupferkessel, die die Männer benutzen können.«

Das Lächeln des Hauptmanns vertiefte sich, während seine Augen eine Schattierung dunkler wurden.

Hermann, der die Bedeutung dieses Lächelns richtig deutete, sagte: »Meine Hausangestellten haben genug damit zu tun, Holz zu hacken und für Ihre Männer zu kochen.«

»Das könnte eine gute Gelegenheit für Ihre Kinder sein, sich an der Hausarbeit zu beteiligen.«

»Schlagen Sie etwa vor, mein Sohn und meine Tochter sollen die Sachen Ihrer Leute waschen?«

Der Hauptmann leerte sein Glas. »Genau das.«

*

In der Waschküche machten Anna und Marie mit Valentins Hilfe Feuer und erhitzten in großen Kupferkesseln Wasser. Die Gesichter gerötet, die Haut glänzend vor Schweiß, rührten sie mit langen Holzstöcken die Uniformen im kochenden Wasser um. Als Marie eine Fuhre frisch gewaschene Sachen nach draußen brachte und zum Trocknen auf die Leine hängte, trat ein Soldat zu ihr.

»Meine Uniform muss geflickt werden.« Der Mann hielt ihr einen zerrissenen Kragen hin.

»Ich weiß nicht, wie man das macht«, erwiderte Marie nüchtern und hängte weiter nasse Uniformen auf.

Der Soldat packte sie am Arm, riss sie grob herum und drückte ihr die Uniform in die Hand.

»Das wird bis heute Abend repariert, sonst bekommt keiner von euch was zu essen!« Seine Augen funkelten vor Zorn. »Verstanden?«

Marie, die aus Angst, ihre Stimme könnte brechen, kein Wort herausbrachte, nickte. Der Soldat presste seine Hand fest um ihren Oberarm. »Bis heute Abend«, wiederholte er drohend, bevor er davonstapfte. Seine Stiefel knirschten auf dem Kies.

Marie stand wie erstarrt da, die Augen geschlossen, und

kämpfte gegen die Tränen. Sie merkte nicht, dass Anna zu ihr kam und die Uniform aus ihrer geballten Faust löste.

»Schon gut, Marie«, sagte sie beruhigend. »Ich mach das.«

Marie öffnete die Augen. Tränen der Dankbarkeit und der Demütigung liefen ihr übers Gesicht.

An jenem Abend saß Marie neben Anna und schaute genau zu, wie Anna einen Faden einfädelte und dann kleine, gleichmäßige Stiche machte. Später versuchte Marie es selbst.

»Für den Anfang ganz gut.« Anna lächelte sie aufmunternd an.

Den Kopf tief über die Uniform gebeugt, verglich Marie ihre unregelmäßigen Stiche mit denen Annas, die gerade und einheitlich waren, und lachte. Ihre Eltern schauten neugierig zu ihnen herüber und schüttelten die Köpfe über die beiden, die lachend eine Uniform hielten. Um Maries Lippen spielte immer noch ein Lächeln, als sie sich mit den nächsten Stichen abmühte, und einen flüchtigen Moment lang überdeckte ihre Erheiterung den nagenden Schmerz im Magen.

*

Jeden Tag flatterten Plakate mit den neuesten Ankündigungen im Wind, als würden sie am liebsten davonfliegen. Im Stadtzentrum mischten Marie und Anna sich unter die Menge und verrenkten sich den Hals, um besser sehen zu können.

»Was steht da?«, rief jemand von hinten.

»Die Deutschen verlangen, dass jeder Haushalt zwei Personen dazu abstellt, Gemüse für ihre Truppen anzubauen.«

»Unerhört«, knurrte ein Mann neben Marie halblaut. »Wir haben kaum genug Zeit, uns um die eigenen Gärten zu kümmern. Und das Gemüse, das wir dort anpflanzen, nehmen die Deutschen uns weg.«

Als Valentin eines Abends erschöpft und mit Blasen an

den Händen nach Hause kam, nachdem er den ganzen Tag die Gartenhacke geschwungen hatte, sagte er: »Die Deutschen haben heute einen neuen Aufruf aufgehängt.« Er wärmte sich die Hände über dem Feuer. »Wenn eine Familie nicht fleißig genug für sie arbeitet, wird ein Familienangehöriger ergriffen und festgehalten, bis die Familie nachgibt.« Er hielt inne und pustete auf die Schale mit Suppe, die Lara ihm reichte.

»Meine Nerven halten das nicht mehr aus!«, verkündete Pauline Kulbas.

Marie legte schützend einen Arm um ihre Mutter. »Lasst uns irgendwas tun, das uns ein bisschen aufheitert. Wie wär's mit einer Partie Karten?«

Pauline schüttelte den Kopf. »Nein, ich bin zu müde.«

Marie führte ihre Mutter zum Bett, löste ihren Dutt und fuhr mit einem Kamm durch die dichten Locken.

»Wie dünn du geworden bist, Marie.«

Überrascht von der plötzlichen Bemerkung ihrer Mutter hielt Marie einen Moment inne. »Sind wir das nicht alle?«, meinte sie und kämmte dann Paulines Haar weiter.

»Ich mache mir Sorgen um dich, Marie.« Pauline schaute ihre Tochter an. »Dein Vater und ich sind am Ende unseres Lebens, und wir haben sowohl die Süße wie die Bitterkeit seiner Früchte gekostet. Aber du, mein Kind«, sie legte eine Hand unter Maries Kinn, »stehst noch am Anfang. Ich will nicht den Funken in dir erlöschen sehen. Lass dich nicht von diesem Krieg besiegen. Das Leben hat seine eigene Art, Wunden zu heilen, aber man muss für alle Möglichkeiten offen sein.«

Marie schob sanft die Hand ihrer Mutter weg. »Du musst dich jetzt ausruhen.«

Pauline schaute ihre Tochter noch einen Moment forschend an, ehe sie den Blick senkte.

»Gute Nacht, Mama.« Marie gab ihr einen Kuss auf die Wange. »Sorge dich nicht um mich. Alles wird gut.«

Pauline ergriff Maries Handgelenk. »Eines Tages wirst du selbst Mutter sein«, sagte sie traurig. »Und dann wirst du erkennen, dass eine Mutter nie aufhört, sich um ihre Kinder zu sorgen.«

48.

Westrussland

Oktober 1918

Bogolew marschierte in den Unterstand und nahm seine Fellmütze ab. Er trat direkt an den Tisch und studierte die Landkarte, ohne Alexei und Iwanow zu beachten, die seit einer halben Stunde auf ihn warteten. Dann griff er nach einer Gaslampe und stellte sie mitten auf den Tisch.

»Die Frontlinien wurden durchschnitten.« Bogolew zeigte auf eine Reihe von Markierungen auf der Karte. »Die Engländer nähern sich aus südwestlicher Richtung, die Weiße Armee rückt von Osten vor.« Er hob den Kopf und schaute die beiden an. »Wir sind eingekreist.«

»Wir können nicht an zwei Fronten kämpfen.« Alexei trat ins Licht. »Unsere größte Chance besteht darin, eine defensive Stellung einzunehmen und zu fliehen, sobald es dunkel ist.«

Bogolew bedachte Alexei mit einem langen, nachdenklichen Blick.

»Nein«, sagte er schließlich. »Wir bleiben und kämpfen.«

»Das wäre Selbstmord.«

»Ich sehe keine Alternative«, sagte Bogolew. »Sie wissen so gut wie ich, dass Trotzki uns alle, ohne zu zögern, vor ein Erschießungskommando stellt, wenn er hört, dass wir geflohen sind.«

Alexei beugte sich über den Tisch. »Sie tragen die Verantwortung für die Männer, die unter Ihrem Befehl stehen.«

Bogolew trat einen Schritt näher an Alexei heran, den er mit seiner vollen Größe um fast einen Kopf überragte. »Erzählen Sie mir nichts von Verantwortung! Jahrelang haben unsere geschätzten Herren Generäle das Leben von Soldaten weggeworfen, ohne lange zu überlegen. Die Männer da draußen …«, er wies mit dem Finger in Richtung der Schützengräben, »diese Männer wissen, wofür sie kämpfen, und sind bereit, ihr Leben dafür zu opfern.«

Alexei hielt Bogolews Blick einen Moment stand, dann senkte er die Augen.

Bogolew wandte sich an Iwanow. »Bereitet die Truppen zum Kampf vor!«

*

Die Männer standen stramm und beobachteten ihren Befehlshaber. Als Bogolew über den Sieg der russischen Truppen sprach, schweiften die Blicke einiger Männer hinauf zum weißen Himmel und von dort zu ihren schmutzigen Stiefeln, bevor sie zu Bogolew zurückkehrten. Das dumpfe Donnern der Kanonen war nicht weit entfernt und ließ den Boden unter ihren Füßen erzittern. Die Männer traten unruhig von einem Bein aufs andere.

»Genossen, heute kämpfen wir für den Sowjetsozialismus! Heute kämpfen wir gegen die Feinde der Revolution! Wir müssen die Tyrannei und die Ausbeutung beenden, unter denen Arbeiter und Bauern leiden, seit Russland existiert.«

Bogolew machte eine Pause, blickte in die Ferne. Als er weitersprach, war seine Stimme leiser, und die Männer mussten sich vorbeugen, um ihn zu verstehen.

»Ihr habt euch als gute Soldaten bewährt. Unsere Führer in Moskau haben eure Leistung erkannt und euch dementsprechend mit größeren Rationen und Beförderungen belohnt.

Heute werde ich neben euch stehen, um gegen unseren gemeinsamen Feind anzutreten. Seite an Seite werden wir kämpfen, um das Unrecht der Vergangenheit zu tilgen – und für den Ruhm unserer Revolution und die Freiheit unserer Kinder.«

*

Der Schnee fiel unablässig und überzog Mäntel und Fellmützen mit weißen Flocken. Die Männer bliesen sich in die Hände und warteten, ob der Feind die erste Attacke einleiten würde.

Alexei stand zwischen Bogolew und Iwanow, ein Auge an der Visierung seines Gewehrs. Die eisige Luft schnürte ihm die Lunge zusammen und verwandelte seine Atemzüge in ein hässliches Rasseln. Alexei hasste es, für die Roten zu kämpfen, und hatte schon zweimal zu fliehen versucht. Nachdem er das zweite Mal gefasst worden war, hatte Bogolew ihn gewarnt: Bei einem erneuten Fluchtversuch würde man ihn ohne Vorwarnung erschießen.

Überzulaufen oder sich gefangen nehmen zu lassen kam aber auch nicht infrage. Es galt die stillschweigende Übereinkunft, dass weder die eine noch die andere Seite Gefangene machte, daher blieb Alexei nichts anderes übrig, als bei den Roten zu bleiben.

Irgendwo hinter dem Niemandsland ertönte ein Signalhorn. Augenblicke später stürmten Soldaten der Weißen Armee in langen, dunklen Mänteln, die Fellmützen tief über die Ohren gezogen, über die verschneiten Felder. Die Roten, die ihre Gräben in den Hügel gegraben hatten, behaupteten die höhere Stellung und eröffneten sofort das Feuer auf die anrückenden Feinde. Inmitten explodierender Granaten, dem Rattern der Maschinengewehre und den Schreien der Verwundeten spielte eine Militärkapelle einen Marsch, während ringsum Männer fielen.

Alexei, der sich mit dem Rücken an die Wand des Schützengrabens lehnte, lud sein Gewehr nach, atmete tief durch, um ruhiger zu werden, und legte an. Sein erster Schuss ging daneben, aber der zweite traf einen Soldaten in die Kniescheibe. Der Mann taumelte, brach zusammen und umklammerte mit beiden Händen sein Knie, während er sich mit schreckengeweiteten Augen nach einem Platz außerhalb des Feuerbereichs umschaute. Als er einen Bombentrichter entdeckte, kroch er darauf zu, indem er sich auf den Ellbogen voranschleppte. Er hatte den Rand des Trichters fast erreicht, als ihn eine Kugel in den Kopf traf. Reglos sank der Mann auf den gefrorenen Boden.

Links von Alexei explodierte eine Granate. Sofort legte er einen Arm über den Kopf, um sich vor dem Schauer aus Metallsplittern zu schützen.

»Kommt mit!« Bogolew tippte erst Alexei, dann Iwanow auf die Schulter.

Das Gewehr im Anschlag kletterte Bogolew über eine Leiter auf eine Plattform, auf die ein Maschinengewehr montiert war. Alexei war als Letzter auf der Leiter. Er kam in dem Moment oben an, als Bogolew und Iwanow die beiden Schützen hinter dem Gewehr hervorzogen. Einer von ihnen lebte noch und rang krampfhaft nach Luft. Blut schäumte auf seinen Lippen und lief ihm übers Kinn. Alexei kniete sich über ihn und machte das Kreuzzeichen.

»Lassen Sie das!«, blaffte Bogolew. »Helfen Sie mir, das Gewehr zu bedienen.«

Das Gestell des Maschinengewehrs war verbogen und zur Hälfte unter Schutt begraben. Bogolew betätigte den Abzug und feuerte aufs Geratewohl Projektile in die Luft.

»Fixieren!«, brüllte er.

Iwanow packte das Gestell und hielt es fest.

»Serov, laden!«

Alexei wollte gerade aufstehen, als ihn ein leichter Druck auf der Hand innehalten ließ. Das Blut des Soldaten sprudelte aus der Wunde, die der Granatsplitter ihm geschlagen hatte. Der Mann blickte Alexei unverwandt an und bewegte die Lippen, als wollte er etwas sagen. Alexei hielt sein Ohr dicht an den Mund des Sterbenden.

»Beten Sie für …« Der Kampflärm übertönte die restlichen Worte. Alexei wartete ein paar Sekunden und hob den Kopf, als er nichts mehr hörte. Der Körper des Soldaten zuckte, dann rührte er sich nicht mehr.

»Serov!«

Alexei sprang auf. Er hatte erst einen Schritt gemacht, als ihn eine weitere Explosion von der Plattform in den Graben schleuderte. Benommen lag er auf dem Rücken und starrte keuchend zum fahlen Himmel hinauf.

»Genosse Serov!«

Immer noch um Atem ringend stemmte Alexei sich hoch und schaute zur Plattform.

Iwanow lehnte sich über deren Rand. Seine Jacke war über und über mit Blut bespritzt. »Ich brauche Hilfe! Der Kommissar ist getroffen!«

Alexei schlang den Gurt seines Gewehrs über die Schulter und stieg die Leiter hinauf. Oben auf der Plattform hing Bogolew blutend und bewusstlos über dem Maschinengewehr.

Iwanow bettete ihn auf den Boden, holte seinen Erste-Hilfe-Beutel heraus und legte einen Verband an, um die Blutung zu stillen, nachdem er Jod aufgetragen hatte.

»Helfen Sie mir, ihn hochzuheben«, forderte er Iwanow auf.

Bogolews Arme über ihre Schultern gelegt schleppten Alexei und Iwanow ihn zum Feldlazarett. Dort legten sie ihn auf ein Feldbett und traten zurück, damit der Arzt die Wunden untersuchen konnte. Der Arzt schnitt den Verband auf und nahm ihn behutsam ab, um das rohe Fleisch zu begutachten. Neben ihm stand eine Krankenschwester.

»Mehr können Sie für ihn nicht tun«, sagte die Schwester, als ihr auffiel, dass Iwanow und Alexei immer noch warteten. Erst dann bemerkte sie Iwanows blutende Hand und ergriff sie, um sie näher zu betrachten. »Sieht so aus, als könnte die Wunde ein paar Nähte vertragen.« Die Schwester zeigte auf einen Stuhl vor dem Zelt. »Warten Sie lieber dort, bis der Arzt kommt und sich die Wunde anschaut.«

»Ist nur eine Fleischwunde.« Iwanow zog seine Hand zurück.

Die Krankenschwester zuckte die Achseln. »Wie Sie wollen. Ich kann Ihre Hand verbinden. Kommen Sie auf jeden Fall zu mir, falls die Wunde Ihnen Ärger macht.«

*

Katja beobachtete, wie die beiden Soldaten davongingen, wobei sie sich vor dem Wind duckten. Abgesehen von der einen oder anderen explodierenden Granate war es auf dem Schlachtfeld still geworden, als wollten vor dem nächsten Angriff alle wieder zu Atem kommen. Ein nicht abreißender Strom von Tragen, auf denen Verwundete gebracht wurden, traf ein. Mehrmals hielt Katja inne, um die verstümmelten Körper zu betrachten. Sie betete, dass Fjodor nicht darunter war.

Fjodor war in die Rote Armee eingetreten, nachdem er den Musterungsoffizier über sein Alter belogen hatte. Katja, die über Fjodors Entscheidung entsetzt war, hatte sich als Krankenpflegerin gemeldet, um bei ihm zu sein. Fjodor war nicht begeistert, als er dahinterkam, und noch weniger erfreut, als sie demselben Regiment zugewiesen wurde wie er selbst. Bevor es an die Front ging, hatte Katja ihm versprechen müssen, ihn nicht in Verlegenheit zu bringen, indem sie sich ständig nach ihm erkundigte.

Sie zog den Atem durch die Zähne ein und ging wieder zu dem Arzt, der sich immer noch über den verwundeten Kommissar beugte. Das helle Haar des Offiziers war verfilzt, seine blutbeschmierte Haut fast durchscheinend. Katja tupfte sein Gesicht mit einem feuchten Lappen ab und strich ihm das Haar aus den Augen.

»In seinem Schädel steckt ein Granatsplitter«, sagte der Arzt, ohne aufzublicken, »und ein paar oberhalb des Knies.« Er zeigte auf Bogolews rechtes Bein. »Die Splitter im Bein kann ich entfernen, aber der in seinem Kopf …« Seine Stimme verebbte. Er richtete sich auf, streckte sich und fuhr sich mit dem Handrücken über die Stirn. Dann betrachtete er die Reihen der Krankenbahren mit den vielen Männern, deren Gesichter schmerzverzerrt waren. Er seufzte.

»Wir ziehen sie groß, schicken sie in den Krieg, flicken sie zusammen, wenn sie verwundet werden, und schicken sie wieder raus, nur um sie irgendwann erneut hier zu haben.«

Katja, die Mühe hatte, sich nicht von ihren Gefühlen überwältigen zu lassen, senkte den Kopf. Der Arzt drückte ihren Arm, als er an ihr vorbeiging, um sich den nächsten Patienten anzusehen, und hinterließ einen blutigen Abdruck auf ihrem Ärmel.

*

Alexei saß draußen vor dem Schützengraben, starrte in die Flammen und trank seinen Rum. Hinter dem Lichtschein des Feuers war die Nacht pechschwarz. In der Ferne explodierte eine Granate und erhellte einen Moment lang den Himmel, ehe er sich wieder verdunkelte.

Alexei überlegte, wie es weitergehen sollte. Es erschien unwahrscheinlich, dass Bogolew durchkam, und das bot Alexei eine günstige Gelegenheit. Andererseits hatte Bogolew geschworen, ihn erschießen zu lassen, wenn er noch einmal zu fliehen versuchte.

Schließlich traf Alexei eine Entscheidung, schleuderte den Rest des Flascheninhalts ins Feuer und schlich sich zu der Stelle, wo er eine Ledertasche versteckt hatte.

Als er wieder im Schützengraben in seiner Koje war, die er mit Iwanow teilte, lag Alexei wach in der Dunkelheit. Iwanow hatte einen leichten Schlaf; zudem war er größer als Alexei und könnte ihn in einem Zweikampf leicht überwältigen. Alexei lauschte auf Iwanows Atmung. Der Rhythmus wurde langsamer, die Atemzüge tiefer. Auf leisen Sohlen huschte Alexei zum Ausgang.

»Wo willst du hin?«

Alexeis Hand verharrte auf der dicken Zeltplane. Langsam drehte er sich zu Iwanow um.

»Ich kann nicht schlafen«, antwortete er ruhig. »Ich wollte ein bisschen frische Luft schnappen.«

Schweigen. Alexeis Puls beschleunigte sich. Ahnte der Kosake etwas? Schließlich knurrte Iwanow: »Bleib nicht zu lange weg.«

Alexei verließ den Unterstand. Jetzt musste er schnell sein, das wusste er. Er stellte seinen Kragen zum Schutz gegen den bitterkalten Westwind auf. Als er die dunklen Umrisse des Wachpostens ausmachte, der sich auf sein Gewehr stützte, ging er auf ihn zu. Leichter Regen hatte eingesetzt. Der schlammige Boden war von tiefen Furchen durchzogen, glitschig und schwer.

»Hast du Feuer?« Mit einer Zigarette zwischen den Lippen ging Alexei auf den Wachposten zu.

Der Soldat trat von einem Fuß auf den anderen. »Ich rauche nicht.« Sein Blick war unverwandt auf den dunklen Horizont gerichtet.

Alexei klopfte seine Taschen ab, fand ein Feuerzeug und entzündete es an einem Holzpfosten, der die Schlammwände des Grabens stützte. Schwaches Licht flackerte auf. Alexei betrachtete die Gesichtszüge des Wachpostens.

»Wie alt bist du?«

»Alt genug«, gab der Mann bissig zurück.

Alexei hob entschuldigend die Hände. »Tut mir leid, Genosse. Ich wollte dir nicht zu nahe treten.«

»Ich sehe jünger aus, als ich bin.«

Alexei nickte. »Dir muss ganz schön kalt sein. Ich habe genau das Richtige, damit dir warm wird. Es lässt dir Haare auf der Brust wachsen und vertreibt den Geruch von Muttermilch aus deinem Atem.«

Der junge Wachposten runzelte die Stirn, reagierte ansonsten aber nicht auf die Bemerkung.

»Ich habe ein bisschen Wodka in einem ausgebrannten Baumstamm gleich links vom Schützengraben versteckt.«

Der Wachposten versteifte sich. »Ich darf niemanden durchlassen.«

»Ach, komm schon, Genosse.« Alexei legte einen Arm um die Schultern des Jungen und drückte sie freundschaftlich. »Ich bin bloß ein paar Minuten weg.« Er legte den Kopf zur Seite und fragte: »Du trinkst doch, oder?«

»Na klar.« Die Antwort kam ein bisschen zu schnell.

»Braver Junge.« Alexei zog noch einmal an seiner Zigarette und trat sie unter seinem Stiefel aus. »Wie heißt du, Genosse?«

Der Wachposten warf Alexei einen misstrauischen Blick zu. »Fjodor.«

»Also gut, Fjodor, ich bin gleich wieder da, versprochen.« Bevor der Junge Einwände erheben konnte, schob Alexei sich an ihm vorbei in die Dunkelheit.

Als er die Schützengräben hinter sich hatte, eilte er in Richtung Wald. Ihm war bewusst, dass ihm nur wenig Zeit blieb, bevor Iwanow oder der Wachposten Alarm schlugen.

Kahle Äste warfen bizarre Schatten auf den Boden, als Alexei über Felsen kletterte und sich zwischen Bäumen hindurchwand. Seine Stiefel quatschten laut im klebrigen Matsch. Ein paar Mal blieb er stehen, um auf näher kommende Stimmen zu lauschen. Als er nichts hörte, ging er weiter, stets sorgfältig darauf bedacht, nicht zu stolpern.

Er folgte den Eisenbahnschienen in Richtung Nordwesten und ging die ganze Nacht, ohne eine Pause einzulegen. Am Vormittag des nächsten Tages tauchte er aus den Wäldern auf und setzte seinen Weg über eine Ebene fort, deren Eintönigkeit nur hier und da von einem einsamen Baum unterbrochen wurde. Außerhalb des schützenden Waldes wehte der Wind stärker und blies ihm eisigen Schnee ins Gesicht. Von der Anstrengung, die Füße durch den tiefen Schnee zu bewegen, brannte ihm die Lunge. Immer wieder musste er stehen bleiben, um wieder zu Atem kommen.

In dem Lederbeutel, den er unter seinem Mantel trug, steckten ein Kanten Brot und ein bisschen Schweinespeck, Überbleibsel vom Abendessen des Vortages. Alexei holte das kleine Bündel heraus, nahm den Speck und biss ein Stück ab. Langsam kauend packte er den Rest wieder ein und steckte es in den Beutel zurück.

Bald hatte er den Überblick verloren, wie lange er bereits unterwegs war. Als er einmal haltmachte und den Kopf an den Stamm einer Birke legte, schweifte sein Blick hinauf zu den Ästen. Funkelnde Prismen aus Licht brachen sich in den Eiszapfen, die von den Zweigen hingen. Die leuchtenden Farben wirkten seltsam deplatziert in der eisigen weißen Weite, und Alexei glaubte in seiner Müdigkeit und Verzweiflung eine göttliche Botschaft darin zu erkennen. Er legte die Hände aneinander und kniete sich unter dem feuchten grauen Himmel auf die Erde.

»Lieber Gott.« Er verstummte, weil er nicht wusste, wie er weitermachen sollte. Schließlich fuhr er fort: »Ich bin dir nicht immer ein treuer Diener gewesen, aber wenn du mein Gebet hören kannst, erbarme dich meiner und führe mich an einen sicheren Ort.«

Er blieb auf den Knien im Schnee und suchte den Himmel nach einem Zeichen ab, ob sein Gebet erhört worden war. Als er nichts entdecken konnte, stand er mit steifen Beinen auf und setzte nach einem letzten Blick auf den fahlen Winterhimmel seinen Weg fort.

Es war dunkel, als Alexei auf eine Reihe verlassener Eisenbahnwaggons stieß. Zwischen den Waggons glaubte er schattenhafte Figuren, vielleicht Ratten, hin und her huschen zu sehen. Er ging zu einem der Waggons und horchte, ob sich irgendetwas rührte. Es war totenstill. Alexei schob die Tür auf und stieg in den Waggon. Hungrig und müde kuschelte er sich in eine Ecke und schlang seinen Mantel fest um sich. Eine Hand um den Griff seines Dolchs gelegt schlief er ein.

Nur wenige Minuten schienen vergangen zu sein, als er die Augen aufriss. Angestrengt und mit heftig pochendem Herzen lauschte er in die Nacht. Irgendwo in der Ferne heulte ein Wolf, und seine Gefährten antworteten. In diesem Moment hörte Alexei erneut das Geräusch, das ihn aufgeschreckt hatte – ein leises, dumpfes Stöhnen.

Alexeis Finger schlossen sich fester um den Dolch. Als seine Augen sich an die Dunkelheit gewöhnt hatten, erkannte er die Umrisse eines Mannes, der in einer Ecke des Waggons zusammengerollt auf dem Boden lag.

Den Dolch an seinen Oberschenkel gepresst stand Alexei lautlos auf und schlich zu der Gestalt. Der Fußboden knarrte leise, und der Mann wandte leicht den Kopf.

Alexei hielt den Atem an.

Die Gestalt verharrte in der embryonalen Haltung und rührte sich kaum.

»Wasser.«

Alexei erstarrte, als er einen Soldaten in der Uniform der Roten Armee erkannte.

»Wasser«, wimmerte der Soldat, als könnte er die Nähe eines anderen Menschen spüren.

Alexei griff nach seiner Feldflasche und hielt sie an die Lippen des Soldaten, aber noch während er es tat, sah er, wie die Augen des anderen sich trübten und blicklos wurden.

*

Alexei marschierte tagelang bei Unwettern und Schneestürmen, immer darauf bedacht, sich beim ersten Anzeichen eines anderen Menschen zu verstecken. Nachts flüchtete er sich in aufgegebene Eisenbahnwaggons oder verlassene Dörfer, wo er nach Nahrung suchte.

Er nahm nicht mehr wahr, wie viel Zeit verging. Er hörte Wölfe, die den Mond anheulten, wenn er einschlief, aber es kümmerte ihn nicht mehr, wie nahe sie sein mochten.

Die Tage flossen ineinander, je schwächer er wurde; dennoch zwang er seine Füße, ihn immer weiter zu tragen. Sein einziges Ziel war, in den Westen zu kommen, nach Lettland und zu seiner Familie, ins Leben und in die Freiheit.

49.

Narva

November 1918

Als die Deutschen Narva aufgaben, läuteten in der Stadt den ganzen Tag die Glocken. Die Familie Kulbas und ihre Hausangestellten wachten an jenem Morgen auf und stellten fest, dass die Soldaten verschwunden und die Zimmer im Haus verwüstet waren – vermutlich ein hastiger Versuch in letzter Minute, etwas von Wert zu finden.

In der Stadt wimmelte es auf den Straßen von feiernden Menschen.

»Dem Himmel sei Dank, dass sie fort sind«, sagte eine Frau und umarmte erst Marie, dann Pauline. »Der Kaiser, dieser Feigling, hat abgedankt und ist nach Holland geflohen. Deutschland hat den Krieg verloren!«

»Mama!« Marie fasste Pauline an der Hand. »Hast du gehört? Die Deutschen haben verloren!«

»Ich … ich …« Ihre Mutter starrte verwirrt in die vielen Gesichter ringsum.

»Marie!« Anna winkte ihnen von der anderen Straßenseite zu. Marie und Pauline überquerten die Straße, wichen den johlenden und trinkenden Menschen aus.

»Ach, Marie!« Anna strahlte. »Es ist vorbei, der Krieg ist aus!« Sie blickte Marie neugierig ins Gesicht. »Was ist los? Freust du dich denn nicht?«

»Doch, natürlich«, erwiderte Marie lächelnd, obwohl sie

nicht wusste, was sie wirklich empfand, denn sie musste an all das denken, was verloren gegangen war, an alles, was sich verändert hatte. Die Zeit vor dem Krieg erschien ihr so weit weg wie eine fremde Welt. Sie dachte daran, wie sie damals gewesen war, jung, optimistisch und hoffnungsvoll.

Sie erhaschte einen Blick auf ihr Spiegelbild in einem der Schaufenster und bemerkte zum ersten Mal die feinen Linien um ihre Augen und Mundwinkel. Das Mädchen, das sie einst gewesen war, war aus dem Spiegelbild verschwunden.

Marie drehte sich zu der Menschenmenge um, die auf dem Platz feierte. Ihr Blick wanderte zur Turmuhr, die soeben die volle Stunde schlug, und sie musste daran denken, dass Nikolai oft seine Uhr nach diesem Glockenschlag gestellt hatte. Beim Gedanken an Nikolai befiel sie Wehmut. Sie vermisste ihn und Pjotr schrecklich.

Und was war aus Alexei geworden? Wo mochte er sein? War er in Sicherheit? Hatte er den Krieg überlebt, oder war auch er für sie, Marie, verloren? Sie kniff die Augen fest zusammen, um die Tränen zurückzuhalten.

Pauline streichelte ihr liebevoll den Rücken, als ahnte sie, was in ihrer Tochter vorging. »Der Krieg hat unsere Herzen mit Leid erfüllt«, sagte sie ernst. »Aber jetzt ist er vorbei, und wir müssen nach vorn schauen.«

*

Kurz nach dem Abzug der deutschen Truppen trafen Soldaten der Roten Armee ein und wälzten sich zu Hunderten durch die Stadttore. Anfangs hießen die Bewohner von Narva ihre Befreier freudig willkommen. Sie sammelten die wenigen Nahrungsmittel, die ihnen geblieben waren, und brachten sie in die Stadt, damit die Soldaten zu essen bekamen. Die Lazarette und behelfsmäßigen Krankenstationen, die eingerichtet worden waren, um Männer zu versorgen, waren rasch überfüllt. Wenn sie nicht gerade Verbände anlegte und Essen servierte, saß Marie bei den Soldaten, um sie nach ihren Erlebnissen zu fragen, nach ihrem Zuhause und den Familien, die sie zurückgelassen hatten. Einige sprachen offen aus, wie sehr sie sich danach sehnten, wieder in die Heimat zu kommen; andere starrten sie verständnislos an.

»Wir sind entbehrlich«, sagte ein Mann mit bandagiertem Arm, der ein Stück von den anderen Soldaten entfernt saß. »Wir haben so viele Kameraden verloren, dass wir kaum Zeit hatten, sie zu begraben oder auch nur zu zählen. Lenin hat recht, wenn er diesen Krieg einen imperialistischen Krieg nennt. Keinen unserer Befehlshaber hat es interessiert, ob wir am Leben bleiben oder sterben. Der Krieg hat nur dazu gedient, auf Kosten der Armen die Brieftaschen der Bourgeoisie zu füllen.«

»Das glauben Sie doch nicht wirklich«, sagte Marie betroffen. »Viele junge Männer aus Adel und Bürgertum haben sich ebenfalls freiwillig gemeldet und ihr Leben verloren …«

»Die Adligen haben mit vollen Bäuchen in ihren warmen Palästen gehockt und vom Krieg kaum etwas mitbekommen«, sagte der Soldat bitter. »So ist es in Russland schon immer gewesen. Deshalb hat es eine Revolution gegeben. Ganz gewöhnliche Russen haben dem unterdrückten Volk gezeigt, dass sie die Macht haben, die Dinge zu verändern. Es ist nur eine Frage der Zeit, bis die Reichen überall auf der Welt das Messer des Landarbeiters zu spüren bekommen.«

Marie wurde blass. »Sie wissen ja nicht, was Sie da reden.« Abrupt stand sie auf und knöpfte ihren Mantel zu. »Ich wünsche Ihnen eine baldige Genesung, Soldat.«

»Das ist ein teurer Mantel, Genossin«, bemerkte der Soldat höhnisch.

»Ich wünsche Ihnen einen guten Tag«, sagte Marie kalt.

»Die Bolschewiki werden siegen!«, rief ihr der Soldat nach. »Warten Sie's ab!«

*

»Ich glaube nicht, dass sich die Russen als die Befreier herausstellen, auf die wir gehofft haben«, vertraute Marie ihrem Vater an.

Hermann, der gerade die Bücher in seiner Bibliothek durchging, blickte nicht einmal auf. »Mir fehlen mehrere Bände. Ich hoffe, die Deutschen benutzen sie nicht, um damit Feuer zu machen. Einige der Exemplare mit italienischem Einband sind unersetzlich.«

»Hast du mir zugehört, Papa?«

»Hm?«

»Ich sagte, ich glaube nicht, dass die Russen die Befreier sind, die wir erhofft haben.«

»Ich habe dich schon beim ersten Mal gehört«, erwiderte ihr Vater ruhig. »Es war naiv von dir, etwas anderes anzunehmen.«

»Was soll nun aus uns werden, Papa?«

Hermann blickte endlich von seinen Büchern auf. Sein Gesicht war ernst. »Ich bin mir nicht sicher, Marie. Die Fabrik haben sie uns bereits genommen. Nur dieses Haus ist uns geblieben. Hoffen wir, dass sie es uns nicht auch noch wegnehmen.« Er lächelte traurig.

»Ich kann mir nicht vorstellen, irgendwo anders zu leben.« Maries Stimme klang brüchig. »Es ist das Zuhause meiner Kindheit, wo Nikolai und ich unsere Sommerferien verbracht haben. Meine glücklichsten Erinnerungen sind mit diesen Mauern, diesem Park verbunden. Ich könnte es nicht ertragen, das alles zu verlieren.«

»Kein Grund zur Aufregung.« Hermann tätschelte ihr Knie. »Wir werden schon zurechtkommen. Irgendwie.«

Lettland

November 1918

Der lettischen Polizei, die Alexei festnahm, erschien er wie ein Wilder. Da er seinen warmen Mantel in einem Dorf in der Nähe gegen ein Essen und eine Unterkunft für die Nacht eingetauscht hatte, trug er nur eine schmutzige Decke über seiner Uniform der Roten Armee. Sein buschiger Bart war mit Grau durchsetzt. Als die Letten seine Uniform sahen, hielten sie ihn für einen Bolschewiken und warfen ihn ins Gefängnis. Über seine Behauptung, er wäre Befehlshaber in der Armee des Zaren gewesen, lachten sie nur.

»Du bist ein bolschewistisches Schwein!«, fuhr der lettische Hauptmann ihn an. »Nichts anderes!«

»Die Bolschewiki haben gedroht, meine Familie umzubringen, wenn ich mich ihnen nicht anschließe«, erklärte Alexei verzweifelt. »Meine Frau und meine Töchter können das bezeugen!«

Widerwillig erklärte der Hauptmann sich bereit, Emily zu kontaktieren, die nach der Befreiung Estlands nach Tallinn gezogen war. Am nächsten Tag kam ein Telegramm mit ihrer derzeitigen Adresse.

Wenige Tage später kam ein zweites Telegramm aus Tallinn.

Ich bezeuge die Identität meines Ehemanns Alexei Serov STOP Kann zurzeit nicht reisen STOP Ich komme für alle anfallenden Unkosten auf STOP

Ein drittes Telegramm von einer Gräfin Golitzin, die angab, eine gute Freundin von Emily zu sein, lieferte eine weitere Bestätigung seiner Identität.

Alexei wurde aus seiner eiskalten Zelle gelassen. Er war so

geschwächt, dass seine Beine ihn nicht mehr trugen. Beim ersten Schritt brach er zusammen. Bevor er das Bewusstsein verlor, hörte er eine ferne Stimme rufen: »Bringt ihn ins Krankenhaus.«

Von den ersten Tagen in der Krankenstation bekam Alexei kaum etwas mit. Glühend vor Fieber und um jeden Atemzug kämpfend schlief er unruhig und erwachte oft schweißgebadet aus seinen Träumen.

»Lungenentzündung.« Er hörte das Wort, war sich aber in seiner Verfassung nicht sicher, ob es sich auf ihn bezog.

Auch als Alexeis Fieber zurückging, brannte seine Lunge nach wie vor. Krankenschwestern legten ihm warme Handtücher auf die Brust und stützten seinen Oberkörper auf Kissen. Dennoch bekam er kaum Luft.

Ende Februar kam Emily. Alexei wurde in ihre Pflege entlassen. Da er noch zu schwach zum Reisen war, mietete sie eine Wohnung und beauftragte einen Arzt, täglich nach ihrem Mann zu sehen.

»Die Deutschen waren kaum weg, als die Rote Armee einzog«, berichtete Emily, die neben seinem Bett saß. Sie sprach leise, und das leichte Zittern in ihrer Stimme strafte ihre Gelassenheit Lügen. »Sie nahmen die Lebensmittel, die die Deutschen in den Schuppen gelagert hatten, und ließen uns keine Vorräte für den Winter zurück. Die Bolschewiki erließen neue Gesetze. Viele Menschen wurden denunziert und ermordet.« Ihre Augen glänzten feucht im Licht. Sie schnäuzte sich dezent in ihr Taschentuch und fuhr fort: »Wir hörten Gerüchte von Kämpfen zwischen den Roten und estnischen Truppen, die von der Weißen Armee unterstützt wurden. Die Weißen drängten die Bolschewiki über die Grenze zurück. Dann erhielt ich das Telegramm, in dem stand, dass du in Lettland bist.«

»Hast du etwas von Grigori gehört?«

»Ja, er hatte es nach Tallinn geschafft. Er hatte Fotos und ein paar Sachen von dir mitgebracht, einschließlich deiner restlichen Orden und der Luger.« Emily senkte den Kopf. »Er wollte unbedingt noch einmal nach Uglitsch, um einen Teil der Goldrubel zu holen, die er vergraben hatte. Und dann …« Sie brach ab und biss sich auf die Lippe.

Alexei legte seine Hand auf ihre und drückte sie tröstend.

»Ich habe versucht, ihn davon abzuhalten, aber er wollte nicht auf mich hören.« Sie hob den Kopf und blickte Alexei in die Augen. »Er war dir bis zum Ende treu ergeben.« Tränen standen in ihren Augen, als sie fortfuhr: »Ein Monat verging, bis ich endlich erfuhr, was aus ihm geworden war. Seine Leiche wurde nicht weit vom Haus entfernt gefunden. Man hatte ihn hinterrücks erschossen.«

50.

Tallinn

März 1919

Maries dunkle Locken waren aus dem Gesicht gekämmt und zu einer eleganten Frisur arrangiert.

»Danke, Anna. Den Rest schaffe ich allein.«

Marie hörte, wie die Tür hinter Anna ins Schloss fiel. Sie war froh, allein zu sein. Ihre Familie war an diesem Abend in das Haus der Gräfin Golitzin eingeladen, um bei einem festlichen Diner die Befreiung Estlands im Februar zu feiern.

Nach ihrer Niederlage gegen die vereinten Kräfte der Weißen und der estnischen Armee startete die Rote Armee sofort eine neue Offensive, um Narva zurückzuerobern. Obwohl es nicht gelang, die Stadt einzunehmen, verloren viele Einwohner durch das starke Bombardement ihre Häuser.

Pauline Kulbas, deren Nerven unter den ständigen Kampfhandlungen litten, zog sich in ihr Bett zurück. Da Hermann neuerliche Angriffe fürchtete, entschied er, dass die Familie nach Westen gehen sollte, und machte Pläne für ihren Umzug in die Hauptstadt Tallinn.

Marie starrte ihr Spiegelbild an. Es hatte ihr das Herz gebrochen, Narva zu verlassen. In Tallinn war sie eine Fremde, ein Flüchtling. Die hübsche Wohnung mit Ausblick auf das mittelalterliche Stadtzentrum, die ihr Vater auf dem Domberg beschafft hatte, trug kaum dazu bei, ihre Stimmung zu heben. Tagsüber konnte sie ihren Kummer verbergen, aber wenn sie nachts allein in ihrem Zimmer war, ließ sie ihrer Verzweiflung freien Lauf.

Was hatte die Zukunft ihr zu bieten? All die Interessen, die sie als junges Mädchen vor dem Krieg gehabt hatte, gehörten zu einer sorglosen Vergangenheit, einem Leben voller Hoffnung, bevor sie Pjotr und Nikolai für immer verlor. Bälle, Abendgesellschaften, Ballettaufführungen bedeuteten ihr nichts mehr. Aber wenn sie sich selbst gegenüber ehrlich war, steckte mehr hinter ihrem Kummer. Ihre bittersten Erinnerungen, die sie nicht losließen, waren jene an die Herbsttage in Zarskoje Selo und besonders an Alexei. Marie wusste, selbst wenn er den Krieg überlebt hatte, hatte sie ihn damals, als sie vor ihm geflohen war, verloren. Sie würde alles geben, um diese Zeit zurückzuholen, sodass sie ihm ihre Gefühle gestehen konnte. Die Leidenschaft ihres Kusses hatte sie erschreckt, und so war sie davongelaufen, verwirrt von der Intensität ihrer Empfindungen.

Marie ließ die Schultern hängen. Dies sind nun die besten Jahre meines Lebens, dachte sie unglücklich, und sie ziehen völlig nutzlos an mir vorbei. Und das vielleicht nur, weil ich zu feige war.

Ein Klopfen an der Tür unterbrach ihre trüben Gedanken.

»Marie?« Pauline öffnete die Tür. »Du bist noch nicht fertig, Kind? Der Wagen wartet schon.«

Pauline trug ein schlichtes Abendkleid und hatte ihr Haar im Nacken zu einem losen Knoten geschlungen. Seit ihrer Ankunft in Tallinn hatte sie ein bisschen zugenommen, und ihre Haut hatte einen gesünderen Schimmer bekommen. Doch wie sehr sie sich auch bemühte, ihre Seelenqualen hinter einem gezwungenen Lächeln zu verbergen – die Belastung zeigte sich an den tiefen Falten um ihren Mund.

»Ich bin gleich so weit, Mama.« Marie griff nach ihrer Puderquaste und puderte sich das Gesicht.

Pauline legte eine kleine Schmuckschachtel vor Marie hin, in der eine Halskette aus Jade und eine dazu passende Brosche lagen, eingeschlagen in ein Seidentuch.

Sie lächelte ihre Tochter an und wärmte die kühlen Steine in der Handfläche, bevor sie hinter Marie trat und ihr die Kette umlegte.

»Die Steine heben das Grün deiner Augen hervor«, sagte Pauline, betrachtete das Spiegelbild ihrer Tochter und zuckte zusammen. »Was ist los, Marie? Du bist ja so weiß wie die Wand!«

Marie versuchte, ein fröhliches Lächeln aufzusetzen, doch die Schwermut war zu groß, und ihr Lächeln schwand.

»Ach, Mama, wenn ich nur wüsste, was mit mir los ist. Anscheinend kann ich die Verzweiflung nicht abschütteln.«

»Mein Kind.« Pauline berührte Maries Hand. »Du musst darauf vertrauen, dass unser Herr dir die Kraft gibt, die du brauchst.« Sie legte die Finger unter Maries Kinn und hob ihr Gesicht an.

Marie wandte sich ab, um ihre Tränen zu verbergen. »Pjotr kommt nicht zurück.«

»Hab Vertrauen.« Pauline küsste ihre Tochter auf den Scheitel. »Die Wege des Herrn sind wunderbar.«

*

Im Salon der Gräfin Golitzin scharten sich etliche Männer, unter ihnen Maries Vater, um einen amerikanischen General. Mit dem Auftrag, die Weiße Armee zu unterstützen, nach Lettland entsandt, waren amerikanische Offiziere als Gäste bei Abendgesellschaften groß in Mode. Marie ging an der Gruppe vorbei, um sich zu ihrer Mutter zu gesellen, die bei ihrer Gastgeberin stand.

»Man hat ihn mit der Drohung, seine Familie zu töten, zum Eintritt in die Rote Armee gezwungen«, erzählte die Gräfin gerade. »Was konnte er tun? Er hatte keine Wahl. Schließlich weiß man ja, was diese Bestien unserem armen Zar und seiner Familie angetan haben.«

Die Frauen schüttelten den Kopf und bekreuzigten sich.

»Über wen redet ihr, Mama?«, flüsterte Marie ihrer Mutter ins Ohr.

»Gräfin Golitzin erzählt uns von einem General, der den Roten entkommen ist.«

»Seine Frau und seine drei Töchter haben sich in Bauernkleidung bis nach Lettland durchgeschlagen und sind schließlich hier in Tallinn gelandet. Es ist ein Wunder, dass sie heil und unversehrt hier angekommen sind.« Gräfin Golitzin fächelte sich träge mit ihrem zarten Spitzenfächer Luft zu. »Generalmajor Serovs Frau ist eine gute Freundin aus Kindheitstagen«, fuhr sie dann fort. »Die arme Emily hat eine schlimme Reise hinter sich, und das ohne einen Menschen, der ihr helfen konnte.«

Marie hatte nur mit halbem Ohr zugehört, aber als Alexeis Name fiel, versteifte sie sich. Pauline warf ihr einen fragenden Blick zu.

»Kennst du die Serovs?«

»Nicht besonders.« Marie wurde rot. »Ich habe den General im Offizierslazarett flüchtig kennengelernt.«

»Zweimal schon hatte er versucht, den Roten zu entkommen, und wurde gefasst«, fuhr Gräfin Golitzin derweil fort. »Er ist tagelang durch knietiefen Schnee marschiert und war am Ende seiner Kräfte, als er die lettische Grenze erreichte. Unglücklicherweise trug er noch seine Uniform der Roten Armee, und die lettischen Behörden warfen nur einen Blick auf ihn, bevor sie ihn ins Gefängnis steckten.«

Die Frauen schnappten nach Luft.

»Der arme Mann«, sagte eine. »Wie ist er freigekommen?«

Gräfin Golitzin lächelte, schien die Wirkung ihrer Geschichte auf das Publikum zu genießen. »Emily hat sich in ihrer Verzweiflung an mich gewandt. Ich hielt es für meine Pflicht, den Behörden ein Telegramm zu schicken und mich für den General zu verbürgen.«

Die Frauen nickten beifällig und beglückwünschten ihre Gastgeberin zu dieser großzügigen Geste.

»Jetzt sind sie in Tallinn«, schloss die Gräfin.

»Der General ist hier in Tallinn?«

Alle Blicke wandten sich neugierig in Maries Richtung.

»Ja«, antwortete die Gräfin mit einem leicht fragenden Unterton. »Kennen Sie ihn?«

Marie war dermaßen aufgewühlt, dass sie kein Wort herausbrachte. Zum Glück erschien in diesem Moment der Diener und verkündete, das Diner sei serviert.

*

Auf dem Heimweg unterhielten sich die Kulbas' über den Abend und tauschten Neuigkeiten aus. Marie blickte gedankenverloren auf die dunkle Straße und hörte kaum hin.

»Du bist ja so still, Marie«, bemerkte ihr Vater.

»Die Gräfin Golitzin hat uns von einem Generalmajor Serov erzählt, der vor Kurzem der Roten Armee entkommen konnte.«

Obwohl Marie versuchte, sich nichts von ihren Gefühlen anmerken zu lassen, schien Pauline ihre innere Anspannung zu spüren, denn sie fragte argwöhnisch: »Woher kommt dieses Interesse an Generalmajor Serov? Wie gut kennst du ihn?«

Marie drehte nervös ihr Seidentaschentuch zwischen den Fingern und schwieg. Pauline nahm die Hand ihrer Tochter und hielt sie fest.

»Ich weiß nicht, ob ich es dir erzählen soll«, begann sie, »aber vor Jahren, als der Generalmajor noch als Leutnant in Narva stationiert war, gab es Gerüchte … skandalöse Gerüchte.«

»Böswilliger Klatsch, Pauline«, sagte Hermann und wandte sich an Marie. »Ich habe Serov kennengelernt, als er in Narva stationiert war. Seiner Familie gehört ein großer Besitz in Uglitsch, nördlich von Moskau. Er entstammt einer langen Linie hochgeschätzter Berufssoldaten.«

»Er hatte seine Frau kennengelernt, als er noch Leutnant war«, warf Pauline ein. »Gräfin Golitzin zufolge war er seiner Frau schon zu Beginn ihrer Ehe untreu. Einer Affäre entsprang sogar ein uneheliches Kind.«

Marie vermutete, dass dem feinen Gespür ihrer Mutter die Erregung nicht entgangen war, die sie verspürt hatte, als über Alexei gesprochen worden war. Vermutlich machte sie sich deshalb Sorgen.

»Ein solches Benehmen mag in Petrograd alltäglich sein«, schloss Pauline, »aber in Narva hat es ziemliches Aufsehen erregt.«

Hermann zündete seine Pfeife an und paffte eine Zeit lang vor sich hin. »Gräfin Golitzin hat außer Tratsch und Klatsch kaum andere Interessen«, sagte er schließlich. An Marie gewandt fügte er hinzu: »Gib nicht allzu viel darauf. Nach meiner Erfahrung besteht das Gerede von Frauen zu neunzig Prozent aus Erfindung und zu zehn Prozent aus Wunschdenken.« Er zwinkerte ihr zu.

Marie rang sich ein Lächeln ab, denn die Erwähnung des unehelichen Kindes lag ihr schwer im Magen.

»Wie auch immer, Gräfin Golitzin hat mir im Vertrauen von Emilys Verdacht erzählt, dass ihr Mann schon wieder eine Affäre hat.« Pauline lehnte sich im Sitz zurück und legte den Kopf an das weiche Leder. »Manche Männer können einfach nicht treu sein.«

*

In dieser Nacht wälzte Marie sich ruhelos im Bett hin und her. Schließlich erkannte sie, dass sie keinen Schlaf finden würde. Versonnen blickte sie an die Decke und ließ ihren Gedanken freien Lauf. Sie dachte an ihre Nachmittage mit Alexei in Zarskoje Selo, und ein Lächeln erschien auf ihrem Gesicht. Dann aber fielen ihr die Worte ihrer Mutter ein, und das Lächeln verblasste. Stimmte es, dass manche Männer nicht treu bleiben konnten? Ihre Mutter hatte erwähnt, dass Alexeis Frau vermutete, er hätte wieder eine Affäre.

Über drei Jahre war es her, seit er Marie in der Bibliothek geküsst hatte, und doch war es schmerzhaft für sie, sich Alexei mit einer anderen Frau vorzustellen. Ihre Finger umklammerten das kleine Kreuz um ihren Hals. »Lieber Gott, hilf mir zu verstehen, was ich fühle. Ich habe ihn so lange nicht gesehen, und doch fange ich schon an zu zittern, wenn ich nur seinen Namen höre. Hilf mir, lieber Gott, sonst bin ich verloren.«

51.

Tallinn

März 1919

Alexei war so sehr in sein Buch vertieft, dass er es kaum bemerkte, als Emily hereinkam. Er blickte auch nicht auf, als sie an ihm vorbeiging. Sie setzte sich mit ihrem kleinen Puschkin-Buch im Schoß hin und wartete geduldig, dass Alexei zu lesen aufhörte. In letzter Zeit hatte es sich bei ihnen eingebürgert, nach dem Abendessen in der Bibliothek ein bisschen zu lesen, bevor jeder sich in sein Schlafzimmer zurückzog.

»Ist etwas passiert?«, fragte Alexei höflich. Er spürte, wie unruhig Emily war.

Sie hob den Kopf, begegnete Alexeis Blick. Er hatte den Eindruck, dass ihre Augen feucht waren, aber es konnte auch eine Spiegelung des Lichts sein. Schließlich schüttelte sie den Kopf, ohne den Blickkontakt zu unterbrechen.

»Nein, nichts«, erwiderte sie mit einem gezwungenen Lächeln. »Mir geht nur vieles durch den Kopf. Aber nichts, worüber du dir Gedanken machen müsstest.«

Alexeis Blick ruhte fragend auf ihr.

Emily stieß langsam den Atem aus, stand auf und ging zur Anrichte, um sich ein Glas Sherry und einen Wodka für Alexei einzuschenken.

Sie hielt ihm sein Glas hin.

»Danke.« Er stellte das Glas neben sich auf den Tisch, ohne einen Schluck getrunken zu haben.

Emily nahm ihr eigenes Glas, stellte sich an den Kamin und blickte in die Flammen. »Wir müssen reden, Alexei.«

Er lehnte sich im Sessel zurück und blickte sie gespannt an.

»Ich will die Scheidung«, platzte sie heraus.

Alexei war so überrascht, dass es ihm einen Moment lang die Sprache verschlug. Er klappte sein Buch zu und legte es neben sein Glas auf den Tisch. »Woher kommt dieser plötzliche Wunsch?«, fragte er, obwohl er die Antwort bereits ahnte.

»Unsere Ehe ist seit langer Zeit am Ende.« Emilys Stimme klang gepresst. »Ich habe dich geliebt, und obwohl ich immer gewusst habe, dass ich dir nie genügen würde, hat ein Teil von mir gehofft, du würdest lernen, meine Liebe zu erwidern.«

Alexei wollte Einwände erheben, doch Emily gebot ihm mit einer Handbewegung Schweigen.

»Leugne nicht, das ist sinnlos. Ich bin eine Enttäuschung für dich. Ich … ich langweile dich.«

»Emily …«, setzte er an, aber wieder fiel sie ihm ins Wort.

»Lass mich bitte ausreden.« Ihre Stimme bebte, als hätte sie Angst, der Mut könnte sie verlassen. »Ich habe dich enttäuscht, weil ich dir keinen Erben geschenkt habe. Ich habe mich gefreut, Töchter zu bekommen, denn tief im Inneren wollte ich dich für die Scham und die Kränkungen bestrafen, die du mir zugefügt hast. Deshalb habe ich jede Nacht gebetet, Gott möge dir deinen sehnlichsten Wunsch verweigern.« Sie zog ihr Taschentuch hervor und hielt es an ihre Nase. »So, nun habe ich gestanden. Sicher hältst du mich jetzt für einen sehr schlechten Menschen.«

Alexei stand auf, legte seine Hände auf ihre Schultern und hielt sie fest. »Dein Geständnis ändert gar nichts. Du bist unseren Töchtern eine gute Mutter und mir eine pflichtbewusste Frau gewesen. Mehr kann ein Mann nicht verlangen.«

»Und doch war es nicht genug, dass du mich liebst.«

Er wollte protestieren, aber Emily kannte ihn zu gut.

»Ich bin eine Frau, Alexei.« Sie lächelte ihn traurig an. »Du schaust mich an, du isst mit mir und sitzt ruhig an meiner Seite, aber deine Gedanken sind weit weg – bei jemand anders.«

Er verstand, was sie meinte, und diesmal versuchte er nicht, es zu leugnen. »Wo willst du hin?«

»Ich möchte zu meiner Schwester nach Paris.«

Er nickte langsam.

Sie zögerte einen Moment, ehe sie fortfuhr: »Da wäre noch etwas. Ich möchte das Sorgerecht für die Mädchen – auch für Tonja. Sie ist zwar nicht mein leibliches Kind, aber eine andere Mutter kennt sie nicht.«

»Es wäre grausam, Tonja von ihren Schwestern zu trennen«, gab Alexei ihr recht, obwohl sich alles in seinem Inneren verkrampfte.

»Dann erlaubst du mir, die Mädchen mitzunehmen?«

»Warum Paris?« Die Aussicht, seine Töchter nicht mehr zu sehen, traf ihn wie ein Schlag in die Magengrube. »Ihr könntet doch hierbleiben. Du könntest dir eine eigene Wohnung in Tallinn nehmen.«

»Die Mädchen brauchen eine anständige Ausbildung.« Emily löste sich aus seinen Armen. »Und in Paris kann ich geeignete Schulen für sie finden. Außerdem«, fügte sie mit leiserer Stimme hinzu, »entgehen wir der Gefahr, einander ständig über den Weg zu laufen, wenn ich wegziehe.« Sie hob den Kopf, schaute ihn bittend an. »Ich brauche deine Zustimmung, um alle erforderlichen Arrangements zu treffen. Ich hoffe, Tallinn so bald wie möglich zu verlassen.«

Alexei fuhr sich durchs Haar. Seine Kehle war vor Kummer wie zugeschnürt.

Emily trank einen letzten Schluck Sherry und stellte das leere Glas auf den Kaminsims. Alexei ging unsicher einen Schritt auf sie zu, mit der Absicht, sie an den Schultern zu fassen und ihr gut zuzureden, damit sie ihre Entscheidung noch einmal überdachte, doch sie trat zurück. In diesem Augenblick sah Alexei sich selbst im Spiegel über dem Kamin. Sein Haar war fast völlig ergraut und wurde an den Schläfen schütter. Das einst so jugendliche Gesicht hatte die straffen, markanten Züge von einst verloren. Er stand wie versteinert da und fragte sich, wie ihm diese Veränderung bis jetzt hatte entgehen können.

Emily wandte sich zum Gehen, blieb in der Tür stehen und drehte sich noch einmal zu ihm um. »Es ist für uns beide an der Zeit, neu anzufangen, Alexei.«

Er neigte den Kopf. »Wenn du wirklich fortwillst, werde ich dir nicht im Weg stehen.«

Emily lächelte. »Danke. Tut mir leid, dass es dazu kommen musste.«

»Mir auch«, murmelte Alexei. Tief im Inneren wusste er, dass es seine Schuld war und dass Emily, so schmerzlich es auch sein mochte, die richtige Entscheidung getroffen hatte – sie waren einfach nicht füreinander bestimmt. Wie von selbst tauchte Maries Gesicht vor seinem geistigen Auge auf. Ein vertrautes Gefühl regte sich in ihm, und wie schon so oft ließ er zu, dass er sich in Erinnerungen verlor.

*

Eine Woche später beobachtete Alexei vom oberen Stockwerk aus, wie das Gepäck in einer endlosen Prozession aus Koffern und Reisetaschen aus dem Haus getragen wurde. Das Gespräch, das er mit einem Priester über eine Scheidung geführt hatte, war nicht gut verlaufen. Nachdem der Priester ihn getadelt hatte, weil er das heilige Sakrament der Ehe auflösen wollte, erwähnte der Geistliche etliche Reparaturen, die die Kirche benötigte und für die eine großzügige Spende erforderlich sei. Alexei bot an, die Arbeiten zu bezahlen, und erhielt als Gegenleistung die kirchliche Erlaubnis, sich von seiner Frau scheiden zu lassen.

»Willst du bloß herumstehen?« Irina stand mit verschränkten Armen in der Tür. Ihre Stimme war ein einziger Vorwurf. »Willst du nicht wenigstens versuchen, sie aufzuhalten?«

Als ihr die Entscheidung ihrer Eltern mitgeteilt worden war, hatte Irina die Neuigkeit sehr schlecht aufgenommen.

Nun ging Alexei zu ihr. »Ich weiß, wie schwer es für dich ist, aber deine Mutter und ich haben uns auseinandergelebt.«

»Ich verstehe das nicht …« Irinas Augen schwammen in Tränen.

Alexei streckte die Hand nach ihr aus, aber sie wich zurück.

»Du bist noch zu jung, um es zu verstehen.« Er stieß einen tiefen Seufzer aus. »Ich hoffe, im Lauf der Zeit wirst du es begreifen und mir verzeihen.«

Mit einem Aufschluchzen vergrub Irina das Gesicht an seiner Brust, und Alexei legte die Arme um sie.

»Du musst stark bleiben«, sagte er. »Für deine Mutter und deine Schwestern.«

Irinas Mundwinkel hoben sich bei dem tapferen Versuch zu lächeln, sanken aber sofort wieder hinab.

»Geh jetzt.« Alexei küsste ihre feuchte Wange. »Geh, mein Liebling. Und versprich, dass du mir oft schreibst.«

»Ich verspreche es«, sagte sie mit belegter Stimme.

Alexei brachte sie zur Haustür und beobachtete, wie sie die Treppe hinunterlief. Vor dem Wagen, in dem die anderen bereits warteten, drehte sie sich noch einmal um und winkte ihm.

Als der Wagen die Straße hinunterfuhr, ging Alexei mit schwerem Herzen wieder ins Haus und zog sich in die Bibliothek zurück, wo er den Rest des Tages verbrachte, ohne zu essen oder Besucher zu empfangen.

Tallinn

Juni 1919

Die Räder des Wagens knirschten laut auf dem Kies und blieben abrupt stehen. Ein Diener eilte hinaus und hielt dem Fahrgast die Tür auf. Ein kräftiger Windstoß begrüßte Alexei, als er ausstieg und rasch die Stufen zum Eingang hinaufeilte. Die Haustür stand bereits offen, um ihn einzulassen, und ein Dreieck aus Licht fiel auf die Schwelle.

»Guten Abend, Exzellenz.« Der Diener half Alexei aus seinem schweren Mantel, nahm seinen Hut und reichte die Sachen einem Diener. Dann trat er zurück und wartete, bis Alexei einen Blick in den Spiegel geworfen und mit einer Hand sein Haar geglättet hatte.

Alexei bedeutete dem Diener mit einem kurzen Nicken, dass er bereit sei, und folgte ihm durch die Marmorhalle. »Die Gräfin empfängt ihre Gäste im Salon.«

Der Diener öffnete die große Doppeltür und kündete der kleinen Gästeschar Alexeis Kommen mit einem diskreten Hüsteln an.

»Endlich!« Gräfin Golitzin erhob sich, um ihn mit ausgestreckten Armen zu begrüßen.

Alexei schlug die Hacken zusammen und küsste die Spitzen ihrer Seidenhandschuhe. »Entschuldigen Sie bitte meine Verspätung.« Er richtete sich auf und bot der Gräfin seinen Arm.

Sie legte die Hand in seine Armbeuge und lächelte ihn liebenswürdig an. »Jeder brennt darauf, Sie kennenzulernen. Ich hoffe, Sie verzeihen mir, dass ich allen die Geschichte Ihrer verwegenen Flucht erzählt habe.«

»Madame, Sie schmeicheln mir.«

»Keineswegs. Sie sind zu bescheiden.«

Sie blieben bei einem Diener stehen, der ein Tablett trug, und nahmen sich Champagner.

»Auf Ihr Wohl«, sagte Alexei und hob sein Glas.

Die Gräfin legte kokett den Kopf schief. »Wie geht es Emily und den Mädchen? Gefällt es ihnen in Paris?«

»Emily ist vor allem damit beschäftigt, französische Lehrer für die beiden jüngeren Mädchen zu suchen. Sie haben das Haus ihrer Schwester verlassen und eine Wohnung in Saint-Germain bezogen.«

Gräfin Golitzin wandte leicht den Kopf, um Alexeis Profil zu studieren. »Und Ihre Älteste, Irina, hat schon ihr Debüt in der Pariser Gesellschaft gemacht?«

»Ihre Tante hat einen Ball für sie gegeben. Nach allem, was ich gehört habe, war es ein großer Erfolg.«

»Ich habe keine Zweifel, dass Irina viele Einladungen bekommen wird. Darf ich ganz offen sprechen, Alexei? Ihre Tochter ist – wie soll ich sagen – ein Freigeist. Emily wäre gut beraten, sie nicht aus den Augen zu lassen.«

»Zu gütig von Ihnen«, murmelte Alexei, obwohl die Meinung der Gräfin ihn ein wenig irritierte.

Sie traten zu einer Gruppe von Männern, die vor dem Kamin standen.

»Meine Herren, das ist der General, von dem ich Ihnen erzählt habe.« Die Gräfin stellte die Herren rasch vor, und sie schüttelten einander die Hände. An Alexei gewandt, fügte sie hinzu: »In unseren Kreisen gelten Sie als Held.«

Alexei errötete vor Verlegenheit.

»Nicht so schüchtern, General.« Gräfin Golitzin klopfte Alexei auf den Arm. »Die Herren haben Ihre Geschichte bereits von mir gehört, aber ich bin sicher, sie würden alles gerne noch einmal aus erster Hand von Ihnen selbst erfahren.« Sie entschuldigte sich, um weitere Spätankömmlinge zu begrüßen.

»Ist es wahr, dass Sie an der Seite der Roten gekämpft haben?«, fragte ein fülliger Mann mit dickem, buschigem Schnauzbart.

»Ich wurde gezwungen, der Roten Armee beizutreten«, gab Alexei verärgert zurück. »Man drohte mir damit, meine Frau und meine Kinder umzubringen.«

»Aber, aber, meine Herren«, meinte ein stämmiger Mann, der Alexei als der Bürgermeister von Tallinn vorgestellt worden war. »Gräfin Golitzin hat die unglücklichen Umstände, durch die der General genötigt war, für den Feind zu kämpfen, hinreichend erklärt.« Er zückte ein silbernes Etui und bot den Umstehenden Zigaretten an. Ein Diener, der in einer Ecke stand, trat herbei, um sie anzuzünden, und bald schwebte dichter Qualm über ihren Köpfen.

»Vielleicht können Sie uns helfen, einen strittigen Punkt zu klären.« Der Bürgermeister blies Rauch in die Luft. »Sie haben an ihrer Seite gekämpft – was halten Sie von der Roten Armee? Glauben Sie, dass sie eine Chance gegen die Truppen der Weißen hat?«

Alexei überlegte kurz. »Trotzki fehlt es an Erfahrung und Wissen in militärischen Dingen.«

Die Männer ringsum nickten, als würde diese Aussage ihre eigenen Ansichten bestätigen.

»Mit den Briten, Franzosen und jetzt auch Amerikanern auf der Seite der Weißen sind die Tage der Roten gezählt«, verkündete der Bürgermeister.

»Das habe ich nicht gesagt.«

»Aber Sie haben gerade zugegeben, dass ihr Kommissar für Kriegswesen unzulängliche Kenntnisse hat.«

»Stimmt, aber sie haben viele Offiziere aus der zaristischen Armee rekrutiert, die über ebendiese Kenntnisse verfügen.«

»Diese Offiziere würden doch sicher jede Gelegenheit nutzen, um die Bemühungen der Roten zu sabotieren.«

»So einfach ist es nicht, Herr Bürgermeister. Einige Offiziere haben sich den Roten angeschlossen, weil ihr Leben bedroht war. Trotzki hat ein strenges Strafregister für diejenigen verhängt, die als illoyal gelten.« Alexei machte eine Pause, um an seiner Zigarette zu ziehen. »Verlockt von dem Versprechen auf bessere Nahrung und Vorräte, treten Arbeiter und Bauern freiwillig in die Rote Armee ein. Ich habe gesehen, wie Trotzki in seinem gepanzerten Eisenbahnzug Besuche an der Front machte und dabei wiederholt die Warnung aussprach, ein Verlust der Roten Armee würde eine Rückkehr in die Sklaverei bedeuten.«

»Ich habe gehört, General Brussilow hat sich den Roten angeschlossen«, warf der Bürgermeister ein.

»Dasselbe Gerücht ist mir auch zu Ohren gekommen«, sagte ein anderer.

»Dieser Verräter!«

»Brussilow ist zu ihnen gestoßen, nachdem sein Sohn von der Weißen Armee exekutiert worden war«, rief ein Mann mit geschwungenem Schnurbart und wandte sich dann an Alexei. »Glauben Sie, die Bolschewiki werden einen neuerlichen Vorstoß nach Estland versuchen?«

»Die bolschewistische Propaganda ist bereits über die Grenze gedrungen. Sie brauchen Männer zum Kämpfen, und schon jetzt findet ihre Bewegung unter den Bauern breite Unterstützung. Es ist durchaus möglich, dass Estland in die Hände der Roten fällt.« Alexei wartete, bis die volle Bedeutung seiner Worte eingesickert war.

Die Glocke des Dieners verkündete, dass das Diner aufgetragen war, und beendete die Gespräche im Salon. Die Herren boten den Damen ihren Arm und folgten Gräfin Golitzin und deren Gemahl in den Speisesaal.

Alexei, der ein Stück weiter hinten stand, wechselte ein paar Worte mit einem finnischen Kaufmann, der gerade zu Besuch in Tallinn weilte. Bisher hatte Alexei seit seiner Ankunft in Tallinn jede Geselligkeit gemieden, nun aber stellte er fest, dass er sich gut unterhielt.

Er wollte gerade auf eine Frage des Kaufmanns antworten, als er sie sah. Mit einem Mal raste sein Puls. Sie war dünner und blasser, als er sie in Erinnerung hatte, aber noch immer eine überwältigende Schönheit, bei deren Anblick es ihm den Atem verschlug. Ihre strahlenden Augen mit den dunklen Wimpern blickten ihn mit einem Ausdruck des Erstaunens an, der sich vermutlich auch auf seinem eigenen Gesicht zeigte.

Einen schier endlosen Moment lang blickten sie einander an, ohne ein Wort zu sagen.

Dann flüsterte Alexei: »Marie.«

»Sie sind überrascht«, erwiderte sie. Der Satz klang wie eine Feststellung, nicht wie eine Frage.

»Ich … ich hatte nicht damit gerechnet, Sie zu sehen.« Alexei konnte nicht den Blick von ihr nehmen. »Sie sehen wunderschön aus.«

»Danke.« Sie lächelte und hielt ihm die Hand hin.

Alexei küsste ihre Finger, wobei er ihre Hand ein wenig länger hielt als nötig.

Marie errötete und senkte den Kopf. Dann schaute sie über die Schulter, als könnte sie spüren, dass sie beobachtet wurde.

Alexei sah eine ältere Dame in einem dunklen Seidenkleid und mit hohen Federn im Haar näher kommen. Sie erwiderte seinen Blick mit einer unverkennbaren Warnung in ihren grauen Augen. Da er annahm, dass sie Maries Mutter war, ließ er die Hand der jungen Frau los und trat beiseite.

»Wissen Sie, wie viel Zeit seit Zarskoje vergangen ist?«, fragte er und blickte Marie an. Noch immer traute er seinen Augen nicht.

Sie wandte den Blick ab, ohne zu antworten.

»Drei Jahre und neun Monate«, sagte Alexei. Sie drehte sich langsam wieder zu ihm um. »Und ich habe jeden Tag an Sie gedacht.«

52.

Tallinn

Juni 1919

Obwohl sie während der ersten Gänge des Diners kein Wort wechselten, warfen Marie und Alexei einander verstohlene Blicke zu und lächelten scheu, wenn sie bemerkten, dass einer den anderen beobachtete. Zu ihrer Überraschung saßen sie bei Tisch nebeneinander. Alexei unterhielt sich eine Weile mit der Fürstin, die rechts von ihm saß, einer alten Dame mit dunklen Augen und schmalen Lippen, die sich lautstark darüber ausließ, wie sie einmal in derselben Kutsche wie seine Frau Emily nach Moskau gereist war. Dann wandte er sich an den Mann links von Marie, wobei er ihren bloßen Arm mit dem Ellbogen streifte, als er sich über sie beugte. Ihre Haut glühte, und sie griff nach ihrer Serviette, um ihr Erröten dahinter zu verbergen.

Als sie hörte, wie der Diener Alexeis Namen nannte, hatte sie geglaubt, ihre Fantasie würde ihr einen Streich spielen, doch als sie ihn dann in der Tür stehen sah, hätte sie beinahe aufgeschrien. Sie überlegte, ob sie zu ihm gehen sollte, und war immer noch unschlüssig, als zum Diner geläutet wurde.

Die Stimmen der anderen Gäste klangen gedämpft, als Marie beobachtete, wie Alexei den Salon durchquerte. Sie wollte ruhig und gefasst erscheinen, wenn er sie entdeckte, doch als er sich schließlich umdrehte und ihre Blicke einander begegneten, wäre ihr beinahe das Herz stehen geblieben.

Dann küsste er ihre Hand, und sie spürte, wie ihr das Blut ins Gesicht schoss. Sie musste wegschauen, weil sie Angst hatte, ihre Miene könnte ihre Gedanken verraten.

Sie konnte kaum glauben, dass er jetzt neben ihr saß, und spähte immer wieder zu ihm hinüber, um sich zu vergewissern, dass sie sich seine Anwesenheit nicht einbildete. Aus der Nähe fielen ihr Veränderungen auf, die ihr zunächst entgangen waren. Sein Haar war heller und dünner geworden, eine gewisse Härte ließ seine Züge älter und reifer erscheinen, und die dünnen Fältchen in seinem Gesicht hatten sich vertieft. Aber sein selbstbewusstes Auftreten war geblieben, ebenso wie die wache Intelligenz in seinen Augen.

Als die Teller des letzten Gangs abgeräumt wurden, beugte Alexei sich vor.

»Beinahe wäre ich heute Abend nicht gekommen«, sagte er. Ein übermütiger Ausdruck lag in seinen Augen, und Marie musste unwillkürlich lächeln. »Würde ich mich der Gräfin Golitzin nicht zu Dank verpflichtet fühlen, hätte ich die Einladung abgelehnt.« Er machte eine Pause, betrachtete Marie, nahm ihre Schönheit in sich auf. »Und das wäre tragisch gewesen«, fügte er schließlich hinzu.

»Inwiefern tragisch?« Marie versuchte, sich die Freude nicht anmerken zu lassen, die sie bei diesen Worten empfand.

»Weil ich es versäumt hätte, Sie in all Ihrer Schönheit zu sehen.«

Sie strahlte, schaute dann nervös zu ihrer Mutter. Pauline schien in ein angeregtes Gespräch mit ihren Tischnachbarn vertieft zu sein, aber Marie war überzeugt, dass sie trotzdem jede noch so kleine Regung in der Mimik ihrer Tochter registrierte.

»Ich möchte etwas wissen.« Alexei drehte sich vollständig zu ihr um. »Wie ich sehe, tragen Sie links keinen Ring.«

Maries Blick fiel unwillkürlich auf ihren Finger. »Wir haben nie erfahren, was aus Pjotr geworden ist.«

»Und Ihr Bruder?« Seine Stimme klang liebevoll und aufrichtig besorgt zugleich.

Marie schüttelte den Kopf. Als sie spürte, dass ihre Gefühle sie zu überwältigen drohten, schob sie ihren Stuhl zurück. »Wenn Sie mich bitte entschuldigen ... ich glaube, ich ...«

Die Männer, die unmittelbar in ihrer Nähe saßen, erhoben sich halb von ihren Stühlen, bis Marie ihnen mit einer Handbewegung bedeutete, sitzen zu bleiben.

Alexei hielt sie behutsam am Arm fest. »Gehen Sie bitte nicht. Ich wollte Sie nicht aufregen.«

»Es geht mir gut«, versicherte sie ihm. »Ich muss nur ...« Ihre Stimme schwankte. »Es geht mir gut«, wiederholte sie. »Wirklich.« Sie lächelte, legte eine Hand auf seinen Arm. »Machen Sie sich keine Sorgen. Ich bin gleich wieder da.«

*

»Ein bezauberndes Kind«, sagte die Fürstin zu Alexei, nachdem Marie gegangen war. »Vor dem Krieg war sie verlobt. Der arme Junge verschwand und wurde nie wieder gesehen.« Sie nahm einen Schluck Wein. »Und ihren Bruder hat sie in einem Kriegsgefangenenlager verloren. Es heißt, dass sie einander sehr nahestanden. Ach, die arme Mutter!« Die alte Dame schaute zu Pauline und schnalzte bedauernd mit der Zunge. »Sie hat sich vom Verlust ihres ältesten Sohnes nie ganz erholt.« Mitleidig schüttelte sie den Kopf, bevor sie Alexei prüfend musterte. »Angeblich ist auch Marie ein gebrochener Mensch. Aber ein junges Herz, sogar ein gebrochenes, kann heilen. Und sie hat noch ihr ganzes Leben vor sich.«

Alexei folgte Marie mit Blicken bis zu der Doppeltür, durch die sie soeben hinausschlüpfte.

»Wenn Sie mich bitte entschuldigen wollen, Eure Hoheit.« Er verbeugte sich vor der Fürstin. »Mir ist gerade eine Sache eingefallen, um die ich mich dringend kümmern muss.« Mit schnellen Schritten ging er durch den Saal. Ein Diener beeilte sich, ihm die Tür aufzuhalten. Im Vestibül entdeckte er Marie, die einen Korridor hinunterging, und eilte ihr nach.

»Marie«, rief er leise.

Sie blieb stehen, drehte sich aber nicht zu ihm um. Als er näher kam, fiel ihm auf, dass ihre Schultern unter dem dünnen Schal zuckten.

»Die Fürstin hat mir erzählt, was Ihrem Bruder zugestoßen ist«, sagte er sanft. »Es tut mir aufrichtig leid.«

»Das konnten Sie nicht wissen.«

»Es muss schlimm für Sie gewesen sein, sie beide zu verlieren.«

Marie drehte sich um und blickte ihn direkt an. »Ich vermisse sie beide schrecklich.« Ihre Augen schimmerten im Licht. »Aber …«

Alexei wartete, doch statt weiterzusprechen, senkte Marie den Blick und legte eine Hand auf ihre Lippen.

»Aber was?« Er trat näher und hob ihr Kinn, damit er ihr Gesicht sehen konnte.

Als sie seinen Blick endlich erwiderte, sah er, dass ihre Augen feucht waren.

»Ich …« Eine Träne lief ihre Wange hinunter, und er strich sie zart mit den Fingern weg.

»Mein Bruder fehlt mir so sehr«, sagte Marie schließlich. »Und Pjotr auch. Kein Tag vergeht, an dem ich nicht an sie denke und mir wünsche, sie wären beide heil und unversehrt daheim.« Sie hielt inne, holte tief Luft. »Aber Sie haben mir noch mehr gefehlt.«

Im ersten Moment war Alexei zu überwältigt, um reagieren zu können. Dann nahm er ihr Gesicht behutsam zwischen beide Hände und zog es dicht an seins. Marie blickte aus großen Augen, in denen Tränen standen, zu ihm auf.

»Wenn du wüsstest, wie lange ich davon träume, diese Worte von dir zu hören.«

»Oh, Alexei, ich liebe dich. Ich habe dich immer geliebt, aber …«

Er ließ sie nicht ausreden. Ihre Lippen teilten sich, als sein Mund sich auf ihren senkte. Er küsste sie, legte all die Jahre der Trennung und der Sehnsucht in den Kuss.

Schließlich löste er sich von ihr und zog sie fest an sich. »Ich kann nicht glauben, dass ich dich in den Armen halte. Ich denke die ganze Zeit, ich träume, und du bist nicht mehr da, wenn ich aufwache …« Seine Lippen strichen über die zarte Haut an ihrem Hals.

Marie seufzte leise. Alexei nahm sie noch fester in die Arme, küsste ihren Hals, ihre Schultern, ihre Lippen.

»Ich will alles an dir küssen, alles erkunden, alles kennenlernen.« Seine Hände glitten ihren Rücken hinunter und über ihre Hüften.

»Alexei …« Marie wehrte sich nur schwach gegen seine Berührungen.

»Bitte mich nicht, aufzuhören«, flüsterte er, und wieder strichen seine Lippen über ihre. Er war wie berauscht von ihrem Duft und dem Gefühl, sie zu halten. »Ich liebe dich, Marie.«

*

Marie stockte der Atem, als Alexei sie immer leidenschaftlicher küsste und ein Feuer in ihr entzündete, das sie schwach und willenlos machte.

Kraftlos stemmte sie sich gegen ihn. »Bitte … hör auf …«

Alexei lockerte seinen Griff, und Marie löste sich von ihm. Allmählich bekam sie wieder Luft.

»Ich kann das nicht«, sagte sie, obwohl alles in ihr danach

schrie, in seinen Armen zu liegen. »Ich kann nicht deine Mätresse werden.«

»Was sagst du da?« Er trat näher und berührte behutsam ihr Gesicht. »Seit ich dich kenne, habe ich keine andere Frau mehr angeschaut.«

»Komm bitte nicht näher!« Sie stieß seine Hand weg. »Ich werde mich nicht auf eine Affäre einlassen. Ich werde mich nicht als deine kleine Spielerei missbrauchen lassen.«

»Du sprichst in Rätseln. Was meinst du mit Spielerei? Ich bete dich an.«

»Aber du bist verheiratet«, sagte sie.

»Marie …« Er nahm ihre Hand und ließ den Daumen langsam auf ihrer Haut kreisen. »Meine Ehe ist längst am Ende. Emily hat mich um die Scheidung gebeten. Sie ist mit unseren Töchtern nach Paris gezogen.« Er drehte ihre Hand um, küsste die Innenfläche. »Ihr war klar, dass ich sie nicht liebe.« Er trat näher. »Dass ich in eine andere verliebt bin.« Er streifte ihre Finger mit den Lippen. »Und sie hatte recht. Ich bin in dich verliebt, seit wir uns in Petrograd zum ersten Mal begegnet sind.«

Eine Gänsehaut überlief ihre Arme und die Schultern.

»Du zitterst ja.« Alexei legte ihren Schal fester um ihre Schultern.

»Alexei«, sagte sie leise, flüsterte es beinahe, »sagst du mir auch die Wahrheit?«

Er lächelte sie innig an, nahm ihre Hand und legte sie an seine Brust. »Fühlst du das?«

»Dein Herz?« Sie beugte sich vor. »Es schlägt sehr schnell.«

»Deinetwegen.«

In diesem Moment hörten sie ein Geräusch und fuhren auseinander. Der Diener kam mit einem Tablett zur Dienstbotentür herein. Ohne die beiden zu bemerken, eilte er in Richtung Speisesaal.

»Das Dessert wird serviert«, stellte Marie fest, die mit einem Mal befürchtete, ihre lange Abwesenheit könnte aufgefallen sein. »Wir müssen zurückgehen.«

Sie spürte, wie Alexeis Blick auf ihr ruhte, als sie vor ihm den Korridor hinunterging und den Speisesaal betrat. Er folgte ihr ein paar Minuten später und nahm neben ihr Platz. Den Rest der Mahlzeit sprachen sie nicht miteinander. Kurz nach dem Dessert zogen sich die Damen in den Salon zurück.

Alexei stand auf, verneigte sich und beugte sich über Maries Hand. »Es war ein bezaubernder Abend«, sagte er und drückte ihre Hand noch einmal, bevor er sie losließ.

Marie musste ein Lachen unterdrücken, weil er so förmlich war.

»Ich muss dich wiedersehen«, flüsterte er ihr zu.

»Morgen«, erwiderte sie leise. »Meine Eltern empfangen ab elf Uhr Besucher.«

Alexeis Augen glänzten. »Dann bis Morgen, Marie …« Er sprach ihren Namen, als wäre er das kostbarste Wort in der russischen Sprache.

Winzige Schmetterlinge tanzten in ihrem Bauch, als sie sein Lächeln erwiderte.

53.

Westrussland

Juni 1919

Fjodors Finger waren steif, so lange hatte er ein und dieselbe Körperhaltung beibehalten. Er hatte das verrückte Gefühl, die Finger wären am Gewehr festgewachsen.

Der Frühling war nur zögernd gekommen, um dann rasch dem Sommer zu weichen. Die Offensive, von der heute Morgen die Rede gewesen war, hatte nicht stattgefunden, aber die Truppen hatten ihre Position gehalten.

Nun brannte die Sonne auf Fjodors Rücken. Er schob sein Gewehr ein wenig zurecht, um das Gewicht zu verlagern, und fuhr zusammen, als jemand ihm auf die Schulter klopfte.

»Ein bisschen schreckhaft, was?«, sagte Andrei Nikolajewitsch.

»Das kommt vom Warten«, gestand Fjodor. »Es macht mich nervös.«

»Keine Sorge, Klein-Fedja.« Andrei versetzte ihm einen spielerischen Rippenstoß. »Du wirst bald von deinem Elend erlöst sein.«

Obwohl er nur zwei Jahre älter und nicht viel größer war als Fjodor, hatte Andrei ihn von Anfang an »Klein-Fedja« genannt, und bald machten es ihm alle im Regiment nach, trotz Fjodors Protest. Doch Fjodor hatte einmal, als er Wache stand, einen dummen Fehler gemacht und einem Soldaten, einem ehemaligen General der zaristischen Armee, erlaubt, ohne Papiere zu passieren. Als der Mann nicht zurückkam, hatte Fjodor Alarm geschlagen, aber es war bereits zu spät gewesen. Die Suchtrupps, die ausgeschickt wurden, um den Deserteur zu schnappen, waren mit leeren Händen zurückgekehrt, und an Fjodor blieb der Ruf eines grünen Jungen hängen, der noch nass hinter den Ohren war.

»Kompanie bereit!«, erklang eine laute Stimme.

Fjodors Zeigefinger legte sich um den Abzug seines Gewehres.

»Feuer!«

Die Stille wurde vom Rattern der Maschinengewehre zerrissen. Kanonen donnerten. Wo eben noch grünes Gras gewesen war, entstanden hässliche Krater.

Als einer der Männer in der ersten Linie erklomm Fjodor die Böschung und rannte die Anhöhe hinauf. Eine Granate explodierte nicht weit von ihm. Er sprang in einen Trichter, hielt eine Hand schützend über seinen Kopf. Die Luft, grau und schwer vom Pulverrauch, wirbelte heiß und sengend um ihn her.

Fjodor hustete und versuchte, sich zu orientieren. Einer der Offiziere links von ihm brüllte seinen Männern über das Dröhnen der Artillerie hinweg Befehle zu. Seine Stimme brach jäh ab, als eine Kugel in seine Brust einschlug. Der Offizier stürzte zu Boden und blieb regungslos liegen.

Fjodor zog den Kopf ein und presste sich an die kalte Erde. Sein Atem ging schwer, und sein Herz hämmerte wie verrückt.

Plötzlich hörte er hinter sich Schreie. Als er aufblickte, sah er Soldaten der Roten Armee zu ihren Gräben zurückrennen. Voller Angst, allein gelassen zu werden, sprang er auf und rannte ihnen hinterher.

Dann geschah es. Unmittelbar in Fjodors Nähe explodierte eine Granate. Stechender Schmerz jagte durch sein Bein, und er stürzte und prallte hart auf die Seite. Entsetzt über das viele

Blut, das er sah, stieß Fjodor einen gellenden Schrei aus und umklammerte mit beiden Händen sein Bein. Ringsum zischten und pfiffen unablässig Geschosse durch die Luft. Seltsamerweise beschäftigte Fjodor in diesem Augenblick nicht der Gedanke, ob er überlebte oder nicht, sondern die Frage, ob er seine Mutter erkennen würde, wenn er sie wiedertraf. Er versuchte, sich ihre Gesichtszüge in Erinnerung zu rufen, und empfand für einen Moment Panik, als es ihm nur mit Mühe gelang, ihren Anblick heraufzubeschwören. Dann verblasste das Bild seiner Mutter und wich Katjas besorgter Miene an jenem Tag, als er ihr erzählt hatte, er sei in die Rote Armee eingetreten.

In diesem Moment blickte Fjodor auf. Er schaute direkt in die Mündung eines Gewehres.

Seine Augen weiteten sich.

Dann zerbarst ein grelles Licht ganz nahe vor ihm.

Den lauten Knall hörte Fjodor schon nicht mehr.

*

Katja war gerade dabei, die Wunden eines Soldaten mit Jod zu bepinseln, als irgendetwas sie veranlasste, zu den Männern zu blicken, die die Toten zum Beerdigen herbeitrugen. Vielleicht war es die Farbe des Haares, das in der Nachmittagssonne aufleuchtete, oder die schmächtige Statur des Toten, der ausgestreckt auf der Trage lag. Was es auch war – es bewirkte, dass Katja das Herz stockte. Ohne die Rufe der anderen Krankenschwestern zu beachten, rannte sie den Männern hinterher.

Die Träger hatten den leblosen Körper bereits zu den anderen Toten gelegt, als Katja sich durch die Reihen der Männer drängte, um einen Blick auf das Gesicht des Gefallenen zu werfen. Als sie es sah, stockte ihr der Atem.

Fjodor – reglos, mit durchscheinender Haut, den Mund

auf einer Seite leicht geöffnet – sah so friedlich aus, dass Katja für einen Moment glaubte, er schliefe vielleicht nur.

»Fjodor!« Sie rüttelte ihn an der Schulter. »Wach auf!«

Seine Gesichtszüge wirkten jünger und erinnerten eher an das Kind, das ihr früher auf Schritt und Tritt gefolgt war, als an den Jugendlichen, der in den Krieg ziehen wollte.

»Ich bin's, Katja«, sagte sie gepresst. »Mach die Augen auf und schau mich an, Fedja, bitte!«

Tränen liefen ihr über die Wangen und tropften auf den toten Fjodor. Sie beugte sich vor, um sie von seinem Gesicht zu wischen. Die feuchtkalte Haut fühlte sich unter ihren Fingerspitzen wie Lehm an. Der Schock war so groß, dass sie hastig die Hand zurückzog. Sie nahm die schmale Gestalt in ihre Arme und drückte sie an sich.

Ihr Schmerzensschrei klang wie der eines verwundeten Tieres. Die Soldaten, die sich auf ihre Spaten lehnten und darauf warteten, die Toten begraben zu können, blickten betroffen zum Himmel hinauf oder starrten auf ihre Stiefel.

Katja nahm nichts davon wahr. Fjodors Körper fest an sich gedrückt, wiegte sie sich hin und her, bis einer der Soldaten leise hinter sie trat und ihr seine Hand auf die Schulter legte.

Katja spürte den Druck seiner Finger und hörte eine raue Stimme sagen, dass es an der Zeit wäre loszulassen, aber die Bedeutung der Worte drang nicht in ihr Bewusstsein. Erst als ein zweites Paar Hände sie hochzog, begriff sie, dass man sie von Fjodor trennen wollte. Sie riss sich los, warf sich erneut über den toten Jungen.

Die Männer ließen den Arzt kommen, der Katja endlich überreden konnte, den Leichnam loszulassen. Mit tränenüberströmtem Gesicht stützte sie sich auf den Arm des Doktors, als die Männer Fjodors Leichnam hochhoben und in die Erde hinunterließen.

»Als ich ihn fand, war er ganz allein und völlig verstört«,

sagte Katja schluchzend. »Er hielt sich so vertrauensvoll an meiner Hand fest, dass es mir das Herz brach.« Sie beobachtete, wie die Männer Erde in das Grab schaufelten. »Ich kann mir nicht vorstellen, einen leiblichen Sohn mehr zu lieben, als ich Fjodor geliebt habe. Er war wie mein eigenes Fleisch und Blut.«

Der Arzt klopfte ihr auf den Rücken und führte sie fort von den Gräbern zu einer Ansammlung grauer Zelte. Willenlos ließ Katja zu, dass er sie auf ein Feldbett setzte, ihr die Stiefel auszog und ihren Kopf auf das Kissen bettete. Zum ersten Mal, seit sie ein Kind gewesen war, strich eine liebevolle Hand ihr Haar aus dem Gesicht und zog ihr die Decke bis über die Schultern.

Katja war zu ausgebrannt, um den Kopf zu drehen und dem Arzt zu danken. Stattdessen weinte sie, bis keine Tränen mehr kamen. Erst dann fiel sie in einen Schlaf voller trauriger, wirrer Träume.

54.

Nordwestrussland

August 1919

Dicke warme Regentropfen liefen in winzigen Bächen an den Fensterscheiben hinunter. Bogolew zog den schweren Vorhang zurück und betrachtete die weitläufigen, sorgfältig gepflegten Gartenanlagen. Bläulicher Zigarettenrauch drang aus seinem Mund und seiner Nase.

Nicht weit von dort, wo er stand, saß ein Mann zusammengesunken auf einem Stuhl, die Hände auf dem Rücken gefesselt. Haare, feucht und schwer von Schweiß, fielen ihm ins Gesicht. Die oberen Knöpfe seiner Jacke waren abgerissen, und man konnte getrocknete Blutflecke auf seinem weißen Unterhemd sehen. Mit einem leisen Stöhnen fuhr er sich mit der Zunge über eine frische Schnittwunde über der Lippe.

»Ich schwöre, ich bin unschuldig«, murmelte er. Seine Schultern bebten. »Ich weiß nichts von den Verbrechen, die Sie mir vorwerfen.«

Bogolew wandte sich halb zu dem Mann um. »Es gibt mehrere Zeugen, die gegen dich ausgesagt haben, Genosse.«

»Sie lügen«, stieß der Gefangene verzweifelt hervor. Sein rechtes Auge war zugeschwollen, und er musste den Kopf ein wenig drehen, um Bogolew aus seinem unversehrten Auge anschauen zu können. »Ich empfinde nichts als Bewunderung und Ergebenheit für unseren Genossen Lenin.«

Bogolew lächelte hinter dem bläulichen Qualm. »Natürlich«, sagte er teilnahmsvoll. »Missverständnisse kommen immer wieder vor.«

»Ja! Ja, Genosse Kommissar, genau das ist es, ein Missverständnis! Man hat mich fälschlich beschuldigt.« Der Gefangene reckte den Hals und sah Bogolew mit einem unsicheren Lächeln an, dankbar, dass er auf ein wenig Verständnis traf.

»Solche Dinge passieren.« Bogolew ging um den Stuhl herum, schnalzte mitfühlend mit der Zunge und nickte. »Und du kannst mit gutem Gewissen behaupten, dass du nie auch nur ein Wort gegen die Anführer unserer Revolution gesagt hast? Nie versucht hast, Unterstützung für die Weiße Armee zu bekommen?«

»Das alles ist ein großes Missverständnis, ich schwöre es!«

Bogolew blickte die eingesunkene Gestalt aus kalten Augen an, bevor er einem der Soldaten, die weiter hinten im Raum standen, einen Wink gab. Der Soldat trat vor und schlug dem Gefangenen so fest ins Gesicht, dass frisches Blut auf das Parkett spritzte. Bogolew packte den Mann an den Haaren und zog dessen Gesicht nahe an seines heran.

»Ich hasse Lügner«, zischte er.

Der Adamsapfel des Mannes hüpfte auf und ab.

Bogolew zog seine Pistole, entsicherte sie und drückte sie an das Kinn des Gefangenen. Ein leises Stöhnen kam über die Lippen des Mannes. »Bitte, Genosse Kommissar«, flehte er. »Ich gelobe, ein besserer Bürger zu werden.«

*

Iwanow, der an der Tür stand, trat von einem Bein aufs andere. Er war während des Verhörs unbemerkt ins Zimmer getreten, um Bogolew eine wichtige Nachricht zu überbringen. Das grausame Spiel zu sehen, das mit dem Beschuldigten getrieben wurde, erweckte in ihm jedoch den Wunsch, draußen gewartet zu haben. Er wollte gerade gehen, als Bogolew, als hätte er Iwanows Anwesenheit gespürt, den Kopf hob und ihn sah.

Iwanow konnte die Veränderung, die sich an Bogolew vollzogen hatte, seit er aus dem Koma erwacht war, nicht begreifen. Die Ärzte hatten es für zu riskant gehalten, den Granatsplitter aus Bogolews Schädel zu entfernen, und ihn in der Hoffnung, Bogolew wäre kräftig genug, um durchzukommen, gelassen, wo er war. Iwanow kämpfte bereits wieder an der Front, als er hörte, dass Bogolew seine Verwundung überlebt hatte und von Trotzki befördert worden war. Einen Monat später erhielt er von Bogolew ein Telegramm mit der Aufforderung, zu seiner Einheit zu stoßen.

Lenin hatte die *Tscheka*, die bolschewistische Geheimpolizei, gegründet, um Gegner des Regimes zu verfolgen. Die *Tscheka* war brutal und unnachgiebig und erhielt nach einem gescheiterten Attentat auf Lenin noch größere Vollmachten.

Als Invalide aus der Roten Armee ausgeschieden, führte Bogolew jetzt eine der Einheiten der Geheimpolizei. Da er seine Mitarbeiter selbst aussuchen durfte, hatte er Iwanow gefragt, ob er für ihn arbeiten wollte. Trotz der Gerüchte, die über die Aktivitäten der Geheimpolizei im Umlauf waren, wusste Iwanow, dass ihre Mitglieder Privilegien genossen, die dem Durchschnittsbürger verwehrt blieben. Tatsächlich konnte Iwanow wenige Wochen nach seinem Arbeitsantritt mit seiner Familie in eine Vierzimmerwohnung ziehen und erhielt höhere Rationen an Lebensmitteln, Heizmaterial und Kleidung. Im Gegenzug baute Iwanow ein Netzwerk von Agenten auf, die Privatpersonen, die sich gegen die Revolution aussprachen, der Geheimpolizei zu melden hatten.

Der Mann, den Bogolew jetzt so schrecklich misshandelte, war ein Offizier der zaristischen Armee, der in seiner *Datscha* außerhalb Petrograds entdeckt worden war. Ein Nachbar, der mit angehört hatte, wie der Offizier zu einem Freund sagte: »Schade, dass die Kugel Lenin nicht erledigt hat«, hatte ihn denunziert.

Als Iwanow in die eiskalten blauen Augen Bogolews schaute, fragte er sich, ob der Mann noch bei Verstand war. Hinter diesen Augen loderten ein Fanatismus und eine Verschlagenheit, die er früher nicht gesehen hatte. Iwanow hatte den Verdacht, dass der Kommissar übermäßig trank. Mehr als einmal hatte er Bogolew an seinem Schreibtisch vorgefunden, wie er seinen Kopf auf eine Hand stützte und mit der anderen Hand den Hals einer leeren Flasche umklammerte.

Tränen liefen über die Wangen des Angeklagten, und er brach in Tränen aus. Bogolews Augen funkelten vor Bosheit, als er sein Opfer umkreiste wie ein Raubtier. Immer wieder brachte er den Mann dazu, zu betteln und zu flehen.

Iwanow wandte sich ab und schaute zur Tür.

*

Bogolew wusste, dass seine Verwundung einen anderen Menschen aus ihm gemacht hatte. Die Ärzte hatten ihn nicht umsonst gewarnt, dass der Granatsplitter in seinem Kopf Komplikationen nach sich ziehen könnte.

Die Migräneattacken hatten fast sofort eingesetzt – ein fortwährendes dumpfes Hämmern hinter den Schläfen, das Bogolew beinahe um den Verstand brachte. Die unablässigen Schmerzen fraßen sich in sein Gehirn und zehrten an seinen Nerven. Er fing an zu trinken, um den Schmerz zu betäuben.

Der fanatische Eifer, mit dem er Jagd auf Verräter machte, wuchs im selben Maße, in dem sich die Schmerzen in seinem Kopf verstärkten. Anfänglich noch verwirrt über seine wachsende Freude an Gewalt, hörte er bald auf, sich über die Ursachen Gedanken zu machen; stattdessen ließ er sich nun in seinem Denken und Handeln davon leiten. Seine hohe Stellung innerhalb der *Tscheka* gab ihm die Autorität, nach eigenem Ermessen zu handeln. Besondere Genugtuung bereitete es ihm, Männer zu verfolgen, die früher auf ihn herabgeblickt und ihn wegen seiner Herkunft bei Beförderungen übergangen hatten.

Nun lächelte Bogolew den Angeklagten mit schmalen Lippen an. »Stimmt es, dass du Offizier bei der zaristischen Armee warst?«

»Ich war Leutnant beim Neunten Sibirischen Regiment«, rief der Mann. »Bitte, ich schwöre es, ich habe nichts Unrechtes getan!«

Bogolew betrachtete den wimmernden Mann, der um sein Leben flehte, und empfand kalte Verachtung. »Stimmt es, dass deine Eltern Grundbesitzer sind?«

Der Mann nickte mit gesenktem Kopf, und sein Weinen wurde lauter.

Bogolew hob seine Pistole und legte sie an die Stirn des Mannes. »Auf Befehl des sowjetischen Volkes wirst du des Verrats schuldig gesprochen.«

»Nein! Warten Sie … bitte …« Ein dunkler Fleck breitete sich vorn auf der Hose des Mannes aus.

Bogolews Augen wurden hart. Als sein Zeigefinger sich um den Abzug legte, erfüllte ihn eine beinahe sexuelle Erregung, und sein Gesicht verzog sich zu einem Grinsen. »Und zum Tode verurteilt.«

»Nein!«

Ein Schuss peitschte durchs Zimmer. Der Kopf des Mannes sackte zur Seite, das offene Auge vor Entsetzen weit aufgerissen. Blut floss aus seiner Wunde und ergoss sich langsam über sein Haar und seine Kleidung.

Bogolew wischte das Blut mit einem Taschentuch von seiner Pistole. Das Adrenalin, das durch seine Adern schoss, ließ seine Hände zittern. Er griff in seine Brusttasche, holte einen silbernen Flachmann heraus und nahm einen langen Schluck. Im ersten Moment wand er sich innerlich, so scharf und stark war der Alkohol, aber gleich darauf entspannten sich die tiefen Furchen in seinem Gesicht.

»Was gibt's Neues?«, fragte er Iwanow, der hinter ihm stand.

»Wir haben ihn gefunden.«

Bogolew fuhr herum. »Serov? Wo ist er?«

Iwanow zeigte auf den Aktenordner, den er hielt. »In Tallinn.«

»Estland?« Bogolew schnappte sich den Ordner. »Ich will diesen Bericht sehen.« Hastig überflog er den Inhalt. »Haben wir dort Leute, denen wir trauen können?«

»Unter den Arbeitern gibt es eine starke bolschewistische Anhängerschaft«, erwiderte Iwanow, »obwohl die Esten seit November um ihre Unabhängigkeit kämpfen.«

»Ich möchte, dass du diese Untersuchung leitest.« Bogolew gab Iwanow den Aktenordner zurück. »Du musst Serov gut im Auge behalten und jeden seiner Schritte überwachen.«

»Und wenn er mich erkennt?«

»Sieh zu, dass du dich bedeckt hältst, aber finde über ihn heraus, so viel du kannst – mit wem er Umgang hat, wo er verkehrt und so weiter. Finde heraus, wer die Sympathisanten der Roten sind, und freunde dich mit ihnen an. Lass den Mann nicht aus den Augen!«

Iwanow zögerte einen Moment. »Du machst Jagd auf Serov, seit du aus dem Krankenhaus bist. Lohnt sich all die Mühe für einen einzigen Mann?«

Bogolew bedachte Iwanow mit einem langen Blick. Er mochte Iwanow, vertraute ihm und hatte ihm einen Posten in seiner Mannschaft gegeben. Trotzdem hatte er das Gefühl, dass Iwanow sich über die Bedeutung dieser Aufgabe nicht im Klaren war. Von allen Männern, die Bogolew gejagt hatte, war Serov am wichtigsten für ihn. Er hatte Serov eine Chance gegeben, sich reinzuwaschen und auf der Seite der Roten zu kämpfen, doch Serov hatte ihn verraten.

Bogolew stach mit einem Finger auf den Aktenordner. »Serov hat mich zum Narren gehalten. Zweimal ist er geflohen, und zweimal habe ich ihn mit einer Verwarnung davonkommen lassen, obwohl ich ihn von Rechts wegen hätte erschießen sollen. Er muss für seinen Verrat bezahlen. Ich kriege ihn, und wenn es das Letzte ist, was ich tue.«

55.

Tallinn

September 1919

Alexei badete in einem Lichtermeer. Draußen färbte die langsam schwindende Abendsonne den Himmel tiefblau.

Ein Paket von Emily war mit der Morgenpost gekommen. Drei strahlend weiße Briefumschläge, die mit einem Samtband an einem Päckchen alter Fotos befestigt waren. Alexei legte die Briefe auf den Beistelltisch und zog die Fotografien hervor. Auf ihnen lag eine kurze Notiz von Emily:

Ich habe diese Erinnerungsstücke gefunden und dachte, Du hättest sie vielleicht gerne zurück.

Er löste die Schleife, und der Stapel fiel in seinen Schoß. Behutsam nahm er jedes Bild einzeln in die Hand und studierte es eine Zeit lang, bevor er es wieder fallen ließ. Bei einem Foto, das ihn zu Beginn der Mobilisierung zeigte, hielt er inne. Selbstbewusst stand er da, aufrecht und mit einer Hand auf dem Säbelgriff. Sein pomadisiertes Haar, nach hinten gekämmt und streng in der Mitte gescheitelt, lichtete sich bereits. Neben ihm stand Grigori in Zivil; er blickte direkt in die Kamera, und das Blitzlicht verlieh seinen Augen einen seltsamen, fast geisterhaften Ausdruck.

Alexei öffnete die Briefe und las einen nach dem anderen. Die ersten zwei waren von seinen jüngeren Töchtern. Ein Lächeln spielte um seine Lippen, als er ihre fröhlichen Nichtigkeiten überflog.

Als er Emilys Brief öffnete, erwartete er weitere Belanglosigkeiten, doch je länger er las, desto mehr schnürte es ihm die Brust zu.

Lieber Alexei,

ich hoffe, es geht Dir gut. Ich und die Mädchen haben uns endlich in unserem neuen Zuhause in einer ruhigen Straße in Saint-Germain eingelebt.
Ich freue mich, Dir mitteilen zu können, dass ich eine ausgezeichnete Schule für Tonja gefunden habe. Irina und Vera sind bei einem Institut für junge Damen eingeschrieben, aber ich fürchte, sie beschäftigen sich mehr mit den neuesten Moden und den jungen Herren als mit ihren Studien. Sie sind kaum zu Hause und weigern sich, eine Anstandsdame mitzunehmen. Irinas Geheimniskrämerei macht mir besonders große Sorgen. Meine Befürchtungen haben sich bewahrheitet, als meine Schwester mich gestern aufsuchte und mir höchst beunruhigende Neuigkeiten brachte. Bei einem Gespräch mit einer Freundin hatte diese beiläufig auf Gerüchte über Irina angespielt. Angeblich soll sie Arm in Arm mit einem verheirateten Mann gesehen worden sein. Als ich sie darauf angesprochen habe, hat sie nur gelacht.
Ich weiß nicht, was ich tun soll. Ich bitte Dich, schreib ihr und bringe sie zur Vernunft.

Auf Alexeis Gesicht erschien ein Ausdruck der Besorgnis. Im vergangenen Jahr war Irina zu einer hübschen jungen Frau herangewachsen. Unerfahren im Umgang mit Männern und ohne väterlichen Schutz war sie ein leichtes Ziel für Kerle, die sie ausnutzen wollten. Bei dem Gedanken, die Ehre und der

Ruf seiner Tochter könnten beschmutzt werden, spürte Alexei, wie ihm das Blut in den Schläfen pochte.

Er suchte ein Foto seiner drei Töchter aus dem Stapel. Zwischen ihren zwei Schwestern stehend, blickte Irina ernst und sittsam in die Kamera.

Traurigkeit überkam Alexeis. Er vermisste seine Töchter.

Seufzend legte er das Foto zurück zu den anderen und warf einen Blick auf die Uhr. Überrascht, dass die Stunde schon so weit fortgeschritten war, klingelte er nach dem Kammerdiener.

Als er sich für das Bett fertig machte, kehrten seine Gedanken zu Marie und ihrer Einladung zu einem Picknick zurück. In den vergangenen Monaten hatte er häufig die Wohnung der Familie Kulbas aufgesucht und viele lange Nachmittage mit Marie verbracht. Wenn er bei ihr war, war sein Herz leicht und unbeschwert, und er bedachte jeden, der ihm über den Weg lief, mit einem herzlichen Lächeln. Nicht einmal der kühle Empfang durch Pauline hatte seine Hochstimmung dämpfen können. Irgendwann hatte auch sie ihn im Kreis der Familie akzeptiert; bei seinen zwei letzten Besuchen hatte sie ihn sogar eingeladen, zum Abendessen zu bleiben.

Am nächsten Morgen erschien Alexei zur vereinbarten Stunde am Haus der Familie Kulbas. Noch bevor er Zeit hatte zu klingeln, riss Marie die Tür auf. »Ich habe dich vom Fenster aus gesehen«, sagte sie. Ein warmer Glanz lag auf ihren Wangen. »Ich kenne genau den richtigen Platz für unser Picknick. Ich hoffe, du hast nichts gegen einen langen Fußweg!«

Ausgestattet mit einem Picknickkorb voller gepökelter Heringe, Käse, eingelegten Gurken und Roggenbrot, spazierten sie zu einem Wäldchen am Rande von Tallinn.

»Ich liebe diese Jahreszeit. Die Luft ist noch mild, und kein Zeichen von Regen oder grauen Wolken lässt sich blicken«, meinte Marie fröhlich, als sie den Pfad entlangspazierten.

Bald erreichten sie eine Lichtung, auf der sie ihr Picknicktuch ausbreiteten. Alexei, das Kinn auf den Handrücken gestützt, lag neben Marie und betrachtete sie.

»Irgendetwas bedrückt dich doch, Alexei. Du bist schon den ganzen Tag so abwesend.«

Alexei seufzte. »Es geht um Irina. Ich fürchte, sie hat ein bisschen zu viel von ihrem alten Herrn im Blut.«

Marie lachte. »Das ist doch sicher nichts Schlechtes?« Sie reichte ihm einen Teller mit Heringen und Salat.

»Ich denke, sie hat …« Er zögerte, weil er nicht sicher war, wie viel er sagen wollte.

»Du kannst mir vertrauen.« Marie legte eine Hand auf seinen Arm. »Ich werde deine Tochter nicht verurteilen.«

»Irina hat möglicherweise eine Affäre mit einem verheirateten Mann.«

»Ich verstehe.« Marie senkte den Blick auf ihre Hände. »Du sorgst dich um ihren guten Ruf.«

Ihr Gesicht hatte einen so nachdenklichen Ausdruck angenommen, dass Alexei sich fragte, ob sie noch über Irina sprach.

»Marie«, sagte er, »du weißt doch, dass es bei uns nicht so war.«

»Ich sehe keinen großen Unterschied zwischen meiner Lage und der von Irina.« Ihre Augen verdunkelten sich. »Als wir uns zum ersten Mal trafen, warst du verheiratet.«

Alexei legte den Arm um sie, zog sie an sich und küsste sie, erst sanft, dann voller Leidenschaft. Er spürte das heftige Pochen ihres Herzens durch ihr Hemd und drückte sie fester an sich.

»Ich liebe dich«, flüsterte er. »Ich werde dich immer lieben, bis ans Ende meiner Tage.«

Er kniete vor ihr nieder, ergriff ihre Hände und küsste ihre Finger. »Marie«, sagte er leise, »willst du meine Frau werden?«

Einen ungläubigen Ausdruck in den Augen blickte sie auf ihn hinunter. Sie sagte kein Wort.

Alexei fühlte, wie sein Inneres sich mit kalter Angst füllte. »Ich denke, ich kann Ihr Schweigen deuten, Mademoiselle. Sie lehnen meinen Antrag ab.« Er lächelte schwach.

»Alexei …« Ihr Blick ruhte auf seinem Gesicht. »Die vergangenen Monate mit dir waren wunderschön.«

Alexei spürte, wie wohlige Wärme ihn durchrieselte. »So empfinde ich auch.« Er drückte ihre Hand. »Wenn ich bei dir bin, fühle ich mich, als wäre ich mit der ganzen Welt im Reinen.«

Sie senkte den Kopf und murmelte: »Ich weiß nur nicht, ob ich schon zur Heirat bereit bin. Der Krieg hat Narben hinterlassen. Meine Erinnerungen sind wie Mühlsteine, unbeweglich und schwer.«

»Der Krieg hat uns alle verwandelt. Wir können die Vergangenheit nicht ändern«, sagte Alexei und nahm wieder ihre Hand. »Aber wir haben die Möglichkeit, neu anzufangen. Wirf wegen des Krieges nicht unser Glück fort. Wirst du mich zum Mann nehmen, Marie?« Er blickte ihr tief in die Augen, suchte darin nach der Antwort. »Du hast gesagt, du liebst mich. Hat sich daran etwas geändert?«

»Ich … Ich weiß nicht.«

»Du weißt nicht?«

»Das alles kommt so plötzlich.«

»Es ist doch ganz einfach, Marie. Liebst du mich?« Die letzten Worte brachte er nur mit Mühe hervor; seine Stimme klang belegt.

Sie antwortete nicht.

Alexei nahm den Blick von ihrem Gesicht, ließ ihre Hand los und stand auf.

»Ich werde dich nicht weiter mit meinen Besuchen belästigen, Marie«, sagte er steif. »Richte deiner Familie bitte meine Grüße aus.«

»Wohin gehst du?«, fragte sie ein wenig schrill.

»Ich kann nicht bleiben, wenn du meine Gefühle nicht erwiderst.«

Sie griff nach seiner Hand. »Das habe ich nicht gesagt.«

»Das musst du auch nicht. Es ist offensichtlich. Ich werde umgehend meine Abreise nach Paris vorbereiten.«

»Paris?«

»Ich muss mich um Irina kümmern.« Er verbeugte sich knapp. »Guten Tag, Mademoiselle.«

Hastig sprang sie auf und lief ihm hinterher. »Alexei, warte! Wann kommst du zurück?«

Er eilte mit großen Schritten weiter. »Es gibt hier nichts, was mich zurückbringt.«

»Bitte, tu das nicht!« Sie zog ihn am Ärmel. »Geh nicht fort!«

»Was erwartest du von mir, Marie?«, sagte er heftig. Es war das erste Mal, dass er in ihrer Gegenwart die Stimme erhoben hatte, und beide erschraken. »Ich kann nicht in Tallinn bleiben, wenn du auch hier bist. Verstehst du das denn nicht? Es schnürt mir den Hals zu, bei dir zu sein und zu wissen, dass ich dir gleichgültig bin.« Er wandte sich ab; das Herz zersprang ihm in der Brust. »Ich habe keine andere Wahl.«

»Nein! Bitte, Alexei, warte!«

Er hielt inne, drehte sich zu ihr um.

»Was ist?«, fragte er schroff und ungeduldig.

Ein zittriges Lächeln spielte um Maries Lippen. »Natürlich nehme ich dich zum Mann.«

»Was sollen diese Spielchen, Marie?«

»Das sind keine Spielchen.« Sie trat nahe an ihn heran. »Ich liebe dich. Und ich kann mir nichts Schöneres vorstellen, als den Rest meines Lebens an deiner Seite zu verbringen.«

Alexeis Mund wurde trocken. Er blickte sie ungläubig an.

»Hat es dir die Sprache verschlagen?«, fragte sie mit einem neckischen Lächeln.

Alexei blickte ihr forschend ins Gesicht, in der Hoffnung, dort erkennen zu können, dass sie die Wahrheit sagte.

»Sag so etwas bitte nicht, wenn du es nicht ernst meinst, Marie.«

Sie nahm seine Hand. »Ich liebe dich, Alexei. Ich liebe dich von ganzem Herzen.«

Für einen Moment war er sprachlos. Als er schließlich die Worte fand, zu sagen, was er verspürte, sprach er so leise, dass Marie sich vorbeugen musste, um ihn zu verstehen.

»Du machst mich zum glücklichsten Mann der Welt.«

Leidenschaftlich schloss er Marie in die Arme und küsste sie, fest an sie geschmiegt.

56.

Tallinn

September 1919

Ungeduldig tippte Marie mit der Spitze ihrer Füllfeder an ihre Unterlippe, während sie die Kataloge überflog.

»Ich glaube, ich mag die Spitze mit den kleinen weißen Rosetten am liebsten.« Sie notierte die Bestellnummer, nur um sie sofort wieder durchzustreichen. »Oder vielleicht doch lieber die gemusterte Spitze mit der Perlenstickerei.« Sie schaute Anna fragend an, die ihren Blick lächelnd erwiderte.

»Du bist nicht gerade eine große Hilfe«, beschwerte sich Marie.

Anna lachte. »Du solltest deiner Mutter bei den letzten Vorbereitungen für das Abendessen behilflich sein.«

Marie stöhnte auf. »Alexei und ich wollten eine Familienfeier im engsten Kreis, um unsere Verlobung zu verkünden, und Papa hat jeden unserer Bekannten eingeladen!«

»Kannst du es ihm verdenken? Seine einzige Tochter hat sich verlobt.« Anna kniff sie freundschaftlich in den Arm. »Und mit keinem Geringeren als einem Generalmajor.«

Marie verzog die Lippen zu einem Schmollmund und befasste sich wieder mit dem Katalog. »Du lässt es so klingen, als wäre ich undankbar.«

Anna schüttelte lächelnd den Kopf. »Zeig mir die Spitzen, von denen du gerade geredet hast.« Sie beugte sich über die Seite.

»Die mit den Rosetten«, sagte Marie. »Sie sind so elegant.«

Die Vorhänge raschelten leise im Wind, der durch das geöffnete Fenster ins Zimmer wehte. Marie hörte das Klappern von Pferdehufen, das abrupt verstummte. In der Hoffnung, Alexei zu sehen, eilte sie zum Fenster, reckte sich und sah einen Fremden mit dunklem, welligem Haar, der von einem Fuchshengst stieg.

»Wer ist das?«, fragte sie Anna, die zu ihr ans Fenster getreten war.

»Keine Ahnung. Den Mann habe ich noch nie gesehen.«

Leichtfüßig stieg der Fremde die Stufen bis zur Tür hinauf. Auf dem Absatz hielt er inne, um sein Jackett glatt zu streichen und sich mit der Hand durchs Haar zu fahren.

Der Fremde blickte zu ihnen auf. Jetzt erst sah Marie, dass eine Gesichtshälfte verunstaltet war. Sie runzelte die Stirn. »Er kommt mir bekannt vor.«

»Vielleicht ein Geschäftsfreund deines Vaters«, meinte Anna.

»Dafür ist er viel zu schäbig angezogen.« Marie setzte sich wieder zu den Kleiderkatalogen, doch ihre Gedanken kehrten immer wieder zu dem Fremden zurück.

»Entschuldigung, dass ich störe, Mademoiselle«, sagte Zoya, als sie wenig später eintrat, »aber Ihre Eltern wünschen, dass Sie zu Ihnen in den Salon kommen. Ein Besucher ist da.«

Rasch zog Marie sich ein hellviolettes Kleid mit tief angesetzter Taille an und überprüfte ihr Spiegelbild, ehe sie nach einem letzten, zufriedenen Blick zum Salon ging.

Sie trat ein und sah den Fremden neben Valentin auf einem großen Kanapee sitzen. Der Mann war nervös und ließ den Blick immer wieder über die luxuriöse Einrichtung schweifen. Hermann saß in seinem Lieblingslehnstuhl und hielt Paulines Hand, die auf dem zweiten Sofa Platz genommen hatte.

Als Marie in den Salon kam, trat Hermann auf sie zu und führt sie zu dem Fremden. Marie sah, dass er trotz der Deformierung ein hübsches Gesicht hatte. Sein Anzug war alt, wie man an den ausgefransten Ärmeln sehen konnte.

»Darf ich Ihnen meine Tochter Marie vorstellen, Herr Iwanow«, sagte Hermann.

»Sie kommen mir bekannt vor, aber ich kann mich nicht erinnern, woher ich Sie kenne«, sagte Marie, nachdem sie sich neben ihre Mutter gesetzt hatte.

»Dasselbe dachte auch ich, als Sie gerade hereinkamen«, erwiderte der Besucher mit einem wehmütigen Lächeln. »Sie sehen Nikolai sehr ähnlich.«

Bei der Erwähnung ihres Bruders schlug Maries Herz vor Aufregung schneller. »Sie kannten Nikolai?«

»Herr Iwanow war mit Nikolai in dem Gefangenenlager«, erklärte Hermann. »Er war auch bei ihm, als er starb.«

»Er hat immer von Ihnen gesprochen.« Iwanow blickte alle im Zimmer der Reihe nach an. »Er hat Sie sehr geliebt.«

Pauline begann leise zu weinen.

»Es tut mir leid, Sie aufgebracht zu haben, Madame«, sagte Iwanow, stellte sein Glas ab und stand auf, um sich zu verabschieden.

»Bitte bleiben Sie doch zum Abendessen«, drängte Hermann. »Wie geben eine kleine Feier zur Verlobung meiner Tochter.«

Iwanow deutete auf seine Kleidung. »Ich fürchte, ich bin nicht passend angezogen.«

»In welchem Geschäft sind Sie tätig, Herr Iwanow?«, fragte Hermann, als er dem Gast zum Abschied die Hand schüttelte.

»Ich arbeite in einer Fabrik.«

»Ich hoffe, Sie gehören nicht zu diesem Bolschewiken-Pack«, sagte Hermann grob.

»Nein, ich bin ein einfacher Mann. Von solchen Dingen verstehe ich nichts.«

»Und was hat Sie nach Tallinn gebracht?«

»Meine Frau hat Verwandte in Estland«, entgegnete Iwanow. »Ich habe mich in Narva nach Ihrer Familie erkundigt. Man sagte mir, Sie wären nach Tallinn gezogen. Ich hoffe, es macht Ihnen nichts, dass ich Sie besucht habe, ohne vorher zu schreiben. Ich hatte es Nikolai versprochen.«

»Natürlich macht es uns nichts aus. Wenn wir irgendetwas für Sie tun können, sagen Sie bitte Bescheid.«

Auch Marie schüttelte dem Gast die Hand. »Wirklich schade, dass Sie nicht zum Abendessen bleiben. Mein Verlobter hat ebenfalls im Krieg gedient. Er wird enttäuscht sein, Sie verpasst zu haben.«

Gemeinsam begleitete die Familie Iwanow zur Tür. Hermann schüttelte ihm zum Abschied die Hand. »Ich danke Ihnen, dass Sie gekommen sind. Es ist ein Trost zu wissen, dass Nikolai seine letzten Tage mit Ihnen verbracht hat.«

Iwanow ergriff den Arm des älteren Mannes und drückte ihn leicht.

»Ihr Sohn war ein guter Mann«, sagte er. »Er hat mir im Lager das Leben gerettet. Ich bedaure zutiefst, dass ich ihm nicht denselben Dienst erweisen konnte.«

*

Eine Woche später schritt Alexei rastlos in seinem Studierzimmer auf und ab. Vor seinem Schreibtisch hielt er inne und drückte die kleine Messingklingel.

»Bring mir Mantel und Hut«, sagte er zu seinem Kammerdiener.

Draußen blickte er vorsichtig die schmale Gasse hinauf und hinunter, bevor er in Richtung Raekoja-Platz ging, dem Hauptplatz von Tallinn. Schon seit Tagen wurde er das Gefühl nicht los, beobachtet zu werden. Als Marie ihm dann von dem unerwarteten Besucher am Abend ihrer Verlobungsfeier erzählte, hatte seine Furcht sich weiter verstärkt.

»Vielleicht ist der Mann ein Bolschewist«, hatte er zu Marie gesagt. »Was, wenn er von meiner Flucht von der Roten Armee erfährt?«

»Unsinn. Er war hier, um Verwandte zu besuchen.«

»Wie kannst du wissen, dass er nicht gelogen hat?«

»Das kann ich nicht.« Marie drehte sich halb zu ihm um. »Aber ich weiß, dass der Mann, den ich getroffen habe, liebenswürdig und höflich war. Und was noch wichtiger ist, er war ein Freund meines Bruders.«

Maries Beteuerungen hatten Alexeis Ängste nicht zerstreuen können. Als er nun die gepflasterten Straßen entlangging, schien es ihm, als höre er Schritte hinter sich. Sein Puls raste und dröhnte in seinem Kopf. Er tat so, als würde er die Auslage eins Schaufensters betrachten, in Wahrheit aber hielt er in der spiegelnden Glasfläche nach einem Verfolger Ausschau. Da er niemanden sah, setzte er den Weg zu dem Juwelier am Hauptplatz fort, bei dem er mit Marie verabredet war, doch sein ungutes Gefühl wollte nicht schwinden.

»Du machst dir zu viele Sorgen, Liebling«, sagte Marie, als Alexei ihr von seinen Befürchtungen erzählte. Sie wählte einen der Goldringe, die der Juwelier auf einer Samtdecke ausgebreitet hatte, und steckte ihn an ihren Ringfinger. Die Hand vor sich ausgestreckt, betrachtete sie kritisch das Schmuckstück.

»Ah, man sieht gleich, dass Mademoiselle ein Auge für Qualität hat«, schmeichelte ihr der Verkäufer. »Der Ring ist aus achtzehnkarätigem Rosengold, und der Amethyst in der Mitte ist wirklich von außergewöhnlicher Schönheit. Darf ich Ihnen eine passende Kette dazu zeigen?«

»Ich habe ein schlechtes Gefühl bei der ganzen Sache«, flüsterte Alexei. »Die Rote Armee kommt immer näher. Uns wird hier der Boden zu heiß.«

»Was sollen wir deiner Meinung nach tun? Tallinn verlassen?«, fragte Marie. »Was ist mit unserer Hochzeit?«

Sie zog den Ring vom Finger und legte ihn zurück zu den anderen. »Ich kann mich nicht entscheiden. Ist es möglich, dass Sie mir eine Auswahl ins Haus schicken?«

»Natürlich, Mademoiselle. Wie Sie wünschen«, erwiderte der Juwelier mit einem verkniffenen Lächeln. Er bedeutete seinem Gehilfen, die Tür aufzuhalten, und verbeugte sich, als die Herrschaften das Geschäft verließen.

»Wir könnten die Hochzeit vorverlegen«, schlug Alexei vor, als sie auf der Straße waren.

»Alexei!« Deutlich hörte er den Zorn in ihrer Stimme. »Es sind zweihundert Gäste eingeladen, darunter deine Töchter, die extra aus Paris herkommen. Kannst du dir vorstellen, was für ein Chaos das geben würde?« Sie warf einen Blick auf die Uhr und winkte den Chauffeur zu sich. »Ich habe gleich noch einen Termin bei meiner Schneiderin und bin spät dran.« Sie legte eine behandschuhte Hand auf Alexeis Arm und küsste ihn auf die Wange. »Sei bitte vernünftig, Alexei.« Den Kopf auf die Seite gelegt, lächelte sie ihn an. »Was sind schon noch ein paar Monate, hm?«

Nachdem er sich von Marie verabschiedet hatte, spürte Alexei, wie die Unruhe wieder Besitz von ihm ergriff. Er hatte von Leuten gehört, die Pässe fälschten, und fragte sich, ob er für sich und Marie falsche Papiere besorgen sollte für den Fall, dass die Bolschewiken doch kamen.

Als sein Blick zufällig eines der Schaufenster streifte, glaubte er für einen Augenblick, einen Schatten hinter sich verschwinden zu sehen. Mit einem bangen Vorgefühl betrat er das Geschäft und beobachtete die Gasse draußen. Er wollte abwarten, ob die Gestalt wieder zum Vorschein kam.

»Kann ich Ihnen helfen?« Ein Verkäufer erschien an seiner Seite. »Soll ich Ihnen etwas aus dem Schaufenster holen?«

Alexei zeigte auf eine kleine blauweiße Vase im Ausstellungsbereich. »Die da nehme ich.«

»Eine exzellente Wahl. Das ist eine handgefertigte chinesische Porzellanarbeit aus der Yuan-Dynastie. Das blaue Pigment ist feinstes Kobalt aus Persien.«

»Ja, ja«, sagte Alexei ungeduldig. »Hier ist meine Karte. Mein Kammerdiener wird die notwendigen Anordnungen für die Bezahlung treffen.«

»Natürlich. Wenn ich Ihnen noch irgendwie behilflich sein kann …«

»Sie können mir behilflich sein, indem Sie mich endlich in Ruhe lassen.«

Der Verkäufer blickte ihn verblüfft an. »Wie Sie wünschen.«

Draußen hatte sich die Dämmerung über die Straßen gesenkt. Stählerne Dunkelheit lag über den Häusern. Alexei spürte die neugierigen Blicke des verwunderten Geschäftsbesitzers und des Verkäufers im Rücken, stellte sich aber trotzdem hinter eine große orientalische Statue und beobachtete die Straße, über die sich die Dunkelheit senkte.

»Wünschen Sie noch etwas?«, fragte der Besitzer vorsichtig.

»Nein, danke.« Alexei zog seine Geldbörse hervor und reichte dem Verkäufer ein großzügiges Trinkgeld. »Sie waren mir sehr behilflich.«

Als er das Geschäft verließ, überkam ihn wieder das Gefühl, verfolgt zu werden. Mit hastigen Schritten bog er in die Viru-Straße ein. Die zwei großen Türme vor ihm markierten den Eingang zum mittelalterlichen Stadtzentrum. Alexei hielt einen Wagen an, nannte dem Fahrer seine Adresse und stieg ein. Als das Taxi abfuhr, drehte er sich um und riskierte einen Blick durchs Rückfenster. Er sah einen Mann durch den Eingang zwischen den zwei Türmen eilen, dann verschluckte ihn die Dunkelheit.

Als er die große Eingangstür seines Hauses erreichte, hantierte Alexei mit den schweren Metallschlüsseln. Er warf einen

Blick die Straße hinauf und sah einen Mann, die Hände tief in den Hosentaschen vergraben, auf ihn zumarschieren. Er kam ihm irgendwie bekannt vor.

Mit zitternden Fingern schob Alexei den Schlüssel ins Schloss, konnte ihn aber nicht drehen. Hinter ihm kamen die Schritte immer näher. Er versuchte es noch einmal, rüttelte mit lautem Rasseln und Klirren an dem widerwilligen Schlüssel.

Fast hatten die Schritte ihn erreicht. Alexei spürte, wie der kalte Schweiß ihm den Rücken hinunterlief. Das Herz hämmerte wild in seiner Brust. Verzweifelt sah er sich nach etwas um, das er als Waffe benutzen konnte, entdeckte aber nichts. Er holte tief Luft und drehte sich zur Straße um, bereit, sich mit bloßen Händen gegen seinen Angreifer zur Wehr zu setzen.

Die dunkle Gestalt passierte ihn, ohne ihm mehr als einen flüchtigen Blick zu gönnen.

Alexei wartete noch ein paar Minuten, bevor er langsam wieder ausatmete. Er drehte den Schlüssel im Schloss. Diesmal öffnete die schwere Tür sich sofort.

In seiner Wohnung angekommen, brauchte er ein paar Minuten, um sich zu beruhigen. In der Bibliothek brannte ein großes Feuer im Kamin. Sein Diener Pawlow brachte ihm die Nachmittagspost und wartete, bis Alexei ihn entließ.

Wenig später hörte er, wie Pawlow die Haustür hinter dem Personal schloss. Von den sechs Angestellten blieben nur Pawlow und der Koch über Nacht in der Wohnung. Die anderen gingen abends nach Hause, um am nächsten Morgen pünktlich um sechs Uhr morgens wieder zu erscheinen.

Als Alexei die Post durchging, fiel ihm das gelbe Papier eines Telegramms auf. Er zog es aus dem Stapel. Es war von Emily. Er überflog die wenigen Zeilen und spürte eine unangenehme Hitze, die sich von seinem Nacken bis zum Haaransatz ausbreitete.

»Irina«, flüsterte er verzweifelt. »Wie konntest du nur?«

Er zerdrückte das dünne Papier zwischen den Fingern, warf es ins Feuer und beobachtete, wie die gelblichen Ränder sich schwarz färbten, bevor sie von den züngelnden Flammen verzehrt wurden.

Um Irinas Affäre ein Ende zu bereiten, hatte Alexei vorgeschlagen, sie mit einer Anstandsdame als Begleitung auf eine Kreuzfahrt in die Südsee zu schicken. Doch selbst unter wachsamer Aufsicht war es Irina gelungen, in Sydney das Schiff zu wechseln und mit einem Schiffsjungen durchzubrennen.

Alexei zündete sich eine Zigarette an und trat ans Fenster. Regen hatte eingesetzt. Nur ein junges Pärchen unter einem Regenschirm eilte die verlassene Straße entlang. Das perlende Lachen der jungen Frau klang durch die stille Gasse. Für einen Augenblick vergaß Alexei seine Tochter und betrachtete lächelnd das junge Liebespaar, das sich in einen Hauseingang gestellt hatte, um unter Küssen und fröhlichem Gelächter das Ende des Regengusses abzuwarten. Doch irgendetwas in dem dunklen Hauseingang musste die zwei Liebenden erschreckt haben, denn ihr Geplänkel endete mit einem Mal, und sie traten hinaus in den Regen und verschwanden um die Straßenecke.

Alexei sah eine Bewegung in dem Portal, in dem gerade noch das Pärchen gestanden hatte. Eine Gestalt trat hervor; ein Mann, der in die entgegengesetzte Richtung die Straße hinunterging. Unter einer der Straßenlaternen blieb er stehen, drehte sich um und schaute zu Alexeis Haus hinüber.

Alexeis Mund fühlte sich auf einmal trocken an. Diesen Mantel und den Hut kannte er.

Es war der Mann, der früher am Abend an ihm vorbeigegangen war.

57.

Im Grenzgebiet Estlands

November 1919

Bogolew studierte im Offizierszelt die Landkarte. Rote Markierungen zeigten die Stellungen der Roten Armee an der Grenze zu Estland. Das Land war erst seit Kurzem unabhängig; nun drohte es die Unabhängigkeit wieder zu verlieren – an die Bolschewisten.

Bogolew lächelte. Der Sieg war zum Greifen nahe. Bald würde er sich an Serov rächen können. Er hätte den Kerl gleich beim ersten Fluchtversuch erschießen sollen. Stattdessen war er so dumm gewesen, ihm noch eine Chance zu geben.

Wie schlau er sich wohl vorkommt, weil er mir ein Schnippchen geschlagen hat, schoss es Bogolew durch den Kopf. Wie wird er mit seinen feinen Freunden über mich lachen!

Ihn von einem Attentäter töten zu lassen wäre nicht genug, entschied Bogolew. Er wollte Serov demütigen, wollte die Angst in seinen Augen sehen, wenn er um Gnade bettelte. Und dann – wenn er Glück hatte – würde Bogolew ihn mit einer Kugel in den Kopf von seinem Elend erlösen.

Er griff nach seinem Flachmann, schraubte den Verschluss ab und nahm einen tiefen Zug, bevor er von der Karte aufblickte und sich den Soldaten zuwandte, die um den Tisch standen und Wodka tranken. Rot geränderte Augen blickten Bogolew an. In der Ferne war das unablässige Grollen der feindlichen Artillerie zu hören.

»Genossen«, begann Bogolew, »Russland wird bald unter der Macht der Sowjets vereint sein.« Seine Finger strichen leicht über die Narbe an seiner Schläfe, hinter der wie immer dumpfer Schmerz pochte. »Unsere Genossen treten vereint gegen eine führerlose und schlecht organisierte Weiße Armee an.«

Die Männer nickten zustimmend. Bogolew lächelte, aber seine Augen blieben kalt. Der pulsierende Schmerz an seiner Schläfe verstärkte sich.

»Die amerikanischen und französischen Truppen ziehen sich zurück«, fuhr er fort, »und lassen die Weiße Armee allein kämpfen.« Er ging um den Tisch herum, nahm ein Glas und füllte es mit Wodka. »Das bietet uns eine einmalige Chance, die Weiße Armee ein für alle Mal zu schlagen. *Za vas!*« Er hob sein Glas, kippte den Inhalt mit einem einzigen Schluck hinunter und hielt es einem der Offiziere hin, um sich nachschenken zu lassen.

Später an diesem Abend schickte Bogolew ein Telegramm an Iwanow.

Dinge entwickeln sich wie erhofft STOP Behalte unseren Freund im Auge STOP

Tallinn

Dezember 1919

Im Café herrschte der für einen Spätnachmittag übliche Betrieb. Iwanow setzte sich an einen Tisch, von dem er freie Sicht auf die Straße hatte. Um ihn herum wurde nur über die Kämpfe zwischen der Weißen und der Roten Armee geredet.

Zwei Männer, die sich über ein Backgammonbrett beugten, hielten im Spiel inne, um die letzten Neuigkeiten zu diskutieren.

»Man mag gar nicht daran denken, dass unsere Armee die Bolschewisten beinahe wieder nach Petrograd zurückgedrängt hätte«, sagte einer der beiden. »Wenn sie nur ein bisschen länger durchgehalten hätte!«

Sein Freund schüttelte den Würfel in seiner großen Hand und ließ ihn über das Brett rollen. »Ich persönlich traue diesen verlogenen Weißen Aristokraten nicht mehr als den Roten.«

Draußen eilte eine Mutter, die ein kleines Kind an der Hand hielt, über das Kopfsteinpflaster der Straße und verschwand hinter den Mauern eines Hinterhofs. Iwanow dachte an Marina und stellte sich vor, wie sie mit ihrem Sohn und ihren Töchtern nach Hause hastete, um das Abendessen zuzubereiten. Seine Kehle schnürte sich zu. Klein-Ljova würde sich in den Monaten, die sein Vater fern von Zuhause war, sehr verändert haben. In ihrem letzten Brief hatte Marina geschrieben, dass er schon das Alphabet lernte.

Iwanow sehnte sich mit Leib und Seele danach, bei ihnen zu sein. Er beschloss, Bogolew um Urlaub zu bitten, sobald sein Auftrag erledigt war.

Am Nebentisch erzählte einer der Backgammonspieler von der Notlage einer Flüchtlingsfrau, die er getroffen hatte.

»Die Rote Armee hat ihr alles genommen. Und als sie sich wehrte, wurden sie und ihre Familie geschlagen, sagt sie.«

Iwanow, der nichts mehr hören wollte, wandte den Kopf ab. Es fiel ihm von Tag zu Tag schwerer, sich einzureden, dass eine solche Gewalttätigkeit notwendig war. Es war eine Sache, von den Reichen zu nehmen, aber eine ganz andere, den Bauern etwas zu entreißen.

Er öffnete das Telegramm, das er an diesem Morgen von Bogolew erhalten hatte, und las es. Im Laufe der Monate hatte er mehrere Berichte über Serov abgeschickt und dabei jedes

Mal darauf verzichtet, Marie zu erwähnen. Er hatte seinen Augen nicht getraut, als er die beiden zusammen in ein Juweliergeschäft gehen sah. Nachforschungen ergaben, dass das Paar in dem Laden gewesen war, um ein Verlobungsgeschenk für die junge Dame auszusuchen, aber sie waren sich nicht einig geworden und deshalb wieder gegangen, ohne etwas zu kaufen.

Iwanow hatte den Juwelier offenen Mundes angestarrt. »Soll das heißen, sie will diesen Mann heiraten?«

»Nehmen Sie es nicht so schwer, mein Sohn.« Der Juwelier, der Iwanows Reaktion irrtümlich als die eines verschmähten Verehrers interpretierte, hatte ihn freundlich angelächelt. »Gott ist denen mit gebrochenem Herzen am nächsten.«

Die Glocke über der Eingangstür bimmelte, und ein dunkelhaariger junger Mann kam herein. Einen flüchtigen Augenblick glaubte Iwanow ein Gespenst zu sehen. Der Gang des Mannes und das unbeschwerte Lächeln, mit dem er die anderen Gäste begrüßte, erinnerten ihn an Nikolai. Iwanow blickte auf den Rücken des Mannes, als dieser Hut und Jacke ablegte. Der Neuankömmling, der Iwanows Blick spürte, drehte sich um und nickte ihm freundlich zu, bevor er zu einem Tisch ging, an dem eine Runde junger Männer eine angeregte Diskussion über Estlands Zukunft führte.

Iwanow spürte einen ziehenden Schmerz in der Brust. Er vermisste Nikolai. Für die Bolschewiki waren die Interessen der Partei wichtiger als Freunde oder Familie. Aber diesem Anspruch konnte Iwanow einfach nicht genügen. Nikolai war wie ein Bruder für ihn gewesen. Seit er von Maries Verlobung mit Alexei erfahren hatte, wälzte sich Iwanow nachts schlaflos im Bett und zerbrach sich den Kopf, ob er die Familie Kulbas vor der Gefahr warnen sollte, die ihr drohte. Es war ein Dilemma. Wenn er sie warnte, verriet er Bogolew und die Partei. Schaute er tatenlos zu, wäre es ein Verrat an Nikolai. Außerdem wurde Bogolew immer unberechenbarer und war imstande, die Hinrichtung der ganzen Familie anzuordnen, einschließlich der Eltern.

Iwanow brauchte Zeit. Zeit, um nachzudenken, welche Möglichkeiten ihm noch offenstanden. Aber Zeit war ein Luxus, den er sich nicht gönnen durfte. Die Roten waren in Narva, und es würde nicht lange dauern, bis Bogolew nach Tallinn kam.

Iwanow fasste einen Entschluss. Er zog einen Notizblock aus seinem Lederbeutel, riss einen Zettel ab und kritzelte ein paar Worte darauf, bevor er das Papier zusammenfaltete und in einen Umschlag steckte. Dann legte er ein paar Münzen für seinen Kaffee auf den Tisch und eilte zum nächsten Postamt.

*

Zoya legte die Morgenpost zusammen mit der Tageszeitung neben zwei Teetassen und einen Teller mit frischem Gebäck auf ein Tablett und trug alles zu Pauline und Hermann.

Hermann setzte sich in einen Lehnstuhl und studierte die Zeitung, wobei er gelegentlich einen Artikel, der seine Frau interessieren könnte, laut vorlas. Im Gegenzug teilte Pauline ihm Neuigkeiten und Klatsch aus den Briefen mit oder fragte ihn um Rat, bevor sie Einladungen beantwortete.

»Der hier ist an dich adressiert, Hermann.« Pauline drehte den Umschlag um. »Ein Absender steht nicht drauf.«

Hermann nahm den Umschlag und riss ihn auf.

»Ein anonymer Brief!« Er schluckte, und alle Farbe wich aus seinem Gesicht. »Hier steht, die *Tscheka* macht Jagd auf Alexei, seit er aus der Roten Armee desertiert ist … und dass auch Maries Leben in Gefahr ist!«

»Was?« Pauline griff nach dem Brief und überflog die wenigen Zeilen. »Wer könnte einen solchen Brief schreiben?«

Hermann ließ die Schultern hängen. »Ich habe keine Ahnung.«

»Glaubst du, wir sollten die Warnung ernst nehmen?«

Hermann blickte an die Decke, als könnte er dort die Antwort finden. »Ja«, sagte er schließlich. »Das sollten wir.«

Als eine Stunde später Alexei und Marie den Salon betraten, zeigte Hermann ihnen den Brief. Marie las ihn zuerst und reichte ihn dann mit bebenden Fingern an Alexei weiter. »Wer hat ihn geschickt?«, fragte sie.

Ihr Vater zuckte die Achseln. »Auf dem Umschlag stand kein Absender.«

»Ich habe befürchtet, dass so etwas passieren könnte«, sagte Alexei leise.

»Was sollen wir tun?«

Alexei blickte einen nach dem anderen an. »Ich muss Tallinn verlassen«, sagte er. »Wenn ich bleibe, bringe ich euch alle in Lebensgefahr.«

Maries Finger schlossen sich um Alexeis Handgelenk. »Wenn du gehst, gehe ich mit.«

*

Abgesehen von der Familie, den Hausangestellten und einigen wenigen Freunden war die Kirche nahezu leer. In einem hastig geschriebenen Brief an die Gäste wurde erklärt, die Trauung müsse aufgrund der Unsicherheiten, die der Bürgerkrieg mit sich brachte, vorgezogen werden.

Marie kam am Arm ihres Vaters, eine elegante Erscheinung in ihrem weißen Seidenkleid und dem Schleier, einem duftigen Gebilde aus bestickter Spitze, das von einer Blumengirlande gehalten wurde und in einer langen Schleppe endete.

Alexei, der am Altar auf sie wartete, trug seine Uniform mit sämtlichen militärischen Auszeichnungen.

Seine zwei jüngeren Töchter saßen in der ersten Reihe, Emily hatte die Einladung abgelehnt, aber eine wundervoll gearbeitete Porzellanschüssel als Hochzeitsgeschenk geschickt.

Alexei lächelte seine Braut an. Ihr Gesicht unter dem Schleier war strahlend schön; ein sanftes Lächeln lag auf ihren Lippen, und ihre grauen Augen leuchteten vor Glück und zeigten ohne Scheu, was sie empfand.

Die Zeremonie war kurz und schlicht. Der Chor sang Psalmen, und der Priester sprach ein Gebet, um das Paar zu segnen.

Anschließend bot Alexei Marie seinen Arm und führte sie aus der Kirche.

»Noch nie habe ich eine so schöne Braut wie dich gesehen«, raunte er ihr ins Ohr. »Die Ehe steht dir.«

*

Später an jenem Abend, in Alexeis Wohnung, bereitete sich Marie auf ihre erste Nacht mit Alexei vor. Ein Großteil des Raumes lag im Schatten; das einzige Licht kam von den Kerzen auf dem Nachttisch und dem Feuer, das im Kamin brannte. Maries Herz klopfte so laut, dass sie kaum atmen konnte.

Anna, die ihr beim Entkleiden half, fand tröstende Worte für sie. »Alle Frauen sind in ihrer Hochzeitsnacht nervös. Das ist ganz normal.«

Sie griff nach dem neuen Nachthemd aus Spitze und Seide und legte es aufs Bett.

»Ich weiß nicht, was ich tun soll«, sagte Marie verzweifelt. »Was ist, wenn ich alles falsch mache?« Ihr kam ein Gedanke, und ihre Augen weiteten sich vor Schreck. »Was ist, wenn ich ihn enttäusche?«

»Red kein dummes Zeug. Dein Mann betet dich an.«

Anna tupfte ein wenig Parfum auf Maries Hals und Ellbogen und streifte ihr das Nachthemd über den Kopf. Der hauchdünne Stoff schmiegte sich an ihren Körper und betonte ihre Kurven.

»Das ist viel zu durchsichtig.« Marie blickte errötend ihr Spiegelbild an.

Anna lächelte. »Du siehst wunderschön aus.«

Es klopfte an der Tür, und Anna ging aufmachen.

Alexei stand auf der Schwelle.

»Guten Abend, Exzellenz.« Anna trat beiseite, um ihn hereinzulassen, warf Marie einen letzten beruhigenden Blick zu und schlüpfte hinaus.

Einen Moment lang, der ihnen wie eine Ewigkeit erschien, standen die beiden befangen da und vermieden es, einander in die Augen zu schauen.

»Möchtest du einen Schluck Portwein?«, fragte Marie schließlich und ging zum Tisch, auf dem eine Karaffe und sechs kleine Kristallgläser standen. Sie füllte zwei Gläser und reichte eines Alexei. »Ein Geschenk meines Vaters. Er hat ihn extra aus Portugal kommen lassen.«

Alexei nahm das Glas und trank ein paar Schlucke, während er Marie über den Rand des Glases hinweg betrachtete. Ihr Gesicht glühte, als seine Blicke von ihrem Hals zum Ansatz ihrer Brüste wanderten, der über dem Ausschnitt des Nachthemds zu sehen war. Dann nahm er ihr Glas, stellte es zusammen mit seinem ab, legte eine Hand um ihre Taille und zog sie an sich.

Er küsste ihr Gesicht und übersäte Stirn, Augenlider und Wangen mit Küssen, bevor er die Lippen auf ihre Halsbeuge legte.

Marie spürte, wie ihr Verlangen mit jedem Kuss stärker wurde. Seine Hände wanderten an ihrem Körper hinunter. Als er ihr Nachthemd über ihre Schultern hinabgleiten ließ, stöhnte sie leise.

Er hob sie aufs Bett. »Es könnte ein bisschen wehtun«, sagte er leise. »Ich werde so behutsam sein, wie ich nur kann.«

Marie verkrampfte sich, empfand gleichermaßen Angst und Erregung. Alexei liebkoste ihre Brüste, küsste die rosigen Spitzen, bis sie hart waren. Marie stöhnte leise, als sie feuchte Wärme zwischen den Schenkeln spürte. Zitternd spreizte sie die Beine, schlang ihre Finger in sein Haar.

Der Schmerz, als er in sie eindrang, war schier unerträglich. Marie biss sich auf die Unterlippe, um einen Schrei zu unterdrücken. Alexei verlagerte die Hüften und drang tiefer in sie ein, und diesmal konnte sie ihren Schrei nicht zurückhalten.

Sie konnte sich nicht vorstellen, dass etwas so Schmerzhaftes je schön sein könnte.

»Versuch dich zu entspannen«, keuchte Alexei, während er sich in ihr bewegte.

Bald verebbte der Schmerz, wich wachsendem Verlangen. Marie hob das Becken an, um sich seinem Rhythmus anzupassen, und drängte sich ihm entgegen. Zuerst bewegte er sich langsam und zärtlich, dann immer schneller. Er umklammerte mit beiden Händen ihre Hüften und stöhnte vor Lust in ihr Haar. Als er den Höhepunkt erreichte, versteifte er sich, bevor er mit einem letzten Erschauern auf sie sank.

Atemlos lagen sie da, eng aneinandergeschmiegt, die frischen Bettdecken zwischen ihren Beinen, und lauschten auf den Herzschlag des anderen. Plötzlich drang ein Schluchzen aus Maries Kehle. Sie stieß seine Arme weg, setzte sich auf und zog die Knie an die Brust.

Alexei schaute sie unsicher an und machte eine Bewegung, als wollte er sie in die Arme nehmen, zögerte dann aber.

»Was ist, Liebes?«, murmelte er und zog sie an sich. »Warum weinst du?«

Verwirrt vom unerwarteten Ansturm der Gefühle schüttelte Marie nur stumm den Kopf. Allmählich verebbte ihr Schluchzen.

»Marie«, sagte Alexei leise, »sprich mit mir. Was habe ich getan?«

»Ich weiß es nicht«, antwortete sie leise. »Ich kann es nicht erklären. Ich … ich …«

»Pssst.« Alexei küsste sie auf den Scheitel und zog sie enger an sich. »Ich bin bei dir.«

Von ihm gehalten zu werden tröstete Marie. Allmählich ließ der Schmerz nach, den sie tief im Inneren verschlossen hatte, bis er völlig verschwand. Als hätten die Tränen sie endlich befreit, beruhigte sie sich und fiel in einen Schlaf der Erschöpfung.

In jener Nacht sah sie Pjotr und Nikolai im Traum.

Die beiden schauten sie aus gütigen, verständnisvollen Augen an und sprachen leise zu ihr.

»Ich bin froh, dass du dein Glück gefunden hast«, sagte Pjotr.

»Du bist nicht enttäuscht von mir?«

»Natürlich nicht.« Er war von einem hellen Lichtschein umgeben. »Wir freuen uns für dich.«

Bevor er ins Dunkel zurückwich, drehte Pjotr sich um und lächelte sie an. »Ich wünsche dir ein langes und glückliches Leben, Marie.«

Am Morgen betrachtete Marie den schlafenden Alexei, hauchte einen Kuss auf seine Lippen und empfand tiefe Freude, als er lächelte.

»Hmmm«, murmelte er schlaftrunken und schlug die Augen auf. »Erzähl mir jetzt nicht, du bist eine von den Frauen, die bei Tau und Tag munter werden.«

»Doch, bin ich.« Sie kicherte. »Aber da ich bis jetzt immer alleine geschlafen habe, gab es keinen Grund für mich, lange im Bett zu bleiben.«

»Was wollen Sie damit andeuten, Madame Serova?« Er zog eine Augenbraue hoch.

Sie lächelte schüchtern. »Na ja, mal sehen, ob du mich davon überzeugen kannst, dass es sich lohnt, ein bisschen länger im Bett zu bleiben.«

*

Eine Woche später stand Marie in der Bibliothek ihrer Eltern vor dem Mahagonibücherschrank und strich mit den Fingerspitzen über die Buchrücken. Ihre Mutter saß hinter ihr auf der Couch, den Kopf über ihre Näherei gebeugt. Marie ließ die Hand sinken und drehte sich zu der Ecke des Zimmers um, in der weitere Koffer darauf warteten, in Alexeis Wohnung gebracht zu werden.

»Was hast du auf dem Herzen, Marie?«, fragte Pauline, ohne aufzublicken.

Marie seufzte. »Woher weißt du, dass ich etwas auf dem Herzen habe?«

Pauline hob lächelnd den Kopf. »So etwas weiß ich, seit ich die ersten Tritte deiner winzigen Füße in meinem Bauch gespürt habe.« Sie klopfte neben sich auf die Couch. »Komm, setz dich zu mir.«

Marie nahm neben ihrer Mutter Platz. »Du weißt, dass Alexei und ich Tallinn bald verlassen müssen.«

»Ja.« Pauline nahm Maries Hand.

»Ich will dich und Papa aber nicht verlassen. Wer weiß, wann wir uns wiedersehen.«

»Du bist jetzt eine verheiratete Frau, Marie«, erinnerte ihre Mutter sie. »Dein Platz ist an der Seite deines Mannes.«

»Ich dachte immer, du magst Alexei nicht.«

»Ich hatte gewisse Vorbehalte«, gab Pauline zu. »Und wer könnte es mir verdenken? Er ist fast doppelt so alt wie du, hat

Kinder und einen Ruf, der … Diese Eigenschaften hatte ich mir bei meinem Schwiegersohn jedenfalls nicht gewünscht.«

Marie wollte protestieren, doch ihre Mutter hob gebieterisch einen Finger. »Lass mich ausreden. Positiv ist, dass Alexei aus einer guten Familie stammt. Aber«, sie zuckte die Achseln, »auch das zählt nicht, wenn du in deiner Ehe unglücklich bist.«

»Er liebt mich.«

»Ich weiß.«

»Woher?«

»Man erkennt es daran, wie er dich anschaut. Als wärst du der kostbarste Mensch auf der Welt. Daran, wie er dir das Haar aus dem Gesicht streicht oder deine Hand hält oder dir etwas ins Ohr flüstert. Er liebt dich von ganzem Herzen, und das zu sehen macht mich sehr glücklich.«

Marie warf beide Arme um ihre Mutter und drückte sie an sich. »Du wirst mir schrecklich fehlen.«

»Der Herr hat mich mit drei Kindern gesegnet, von denen jedes mein Leben unglaublich bereichert hat.« Pauline streichelte Maries dunkles Haar. »Mein Liebling, früher, als du ein kleines Mädchen warst, hast du genauso auf meinem Schoß gesessen und geweint, wenn dein Bruder dich geärgert hat.« Sie hob Maries Kinn, berührte ihre Wange. »Liebst du Alexei?«

»Von ganzem Herzen.«

Pauline nickte, als wollte sie sich selbst etwas bestätigen. »Dann musst du mit ihm gehen. Du hast meinen Segen. Und wenn Gott will, wirst du eines Tages zu uns zurückkehren.«

Marie küsste die Handfläche ihrer Mutter. »Ich verspreche dir, dass es kein Abschied für immer ist.«

Tallinn

Dezember 1919

»Wo ist Serov?«, brauste Bogolew auf. Er hatte vor zwei Tagen die Front verlassen, um in aller Eile quer durchs Land nach Tallinn zu fahren. »Warum hast du mich nicht auf dem Laufenden gehalten?«

»Es gab kaum etwas zu berichten«, antwortete Iwanow mit bewusst ausdrucksloser Stimme. »Ich folge ihm jetzt seit Wochen. Sein Tagesablauf verändert sich kaum einmal.«

Bogolews Augen wurden schmal. »Hat er einen Verdacht, dass er observiert wird?«

»Ich glaube nicht. Ich war sehr vorsichtig.«

»Was ist mit seinem Bekanntenkreis? Mit wem verkehrt er?«

»Er besucht regelmäßig eine Gräfin Golitzin. Sie ist eine Freundin seiner geschiedenen Frau.«

»Hat er eine Geliebte?«

»Es gibt da ein Mädchen. Sie stammt ursprünglich aus Narva.« Iwanow fuhr sich mit dem Ärmel über die Stirn. »Ich habe sie gelegentlich zusammen gesehen.«

»Wer ist sie?«

»Ihr Vater hatte in Narva eine Fabrik.« Iwanow versuchte, so ruhig wie möglich zu bleiben. »Sie ist mit ihren Eltern nach Narva gezogen. Sie ist ohne Bedeutung.«

»Die Leute gehören zur Bourgeoisie?«

»Der Vater wird allgemein geachtet. Sie haben im Krieg einen Sohn verloren.«

Bogolew blickte Iwanow aus zusammengekniffenen Augen an. Der rieb sich den Handrücken. Er hatte das Gefühl, von Bogolews Blicken durchbohrt zu werden. Der Mann hatte einen beinahe untrüglichen Instinkt; offenbar spürte er, dass Iwanow irgendetwas vor ihm verbarg. Schließlich legte er einen Arm um Iwanows Schultern, doch seine Augen blieben kalt.

»Du bist schon lange von deiner Familie getrennt«, sagte er. »Vielleicht solltest du Urlaub machen und nach Hause fahren, nach Petrograd.«

»Und Serov?«

»Den kannst du mir überlassen«, sagte Bogolew knapp.

Iwanow schluckte. Ein stechender Schmerz bohrte sich in seinen Magen. »Und was ist mit dem Mädchen und ihrer Familie?«

»Die sind unwichtig.« Bogolew lächelte schmal. »Ich interessiere mich ausschließlich für Serov.«

58.

Tallinn

Dezember 1919

Marie und Alexei betraten ein Café auf der Pikk tänav, der langen Straße, die vom Rathaus bis zum Hafen führte. Sie wählten einen Tisch nahe beim Fenster und saßen eine Zeit lang schweigend da, während sie die Parade elegant gekleideter Paare beobachteten.

»Ich habe jemanden getroffen, der uns helfen kann, Fahrkarten nach Australien zu bekommen«, sagte Alexei schließlich, nachdem die Kellnerin ihre Bestellung aufgenommen hatte.

»Ist er vertrauenswürdig?«

»Ich denke schon. Ein Bekannter der Gräfin Golitzin hat mich mit ihm bekannt gemacht.«

Sie verstummten, als die Kellnerin mit ihrem Kaffee und einer Auswahl bunten Marzipankonfekts kam.

»Er wird uns mit falschen Papieren versorgen, falls wir von Bolschewisten angehalten werden«, fuhr Alexei fort, als die Kellnerin gegangen war. »Wir reisen nach London, wo wir an Bord der *Themistokles* gehen. Das Schiff fährt nach Kapstadt und von dort weiter nach Australien.« Er nahm sich ein Stück Konfekt.

»Wann soll es losgehen?«, fragte Marie.

»Morgen.«

Marie blieb der Mund offen stehen. »So bald?«

»Hör zu.« Alexei lehnte sich über den Tisch und senkte die Stimme. »Das ist eine einmalige Gelegenheit. Die Rote Armee hat die Grenze bereits überschritten. Wenn wir fliehen wollen, müssen wir es sofort tun.«

Marie starrte in ihre Tasse, schwieg eine Zeit lang. »Du hast recht«, sagte sie schließlich. »Es ist zu gefährlich für dich, in Tallinn zu bleiben. Aber warum Australien? Es ist sehr weit weg. Mama hat sich immer noch nicht vom Verlust Nikolais erholt. Und wenn ich jetzt ans andere Ende der Welt ziehe ...«

»Irina schreibt, die Sonne in Sydney scheint so hell, dass der Horizont leuchtet«, sagte Alexei. »Und der Pazifik ist türkisblau und erstreckt sich so weit, wie das Auge reicht. Was für ein Anblick das sein muss!«

»Aber es ist so schrecklich weit weg«, wiederholte Marie. »Warum können wir nicht in Europa bleiben?«

»Weil wir nirgendwo in Europa sicher wären.« Alexeis Stimme klang angespannt. »Wir müssen so weit wie möglich weg von den Bolschewiken.« Er nahm ihre Hand. »Ich könnte mir nie verzeihen, wenn dir etwas angetan würde. In Australien sind wir sicher. Da kann die *Tscheka* uns nichts anhaben. Es ist nur für ein paar Jahre, das verspreche ich dir. Dann kommen wir zurück.«

Sie wich seinem Blick aus und starrte auf den Tisch. »Und wenn die Bolschewiken siegen?«, fragte sie. »Wenn wir nie zurückkommen können?«

»Das wird nicht geschehen«, erwiderte Alexei von oben herab. »Sie werden nicht siegen. Niemals.«

Eine Zeit lang herrschte Schweigen. Dann sagte Alexei: »Ich gehe nicht ohne dich, Marie.«

Sie lächelte, und dieses Lächeln vertrieb die Traurigkeit aus ihren Augen. »Ich weiß.«

Als sie das Café verließen, wehte auf den Straßen eine leichte Brise, frisch und duftend.

»Machen wir einen Spaziergang im Kadriorg-Park«, schlug Marie vor.

Im Park setzten sie sich am zugefrorenen Teich auf eine Bank und beobachteten die Pärchen, die Arm in Arm Schlittschuh liefen.

Ein paar Meter von ihnen entfernt bückte sich ein Mann, um seine Schnürsenkel zuzubinden.

Alexeis Nackenhaare sträubten sich. Er beobachtete den Mann misstrauisch. Aber nachdem der seine Schnürsenkel zugebunden hatte, richtete er sich auf und ging weiter.

Marie rückte näher an Alexei heran und kuschelte sich an ihn. »Wie mag es wohl sein, zu Weihnachten bei Hitze und Sonnenschein aufzuwachen?«, überlegte sie laut, während ihre Finger gedankenverloren mit dem goldenen Kreuz um ihren Hals spielten.

*

Die zwei auf der Bank hatten die Person, die hinter einer alten Esche stand und sie beobachtete, nicht bemerkt. Außerdem war Bogolew mit seinem buschigen Vollbart ohnehin kaum noch zu erkennen. Er hatte drei Tage damit verbracht, die Adresse zu observieren, die Iwanow ihm gegeben hatte, Alexei aber nicht zu sehen bekommen. Allmählich dämmerte ihm die Erkenntnis, dass Iwanow ihn betrogen hatte.

Es war purer Zufall, dass Bogolew das Paar sah, als es gerade das Café verließ. Er hatte Serov sofort erkannt.

Nun erhoben die beiden sich von der Bank und schlenderten zum Tor des Parks. Bogolews Puls raste. Sollte er es jetzt tun? Nein, ermahnte er sich. Es waren viel zu viele Leute in der Nähe.

Serov und die junge Frau überquerten die Straße und hielten eine Droschke an. Bogolew stieg hinter ihnen rasch in das nächste Gefährt und befahl dem Fahrer, ihnen zu folgen.

Am Ende der Straße, wo der andere Wagen stehen blieb, ließ er den Fahrer anhalten. Die Sonne war hinter den Häusern versunken, und das Licht der Straßenlaternen wurde stärker. In den Schatten geduckt, lief Bogolew zu einer kleinen Gasse gegenüber dem Gebäude, das Alexei und seine Begleiterin betreten hatten.

Bogolew blickte auf seine Hände. Sie zitterten.

Er brauchte etwas zu trinken.

Als er eine Hand an das Gesicht legte, spürte er einen dumpfen Schmerz im Schädel. Es war Zeit zum Handeln. Bogolew zog seinen Revolver.

»Lass die Pistole fallen.«

Bogolews Kehle wurde trocken. »Wer ist da?«

Iwanow trat aus dem Schatten.

Bogolew entspannte sich. »Was machst du denn hier?« Erst jetzt sah er das Schimmern von Metall in Iwanows Hand. »Was soll das?« Er verstärkte den Griff um seinen Revolver. »Ich kann dich dafür erschießen lassen, dass du eine Waffe auf mich richtest!«

»Das ist mir egal.« Iwanows Stimme schwankte. »Ich habe schon zu viele Menschen durch deine Hand sterben sehen.«

»Jeder von ihnen war ein Feind der Revolution.«

»Nicht jeder. Die Frauen und Kinder, die ermordet wurden, inwiefern waren sie Feinde?«

»Darüber diskutiere ich nicht mit dir.« Bogolews Schädel drohte zu bersten.

»Lass sie in Ruhe.« Das Beben in Iwanows Stimme war einem gebieterischen Tonfall gewichen.

»Wen?« Bogolew lachte krächzend. »Serov? Bist du verrückt geworden? Du weißt besser als jeder andere, wie lange ich schon Jagd auf ihn mache.«

»Ich sage es noch einmal: Lass ihn in Ruhe.« Iwanows Stimme war fest und kühl.

Bogolews Gesicht verdüsterte sich. »Serov hat mich verraten!«

»Was heißt verraten? Du hast ihn gezwungen, in die Rote Armee einzutreten. Du hast seine Familie bedroht.«

»Ich habe ihm das Leben gerettet!« In Bogolews Kopf hämmerte es. Er schloss die Augen, berührte seine Narbe. »Ich hätte ihn erschießen können, aber ich habe ihn am Leben gelassen, und er ist geflohen. Der Mann ist ein Verräter.«

»Er dachte, du wärst tot. Das haben wir alle gedacht.«

»Was bedeutet dir Serov überhaupt? Wenn du schon nicht an dich selbst denkst, denk wenigstens an deine Familie«, warnte Bogolew ihn. »Wenn die Partei erst einmal herausfindet, dass du zum Verräter geworden bist, sitzt ihr alle auf der Straße. Oder werdet nach Sibirien geschickt. Bist du bereit, deine Familie für Serov zu opfern?«

»Ich habe meine Gründe.« Iwanow trat einen Schritt näher. »Das ist deine letzte Chance, Kommissar. Lass sie in Ruhe. Vergiss Serov.«

»Ich habe dir bereits gesagt, das kann ich nicht.« Bogolew hob seine Pistole.

*

Das Geräusch von Schüssen zerriss die Stille des ruhigen Wohnviertels. Von der anderen Straßenseite aus sah ein Diener, wie eine Gestalt aus der Gasse gerannt kam und sich den Arm hielt.

Aus dem Nachbarhaus kam ein Mann mit schütterem Haar und rundem Gesicht gelaufen und warf sich hastig einen Mantel über. »Was ist los?«, rief er dem Diener zu. »Waren das Schüsse?«

»Ja, ich glaube. Aber was passiert ist, weiß ich nicht.« Der Diener kratzte sich am Kopf. »Ich habe zwei Schüsse gehört, und als ich rauskam, rannte ein Mann weg. Ich hole lieber die Polizei.«

Der Diener wandte sich zum Gehen, als der ältere Mann »Einen Moment!« rief und auf die Gasse zeigte. Ein Mann schleppte sich, auf die Ellbogen gestützt, in Richtung Straße. Als er den Bordstein erreichte, brach er zusammen und blieb regungslos liegen.

Die beiden Männer liefen zu ihm und drehten ihn um. Blut schäumte aus seinem Mund, und seine Augen waren weit aufgerissen. Als sie seine Jacke aufknöpften, sahen sie, dass das Hemd des Mannes blutdurchtränkt war.

»Ich rufe einen Krankenwagen.« Der Diener sprang auf und lief ins Haus zurück.

Der andere Mann beugte sich vor und sagte: »Hilfe ist unterwegs.«

Die weit aufgerissenen Augen des Verwundeten, in denen sich Schmerz spiegelte, blickten in Richtung der Stimme. Seine Lippen bewegten sich, aber kein Wort kam heraus.

Als der Diener zurückkehrte, wurde der rasselnde Atem lauter. Dann bäumte der Körper des Mannes sich auf, bevor er mit einem letzten heftigen Keuchen leblos in sich zusammensank.

59.

Tallinn

Dezember 1919

Marie schmiegte sich enger an Alexei, als Sanitäter einen reglosen Körper auf eine Trage hoben, während Polizeibeamte Anwohner und Passanten befragten.

Alexei rief den Diener zu sich. »Wir haben Schüsse gehört. Was ist da passiert?«

»In der Gasse hat es eine Schießerei gegeben«, antwortete der sichtlich erschütterte Diener. »Ein Mann ist getötet worden.«

»Weiß man schon, wer es getan hat?«, wollte Alexei wissen.

»Er hatte sich mit einer Schusswunde im Arm hinter einem Baum versteckt. Die Polizei hat ihn mitgenommen.«

»Konntest du ihn sehen?«

»Es war so dunkel, dass ich kaum etwas erkennen konnte. Ich habe bloß gesehen, wie die Polizei ihn abgeführt hat. Vielleicht können die Ihnen mehr sagen.«

Alexei trat zu einem der Polizisten. »Wer leitet die Ermittlung?«

Der Polizist zeigte auf einen Offizier, der am Eingang der Gasse stand und Befehle blaffte. »Der Inspektor.«

»Der Verdächtige wurde festgenommen«, teilte der Inspektor Alexei mit.

»Haben Sie den Namen des Mannes erfahren?«

Der Inspektor schüttelte den Kopf. »Er wollte nicht reden. Von hier ist er jedenfalls nicht. Wahrscheinlich waren es betrunkene kommunistische Agitatoren. Diese Leute haben keine Disziplin. Sieht ihnen ähnlich, ihre eigenen Genossen abzuknallen.«

In seiner Wohnung stellte sich Alexei am Fenster hinter den Vorhang und blickte auf die Straße. Wer waren diese Männer? Waren es tatsächlich kommunistische Agitatoren, wie der Inspektor vermutete? War es Zufall, dass die Schießerei direkt vor seiner Wohnung stattgefunden hatte?

Alexei schüttelte den Kopf. Nichts davon ergab einen Sinn.

»Es ist spät, Alexei«, sagte Marie. »Geh doch vom Fenster weg.«

Immer noch beunruhigt wegen all der offenen Fragen, trat er zögernd zurück.

Am nächsten Morgen wuschen Straßenkehrer die dunklen Flecken vom Bürgersteig. Marie und Alexei stiegen in die wartende Droschke, in der bereits ihr Gepäck verstaut war.

Als der Wagen losfuhr, drehte sich keiner von ihnen noch einmal zu der dunklen Gasse um, die in grauen Morgennebel gehüllt war.

Epilog

Sydney

Februar 1921

Vor ihm erstreckte sich der Pazifische Ozean; Wellen schlugen an den Strand und berührten mit ihren Schaumkronen fast seine Schuhspitzen, ehe sie zurück ins Meer flossen. Die Sonne prallte heiß vom Himmel und war so hell, dass sie ihn blendete.

Alexei spürte, dass jemand ihn am Hosenbein zupfte. Als er hinunterschaute, sah er in das strahlende runde Gesicht seiner Enkeltochter. Nina war jetzt sechs Monate alt, ein vergnügtes kleines Pummelchen mit goldblondem Haar und Augen so grün wie seichtes Wasser. Sie quiekte, als Alexei sie hochhob, und strampelte aufgeregt.

»Komm, Nina, lass deinen Großvater in Ruhe.« Irina nahm ihrem Vater das kleine Mädchen ab. »Unsere Kleine wird dich fix und fertig machen, wenn du es zulässt, Papa.« Sie kniff spielerisch in die Speckröllchen an den Oberschenkeln ihres Babys. »Ich habe das Gefühl, sie wird mal eine richtige Range.« Irina lächelte ihre Tochter liebevoll an.

*

Mit dem Schwinden des Tageslichts zogen sich auch die Besucher zurück und ließen den Strand zur Ruhe kommen. Im Dämmerlicht des frühen Abends wechselte die Farbe des Ozeans von Blau zu Silber. Sterne funkelten am Himmel.

Alexei ließ den Blick über den schier endlosen Horizont schweifen. Dann schaute er zum Himmel und suchte das Kreuz des Südens. Selbst nach einem Jahr fand er sich mit dem funkelnden Sternenhimmel der südlichen Hemisphäre noch nicht ganz zurecht.

Alles in meinem Leben ist auf den Kopf gestellt, dachte er bekümmert, und raubt mir sogar das schlichte Vergnügen, den Himmel zu sehen, den ich von früher kannte.

Er hörte die leisen Schritte erst, als sie fast bei ihm waren.

»Nina ist eingeschlafen.« Marie verschlang ihre Finger mit denen Alexeis. »Irina und Thomas bringen sie nach Hause.« Sie streichelte lächelnd die leichte Wölbung ihres Bauchs und betrachtete dann eine Zeit lang schweigend den Horizont, wo der Himmel die Erde berührte.

»Wann werden wir unsere Familie wiedersehen, was meinst du?«, fragte Marie beiläufig, doch Alexei wusste, was in ihr vorging.

»Erst wenn es für uns ungefährlich ist, nach Russland zurückzukehren.« Er wünschte sich, er könnte ein wenig optimistischer klingen.

Marie atmete aus und legte schützend einen Arm um ihren Bauch. Sie spürte, wie ihr Baby sich bewegte, und nahm es als gutes Zeichen, dass es gesund und kräftig war. »Ich hoffe, es wird ein Junge«, sagte sie. »Wir sollten ihn Grigori nennen.«

Alexeis Augen wurden weich. »Grigori hätte es sehr gefreut, wenn er gewusst hätte, dass ich meinen ersten Sohn nach ihm nennen will. Wäre ich nicht gewesen, könnte er heute noch am Leben sein.«

Maries Hand, weich und kühl, legte sich in seine, und er drückte sie sanft.

»Ich liebe dich.«

Sie legte den Kopf an seine Brust. »Und ich liebe dich.«

Nachwort

Das Mädchen aus St. Petersburg soll an jene erinnern, die vor uns hier gewesen sind. Angeregt durch Anekdoten, die im Kreis der Familie erzählt wurden, entstand die Geschichte der Serovs als Verschmelzung aus Dichtung und Wahrheit, denn das Zusammentragen, Entschlüsseln und Teilen von Geschichten verbindet uns miteinander.

Es brauchte zwei Revolutionen, um meinen Ehemann und mich zusammenzuführen. Die Russische Revolution im Jahre 1917 war der Auslöser, der die Großeltern meines Mannes, Marie und Alexei Serov, bewogen hat, nach Australien auszuwandern. Mehr als ein halbes Jahrhundert später erging es meiner Familie ähnlich, als sie nach der Islamischen Revolution aus ihrer Heimat flüchtete.

Marie Kulbas war die Tochter eines reichen Kaufmanns aus Estland. Sie studierte in St. Petersburg Jura und verlobte sich noch vor dem Krieg. Ihr Verlobter wurde im Zuge von Kampfhandlungen als vermisst gemeldet und kehrte nie zurück. Marie hatte drei Brüder, von denen zwei während der deutschen Besetzung Estlands an Cholera starben. Später zog die Familie nach Tallinn, wo Marie und Alexei sich kennenlernten.

Alexei Serov stammte aus einer angesehenen Familie, zu der Hofmaler und Dirigenten zählten. Alexei selbst war Generalmajor der zaristischen Armee und hatte an der Ostfront gekämpft. Zusammen mit seiner ersten Frau Emily hatte er zwei Töchter, außerdem eine jüngere dritte Tochter aus einer außerehelichen Beziehung, die aber bei der Familie lebte.

Alexei schied als Kriegsversehrter aus dem aktiven Dienst aus. Später wurde er gezwungen, in die Rote Armee einzutreten. Doch ihm gelang eine abenteuerliche Flucht, bei der er unter schlimmsten Bedingungen bei Schnee und Eis weite Strecken zurücklegen musste, um nach Litauen zu gelangen.

Die Parallelen im Leben der Menschen, die meinem Mann und mir vorausgingen, faszinieren mich. Wie auch ich hatten Marie und Alexei das Herz eines Migranten. Die beiden reisten um die halbe Welt, um in einem fremden Land ein neues Leben anzufangen, mit wenig mehr im Gepäck als ihren Hoffnungen und Träumen. Im Gegensatz zu meiner Familie im Iran jedoch hatte ihr Leben im Russland der Vorkriegszeit aus rauschenden Bällen, Ballettvorführungen und Pferderennen bestanden. Ich hatte russische Literatur von jeher geliebt und begann mich in die Welt hineinzuversetzen, in der sie gelebt hatten; ich versuchte, mir ihre erste Begegnung und den Beginn ihrer Romanze vorzustellen. Je mehr die Geschichte in meinem Kopf Gestalt und Form annahm, umso mehr faszinierte mich der Glanz dieser Epoche und die Tragödie des Krieges, die darauf folgte.

Als Grundlage hatte ich kaum mehr als ihre Todesanzeigen, ein paar vergilbte Fotos und die drei Orden Alexeis, die erhalten geblieben waren. Ihre Tagebücher waren im Laufe der Jahrzehnte verloren gegangen. Trotzdem lieferten mir diese Schätze – zusammen mit meinen Recherchen – ein Gerüst, an dem ich meine Geschichte festmachen und ausschmücken konnte. Gelegentlich nahm ich der Story zuliebe die Wahrheit in die Hand und formte sie ein bisschen um.

Meine Nebencharaktere – Iwanow, Bogolew, Katja und

Fjodor – sind Produkte meiner Fantasie und stehen in keiner Beziehung zu realen Menschen, ob lebendig oder tot.

Jeder von uns trägt eine Geschichte in seinem Inneren. Australien ist die Summe all ihrer Geschichten. Als Hüter und Bewahrer dieser Erzählungen ist es unsere Pflicht, die Erinnerung an unsere Vorfahren für künftige Generationen zu erhalten. In *Das Mädchen aus St. Petersburg* habe ich versucht, einen Teil dieser Emigrantenschicksale wiederzugeben und neu zu erschaffen, um die Vergangenheit zum Leben zu erwecken.

Ich hoffe, mit meinem Roman bin ich der Erinnerung an Marie und Alexei Serov gerecht geworden.

Danksagung

Dieser Roman wäre ohne die vereinten Bemühungen vieler Menschen nicht entstanden. Besonderer Dank gebührt meiner Verlegerin Bernadette Foley, die mich bei meiner Arbeit von Anfang an unterstützt und stets an mich geglaubt hat.

Ein großes Dankeschön an:

Ali Lavau. Dank ihrer bewundernswerten Hilfe als Lektorin ist aus dem ursprünglichen Manuskript ein strafferes und stärkeres Werk geworden.

Professor Roger Markwick, der historische und militärische Begriffe auf ihre Korrektheit überprüft hat.

Kate Ballard für ihre Geduld und ihre guten Ratschläge, als das Manuskript die zweite, dritte und schließlich vierte Fassung durchlief.

Das Team von Hachette Australia – von Redakteuren über Grafiker bis hin zu den Leuten, die für Werbung und Verkauf zuständig sind. Jedes Buch profitiert von der Zusammenarbeit etlicher Personen, und ohne euch wäre *Das Mädchen aus St. Petersburg* nicht, was es heute ist.

Schließlich geht mein Dank an meine Freunde – ihr wisst, wen ich meine –, die mich auf jedem Schritt des Weges begleitet haben. Eure Ermutigung war der Ansporn, der mich durchhalten ließ, wenn ich ans Aufgeben dachte.

Vassiliki und John danke ich dafür, dass sie mir ihre elfbändige Enzyklopädie geliehen haben, die sich als unerschöpfliche Quelle erwies.

Zu guter Letzt geht mein Dank an meine Eltern, meinen Mann, unsere Jungs, die Familie meines Mannes und unsere Geschwister. Eure Liebe gibt mir Kraft.

Ein ganz besonderes Dankeschön an meinen Schwiegervater Oleg, der mir großzügigerweise erlaubt hat, über seine Eltern zu schreiben. Ich liebe dich.